KUWEI
酷威文化
图书 影视

磨人

时星草 著

上

中国致公出版社

图书在版编目（CIP）数据

磨人 : 全 2 册 / 时星草著 . -- 北京 : 中国致公出版社 , 2023

ISBN 978-7-5145-2024-8

Ⅰ . ①磨… Ⅱ . ①时… Ⅲ . ①言情小说–中国–当代 Ⅳ . ① I247.5

中国版本图书馆 CIP 数据核字 (2022) 第 176763 号

磨人 / 时星草　著

MO REN

出　　版　中国致公出版社
　　　　　（北京市朝阳区八里庄西里 100 号住邦 2000 大厦 1 号楼西区 21 层）
发　　行　中国致公出版社（010-66121708）
责任编辑　王福振
特约编辑：马春雪　李亚男　郑　蕾
责任校对　邓新蓉
装帧设计　安柒然
印　　刷　天津旭丰源印刷有限公司
版　　次　2023 年 4 月第 1 版
印　　次　2023 年 4 月第 1 次印刷
开　　本　880 mm × 1230 mm　1/32
印　　张　23.5
字　　数　700 千字
书　　号　ISBN 978-7-5145-2024-8
定　　价　69.80 元（全 2 册）

目录

目录

第一章

重 逢

再见贺景修，博盈没想到会是在这么尴尬的情况下。

她哭花的妆不小心在他深色西装上留了痕迹。

几分钟前，博盈在包厢里和她妈裴婉玉吵了一架，低着头泪眼婆娑离开，没想到会在拐角处撞到人。

撞到人后，博盈忍着额头疼痛往后退了两步。她喉咙干涩，嗓音沙哑地道：“对不起。”

说完了，对方没有反应。

博盈蹙眉，下意识抬起了头，贺景修那张熟悉又陌生的脸毫无预兆地闯入了她的视野。

日料店里光线明亮却不刺目，装潢设计和灯光营造出温馨舒适的氛围。头顶暖黄色的灯光下，把贺景修那张英俊的脸的轮廓勾勒出来，让人移不开眼。

博盈怔住，眼睛停在他脸庞，连眼泪也止住了。她嘴唇微张，下意识开口：“贺——”

话还没说完，贺景修倏地垂下眼，和她对上目光。

男人瞳眸深邃，目光很淡。只几秒，贺景修便收回了视线，淡淡地说："没事。"

博盈愣住。他这是认出自己了还是没有？一时间，博盈不那么确定。

少顷，贺景修用行动解答了她的疑惑。

他看着还站在自己面前的人，神情平静地问："还有事？"声音冷淡疏离，像对陌生人一样。

博盈这才恍然回神，眼睛眨了眨，知趣地侧了侧身，轻声道："抱歉。"

贺景修应了一声，从她身侧掠过。耳旁有一阵风拂过，在空调充足的店内竟让人觉得凉意飕飕。

博盈看着男人消失的背影，须臾后才收拾好情绪离开。

走入拐角处，贺景修脚步停住。他思忖几秒，正要侧身，不远处传来熟悉的声音。

"贺总来了。"

贺景修颔首，抬脚走了过去。

公司下午有个面试，几位部门经理在每次面试前都会提前定好筛选条件。但最近忙，大家都没空在上班时间开会讨论，最后只能利用午饭时间约着边吃边聊。

贺景修今天恰好有点时间，便答应一起过来听听。

刚进去，公司总经理赵旭之便注意到了贺景修衣服上的痕迹。他和贺景修认识的时间久，说话也颇为随性。

他抬了下眉梢，出声调侃："贺总衣服上沾的什么？"他笑道，"这该不会就是您迟到的原因吧？"

话音刚落，包厢里其他几位经理齐刷刷扭头看了过来。

贺景修看了眼肩膀上蹭到的粉底，轻扯了下唇，心情还算不错地说："赵总想改行做侦探？"

赵旭之一噎，正想说点什么，服务员敲门了。

点好菜，几个大男人闲聊着。

人事部经理边吃边说："我看了我们下午这批面试者的资料，有好几个不错的。"

法务部吕经理讶异："真的？"

"嗯。"人事部经理笑着道，"特别是有一个女孩，我印象很深。她大学虽然学的是语言专业，却成绩优异，研究生考了法律专业，修了双学位。"

闻言，吕经理眼睛一亮："她是哪所学校毕业的？"

人事部经理说了校名，是一所在国际上都能排到前面的学校。

赵旭之："那确实不错，叫什么名字？"

"博盈。"人事部经理回答，"这姓比较少见，而且我看她填的资料，她高中也不错，是市七中的。"

赵旭之一愣，脱口而出说："那不是我们贺总母校的竞争对手吗？她是哪一届的？"

贺景修是市一中的，市一中和博盈念的市七中一直在明面上争得"头破血流"。每一年这两所高中都会比较送入名校的学生名额谁多谁少，这幼稚的比赛从未停止。

几个人听着，下意识地看向贺景修。

贺景修握着茶杯的手微微顿了下，垂着眼抿了口温热的茶，云淡风轻地说："是吗？"

人事部经理愣了愣，应道："是啊。"

从日料店离开，博盈就近找了家咖啡厅休息。她下午在附近有家公司的面试，还没那么快能回家。

到咖啡厅坐下，她先找服务员要了一杯温开水喝下。

喝完，博盈才觉得自己那飙升的肾上腺素缓慢地降了下来。她回忆刚刚恍如梦境的那一幕，抬手掐了下自己的手臂。

会痛。是真的。

她刚刚真的遇见了贺景修。

回国前，博盈不是没想过会和他再遇上。但北城很大，大到有的人在这座城市待一辈子，都可能不会有偶遇的机会。

她就算有机会和他再遇也不会这么快，且还是在自己那么狼狈的情况下。

思及此，博盈欲哭无泪。

蓦地，她又想到了一个被她忽略的重点——贺景修没认出她。

不过想想也正常，两人七年没见，她对贺景修来说，只是隔壁学校会时不时在自己面前找存在感的小学妹，又不是什么重要人物。

话是这么说，但她还是有一丁点不开心。

虽说她不是很重要，但她给贺景修的高中增添了不少色彩，他们之间也有一些值得回忆的故事，他怎么就这么无情地忘了呢？

博盈想了大半个小时，一会儿觉得贺景修最好没认出她来，一会儿又觉得烦闷，有股郁气积压在了胸口。而这股郁气积压的原因很简单，无非是她记得贺景修，而贺景修忘了她。这让她有种唱独角戏的感觉，很不爽很不爽。

莫非，是她变丑了？

好友迟绿电话来的时候，博盈正拿着补妆粉饼在思索这个问题。

“吃饭了吗？”

博盈“嗯”了一声，直接把和裴婉玉见面的事省略，很认真地发问：“迟绿，我问你一个问题。”

迟绿：“什么？”

博盈还在对着镜子，仔细端详着自己的小圆脸：“我现在和高中相比，有很大变化吗？”

迟绿愣了几秒，毫不犹豫地说：“当然。”

闻言，博盈一阵心慌：“我真变丑了？”

迟绿哭笑不得地说：“不是，当然是变漂亮了。”她感到有些好奇，“你怎么突然问这个？”

听到这话，博盈松了口气，小声嘀咕着：“没变丑就行。”

她清了清嗓子，心虚道：“就……刚刚碰到个高中的朋友，他没认出我。”

迟绿扬眉，有些意外：“谁呀？”

博盈向来对她没什么隐瞒，但又不知道该从何说起。她纠结了一会儿，含糊地说：“就一不重要的人，你应该没印象。”

听她这扭捏的声调，迟绿知趣地没再追问。她岔开话题，说了点和博盈下午面试有关的，安抚着她紧张的情绪。

挂了电话，博盈靠在椅背上想着刚刚撞见的贺景修，这么多年没见，他不仅没长残，甚至还越来越有味道了。身上的少年感没有消失，反而多了些成熟男人的味道。

博盈抬手摸了下撞到他肩膀的额头，撞上去时那结实的肌肉在提醒她，贺景修身材应该练过。

想到这儿，博盈脑海里闪过一个久违的画面，是贺景修打完篮球后和自己独处的模样。

几秒后，博盈搁在桌面的手机闹钟响起。

她脸色绯红地从记忆里抽离，把桌上冷了的咖啡喝完醒脑，这才往面试公司走去。

博盈这回面试的公司是一个上市集团，旗下产业涉及金融、科技、地产等，在业内口碑很好，名气很大。更重要的是，这公司给员工的福利待遇特别好。这点让博盈跃跃欲试。

当然，名气高待遇好的公司意味着竞争也很激烈。

博盈提前二十分钟赶到面试地点时，里面已经有十几位打扮得体的应聘者在等待了。

她脚步微滞，默默走到角落坐下。

原本，博盈对这个面试一点都不紧张。但此刻周围人都在低声念着自我介绍，让她不禁产生了一种紧迫感，好像她不做点什么，就不适合待在这儿。

她认真思索了半分钟，拿出手机玩她没玩几天的开心消消乐。

很快，面试开始了。

博盈在靠后位置，倒也不怎么着急。只不过她看着那些信心满满进去，然后叹着气出来的面孔，有一丝丝的忧心。

同样忧心的，还有坐在她旁边的一位男生。

“朋友。”男人喊住了刚刚面如土色从里面走出的人，好奇道，“怎么大家面试出来都这个表情，面试官很可怕吗？”

面试完的男人推了推眼镜，心如死灰地说：“岂止可怕。”

他愤愤道：“我面试的只是法务部助理，他们竟然全程用英文和我对话，我从头到尾只听懂了三句话。”

你好。

请开始你的自我介绍。

以及，你可以离开了。

博盈：这……

问话的男人沉默了会儿，拍了拍他的肩膀以示安慰。

等候室安静了会儿，隔壁男人看了博盈一眼，主动道：“你好，我叫方博裕。”

博盈点了下头：“博盈。”

方博裕挑了下眉：“姓博？”

博盈“嗯”了一声。

方博裕自来熟道：“那我们四舍五入下算得上本家吧。”

博盈微哽，想了想说：“应该算不上。”

方博裕尴尬了。

两人尬聊几句，便轮到方博裕面试了。他后面是博盈，到了这个点儿，博盈突然紧张了。她深呼吸了好几次无果，起身去了洗手间。

再出来时，方博裕面试恰好结束。博盈走到门口，和他碰上。

方博裕看到她，朝她挤眉弄眼，笑着露出一口洁白牙齿：“里面有个面试官很帅，你加油。”

面试官帅跟她有什么关系？

博盈尴尬笑笑，却也客套地回应他：“谢谢。”

半分钟后，博盈看着坐在自己正对面的男人，心跳停跳了几拍，大脑也忘了转动，呆若木鸡。

贺景修竟然是面试官之一。

他换了件深蓝色西装，衬得他轮廓更为立体，瞳眸深邃。当然，看自己的眼神却和中午时一样，依旧淡漠疏离。

“博小姐。”

坐在贺景修旁边的人事部经理轻咳了一声，提醒看他们老板看呆了的女人。这种情况在他们公司见怪不怪，他们都习惯了。

博盈“啊”了一声，对上人事部经理目光时，才猛地拉回思绪。

经理微微一笑，提醒她：“烦请博小姐做个自我介绍吧。”

近半小时的面试时间，博盈如坐针毡。

走出那间办公室时，她脚步轻飘飘的，忘了自己在里面都说了些什么，也没空去思考这场面试是不是被自己搞砸了。

博盈出去后，人事部经理忍不住出声调侃了一句：“吕经理，你说这是今天第几位看我们贺总看走神的小姑娘了？”

吕修贤莞尔一笑，开玩笑说：“谁让我们贺总长了这么一张勾小姑娘的脸呢？”

人事部经理调侃了贺景修两句没得到回应，转而道：“不过，这小姑娘的表达能力不错。”

吕修贤颔首：“大学学的语言，然后考上法律系研究生，又有知名律所的实习经验，是个不可多得的人才。”

人事部经理点头表示同意，却也惋惜：“履历在今天这些面试者中算得上数一数二，就是她刚刚的表现，让我怀疑她的专业性。”

本来她最看好博盈，只是没想到她会在面试环节就盯着贺景修走神。这样的态度，换谁都会考虑她进公司后会不会有歪心思这个问题。

贺景修听着两人对话，垂眼打量摊在他面前的简历。

简历的右上方有一张两寸证件照，照片上的人扎着高马尾，笑起来时眼睛弯得像月牙，唇角上扬，让人光看着就觉得舒服。再往下，是她过往的学习、实习经历，以及简单的个人介绍。

他沉默半晌，手指轻轻敲了敲面前的简历，淡淡说：“她知识储备不错。”

这话一出，几位经理面面相觑，有点摸不着贺景修的心思。

蓦地，赵旭之胆大猜测：“贺总，您是不是认识这位博小姐？”

细细一想，他们也隐约察觉到了一丁点不对劲。从中午吃饭，到下午面试时贺景修出现，怎么想都有一丝诡异。

一般情况下，他们面试时，贺景修是不会出现的。

贺景修敛眸，合上面前简历“嗯”了一声，也不多解释：“我还有事，后面的交给你们。”

贺景修走后，几位经理心知肚明地一笑，统一做了决定。

博盈必须留下，这么优秀的人才，他们坚决不能放走。

博盈忘了自己是怎么走出公司，又怎么回到家的。

一进屋，她忽视了迟绿的目光，径直回了房。她把自己埋进被子里，懊恼地抓了抓头发。

疯了吧，一天和贺景修相遇两次，还都是在自己处于弱势的情况下。

博盈在房间里发泄了一通，才认命地思考起这天的跌宕起伏的经历。

十分钟后，博盈得出一个结论，她又得重新投简历了。

思及此，博盈幽幽叹了口气。

迟绿站在门口看了她一会儿，忍不住笑：“怎么一回家就唉声叹气，面试不顺利？”

博盈一副委屈巴巴的模样：“嗯，我又要物色新公司了。”

她在找工作这件事情上要求高，别人找工作是各方面条件过得去就行，但博盈不是。除了条件好，她还看感觉，看自己对这个公司有没有心动的好感。

迟绿正想安慰她，博盈的手机响起。

两人对视一眼，博盈有气无力地接通，顺便开了外放。

对方问过她身份后，直入主题：“博小姐，恭喜您，您被我们公司录取……”

后面对方说了什么，博盈都没听进去，她只知道，她被贺景修公司录用了。

挂了电话，博盈一脸呆滞地看着迟绿。

迟绿走到她床边坐下：“面试通过了怎么还这副表情？”

博盈看她一眼，欲言又止：“你不懂。”

闻言，迟绿挑眉：“你不说我怎么懂？”

博盈思忖了片刻，终归是憋不住。她是个心里不太能藏事的人，有什么都喜欢和好友分享。除非是那种说出口会让大家都难受的，她才会藏起来。

迟绿看她："还没组织好语言？"

"不是。"博盈换了个姿势躺着，目光直直地盯着天花板，"你还记得贺景修吗？"

迟绿一愣，努力回忆着："你风风火火追了两年没追到的那个学霸？"

博盈噎住。她睇了眼迟绿，理直气壮地说："我不是没追到，我是没认真追！"

听着这话，迟绿开始笑："嗯，你确实没认真追。也就是给他买了一段时间早餐，送了百来瓶水对吧？"

博盈听出迟绿话里的调侃，没好气地瞪了她一眼："你到底是站我这边的还是他那边的。"

迟绿卖着关子："你说呢？"

博盈不说话了。

迟绿哭笑不得，顺毛似的摸了摸她脑袋："然后呢，今天碰到他了？"

"嗯。"博盈没再扭捏，直接把这小半天发生的事说了出来。

听完，迟绿笑了好一会儿。

"想不到，你们还挺有缘分。"

博盈撇嘴："这算什么缘分？"无非是她今天运势不行。

迟绿看她这样，也不急于点破，开导了她几句，转移话题："饿不饿？我们今晚去吃火锅吧。"

博盈疑惑地瞅着她："你不帮我解决问题吗？"

迟绿一愣，理解到了她话里的意外："你不会因为老板是他，就打算放弃这么好的机会了吧？"

博盈确实有过这样的念头，但想法并不强烈。

"一点点。"她老实说，"我怕碰到尴尬。"

虽然贺景修不记得她了，但她记得他们俩之间的那些事。

迟绿摇了摇头，用"过来人"的身份劝导："没必要。机会难得，更何况这是你千挑万选选出来的公司。"

博盈"嗯"了一声，知道迟绿说的话有道理。

她烦闷地叹了口气："让我再纠结一会儿吧。"

迟绿点头："那还吃不吃火锅？"

博盈和她对视三秒，麻利地爬了起来："吃。"

吃完火锅，博盈拉着迟绿逛街。

就在吃饭间隙，她去不去工作这件事已经有了答案。

这么好的机会，放弃的是傻子。至于贺景修，他都不记得自己了，她为什么还要把他当回事？

这样想着，博盈觉得轻松多了。

不过，博盈没想过，在逛街的时候也能碰上贺景修。

在看到从门口走进来的熟悉身影时，她有片刻是蒙的。她和贺景修这到底是什么孽缘，能一天在不同场合见三回。

迟绿对贺景修没什么印象，扫了一眼便收回了注意力，给她选衣服。

"盈盈。"迟绿选了一会儿，挑了不少适合她的，"这几套你试试。"

博盈手一沉，这才回过神来："这么多？"

"不多。"

迟绿道："你要去上班的地方怎么说也是你高中男——"

她话还没说完，便被博盈匆匆打断："好了我知道了，我现在就去试，你再给我选选。"

迟绿还没反应过来，博盈已经抱着她选出的那堆衣服进了试衣间。她扬扬眉，虽觉得哪里不对，但也没细想。

一侧，贺景修早在进店前便看到博盈了。

他垂下眼看着她犹如惊弓之鸟狼狈而去的背影，眉峰微挑，唇角有了一丝弧度。

和他一起进来的贺母陈佩仪没注意到自己儿子的异样，她四处看了看，发现这店里的衣服都是年轻款式，一点都不适合她。

"景修。"陈佩仪连认真看的耐心都没有，直接道，"走吧，这里没有我要的。"

贺景修稍顿，看了一圈道："您上回不是说要给陈灵买衣服吗？"

陈灵是贺景修的表妹。

陈佩仪一愣："我什么时候说过？"

贺景修到一侧坐下，一本正经地说："她上回月考考了倒数第五时您说的。"

陈佩仪看自己儿子一脸肯定，不由得对自己记忆产生了怀疑。她认真想了想，好像是有这么回事。

"但你不是要回去开会吗，有空等我给灵灵选衣服？"

母子俩好不容易约了一起吃饭，吃过饭陈佩仪说逛逛，贺景修说只能陪她半小时，他晚上还有工作。

贺景修"嗯"了一声："会议可以推迟，先陪您。"

陈佩仪挑眉，略显诧异。

没等陈佩仪追问，贺景修看向一侧等待的柜姐："麻烦您给介绍介绍。"

柜姐笑意满满地道："好的，这边请。"

试衣间里，博盈正脑中天人交战。她换了新裙子，却迟迟没有勇气走出去。

也不知道过了多久，迟绿喊了句："盈盈，你还没换好吗？"

博盈没辙，只能硬着头皮出来。

她最先试的是一条很修身的吊带长裙，从前边看，只露出了她漂亮的直角肩。但一侧身，蝴蝶背一览无遗。这裙子设计得有点小心机。

店内灯光明亮，衬得她肌肤雪白。

博盈是讨喜的长相，肉嘟嘟的小圆脸，大眼睛清澈明亮，笑起来特别好看，格外有少女感，让人觉得特别舒服。

贺景修眼神在她身上停留几秒，转而落在她的脸上。

他盯着看了一会儿，在看到她不自然红了的耳郭后，才缓慢收回视线。

"很好呀。"迟绿看了看，"这条要了。"

博盈感受着不远处的目光，有些许不自然地扯了扯裙角："不太好吧，这不适合上班穿，太暴露了。"

迟绿觑她一眼："也就露了个背，你觉得暴露的话就周末穿。"

在买衣服这件事上，博盈说不过做模特的迟绿。毕竟，她眼光好是有目共睹的。

她“哦”了一声：“那好吧。”

迟绿应了一声：“再去试试另外几件。”

博盈挣扎两秒，看她：“不试了吧，买一条就行了。”

“那怎么行？”迟绿想也没想说，“多买点，我们不差钱。”

博盈拗不过她，又灰溜溜地进了试衣间。

接连试了好几件，都还不错。

等她穿着最后一套衣服出来时，迟绿却没时间点评了。就这么片刻的工夫，她已经在给贺景修的母亲出主意了。

博盈看了一眼，也不敢上去打扰。还是陈佩仪先注意到了她。

“博小姐试好了。”她夸着说，“这一身也很漂亮，适合上班穿。”

听到这句话，博盈心一紧，下意识地看向贺景修。

贺景修正低着头看手机，并未看她。倏地，他像是注意到了什么，抬眸朝她看来。

两人四目相对，他瞳仁里依旧是陌生。

博盈微微松了口气，可心里又有点酸涩。

她抿了下唇，微微一笑说：“谢谢阿姨。”

陈佩仪自来熟道：“我刚刚才认出迟小姐，没想到会这么巧。”

她之前在国外看过迟绿走秀，但模特走秀妆容都比较夸张，她没第一眼认出也很正常。

在知道是迟绿后，陈佩仪便动了小心思。

她邀请迟绿给自己选几条适合陈灵的裙子，甚至还想让她给自己选几套。她知道，模特眼光都很好。

迟绿笑了下，看向博盈：“这套不错，周一去上班就穿这个吧。”

“嗯。”博盈底气不足地答应着。

三个女人凑一起聊了几句，瞬间熟了。

陈佩仪对年轻小姑娘都喜欢，更何况她觉得博盈有一点点眼熟，自然对她很有好感。她看着博盈，直接问：“博小姐是做什么的？看着很小，已经大学毕业了吗？”

博盈弯了下唇，诚实道："阿姨，我研究生都毕业了，我学法律的。"

陈佩仪有点惊讶，完全没有想到她是学法律的。她点点头，赞许道："是在律所上班吗？"

博盈："不是。"她有点难为情，"我还没上班。"

陈佩仪："还在找工作？"

迟绿笑着说："她今天刚找到，下周才开始上班。"

闻言，陈佩仪温和一笑："那阿姨先恭喜你，是哪家公司这么幸运能招到这么漂亮的女孩？"

博盈脸一僵，嘴唇翕动。

迟绿没注意她神情，开口接话："贺氏集团，阿姨您应该听过吧。"

话一出来，空气中的细小尘埃好像都停止了飘动。

几秒后，陈佩仪倏地一笑："这么巧呀。"

迟绿："嗯？"

陈佩仪盯着博盈看了看，越发觉得眼熟。

蓦地，她脑海里闪过一个模糊的念头。少顷，她眸子里的笑意更深了，解释说："我儿子也在那儿上班。"

迟绿蒙了几秒，隐约感知到了点什么。

她看博盈一脸心虚的模样，下意识地去看她之前一直忽视的男人。

果不其然，下一秒陈佩仪便出声了。她看着不远处的人喊："景修。"

贺景修抬眼。

陈佩仪看着他，意味深长地说："你跟博小姐还挺有缘分的，以后在公司她要是有什么不懂的，你作为过来人多关照关照。"

贺景修顿了下，起身走近。

他停在恰好能看清博盈细微表情的地方，轻应了一声："好。"

第二章

暗　恋

从商场回到车内，两人都分外安静。

迟绿瞅了眼旁边的人，没出声打断她的思绪。她观察着她的多变的表情，唇角往上扬了扬。

倏忽间，博盈靠着玻璃窗懊悔，她为什么要拉着迟绿去逛街？不逛街就不会遇到贺景修，更不会发生这么丢脸的事。博盈只要一闭上眼，就会想到刚刚的尴尬场面。

在贺景修出声应下后，他还客套地朝她伸出手，博盈骑虎难下，勉为其难地和他握了握手。

男人的手很大，掌心温热，把她的小手包裹其中。仅片刻工夫，博盈如过了一个世纪那么久。

恍惚间，她想起他们第一次牵手。

也不能算牵手，那是博盈单方面占便宜。她听别人说和喜欢的人牵手会有触电的感觉，一直想尝试，奈何贺景修油盐不进，根本不给她机会。后来，博盈想了个主意——和他比手大小。

贺景修对她一直无可奈何。

博盈缠人得紧，他根本避无可避。两人举手比较时，她趁机把五指插入他指尖缝隙，和他掌心紧贴。

那会儿是冬天，两人穿着同款羽绒服站在路灯下，冻得脸都僵了，手指也冰凉，但手心贴上那瞬间，博盈不单单感觉到了自己的心跳，还感受到了掌心的汗意。

那一刻，她分不清汗是自己的还是贺景修的。

“咳咳。”迟绿看博盈的脸越来越红，忍不住出声，“盈盈，想什么呢？”

博盈从回忆里抽离，扭头看向她：“你说我还能反悔吗？”

迟绿瞥了她一眼，边发动引擎边说：“你觉得呢？”

博盈沉默，她当然知道反悔不好，可只要一想到她们走时陈佩仪让她在公司有不懂的找贺景修帮忙的这些话，她就尴尬得想连夜买机票逃跑。

迟绿知道她在纠结什么，她笑笑，揶揄道：“别想那么多，虽然你们在同一个公司，但他是老板，只要你不想，其实一年到头也碰不到几次。”

博盈“嗯”了一声，是这么个道理。

迟绿莞尔一笑，突然道：“不过贺景修——”她目光含笑望着她，拖长着调子，“不仅没长残，反倒是更帅了。”

听到这话，博盈还有点自豪，她扬扬得意地说：“那当然，你也不看看是谁看中的人。”

迟绿意味深长地瞅着她。

博盈讪讪地，摸着鼻尖改口：“我说的是以前。”

闻言，迟绿笑道：“你现在还想看中也不是不行。”

博盈一噎，装模作样地扯了扯安全带，扭头看向窗外嘀咕：“那还是不了。”

她已经不是那个喜欢一个人就满腔热血往前冲的博盈了。

想到这儿，博盈胸口闷闷的。

第一天上班，博盈八点半就到了公司附近。她看时间还早，慢悠悠地到咖啡厅买了杯咖啡。

因为贺景修的缘故，她一晚没睡好，这会儿困得眼皮在打架。

咖啡喝了几口，博盈看进出贺氏集团的人变多了，这才捧着咖啡往里走。

她是新员工，需要先到前台登记，然后去自己所在部门。不过她没想到，面试那天有过交流的方博裕也被录用了。

登记时，方博裕出现在她旁边。

“博小姐。”

博盈侧眸。

方博裕笑笑，轻轻道：“我就知道你会被录用。”

博盈愣怔了下，微微一笑说：“好巧。”

方博裕朝她伸出手，主动道：“以后就是一起奋战的同事了，多关照。”

博盈礼貌回应。

登记好，两人往电梯口走。

方博裕话比较多，边走边和博盈说话。博盈听着，时不时附和两句，画面看上去还挺和谐。

从前台到电梯口有一个拐角，两人走到拐角时，对面来了人。猝不及防之下，博盈的脚和手都变得不听指挥——

博盈蒙了，目光呆滞地看着贺景修，他洁白的衬衫上还有她洒出的咖啡。

现场安静了几秒，听到动静的人都齐刷刷地转头朝这边看了过来。

祁学真率先反应过来：“贺总！”

博盈盯着贺景修看了几秒，视线往下，看到滴落在地面的咖啡。有那么两秒，博盈想当场自尽。她闭了闭眼，真心觉得自己和贺景修所在的公司可能八字不合。

“贺总。”博盈眼睫轻颤，不太敢去看他此刻神情，她轻声道，“对不起。”

贺景修没理她，反倒是看向助理：“愣着做什么？”

祁学真愣住：“什么？”

贺景修冷冷觑他一眼：“还不让阿姨过来清理？”

祁学真猛地反应过来，忙转身让人去叫清洁阿姨过来。

看祁学真离开后，贺景修看了眼还站在原地没动的人，低声问："还站这儿做什么？"

博盈"啊"了一声，不明白他是什么意思。

贺景修抬手，看了眼腕表："第一天上班就想迟到？"

博盈怔了下，看着他："那您的衣服——"

她话没说完，便被贺景修打断："办公室有新的。"

说完，贺景修阔步离开。

博盈看着他离开的背影，一时不知该如何是好。

方博裕还在旁边，看她一脸担忧模样，宽慰道："别担心，我看贺总不是小气的人。"他拍了拍博盈肩膀，"走吧，先去办公室。"

也没别的办法了。

博盈跟过来打扫的阿姨道了个歉，这才和方博裕一起进了电梯。

因为大厅发生的这一幕，她到法务部还没来得及自我介绍，大家便都知道她了。

博盈感受到大家注视的目光，尴尬一笑。

看着她拘谨的模样，有人扑哧一笑："博盈对吧，别这么紧张，我们公司很民主的。"

"对对对，贺总是个大度的人，不会跟你计较。"

博盈心虚点头："不好意思，我应该不会给我们部门添麻烦吧？"

"当然不会。"为了让她放轻松，有人开玩笑说，"被你这样的大美女泼咖啡，贺总说不定心甘情愿呢。"

博盈回想着刚刚那一幕，小声辩驳："我没泼，是不小心撞上的。"

吕经理出现，打着圆场："他们喜欢开玩笑，别放心上。"

他看向博盈和方博裕，说："先来我办公室一趟。"

两人立马跟了过去。

第一天上班，其实没什么重要的事。吕修贤给两人简单地介绍了下部门情况，顺势安排了两个前辈带他们。

带博盈的前辈是一个戴眼镜的男人，三十岁左右，稍微有一点点胖，看上去挺憨厚的。

“你好，我是孙鸿波，叫我孙哥就行。”他看着博盈，道，“刚进公司这段时间，你先跟着我熟悉熟悉情况。”

博盈笑笑，道：“孙哥好，我是博盈。”

孙鸿波配合地说：“久闻大名。”

孙鸿波看着她脸上有些尴尬的笑，安慰着：“别把大厅的事放在心上，工作嘛，总有各种状况，要习惯。”

博盈点了点头，道：“我知道，不过我以后会尽量避免这种不太好的状况的。”

孙鸿波了然，给她说了下新员工入职要做的事，交代她和方博裕去人事部那边领工作牌。

领完回来，博盈开始了解公司情况。

新人刚进公司，一般不会安排太多事，先熟悉公司情况，了解组织成员，进行培训，防止各种意外。

她刚坐下，还没来得及点开资料，坐在她旁边的女同事便主动和她认识：“裴云梦。”

博盈笑笑：“你好。”

裴云梦和博盈年龄相仿，比她早半年进公司。两人都不是沉闷性格，没一会儿便熟悉了起来。聊了两句，她们才各自忙碌。

博盈手里捧了一本员工手册，一翻开就先看到了贺景修的照片。她手指一顿，有点心虚地张望四周。就现在而言，她真有点不好意思看贺景修，照片也一样。

博盈叹了口气，也不知道贺景修有没有记恨她，或者说，有没有想起她这么一号人。

总裁办公室，祁学真进来时贺景修已经重新换了套干净衣服。

他抬眸看向神色温和的男人，有那么一丁点迷惑。

老板不是有洁癖吗？怎么被员工泼了咖啡后，感觉心情还比早上那会儿好些了呢？

他想了想，没想通。

“贺总。”

祁学真照常汇报一天的工作安排，贺景修边听边签下放在一侧的文件。

蓦地，他打断祁学真：“下午是不是有新员工培训？”

祁学真一愣，低头看了眼自己手里捧着的平板：“是的，但贺总您下午有个会议，员工培训安排了赵总过去。”

贺景修转了下手里的笔，淡淡地说：“让赵总去主持会议，我去培训新员工。”

祁学真彻底蒙了：“啊？”

贺景修抬头，目光平静地看着他：“有什么问题？”

祁学真一噎，忙不迭应着：“没问题。”

只是他不知道这位怎么就突然改主意了，以前新员工培训，他可从来都没兴趣去的。

汇报完工作，祁学真便打算出去。临走前，他突然想起贺景修那身换下来的衣服，说了句：“那贺总，我顺便把衣服拿出去。”

贺景修不喜欢别人进他办公室，一般有什么，都是祁学真这个助理代为处理。脏衣服也一样。

话音落下，没等祁学真转身，贺景修问了句：“什么衣服？”

祁学真诧异地看他：“刚刚泼了咖啡的。”

贺景修瞥了他一眼说：“不用。”

祁学真不解地看他。

贺景修也不知道想到了什么，很轻地勾了下嘴角，声音低沉：“先放着，有人会处理。”

祁学真瞪圆了眼，想再多问两句，被贺景修冷冷扫了一眼，瞬间把到嘴边的话吞了回去。

走出办公室，祁学真再一次觉得老板有些不对劲。

上午，博盈看完员工手册，跟部门同事也认识了一番。

下午，他们开始参加新员工入职培训，为期两天。这回招进公司的，除了法务部的博盈和方博裕，其他部门加起来也有十几个人，培训还挺热闹。到目前为止，博盈只和方博裕认识，自然也和他坐在了一块。

贺景修抵达培训办公室时，两人正在低声交流。他脚步顿住，敛眸看着那处。

祁学真看他不动，顺着他的视线望了过去。

“贺总？”

他声音一出，里面的人动作一致地扭头过来。

看到门口的贺景修后，博盈眼睫毛轻眨了下。他穿着深色西装，衬衫从白色变成了黑色，看着依旧清冷，但又比早上那会儿多了点神秘感。

博盈看着，走了神。

高中那会儿，她就觉得贺景修穿西装会很帅，干净又吸引人。

贺景修“嗯”了一声，这才收回目光，径直往台上走。而落在他身上的视线却并未减少，新员工们还在看他，无论男女。

祁学真知道自己老板有这样的魅力，表情严肃地咳了一声，拉回大家的注意力。

简单的介绍后，贺景修还真做起了培训工作。他要说的不多，都是一些基础的东西。

最开始，大家听得很认真。

博盈也一样，但她不得不承认，公司的培训真的很无聊，无聊到她开始犯困。连续打了几个哈欠后，博盈决定做点什么赶走困意，她总不能在这里睡着。思来想去，博盈只能抽出笔记本涂涂画画。

方博裕无意扫了眼，扑哧一笑，问：“你在做什么？”

博盈一顿，抬起手说：“在画东西。”

方博裕挑眉：“你学过画画？”

“嗯。”

方博裕看了眼她画的东西，猜测说：“你画的是兔子吗？”

博盈扭头看他一眼：“这明明是狐狸。”

方博裕微哽，怎么看都觉得不像是狐狸。

两人在台下的窃窃私语，恰好全落在台上人的视野里。

倏忽间，博盈觉得有点冷。她抬手搓了下手臂，嘀咕道：“你有没有觉得空调温度变低了？”

方博裕正要回答，台上传来冷若冰霜的声音："第五排最左边的员工。"

瞬间，所有人齐刷刷看向他们这边。

博盈接受着四面八方的目光的注视，偏头看向方博裕。

方博裕愣了下，立马站了起来："贺总。"

贺景修神色平静地看他一眼："我刚才说到哪儿了？"

方博裕："啊？"

突然间，上学时候开小差被老师逮着的恐惧感降临。他把求救的眼神给到博盈。

博盈眨了下眼，抬眸看向讲台上的男人。

和他漆黑的瞳眸对视片刻，博盈心虚地垂下了眼，暗暗摇了摇头。

她不知道贺景修刚刚说了什么，她只知道贺景修好像……在生气？和她画的老狐狸一样，凶神恶煞的。

看到博盈逃避的目光，方博裕再次感到绝望。

他没辙，只能硬着头皮去迎接新老板的怒气，毕竟换谁碰到这事都会生气。

他抬眼去看贺景修，正想说两句话，就见刚刚还沉着一张脸的人眉梢往上挑了下，唇角弧度也扩大了些许。

方博裕一愣，忘了自己要说什么。

蓦地，贺景修的目光重新回到他脸上。

"不知道？"他说话时，语气平静。

方博裕眨了下眼，看他面无表情的神色，呆愣愣点头："贺总，我——"

他话还没说完，贺景修摆了下手打断："坐下吧。"

他环视了一圈，开玩笑说："我做培训是有些枯燥，大家忍忍，晚点换其他经理过来，应该会有趣点。"

这话一出，有活跃点的同事回应："贺总，您光是站在那里，我们的女同事就不会觉得枯燥。"

其他人哄堂大笑，不少女同事像是被点到名一样，脸红了。

贺景修很轻地笑了下，竟配合地问了一声："是吗？"

"是啊！"有人说，"不信您问女同事。"

贺景修当然不会问，他垂下眼，环视了一圈在场的新员工们便收回了目光。

明明是没有焦点的扫视，可却依旧让坐在台下的人浮想联翩，想象他此时此刻看的人是自己，他漆黑瞳眸里也只有自己。

即便他已经回归到枯燥的培训中，你却依然认为他曾在严肃的“课堂中”和自己对了暗号。

博盈也是如此。

她不确定是不是错觉，她感觉贺景修的视线会时不时落在她这边，像在看她，又好像不是。但她知道，这是贺景修惯用的手段，一点点引起你注意，却又让你对他爱而不得。

以前她经常上当，但现在一定不会。

思及此，博盈下意识地瞥了眼台上的男人。

不看他时，博盈觉得自己意志力很坚定。可一看到他，她突然就想收回自己刚刚的那些想法。

台上男人正侧身对着她这边，西装纽扣不知何时已经解开，露出了完美的身材比例。

博盈的目光从上往下，在他单手插兜露出的腕表上盯了几秒，又徐徐往上，停在他被衬衫领口半遮半露的喉结处。

说话时，他的喉结上下滚动，看上去男人味十足，对她有致命的吸引力。

她正观察着，耳边传来方博裕的声音：“博盈。”

博盈回过神来，心虚地眨了下眼：“什么？”

方博裕看她红了的耳根，狐疑道：“你想什么呢？喊你几声都没听见。”

博盈瞥他一眼：“没什么，喊我做什么，你又想被贺总点名？”

方博裕一噎，无语地说：“贺总都结束培训了，还点我名干吗？”

“啊？”博盈猛地抬头，恰好看到贺景修从台上离开。

似乎注意到她的动静，走到门口的贺景修突然回头。

猝不及防，两人视线对上。那一刻，她好像看见了他眸子里的自己。

培训的两天，博盈认识了不少人。虽没把所有人名字和脸对上记住，她却加上了所有新同事微信。

“博盈。”

博盈“嗯”了一声，去看坐在她旁边的新同事，是财务部的邓楚洁。

两天培训下来，两人已经比别人要稍微熟悉点了。

邓楚洁趴在办公桌上，好奇道：“还有1小时我们新员工培训就结束了，你说贺总会不会来啊？”

贺景修除了第一天下午来给大家培训了大半个小时外再也没出现过。

博盈怔了下，摇摇头：“不知道。”

闻言，邓楚洁幽幽叹了口气：“培训是真无聊呀，贺总不来就更无聊了。”

博盈扑哧一笑：“你想贺总来？”

听到这话，邓楚洁有点不好意思点头，小声为自己辩解着：“贺总站在那里就赏心悦目，大家应该都想他来吧。”

博盈沉默了会儿，没法反驳。

没过多久，培训经理来了，不是贺景修。

最后1小时，博盈感觉比之前更难熬。她看了眼时间，觉得度日如年。

熬到下班，博盈松了口气。终于结束了，她再也不想参加员工培训了。

刚回到法务部，还没走的裴云梦瞅着她笑：“你这是什么表情？”

博盈：“如释重负的表情。”

裴云梦乐着：“我当初也是这样。”她压着声道，“我到现在还不明白，我们公司为什么会有员工培训这种事。”

博盈想了想，猜测说：“可能是压榨我们的福利？”

裴云梦没懂：“怎么说？”

博盈挑了下眉，边收拾东西边解释：“培训时能准时下班，但真正工作后就不一定了吧。我们公司走的应该是给颗枣再打一巴掌的路线。”

她知道，贺氏集团的员工经常需要加班。

裴云梦认真思索了下，竟觉得博盈说得很有道理，正想应话，一侧传来重重的咳嗽声。

刹那间，两人都僵住了。

吕修贤瞥了眼旁边男人的脸色，这才忍着笑看向两个装鸵鸟的女生：“云梦、博盈，你们在聊什么呢？”

裴云梦抬头飞快看了眼，声音发颤地说：“贺总……经理。”

吕修贤笑笑：“嗯，下班了怎么还没走？”他随口问，“今天要加班吗？”

裴云梦：“……不用。”

博盈听着这话，深深觉得贺景修的经理和他一样腹黑，真是哪壶不开提哪壶。

吕修贤莞尔一笑：“博盈呢，怎么也没走？”

博盈讪讪地，低声道：“刚培训完，待会儿就走。”

吕修贤点点头，长辈似的叮嘱：“回去路上注意安全，外面雨下得很大。”

两人答应着：“好的，谢谢经理。”

北城的雨就像贺景修一样，来得毫无预兆。明明上午还晴空万里，下午就暴雨骤临。

想到这儿，博盈偷偷抬眼瞟了眼一直没说话的男人。她一瞟，又被贺景修逮个正着。

博盈一顿，正想淡定挪开，贺景修开口了：“员工培训很枯燥？”

博盈如临大敌，背脊都挺直了。她轻眨了眨眼，嘴唇翕动：“贺总，我瞎说的。”

贺景修敛眸看她，不轻不重地道：“是吗？”

“嗯。”博盈心虚不已，还想为自己辩解点什么，贺景修手机响起。

瞬间，她松了口气。

似乎是感受到她的放松，贺景修扯了下唇，在几个人注视下直接把屏幕按灭。

他没接。

博盈满脑子问号，不解地看他。

为什么不接电话？！不知道别人拨出电话都需要勇气吗？！

贺景修像知道她在想什么，云淡风轻地看她：“还有事？”

博盈一顿，猛地反应过来："没事了，贺总您和吕经理聊，我们先走了。"

说完，她也不等贺景修说话，拉着裴云梦就走。

看着两人消失的背影，贺景修轻"哂"了一声。

吕修贤瞅着他看了半秒，倏地一笑："很少看你有这样的情绪。"

贺景修没应声。

吕修贤看他，猜测道："你着急亲自下来拿文件是假的吧？"

他和贺景修父母是多年好友，年轻时在律所上班，后来遇到一些事，便和贺景修父亲成了商业合作伙伴。两人在公司虽是上下级，但这会儿下班了，他在贺景修这儿算得上是一个看着他长大的长辈。贺景修对他，也和对其他下属不一样。

"吕叔。"贺景修也不遮遮掩掩的，他笑了笑说，"她还得劳烦您多关照。"

吕修贤讶异，没想到自己猜中了。他想着上回赵旭之猜的，又联想到面试时他说的那些话，以及博盈面对他时的样子，不太确定地问了句："前女友？"

"不是。"贺景修没多解释，淡声道，"她性子比较直，很容易得罪人，您多引导引导。"

吕修贤一愣，抬起眼看他："你的意思是，多磨炼她？"

贺景修想了想："慢慢来，不用太过。"

拿了文件，贺景修直接去了地下停车场。上车后，他这才回拨刚挂断的电话。

那头很快接通，是朋友骆霄。

"还没到？"

今天是骆霄生日，几个人早就说好要聚聚，贺景修也答应了。

"刚出公司。"

骆霄"哦"了一声："行吧，就等你和裴彦了，赶紧的。"

贺景修："急什么。"

骆霄抱怨着："我每年生日你们都迟到，前几年就不说了，去年你和裴彦还是在最后一分钟才到的，你说我急什么？”

说到这，骆霄突然想起了点什么：“你从公司过来，会经过谭芮那边吧？”

他们几个都是一起长大的朋友。

贺景修“嗯”了一声：“怎么？”

骆霄：“你顺便把她接上吧，她也还没来，我刚看她在群里说司机有事请假了，大雨天也不好打车。”

贺景修迟迟没应声。

他喊了好几声，对面不仅没应声，反而把电话挂了。

“停车。”在骆霄说话时，贺景修好巧不巧地看到了站在公交车站牌下的人。

春日的雨很大，风很凉。

博盈穿着上回迟绿给她选的一套衣服，黑色西装搭配的同色系百褶裙，大方有气质，腰间配了一条细腰带，看着少了分沉闷，多了丝俏皮。

她孤零零站在那里，却并不落寞。

隔着这么远的距离，贺景修甚至还隐约看见了她唇角的笑。

博盈确实是在笑，下雨天打车不方便，但她懒不想去地铁站，只能给她哥博延发消息求助。

博延向来不怎么惯着她，冷漠地回复让她等。

博盈撇撇嘴，立马找迟绿告状。她哥谁的话都不听，只听女朋友的。

没过一会儿，博延的消息便过来了。他让她找躲雨的地方等着，他待会儿到。

博盈挑了挑眉，扬扬得意。

博盈：待会儿是多久？五分钟还是十分钟？

博延：二十分钟。

博盈：二十分钟黄花菜都凉了，你忍心看你可爱的妹妹感冒吗？

博延：嗯。

博盈不敢相信自己看到的，给他发了一连串重色轻妹的吐槽，并在其中附带了些许拔刀的表情包。她边发边乐，一点也不觉得等待漫长。

正发着，博盈敏锐地察觉到了什么。她把目光从屏幕上挪开，张望四周。

但这会儿的雨真的很大，雨雾遮住了亮光，模糊了双眼，让她看得不那么真切。

什么都还没来得及看见，博延的车已经停在了不远处，给她发消息让她过去上车。

路面全是水，博盈走得小心翼翼，博延也没催。她走近时，博延撑着黑色雨伞下车，给她打开车门。

“哥，我自己可以。”

博延没理她，一手撑着伞把她纳入伞下，一手挡住车顶让她进去。看她坐好，博延才给她关上车门，去了驾驶座。

“怎么是你开车呀？司机呢？”博盈抽了几张纸递给他，也顺势擦了擦自己身上的雨水。

博延“嗯”了一声：“休假。”

博盈“哦”了一声，正想说话，忽然注意到窗外背对着自己的一个身影。

她愣了下，手自然地摁下车窗玻璃按钮。

注意到她的动作，博延蹙了蹙眉：“怎么了？”

博盈眨了下眼，看见那个身影朝拐角那边走去，上了一辆黑色轿车。

“博盈？”

“啊……”博盈抬头看向博延，摸了下鼻子说，“没什么。”

车内安静片刻，博盈实在是按捺不住好奇心。

“哥。”

“什么？”

博盈趴在椅背上往前探着脑袋：“你知道贺氏集团吧？”

博延冷漠地瞥了她一眼：“你上班的公司，你说呢？”

博盈噎了噎：“我不是说这个。”她瞅着他，“你知道贺氏集团现在的总裁是谁吗？”

博延看着前方拥堵，缓慢踩下刹车，故意问："谁？"

博盈一顿，含糊道："就一个比你还小两岁的厉害人物。"

"什么名字？"

博盈看他真不知道的样子，迟疑了几秒道："贺景修啊。你没听过吗？"

闻言，博延回头看她一眼，意味深长地说："贺景修？这名字听着怎么那么像你高中时的早恋对象。"

博盈："……"

迎着博延瞳眸的深意，博盈避无可避。她安静了几秒，声如蚊子般辩解："那明明是暗恋。"

她没有早恋。

闻言，博延抬了下眉，似笑非笑地望着她："暗恋？"

没等博盈接话，他毫不客气戳穿她："哪个女孩子暗恋会弄得轰轰烈烈，两校皆知的？"

暗恋应该是酸楚的，不为人所知的。

而博盈的"暗恋"，说是明恋一点都不为过。

听到这话，博盈不仅没觉得不好意思，反倒有些自豪："那我就是这样的呀。"她强词夺理道，"谁也没规定说暗恋是不能让别人知道的吧。"

博延：无法反驳……

看他被自己噎住的表情，博盈忍俊不禁："哥，你是不是也觉得我说得很有道理？"

"没有。"博延睇她一眼，面无表情道，"坐好，把安全带系上。"

下雨天路滑。

博盈讪讪地，乖乖照做。

她安静了几秒，又忍不住跟小麻雀一样叽叽喳喳说话："哥，你刚刚骗我，你知道贺景修。"

博延无语："想从我这打听什么？"

博盈语塞，不想被他看穿心思，眼神飘忽地说："没呀，我就随便问问。"

博延轻哂。

博盈垂下眼，抿着唇安静下来。她确实想多问问和贺景修有关的事，但并不是因为她还喜欢他。博盈纯粹是好奇，好奇这七年没见的时光里，他是怎么一步步走到现在的，又是什么时候忘了自己的。

但博盈并未想过，对一个人好奇，无论深浅，本身就带了些说不清道不明的情愫在其中。

她正发呆，忽然注意到博延走的并不是回家的路。

“哥，我们不回家吗？”

博延“嗯”了一声：“你昨天不是跟迟绿说想去‘臻越’吃饭吗？”

“臻越”是一家会员制的私人会所，吃喝玩乐样样俱全。博盈喜欢吃他们家的海鲜，吃过一次就念念不忘，恨不得每天都吃。但前几天迟绿和博延都忙，没顾得上她。

“真的呀？”博盈眼睛一亮，“你不早说，早知道我下班前就不吃零食了。”

博延：“……”

“迟绿呢，先过去了吗？”

“嗯。”博延看了眼时间，“她应该已经到了。”

迟绿确实比两人早到，她今天就在附近拍广告，结束后便带着助理圆圆直接过来了。她刚坐下，便听到了隔壁传来的热闹声响。

迟绿问过侍应生才知道，有人在这过生日忘了关门，这才有声音传来。

没过一会儿，声音便被紧闭的门隔绝了。

贺景修到会所时，时间已经不早了。他刚把外套递给侍应生，包厢便被人打开了。

“哟。”骆霄上下打量他，“贺总大驾光临了。”

贺景修瞥了他一眼：“阴阳怪气什么？”

骆霄觑他一眼，点了点腕表质问：“您看看现在几点了。”

“堵车。”贺景修往里看了眼，随口问，“都到了？”

骆霄点头，往他身后张望：“谭芮呢，你不是接上她了？”

“楼下。”

骆霄没再多问，拽着他往酒桌边走，嚷嚷着要迟到的人自罚三杯。

贺景修刚喝下第一杯，谭芮就进来了。

她刚去洗手间补了妆，看上去明艳了许多。她看了眼被拥簇在中间的贺景修，疑惑道："你们这是做什么？"

听到她声音，骆霄眼睛一亮，起哄道："来来来，谭大小姐和景修一起迟到的，理应也罚三杯。"

谭芮顿了下，随即爽快答应："行啊。"

骆霄没一点怜香惜玉的意识，还真给谭芮递了个酒杯。

谭芮喝下一杯就开始咳嗽，在场的都是朋友，嚷嚷着："骆霄，你悠着点，谭芮喝一杯就行，你别太过分。"

骆霄耸耸肩，正想答应，谭芮先打断他的话。

"不太好吧。"谭芮侧眸看向旁边的人，含笑说，"贺总都喝了三杯，男女平等。"

"这有什么可平等的？"骆霄不在意地说，"您喝一杯都是给我面子。"

谭芮抿了下唇，欲言又止。

旁边有知道她心思的人出声："那要不芮姐找个人帮忙把剩下两杯喝了？"

谭芮拿着酒杯的手顿了下，温声道："这不太好吧？"

"没什么不好的。"那人眼珠子转了转，指着贺景修，"贺总，芮姐跟您一起迟到的，要不您辛苦一下再喝两杯？"

贺景修正低头看手机，听到这话时抬起头，目光沉静地扫了那人一眼，淡淡说："谁提议的谁喝。"

谭芮眼睛里的笑一滞，抿着唇道："不用麻烦，我自己来。"

骆霄根本来不及阻止，谭芮就已经把酒喝下了。他讪讪地瞅了眼贺景修，又看了看谭芮，直觉不太对。

在他们这群人里，贺景修虽心机深，却算得上是个绅士。谁要是被刁难了，他大多数情况都会帮忙解围。现在……

吃过正餐，骆霄趁大家闹腾时向他打探："你今天怎么回事，心情不好？"

贺景修垂眼看着手机，没搭腔。

骆霄用手肘捅了下他，说道："问你话呢，你刚刚是不是有点太不给谭芮面子了？"

“有吗？”贺景修并没这种感觉，他从沙发上站了起来，“我出去抽根烟。”

骆霄看他一眼，像跟屁虫一样：“我也去。”

两人往走廊尽头走，那边有一扇半开的透气小窗户。雨不知何时停了，只有窗檐下依旧传来雨水的嘀嗒声。

贺景修刚把烟点燃，便看到了不远处的身影。他顿了下，忽地把烟摁灭。

骆霄想从他那儿借个火，刚把烟递过去，便看到了他这出人意料的举动。他眼睛都直了，莫名其妙地道：“贺景修你干吗？”

话音刚落，不远处侧对着他们这边的身影停下了脚步。

听到这个熟悉的名字，博盈以为自己出现了幻听。她脑子还没转过弯，却先下意识有了反应。

她顺着声音发出的方向，看到了笼罩在夜色和灯光下的男人。

贺景修穿着浅色衬衫和深色西裤，看上去略微有些单薄。但又很好地勾勒出他的身段，宽肩窄腰大长腿，比模特身材更标准。

博盈眨了眨眼，正考虑打了招呼再走还是直接走时，身后有人撞到了她。

猝不及防下，博盈穿着高跟鞋，踉跄了两步才站稳。

博盈蹙眉，耳边传来了轻浮的男声：“不好意思啊小姐，我喝多了。”

说话间，男人伸出手想碰她。

博盈拧眉，正想往旁边避开，那人的手腕被人扣住。

“啊……痛痛痛……”男人开口嚷嚷着。

贺景修像是没听见似的，力度又加大了。

骆霄在旁边看着，心惊胆战。生气了生气了，他清晰地感受到了贺景修那从内而外散发的怒气。

别说骆霄，就连博盈也感觉到了。

她抬眸看了眼贺景修，又看了看痛到五官都扭曲的陌生人，喊了一声：“贺总。”

贺景修看她，没作声。

博盈抿了下唇，正想说算了，一侧传来了陌生的声音。

“贺总、骆总。”是会所经理过来了，他刚收到消息，说是有人喝醉了闹事。经理看着这两位祖宗，又看了看痛到没声的人，心里打着鼓，毕恭毕敬道：“这是李家的小少爷，今晚喝多了。”

贺景修没理会。

倒是骆霄抬了下眼：“刘经理，‘臻越’什么时候成为阿猫阿狗也能进来的地方了？”

刘经理嗫嚅着，也只有骆霄和贺景修这样的身份，才会把城西李家的少爷说成是阿猫阿狗。

他吞咽了下口水，紧张道：“抱歉，是我们会所监管不严。”

他看了眼贺景修，低声问：“贺总，这李小少爷已经痛到没声了，您看？”

贺景修冷漠扫了他一眼，看向博盈。

接收到他目光，博盈启唇：“算了。”

片刻，人便消失在他们面前。

骆霄虽是个大直男，但在某些方面又很精明。他了解贺景修，知道他不会无缘无故莽撞行事，加上博盈那声“贺总”，他可听得清清楚楚。

想到这儿，他清了清嗓子：“景修，你和这位小姐慢聊，我先回包厢。”说完，他飞快离开。

瞬间，走廊变得安静了。

博盈还站在墙边，和贺景修只有两步之遥。

这个距离，她能清晰闻到他身上散发出的不浓不淡的沉香味。待了那么一会儿，博盈突然有点晕。

刚刚在包厢吃饭，她和迟绿拼了两杯酒。她酒量虽一般，但在平时，却也不至于就这么醉了。

思及此，博盈想和贺景修道别，刚鼓起勇气抬头，先看到了他的眉眼。

贺景修长得最好看的，是眼睛。他的瞳仁颜色很深，看着就很深情，即便他本人并不这样认为。

瞬间，博盈到了嘴边的话换了：“贺总，您怎么在这儿？”

贺景修看着她，没正面回答。

“嗯。”他看着博盈，“一个人？”

博盈一愣，摇了摇头：“不是，我和我哥他们过来吃饭。”

贺景修知道她有个亲哥哥，但从未见过。

这话一出，博盈注意到贺景修的神色有几分松动，她还没来得及深究缘由，便听见他问：“刚刚在找洗手间？”

这会所哪儿都好，就是每一层的洗手间设计很特别，让初次来的客人难找。

博盈不好意思地点头：“嗯。”

她上回是在三楼吃的，原以为二楼的洗手间和三楼一样，但转了小半圈她也没看见。

贺景修了然，抬脚往另一侧走。走了两步，他回头看向还停在原地的人，微微蹙眉：“还不跟上？”

博盈：“啊？”

贺景修拧眉，清冷悦耳的声音钻入她耳中。

“不是要去洗手间？”

博盈：“……”

从洗手间出来，博盈甩了甩手里的水。正甩到一半，她忽然再次僵住。

“贺……贺总，您还没走？”

贺景修瞥了她湿漉漉的手一眼，下巴微抬：“旁边有纸。”

博盈微顿，小声说：“我知道。”但她就是不习惯去抽纸。

贺景修看了她一眼，对她的心思了如指掌。

他“嗯”了一声，没勉强。

博盈偷偷摸摸地看他，把话重新问了一遍：“您是……在等我吗？”

贺景修睇她一眼：“你觉得呢？”

博盈不敢觉得。

第三章

初　见

在这个问题上，她不敢深想。

虽然好奇，可也得按捺住那颗跃跃欲试的心。

博盈纠结时，脸上小表情非常多。贺景修垂眸打量她片刻，勾了下嘴角。

少顷，博盈为难地抬起眼，略略心虚道：“贺总，那我先回包厢了。”

贺景修侧了身，给她让了路。

看着他的动作，博盈有点蒙。原来真不是在等自己啊？

她低头往前走，一边暗自庆幸自己刚刚没自作多情，一边又控制不住地想他是不是在等其他人。

博盈想得走神，身后传来了熟悉的声音。

“左转。”

博盈停下脚步，回头看他。

贺景修双手插兜，姿态散漫地跟在她身后，神色坦荡。

两人对着视线，几秒后，博盈低头看了看自己的脚。哦，她刚打算右转。

她摸了下鼻尖，轻点了下头：“谢谢贺总。”

两人一前一后走着，走廊处寂静无声。只偶尔在路过包厢门口时，能听见里面传出的细微声响。

贺景修没再出声，博盈也不知道说点什么，她总觉得自己会说多错多。

一路安静地走到博盈所在的包厢门口，她做了几秒的心理挣扎，正准备回头。刚一转身，看到的却是他留给自己的背影。那背影，不知为何看着还有几分落寞。

“盈盈？”博盈正看着，迟绿推开门出来，“站门口做什么？”

“没。”博盈看她，“你怎么出来了？”

迟绿失笑：“你那么久没回来，我和你哥都担心你掉厕所了。”

博盈没好气地瞪她一眼：“你们就不能盼我点好吗？”

迟绿耸耸肩：“这话是你哥说的。”

博延在不远处听着她污蔑自己，也不出声反驳。

博盈看着这两人的表情，深深觉得自己晚上不是吃海鲜吃饱的，是被这两人喂狗粮喂饱的。

她翻了个白眼，咕哝着：“你们就欺负我和圆圆两个单身狗吧。”

还在吃东西的圆圆忽然被点名，忙不迭地把嘴里东西吞下，直白道：“盈盈姐，我觉得吃他们狗粮挺开心的呀。”

博盈恨铁不成钢地睇了她一眼。

迟绿忍俊不禁，低声询问：“还吃吗？”

“我吃饱了。”博盈看着一桌子狼藉的食物，“等圆圆吃好就回去。”

话音刚落，圆圆应道：“我也好了。”

四人离开，到楼下大厅时，博延还碰到了熟人。

“博总。”

“裴总。”

听到两人客套的招呼声，博盈下意识瞄了眼。

和她哥打招呼的，是个穿着深色衬衫和黑色长裤的戴眼镜男人。男人长相看着斯文实则脸色阴沉，让人望而却步。博盈看着，总觉得好像在哪儿见过这人，但一时又想不起来。忽地，她注意到了男人脖子上的抓痕。

博盈正震惊着，忽然听到自己的名字。

是博延在给这位叫“裴总”的男人介绍自己：“我妹妹，博盈。”

闻言，裴彦眉梢微挑了下，很轻地笑了一声：“久闻大名。”

博盈不解地看着他。

男人眼里闪烁着意味不明的光，朝她颔首：“裴彦。”

“你好。”

裴彦点了下头，又跟迟绿打了一声招呼，而后抬脚往里走。

看着男人挺拔的身影，圆圆抓着博盈手臂激动：“盈盈姐，这人好帅啊！”

博盈点头：“嗯，不过你没希望，他有对象了。”

“啊？”圆圆震惊道，“你怎么知道？”

博盈和迟绿对视一眼，小声嘀咕：“他脖子上的红色抓痕你没看到吗？那明显是女人挠的。”

在旁边听着几人对话的博延咳了一声，看了眼博盈：“你观察得挺仔细。”

博盈眨眨眼，拉着旁边人共沉沦：“迟绿也看到了。”

迟绿一脸无辜地摊手。博延没搭腔。

正僵持着，圆圆突然语出惊人：“他都被女人挠了还来会所，这会所是有男人吗？”

会所当然有男人，但这个男人和圆圆口中的“男人”意思显然不太一样。

原本，裴彦应该和贺景修差不多时间到的，但临时有事耽搁了，这才晚到。

他一进去，里头的人齐刷刷地望着他。裴彦没半点尴尬，神色自然地往里走。

骆霄盯着他，幽幽道：“你怎么不明天再来？”

裴彦顺手拿着旁边酒杯和他碰了下，笑道：“是有这个打算，但我明天要出差。”

骆霄忽然就不想喝这杯酒了。

“你和贺景修怎么回事？”骆霄生气道，“怎么每次我生日，你们不是有事不来就是迟到？”

闻言，裴彦笑了一下：“贺总今天又迟到？”

贺景修没理他。

骆霄“嗯哼”一声：“不仅迟到，还当着我的面英雄救美了。”

“嗯？”裴彦挑眉，脸上带着少有的八卦表情，“怎么说？”

骆霄很喜欢拆人台，直接把走廊里那点小事说了。

听完，裴彦似笑非笑地看着贺景修：“这不像是贺总的作风，是认识的人？”

没等贺景修出声，骆霄便抢着说：“那人喊他‘贺总’，看见他跟老鼠见着猫一样，你说认识不认识？”

裴彦“哟”了一声：“什么情况？”

贺景修瞥了眼两人：“很闲？”

骆霄：“是啊。”他回忆着，感慨道，“说真的，要不是知道贺总和她认识，我还有点想法呢。”

裴彦用一种你嫌命太长的目光看他，配合地问：“大美女？”

骆霄想了想说：“不是令人惊艳的大美女，但也不差。小圆脸大眼睛，有种我见犹怜的感觉。”

博盈的长相，很容易激发男人的保护欲。

“穿的黑裙子？”

骆霄一愣：“你怎么知道？”

贺景修也把目光落在了他身上。

裴彦扬扬眉，卖着关子说：“刚在楼下碰见了。”

骆霄点点头，没觉得哪里不对劲。倒是贺景修盯着他看了一会儿，才慢慢挪开目光。

看他这样，裴彦笑而不语。

在包厢又坐了半小时，贺景修因为有事，提前离开。

刚回到车内，他手机便振了下。

裴彦：别说兄弟不靠谱。给你透露个消息，我刚在楼下碰到博汇大小姐了，长得还挺像你钱包里照片上的小女生。

贺景修盯着那条消息看了许久，面色沉静地看向窗外的大雨。

他一直知道博盈有个哥哥，以前的时候，博盈时不时还会拿他和她哥哥做对比。大多数的对比，都是贬损她哥来捧高他。

贺景修听她满口胡言乱语也不拆穿。但确确实实，他没想到她会是博延的妹妹。博这个姓固然少见，但也并不是多么稀罕的姓氏。

当然，更主要的是，高中时候的博盈看着家境不错，但没到豪门的地步。偶尔，她还会因为把钱买了杂志，来他这里蹭吃蹭喝。也因此，他从没把这两人联系到一起。

思及此，贺景修意味不明地笑了一下。

小骗子。

刚洗完澡出来，博盈便打了个喷嚏。她揉揉鼻子，连忙跑厨房吃了包感冒颗粒。她刚上班，可不能因病请假。

喝完，博盈趿拉着拖鞋回房休息。

躺下，闭眼，她莫名想到了晚上碰见的贺景修。

博盈总觉得贺景修变了不少。可转念想想，七年多的时间，一个人有改变也是正常的。毕竟，她也变了很多。

正想着，博盈手机一振，是迟绿给她发的几张照片，问她哪件衣服更好看。

博盈认真看了看，都是男装，应该是给她哥买的。

她选了几张，正想和她结束对话，忽然想起了贺景修那件被自己泼了咖啡的衬衫。

博盈：我刚开始发过去那件白色的，你别买，留给我。

迟绿：为什么？

博盈：赔给别人。

迟绿：别人？

博盈：嗯。

好在迟绿知道她那点小心思，没打破砂锅问到底，便答应了把那件衬衫让给她。

次日中午，博盈刚和同事们一起吃完午饭，便收到了衣服。衣服是圆圆亲自送过来的，说是怕她着急。

博盈语塞了，她有什么可着急的？可拿到衣服后，博盈又有些头疼，她要怎么给贺景修？

两人现在也没个联系方式，她总不能直接去他办公室还吧。这要是去了，不知道公司得怎么传。

博盈想到下班才想出一个绝妙的主意——她可以把衣服给贺景修助理，让助理拿给他。

博盈知道，这种大老板身边的助理，口风都特别紧。她不担心祁学真会泄露什么不真实的消息出去。

想到这儿，博盈在公司群里找到了祁学真微信号，发送添加好友请求。没一会儿，申请通过了。

博盈眼睛一亮，发了个可爱表情包，表明自己的身份。

祁学真这会儿正在贺景修办公桌旁边站着，还有几份文件要处理，等着贺景修看完签字。手机振动，他便掏出来看了一眼。

在看到博盈的自我介绍时，祁学真眸子里有一点讶异。

他虽反应不快，但能做到助理这位置的人，都是人精。这两天下来，祁学真大概知道了点他老板的秘密。而这个秘密，和法务部新招进来的员工有关。

想到这儿，祁学真快速回复了博盈。

祁学真：博小姐，找我有事吗？

博盈没料到祁学真如此直接，她顿了顿，也爽快地说明自己的来意。

看到她发来消息，祁学真咳了一声："贺总。"

贺景修正看着文件，随口道："说。"

祁学真默了默，举着手机到他面前。他觉得自己不太方便转达，还是让贺景修自己看比较好。

把手机放下后，祁学真观察着贺景修，想验证自己的猜测是否准确。

果不其然，贺景修看了几秒后，说：“让她上来。”

祁学真一怔：“现在？”

贺景修抬眸瞥了他一眼，反问：“不然明天？”

祁学真：“……”

收到消息上楼时，博盈其实做了会儿心理建设。但祁学真像是知道她在想什么一样，告诉她楼上助理都下班了，只有他和贺景修在。

看着电梯楼层显示，博盈做了无数次深呼吸，才艰难地迈出步伐。

“博小姐。”祁学真在电梯门口等她，微微一笑道，“贺总在办公室，衣服你还是亲自拿给他吧。”

贺景修办公室的门是敞开的，让她没有任何阻碍地迈进去。

博盈站在原地张望，正迟疑着要不要意思意思敲下门，里头的人率先抬了头。

宽敞的总裁办公室，夕阳照进来，一室温暖明亮。贺景修西装革履靠在椅背，眸色幽深地望着她。那眼神，看得博盈心里发怵。

僵持半晌，博盈鼓起勇气道：“贺总，我是过来赔衣服的。”她往前走了几步，轻声说，“上回不好意思，把您衣服弄脏了。”

贺景修的视线落在她脸上，又往下停在她提着袋子的手上。

须臾，他应了一声：“原来你还记得。”

博盈一脸错愕地看着他。

贺景修抬手松了松领带，慢条斯理地说：“弄脏的是我的衣服。”

这话过于突兀，博盈在脑子里转了几圈才明白过来，他在暗指自己把他衣服弄脏，还的时候却还给祁学真，而不是直接还给他。明白他的意思后，博盈语塞，不知道该怎么辩解。

她嘴唇翕动，瓮声瓮气地说：“我以为您很忙。”

“确实。”迎着她目光，贺景修一字一顿地说，“但收一件衣服的时间，我还是能挤出来的。”

博盈噎住。她瞅着贺景修，觉得他就是故意的。她内心挣扎了几秒，走到他办公桌前，把袋子放下。

“贺总，那我把衣服放在这儿了。”她抿了下唇，“之前是我莽撞。”

贺景修“嗯”了一声，却没去碰那个袋子。

博盈一时揣摩不出他意思，想了想说：“没什么事，那我就先下班了。贺总辛苦。”

说完，贺景修还是没反应。

博盈偷偷瞟了他一眼，慢吞吞地转身离开。

看着近在咫尺的办公室大门，博盈暗松了一口气。再两步，她就出去了。

忽地，那久违的声音出现。

“博盈。”贺景修喊她名字时，调子很平，却有一种说不出的缱绻意味在里面，让听的人容易会错意，误会他在深情款款地呼唤自己。

当然，此刻的博盈没有这样的错觉。她身子僵直，忘了下一步该往哪儿走。紧跟着，她听见身后有窸窣声和脚步声传来。

博盈屏住呼吸，偶然松懈时闻到了熟悉的沉香味。贺景修已经走近，就站在她后边。

“转身。”男人的声音落下。

博盈闭了闭眼，硬着头皮回头。她抬眸，在他出声前扬着小脸看他，笑意盈盈地说：“贺景修，好久不见呀。”

瞬间，别扭的氛围变了。

贺景修那积攒起来的火，霎时间被浇灭。

博盈不是笨蛋，贺景修更不是。

两人都心知肚明，从他喊出她全名时，他们就不再是上级和下属的身份。

博盈听同事说过，贺景修和公司员工一直都保持着很好的距离，他从不会让普通员工在上班时间来他这里，当然更不会在下班这种私人时间唤人过来。

从收到祁学真的消息时，她心里就有了七八分的猜测。刚刚他阴阳怪气说的那几句，更是证实了她的猜想。

贺景修没有忘记她，就像她还记得他一样。

片刻工夫，博盈思绪百转千回。她望着近在咫尺的男人，目光坦荡直接，没有一丝闪躲一丝怯意。而贺景修，也垂眸望着她。谁也没再出声打破这个静谧氛围。

少顷，还是博盈有些受不住他眼神，掉开眼嘀咕：“我跟你寒暄，你怎么也不给点反应？”她故意问，“是不是因为我弄脏你的衣服，所以你暂时不想跟我说话？”

贺景修看她，一时哑然。

他知道博盈强词夺理的本事，她永远有办法把自己的错归咎在他身上。

偏偏，他还总是心甘情愿。

博盈看他神色有所松动，往前靠近几分：“如果是这样的话，那我明天再和你叙旧？”

说完，她转身作势要走。

刚迈出一步，博盈扎着的高马尾被贺景修抬手拉住。

她吃痛，捂着小脑袋回头，气急败坏地喊：“贺景修。”

“嗯。”贺景修眉峰稍扬，坦坦荡荡应下，“怎么？”

博盈瞅着他舒展的眉目，小媳妇似的摇了摇头：“没。”

她看了看他还没松开的手，眼珠子转了转，鬼机灵道：“你喜欢我的头发？要不我剪一点给你？”

本来她也打算周末去修修发尾，重新做个发型的。

贺景修被她的话噎住，冷漠地睇了她一眼。

博盈讪讪地：“你拉得我头皮痛。”

贺景修松了手，垂下眼睫看她：“晚上有空吗？”

听到这话，博盈扬了扬眉：“如果贺总请我吃饭的话，我应该有空。”

贺景修被她的话逗笑，唇角上挑，配合道：“想吃什么？”

博盈眼睛一亮：“什么都行？”

贺景修看着她的眼睛，微点了下头。

从办公室出来，博盈也没和贺景修分开走。两人在祁学真的目送下进了电梯。

博盈还是头一回走总裁专属电梯，她像没见过世面一样，左看看右看看。

贺景修懒散地靠在一侧，饶有兴致地看着她，没出声打扰。

打量完，博盈感慨："原来这就是总裁的专属电梯啊，我觉得和我们坐的没区别。"

贺景修瞥了她一眼："以前没坐过？"

博盈摇了摇头："以前去哪儿坐啊？"她拍马屁道，"如果不是认识贺总，我怎么可能有机会坐这种高级电梯？"

贺景修毫不客气地拆她的台："是谁刚刚说的，这电梯和员工的没区别？"

博盈一脸无辜，仿佛在说"和我无关"，说那话的人绝对不是她。

贺景修看她这样，眸子里的笑藏不住。

博盈就是有这个本事，能融化冰山，能逗笑他。

到了停车场，贺景修亲自给她开了副驾驶座的门。

博盈蒙了下，看了眼他搭在门上的手，讶异道："你开车？"

贺景修看她一眼，声音低低的："担心？"

"不是。"博盈边往里坐边说，"就是有点意外，你司机呢？"

她早上没眼花的话，还看到他的司机在公司出现过。

贺景修应了一声："下班了。"

博盈眨眨眼，迟疑说："你加班司机都不等你的？"

听到这话，贺景修扭头看了她一眼，没搭腔。

有时候，他都不知道博盈是真反应迟钝，还是在装傻。好在，没得到答案的博盈并未打破砂锅问到底。

上车后，两人都没有目标。

博盈回国后也就吃过那么几家餐厅，一时选不出到底吃什么。

贺景修也不催她，不替她做决定，就让她这么一个有选择困难症的人慢悠悠挑着。

不知过了多久，车道上的车变得少了。博盈回过神来才发现，贺景修好像带她离开了市中心区域。

她扭头，看着马路两侧的哨兵似的排列着，在夜色下闪着光，照亮这一方。

借着红灯时间，她看到了不远处的指路牌。

博盈盯了几秒，转头看向旁边的人：“我们不是去吃饭吗？”

贺景修：“想好吃什么了？”

博盈好纠结：“没有。”

她这家想吃，那家也想吃。可几家放在一起看了看，又觉得好像也没有很想去吃的欲望。

贺景修笑了下，像是早就猜到了结局一般，淡声说：“城北有家不错的餐厅，你应该会喜欢。”

听到“喜欢”二字，博盈的目光在他脸上停留片刻，才不紧不慢地道：“那要吃了才知道。”她小声说，“我现在的口味，跟高中那会儿比变了不少。”

这话一出，车厢内轻松的气氛好像消失了。莫名地，博盈觉得有冷风往她脖子里灌，凉凉的。

她下意识摸了下衣服领口，正想偷偷往一侧瞟一眼，电话响了。

博盈低头一看，是博延打来的。

“喂。”她做贼似的，压着声，“哥！”

博延听着她这声调，冷冰冰道：“你还没下班？”

博盈想也没想，提高音量应着：“下了啊。”

“这样。”博延看了眼时间，微微一笑说，“那看来你是迷路了。”

博盈心头紧了紧，心虚不已道：“没，我忘了跟你们说了，我今天和一个朋友约了吃饭。”

“朋友”这两个字出来，博盈隐约感觉到贺景修看了她一眼。

“朋友？”博延重复她的话，“什么朋友？”

博盈不知道该怎么回答，含糊不清道：“你不认识的。”

为了让自己不那么心虚，她义正词严道：“哥，我这么大了，你不会还管我交朋友吧？”

博延轻哼了一声，提醒她：“博盈，我们家有门禁。”

博盈：“……几点？”

“十点。”说完，博延挂了电话。

博盈看着被挂断的电话，蒙了半分钟。

她怎么不知道家里有门禁？这门禁是故意针对自己的吧！

博盈正思索着要不要去找迟绿诉苦，耳侧有了声音。

“到了。”

博盈一转头，看到贺景修英俊的侧脸轮廓。夜色下，他面容看着更为立体，瞳仁也更为深邃，像旋涡一样吸引着她。

注意到她的眼神，贺景修偏头，和她四目相对。

博盈一僵，眼神飘忽地转开，结结巴巴道：“这儿风景好像不错。”

贺景修看她躲闪的模样，没再吱声。

他下车，领着她往餐厅里走。

贺景修带博盈来的餐厅，是当地有名的难预约的一家。

餐厅环境很好，周围竹林环绕，琴声悠悠。连大门也做得像是寻宝门一样，让人无法一眼看见。

博盈跟着贺景修走了几步高低不平的台阶，面前一扇关着的木制大门自动打开。再往里走，是被玻璃窗隔绝在外的茂盛竹林，和一汪泉水。餐厅里的装潢设计，很有古韵感觉，却又很好地和现代结合在一起。

到包厢坐下，博盈发现从她的位置去看，恰好能看到餐厅后院的另一片郁郁葱葱的树林。她看不太清楚，只依稀能看到风拂过时枝叶在摇曳。

“贺景修。”她打破萦绕在两人周身的静谧氛围，托腮道，“外面种的也是竹子吗？”

贺景修瞥了一眼：“有部分是。”

博盈仔细端详着：“还有一部分是什么？看着还挺漂亮的样子。”

贺景修接过服务员倒好的水抿了口，低声道：“桃树。”

“啊？”

博盈怔了下：“外面有桃树？”

贺景修：“嗯。”他垂眸看她，语调平静，“想去看？”

博盈很喜欢桃树。没特别原因，纯粹是她喜欢吃桃子，爱屋及乌。

听到贺景修问话，博盈点头又摇头。

“外面太黑了。”她比一般人都怕黑。

贺景修了然，端起面前还有些烫的水吹了吹，温声说：“下次白天带你来。”

博盈正想答应，忽然意识到了些许不对。

贺景修这话的意思是，他们还会有下次单独吃饭的机会。

注意到她迟疑的眼神，贺景修轻笑了一声：“不点餐看我做什么？”

博盈：“没。”她顺手翻开面前菜单，“你有什么推荐的吗？”

贺景修顿了下，莫名道：“原本有。”

博盈不明所以地看他：“原本？”

贺景修颔首，不紧不慢地说：“但这么多年过去了，你口味应该变了很多，我推荐的菜式可能不对你胃口。”

这话语里的埋汰，博盈就算是傻子也能听懂。

她顿了顿，想反驳点什么，想想还是算了。看在贺景修请客的分上，她只能忍忍。

撒气似的，博盈看到推荐菜单后，也不管能不能吃完，全点了。

点到后面，旁边服务员战战兢兢地问：“小姐，点这么多菜，可能会吃不完。”

博盈下巴一抬，指向贺景修：“没事，我吃不完他可以吃。你别看他人不胖，肚子里可装了一个海胃。”

服务员：呃……

贺景修看她这样，无奈一笑，纵容道：“让她点。”

贺景修这话一出，博盈不但没觉得不好意思，反而大手一挥，又多加了两道菜。点完，她才觉得舒坦了。

服务员捧着菜单出去，贺景修把一侧温度适合入口的水递给她，神情淡然。

博盈也没和他客气，端起喝了小半杯。喝完，她才扭头去看他。

接收到她的目光，贺景修微微挑了下眉：“想说什么？”

博盈捧着还有余温的杯子暖手，指腹在上来回摩挲，似在想看要说点什么。

贺景修也不催促，颇有耐心地等着。

听到意外的答案，贺景修戏谑：“这么官方？”

博盈听着他的揶揄，轻哼道：“我说的是事实。”

目前来说，大部分同事都还不错。当然，也有一两个偶尔搞事情的，但她并不放在心上。

贺景修笑笑，给她打“预防针”：“法务部的工作可不轻松。”

“我知道。”博盈点了点头，“我学这个之前，就做好了心理准备。”

话聊到这儿，贺景修自然而然地问：“你本科念的是语言，怎么会突然去学法律？”

这个问题的答案，其实从看到她简历时，贺景修就想知道。

博盈一怔，偏头看他。恰好，贺景修的目光也在她脸上停了一瞬。

车窗紧闭，车内静悄悄的。

她不回答，贺景修也不再追问。

博盈率先把目光转到窗外，盯着道路两侧的嫩绿枝丫发呆。半晌，她才给出一个听起来很合乎情理又不那么符合她行事风格的答案。

“还能因为什么？”博盈靠在椅背，正色道，“学语言类专业不好找工作，学法律好找，工作后赚的钱也多。”

贺景修没对她这番言论发表不满意见，只是在等绿灯间隙盯着她看了半分钟。

博盈坦然接受他的目光，并不躲闪。直到贺景修的注意力被拉走，她才暗暗松了口气。还好，他没再多问。

博盈并不想骗贺景修，可她转学法律的那个理由，她还没做好心理准备让他知道。

那个答案，会暴露她的阴暗面，是她的灰色地带。

因为心虚，博盈忽然不想和贺景修继续聊天了。她装模作样地打了个哈欠，咕哝道：“好困呀。”

贺景修瞥了她一眼：“调下座椅。”

“嗯。”

博盈调成舒服的姿势，正要躺下，又觉得有哪里不太对。她低头看了眼，正想把外套脱下盖上，贺景修说道：“后座有毯子。”

博盈一愣，回头一看，后座有叠得整齐的小毯子。她应着，伸手去拿时，不小心碰到了旁边的袋子。

袋子掉在了地上，博盈没辙，只能探着身子捡起。好巧不巧，袋子口正对着下面，里头的东西落了出来。

看到落出的东西后，博盈迟疑了几秒："这是——"

注意到她的动静，贺景修抽空看了一眼，面容平静地说："一套衣服。"

博盈当然知道这是一套衣服，可她的重点不在这儿。她盯着暴露在自己面前的深色污渍，硬着头皮问："是我泼了咖啡的那两件衣服吗？"

西装和衬衫。

听到她这话，贺景修这才多看了眼："可能。"他不在意地说，"应该是阿姨这几天请假了，所以车里东西没人收拾。你放着吧，不用管，过几天阿姨上班了会处理。"

话说到这份上，博盈觉得自己不管都不太行。

她看着那大片污渍，罪恶感极深："可是放太久会洗不掉吧。"

虽然说贺景修肯定不差这么两件衣服，但浪费也不太好。

贺景修挑眉："洗不掉就扔了，没事。"

博盈想了想说："要不我拿去干洗店试试？"

贺景修："太麻烦。"

"不麻烦。"博盈连忙道，"我住的小区门口就有干洗店，很方便的。"

贺景修沉默了会儿："你如果觉得不麻烦，那就试试。"

博盈点点头："不麻烦。"

话题就此打住，博盈把袋子拎到脚步放着，这才半躺着休憩。

不过没躺多久，车便停下了。

"到了啊？"博盈起身看了一眼，"那我先回去了。"

贺景修"嗯"了一声，看了眼她手里拎着的袋子："早点休息。"

博盈点了点头，眼睛亮亮地望着他："谢谢贺总今天请我吃大餐，等我发工资了请你吃饭。"

贺景修目光灼灼看着她，嗓音低低地道："好。"

看博盈背影消失在视野里，贺景修开着车窗吹风。

夜色浓郁，像推不开的墨。直到车窗拂过的风吹乱了他的发丝，贺景修才回了神。

他起身下车，抬眼端详矗立在眼前的小区。

博盈住的这个地方，地理位置很好，交通便利，闹中取静。相应地这儿的房价租金也高得离谱。

贺景修忽然想起了刚刚博盈说的话。

她住在这种高档小区，却说自己是因为钱转的专业，这种理由，贺景修就算有心偏袒她，也不会相信。只不过她暂时不想告诉他，他也就不会逼问。

贺景修当然有自己的手段查到，但他不屑。在博盈这里，她不说，他就不会背着她去调查，去探究。

博盈是骄傲的，贺景修更是。他看似温和绅士，可骨子里却有没被磨平的傲气。

次日到公司，博盈莫名有点心虚。

她总担心自己和贺景修昨晚一起离开的事被人发现。好在，大家都和寻常一样。

博盈是新人，重要的工作暂时还不会落到她这里，就简单地跑跑腿送文件，打印文件，时不时帮忙做最基础的检查。基本上都是力所能及的事。

忙忙碌碌两三个小时，博盈把孙鸿波交给她的工作做完。她腰酸背痛地起身，准备去茶水间偷偷懒。

博盈捧着杯子进去时，里面有几位同事在。

看到她，邱丽率先出声："博盈忙完啦？"

博盈"嗯"了一声："暂时忙完了孙哥交代的。"

邱丽看着她，笑笑说："法务部工作不轻松，慢慢适应。"

博盈点点头："我知道的，谢谢丽姐。"

邱丽颔首，感慨道："看着你这样，我突然想到了自己刚进公司时的样子。"

博盈笑了笑，正想搭话，另一同事道："丽姐，那还是不同的。"

是朱晓夏。

她比博盈大几岁，进公司也有几年了。她望着博盈，八卦心极重：

“对了博盈，我听他们说你以前是学语言的，怎么会转学法律啊？你就不担心半路出家会困难？”

这个问题，和昨晚贺景修问的如出一辙。

不过，博盈却没有耐心用同样的答案回答两次。

她兀自一笑，自信道：“当时没想那么多，只是觉得有兴趣就去学了。”

朱晓夏垂眸看她：“这样啊。”

“嗯。”博盈接好水喝了一口，没了在这边偷懒的心思。

她正想走，朱晓夏注意到她手腕处的手表，好奇地问：“博盈，你手表还挺好看的，是在哪儿买的呀？”

博盈一愣，下意识地看向手腕。

邱丽几个人也跟着看了过来，含笑道：“表盘和表带都很特别，确实好看。”

好一会儿，朱晓夏也没等她回答，没耐心地催促：“博盈？”

博盈回过神来，摇了摇头说：“不记得了。”

她手表太多，根本想不起现在戴的是在哪儿买的还是在哪儿定制的。

朱晓夏瞅着她，直觉她是不想告诉自己。

不知道为什么，从博盈来公司的第一天起，朱晓夏就不太喜欢这个新人，总觉得她很装，明明也就是个打工人，却打扮得和她们格格不入。

朱晓夏笑了下，说：“这都能忘记。”她看着她那漂亮手表，酸溜溜地道，“你这样怎么背法律条文？”

博盈眉梢稍扬，故作苦恼：“晓夏姐，你不懂我的烦恼。”

朱晓夏不解地看她：“什么烦恼？”

博盈微微一笑，坦荡地说：“我记忆确实不是很好，再加上家里手表太多，以前常常记混品牌闹了不少笑话，所以我索性就不记了。”

“……”

从茶水间出去后，博盈又去了趟洗手间。回去座位时，她收到了不少打量的目光。

博盈大概能猜到是为什么，无非是她刚刚跟朱晓夏说的那几句话被传开了，且有可能，是被添油加醋传开的。

不过不管是不是这样，博盈都没那么在意。她本身就不是怕事的性格，直来直往，不太矫情。就算有，也不是在这种小事上。

很早之前，迟绿和她另一个闺密郑今瑶就和她提过，职场上大气的女人有，小心眼的也很多，让她稍微注意点，尽量别得罪人。

博盈知道，但她并不想委曲求全。更何况，前几天在洗手间那种八卦聚集地，她就听朱晓夏和法务部一个组长杜楠提过她。

那天，博盈穿的裙子是花了两百块在网上买的，设计很特别，袜子仅两位数，打底衫也不贵。不过她背的包及小西装外套，和脚上那双皮鞋，都是知名品牌。

在贺氏集团法务部工作，这样价格的衣服和包包，其实在正常范畴。但可能是她那天的搭配价格对比太大，让朱晓夏认定了她穿的是假货。也因此，朱晓夏在洗手间和杜楠聊天时感慨了好几句，说现在的小年轻爱慕虚荣，没钱还要装腔作势，穿着几百块的假货也趾高气扬的，一点都不心虚。

博盈当时正在洗手间的隔间里，好巧不巧地听完了全程。

当时她没太大感觉。因为她从小就这样，喜欢的东西无论是贵还是便宜，她都会买会穿会用。她从来不去思考，自己背着上万的包是不是不能去吃路边摊，也不会觉得穿着几百块的衣服进奢侈品店会被人看不起。

别人背后议论就议论，她也管不着，闲言碎语没必要放在心上。但如果挑衅到自己面前，那博盈就不会忍，反而会"新仇旧仇"一起算。

在工位上坐下，裴云梦的脑袋转向她这边，朝她竖了个大拇指。

博盈扬了下唇角，没好气地睇了她一眼。

片刻，她微信有了新消息。

裴云梦：博盈你太牛了！

三分钟前，博盈在茶水间回复朱晓夏的话，被听到的同事传开。

没一会儿，他们都知道了。

博盈：哪个群看见的？

裴云梦：一个没有你在的小群。

博盈：群里人多吗？

裴云梦：公司百分之九十八的同事都在，就你们几个新人还没进去。

博盈：夸张了吧？

裴云梦：不夸张，你无法想象我们公司的同事都有多八卦。

大家都是坐办公室的，工作内容大同小异日复一日，久而久之会觉得枯燥。而八卦能给他们的枯燥生活添一点乐子，放松放松。

每个在公司半年以上的员工，八卦的大群小群加一起起码三个以上。

博盈看着这话，突然有点担心。不过，她的这种担心只针对一个人。

裴云梦看她发呆，伸手戳了戳她肩膀，压低声问："想什么呢？"

"没。"博盈看了她一眼，小声问，"我们这种八卦……老板一般不会知道吧。"

裴云梦听着，扑哧一笑："那当然不会知道了。"她说，"老板多忙啊，肯定不会关注这个。而且我听贺总的那些助理说过，他不太喜欢看微信，也不喜欢跟人聊天，我们的那些群他都不在。"

听到这话，博盈这才松了口气。那就好。

她虽然觉得自己和朱晓夏说的那番话没任何毛病，但就是不想让贺景修知道。

裴云梦看她表情有变化，忍俊不禁："怎么，你怕被老板知道了会对你印象不好？"

"不是。"博盈摸了下鼻尖，想了想说，"就是会不太好意思。"

至于印象，她在贺景修那里就没什么好印象。

裴云梦笑笑，拍了拍她肩膀安慰："那你放心，总裁肯定不会知道的。"

博盈："嗯。"

她刚刚细想了一下，感觉贺景修确实不是一个有时间去听普通职员八卦的人。

不过博盈忽略了一个重点，在贺景修和几个知情人那里，她不仅仅是贺氏集团的普通职员。

进出总裁办公室好几趟后，祁学真感觉出他们老板今天心情还不错。因为每次贺景修心情好时，工作效率就会很高。

签完手边重要合同，恰好到了上午会议时间。

贺氏集团旗下的产业多，贺景修像陀螺一样不停地忙。

今天的会议，主持人是总经理赵旭之，贺景修只是个重要的旁听者。主题是新科技的研发和讨论，大家争得面红耳赤，互不相让。

有人觉得赵旭之的这个想法过于冒险激进，他要做的是目前国内没有的一款产品，做好了固然好，可万一失败了，对贺氏集团的影响会很大。

贺氏集团创立之初主攻制造业和建筑业，集团成长起来后，到了贺景修父亲那一辈才开始涉足房地产业、金融业等，到了他这里后，集团才朝着科技新能源等这些行业进军。正因为如此，集团分了两个派别：守旧派和创新派。

贺景修父亲那一辈的董事认为，做好原有的项目就够了，大家安安心心颐养晚年，但年轻一点的，总想借着科技新能源这块分一杯羹。

每次开这种会议，贺景修都是听大家吵完，才会出声。前期他都很淡定，也很闲。同样的，他不忙，祁学真也就不忙。更何况这种会议，都有专门的助理负责记录，用不上他。因此，在赵旭之和另一董事吵得不可开交时，他还抽空看了眼手机。不看还好，看完，他开始纠结。

到会议结束，祁学真也没得出结论，要不要把这事告诉贺景修。

如果是别人，他肯定不用思考，绝对不让这种八卦占据老板时间。可当事人是博盈，和他老板有千丝万缕关系的女人，不说好像不太好。

祁学真一路纠结，正决定跟贺景修说这事时，刚在会议上和年长一些的员工吵架吵输了的赵旭之气冲冲地进了总裁办公室。

他拉开办公桌对面的椅子坐下，跷着二郎腿看着贺景修。

贺景修被他看着，神色平静。

僵持了一会儿，赵旭之先耐不住性子了："贺总，您刚刚怎么也不说句话？"

“说什么？”

“[illegible]能说什么？”赵旭之道，“刚刚只要你说句话，我不信李董还会反对得那么强烈。”

贺景修接手贺氏集团的时[illegible]不长，但那群老人却很听他的话。虽偶尔会对他的决定有异议，但不会像[illegible]那样激动。

贺景修笑笑，淡声说：“不一样。”

他敲了下桌面，沉吟片刻，道：“其实你这[illegible]想法，我也觉得过于激进冒险。”

赵旭之不说话了。

贺景修看了他一眼，直白道：“我建议你再多找些资料，多做预估[illegible]量。”他停顿了下，补充说，“周末我会和李董他们打球。”

话说到这儿，赵旭之自然明白了贺景修的用意，对待那些人，不能硬碰硬，得用迂回战术。而这个人，只有贺景修合适。

思及此，赵旭之啧啧称奇：“贺总手段高明。”

贺景修在会议上不替他说话，完全是为了这一步棋。因为他知道，就算他在会议上同意了赵旭之的提议，其他董事也不会同意，倒不如先缓缓。

知道事情能解决，赵旭之也放松下来了。他正想在贺景修这儿蹭杯咖啡，刚一转头便看到了祁学真。

赵旭之挑眉：“祁助理有事要汇报？”

祁学真欲言又止。

贺景修抬头看了他一眼：“直说。”

祁学真没说话，也不好给贺景修看群里的聊天记录，只能一板一眼地把看到的话一字一句地转述到他这儿。

听完，贺景修还没吱声，赵旭之先笑了起来：“这博盈真这么说？”

祁学真点头：“是。”

赵旭之扬扬眉，看向贺景修道：“你这老朋友还挺有个性。”

贺景修瞥了他一眼，转了转手里的钢笔：“还有呢？”

祁学真一愣，明白了他意思。他想了想，低声道：“这事传开后，大家各有看法。”

贺景修了然。他点了点头，沉声说：“知道了。”

赵旭之诧异：“你不帮你老朋友做点什么？”

“做什么？”贺景修盯着手机看着，语调平静，“这事她自己能搞定，暂时还用不上我。”

这种小事都需要他出手，那博盈就不是他认识的那个博盈了。更重要的是，他如果真帮了博盈，她反而会生气。

赵旭之搞不懂他的想法，他嘀咕了几句，也不知道贺景修听没听进去，接了个电话便走了。

祁学真看贺景修没有交代其他事情，也回了自己的位子。

中午吃饭，博盈一进食堂就感受到了大家的“厚待”。一时间，她胃口全无。

“云梦。”

两人刚排上队，博盈就做了决定。她看着裴云梦，轻声说：“我突然不饿了，我就不和你一起吃饭了。”

裴云梦“啊”了一声：“你确定？”她环视了一圈，大概知道了她不吃的原因。

“要不我给你打包带回办公室？”

“不用。”博盈笑笑，“你吃吧，我先回去。”

裴云梦没辙，想了想提议：“那我们去外面吃？”

博盈挑了下眉，提醒她：“你工作不是没完成？”

刚刚下楼时裴云梦还在抱怨，她工作没完成，中午都没时间休息，更别提出去排队吃饭。

“对哦。”裴云梦无奈，“那我还真没办法陪你。”

博盈笑了下：“你安心吃，我先回去。”

“好。”

博盈淡定地走出食堂，刚走到电梯口，她手机收到了一条消息。

贺景修：吃日料吗？

博盈：吃！

下一秒，位置发到了她的手机上。

博盈点开看了一眼，这个日料店就在公司附近，走过去不超过十分钟。她握着手机，毫不犹豫地往外走。

走到公司门口，博盈正纠结着左转还是右转时，手机又一振。

贺景修：右转。

右转后，博盈一眼便看到了马路对面站着的人。她脚步一顿，往斑马线那边走。刚到，红灯转了绿灯，恰好能让她过马路。

博盈抬脚往对面走，走到三分之一时，贺景修也从另一头走了过来。

她愣了下，惊讶道：“不用过马路吗？”

“不是。”贺景修站在她一侧，垂眸看她说，“走吧。”

过完斑马线，博盈才后知后觉反应过来，贺景修是过去接她。

“你——”博盈倏地停下脚步看他。注意到她的目光，贺景修问：“看我做什么？”

博盈摇摇头，话到嘴边换了句：“你怎么知道我没吃饭？”

贺景修扬了扬眉，平静地说：“有个人每次逞强后都会不好意思。”他注视着她，逗趣似的问她，“我应该没记错吧？”

博盈顿了顿，憋屈地“哦”了一声。

看着她憋屈的样子，贺景修的唇角往上扬了扬。他不知什么意思，还重复提了一句：“没记错就行。”

博盈哑然，突然不知道该说什么了。她总觉得自己此刻和贺景修的状况，有点儿超出久未见面的朋友的界限了。

好在，日料店到了。

博盈抬眸看了眼，稍显意外。

她没想到在市中心这种地方，还藏着这种青苔遍布、绿植爬满青砖围墙的小巷，在春日，已经有花儿探出头，欢迎他们到来。

巷子很窄，只能通行三两人。

博盈张望着，兴致盎然：“贺景修，这儿好漂亮呀。”

贺景修点了点头：“是还不错。”

博盈挑眉，纠正他：“这在市中心算得上是非常有特色的店了好吧？”

她刚刚扫了一眼，发现这家店的装潢和设计都格外不同。

博盈对吃的很有研究，国内外有名的餐厅她都去打过卡。所以，她一眼能看出餐厅老板的品位，以及大概定位。这家店，一看就不是普通上班族能消费得起的。

贺景修看了她一眼，没说话。恰好服务员来包厢给两人点餐倒茶。

博盈翻了翻菜单，把点单权交给贺景修：“我第一次来，你点吧。”

贺景修没拒绝，报了好几道她喜欢的菜。

博盈听着，眼睫轻颤。

点好餐，服务员便出去了。

贺景修瞥了眼对面安静地坐着的人，示意说：“试试他们这儿的茶？”

博盈一顿，立马把刚冒出的情绪丢开，眼睛晶亮地问：“好喝吗？”

贺景修注意着她变化的情绪，浅声道：“我觉得不错，你可能不是很喜欢。”

听到这话，不认输的博盈扬扬眉：“怎么会，万一我也喜欢呢？”

贺景修看着她，没再吭声。

博盈撇了下嘴，捧起温热的茶水。她垂着长睫吹了吹，小小地抿了口。茶水苦涩，确实不是她原来会喜欢的味道。

贺景修看她皱起的眉头，轻笑了一声：“别勉强自己，不好喝放着。”

闻言，博盈那逆反心理上来了。她睇了他一眼，嘴硬道：“不勉强啊，我觉得挺好喝的。”

说着，她还真把大半杯茶给喝了下去。

贺景修无言。

博盈傲娇轻哼：“我还能再来一杯。”

贺景修失笑，问她：“不试试别的？”

博盈正想说“不”，忽而注意到他脸庞浮现的笑。她顿了顿，很勉强的样子：“也可以。”

贺景修嘴唇上扬，喊服务员送两杯度数基本为零的特色果酒过来。

他和服务员说话时，从不会给人一种高高在上的感觉。

博盈盯着他的英俊侧脸，有些走神。

她觉得贺景修是个很矛盾的人，看似冷漠寡情，实际却是个温柔又绅士的男人。

很多人都觉得，博盈当年追贺景修是看上了他的颜值。毕竟，她是在一场球赛中沦陷的。但只有她自己知道，不光是如此。

博盈到现在还记得，真正认识贺景修的那个傍晚，夕阳被浪漫的人抹了色彩，成了少女偏爱的粉色。看到夕阳颜色的瞬间，所有同学都很激动，纷纷拿出偷偷摸摸带到学校的手机拍照。

博盈也一样。

她那会儿已经到了贺景修的学校，美其名曰去支持自己校篮球队的同学和贺景修他们的比赛。

操场上人山人海，博盈当时不高，被挤在人群里面什么都看不见不说，连夕阳也拍不到。她挣扎了一会儿，看比赛还没开始，跟同学说了一声便溜了出去。

一中有一大片银杏林，每年秋天那个地方都金灿灿的，不少人还会来这儿打卡。

博盈作为对手学校的学生，自然也来过。因此，她对一中很多地方都很熟。

从拥挤的篮球场出来后，她熟门熟路地往教学楼那边走。她知道，一中有栋教学楼很漂亮，天台也不会锁，很适合取景拍照。

博盈上去时，没想到楼梯口会有人。

转角处的楼梯上，她正欲抬脚踏上最后一级台阶，先听到了上面传来的声音，是一个很好听的清亮的男声。

“谢谢，抱歉。”

明明是拒绝的话，可听着却不会让人不舒服。

博盈脚步一顿，立马明白了这是在做什么。她纠结了3秒，决定离开。

还没来得及转身，她又听见了女生声音。

女生声音哽咽，不依不饶似的：“为什么？你不喜欢我哪里？我可以改。”

男生沉默了片刻，忽然问了句：“你觉得今天的夕阳漂亮吗？”

女生似乎愣了下，应着：“漂亮。”

男生不紧不慢地说：“我也觉得很漂亮，但我更喜欢它日常的模样。”

楼梯间安静了一瞬，男生又说了句：“你不需要改变什么，你也很漂亮。”

在贺景修这里，他不需要任何人为他改变什么。他的喜欢也并不固定，无论是漂亮还是不漂亮，喜欢就是喜欢，不喜欢就是不喜欢。同样的，他也不希望那个女生为了一个人去改变自己。

在那个时刻，博盈从未听见过这样的拒绝，残忍，却又温柔。

上面没了声音，博盈回过神想走时，男生先从楼上走下来了。两人在楼梯口“狭路相逢”。

博盈这才看清他的模样，男生身材挺拔，穿着一中的蓝白校服，五官清俊，肤色白皙。

他在她面前站定，覆下一片黑影。

两人四目相对。

偷听了别人的对话，博盈有点儿不好意思。她抿了抿唇，正想道歉，男生忽然指了指身后。

博盈一愣，他突然侧了下头，呼吸拂过她耳畔，声音轻飘飘地落下。

他问：“你可以晚点再上去吗？”

天台，那个被他拒绝的女生还在哭。

那天，博盈没有拍到漂亮的夕阳，但她用眼睛捕捉到了她心中最意气风发的少年。

回到操场，她才知道那个意气风发的少年是贺景修。

刚跟服务员说完，贺景修一转头便撞到了博盈的灼灼目光。他挑了下眉，等了片刻后才问：“想什么？”

博盈猛地收回思绪，眨了眨眼说：“没什么。”

她总不好跟贺景修说，自己刚刚在想第一次见到对方时的情景吧，这会儿显得她很不洒脱。

贺景修看她不想说的模样，也不逼问。他看了一眼送上桌的食物，给博盈介绍，告诉她先吃哪道菜，怎么搭配吃味道更好。

吃过饭，时间不早了。

博盈和贺景修一起过了马路，她找了个借口去咖啡厅，和他分开走。

目前来说，她还不太想让别人知道，她曾经是贺氏集团总裁的追求者。

贺景修知道她那点小心思，没强迫她和自己回去，只叮嘱她这回买了咖啡可别再撞到人了。

博盈被他这话提醒了，瞬间打消了要给他买一杯让外卖员送上去的想法。

午休结束前五分钟，博盈拎着几个袋子出现在办公室。

裴云梦看她：“你中午去哪儿了呀？”

博盈笑笑，说：“出去吃了个饭，顺便买了点咖啡。”

裴云梦这才注意到她手里拎着的袋子，忙不迭接过：“怎么这么多？”

闻言，博盈语调轻快地说：“一个人喝咖啡多没意思呀，大家一起喝才有味道。”

她看向一直教自己的孙鸿波，含笑问：“孙哥，是红茶拿铁吗？”

孙鸿波爽快一笑：“还是小盈懂我，知道我想喝这个。”

方博裕不知道从哪儿冒出来的，问道：“我呢我呢？博盈记得我喜欢喝什么吗？”

博盈无语，拿了一杯他爱喝的焦糖玛奇朵给他。

方博裕看着，夸她：“你还真记得我喜欢喝什么啊？不错不错，看来把法律条文背下来的时候没作弊。”

瞬间，听到的同事下意识地看了眼朱晓夏。

方博裕这话立马让大家想起了上午的事。

博盈注意到了这点，一时不知道该谢谢方博裕证实自己的记忆，还是该吐槽他让朱晓夏难堪。

分完咖啡，每个人都有。

博盈上午和朱晓夏虽有矛盾，却不会在这种小事上硌硬人。同样的，朱晓夏也接了她给的咖啡。至于喝不喝，另说。

下午过得充实且平静。公司里自然还有闲言碎语，但博盈不去在意也就没事。

她忙忙碌碌一下午，到了下班时间，才颓然地趴在桌上休息。

裴云梦看她这样，忍俊不禁："这才刚开始呢，就累了？"

博盈叹气："其实，我不该学这个专业的。"

裴云梦笑笑，托腮道："在公司做还好点。要是在律所，你会更累，还得经常出差跟各种不同的人打交道。"

"嗯。"博盈点点头，想了想说，"但在律所做好了，应该会很有成就感。"

闻言，裴云梦瞅着她："你想去律所吗？"

博盈愣了一下，反问："你不想吗？"

裴云梦摇头："我不想，我就是条咸鱼，有个稳定工作就行了，太有挑战性的我做不来。"

博盈点了点头，表示理解。

裴云梦继续问："你想去律所，那之前怎么会来我们公司面试？"

"嗯……"博盈纠结了几秒，没瞒着她，"因为我还没找到喜欢的律所。"

裴云梦扑哧一笑，怎么也没想到她会给出一个这样的答案。她叹了口气，感慨道："也是，好的律所不好找。"

博盈"嗯"了一声，很是赞同。

两人都加了会儿班才走。

裴云梦自己开车上班，博盈暂时没买车，每天不是蹭车就是打车。

走出公司，博盈才注意到今天的天空漂亮的不像话，且似曾相识。博盈在原地看了半分钟，不由自主地拿出手机。

她几年前没拍成的天空，今天应该可以拍到了吧。

还没打开相机软件，博盈先闻到了熟悉的味道。她正想回头，一个好听的声音传来："怎么不拍？"

博盈微顿，抬起眼看他："你怎么也还没下班？"

"嗯？"贺景修眉峰稍扬，"加班。"

"行吧。"博盈瞟着他，"老板也不容易。"

她点开软件，在贺景修的注视下，把漂亮的夕阳拍下。

拍完照，贺景修问："准备怎么回去？"

他的车停在不远处。

博盈正想说打车，可话到嘴边又换了："今天打算坐地铁。"

贺景修一点也不意外，盯着她看了片刻，说："注意安全。"

"好。"

地铁口离公司很近，走路不超过五分钟。

博盈低着头往前走，依稀能感到背后的目光。她好几次想停下来，却又没找到理由说服自己。

身后没有熟悉的脚步声，博盈松了口气的同时，又有点别的情绪。说不上来是什么，反正就胸口闷闷的，不太舒服。

博盈没带地铁卡和零钱，于是站在地铁通道在手机上下了个地铁、公交都通行的软件，然后往里面充了钱。她折腾好刚准备走，眼眸里出现了一部黑色手机。

博盈一愣，一脸错愕地抬起头。

贺景修不知何时出现在她面前，身上的西装脱下搭在手臂上，只穿一件白色衬衫。他袖口挽到小臂位置，露出一小半肌肉，看上去非常有力量。

地铁通道里人来人往，有打扮入时的，有休闲风的，也有知性的。同样的，也有和他一样是衬衫西裤搭配的，但总感觉和他有些不同。

他就算是穿着最简单的衣服，在人群中，也永远是最耀眼的那一个。

博盈直愣愣地望着他，嘴唇张了张，好半天才憋出一句："你怎么会在这儿？你司机呢？"

他不是没跟上来吗？

贺景修垂着眼看她，倏地一笑："怎么每次见到我都要问问我司机？"

博盈微哽："我不是这个意思，主要是我刚刚看你的车停在不远处，司机应该是在等你吧。"

也因为这个原因，她才会说坐地铁。

博盈知道，只要她说了打车，贺景修会自然而然地说送她。说她矫情也好，或者别的什么也罢。目前这种情况，博盈觉得她还不适合每天坐贺景修的车下班。

她不知道贺景修在想什么，同样的，自己也还没想清未来的路该怎么走，他们不能稀里糊涂地又犯同样的错误。

听到她这句坦诚的话，贺景修目光沉沉地看着她，脸上笑意渐收。他沉默了好一会儿，才出声："我让他先回去了。"

没等博盈说话，贺景修拿着手机在她面前晃了晃："不愿意帮我弄？"

博盈看着他救助的目光，想躲开，却又避无可避。

半晌，她败下阵来。

"没。"她接过他的手机，捣鼓着给他下载软件，小声嘀咕，"你一个大老板坐什么地铁？简直浪费资源。"

贺景修被她的歪理逗笑："我坐地铁怎么就是浪费资源？"

"有车不坐不是浪费？"博盈理直气壮地说，"地铁要留给我们这些普通小老百姓。"

闻言，贺景修扬扬眉："你说你？"

博盈："是啊。"

贺景修点了点头，说："知道了。"

博盈狐疑地看着他，总觉得他话里有话。

贺景修注意到她目光，坦荡地回视她。

半晌，博盈挪开视线："好了。"

她把手机递给贺景修，再次询问："你确定要坐地铁吗？你知道你坐到哪儿下？"

贺景修："不知道。"

博盈瞪圆了眼，不敢相信地看他："那你不查查？"

"你查。"贺景修看了她一眼，玩笑似的问她，"愿不愿意提前熟悉路线？"

第四章

试　车

虽然已过了下班高峰期，但此刻地铁里人不少，也不安静。

贺景修就站在博盈身畔，他说出口的话，她自然一字不落地听见了。她神情错愕地看着贺景修，不敢相信他说了什么。

贺景修感受着她的情绪波动，笑了一下：“不愿意？”

博盈上下唇动了动，根本不知道如何回答。

蓦地，她注意到贺景修眼底促狭的笑，猛然明白过来，这人是在逗自己。

博盈瞬间炸了，嘴角抿成一条直线，狠狠地瞪了贺景修一眼，转身往检查通道那边走。

贺景修看她“决绝”的背影，嘴角的笑收敛了几分。

“生气了？”他腿长，三两步便走到了她旁边。

博盈连个眼神也没给他，低着头往前走。贺景修没辙，只能跟上。

进到里面，地铁还没来。博盈宁愿玩手机也不跟他说话。贺景修敛着眼睑看着她，也不再主动出声。

两人就这么僵持到进了站台。

地铁里这会儿人依旧很多，博盈以前常坐地铁，熟门熟路地找了个角落的位置站着，但贺景修就不那么熟练了。就那么几秒工夫，他被一同进来的人堵住，和博盈分开两端。

地铁车厢关上，各种味道都混在一起，让人闻起来非常不舒服。

贺景修皱了下眉，有些许不适。他想跟面前的人说“借过”，说了一声，对方像没听见一样，没有搭理他，甚至还把仅有的一点间隙填满。

半分钟后，轻轻松松站在角落里的博盈收到了一条消息。看到消息内容后，博盈没忍住，朝被人围在中间的男人那边看了一眼。

其实刚进来那会儿，博盈就有注意到他那边的情况。那会儿她还因为贺景修跟她开的玩笑生闷气，自然也就不想理他。只不过她没想到，贺景修会这么狼狈。

此刻，他像是一头被困住的猛兽，无法动弹，只露出了一双清澈明亮的眼睛，在向她发出求助。

博盈无法形容当下的感受，可奇妙的是，她一点都不生气了，反而还有点想笑。她想，应该没有人可以拒绝这个模样的贺景修。

她正看着，手机又是一振。

贺景修：还看笑话？

博盈：我哪有？我这不是思索着怎么过去解救贺总嘛。

博盈：得想个万全的办法才行。

贺景修：……

一分钟后，地铁到站停下。

博盈强忍着笑避着人流往贺景修那边去，在他错愕之际，将他拽出地铁。

出去后，博盈还在笑。

贺景修脸稍稍有点热，掉开目光看了眼别处，又落回她脸庞。

博盈笑起来很甜，非常有感染力。

她脸小，但眼睛很大。笑起来的时候眼睛弯弯的，似月牙，瞳眸清澈晶亮，像一汪可以让人止渴的泉水，脸颊也因为笑，染了红晕。

贺景修就这么看着她笑，也不打断。好一会儿，他看着她红润白皙的双颊，没忍住抬手碰了碰。

他的指腹是热的，她的脸颊也是。刚碰上，博盈就被迫停住了笑，抬起头看他。

她望着他英俊的脸，眼睫轻颤了颤，嘴唇翕动："你干吗？"

贺景修看了眼落在她脸颊的手，不仅没立马松开，还刻意地掐了下她那一块涂了腮红的肌肤。

"真这么好笑？"

博盈感受到了轻微痛感，立马把他手给打开。

她脸颊比笑的时候更红了，脸也变得更烫，不自在地说："对啊。"

博盈清了清嗓子，一本正经道："没想到，大名鼎鼎的贺氏集团总裁，有一天会被困在地铁里。"

贺景修无奈，双手抱臂看她："我也是个正常人。"

"你不是。"博盈想也不想反驳他，"正常人才不会不好意思跟周边的人说'借过'。"

贺景修捏了下眉骨，不争气地说："我说了。"只是没人理他。

看他略显委屈的神色，博盈唇角的笑扩大，出声调侃："没想到，贺总也有今天。"

贺景修觑了她一眼，抬手戳了下她笑起来会出现的小梨涡，无奈道："看到我这样，你就这么高兴？"

博盈："是呀。"

贺景修点了点头，跟着笑了一声："只要你高兴就行。"

博盈一顿，脸上的笑收了收，没好气地睇了他一眼："我还在生气呢。"

贺景修莞尔，目光柔和地望着她："那博大小姐能不能告诉我，怎么才能不生气？"

闻言，博盈眼珠子转了转，压着眸子里的笑："贺总这么聪明，自己想吧。"

贺景修缄默几秒，试探着问："我请你吃饭？"

博盈无语道："我是猪吗？"

贺景修哑言，还真不太知道怎么能让她不再生气。在哄人这件事上，七年后的贺景修和七年前的他一样生疏。

片刻，博盈轻哼道："吃什么我定？"

贺景修兀自一笑，目光灼灼地看着她："当然。"

晚上七八点，夜宵摊老板们开始在街巷出动，燃起火光。

博盈和贺景修打车到巷口时，已经能闻到一阵阵飘来的食物香味了。香味源源不断地钻进鼻子里，勾得人饥肠辘辘，食欲大开。

路边摆开的桌子很多，客人也很多。但大多穿的都比较休闲，贺景修这种衬衫西裤的，略略少见。

两人站在路口，不少人将目光放到他们身上。

博盈倒是不怎么在意，但她不知道贺景修会不会不自在。

思及此，她转头看了他一眼。

"怎么了？"贺景修第一时间给出回应。

博盈摇摇头，抬了抬下巴问："会不会不自在？"

贺景修顺着她目光去看，看到了拥挤的过道，以及烟火气息。

他瞥了她一眼，淡声说："不会。"

博盈惊讶："真的？那你待会儿吃得下吗？"

闻言，贺景修笑道："现在才问是不是晚了？"

博盈撇嘴，她主要是没想到刚刚他会答应得那么爽快。

贺景修大部分时间能洞悉博盈内心想法，他看了眼两人位置，抬手拉了她一下，往边上靠了靠，说："路边摊挺好的。"

博盈一怔，还真是意外。

她记得贺景修以前很讨厌去这种地方。高中那会儿，博盈觉得自己肚子里不只有一个胃，她老是饿，吃过中饭没两小时就要吃零食，吃了晚饭上过晚自习后一定要吃夜宵。

一中和七中两所学校旁边有很长的一条街，街的两边全是各式各样的小店，大多是吃的，那条街是博盈高中时期的最爱。

她经常邀请贺景修一起吃夜宵，但十次有九次会被拒绝。没别的原因，纯粹是因为他觉得路边摊不干净，气味太大。

博盈愣怔着，下意识地说："可你以前……"

话说到一半，她停住。

贺景修自然知道她说的以前，他目光直直地看着她，问："我以前怎么了？"

博盈抿了下唇，轻声说："没。"

贺景修垂下长睫盯了她片刻，倏然笑笑，自然地避开她不愿意聊的话题："想吃什么？烧烤还是串串？"

博盈："我都要。"

从街头到街尾，博盈往肚子里塞了不少东西。

烧烤、串串、铁板烧、双皮奶、冰激凌等，她想吃的食物都吃到了，也吃撑了。

贺景修本不想让她吃冰激凌，但她坚持，贺景修也拿她没办法。因为他知道，现在不让博盈吃，她回家后还是会自己买来吃。

吃饱喝足，博盈这才去注意他："你吃饱了吗？"

贺景修点了点头。

"真的？"博盈不确定地问，"要不要再陪你去喝点粥？"

她在大快朵颐时并没忽视贺景修没吃几口东西这件事。

贺景修扫了眼腕表："不用。"他看着她，"不早了，我送你回去。"

博盈怔了下，忘了自己有手机也戴了手表这件事，抓着贺景修手臂看，在看到表钟显示的时间后，她直呼："完了完了，快十点了。"

贺景修不解："十点还有事？"

博盈催促他去马路边，没太多隐瞒地说："我家有门禁，十点之前必须回家。"

贺景修："门禁？"

博盈点点头："嗯，我哥说我要是十点不回家，以后就别住家里了。"说着，博盈小声抱怨，"其实他就是不想我和他女朋友住一起，故意为难我，想让我早点搬出去住。"

但是呢，她偏不如博延所愿。

贺景修听着她的嘀咕，有点想笑。

他掩唇轻咳，笑说："那怎么办？你今晚十点肯定回不了家。"

现在已经九点五十了，他们就算是有飞机也赶不回去。

博盈沉默着想了想，对着贺景修眨了眨眼，然后在他的注视下，开始调手机和手表时间。

瞬间，九点五十变成八点五十。

“这样就好了。”博盈笑嘻嘻道，“上有政策下有对策，我哥拿我没办法的。”

贺景修愣了一瞬，被她的行为逗笑。他没忍住，轻拍了下她脑袋：“你怎么……”

博盈感受着后脑勺传来的触感，眉往上一挑，傲娇地问：“我怎么了？”

“这么可爱。”贺景修无声看着她，带着笑的声音落入她耳中，重复道，“很可爱。”

他重点强调。

一点不意外，博盈到家时，博延坐在客厅等她。听到声音，他抬头看她，目光从上而下，充满审视。

博延什么话也没说，但博盈就是有微微的心虚。她低头换鞋，装出笑脸看着他，热情地打招呼：“哥，你这么晚还没休息呀？”

博延看着她：“你也知道很晚了？”

博盈一噎，感觉在给自己挖坑。她咳了一声，佯装淡定地看了眼手表时间：“九点半，好像也不是很晚哈。”

她干笑。

客厅静了一瞬，博延眸子里有片刻的诧异。很快，他就反应了过来。他懒散地靠在椅背，似笑非笑地看她：“你刚刚说现在几点？”

博盈脸不红心不跳地说：“九点半啊。”

博延顿了下，指了指电视墙上挂着的时钟：“是吗，家里的时间怎么是十点半？”

博盈“啊”了一声，瞪圆眼说：“这样吗？”

她趿拉着拖鞋往里走，顺便瞟了眼手表：“难道我手表坏了？”

博盈心痛道：“不会吧，我这手表也太废物了。”

博延没搭腔，就静静地看她表演。博盈自言自语吐槽了几句，目光真诚看向他：“哥。”

博延抬了下眼：“说。”

博盈指了指手腕上的手表，讨好地笑了笑：“我手表坏了，你可以送我一个新的吗？”

博延沉默片刻，平静地问：“你重复一遍，你想要我送你什么？”

说实话，博盈虽然知道她哥不会对她怎么样，但还是有一点点害怕的。她见好就收，笑盈盈地说：“我说等我发工资了，我送你个手表。”

博延被她的话堵住，一时还真发不出脾气。

迟绿从浴室出来，听到的就是这么几句对话。她忍俊不禁地看向博盈：“回来了？”

“嗯嗯。”博盈看见她像看见救世主一样，抱着她亲了口，“你出来了我就不当电灯泡了，我回房啦，晚安。”

迟绿看了眼博延，忍着笑：“晚安。”

钻进卧室，博盈这才松了口气。

好险好险。

她揉了揉自己笑僵的脸，唇角往上扬了扬，拎着床上的睡衣往浴室走。

洗完澡出来，博盈看到手机里的未读消息。

贺景修：顺利吗？

博盈看了眼收到信息的时间，是半小时前。她这才想起自己和贺景修的“约定”。

送她到小区门口时，贺景修问她这样的办法真的行得通吗，要是行不通，他可以在这儿等她。

博盈对自己亲哥是了解的，也知道他设的门禁是为了什么。她当然知道博延不会为难她，但在那会儿，她无心地跟贺景修开了个玩笑。

她问贺景修在这儿等她干吗，等她被赶出家门一起露宿街头吗？

贺景修的回答让她意外，却也不是特别意外。

他看着她说“好”。

只是博盈没想到，他明知道自己说的是玩笑话，却还是多问了这么一句。

她垂着眼看着两人的聊天对话。

博盈：顺利，我刚洗完澡，你到家了吗？

贺景修的消息回得很快。

贺景修：还没。

博盈：堵车吗？

上回贺景修送她回家时，她就知道贺景修住哪儿了。

两人住的地方就隔了一座桥，车程不超过二十分钟。这个点，博盈估计十分钟就能抵达。

贺景修：不是。

博盈讶异，忽然意识到了什么。她思索了片刻，试探地敲下疑问。

博盈：你……还没走？

贺景修：你住的这地方，打车好像不太方便。

博盈看着这话，很想反驳。

她住的地方明明很好打车，就算是高峰期，也最多三五分钟就能打到出租车，更别说网约车。

可这会儿，博盈却没办法反驳他。

贺景修了解博盈，知道她这会儿在想什么。

他站在路边，一辆跑车停在他面前，车窗降下，骆霄那张脸露了出来。

“贺总，走吧。”

贺景修走近，上车后给博盈发了条消息。

贺景修：上车了。

博盈知道他在给自己台阶，自然而然地接下。

博盈：哦！那你到家了跟我说一声。

贺景修：好。

十分钟后，刚把头发吹干的博盈收到消息。

贺景修到家了。

博盈给他回了个表情包，这才合上困到打架的眼皮。

另一边，从上车到贺景修住的公寓，骆霄那张嘴都在说个不停。

他不懂，他为什么会认识贺景修这么一个人，永远在他快乐时找他，让他为他当牛做马。

“贺总，您自己没司机吗？”

贺景修边和博盈网上聊天边说：“下班了。”

“司机下班了你就找我？”骆霄不满地嚷嚷，“您不会打车？”

贺景修：“嗯。”

骆霄顿时无言以对。

其实贺景修不是不会打车，只是他不想打车。

贺景修这个人，不单单有点儿傲慢，还有些洁癖。他今晚陪博盈在夜市转了一圈，早就无法忍受自己身上的味道了，更别提还让他去坐出租车。

出租车和地铁一样，在贺景修这里都归为他不到万不得已不会去乘坐的那一类。博盈愿意坐，他可以陪同。反之，则不然。

到停车场，骆霄很自然地跟着贺景修下车。他瞟了眼他手机屏幕，什么也看不清：“你跟谁聊天呢？”

贺景修没理会，跟博盈说完“晚安”后摁灭了屏幕。

他看了眼骆霄：“你不回去？”

“嗯。”骆霄说，“我刚到酒吧就被你叫来，现在回去只会被他们灌酒。”

他揉了揉酸痛的脖颈：“我今晚在你这边住一晚，明天想吃陈姨做的早餐。”

陈姨是照顾贺景修的阿姨，厨艺相当好，做的东西特别合他们几个人的口味。骆霄和裴彦他们偶尔嘴馋了，会来他这里蹭吃蹭喝，贺景修早已见怪不怪。

“你自己跟陈姨说。”

这个点，陈姨早就下班回家了。

骆霄爽快地说：“没问题。”

贺景修还有点工作没完成，到家洗完澡后就进了书房。再出来时，骆霄点的外卖到了。他点的时候问了贺景修，给他加了一份粥。

贺景修打开粥慢慢地喝着，也不怎么说话。

骆霄瞅着他看了好几眼，实在没忍住：“你晚上吃的什么？”

在他的记忆中，贺景修是不怎么吃夜宵的。

贺景修喝了小半碗粥，才觉得胃舒服了些。他缓了缓，这才应道：“烧烤。”

“烧烤？”骆霄不敢相信地问，“你那破胃能吃这么重口味的东西？”

贺景修神情平淡地看他一眼。

“不是。”骆霄好奇地问，“跟谁吃的？”

贺景修没理他。

骆霄认真想了想，一个一个猜：“谭芮？”

没等贺景修回答，他自己先否定了自己的话：“不可能，她知道你的情况，不可能喊你吃烧烤。”更何况就算是喊了，贺景修也不会去。

贺景修任他瞎猜，不阻止也不回答。

到他吃完，骆霄突然变聪明了：“不会是在臻越遇到的那个女人吧？”

贺景修一顿，难得地给他个赞许眼神。

骆霄错愕：“不会吧，你真对她有意思？”

贺景修没说话，他对博盈有没有意思，第一个得到答案的不应该是骆霄。

骆霄打量了他片刻，也不指望他会正面回答自己。他笑了会儿，揶揄道：“贺总什么时候也喜欢办公室恋情了？”

贺景修起身，没有正面回答他，反而问了句：“我什么时候说过我不喜欢办公室恋情？”

骆霄根本不敢相信自己听到了什么。

“不是。”他怔了下，“你还真有这个打算啊？”

贺景修瞥了他一眼，转移话题：“睡了，记得把餐桌垃圾收收。”

骆霄：“喂……”

周末，博盈除了晚上会在小区散步，其他时间都窝在家里。

迟绿本想喊她出去玩，可看到她那一脸的疲惫后，又打消了这个念头。博盈刚上班，还没完全适应这一周五天工作的生活。

周一，博盈蹭博延的车去公司，在车里呼呼大睡。下车时，博延提了句：“我给你安排个司机？”

博盈默了默，瞅着她亲哥问：“我拿着一个月万把块钱的工资，让司机接送上下班，你觉得合适吗？”

博延想了想，确实不太合适。

“那给你买辆车？”他提议，“地铁人太多，你也不爱挤。”

在某种程度上说，博盈也还是个娇气大小姐。她会挤地铁挤公交，但她并不愿意每天如此。

博盈沉思几秒，点了点头说：“行啊，买什么车？”

博延看她一眼：“我晚点让助理发给你，你挑个喜欢的。”

“好呀。”博盈嘻嘻一笑，推开车门下去，活力满满地道，“谢谢哥。”

博延看她欢乐进公司的背影，博延轻挑了下眉头，目光扫过“贺氏集团”那四个字，轻哂了一声。

前排司机听着，一时不知道该摆出何种表情。

好在博延并没别的想法，很快催他离开，回自己的公司。

博盈顺畅无阻到了办公室，心情颇好。

方博裕看她这样，和她聊着：“遇到了什么好事，心情这么好。”

博盈笑了笑：“没什么，你怎么来这么早？”

“早吗？”方博裕说，“我就住这附近，醒得早索性过来了，顺便把上周没完成的工作整理整理。”

博盈点了点头。作为新人，他们得积极勤奋一点，不然很容易被刷下去。

其他同事来时，博盈和方博裕已经忙了一会儿了。

看到他们俩，有同事戏谑：“盈盈和小裕怎么都来这么早？”

博盈没多想，应着：“怕堵车。”

方博裕笑笑，跟着说：“醒了，就早点过来了。”

同事了然一笑：“这样啊，那挺好的。”

博盈没仔细听，随意点点头专注于自己的工作。

她事情不少，也想尽快上手独当一面，自然要多花点工夫。忙了一会儿，博盈的微信弹出几条消息，是她哥的助理徐铭泽发来的一些车子照片，问她喜欢哪款。

博盈看了看那几辆车的车标，一时不知道该说点什么。她一个上班族开几百万上千万的豪车，和请司机有什么区别？

博盈想着，给博延发消息说了句，她不要那么贵的。

博延对她向来没耐心，索性让她自己选，选好告诉他助理就行。

博盈撇撇嘴，对他亲哥这态度表示生气。她想了想，借着不忙碌时候点开百度，开始搜索适合女生开着上班的小车。

刚打开网页，孙鸿波无意瞟了眼她屏幕，笑了笑问：“准备买车？”

博盈尴尬一笑：“嗯，随便看看。”

瞬间，一侧的裴云梦也凑了过来：“想买哪款啊？”

博盈看她：“你开的是哪款？”她记得裴云梦是开车上班的。

裴云梦：“我就一普通代步车。”

“好开吗？”

裴云梦想了想：“我不知道好不好开，反正无功无过吧。”

她看博盈苦恼模样，建议道：“你可以问问孙哥他们，男人比较懂车。”

孙鸿波看了一眼：“说实话，我喜欢跑车，但我买不起。”

博盈扑哧一笑，弯了弯唇：“那我自己看看。”

看了会儿，博盈还是没头绪。她点开微信，正想找迟绿求助，忽然注意到了排在前面的贺景修的头像。

收到博盈消息时，贺景修正在开会。依旧是上次那个话题，董事们正在投票做决定。

手机振动了下，他用余光扫了眼才拿起点开。

博盈：你知道有什么牌子的车，便宜又好开，还比较……耐撞吗？

博盈手握驾照六年，上路的次数不超过六次。为了安全起见，她觉得买辆耐撞的车比较保险。

贺景修看着她的消息，有点想笑。

贺景修：耐撞？

博盈：嗯！新手上路。

贺景修：你开？

博盈：对啊！

贺景修：那应该没有。

博盈：？

她深深地认为，贺景修在小看自己。

博盈瞪大眼看着两人的聊天对话，气不过地追问。

博盈：为什么我开就没有？你又没坐过我开的车，怎么知道我车技烂？

博盈：梁顺都没说我车技不好。

半分钟后，博盈收到他回复的消息。

贺景修：梁顺？

看到贺景修的消息，博盈没往深处想，回了句——

博盈：对啊，你不记得他了？

梁顺是博盈初中和高中的同学，和贺景修见过几次，也一起吃过饭，按理说他应该记得的。

博盈问出后，贺景修没回复。她估摸着他在忙，没太把这件事放在心上。

会议室内，祁学真不明白贺景修的心情为何变化如此之快。

明明半分钟前，在大家争执投票时，他心情还不错。可这会儿，他却从上到下散发着一种“你们还有完没完，再吵就给我滚”的不耐烦。

祁学真能感觉到，其他人自然也能。会议室安静了下来，说话的赵旭之和李董，声音也变小了许多。到会议结束，两人甚至还友好地握了握手。

祁学真有点蒙，茫然地跟着贺景修出去。刚到门口，赵旭之压着声音问了句：“出什么事了？贺总脸色好像不对？”祁学真摇摇头：“不清楚。”他要是知道就不会这么紧张了。

赵旭之睐了眼贺景修背影，皱了皱眉：“刚刚贺总有接到什么电话吗？”

“没。”祁学真想了想，“不过，他拿了手机跟人聊天。”

两人对视一眼，谈了好几场恋爱的赵旭之立马破案：“不会是因为女人吧？”

毕竟，他没见过贺景修因为工作而有这种生人勿近的情绪。

祁学真想了想，否认说：“不可能，贺总不是会把私人情绪带到工作上来的人。”

赵旭之一脸“你不懂”的表情：“他这样绝对是因为女人。”

祁学真想也没想说：“赵总，您怎么不说他是因为男人呢？”

祁学真自己也没料到，他会一语成谶。贺景修的心情变差，还真是因为一个男人。

贺景修当然记得梁顺，但他并不知道博盈和他断了联系，却跟梁顺一直有来往。

高中那会儿，贺景修和梁顺互相瞧不上对方。他知道梁顺对博盈的那点心思，而梁顺对他也常常嗤之以鼻。他不懂贺景修有什么好的，能让博盈那么喜欢。

整个上午，贺景修都脸色阴沉地处理文件。

祁学真好几次欲开口说点什么，一看到他那没有表情的脸，又把话默默吞了回去。算了算了，还是别自找苦吃。

午饭时间，贺景修还在忙。

祁学真问他吃什么，他沉思了几秒说去食堂。

贺景修和祁学真到食堂时，大多数员工都打好饭在位子上边吃边聊了。

博盈也一样，她跟裴云梦、方博裕等人坐在一起，有说有笑的。听到门口传来的喧嚣声，她抬了下头。

贺景修今天穿了一身黑色衣服，看上去沉稳又冷峻，还有点说不出的禁欲感。

他一出现，食堂不少员工顿时倒吸一口凉气，都很意外。在大家的印象里，贺景修并不太来食堂吃饭。大多数时间，他要么出去应酬，要么在办公室解决。

“贺总怎么来食堂了？”

“不知道啊。”旁边传来同事的声音，“不过，贺总今天好帅啊！”

“贺总哪天不帅？”有人接话，笑着说，“不过，他再帅也不是我们的。”

“那也不一定呀。”同事开玩笑道，“万一呢？人总要有梦想。”

这话一出，不远处的杜楠轻哧了一声：“别做梦了，你们再有梦想也不行。”

杜楠是某位高层的侄女，知道的消息相对多一点。

听到她这么说，朱晓夏立马追问：“楠姐，你是不是知道什么消息呀？”

杜楠“嗯”了一声，吊了一会儿大家胃口才说：“贺总那种家世，肯定早就有定下的联姻对象了。”

“谁呀？”大家立马燃起了熊熊的八卦之心。

博盈听着，难得地把目光转到杜楠那边。说实话，她也挺想知道贺景修定下的联姻对象是谁。

杜楠看着她们，拐弯抹角地说：“你们知道谭芮吧？”

“谭芮？”朱晓夏愣了一下，“是上次年会和贺总一起出现的那个女人吗？”

杜楠点了点头：“就是她。”

“真的假的？可我上回和赵总出差时，他还吐槽说贺总这样的男人没人要，那应该是单身的意思吧？”法务部的另一位同事探究。

杜楠听着，轻哼道：“你懂什么？贺总没女朋友，不代表没有联姻对象啊。”她说，“他们这种男人，都是年轻时放肆玩，到年龄了再和旗鼓相当的家族联姻的。”

一桌子人讨论得热火朝天，博盈听了一会儿，便把注意力重新转移到了午饭上。她觉得听杜楠瞎扯，还不如好好吃饭。

裴云梦也一样，对贺景修的八卦不太感兴趣。

两人埋头吃着，讨论着中午的排骨味道。博盈觉得有点酸，裴云梦觉得刚刚好。

“你真不觉得酸？”

裴云梦咬了口：“不觉得啊，方博裕你觉得中午排骨酸吗？”

方博裕：“不酸。”

博盈“哦”了一声，皱了皱眉：“那给你吃吧，我感觉好酸，不想吃了。”

裴云梦一点没客气：“行，那你吃我的。”

博盈应着，筷子却没往她那边伸。她吃饭不太专心，眼睛转了转，落在不远处的男人身上。

贺景修今天是真有点帅，比她昨天见到的还要帅。

他很适合穿黑色，他身材比例好，衬衫塞在西装裤里，勾出纤细腰身，把完美的宽肩窄腰暴露在众人面前，让人不得不去注意他。

博盈从下而上地打量他，最后把目光停在他脸庞。黑色充满了神秘感，他五官显得更为立体深邃，英俊又迷人。

似乎是察觉到她的目光，贺景修朝她这边看了一眼。隔着人流，两人遥遥相望。

博盈和他对视须臾，轻轻哼了一声，挪开眼。

“怎么了？”裴云梦正吃得开心，忽然听到这么一声。

博盈：“没，我想了点事。”

裴云梦看她：“什么呀？”

博盈正想说话，旁边坐着的孙鸿波突然站了起来，喊道：“贺总。”

瞬间，这一桌的人齐刷刷地转过头来。

贺景修扫了众人一眼，颔首致意：“你们吃。”

说完，他在博盈旁边的位子坐下。

众人看着，没敢动筷。

祁学真左右为难，只能给贺景修找补：“我跟贺总坐这儿应该不打扰大家用餐吧？”他说，“今天工作太忙，忘了提前给贺总订餐。”

大家也顾不上去看别的地方是不是还有位子，更不会往深处想。几个人笑笑。

博盈听着，一时不知该做出什么表情。

她用眼角余光瞟了眼贺景修那边，他正不紧不慢地用餐，一点也没有被众人围观的不自在。博盈佩服他的心理承受力，这换作是她被人当猴子一样看，她绝对难以下咽。

因为贺景修的缘故，大家吃完也没敢先走。

等了一会儿，贺景修吃完了，众人才一同离开食堂。

从食堂离开，博盈没打算和大家一起回办公室。

她有午间喝咖啡的习惯，同事们几乎都有所了解，所以出去后，她跟裴云梦说了一声去咖啡店买咖啡，大家见怪不怪。

说完，博盈转身就准备往外走。

刚走一步，祁学真忽然出声：“博盈不跟大家一起回办公室？”

博盈没来得及说话，杜楠抢着回答：“不是，她中午要喝咖啡，买了咖啡就会回去。”

祁学真一愣：“这样啊。”他看着站着没走的博盈，说，“那博盈能不能替我带一杯？”

还没等博盈回应，杜楠便朝她使了个眼色，连忙说：“当然可以了，是吧盈盈。”

她还等着祁学真在贺景修面前多美言几句，好升职加薪呢。在贺氏集团，很多员工没办法讨好贺景修，都会变着法子跟祁学真联络。

祁学真职务是助理，实际上却是贺景修的左膀右臂。

博盈点了点头：“当然，祁助理要喝什么？”

祁学真：“黑咖啡。”

“好的，我晚点儿给你送上去。”

“行，谢谢。”

两人旁若无人地交流着，没露出一点破绽，也没有人去想祁学真为什么要博盈买咖啡。

在大多数人看来，他只是要喝，而博盈正好要去，让她买是举手之劳。

但博盈知道，要喝黑咖啡的另有其人。

因为有了帮祁学真买咖啡这个理由，博盈头一回光明正大地去了顶层。她出电梯时，恰好碰到贺景修的另一个女助理简以。

“博小姐。”简以笑了笑，“贺总在办公室等你。”

博盈眼皮跳了跳，不太好意思地说：“好的，谢谢。”

简以笑了笑：“不客气。”作为一个称职的助理，她就算是惊讶博盈和贺景修那说不清道不明的关系，也不敢多说多问。

顶着贺景修助理们的注视，博盈进了他的办公室。

和上次一样，贺景修办公室大门是敞开的，无须她敲门推门就能闯入。博盈不知道他的办公室门是不是一直不关，但不可否认她喜欢这样。

听到声音，贺景修抬头看她。

博盈瞥了他一眼，加快脚步走近，把咖啡放在他的桌上。

“贺总，您的咖啡。”

贺景修坐在办公椅上，目光直直地看着她：“坐。”

“不了。”博盈硬气道，“我还得回办公室。”

贺景修顿了顿，问：“不需要我给你介绍车了？”

博盈微微哽了下，垂眸看他：“你微信发给我。”

贺景修挑眉，从容地说：“语音？”

“不能发文字吗？”语音她怎么听，她微信在电脑登着，上班时间也不好一直看手机。

贺景修不留情面地拒绝了她的请求：“不能。打字太费时间。”

博盈有点儿无语：“那你就长话短说。”

贺景修看着她紧绷的脸，又气又无奈。他还没生气，她怎么还先摆谱了？

“去沙发上坐着。”

贺景修起身朝她走近，询问道：“有没有想吃的甜品？”

博盈瞅了他一眼，有点想吃，又觉得自己这样不太好，她得端着点儿：“我只能在上面待十分钟。”

太久了同事们会问。

贺景修眼皮也没抬，答应道：“知道。”

两分钟后，博盈边吃着甜品边听贺景修介绍，很是惬意。贺景修给她选了好几款外形和内饰都很漂亮也适合女生开的车。

博盈只想买个中等价位的，要求也不怎么高。

听完贺景修的分析，她有点儿纠结，选了两款：“那你觉得这两款哪款好？”

贺景修没开过博盈选的这两款车，并不太清楚。在他这儿，这两款车都不怎么样，奈何博盈坚持，只想要个代步小车。

“不清楚。”他沉默了会儿，看着博盈，“你喜欢的话，可以去试试。”

博盈愣了一下，反应过来说：“对哦。”

贺景修“嗯”了一声，在她再次出声前给她做了决定：“我今天要加班，明天带你去看看，顺便试驾？”

博盈眨了眨眼，根本说不出拒绝的话。

贺景修考虑得如此周到，她不领情也说不过去。沉默了一会儿，博盈点了点头："好。"

翌日傍晚，博盈在办公室磨磨蹭蹭等到大家都走后，才偷偷摸摸地去了地下停车场。

她知道贺景修的车停在哪里，也知道长什么模样。出电梯后，博盈直接往那边跑。

走到车旁，她做贼心虚地张望了下，这才拉开后车门坐进去。

坐下，博盈侧头："走吧走吧。"

一转头，旁边是空的。

博盈愣了一下，往前一看。看到驾驶座的人后，她发出了疑问："司机又下班了？"

贺景修面不改色："嗯。"

博盈皱了下眉，朝车窗外看了看，没看到有人出现，立马推开门下车，把自己从后排换到了前排。换好后，博盈边系安全带边嘀咕："那当你司机还蛮幸福的，你加班他都不用等你。"

贺景修没接她的话，神色自然地岔开话题："想先看车还是——"

话没说完，博盈兴致勃勃地道："看车！"

工作日看车试驾的人不多，业务员也都没什么精神。博盈和贺景修到的时候，店里空荡荡的。

一进去，博盈就看到了她想买的那款小车。

她环视了一圈，业务员笑盈盈地说："小姐是对这款车感兴趣吗？要不要上去试试，感受感受。"

博盈看向贺景修。贺景修点了下头。

"行。"

上车后，业务员坐在副驾驶座给博盈介绍。

博盈听得云里雾里的，感到很茫然。她把求救的目光投向贺景修，贺景修接下，和业务员交流着。

说着说着，业务员突然说："先生，您要不要来驾驶座试试？"

她脸上带着笑，目光灼灼地盯着贺景修：“我看您很懂车，需不需要先试试性能？”

博盈在驾驶座蒙了三秒，回头看向贺景修。什么意思？

贺景修没答应：“不用。”他看着博盈，低声问，“你想试试吗？”

博盈沉默了会儿：“不想。”

她推开车门下去，没表现出自己的不满意，道：“我觉得这款不是很适合我，我们去其他地方看看？”

贺景修没察觉出她别扭的情绪，皱了下眉问：“内饰不喜欢了？”

刚刚业务员没过来时，她就夸了这车的内饰。

博盈被他的话噎住，没好气地瞪他一眼说：“对。我比较善变。”

到这会儿，贺景修才后知后觉地察觉到了点什么。

他愣了一瞬，盯着博盈看了须臾，倏地一笑：“行，那换个地方。”

博盈鼓着一张脸，闷闷地“嗯”了一声。

换到另一家店，接待他们的业务员是男的，长得还挺帅。

博盈立马高兴了，连话也变得多了。

“小姐要不要试驾看看？”业务员高高瘦瘦的，望着她笑，“这会儿路上不堵了，我们可以出去转转。”

博盈迟疑：“但我很久没开车了。”

业务员笑着安慰：“没问题的，我会坐在副驾驶座，保证您不会有事。”

博盈正想答应，贺景修拿过了业务员手里的钥匙，面无表情地说：“你坐旁边，我来试。”

试车位置发生变化，博盈敢怒不敢言，她坐在副驾驶座，而那位高高帅帅的销售业务员，正坐在后排，试图和贺景修交流。

博盈一会儿看看旁边，一会儿看看后边，她怎么想都觉得诡异。

明明买车的是她，怎么到哪儿试车的都是贺景修呢？这些人就这么不相信自己的车技吗？

还有，业务员已经说了五句话了，为什么贺景修只言简意赅回了人家一个字？这人嘴巴没有被胶带封起来呀。

思及此，博盈给了贺景修一个眼神，试图让他跟对方多说两个字，毕竟业务员也不容易。

可惜的是，贺景修在全神贯注地开车，根本没看到她的眼神。

博盈无言，为了不让业务员尴尬，她主动和业务员交流着。

“这车坐着还挺舒服的。”

业务员微微一笑，露出了两颗小虎牙，看上去更可爱了。

他声音很温柔，看着博盈说：“是的，我们这款车的皮质都是选用最好最舒服的，这辆车无论是动力还是……”

他说得很清晰，让博盈这个对车没有一点研究的人，也稍稍听懂了点。

博盈点了点头，附和道：“是还可以，外观也很可爱。”

“是的。”业务员含笑道，“这款车很适合像小姐您这样年轻又漂亮的女生。”

博盈听着业务员的夸赞，有一丁点不好意思，但又很高兴。没有女人不喜欢别人夸自己好看。

她弯了弯唇，道：“谢谢。”

业务员看她心动模样，一鼓作气说：“而且现在这款车有活动，手续全部办齐只需要——”

价格还没说出口，贺景修忽然加速，惯性让两人都短暂性地挪动了下屁股。

五秒钟后，车速慢了下来。

博盈理了理自己被风吹乱的头发，扭头看向旁边男人：“贺景修，你干吗？”

贺景修瞥了她一眼，神色淡淡的：“试试动力。”

博盈还没接话，业务员立马道：“贺先生觉得动力如何？加速反应……”

博盈听着两人一问一答的对话，很是无语。

这业务员居然这么没脾气，贺景修都这样开车了，竟然还笑容满面地跟人讨论车子的性能。

博盈正走神，车忽然靠边停下了。

她狐疑地看向贺景修，嘴唇动了动："怎么停了？"

贺景修看她："不想自己试试？"

博盈一顿，觑他一眼："那不是你把我试驾的机会抢走了吗？"

贺景修低声道："刚刚出来的路上车多，现在这边没什么车，可以放心试驾。"

说实话，博盈是心动的，但她又有点害怕。她刚刚算了算，自己已经有两年没开过车了。

似乎是看出她的担忧，贺景修的声音好像温柔了几分："试试吧，我坐你旁边。"

博盈眼睛眨了眨，看到了他眼里的鼓励。

她缄默着，抿了下唇："你就不怕？"

贺景修兀自一笑，眉峰稍扬："怕什么？怕你不小心撞车？"

博盈："……"

贺景修目光深邃地看着她，淡定地说："不怕。"

看他这么坚持，心痒痒的博盈立马下了车，坐上驾驶座。摸到方向盘后，她再次紧张起来。

贺景修看着她，并不催促。

"我紧张了。"博盈转头，紧张兮兮地道，"要不还是先不试了吧。"

贺景修无言，倾身给她扣上安全带，才说了一句："有我在，放心开。"

博盈微顿，看向他的眼睛。不知道为什么，她总觉得贺景修的眼睛有魔力，无论什么时候都能让她躁动的心静下来。

两人目光撞上。

车内安静了片刻，贺景修顺手把自己的安全带扣上，歪着头对她笑了笑："博小姐，乘客准备好了，还不发车？"

博盈被他逗笑，紧绷的神经放松了。她深呼吸了口气，忽然就没那么紧张了。

"你真的相信我吗？"

"嗯。"

有贺景修的加油打气，博盈尝试着上路。她其实会开车，就是太久没开了心里紧张。再加上她车里还有人，她怕自己开车让他出现意外。

刚起步时，博盈开得很慢。

贺景修没催她，也没说什么。而业务员早在两人换位置时就安静得像不存在一样，非常有眼力见地没有打扰他们。

渐渐地，博盈找到了感觉，开始加速。停停走走，磕磕绊绊，十多分钟时间，博盈把车开回了4S店。

下车时，博盈掌心都是汗，腿也是软的。

贺景修把自己当成了“司机”，弯着腰给她开车门，把手递给她搭，让她靠着他站稳。

他看着博盈的样子，眸里压着笑：“腿软了？”

“嗯。”博盈不争气地说，“紧张。”

贺景修弯了下唇角：“那去坐一会儿缓缓。”

博盈没拒绝。

到旁边休息区坐下，喝了小半杯温水，博盈才缓了过来。

业务员询问两人，有没有打算要那台车。

博盈想了想，给博延发了张车子照片。

没一会儿，博延回了她一个问号。

博盈：哥，我要买这个车。

博延：你确定？

博盈：嗯！

博延：这车应该不耐撞，你买台耐撞的。

博盈：我车技很好！你别这么咒我，我就要这个便宜的，它比较好看。

博延似乎在忙，不太想和她说话，回了句“随你”。

博盈：给钱。

不知道是对她无话可说还是怎么，博延没再给她回消息。

博盈撇撇嘴，戳着手机屏幕嘀咕：“你好歹给了钱再消失啊。”

贺景修听着她抱怨，忍着笑问：“要吗？”

博盈迟疑了几秒，想了想：“要吧。”

反正迟早都要买的，她如果真不想开，放车库里也没多大问题。

贺景修颔首，和业务员交涉。

没一会儿，博盈就把字给签了。刚签完，她收到了条短信，是银行的。

博盈点开看了眼，笑眯眯地给博延发了个“谢谢老板”的表情包。

贺景修无意扫了眼，忍俊不禁：“你哥又出现了？”

昨天中午博盈就跟他说过，她买车是她哥付钱。

博盈点了点头，脸上藏不住的开心：“出现得刚刚好。”

贺景修看她这样，大概知道博延给的这笔钱应该不单单是买这辆车的。

确实，博延不止给了她三十万。博盈刚刚认真地数了数，博延给她转的钱够她买一辆高配豪车了。

买好车，两人从4S店离开。

因为博盈选的颜色少有，店里暂时没有现车，需要过几天再来提车。

博盈对这个倒不怎么在意，反正她也不着急开车。

离开后，刚刚给小金库添了一笔钱的博盈说要请贺景修吃饭。

贺景修顺势答应。

而这一顿饭，也真的是博盈买的单，贺景修没和她抢。

到家时，博延和迟绿正在客厅看电视。

因为那笔钱的缘故，博盈这会儿看她哥特别顺眼。她笑盈盈喊着：“哥，你们吃饭没？”

博延瞥向她，示意道：“车买好了？”

“对啊。”博盈眼睛亮晶晶的，激动地道，“以后我就是有车一族了，哥下回你要是在哪儿喝醉酒了，可以不用叫司机和代驾，我能去接你。”

博延默了默，委婉地说：“那我还是不麻烦你比较好。”

博盈噎住，睇他一眼："你就是不相信我的技术。"

博延"嗯"了一声，也不怕她生气，敷衍道："确实。"

博盈："……"

迟绿看着她气鼓鼓的样子，伸手戳了戳她脸颊，哄着说："没事，你哥不坐我坐，我相信你的技术。"

"真的？"

迟绿点头："那当然，我们盈盈的车我必上。"

博盈被她哄得心情极好，她靠在迟绿身上，懒洋洋地说："我技术真的还行，贺——"

话说一半，博盈忽然意识到了什么，默默把到嘴的名字收了回去。

但博延，没打算这样放过她。

他眯了眯眼，把手里橘子剥好递给迟绿，声调冷冷地问："贺什么？"

他面无表情地道："我忘了问你，你说朋友陪你去看车，是哪位朋友？"

博盈看他表情严肃，扯着迟绿衣衫求救。她感觉自己这一回要混不过去了。

迟绿看了一眼博延，护着博盈说："问这么多做什么？盈盈又不是小孩子了，你总不能还管着她交什么朋友吧。再说了，盈盈聪明又真诚，朋友肯定都是靠谱的，对吧盈盈？"

博盈立马高声应着："那当然了。"

她看博延沉默的模样，抓住机会说："哥，我明天还要上班，就先回房间休息了。你和迟绿也早点睡，晚安。"

说完，博盈快速地跑回了房间。

看她逃跑的背影，博延抬手揉了揉太阳穴，很是头疼。

迟绿忍笑："你刚刚干吗？明知道是贺景修陪她去的还问。"

博延没说话。

其实他对贺景修这个人没什么意见。如果他不是博盈曾经喜欢的人，博延甚至会对他有很高的评价。毕竟这个人聪明又有手段，各方面都不错。

迟绿靠在他身上，吃着他给的橘子，劝道："你别老是给盈盈设阻碍，她要是还喜欢贺景修，你拦着也没用。"

她想了想，点评道："而且我觉得贺景修还不错，无论是长相还是工作，抑或家庭，都和盈盈挺般配的。"

博延沉默了许久，在迟绿以为他不会回答自己时，听到他问了一声："你很喜欢他？"

迟绿哭笑不得，不太明白他这乱七八糟的醋意是哪儿来的。她看着博延，哭笑不得地哄着："我喜欢你。"

博盈并不知道，她的好姐妹迟绿为了她的幸福，付出了多少努力。

她只隐约觉得，她有时候超过十点回家，她哥也不会守在家里蹲她，然后质问她去哪里了。

一晃一个月就过去了，春日从指缝间溜走，换了新装变成夏天。

博盈也拿到了自己的小车，每天战战兢兢地开着上下班。

一个多月的时间，博盈和方博裕这两位法务部的新人也成长起来了，他们不再是只做些烦琐工作，复杂点的合同项目也开始接触。

博盈虽看着像个小女生，也不怎么靠谱的样子，可一旦工作起来，她便打起十二分的精神。

接触一段时间下来，不少同事都对她刮目相看。连裴云梦时不时都会感慨，说博盈用她那张人畜无害的脸骗人，让人低看了她。

对此，博盈觉得自己很无辜。她这长相是爸妈给的，她也没办法改变。

听到这话，裴云梦通常会给她一个白眼，骂她得了便宜还卖乖。

她虽不是明艳大美女的长相，但比起明艳大美女，更多人喜欢的是她这款。清丽漂亮，看着赏心悦目，让人心情好。

这日，博盈正忙着工作，吕经理召集大家开会。

每周一，他们都有个简短的会议，汇报工作进度等。

博盈照常和裴云梦挤在一起，边听边做笔记。她正听得起劲，忽然听到了自己的名字。

博盈一脸蒙地看向主位的吕修贤，不太明白发生了什么。

吕修贤看她，笑了笑说："博盈、方博裕，你们俩来法务部也有段时间了，还没出过差吧？"

两人对视一眼点头。

吕修贤点点头，道："今天下班后回家收拾下，明天跟我一起出差，江城那边有点事需要处理。"

两人异口同声应下："好的。"

会议结束后，裴云梦拍了拍她的肩膀说："盈盈，自求多福啊。"

博盈眨眨眼，不解地问："此话怎讲？"

跟吕修贤出差，应该能学到不少东西呀。

裴云梦张望了下，小声地说："集团法务部经理出差的事，你觉得会是小事吗？"

博盈认真想了想，当然不会。

裴云梦看她恍然大悟的表情，把自己听到的小道消息告诉她："而且我听说呀，这一回去江城的不单单是吕经理，还有贺总他们。"

博盈一愣，道："消息准确？"

"百分之九十吧。"裴云梦道，"我听同事说，江城那边有个副经理跳槽还泄露了机密，事情比较麻烦，所以，贺总会亲自去。"

博盈"哦"了一声，沉默了会儿说："那祝我好运吧。"

裴云梦爽快道："行，等你回来请你吃饭。"

博盈一笑："好。"

跟裴云梦聊完，博盈偷偷摸摸地给贺景修发消息。

这一个月来，两人维持着好友关系。

她不知道贺景修什么意思，反正对她而言，现在这样也挺好的。

至少……至少他们经常见面，一起吃饭，贺景修偶尔还会送她回家。这样，对博盈来说就够了。

第五章

出　差

贺景修看到博盈发来的消息时，已经是半个小时后了。江城那边出的问题不小，从早上到现在，贺景修的电话就没停过，会也开了两个。

他抬手揉了揉太阳穴，点开博盈的消息，难得地放松了一下。

博盈：贺总，经理通知我说明天要去江城出差，是你给我开的后门吗？

博盈：暗中观察.jpg

贺景修：出差算好差事？

博盈：……我刚听同事说了，这一回貌似不是。

贺景修：嗯。

博盈：“嗯”是什么意思。

贺景修：舍不得折腾你，这次出差不是我安排的。

贺景修确实有私心，想让博盈一起去，但这回的工作量大，他知道博盈想学习，但还是不舍得用工作把她压垮。他得让她慢慢适应。

看到贺景修那句“舍不得折腾你”，博盈莫名觉得办公室温度有点高。

她不自在地摸了下脸颊，吸了吸鼻子，低头给他回复。

博盈：我知道了，应该是我平时表现太好，得到了经理的重视。

贺景修：……

从他的省略号中，博盈感受到他的无语。

她忍俊不禁，笑了好一会儿才问。

博盈：所以，你明天真的会和大家一起去江城吗?

贺景修：我待会儿走。

博盈：这么急?

贺景修：嗯，到那边等你们。

跟贺景修聊了两句，博盈知道他还有事要忙，就没再多问。

她关了和他的聊天对话框，试图让自己专注工作。偏偏这会儿办公室同事也在说江城那边的事，让她根本没办法静下心来。“我听他们说这回江城的事情比较棘手，让贺总很是头疼。”

“具体是什么情况？”

“好像是副经理把公司的一个项目方案卖给了对方公司，然后准备要打官司了。”

“那博盈他们这回过去有的忙了。”

“是啊，之前江城那边公司也还有一堆事，都挺麻烦的。”

“……”

博盈听着同事们的讨论，有些许的烦躁。她揉了揉酸涩的双眼，捧着杯子往茶水间走。她每次心情浮躁时，都会喝大量的水。

茶水间，邱丽正好在。

在法务部，邱丽算是个不错的前辈，对她也很照顾。

博盈主动和她打招呼：“丽姐。”

邱丽笑笑：“接水呀？”

“我泡个咖啡。”博盈不好意思地说，“有点困。”

邱丽点了点头：“最近感觉怎么样，累吗？”

博盈故作沉思状，分外坦诚：“有一点点，但是我觉得这样比较充实。”

至少比她刚进来漫无目的，每天不知道做什么好。相对于摸鱼的日常，博盈更喜欢忙碌充实，这样时间过得快一点。

邱丽了然，以过来人姿态给她鼓励：“那挺好的，你好好做，平日里自己工作忙完了也可以找前辈多学习学习，在这儿待个一年半载，能学到不少有用的知识。”

“好。”博盈嘴唇微微上扬，“我知道的，谢谢丽姐。”

邱丽跟她聊了会儿，想到了出差的事。

她看了眼博盈，想了想道：“去江城出差不是个好差事，你机灵点，多变通变通。”

博盈一脸认真道：“我会的。”

因为邱丽的几句话，博盈暂时放松了点。她泡了杯黑咖啡回到工位，刚放下，忽然想到了点什么。她捧着杯子沉思几秒，扭头看向孙鸿波：“孙哥，我可以现在去买杯咖啡吗？”

他们公司在这种琐碎小事上管理并不严格，员工偶尔去买杯咖啡，或买点别的都没问题。

博盈之所以这么问，主要是觉得谨慎点为好。

孙鸿波愣了愣，看了眼她泡的那杯黑咖啡，开玩笑问：“还是喝不惯自己泡的？”

博盈“啊”了一声，有点心虚：“嗯。”

孙鸿波了然：“去吧去吧，方便的话给孙哥带一杯。”

“方便的。”博盈说了一声“谢谢”，这才往外走。

还是上午，咖啡厅人不多。舒缓的音乐播放着，很是悦耳。

点好单，博盈在旁边等待，顺便给祁学真发消息询问贺景修的情况。她不太确定他现在有没有离开公司。

消息刚发出去，身后传来熟悉的声音。

“博小姐。”

博盈诧异，扭头一看，是贺景修的助理简以。

“简助。”博盈看着她，“你也是下来买咖啡的吗？”

简以点点头，叹了口气说：“昨晚没睡好，买杯咖啡提神。”

博盈点点头，想了想问：“贺总他们去机场了吗？”

简以看她不好意思的模样，温柔笑笑：“还没有，待会儿就走了。”

简以又补充了一句：“我会跟着一起去，我听说你明天也会跟吕经理他们一起出发？”

“嗯。”

博盈抿了下唇：“事情真的很棘手吗？”

“有点。”简以没让她有太大的心理压力，轻声道，“不过，贺总能处理好，你不用太担心。”

两人正聊着，博盈点的咖啡好了。

她让店员把其中一杯咖啡推到了简以面前。

“简助，你可以帮我把这杯给贺总吗？”

在简以和祁学真面前，博盈早就破罐子破摔了。

她和贺景修的关系虽还没到他们以为的那种程度，但她出入总裁办公室的次数，都要超过高层经理了，而博盈也不太在意他们会怎么看自己。

简以粲然一笑，接过咖啡说：“保证完成任务。”

“谢谢。”博盈道，“到江城不忙的话，我再请简助理喝咖啡。”

刚刚她想给简以买单，被拒绝了。

简以扬扬眉，开玩笑道：“那我还要再加一份甜品。”

博盈笑道：“没问题。”

把咖啡交给简以，博盈心情更放松了些。

回到办公室，她收了心工作，连贺景修发来了消息也没注意到。

另一端，贺景修刚上车，简以就把咖啡递了过来。

他看了眼，淡淡地说：“不用。”

简以知道他的性子，也不敢卖关子，直接道：“贺总，这是博小姐让我转交给您的。”

贺景修一顿，诧异地看她：“她去过办公室？”

“没有。”简以解释，“我在咖啡厅碰到她的。”

贺景修颔首，接过咖啡：“谢谢。”

简以笑了笑：“应该的。”

一行人上车，出发去机场。

贺景修盯着博盈买的咖啡看了许久，给她发消息。她大概是在忙，没及时回复，贺景修也没再发。他坐在车内，把咖啡全饮尽。

饮尽，贺景修莫名觉得精神好了些。

“祁助理。”贺景修看向前排助理。

祁学真回头：“贺总您说。”

贺景修朝他伸出手：“把你手里的笔给我。”

祁学真顿了一下，把笔递给贺景修，偷偷注意到他在纸质咖啡杯上写东西，但具体写了什么，他不知道，他也不敢仔细看。

写完，贺景修甚至还拿出手机拍了个照。

看着他这举动，车内两位助理对视了一眼，心照不宣地挪开视线。

他们深深觉得，贺景修不对劲。

这种不对劲，是博盈来他们公司后才有的。一时间，两位助理心情还挺复杂的。

以前，他们都觉得贺景修是个没有感情的工作狂。

作为贺景修的助理，听到的看到的事不少。就拿谭芮来说，她是谭家的人，和贺氏集团有生意往来，偶尔会来公司。每一次她来公司，助理们都能看出她对贺景修的意思，偏偏贺景修从不领情。

只要谭芮来谈工作，她都会提议说一起出去吃饭。而贺景修基本会拒绝，少有的那么两次，还是因为其他几位经理都在，他不好不去。

也因此，他们这群助理偶尔还会背着老板打赌，赌他会不会有栽在女人身上的一天。

简以没想到，这一天来得这么快。

虽然就目前来看，很多助理都认为他还不算栽。但简以觉得，这已经算了。

因为博盈，贺景修破例了多少次她不清楚，但她坚定地认为，博盈有那个能力让贺景修改变。

贺景修并不知道他的两个助理在想自己的私生活，他在咖啡杯上画了一幅简笔画，拍好照后发给博盈。

发完，贺景修也不指望她会很快回复，索性把手机放在一边，开始看文件。到他这个位置，事情多到让他没空去走神，去等待。所有的事都等着他做决策，等他去处理。

中午去食堂时，博盈才看到贺景修的几条消息。

一条是谢谢她买咖啡的事，一条是咖啡杯上的简笔画，那上面画了个穿着裙子看着电脑的女生，不出意外的话应该是她。

最新一条是一小时前的，他说上飞机了。

博盈看着，忍不住笑了下。

旁边同事看到了，好奇地问："盈盈看到什么了，笑得这么开心？"

博盈莞尔，轻声道："没看什么。"

朱晓夏瞟了她一眼，站直身体说："男朋友的消息吧。"

这话一出，电梯里的同事都扭头看向她。

博盈微微一笑，温声说："不是。"

"不是？"朱晓夏瞪圆眼，"不是你笑得这么开心。"

博盈看了她一眼，没再解释。反正无论她怎么说，不相信的永远不会相信。

一天时间过得很快，下班时博盈还有点没回过神来。但其实她又是期待这一天过得快一点的，这样的话她可以早点回家收拾东西出差。

第一次出差，博盈也不知道该带点什么。她想问问贺景修，但又担心他在忙。思来想去，只能去问博延。

听到她要出差，博延倒是没表现得太意外。他交代了几句，又让她到了那边有问题给他打电话。

博盈觉得博延多虑了，她是代表公司出差的，能出什么事？但博延话都说到这份上了，她还是乖乖应了下来，以防万一。

次日中午，博盈和方博裕一行人抵达江城。

贺氏集团在这边有分公司，他们过来也有同事来接机。

上车后，几位经理开始闲聊。

博盈坐在后排听着，心不在焉地给贺景修发了一条消息。从昨晚他到这边后，两人就没再联系过，她也不敢直接问贺景修的情况，只能憋在心里。

可惜的是，贺景修还是没回她消息。博盈叹了口气，默默地收起手机。

“叹什么气？”方博裕看她，“紧张啊？”

博盈摇摇头：“不是。”她笑笑说，“别的原因。”

方博裕怔了怔，还真不知道怎么安慰她。他沉默了一会儿，和她聊天：“你之前来过江城吗？”

“来过啊。”博盈点头，“不过很久没来了，江城的变化很大。”

说到这儿，博盈想起了一个重点：“我隐约记得，你好像是江城人对不对？”

方博裕打了个响指：“没想到你记得。”

博盈耸耸肩：“那当然，我记忆力很好的。”

方博裕是江城人这事，在办公室提过几次。之前还有同事说让他回家了带点江城特产，他也一口答应。

不过这回出差，大家倒是忘了这事，提都没提。

方博裕兀自笑笑：“要是有空，带你吃地道的江城美食。”

博盈：“行，希望有这个机会。”

两人一路聊着，没过多久便到了酒店。到酒店办理好入住手续，一行人去分公司开会。

从到分公司开始，博盈他们就忙了起来。一天下来，她连喝口水上个厕所的时间都没有，几个会连着，博盈和方博裕作为两个新人，除了做会议记录外，还得找资料、拟合同、想方案等。

事情告一段落，博盈已经筋疲力尽了。她想过会忙、会难，但没想过会如此复杂、如此困难。从公司折回酒店，博盈连吃饭的力气都没了。

婉拒了方博裕这个“东道主”的邀请，博盈回了房间。她趴在床上，不知不觉睡了过去。她是被手机铃声吵醒的。

博盈眯着眼接通，嗓子还有点哑：“喂。”

贺景修听着她声音，眉头微蹙："嗓子不舒服？"

"嗯。"博盈迷迷糊糊应着，含糊不清地说，"有事吗？"

贺景修捏了下眉眼，喊了句："博盈。"

"啊？"博盈张嘴答应了一声，猛地清醒过来，"贺景修。"

贺景修扬了下眉，低低一笑："清醒了？"

博盈讪讪地，不太好意思地说："嗯。我刚睡着了。"

"饿不饿？"

博盈摸了摸自己肚子，老实道："饿，但我没力气出去吃饭了。"

她现在一点都不想动。

贺景修了然："想吃什么？我让人送过来。"

博盈眼睛一亮："什么都想吃。"

贺景修无奈，勾了下唇道："行，你再躺会儿，我安排人送餐过来。"

"好。"

在房间洗了个澡，博盈才偷偷摸摸地去贺景修的房间。

他们住的是同一家酒店，只是房间规格不同。博盈是法务部唯一过来的女性，公司给她订了个单人间，而贺景修作为老板，住的房间自然是最好的，在最顶层。

博盈出电梯时，碰到了祁学真。跟祁学真打了无数次交道，她现在脸皮也厚了，不再有什么不好意思的感觉。

"祁助理。"

祁学真颔首："博小姐进去吧，贺总还在开会，他说让你先吃，不用等他。"

博盈道："谢谢。"

贺景修的房间真的很大很大，除了有专门的卧室、客厅、书房、厨房外，还有一个酒柜墙。

房间在顶楼，环绕的落地窗，能俯瞰整座江城。

博盈进去后，祁学真便离开了。

她在客厅转了一圈，往餐桌上看了一眼。那上面大多是她喜欢吃的食物。

博盈眼神在上面停留了一会儿，转身往书房走。刚到门口，她便听到了贺景修的声音。

贺景修的声线和几年前相比，有细微的变化，但不大。依旧和往常一样，声线清亮悦耳，刻意压低着，又显得低沉撩人。

博盈听着，往前挪了挪脚。她探着头，一眼便看到了坐在办公椅上的男人。

他穿着衬衫，但领带丢开了，扣子也解开了两粒，隐隐约约地露出了他滚动的喉结和性感的脖颈，看上去十分撩人。

博盈盯着看，想起了他高中穿篮球服的模样。

那时候，贺景修的少年气还很重，身形也比现在消瘦，唯一不变的还是他那种清清冷冷的气质，介于少年和成熟男人之间的味道，让博盈没办法挪开眼。

她正走神想着，也没注意到男人结束了视频会议，起身朝她走来。

贺景修站定在博盈面前，抬手在她眼前晃了晃。他垂眸看着她呆滞的模样，脸上带着笑弯下腰，和她近距离的四目相对。

两人瞳孔颜色黑白分明，映着对方的模样。

博盈忽地一惊，猛地往后退了一步，一脸错愕地看他："你干吗？"

贺景修挑眉，看她倒打一耙的样子，问："站这儿做什么，吃饭了吗？"

博盈一顿，不想让他看出自己在等他，嘟囔道："贺总，您把我叫上来吃饭是让我一个人吃的？"

贺景修一怔，兀自笑笑："抱歉。"

博盈不太喜欢他跟自己道歉，转开脸说："没事，现在吃也一样的。"

说着，她往外走，贺景修跟上。

贺景修没让她等太久，餐桌上的食物还是热的。两人都饿了，也没什么心思说话。

当然，主要是博盈不说话，贺景修也就相对沉默一些。

把肚子填得差不多后，博盈才有空和他聊天。

"你明天还会这么忙吗？"

贺景修点头："要忙几天。"

他看向博盈，温声道：“明天你要不想出去吃饭的话，你跟简以说一声，让她安排人送餐去你房间。”

闻言，博盈想都没想：“这不太好吧。”

贺景修目光在她身上停了一瞬，问：“怎么不好？”

博盈眨了眨眼，迟疑道：“我就是个小职员，让你助理给我订餐送餐，这不太合理。”

贺景修知道她在担心什么，道：“不会有人看见。”

就算是看见了，也没人敢说出去。

“不不不。”博盈还是拒绝，“不用。”

她看向贺景修，认真地说：“我如果饿了，会自己点外卖。”

“确定？”

“嗯。”博盈重重点头。

贺景修看她坚持，便不再强求。

安静用完餐，博盈体力和脑力都恢复了不少。贺景修让她坐会儿，他让人过来收拾残局。

到了这会儿，博盈才意识到自己大晚上的正和一个男人共处一室。她稍稍有点不自在，四处看了看，目光重新落在贺景修身上。

“贺景修。”

“嗯？”

博盈抿了下唇，感觉自己像是吃完就跑的渣女，讷讷道：“我先回房间了。”

听到这话，贺景修顿了下，垂眸看她。在看到博盈躲闪的眼神后，他明白了过来。

“回去能睡着？”

博盈默了默：“应该可以……吧。”

贺景修并不拆穿她，转而问：“不是那么困的话，陪我去楼下走走？”

博盈怀疑贺景修在自己脑子里装了监控器，不然怎么会知道她会睡不着了呢？

她“哦”了一声，很勉强的样子：“那好吧，就走一会儿吗？”

贺景修："就走一会儿。"

不过，博盈忽视了自己的体力。她体力本身就不太好，特别是坐了飞机，会比日常更容易疲惫。

跟贺景修下楼后，两人自然地往外走。

博盈很喜欢江城的小街小巷，每次来都能有不同的感触。

走出酒店一段距离，博盈就走不动了。她强撑了会儿，还是没力。

"贺景修。"博盈喊旁边的人，"我们回去吧。"

贺景修停下："走不动了？"

博盈点了点头。

贺景修微顿，拿着手机看了一眼，距离她刚刚搜索出来，嚷嚷着想去看看的小店还有十分钟路程。

"那还想不想去那家店？"

博盈觑他一眼，嘀咕说："想啊，但我走不动了，下回再说吧。"

贺景修无奈，低声问："就这么不愿意喊我帮忙？"

博盈怔住："我没……"

贺景修没搭腔，转而在她面前半蹲下。

此时此刻，他们两人走的是一条不宽不窄的人行道。但这个点没什么行人，稍稍显得有点空旷。人行道的旁边是被郁郁葱葱绿植隔开的车道，很近很近，近到让人能清晰地听到汽车鸣笛声。路灯的光不是很亮，两人的身影叠在一起。

博盈呆滞地看着贺景修留给自己的后背，忘了要做什么。

贺景修等了会儿，也没等到人。

他微微蹙眉，回过头看她："博盈。"

"啊。"博盈垂着长睫和他对视，"你这是要做什么？"

她有猜到，却又不敢百分之百肯定。

闻言，贺景修像是听到什么笑话一样，抬起眉眼问她："看不懂？"

没等博盈回答，贺景修又说了句："上来，我背你过去。"

路上光影斑驳，风吹过，树枝摇曳，沙沙作响。

博盈垂眸看着面前熟悉却又陌生的背影，眼睫轻颤，迟迟没有趴上去的动作。

等了一会儿，还没等到人，贺景修再次扭过头看她："博盈。"

和往常一样的语调，却依旧让她觉得缱绻温柔。

博盈回过神来，迟疑道："你确定要背我过去？"

贺景修看她一眼，似乎是嫌弃她啰唆，声音里带着点不耐烦："上来。"

话说到这份上，博盈再拒绝就矫情了。她"哦"了一声，乖乖地趴到他后背。

男人的背，和博盈记忆里的差不多，宽而有力，安全感十足。

这不是贺景修第一次背博盈，高中时他也背过她两次，一次是她耍赖，强迫他背的，还有一次……

那一次是她跟家里吵了架回学校，找贺景修吃饭然后被他拒绝。博盈也不知道怎么回事，就觉得很委屈很委屈，那个时刻，她觉得自己就是全世界最委屈的人，眼泪不受控制地往下掉。

最后，贺景修不仅陪她吃了晚饭，还在她哭的那两个小时给她端茶递水附带擦眼泪。

哭完，博盈也累了。

贺景修没辙，只能背着把她送回家。

想到那次的事，博盈侧了侧脸，去看贺景修。

从她现在这个位置，只能看到他小半张侧脸、高挺的鼻梁及长而翘的眼睫毛。

她的心脏不受控地乱跳。

男人身上的温度比她想象的要高，隔着单薄的衣物传递到她胸腔。有那么一瞬，博盈甚至产生了错觉，好像隔着两件衣服，她胸口的心脏穿透而过，从他后背而入，去寻找他心口的着落点。

似乎是她看得太久了，贺景修突然出声打断了她的思绪。

"看什么？"

博盈轻了眨眼，装模作样地移开目光，低声说："没，我刚刚在想事。"

贺景修抬了下眉，感受着肩背上的柔软肌肤的感觉，喉结上下滚动。

"什么事？"

他现在急需转移注意力。

博盈沉默片刻，轻声说：“我突然想到，你以前也背过我两次。”

贺景修：“嗯。”

博盈看他神色沉静，闷闷地问：“我哭着把眼泪鼻涕擦你身上那次，你是怎么忍住没把我丢下去的？”

这事，还是她另一个同学帮她回忆的。

那时她哭得稀里哗啦的，贺景修不可能真的送她回家，总要找个女同学帮忙。那会儿迟绿正好请假了，就找了她另一个关系好的女同学一起送她回去。

那些是女同学在她醒来后说的，让博盈好几天都没脸见贺景修。

据悉，回去路上她安静了那么几分钟，就又开始哭。哭的时候，还时不时地抽抽鼻子，鼻涕也哭了出来，就那么擦在他衣服上。

有好几次，女同学看到贺景修脸色都变了，但他还是坚持把博盈安全送回家了。

提到这事，贺景修元神复位。他脚步微滞，声音低沉：“还记得？”

“嗯。”博盈不好意思地偏了下头，鼻尖在他肩上擦过，留下柔软的触感，“忘不了。”

贺景修低头笑了下，说：“不忍着能怎么办？”

博盈还以为能听到什么特别的话。

她无言，小声念叨：“那你可以把我丢下啊。”

“不敢。”贺景修侧了侧脸，脸颊擦过她搭在他脖颈处的手背，不正经地说，“我怕你第二天到我班里继续哭。”

博盈哑然，轻哼：“怎么可能？！”她底气不足，“我又不是哭包。”

她最多最多会找他算账，和他“一刀两断”。

贺景修点了点头：“确实算不上哭包，也就是个小麻烦。”

“小麻烦”这三个字从贺景修嘴里说出来，听不出任何嫌弃的意思，反而有种说不出的宠溺。博盈的脖子、脸还有耳朵同时热了起来。

她抿了下唇，在他后背上动了下，开心地嘟囔：“谁是小麻烦？你才是！”

贺景修挑眉，哭笑不得地问：“我哪里麻烦？”

提到这，博盈像是积攒了很多怨气，开始跟他算账：“你哪里不麻烦？矿泉水只喝一个牌子的，我就想问你其他的怎么就不能喝了？还有几次我不小心踩了你的鞋，你冷冷地看我一眼，第二天就换了新的，还离我远远的——”

贺景修这个人的麻烦事，不止一两件。

说着，博盈还想起了件耿耿于怀的事：“你的笔记本还不让人碰，碰久了就不要了。我那次晚了两天没还你，你就说什么送我了，我要你笔记本干吗？我又看不懂。”

说到最后，博盈还有点小委屈。她那次借的是物理笔记，她学的是文科，贺景修也知道借笔记是她缠上他的借口，竟还装傻。

这指责来得莫名其妙，贺景修有口难辩。

他自然也记得那次笔记本事件，同样也知道博盈是存了什么心思来借的。

对博盈，贺景修最开始确实不会过多理会，但渐渐地也是真的拿她没办法。

她忘了，她送过好几次别的品牌的矿泉水，贺景修其实也喝过。而笔记本，贺景修借给她的时候并不知道她是给别人借的。这个别人，好巧不巧还是梁顺。

贺景修自认为自己没那么大度，当然生了闷气。

博盈叽里呱啦说了一大堆，贺景修都没吭声。

她忐忑几秒，清了清嗓子，额头蹭在他肩上，咕哝道：“你为什么不说话？”

贺景修根本不知道要说什么。他看了眼近在咫尺的小店，问：“说什么？”

博盈眨了下眼，借着路边店铺明亮的灯光看他后颈肌肤，脸微微发烫：“说你才是小麻烦。”

贺景修感受着她落在后颈处的呼吸，眸色沉了沉，妥协道：“你说得对，我是小麻烦。”

博盈听着，得寸进尺道：“是大麻烦。”

闻言，贺景修笑了下，从善如流地说：“我是大麻烦，你是小麻烦这样可以吗？”

博盈耳朵一动，身子微僵，压了压自己上扬的唇角，别别扭扭的模样：“你说自己就说自己，不要带上我。”

贺景修正欲再说点什么，博盈忽然喊：“到了。”

他抬头看了眼，沉沉应着：“能走了？”

“能。”博盈让他把自己放下，脚下生风地往店里钻。

贺景修看她的背影，抬手轻揉了揉眉眼，又莫名地笑了下。他倒是想看看，她这拙劣地转移话题的借口还能用几次。

博盈想来的这家店，是这边一家很有个性很有风格的小店。

有一点点像潘多拉魔盒，里面有店主收集的各种各样的手工艺品，精致的、粗糙的、漂亮的、可爱的、丑兮兮的，全都有。

她之前在网上看过别人说这家店很多东西都是孤品，是有钱也买不到的那种。

博盈喜欢收集东西，对这种店一直都很有兴趣。

走进店里一看，店里的货品琳琅满目，果然和网友说的差不多。

门口挂了两件洛丽塔的衣服，漂亮吸睛，其中一条裙子粉白的蕾丝搭配，裙摆上缀了一圈蝴蝶结，分外少女。

博盈的目光在这条裙子上停了好一会儿，有点心动，但又感觉买回去应该是衣帽间的挂件。

注意到她的目光，贺景修问了句：“喜欢这件？”

博盈“嗯”了一声：“有一点，但感觉已经不适合我了。”她说着，往里走，“先去看看别的小物件。”

逛了小半圈，博盈已经有十多样想买的东西了。如果不是觉得全买了太过分，她真的挺想把这家店都给搬回去。

结账时，博盈问了问门口的裙子。

店主是个很漂亮温柔的女人，她含笑看着博盈，轻声说：“那是非卖品。”

博盈一愣：“不卖的呀？”

店主点头，指了指：“那旁边写着非卖品，你可能没注意。”

“啊……”博盈有点遗憾，“好吧。那件是孤品吗？”

“是的，绝版了。”

回去路上，博盈还心心念念地想着那条裙子。

如果不是孤品，她可能不会这么念念不忘。但偏偏是孤品，还是非卖品。

女人就是这样，越得不到的东西越想要。容易得到的，反而不是那么喜欢。

“贺景修，你说我去说服那个店主卖我可以吗？”

思来想去，博盈还是想买。

贺景修抬了下眼：“这么喜欢？”

“刚开始只是有点，但现在买不到了，就特别喜欢了。”博盈很坦诚，“女人都这样的。”

贺景修无言，垂眸看她：“那去试试。”

“嗯。”博盈站在原地想了想，“明天吧，今天好晚了。”

贺景修颔首：“行，回去休息。”

只不过博盈不知道，她的轻松时间也就这么一晚。次日，她连到楼下散步十分钟的时间和力气都没有了。除了忙，还是忙。

贺景修也是一样。

他们俩除了第一晚一起吃过饭见了面，之后几天，博盈没他半点儿消息。

两人忙得连微信消息都是一天一两条这样。

一晃，到江城出差的半个月结束了，工作也彻底告一段落。

最后这天忙完，吕修贤说请大家吃饭，犒劳犒劳他们。

博盈和同事们一起去餐厅，听到同行的另一男同事问了句：“经理，贺总还没回来吗？”

前两天贺景修跟她说了句，说是要去外地出差。

博盈跟同事打探了下才知道，贺氏集团在邻市一个小县城有个项目，作为老板来都来了，自然会安排去看看。

吕修贤应了一声：“还没有，那边项目没有进展，贺总决定在那边监工几天。”

方博裕叹了口气：“老板也不容易。”

吕修贤回头看了眼他们后排这两个人，笑着问：“这段时间感觉如何，累了吧？”

博盈和方博裕对视了一眼，回答说：“还好，累是有点累，但很充实，学到的东西也很多。”

吕修贤莞尔一笑：“晚上多吃点，明天回去了可以好好放松两天。”

明天是周四，考虑到在这边出差都没放假，集团直接给了他们工作日的两天假期。

两人点头。

吕修贤看了看他们，赞许地收回目光。

晚上的餐厅高档，但博盈吃得并不专心。

吃过饭后，博盈跟大家分开，去了那家和贺景修一起去过的手工藏品店。她还是想买那条裙子，但一点都不意外，她还是失败了。

店主坚持不卖。博盈没办法，也不想强人所难，只能失望而归。

回到酒店洗漱完，博盈懒洋洋地趴在床上放松，宁愿盯着手机发呆也不去收拾东西。

也不知道过了多久，手机铃声打破寂静。

博盈看也没看，快速地接起：“喂。”

她的声音充满活力。

“明天回？”博延的声音，“要不要让司机去接你？”

博盈的嘴角往下耷拉着：“哥？”

博延道：“怎么了？”

博盈撇撇嘴，郁闷道：“你怎么这个时候给我打电话，你不用陪你女朋友吗？”

博延差点没被她气出病来，他头疼道：“要不要司机接你？”

“不要。”博盈拒绝，“我自己打车回去。”

博延：“行。”说完，他挂了电话。

博盈瞅着手机，主动给贺景修发了条消息。发出去后，对面依旧一片死寂。

博盈幽幽地叹了口气，把手机丢一旁准备睡觉。

半夜，手机叮咚的声音不断传来。

博盈眉头紧锁，在床侧摸索着点开。点开一看，是贺景修发来的几条消息。

瞬间，博盈清醒了几分，她揉了揉眼睛回复。

博盈：你刚忙完？

贺景修似乎是被她的消息惊讶到了，立马拨了电话给她。

“喂。”博盈刚睡醒，嗓子有点沙哑。

贺景修那边风好像很大，呼啸声和男人深沉的声音传到她耳内：“博盈。”

博盈下意识地应：“怎么了？”

贺景修站在酒店走廊外，指间还夹着一根点燃的烟，猩红的光若隐若现。他眺望着远方的景色，精神了几分：“还没睡？”

“睡了。”博盈往被子里钻了钻，含糊道，“被你的消息吵醒的。”

贺景修一怔，轻声道：“抱歉。”

“……不是。”博盈搞不懂他，“是我忘了调静音。”

贺景修笑了下，解释说：“我刚忙完。”

他忙完后，看到博盈消息，便第一时间给了回应。

贺景修话里的意思，博盈明白。

她眨了眨眼，拉开被子望着被留有灯光照亮的天花板：“那你还不睡觉。”

贺景修挑了下唇角：“睡。”

博盈怔了几秒，说：“那我挂了。”

“嗯。”贺景修突然又开口喊了句，“博盈。”

博盈：“啊？”

“晚安。”

第六章

电　影

翌日中午，博盈落地北城。

跟出差同事告别后，她推着行李往外走，准备打车回家。

刚出 2 号门，还没走到出租车等候区，博盈先听到了熟悉的声音。

“盈盈。”看博盈没有反应，裴云梦提高音量喊她全名，“博盈！”

博盈错愕抬头。裴云梦正坐在副驾驶座，朝她扬手。

博盈愣了一下，诧异道：“你怎么在这儿？”

裴云梦看了眼后面排队的车辆，推开车门：“你先上车。”

把行李放后备厢，坐上车后博盈才发现车内还有一个女人。

裴云梦介绍：“盛纯，博盈。”

两人对视一眼，相视一笑：“你好。”

博盈看着她明艳的这张脸，隐约觉得有些眼熟。但又想不起在哪里见过。

裴云梦看两人拘谨的模样，忍俊不禁：“你们怎么这么拘束？朋友的朋友就是自己的朋友，放开点。”

博盈忍不住笑：“你还没说怎么会在这儿呢，今天不要上班？”

裴云梦点头，指了指盛纯：“我来机场接她的，没想到正好和你们碰上了。”

说着，她示意博盈看时间：“我是趁着中午休息时间来的。”

公司的午休时间有两小时，足够他们好好地吃顿午饭睡个午觉。

但博盈不知道，原来午休还能跑来机场接人。

“原来如此。”她看裴云梦，“那现在是不是要先送你回公司上班？”

裴云梦摆摆手：“没事，我跟组长说了一声，晚点回去也可以。”

盛纯瞥了她一眼，出声道：“你上班这么随意，就不怕拿不到年终奖吗？”

裴云梦耸耸肩，笑嘻嘻地说：“拿不到年终奖，你喊我哥给我补上呗。”

盛纯睇她一眼，侧头看向博盈：“博小姐介不介意我先把她送回公司再送你回家？”

博盈摇头：“当然不介意。”

因为有裴云梦的缘故，车内氛围不算尴尬，甚至没过十分钟，博盈和盛纯也熟悉了起来。她本就不是特别慢热的性格，跟大多数人都能聊起来，更别说是盛纯这样的大美女。

对美女，博盈向来比较热情。

到了公司门口，裴云梦回去上班。

博盈本想说不耽误盛纯时间，自己从公司打个车回去很近的，但她想了想，又觉得这样说过于生分。

少了个人，博盈从后排转到了副驾驶。

看着盛纯的侧脸，她越发觉得她有些眼熟。

注意到她目光，盛纯歪头看她：“我脸上有东西吗？”

博盈尴尬一笑，不好意思地说：“没有，但我看你好眼熟，我们是不是在哪儿见过？”

闻言，盛纯眨了眨眼，笑意盈盈地道：“可能……在电影院见过？”

博盈看她笑起来的样子，猛地想起来了：“你是那个女演员盛纯！”肯定语气。

盛纯粲然一笑：“嗯。”

博盈惊讶：“真是你呀！”

难怪她觉得眼熟。大概是一年多前，她在国外电影院看了一部她演的电影。

当时博盈在电影院哭得稀里哗啦的，因此对她记忆尤深。

盛纯点点头：“真看过我电影啊？”

“看过。”博盈坦诚地说，“你那部电影拍得太好了，感染力太强。”

说完，博盈从包里掏出个本子：“待会儿能不能麻烦盛老师给我签个名？”

盛纯哭笑不得：“除了签名，需要加个微信吗？”

博盈眉梢一扬，毫不犹豫：“如果盛老师不介意的话，能加微信当然更好。”

有的人认识很久都没办法成为朋友，但磁场相同的人，却很容易一见如故。

朋友和爱人，好像都是如此。

一见如故，一见钟情。有时候感觉和眼缘，就是来得那么莫名其妙。

到小区门口下车时，博盈不单单有了盛纯的签名照，还和她加了微信。

知道她刚回国不久，国内也没太多朋友，盛纯表示有空约她逛街，多出门玩玩熟悉熟悉，也多认识几个新朋友。

博盈一口应下。

不过，她没料到盛纯说的逛街来得这么快。

收到盛纯消息时，博盈正窝在家里看电影。

前天中午到家后，她就没再出过门。忙了那么几天，博盈急需补觉。她每天睡十几个小时，饿了吃吃了睡，颓废得不知今夕是何年。

迟绿和博延也不怎么管她，两人在家时会做好饭喊她，两人出门工作，也会安排人准时给她送餐。博盈的堕落生活，过的是真的很堕落。

到周六这天，她才缓过神来。

迟绿和她哥昨晚就自驾去邻市约会去了，剩博盈一个人在家，略显孤单。所以在看到盛纯的消息后，她毫不犹豫换衣服出门了。

博盈到的时候，两人正坐在商场咖啡厅等她。

见到她，裴云梦上上下下打量着：“你的气色终于好点儿了。”

博盈挑眉："之前不好吗？"

裴云梦："你问盛纯，那天在机场看到你的时候，你黑眼圈多重。"

不单单黑眼圈很重，人看着也是疲倦的。

博盈哭笑不得，无奈地说："太忙了，那天累到妆都没化。"

盛纯笑笑，温声道："你皮肤好，不化妆也好看。"

博盈现在对盛纯有十级滤镜，忙不迭和她互夸："没有我偶像好。"

她这是实话，盛纯长得很漂亮，标准的鹅蛋脸，桃花眼，鼻梁高挺，唇薄而小，巴掌大的五官精致又立体，和圈内众多明星比较，她也是胜出的一方。

裴云梦在旁边听着，翻了个白眼："你们够了啊，当我不存在是不是？"

两人忍俊不禁。

在咖啡厅坐了会儿，三人到商场闲逛。

喊博盈出来逛街是次要的，主要是盛纯晚上要去参加一个电影首映，主演是她的一个朋友。她知道博盈喜欢看电影，便多要了两张票。

对此，博盈自然是却之不恭。

逛完街，距离晚上十二点的首映还有好几小时，三人索性到附近的 KTV 开了个包厢唱歌。博盈兴趣爱好很广，唱歌什么的信手拈来。

接连唱了几首，博盈才到盛纯旁边休息，把"战场"交给裴云梦。

"你唱歌不错。"盛纯和她开玩笑，"有没有考虑进娱乐圈当个歌手？"

博盈笑道："等哪天我被辞退了我就去，你到时候给我多介绍点资源。"

盛纯笑了笑："那没可能了，贺景修不会把你这样的既能当公司门面，能力又出众的人辞退的。"

听她直呼贺景修大名，博盈怔了怔："你认识我们老板？"

盛纯点点头："认识，见过几次。"

博盈"嗯"了一声，忽然不知道要说什么了。

注意到她的情绪变化，盛纯立马反应过来。她盯着博盈看了会儿，低声说："我有相熟的人跟贺总是朋友。"

博盈突然明白了什么，不可置信地瞪圆眼看她："你……"

“我什么？”盛纯耸耸肩，“你这表情该不会是后悔跟我交朋友了吧。”

“不是。”

博盈无奈，觑她一眼说：“什么嘛，哪有人这样说自己的？”

盛纯唇角往上牵了牵，没再说自己的事情，反倒是打探起博盈的事情来了。

“你跟贺景修认识？”

博盈“嗯”了一声，也没瞒着她。

盛纯讶异：“同学还是前男女朋友？”

博盈想了想说：“这两者都不是，我们只能算是隔壁学校校友。”

话音一落，盛纯突然爆了个粗口，惊呼道：“你该不会就是贺景修的那个落跑初恋吧？”

博盈眨眨眼，不太明白“落跑初恋”是怎么回事。

她看向盛纯，正想问这话是什么意思，盛纯的电话来了。

盛纯看她：“我去接个电话。”

“好。”

看盛纯拿着手机离开的背影，博盈陷入了茫然。

她不懂，为什么盛纯会说她是贺景修的落跑初恋？落跑暂且不谈，就是初恋，她也算不上。

高中那会儿，贺景修可没恋上她，他们也没谈过恋爱。

想到这儿，博盈还觉得挺挫败的，她追了贺景修大半年都没能拿下他，这事在她的成长历程里，算得上是最大的一个耻辱。

正想着，她搁在桌子上的手机也振动了下。

博盈瞥了一眼，瞥到了“曹操”的消息。

贺景修：在做什么？

博盈：思考人生。

贺景修：？

博盈不经意地扫了眼两人的对话，发现他们上一次聊天竟然是在两天前，贺景修给她发消息，确认她到家后让她好好休息，之后便没再联系。

她想了想，直接问——

博盈：你忙完了？

贺景修：嗯，准备去机场。

博盈：回北城？

贺景修：嗯，有没有什么需要我带的？

博盈：没有。

两人很没趣地聊了两句，裴云梦喊博盈合唱，她跟贺景修说了一声，便丢下手机唱歌去了。

贺景修看她结束对话的表情包，无奈地笑了笑，还真是没心没肺，也不会多关心他两句。

祁学真刚把贺景修的东西收拾好出来，看到的便是他们老板脸上诡异的笑。

他顿了下，喊了一声："贺总，好了。"

贺景修看了一眼，问："东西呢？"

祁学真道："那些东西简助理先拿上车了。"

贺景修颔首，整理了下袖口，低声道："走吧。"

唱完歌，博盈看了眼贺景修给她发的消息，回过去时那边已经没有动静了。她估摸着他上飞机了。

到 KTV 唱了好几个小时，她们才出发去首映礼。

博盈是第一次来电影首映现场，有点新奇。过来看首映的人很多，周围的粉丝也很多，而且极为热情。

大半夜时间，他们呐喊声不断，尖叫连连。

到门口时，盛纯被人叫住。

博盈和裴云梦找了自己的位子，坐下后，她揉了揉被尖叫声刺激到的耳朵，感慨道："太热情了。"

裴云梦笑："我上回去盛纯电影首映时，粉丝更疯狂。"

博盈："粉丝也不容易。"

为了自己的偶像，真的很努力很努力。

裴云梦看她："你不追星吗？"

"追。"博盈眼睛一亮，开玩笑地说，"我追迟绿。"

两人之前聊天时，博盈就和裴云梦说过，迟绿是她好朋友。

裴云梦半晌无语："除了迟绿呢？"

"不怎么追。"博盈看着陆陆续续上台的工作人员和演员说，"主要是没太关注。"

她大学和研究生时期都还挺忙的，除了偶尔看看电影和音乐剧，演员什么的并不怎么关注。

裴云梦"哦"了一声，正想说话，眼角余光扫到了过来的盛纯和一个男人。

博盈顺着她的目光看去，诧异道："他怎么在这儿？"

裴云梦茫然地看她："你认识我堂哥？"

博盈："啊？"

两人无声对视，一时哑然。

博盈跟裴云梦解释两句，她当然不认识裴彦，也就是上回打了个招呼。

而裴云梦也老实承认，裴彦是她堂哥。盛纯是她堂哥的女朋友，只不过这两人一直玩金主和小情人的游戏，她也就没告诉博盈。

两人沉默片刻，跟裴彦打过招呼后，便专注地吃来时买的爆米花了。

主创人员上台做简单介绍，现场很热闹。

裴云梦嘀咕了一句："谭芮怎么也来了？"

听到这个熟悉的名字，博盈拿着爆米花的手一顿，往嘴里塞了一颗后问："哪个是谭芮？"

裴云梦指着不远处一个穿着黑色裙子的人："那个就是，你也认识她吗？"

博盈默了默："不认识。"

她抿了下唇，忽然反应过来："你认识她？"

裴云梦点头，“嗯，她和我堂哥还有贺总他们都认识，我也就跟着认识了。”

博盈蒙了下：“你堂哥和贺总是朋友？”

“对啊。”

博盈沉默，深深觉得这个世界真挺小，绕来绕去，身边都是熟人。

蓦地，她想到了上回裴彦看她的眼神，还有盛纯刚刚在包厢说的话。

博盈思考了半分钟，没忍住给贺景修发了消息。

博盈：你下飞机了吗？

消息刚发出，对面便有了回应。

贺景修：刚下，怎么还没睡？

博盈：我在电影院看电影首映。

贺景修：一个人？

博盈：不是，还有两个朋友。

她没说名字。

贺景修：我认识的？

博盈：……你也太自恋了吧，我就不能拥有你不认识的朋友吗？

贺景修不愧是了解她的人，直接回了句——

贺景修：看来确实是我认识的。

两人打着哑谜一样，你来我往。

博盈看他发过来的自信文字，都不想和他聊天了。

贺景修：把定位发我，我现在就过来。

博盈：你过来电影都结束了。

贺景修：电影结束了，那就送你回家。

话说到这份儿上，她好像不给也不太行了。

博盈讪讪地，给他发了地址，便收了心看电影。

贺景修到的时候，电影才刚放到一个小高潮。

他这种身份，想要一张入场券轻而易举。只不过要坐在博盈身侧，稍微有点儿麻烦。

电影院内黑漆漆的，大家都在全神贯注地看电影。

博盈也一样。

半小时前跟贺景修刚说完，电影便开场了。她看得认真，连坐在她旁边的裴云梦起了身也没注意。

口有点渴，博盈伸手拿了可乐喝，准备放回去时才发现不对。

她没舍得从电影屏幕挪开眼，试图把可乐放回饮料放置区。但放了好一会儿，她也没找准孔放下。

博盈皱眉，有点儿不耐烦要去看时，一只手接过了她的可乐。

接走她可乐时，那只手碰到了她冰凉的手指。

博盈惊了下，猛地转头。

电影里恰好天亮了，屏幕跟着亮了许多。光转到这边，她看清了坐在身侧穿着深色风衣的男人。

她眼睫一颤，下意识地开口：“你——”

话还没说出口，周围坐着的人发出了不同的动静。

博盈下意识地转头，看到了电影屏幕上男女主的拥吻。

瞬间，她收回目光。

贺景修看她犹如惊弓之鸟的模样，声音低沉：“终于发现我了？”

博盈无言，斜睨他一眼：“你什么时候到的？”

贺景修歪着头思索：“十分钟前。”

博盈无言，往周围看了看，压低声音问：“云梦呢，你把她赶走了？”

贺景修微哽，眼神幽深地瞥向她："在你心里，我是这种人？"

博盈哼哼着："我可没这样说。"她纯粹是关心裴云梦。

贺景修道："前面有位子。"

博盈了然，又忍不住好奇："你怎么说服她走的？"

闻言，贺景修抬了抬眼，转头看她说："我说年底给她加工资。"

博盈恨铁不成钢："她也太没骨气了……要换作是我，我就不换。"

贺景修低眸一笑："为什么？"

博盈很直接地说："我又不差你给的那点工资。"

贺景修顿了顿，眼眸微动，拐弯抹角套她的话："那你不想和我坐一起？"

博盈："……"

她觉得这样套话，是会被浸猪笼的。

电影院内不算安静，除了大屏幕上演员的声音外，还有周边的各种交谈声。

贺景修的话落入她耳中，他知道她听见了，但她不回答，他也不催促。

博盈其实没有很明白贺景修到底什么意思，也一时没有想到一个符合现状的答案。

她想了想，给了他一个似是而非的答案："你觉得想就想，你觉得不想就不想。"

说完，她还故意朝贺景修笑了笑。

听到她的回答，贺景修觉得无奈又好笑。

他借着屏幕透出的白色灯光打量着身侧的人，博盈今天特意化了个很精致的妆，让她那张巴掌大的小圆脸更明艳动人。

她鼻子长得很好，小巧且英挺，衬得五官更为立体。而最漂亮的，当属那双水汪汪的大眼睛。

此刻她神情专注看着远方，杏眸瞪圆，睫毛浓密，嘴唇微张，每一处都好看得像一幅画。不明艳张扬，却依旧迷人得让他无法忽视。

博盈感受着旁边人的目光，眼睫毛颤了颤，略微有些紧张。可她又不想暴露自己的心思，只能强撑。

她抿了下唇，默默端起可乐继续喝，试图缓解一下情绪。

博盈嘴唇刚碰到吸管，旁边的人便说话了。

“博盈。”他看着那可乐皱眉，“你少喝点。”

博盈顿了下，抬起眼皮看他。

“没别的水喝。”她紧张时，习惯性喝水喝饮料缓解。

贺景修：“渴了？”

博盈“嗯”了一声：“渴了。”

她总不能说自己是为了转移紧张感吧。

贺景修眉头微蹙：“能忍忍吗？”

博盈摇头：“不能。”

对她来说，喝水跟上厕所一样，忍不了。

贺景修无奈：“喝一口放着，我出去一趟。”

“啊？”博盈愣住，“你还有事要处理？”

贺景修没应声，悄悄地弓着身子走了出去，没惊动任何人。

博盈盯着他离开的身影看了会儿，默默地把可乐放下。人走了，她也不用喝可乐缓解紧张了。

贺景修再次回来时，电影已经进行到后面的一个大高潮。

博盈正看得起劲，手里忽然被塞了一样东西。她低头一看，是一瓶矿泉水。

博盈怔怔地转头，听到贺景修的略显急促的呼吸声，看到了他一如既往的英俊脸庞。

“不渴了？”贺景修接住她目光，垂眸问，“不是你喜欢的那几款水，先将就着喝点儿？”

其实之前博盈的控诉很有问题，贺景修喝水确实比较专情于一个品牌，但博盈也差不多。

虽然她没有专一喜欢的牌子，但是，她有不喜欢的矿泉水牌子。不到万不得已，她不会去买那个牌子的水。

博盈紧抿了下唇，拿着矿泉水的手也收紧了些。

她发现，矿泉水上还有余温，比平常的要暖一些。

“嗯。”博盈盯着手里的水看了一会儿，这才扬起下巴喝了一大口。

瓶盖在贺景修递给她的时候就拧开了。喝完，贺景修自觉地接了过去，把瓶盖拧上。

博盈走神地看着，觉得自己像一个废物。

因为一瓶水，后面小半段的高潮，她根本没太认真看。直到结束，博盈也不知道这部嫌疑片电影的杀人凶手到底是谁。

“盛纯，凶手是谁呀？”

观影人离开现场，前面拥堵，博盈几个人索性等大家都走了再走。

盛纯“啊”了一声，转头看她说：“我还想问你呢，你不是一直在看？”

博盈：“你不也是吗？”

两人对视一眼，默契地挪开视线。为什么没仔细看，没必要问那么清楚，她们心知肚明就好。

正沉默着，前面传来女人说话的声音。

“回来了？”熟稔的语气。

博盈抬起头一看，是她刚刚看到半张侧脸的谭芮。

她今天打扮得很漂亮，黑色的无袖长裙，优雅又有气质，长相也是明艳动人的那种，让人看见眼睛就发亮。

博盈想，难怪杜楠会那么笃定地说她和贺景修未来肯定会联姻。没别的原因，纯粹是这两人的外表和家世，在外人看来确确实实是般配的。

当然，这里的外人不包括博盈。

贺景修颔首。

谭芮早就习惯了他这种冷冷淡淡的性子，笑了笑说：“吃饭了吗？要不要一起去吃点？”

贺景修回：“不用。”

“不饿啊？”谭芮没去看旁边坐着的几人，目光直直地望着面前许久没见的男人，眼睛里的情绪分明，一点也没隐藏。

她含笑说：“你这回出差的时间这么长，骆霄他们几个人和陈灵都说好久没见你了，我来之前在臻越订了包厢，真不打算去？”

贺景修还是之前那句话：“不了。”

谭芮一愣，有点意外他这么坚持。以前他出差回来，只要她搬出贺景修的表妹陈灵来，他都会赏脸过去。

原因很简单，陈灵是个人来疯，贺景修怕她去什么重要场合坏事，一般都会看着点儿。

贺景修道："你让骆霄多看着陈灵点，有事给我妈打电话。"

谭芮怔了怔，看着他疲倦的面容，猜测道："那你是打算回家休息了？需要我让司机——"

后面的话还没说出口，贺景修忽然问了句："送你回去？"

谭芮愣住，眼睛瞬间亮了，正欲开口答应，她先听见了一个悦耳的女声。

"不要。"博盈看了眼贺景修，毫不犹豫地拒绝他的提议，"我开车过来的，我自己知道回去。"

到这会儿，谭芮才注意到贺景修旁边位子上有人。

她惊讶地看着博盈，在脑海里努力搜索这张面孔。不幸的是，搜索失败。在她的记忆里，根本没有博盈这个人。

"这位是……"谭芮在意识到自己没见过这个人后，冷静了下来，客气询问，"景修，不给我们大家介绍一下吗？"

闻言，贺景修询问博盈意见："要给你介绍吗？"

博盈不知道他是故意的还是真不知道这位谭小姐对他的心思，她想了想，抬眸和谭芮对视，道："博盈。"

"谭芮。"

谭芮观察着两人情况，把惊讶往心底压了压，笑盈盈地问："博小姐想吃夜宵吗？要不要和我们一起？"

"我们"这两个字，还挺耐人寻味的。博盈细细品味了下，正想拒绝，忽而注意到盛纯点了下头。

她顿了下，抬起眼看着谭芮，改口说："好啊。"

听到她回答，谭芮一时不知道自己是该松口气还是该如何。

"行，那我们现在过去吧。"

这会儿，一直沉默的盛纯附和着："好啊，我好久没见骆霄他们了，还有点想听他的笑话了。"

骆霄这人，在工作上不行，吃喝玩乐倒是样样都行，甚至还有个爱给人说笑话的癖好。

裴云梦在旁边观察着这一切，脑袋瓜子转了转，大概明白了怎么回事。

她非常有眼力见地说："我也是我也是，盈盈，我待会儿给你介绍骆霄认识啊，他超好玩的。"

博盈道："好。"

从电影院离开，一行人往停车场走。

这会儿外面还是喧闹的，粉丝和电影主创团队都还没走完，还处于亢奋状态。

博盈和裴云梦、盛纯走在一起，很是安静。而贺景修和裴彦、谭芮走一排，正在谈公事。

两队人马一前一后，留着一个正好能听到对方交流的距离。

"盈盈，你要开车吗？"

"要。"博盈知道她们都有车坐，但还是问了句，"你们要坐我的车吗？"

盛纯往后指了指，小声说："我不坐，有的人会生气，觉得我看不上他的车技。"

博盈扑哧一笑："那云梦坐我的车？"

裴云梦点头："我当然陪你啦，我可不想给我哥他们做电灯泡。"

几个人说着，不知不觉到了车旁。

博盈和裴彦他们的车停的位置不同，她的在前边，他们的在后面一点。

停下后，博盈解锁，她手刚覆上车把，身后传来谭芮的声音。

"怎么不走了？"

贺景修站在博盈的侧后方，声音淡淡的："你们去吧，我坐她的车。"

谭芮看向博盈，博盈理也没理，面无表情地坐上驾驶座。

"你不是要回家吗？博小姐要去臻越，和你住的地方不顺路。"谭芮抱着最后一点希望说，"你司机要是没来，我先送你回去？"

贺景修"嗯"了一声，说了句："不用，我也去臻越。"

谭芮嘴唇微张，有点不敢相信自己到底听到了什么。贺景修这变来变去的性情，还是那个拒绝了就不会改变主意的人吗？

她不懂。

谭芮脸色微僵，嘴唇翕动，还想要再说点什么时，贺景修已经把背影留给了她。

贺景修敲了下车窗，博盈不耐烦地降下："贺总，现在是下班时间，您还有什么指教吗？"

贺景修盯着她看了几秒："指教不敢。"

他声音低沉，抬手伸到车窗内的控制台上，把驾驶座车门锁打开了。

贺景修拉开车门，垂着眼看她："我来开车。"

博盈直接拒绝："不要。"

贺景修看她气鼓鼓的脸，也不在意旁边是不是还有人看着，他用指腹戳了下她的小梨涡，温柔地说："你眼睛散光，晚上开车不安全。"

博盈微哽，觑他一眼："那贺总可能不知道，我前两年做了近视手术，现在视力很好。"

这事，贺景修还真不知道。

这段时间他偶尔会看到博盈戴眼镜，并不知道那是没有度数的装饰镜。

"什么时候做的？"贺景修问。

博盈一顿，有点怀疑贺景修的情商。现在是问这种问题的时候吗？！

她没好气地瞪了他一眼："忘了。"她翻了个白眼，凶巴巴地问，"你上不上车？"

贺景修："上。"

第七章

甜　品

车内寂静无声，坐在副驾驶座的裴云梦坐立难安。

她一直都知道博盈与众不同，从博盈进公司那天起，她就知道这位同事不简单。

她说的这种不简单，是褒义词。

裴云梦虽是裴彦的堂妹，但她的父亲是个不那么上进的闲散人，母亲是个律师，可也没把自己的上进基因遗传给她。

她和她父亲差不多，一直都是咸鱼心态，有吃有喝就够了的个性。也因为这个，她才会到贺氏集团安安分分做个小职员。

她虽是条“咸鱼”，可看人的眼光还是很准的。

从小到大耳濡目染，裴云梦基本上能准确判断出周围同事的家境，以及能不能来往。所以，她从一开始就知道博盈家境不错，是个有个性的大小姐。

当然，她和博盈来往并不是因为这一点。

裴云梦什么朋友都有，有钱的没钱的，只要性格合得来，她都会愿意深交。博盈的个性很合她的胃口，她喜欢大气随和随心所欲的人，博盈恰好便是这种。

即便如此，裴云梦却没敢想她和贺景修会有这么深的关系在。

她是隐约感觉到贺景修对博盈态度特别，但真的没想会如此特别。

从电影院内贺景修给她发信息说要换座位开始，裴云梦就处于发蒙的状态，她进贺氏集团时，裴彦让贺景修加了她微信，怕有什么事要帮忙。加上后，两人从没聊过天，这还是第一次。

到刚刚，裴云梦围观他们对话的全过程后，她稍稍有点怀疑人生。

这还是她认识的那个贺景修？那个在他们聚会上什么也不参与，对女人虽绅士但一直很冷漠的贺景修？

裴云梦忽然觉得，她以前认识了一个假的贺景修。

她脑洞大开地想，这两人不会是前男女朋友吧？但她没听人说起过贺景修谈恋爱，所以……

裴云梦结合刚刚的情景想了想，有可能是贺景修在单方面追爱。

思及此，她偷偷摸摸瞟向驾驶座的人。

不得不说，博盈长得是真好看。和谭芮她们不同，她的长相是那种让人一眼看见就会欣喜、会喜欢的漂亮。

注意到裴云梦的目光，同样受不了车内的安静及后面那道灼灼目光的博盈转头看她："你觉得刚刚的电影怎么样，你有看到最后的凶手吗？"

裴云梦点点头："还行。"

她瞟了眼后面的贺景修，配合她："你没仔细看吗？凶手是那个男主。"

"啊？"博盈不敢相信地问，"可他不是警察吗？他杀的人啊？"

他们看的是一部双男主的电影，悬疑片。剧情开篇便是小镇有人死了，但凶手一直没找到，这案子也就一直拖着，过了好些年，小镇里的两个男主长大，走了截然相反的两条道。

一位一帆风顺念大学，当警察，立功，变成了一把手，而另一位早早辍学，当混混打工，最后混成了大老板。

博盈看的时候，虽没觉得那位辍学的男主会是凶手，但也真的没想到凶手是警察，毕竟电影里还有另一位戏份也很重的男三号。

裴云梦失笑："对，就是他杀的人。当警察是因为他想赎罪。"

博盈想也没想说："人都没了，还怎么赎罪呀？他最应该做的是认罪。"

两人在前边交流着，也没注意到后面男人听到这话时的神情。

上车后，贺景修就没再出声，如果只有博盈，他当然要和博盈聊点别的，但副驾驶还有个"电灯泡"，不太方便。

他本想合眼休憩会儿，无奈手机一直在振动。

贺景修垂眸点开，是一个有十几个人的群里的消息。他们这群人都在里面，但贺景修把群设置了免打扰。

此刻，是一群人纷纷呼叫他。

贺景修往上翻了翻，翻到了谭芮说的话。

她先是提了他会去臻越这件事，提完后，了解贺景修的骆霄很疑惑地打了个问号。

他知道贺景修前段时间忙，有空绝对是想着回家补觉休息，而不是去臻越吃喝享乐。

贺景修这个人，无趣得很。

骆霄：他不回家休息来臻越干吗？不放心陈灵啊？

陈灵：@贺景修 哥你放心回家，我绝对不喝酒不闹事，你可以让骆霄哥哥看着我。

赵旭之：贺总出差回来了？

……

几个人七嘴八舌地说着，都在惊讶贺景修半夜出来玩这个诡异行为。

这真的一点都不符合他的个性。

聊着聊着，一直在群里"潜水"的裴彦冒了出来。

裴彦：贺总今天来是为了陪美人。

骆霄：？

陈灵：？

赵旭之：？？？

谭芮：啊对，我们现在过来的还有一个新朋友，待会儿大家可以认识认识。

骆霄：是美女吗？

谭芮：大家看了就知道了。

陈灵：那肯定是美女啊，能和我哥还有裴彦哥他们认识的，会有不漂亮的小姐姐吗？@贺景修 哥你老实说，是不是你女朋友呀？

……

因为裴彦和谭芮的话，大家纷纷再次呼叫贺景修，想问个明白。

贺景修看完几个人的消息，想了想，发了句——

贺景修：待会儿说话注意点，别闹太过。

博盈虽然是大大咧咧的个性，心思却是细腻敏感的。

这话一出，群里更热闹了。

贺景修没再理会，正想把手机调成静音，就听到了前面两人的对话。

他手指微顿，调好手机，合上眼休憩。

原本，贺景修只是想缓缓，但可能是这段时间太累了，不知不觉便睡了过去。

他醒来时，车已经停下了。

车内黑漆漆的，只有窗外洒进的月光。

贺景修抬手揉了揉太阳穴，正要起身，他注意到了前面的人。

“博盈。”刚睡醒，他嗓音有些低沉。

听到动静，博盈抬起头，通过后视镜和他对视。

她眼眸闪了闪，面无表情：“贺总。”

贺景修看她，低声问：“什么时候到的？”

“半小时前。”博盈瞥向他，“您还睡吗？”

贺景修听着她带着火气的话，哑然失笑：“怎么没跟他们一起进去？”

博盈微微一笑，阴阳怪气地说："我一个小员工，哪敢把老板一个人丢在车里，我难道不怕被辞退吗？"

贺景修顿了下，目光灼灼地盯着她，没再出声。

博盈也不露怯，扬着天鹅颈和他对视，傲娇的模样。

片刻，贺景修推开车门。

博盈收回目光，也想下车时，男人忽然绕了过来，拉开了副驾驶那边的车门。

博盈一愣，道："你干吗？"

"和你聊聊。"贺景修神色淡然，低声问，"博盈，你是不是在生气？"

博盈怔了一下，目光从他身上挪开，转到别处："我生什么气？"

贺景修没说话，就这么看着她。

车内再次静下来，只有两人此起彼伏的呼吸声。

博盈的车停在臻越门口的停车场，一抬眼就能看见臻越那个大大的招牌。但这周围很安静，这个点来臻越的人，相对少一点。

好一会儿，还是她先受不了这个氛围，咕哝着："你耽误我去臻越吃海鲜了，我能不生气吗？"

贺景修哑然失笑，侧眸看她一会儿，没再勉强要一个其他答案。

他"嗯"了一声："我的错。"

博盈撇嘴。

贺景修笑笑："现在陪你去？"

"晚了。"博盈要着小性子，"我现在不是很想吃海鲜了。"

闻言，贺景修挑了挑眉："那你现在想吃什么？"

博盈眼珠子转了转，看看他，又点开手机看了看，道："我前两天刷到了一家二十四小时营业的甜品店，想吃甜的。"

她知道，贺景修最讨厌吃甜食。

贺景修问："二十四小时营业的？"

"嗯。"

"在哪儿？"贺景修掏出手机说，"我让人去给你买。"

博盈："不要。"

她认真道："甜品要自己买的才好吃。"

要是说到这儿贺景修还不明白她的小心思，那他就白认识博盈这么多年了。

他沉默了会儿，侧眸看她："下车。"

博盈不解地看他。

贺景修伸手给她解开安全带，平静地说："不是要去买甜品？你刚开了那么久，现在换我开。"

博盈怔怔地看着他，忽然有些于心不忍。

她想到刚刚看到的画面，贺景修在后面睡着时，博盈其实还有点不敢相信。

她车子比较小，贺景修这么一个高大的男人坐着会很不舒服，大长腿根本没地儿放，更别说睡觉了。

她无意间抬头，看他有点委屈地蜷缩在后座，心里那股闷气就消散了不少。

裴云梦也注意到了这点，她还压低声音和博盈说了两句，说是没想到贺景修会在她车里睡着，她以前听她哥裴彦说贺景修这人很奇怪，他再怎么困，也不会在除了自己家之外的地方睡觉，他有睡眠洁癖。

博盈不知道他在自己车里睡着，是睡眠洁癖好转了，还是别的原因。无论是哪种，她在看到他那个模样后，就很难对他发脾气。

每个人在面对自己喜欢的人时，心永远没办法变得坚硬，总能一戳即破，柔软到任人随意拿捏。

看她不说话，贺景修又喊了一声："博盈。"

"嗯。"博盈回过神来，垂眸看着手机屏幕点了点，低声说，"那你来吧，我给你腾地方。"

贺景修："行。"

两人换了位子，离开臻越。

谁也没去想放人鸽子会不会不太好，对博盈而言，她去不去其实都没关系，除了盛纯几个人，她谁也不认识。而贺景修本就不想去，如果不是因为博盈，他甚至连电影院都不会去。

大半夜大路空旷，路人基本看不见，路上的车少之又少。

路灯闪烁，和夜空中皎洁的月亮一样，照着漆黑的马路。

夏天了，窗打开，风吹得有点凉，但又很舒服。

博盈开了一丁点窗，让风吹进车厢，吹乱发丝。她把散落的小卷发别在耳后，给贺景修说地址。

“下一个路口左边就到了。”

贺景修讶异：“这么近？”

博盈面不改色地说：“嗯。”

到甜品店门口下车，贺景修看了眼甜品店装潢，狐疑地问：“确定没找错地方？”

面前这家小店开在大马路边上，位置不算好也不算差。装潢很普通，没有酒香不怕巷子深的意思，更没有大大的招牌，普通到让人根本不会去注意。

博盈：“没有。”

她脸不红心不跳地扯谎：“待会儿吃了你就知道。”

两人进去，博盈点了两个小小的甜品。

回到车内后，她自顾自打开一个吃了口，另一个递给贺景修。

贺景修不爱吃甜食，但也接了。

“好吃？”他问。

博盈艰难地吞下油腻腻又粗劣的奶油，重重点头：“好吃，你尝尝。”

贺景修看她。

博盈对他眨眨眼：“你不想吃啊？”

“没有。”贺景修叹了口气，“我尝尝。”

“哦！”

贺景修低头看着手里的甜品，怎么看都觉得这不像会是个爆红的甜品。

吃了一口，贺景修一转头便对上了博盈狡黠的双眸。

他知道自己上当受骗了。

“怎么样，好吃吗？”博盈笑盈盈地问。

贺景修觑她一眼，嗓音低沉：“这么难吃还买两个做什么？”

博盈理直气壮地说：“这是买给你吃的啊。”

她捧着往贺景修靠近，水汪汪的大眼睛直勾勾地看着他："贺总，你是打算现在吃还是晚点回家吃？"

贺景修缄默几秒，说："博盈，要不你饿我三天吧。"

他宁愿饿着，也不想吃这难吃的甜品。

博盈：这话听着怎么那么不对劲？

汽车鸣笛声响起，惊醒车内沉默的两人。

博盈避开贺景修视线，双颊不受控制地泛红。

她抿了下唇，转开眼说："谁要饿你三天，你的饭又不归我管。"

贺景修垂眸看她，不紧不慢地问："你想管吗？"

博盈听着这话，隐约觉得他们的对话渐渐脱离了"甜品"的主题，朝不可控的方向发展。

她皱了皱眉，没去细想他更深一层的意思，直接说："我才不想管呢。"博盈剜他一眼，"我自己的饭我都不想管。"

贺景修油然生出一种无力感。

"行。"贺景修哭笑不得，看着面前的两个小甜品，"真要我吃完？"

博盈想点头，可碰到他那张稍显疲倦的面庞，和偶尔会露出倦意的双眸后，她又于心不忍了。

"想得美。"博盈不讲理，"美食不能让你独享，我要吃一个的。"

贺景修勾了下唇，自觉地去吃难吃的甜品。

博盈慢悠悠吃自己手里那个，她刚吃几口，贺景修的那个甜品就已经吃完了。

"这么快？"博盈愣住了，"你不是不喜欢吃吗？"

贺景修拿过刚刚买的一瓶水喝下大半，面露苦色："长痛不如短痛。"

这个理由，是博盈之前没想过的。

她忍俊不禁，唇角往上翘了翘，哼哼唧唧地说："明明是我请你吃甜品，你怎么搞的像我在强迫你一样？"

贺景修深深看了她一眼，眼神里的意思，两人都懂。

博盈就是在强迫他吃，如果不是她，贺景修这辈子都不会吃这么一大块难吃的甜品。

说着说着，博盈自己也笑了起来。

她心情放松，也不跟贺景修闹小别扭了，慢吞吞地吃自己那块甜品。

吃了两口，博盈就收了起来。

贺景修抬了下眼："不吃了？"

"……不吃了。"博盈找借口，"这个点吃会长胖。"

贺景修知道这是她的借口，并不拆穿。他笑笑，朝她伸出手来："给我。"

博盈："啊？"

她看他伸出的手掌，他手指修长，骨节分明，掌心宽大，掌纹暴露在她面前，清晰明了。

她看着，没忍住俯身靠近："贺景修，你事业线好顺啊。"

贺景修哭笑不得："你还会看这个？"

"会啊。"博盈想也没想，握着他的手指仔细观察，给他分析，"这条就是事业线，这条是智慧线，这条是生命线……"

她说得头头是道，仿若真有深入了解。

贺景修看着凑在自己胸前的小脑袋，她头发蓬松，看上去很柔软，让人很想用手揉一揉、摸一摸。

他正看着，博盈猝不及防地抬起了脑袋。

注意到贺景修诡异眼神时，博盈下意识地伸手摸了下自己脑袋，迟疑道："我头上有东西？"

贺景修看她紧张兮兮的神色，郑重其事地点了下头："嗯。"

"是什么？"博盈脸色微僵，想法在脑子里乱窜。不会吧不会吧，她头上不会有头皮屑吧？

不应该啊，她今天出门时是在外面洗发店洗的头，难不成是洗发水不好？

贺景修看她脸上小表情多多，从震惊到苦恼，再到尴尬，每一次变化都能逗笑他。

贺景修握拳掩唇，低低咳了一声，还未言语，博盈便快速说了句："我今天是在洗发店洗的头发，肯定是那个小哥哥没给我洗干净。"

博盈眉头紧蹙，生气道："下回我不去了。"

贺景修自动过滤掉其他话，抓住重点："小哥哥？"

“嗯呢。”博盈这会儿正羞窘着，随手抓了下头发，抱怨着，“那小哥哥戴上口罩后好帅，我还以为他洗头发的技术很好呢。”

贺景修没吱声。

博盈也没理会他，她拉下副驾驶上方的一块小镜子，试图想照照头上的头皮屑。但头发能入镜，眼睛却不能。挣扎了好几次，博盈放弃了。

“贺景修。”她找旁边人求助，“你看看现在还有吗？”

博盈确定，她头发每次都洗得特别干净，真的没有头皮屑的。今天肯定是洗发水和洗发小哥的问题。

贺景修顿了顿，在她注视下伸手碰到她的头顶。他的手指像在拨弄琴弦，三两下后便停下了，让博盈意犹未尽。

“没了？”

贺景修点头，面不改色地道：“没了。”

闻言，博盈松了口气。

她对着镜子理了理弄乱的头发，眼睛不经意地往旁边看了看，恰好看到贺景修努力控制着要上扬的唇角。

博盈怔了怔，一抬头，碰到他含笑的目光。

三秒钟时间，她反应了过来。

“贺景修！”恼羞成怒间，博盈不管不顾，想也没想抬手捶他胸口。

贺景修没再忍住，闷笑出声。

博盈更生气了，她双眸瞪着他，觉得打他还是不太解气。

当下，博盈也不知道哪来的胆子，探着身子伸出手，对他的头发下手。少顷，贺景修的头发被她弄乱。

他头发短，是那种利落的黑色短发。但很奇怪，博盈手掌落在他头发上时，没感受到任何的刺感。他的头发比她想象的要柔软很多，软软的，摸起来特别舒服。有点像迟绿养的那只小猫咪，让她摸了还想再摸。

意识到自己这个过分想法后，博盈停住了手，并顺势看了他一眼。

两人目光对上。

几秒后，博盈后悔了。她眨了眨眼，讷讷地往回缩，忘了自己刚刚胆大妄为的行动。

“我……”她弱弱地道，“不是故意的你信吗？”

贺景修看着她，并不言语。

他这表情落在博盈的眼中，就是生气。

博盈自知理亏，心虚地摸了下鼻尖："对不起。"

她偷偷摸摸瞟他一眼，想了想说："要不我让你也弄乱我头发？"

贺景修偏了下头，忍住笑："你觉得性质一样吗？"

博盈挣扎着道："差不多吧。"

贺景修喜欢看她心虚的小情绪，深深觉得有点像他母亲陈女士养的那条小狗，在做了坏事时，会晃着大耳朵，垂着小脑袋在你脚边蹭，向你道歉，让你原谅它。

贺景修并不是很喜欢狗，陈女士刚把狗狗抱回家时，他还嫌弃了一番，不让狗狗靠近自己。

但一段时间后，对每天都跟着自己、粘着自己，想要让他带它出门遛的狗狗，他控制不住地心软，一次次妥协带它出门。

到现在，他会为了狗狗特意回陈女士那里吃饭。为此，陈女士还骂过他好几次，说他只想狗不想他们这两位长辈，觉得白养他了。

贺景修不出声，博盈就忐忑地等待着。等了好一会儿，她受不了出声："怎么样，我让你礼尚往来行不行？"

贺景修回过神来，目光深邃望着她："礼尚往来？"

他细细品味这几个字的深意。

博盈点头："嗯！"

她豁出去了，大不了明天自己再洗个头发。

贺景修看她视死如归的表情，和她算账："但你刚刚除了弄乱我头发，是不是还打了我？"

博盈的脸一僵，目光从上而下，落在自己刚刚打他的位置。

她艰难地扯出一个笑："我就……捶了你胸口几拳，都没怎么用力。"

"是吗？"贺景修不相信她，"我怎么觉得你力气还挺大的。"

"哪有！"博盈觉得他污蔑自己，她想也没想，再次抬手捶了过去，"我就这点力气，你也觉得痛？"

贺景修看着她再次落到自己左肩下方的手。

博盈顺着他的目光一看，脑子里一阵后悔。她是大半夜的脑子不灵光了吧，为什么会用这种蠢方法来证明自己？！

“我……”博盈的小拳头松了松，试图缩回，“我就是给你重演一下，你懂我意思吧？”

可惜的是，贺景修压根没给她闪躲的机会。

他一把扣住她纤细的手腕，很不领情地说：“不太懂。”

博盈欲哭无泪，她看了眼自己被扣住的手，挣扎着想挣脱开，无奈两人力量悬殊，她根本连动弹都动弹不得。

“贺景修。”博盈开始卖惨，“我手腕痛，你稍微松一点点。”

贺景修看她一眼，并未松手。

他知道，博盈向来知道怎么拿捏人。她很机灵，知道对他来硬的不行，就会开始以“软”击石。

这一招对别人没用，但对贺景修，百用百灵。

“真痛？”贺景修打量着她，“你装的时候，表情再痛苦一点我就信了。”

博盈噎了噎，破罐子破摔地问：“那你想怎么样，不然也打回来？”

贺景修哭笑不得，低声问：“我在你眼里就这么幼稚？”

博盈撇嘴，傲娇地轻哼：“差不多吧。”

贺景修扫了她一眼，看向她还抵着自己胸口的手。

注意到他视线，博盈也顺势看了过来。

到这会儿，她才意识到两人在车里的这一段你来我往有多幼稚，更可怕的是，博盈的小拳头感受到了他的体温。

贺景修的风衣早就脱下，只穿了件单薄的衬衫。衬衫下，便是他炙热滚烫的肌肤。

博盈怔了怔，双颊快速发烫。她抿了下唇，不自在地挪开眼：“贺景修，松手。”

贺景修看到她渐渐泛红的耳朵，眸色沉了沉，喉结上下滚动，声音低沉：“下不为例。”

博盈含糊地“嗯嗯”两声，缩回留有他掌心余温的手应着：“不会了不会了。”

她可不敢再这样对他。

为防止再有意外，她催促道："回家了，我好困。"

贺景修应下，送她回家。

车子再次平稳上路。

贺景修开车时神情专注，很少东张西望。

这个点，周围静悄悄的。

光影忽明忽暗，枝叶簌簌落下，留下暗影。车子在宽敞大马路留下驶过的痕迹，像一阵吹过的风一样。

博盈一直看着窗外，观察着路旁的树木，街边的小店，甚至在等红灯时还能盯着一块路牌看半天。

她什么都看，就是不敢去看旁边的人。

趁着贺景修没注意，她偷偷摸摸地用自己的左手握住右手，试图缓解右手那滚烫的温度。

博盈不确定自己是不是多想了，但在刚刚那会儿，她除了感受到了贺景修"异于常人"的滚烫体温外，还感受到了他的心跳。

心脏脉搏在她手抵住的那一刻，怦怦怦的，犹如擂鼓一般，隔着单薄的衣衫，传到她手中。

而那一刻，她的心跳似乎脱离了她的掌控。

第八章

酒　吧

翌日，博盈在家昏睡到日上三竿。

她醒来时，手机里收到了好些人的信息，有出去自驾游的迟绿和她亲哥问她要什么纪念品的，也有裴云梦和盛纯发来的，问她情况。

博盈睡眼惺忪地刷着手机，一条一条回复。回复完后，她正想合上眼再睡会儿，手机又是一振。

博盈低头一看，是贺景修的消息。

贺景修：醒了？

博盈：？

这人是在自己房间装了监控吗？

贺景修：看来是刚醒，今天打算做什么？

博盈：撸猫躺平看剧。

贺景修：猫？

博盈：对啊，迟绿养了一只小猫，超漂亮的，我给你看照片。

她是那种看到漂亮的景物、可爱的动物，或听到了有趣的事都喜欢和身边人分享的性格。

迟绿养的那只猫叫迟小迟，是一只很漂亮的布偶猫，特别特别的乖。

偶尔会有一丁点高冷，但骨子里是柔软的。博盈偶尔心情不好时，它都能感受到，然后任由她撸它，把它抱在怀里揉捏。

她打开房门时，迟小迟就趴在她房间门口。

博盈忍俊不禁，蹲在它面前逗它："迟小迟，你怎么在这儿啊？是不是饿了？"她抬手撸着它的小脑袋，"给你拍个照，我们就去吃东西。"

迟小迟像是能听懂她说的话一样，乖顺地任她折腾。

拍好照，博盈这才发现，照片其实拍不出小猫咪十分之一的可爱。

思及此，她索性给贺景修发了个视频通话。

她视频来的时候，贺景修的手机和他处于分离的状态。博盈拍小猫照片间隙，他被陈女士指挥去厨房拿东西了。

手机振动，陈灵恰好在餐桌边上。

她看了一眼，在看到视频来电备注后，眼睛都瞪圆了。

"大……大姨……"

陈佩仪应了一声："怎么了？"

"我哥……电话。"

陈佩仪应了一声："喊你哥去接。"说完，她又多问了句，"哪个经理的？"

她之前也在公司坐镇过一段时间，和公司经理级别的成员都认识。电话能打到贺景修这儿的，除了助理就是经理，抑或是合作方高层。

听到这个问题，陈灵一时不知道该如何回答。她沉默片刻，捧着手机到陈佩仪旁边，声音很轻："大姨，您看这像经理的备注吗？"

陈佩仪低头看。

一秒钟后，她朝厨房的人喊了一声："贺景修，你微信里的小麻烦给你打视频电话了。"

陈灵手一抖，手机差点摔出去。

坐在客厅和陈灵父亲下棋的贺恒手中棋子脱落，落在了他不想下的棋盘位置。

贺景修从厨房走出，对上几双探究的眼睛。

他微微一顿，神色淡定地接过手机，边接边往院子外走。

一接通，他便看到了一只雪白的小猫。

小猫咪的毛发梳得特别整齐，毛茸茸的，一双蓝色的大眼睛，像大海一样，深邃迷人。

它似乎是感到对面有人看它，正端坐在地上，扬起漂亮的“天鹅颈”，一脸高冷地望着镜头。

贺景修看了一眼，不得不承认，小猫确实是很漂亮。

“博盈。”

“啊？”对面传来博盈的声音，“你怎么那么久才接视频啊，你刚刚在忙吗？”

贺景修“嗯”了一声：“帮我妈拿个东西。”

博盈一愣，在视频里露出脑袋望着他：“你……回家了？”

她知道，贺景修在公司附近有房子，他一般都住那儿，坐车上班只要十分钟。

贺景修点头：“昨晚回的。”

前两天，贺景修就收到了陈女士的信息，让他有空回家一趟，她养的狗狗每天蹲在院子里，盼着它的“哥哥”回家看它。

陈女士的话说到这个份上，贺景修再不回来一趟，估摸着是会被扫地出门的。所以，昨晚把博盈送回家后，他便回到了陈女士这边。

博盈“哦”了一声，眼睛瞪大问：“那我的车……不是也开回去了？”

昨天时间太晚，博盈怕贺景修打不到车，直接把自己的车借给他了。

贺景修：“嗯。”

博盈不自在地摸了下耳朵：“你开那么女性化的车回去，你妈没问你什么？”

透着屏幕，贺景修看到她红了的耳朵。他眉峰稍扬，忍着笑说：“问了。”

博盈凑近到手机面前，直勾勾看他：“问什么了？”

贺景修掩唇咳了一声，低声道：“问我从哪儿偷来的车。”

博盈："那你怎么回答的？"

贺景修看她好奇的眼神，故意拖着说："我说——"他顿了顿，"是麻烦精送的。"

听到这话，博盈反应过来，凶巴巴地道："你才是麻烦精。"

说着，她自己忍不住笑了起来。

贺景修唇角微扬，垂着眼望着她。

博盈刚起床，不仅没化妆，脸也还没来得及洗。但她天生丽质，皮肤白皙透亮，什么都不涂的时候，有种清纯的感觉。

贺景修一直觉得，化不化妆，博盈都有自己独有的味道存在。

注意到贺景修眼神，博盈摸了下脸："我脸上有东西？"

"……没有。"

贺景修刚答完，博盈忽然想起自己还没刷牙洗脸的事，她一脸惊慌，单手捂住自己的脸，闷闷地道："不和你说了，我要去吃饭了。"

说完，她也不等贺景修答应，直接挂了电话。

贺景修看着被挂断的电话，忍俊不禁。

他摇了摇头，收起手机转身。一转头，便对上了几双带着八卦好奇的眼睛。

陈佩仪最先反应过来，淡定一笑："打完了？吃饭吧。"

她转身往屋子里走，仿若刚刚偷听的人不是她。

贺恒跟着直起身子："吃饭吃饭，你怎么让全家人等你。"

旁边两位长辈跟着回屋，唯独陈灵"依依不舍"地看了贺景修一会儿，才忍痛回屋。

她想八卦，但长辈在，她又不敢。

回到餐厅，贺景修拉开椅子淡定坐下，把周围人的目光全都忽略掉。

他拿起筷子准备吃饭时，其他人还是没动。他无奈，扶额问："妈，这饭还吃吗？"

陈女士回过神来，忙不迭地点头："吃吃吃。"

她招呼着大家，今天除了陈灵过来外，陈灵爸妈也来了家里，他们准备吃过午饭后回贺景修爷爷奶奶那边吃晚饭。

贺景修的爷爷奶奶自从退休后，便回了四合院那边居住。那边环境好，风景宜人，各方面条件都特别适合他们两位老人，唯一不太好的是开车过去需要花点时间。

餐桌上安静，只有碗筷碰撞的声音。

贺景修吃得还算舒服，但其他人就不怎么样了。

陈女士欲言又止，终归是没忍住："景修，刚刚给你打视频电话的小麻烦，是盈盈吗？"

她觉得就她儿子这性格，会这么打电话的，也就是博盈了。

刚说完，陈灵刚艰难夹起的鸡腿落回碗里。

她猛地眨眨眼，惊讶道："盈盈？"她看向贺景修，"哥，该不会是昨晚谭芮姐他们说到的那个盈盈吧？"

贺景修还没说话，陈佩仪诧异道："你们见过？"

"没。"陈灵摇头，"我们昨晚在臻越的时候，谭芮姐说会有个新朋友和我们一起玩，但最后没来，我听他们在包厢里提了两句。"

贺景修瞥向她，淡淡问："提她什么？"

陈灵眨眨眼，瞅着他道："哥，昨晚你和她都说去然后没去，你们一起走的？"

"嗯。"贺景修问她，"他们提博盈什么？"

"没提什么。"陈灵可不敢把自己偷听到的内容告诉他，她怕自己理解错了谭芮她们的意思，造成误会就不太好了。

"就说了两句，说她有事不能去了。"

贺景修没再多问。

倒是陈佩仪，不解道："盈盈跟谭芮认识吗？"

贺景修："不认识。"

陈佩仪还想问点什么，但想了想又不太合适，索性作罢。

吃过午饭，贺景修到院子里陪狗玩。他礼尚往来，给博盈拍了好几张狗狗照片，录了好几个视频发过去。

博盈很喜欢小动物，特别是黏人的。但因为她懒，让她一个人照顾肯定照顾不来，也就一直没养。

看到贺景修发来的视频，她点开看完，惊讶到了极点。

博盈：你竟然有狗狗？什么时候养的？

贺景修：我妈养的，几年前。

博盈：真漂亮，它好乖啊。

贺景修给她发的视频里，有一只狗狗趴在他脚边蹭着，像是猛兽被驯服了一样。

贺景修：嗯，喜欢它？

博盈：喜欢，但你不是不喜欢狗吗？

应该说，贺景修对所有动物，都没有表现过喜欢或不喜欢。

他对动物，一直比较冷淡。

贺景修：现在喜欢。

不知为何，博盈总觉得他这句“现在喜欢”，有更深一层的意思。但此时此刻，她又不想去会错意。

她手指动了动，不知道该怎么给贺景修回消息。

感受到了她的沉默，贺景修转移话题。

贺景修：下午准备做什么？

博盈：逗猫看书，你呢？

贺景修：去一趟爷爷奶奶那边，车子我晚上给你还回去？

博盈：你要是忙就把地址发我，我自己过去开回来。

贺景修：忙也有空给你送车。

博盈长睫毛颤了颤，轻轻敲下一个字：哦。

两人很没有营养的一问一答，聊了大半个小时。

到贺景修要出门了，才停止对话。

博盈把猫抱自己怀里撸着，躺在阳台的懒人椅里晒太阳。

午后的阳光明媚耀眼，隔着薄纱落在身上、脸上，让人觉得很舒服。

阳光，总是自带温暖。

博盈百无聊赖，开始翻她和贺景修的对话。

他们的微信，是第一回吃饭时加上的，对话也从那天展开。对话没什么重要内容，也少有暧昧信息，大多是贺景修送她到家后回自己那边，会跟她说一声到家了，再多一点，便是道晚安。

偶尔也会讨论吃什么，像今天这样你来我往分享日常生活的内容，少之又少。

博盈看着，莫名想到了高中那段岁月。

博盈从小是个想要什么就会主动争取的人，她虽不是在很有爱的家庭长大，哥哥也总是嫌弃她，但她知道，哥哥是她唯一的后盾，且无论发生什么事，他都会帮忙撑腰。

因为这个，博盈相对会表达一些，喜欢或不喜欢，她总是会很直接地表露出来。

喜欢上贺景修后，博盈不像其他害羞的女同学一样，把喜欢藏在心底，她恨不得宣告全世界，她喜欢贺景修。

当然，她虽没宣告全世界，但也在两个学校也闹出了点动静。稍微爱玩爱八卦一点的同学都知道，七中的博盈在追求一中的贺景修。

她那会儿追贺景修，是一点也不含蓄，早上排队给他买早餐，中午给他发一堆信息，傍晚回家和他假装偶遇。

两人的家明明在相反的方向，她却能脸不红心不跳地撒谎，说同路。

她不知道贺景修是真不知道她家住哪儿还是懒得拆穿她，反正他对她的态度一直都不冷不热。

有时候博盈怀疑，他的心是不是焐不热的。但偏偏，她又是个爱挑战的人。贺景修的心越难焐热，她就越要去试试。

孟姜女都能哭倒长城，她怎么就不能追到贺景修?

抱着这个信念，博盈越挫越勇。到后面，贺景修不知是被她的深情打动，还是受不了她缠人的功夫，渐渐对她不再设防。她偶尔占他点便宜，他也不会抗拒。

如果没有后来那些事，博盈想，她现在应该已经追到贺景修了。

想到这儿，博盈扯了扯唇角。

她拉开薄纱，抬头看向明晃晃的太阳，微眯了眯眼。

似是感受到了她的伤感，怀里的迟小迟往她胸口蹭了蹭并拍了下爪子。

一时间，博盈不知道她是在安慰自己，还是要打醒自己。

蓦地，手机响起，打断了博盈的思绪。

她捞起来看了眼，微微挑了挑眉："喂？"

"盈盈！"电话那边传来充满活力的女声，"想我了吗？"

博盈一愣，跟着反应过来："没有。"

她嘴硬道："你都多久没给我发消息了，我想你干吗呀！"

郑今瑶撇撇嘴，不开心地说："那不行，你必须想我。"

她解释："我前段时间忙啊，根本没空给你发消息，我为了赶毕业论文，忙得连睡觉的时间都没有。更过分的是，我陪同的那位外国客人喜欢考古那些东西，让我跟着去的都是鸟不拉屎的地方，一丁点信号都没有。"

也因为这个，她到现在才有信号给博盈打电话，之前看到也只能断断续续给她发两条消息联系。

郑今瑶是博盈的大学同学兼闺密，大学毕业后，两人都出国读研，不过郑今瑶念的是本科时读的专业，而博盈却转了专业。

在国外，两人虽不在一座城市，但偶尔会碰个面吃吃饭。

郑今瑶比博盈早回国，她回国那会儿，博盈还在纠结回不回来。她没想到，也就两三个月时间，博盈就回来了。

博盈知道她忙，也没真的怪她忽视自己。她笑了笑，扬眉问："所以现在是工作结束了？"

郑今瑶"嗯"了一声："我刚把客人送上飞机，现在是自由时间，怎么样，要不要出来喝一杯？"

博盈望着外头的大太阳："大下午喝酒？"

郑今瑶："先去做个全身 SPA（水疗），再去喝酒怎么样？"

博盈回国后还没去过酒吧，听到这个提议自然心动："行啊，但我没车，你来接我。"

博盈和郑今瑶都不是拘谨的性子，即便有段时间没见，两人只要一碰面就能笑，就能天南地北地聊着。即便不聊，她们之间也不会有尴尬。

看到郑今瑶，博盈伸手抱了抱她："想死我了。"

郑今瑶推了推她肩膀，觑她一眼："我可没感受到你的想念啊。"

她笑："你快看看我，是不是晒黑了？"

博盈认真端详她，摸着下巴点头："嗯，黑了好多。"

郑今瑶突然不想说话了。

博盈忍住笑，靠在她肩膀上说："就算是黑了，你在我心里也是最漂亮的。"

郑今瑶挑眉，故意刁难她："那迟绿呢？"

博盈哭笑不得地说："你们的漂亮在我心里是并列的。"

郑今瑶"嘁"她一声，没忍住跟着笑了起来。

闹了会儿，两人才正经起来找SPA馆。

"你有好的地方介绍吗？"

博盈看她："这应该问你。"

郑今瑶耸耸肩："我回国后也还没去过，你问迟绿？"

"行。"

问过迟绿后，两人直奔目的地。

上班那么长一段时间，博盈都还没放松过。两人躺在SPA馆，合着眼聊天。

聊着聊着，说到了博盈的工作。

郑今瑶对她阴差阳错去了贺景修公司工作这事，有一千万个想法。

从知道消息的那刻起，她就觉得这两人有缘。

郑今瑶没见过贺景修，但对他印象很深。

大学那会儿，博盈少有的几次哭，一半是因为他，一半是因为迟绿和她爸妈。所以这会儿有空了，她第一时间八卦。

"前段时间你给我发消息说去出差，我还没问你呢，出差有遇到什么有趣的事吗？"

博盈被按摩得犯困，闭着眼问："什么样的事算有趣？"

郑今瑶无语："你不是说你老板也去了吗，你们就没发生点什么？"

博盈比她更无语，她睁开眼看向她："你以为我们演电视剧呢？"

郑今瑶笑了，不留情面地说："就你们这故事情节，电视剧都不能这么安排。"

博盈哑然失笑，想到了贺景修陪她吃的那顿饭，背她走的那段路。

从小到大，博盈除了小时候被博延背过外，唯一背过她的人便是贺景修。

比起面对面拥抱，她其实更喜欢背后拥抱，更喜欢被人背。这让她认为，背自己的人在全心全意相信自己，信赖自己。

这就像是在战场作战一样，只有对战友全心信赖，你才会毫无保留地把后背留给战友。而且背后拥抱时，两人的心脏会隔着单薄的衣物，隔着肌肤，亲密贴合在一起。

"怎么不说话？"郑今瑶问，"该不会是想到了什么不好意思告诉我吧？"

博盈思忖着要怎么说才好，思来想去，也没组织好语言，只能想到什么说什么。

"在想怎么跟你说，没发生什么，就是一起吃了个饭……"她和郑今瑶知根知底，什么都愿意分享。

听完她说的，郑今瑶再次"嘁"了一声："你是在给我塞狗粮吗？"

博盈一噎："这算什么狗粮？"

"这还不是？"郑今瑶扭头看她一眼，"我以为你们最多是来往密切一点，没想到已经抱上了。"

博盈强词夺理："没抱上。"

"背就是抱，你之前还跟我说过，你喜欢背超过抱。"郑今瑶直接戳穿她。

博盈无言以对。

安静了会儿，郑今瑶看着她："贺景修对你的态度，应该是喜欢你的吧？"

博盈微顿，没想到她会把自己不敢想的可能性直接说了出来。

她缄默片刻，闭着眼摇头："不知道。"

她怕自己再次会错意。更何况他们之前还有很多事没有说开，没有说清。

两个人都揣着明白装糊涂，没忍心打破现在这个相处模式。他们都不知道，说开之后的情形是比现在好，还是更差。

既然如此，倒不如先维持现状。

听到这话，郑今瑶一时不知该说点什么。

她认识的博盈有胆量有勇气，但在贺景修这个人身上，她的勇气好像耗尽了，再难迈出一步。

“那就等他主动。”郑今瑶想了想，直接道，“你都主动过一次了，等他表现得再明显一点再说。”

博盈笑：“那万一他就一直这样呢？”

闻言，郑今瑶轻哼：“那他可能这辈子打算孤独终老了。”

博盈轻声道：“他还有很多选择。”

“是有很多。”郑今瑶护短道，“但那些选择，绝对比不上你。”

博盈被她的话逗笑，心情都好了不少。

做完 SPA，两人看时间还早，又去了一家博盈心心念念地想看的餐厅吃饭。吃完，她们才慢悠悠地去酒吧。

考虑到两人酒量一般，对酒吧“人生地不熟”，她们去了熟人开的酒吧。

这酒吧是博延的朋友姜臣开的，各方面都很好，酒吧很热闹，适合放松。

博盈和郑今瑶到的时候，还是姜臣亲自接待的。他今天正好在这边，收到博延电话后便下了楼。这博延的妹妹，他得好好伺候着。

“盈盈，这边。”

博盈抬头一看，看到了穿着休闲服的姜臣，他身姿挺拔，懒散地插兜站在门口，一点都不像个酒吧老板。酒吧老板，鲜少有这么正经的。

“姜臣哥。”博盈和姜臣见过，也吃过饭，相对熟悉点，“你今天在酒吧啊？”

姜臣看她：“又漂亮了点。”

他点头，跟郑今瑶打过招呼，领着两人往里边走：“你们想坐大厅卡座还是去楼上包厢？”

博盈："大厅吧。"

她怕麻烦姜臣，道："姜臣哥你去忙吧，我和我朋友待一会儿就走。"

"行。"姜臣没多言，"有需要来三楼找我，酒什么的随便点，姜臣哥请客。"

博盈笑："好，谢谢姜臣哥。"

姜臣特意让人给博盈安排了一个视野极佳的卡座，两人坐下后，点了几杯果酒。

果酒度数低。

这个时候还早，酒吧算不上热闹。博盈和郑今瑶两个无聊人士开始玩猜骰子大小。

很幼稚的小游戏，但很适合她们。

两人正玩得开心，前边站了个人。

"博盈？"

声音很大，穿透酒吧震耳欲聋的音乐声传到她耳畔。

博盈下意识地抬头，在看到面前的人后，她怔住了。

"真是你。"梁顺穿着衬衫西裤，垂着眼看她，"我还以为自己看错了。"

博盈轻眨了眨眼，不好意思地笑："嗯。这么巧。"

梁顺颔首，觑她一眼道："什么时候回国的，怎么也没说一声？"

博盈"嗯"了一声，胡扯道："忘了。"

梁顺看她这样，自然知道她不是真的忘了。

他跟郑今瑶打了一声招呼，轻声道："介意我坐这儿吗？"

博盈不可能拒绝，点点头说："你随意。"

九点，贺景修和陈女士几个人才从爷爷奶奶家离开。

他晚上陪长辈喝了点酒，头稍稍有点晕。

陈佩仪看他，低声道："让司机先送你回去？"

明天要上班，贺景修回自己公寓那边。

"不用。"贺景修抬手揉了揉太阳穴，低声道，"博盈的车还在家里，晚点要给她送回去。"

闻言，陈佩仪眼睛亮了亮："那你让司机去还车。"

贺景修颔首。

他喝了酒不能开车，当然是找司机一同给博盈送回去。

陈佩仪看他这样，八卦的念头熊熊燃起："你跟盈盈……"对博盈，她已经自动划到了未来儿媳的行列，言语自然亲昵，"现在是什么情况？"

贺景修回头看了眼他爸妈，还真不知道要怎么说。

他沉默了会儿，淡声道："妈，您别那么八卦。"

陈佩仪一噎，睇他一眼："要不是你不争气，我用得着八卦吗？"

她吐槽道："你别以为我不知道，你钱夹里那张照片是她吧？"

没等贺景修回答，陈女士继续道："还有，我有次给你收东西，发现你书里还夹了她的照片。"

只不过时间太久，导致她没能在商场遇到的时候一眼认出博盈。

贺景修哑然，正要说话，手机疯狂振动。

他看了一眼，是骆霄发来的消息。

骆霄：喝酒吗？

骆霄：我今晚到姜臣这酒吧玩，还挺有意思的。

骆霄：给你看看酒吧环境。

贺景修皱眉，他知道姜臣这个人，也知道他对吃喝玩乐很擅长，经营的酒吧等各种玩乐场所都非常不错。但贺景修和骆霄鲜少到他那边玩，没别的原因，纯粹是他们并不怎么对付。

说得幼稚点，他和骆霄他们算一个团体，姜臣和博延一行人是另一个团体。

在生意上，偶尔还会因一个项目拼得你死我活，所以两边人很少来往，如非必要，一般不去对方的地盘。

想到这儿，贺景修回复——

贺景修：不去。

骆霄：你点开视频看了吗？

贺景修：？

骆霄：看了你再决定来不来。

贺景修手指微顿，点开骆霄发来的视频。

视频录得很模糊，酒吧里灯光变幻，人影幢幢，震耳欲聋的音乐声传来。

视频时间不长，也就二十几秒。

贺景修在最后几秒里，看到了博盈那张脸。她穿着一条黑色公主裙坐在位子上，面前摆着果盘和各式各样五颜六色的酒，旁边坐了个男人。

视频里，她正和男人交谈，脸上挂着浅浅淡淡的笑，露出了梨涡。

上洗手间时，博盈才注意到手机里有好几条未读消息。

她晚上背了个小包，正好能放下纸巾和手机，看上去闪闪发光，特别可爱。

坐在马桶上，博盈揉了揉被音乐震得不太舒服的耳朵，点开微信。

看到贺景修问她在哪儿的消息，博盈思忖着回复——

博盈：在外面，怎么了？

贺景修：几点回家？

博盈：不确定，你已经回家了？车子先放你那边吧，我明天打车去公司。

她以为贺景修是要还车。

贺景修：嗯。

不知为何，博盈突然从贺景修这单字的回复里，看出了点别的情绪。

她思考了会儿，小心翼翼问话。

博盈：你心情不好？

贺景修直接给她打了个电话。

博盈被惊住，捂住听筒接通，尽量不让他听见自己这边吵吵闹闹的声音。

“喂。”

贺景修沉沉的声音冒了出来：“嗯。”

博盈听着，耳朵微动：“你是不舒服吗？”

她听着贺景修声音不太对。

贺景修“嗯”了一声，嗓音沙哑：“头有点晕。”

博盈一愣：“怎么会头晕？感冒了？”

“喝了点酒。”贺景修解释。

闻言，博盈松了口气：“那你让家里阿姨煮点醒酒茶。”

“没有。”

“怎么会没有？”

贺景修：“阿姨回家休息了。”

博盈怔了怔，迟疑道：“你回的是公寓？”

“嗯。”贺景修似乎叹息了一声，听上去还挺难受的感觉。

博盈揉了揉耳朵，正想说点什么，贺景修似听到了她这边的声音：“你那边怎么那么吵。”

说到这儿，博盈莫名生出一点心虚感，她含含糊糊道：“我跟朋友在酒吧。”

贺景修那边静了须臾，道：“那不打扰你了，你跟朋友好好玩，少喝点酒，早点回去休息。”

博盈：“我知道。”

贺景修没再出声，他的呼吸声却随着电流传了过来。

博盈抿了下唇，也不知道该说点什么。

她想了想，试探道：“那挂了？”

贺景修：“好，到家了跟我说一声。”

“嗯。”

从洗手间出去后，博盈突然没了玩乐心思。她心神不宁地抿着果汁，梁顺喊她好几次她也没反应。

“盈盈？”梁顺看她，“你这是困了还是怎么了？”

博盈扭头望着他，摇摇头说：“没，我突然想起还有点事。”

她跟郑今瑶几个人说了一声，先离开了酒吧。

三分钟后，贺景修收到博盈消息。

博盈：我给你送点醒酒茶过来？

消息刚发出去，她便收到了贺景修发来的地址。

第九章

公　交

晚上风大，但很舒服。

博盈到贺景修小区门口时，只过去了半小时。

她抬头看了眼面前小区，眉梢微跳了跳。

贺景修住的小区，地理位置特别好，离公司很近，坐车十分钟就到。同样的，价格也昂贵到离谱。

小区管理严格，可能是因贺景修提前打过招呼的缘故，博盈进去得还算顺利。

进到电梯，博盈靠在墙边，眼神不经意地扫过上升的楼层字数。到这会儿，她才生出一种紧张感。

怎么就来了呢？博盈想不通。

蓦地，她想到了郑今瑶的表情。

在知道她提前离开酒吧是为了给贺景修送醒酒茶后，她瞅着博盈欲言又止半晌，嘀嘀咕咕：“你玩不过贺景修的。”

博盈无语。

郑今瑶看她：“你在酒吧玩，他就喝醉酒跟你卖惨，这心机太深了！”

她恨铁不成钢地说：“你晾着他吧。”

博盈无法反驳，从秒收到贺景修地址时，她就有这种错觉。但她怕万一。

万一贺景修真是喝醉了，她不去说不过去。毕竟从再重逢到现在，贺景修对她的照顾早已超出了朋友的界限。

电梯“叮”的一声，到了。博盈抬脚走出。

贺景修住的这儿是两梯两户设计。电梯和邻居不共享，私密性很好。

博盈刚要按门铃，门先开了。

她一愣，抬眸看向出现在自己视野里的男人。

贺景修应该是刚洗了澡，头发半湿，利落的黑发垂在额间，软软的，像刚被梳了毛的迟小迟，身上穿着休闲的家居服，看上去比日常柔软温暖了点。

两人对视着。

贺景修手里还拿了一块毛巾，他垂着眼看博盈。

盯着看了几秒后，他侧了侧身，嗓音低沉：“进来。”

都到门口了，再说不进也有点矫情。博盈“嗯”了一声，跟着往里走。

贺景修在旁边鞋柜拿了一双粉色拖鞋放她面前。

博盈看了眼，唇轻轻抿了下。

似乎是察觉到了她的反应，贺景修的声音落下：“我妈穿过的，介意吗？”

“……不介意。”

换好鞋，博盈跟着贺景修穿过玄关，站在客厅。

贺景修的公寓是大复式，设计是简约的轻奢感，黑白灰棕的色调，不会让人觉得很冷，反而有种温暖的错觉。

客厅很大，墙上嵌着大电视，一侧是开放式的书柜，上面堆满了各类书籍。另一侧是厨房和餐厅，而楼上不意外的话应该是卧室。

博盈知道贺景修的品位一直很好，但没想到他房子的装修还能这么让人惊艳。

她四处张望，转头去看从厨房里倒水出来的人。

注意到她的目光，贺景修笑了下："怎么了？"

"没。"博盈盯着他看，"你头不晕了？"

贺景修脚步一滞，把水递给她，眉头轻蹙道："一点点晕。"

"这样。"博盈挑了挑眉说，"我没煮过醒酒茶，但我给你买的醒酒药，你吃吗？"

贺景修点了点头。

博盈把药递给他，催促道："那你现在吃吧，免得明天头痛。"

"嗯。"

客厅茶几上放了一杯水，贺景修示意博盈坐，拆开她买的药，吞了两粒下去。

他是真喝了酒，头也确确实实有点儿晕，但没到需要人照顾的地步。

吃了药，贺景修重新把目光放在拘谨的人身上。

视频里看得不那么真切，眼前的博盈身上的黑色公主裙很短，腰侧是镂空设计，恰到好处地显现出她纤细的腰身，露出一小片白皙肌肤。博盈皮肤白，身材也好，穿什么都合适，更别说是这样的小裙子。她像黑夜欢脱的精灵，总能给人惊喜。

客厅很安静，只有两人身上的酒味在蔓延，不难闻，细细品还有点清甜的味道。

暧昧的氛围在滋生，在随着时间流转。

除了酒味外，博盈身上还沾了点香水味，而贺景修身上有刚沐浴后的沐浴露和洗发水味道。各种特别的味道混在一起，不仅不违和，且还有点好闻，让人稍稍有点儿贪恋。

博盈捧着杯子坐在柔软的沙发上，接受着旁边人的打量。

贺景修看得太久，她稍稍有点不适。博盈抿了口水，不自在地拿了个抱枕放腿上。

察觉到她的动作，贺景修抬了下眼，打破静谧氛围："酒吧好玩吗？"

不知为何，博盈总觉得贺景修在给自己挖坑。

她思忖几秒，忐忑回复："还行。"

贺景修："哪家酒吧？"

博盈："……怎么？"

贺景修懒散地靠在椅背上，仰头看着天花板下圆圆的吊灯，不疾不徐地说："下回去看看。"

博盈噎了噎，没好气地瞪他一眼："贺总还怕没酒吧去吗？"

贺景修看她恼羞成怒的模样，勾了下唇角："嗯。"

这下，轮到博盈无语了。

贺景修知道不能把人逗太过，低声问："头晕吗？"

"还好。"博盈知道自己酒量不好，也就没多喝。

贺景修"嗯"了一声，起身往厨房走："没醒酒茶，喝杯柠檬茶？"

博盈点了点头："好。"

让博盈有点意外的是，贺景修厨房的东西还挺齐全。她跟进去看了眼，在看到冰箱里塞满的食物后，很是惊讶。

"你平时会煮饭？"

贺景修回头看她："阿姨煮。"

她忘了，贺景修都是有阿姨照顾的。

贺景修看她呆滞的小表情，勾了下唇："饿了吗？"

话音一落，博盈肚子先叫了起来。一时间，尴尬氛围在厨房里蔓延开。

博盈不好意思地摸了下肚子，解释说："我晚上没吃多少东西。"

和郑今瑶去的是她喜欢的餐厅，但考虑到两人要去酒吧，她们都克制着没有多吃。当然，更重要的是因为身上这条裙子是收腰款，稍微多吃点就会把小肚子露出来。

贺景修凝神看她，瞳眸幽深地落在她小腹位置。

博盈受不了他这种眼神，不自在地转开眼："药送到了，我就先回去了。"

贺景修哑然，没问她想不想吃点什么，直接说："吃面还是馄饨？"

博盈沉默了一下，不太确定地问："你会做吗？"

"馄饨是现成的。"贺景修道，"简单的面会做。"

闻言，博盈倒是讶异了，她眼珠子转了转，闪烁着光："那我要吃面。"

她才不要吃现成的，她就要看贺景修做面。

贺景修知道她打的什么主意，但也无法拒绝。

“牛肉面还是番茄鸡蛋面？”

“牛肉面。”

她很喜欢吃牛肉面，属于每天吃都吃不厌、吃不烦的类型。

贺景修煮着面，博盈站在门口观望。

她发现，贺景修煮面的手法并不生疏，还蛮熟练的。他那双骨节分明的手指切肉时，看上去更好看了。

博盈的眼神在他手指上流连许久，才徐徐往上。从她现在站的角度看，男人的大半张脸隐于暖橘色灯光下，衬得轮廓立体深邃，他身上清冷沉稳的气质，完完整整地显露出来。

博盈不知道该怎么去具体形容，但她就觉得此刻的贺景修很干净，穿着居家服时，身上还有一种和年龄稍不符的少年感。但偏偏就是这种感觉，让人无法忽视，总会不由自主地被他吸引。

倏地，贺景修偏头看她一眼。

博盈一顿，眨巴着大眼睛没话找话：“阿姨不来的时候你经常下厨吗？”

“很少。”贺景修道，“没那么多时间。”

他的时间，不会浪费在这种事情上。

博盈“哦”了一声，诧异道：“但你手法很熟练。”

闻言，贺景修意味深长地看她一眼，平静地说：“做别的食物，你就不会这样说了。”

博盈扑哧一笑，唇角微弯，笑盈盈的模样：“所以你的意思是，你只会煮面？”

“嗯。”

“那还好，你没给我第三种选择，你就不担心我想吃饭？”

贺景修瞥了她一眼，信心满满道：“你不会。”

他了解她。

博盈微哽，靠在墙边认真想了想……她还真不会。有牛肉面选择，她必然吃面。

贺景修动作很快，没一会儿便做好了两碗面。

除了牛肉外，他还加了青菜，煎了两个鸡蛋。

早在他煮的时候，博盈的肚子便咕噜咕噜叫了好半天了。这会儿端上桌，她跟贺景修说了句，便迫不及待地准备品尝。

贺景修那句“你小心烫”还没来得及说出口，便听到了博盈的哀号声。

“烫烫烫……”

贺景修正从厨房倒水出来，听到她这话哭笑不得：“你吹吹再吃。”

博盈被烫得说不出话，直接抢走他手里的杯子喝了大半杯水。

贺景修看她灵动的模样，一晚上的低落的心情好转。他没忍住，抬手捏了下她圆嘟嘟小脸：“吃那么急做什么？又没人跟你抢。”

博盈欲哭无泪，她嘴唇被烫红，泪珠在眼睛里打转，是真被烫着了。

“我饿。”她底气不足地说出这么一句。

贺景修哑然失笑。

博盈摸了下还发烫的嘴唇，抬眸看他：“我嘴巴肿了吗？”

贺景修一顿，瞳孔有了焦点，落在她泛红的嘴唇上。博盈的嘴唇生得很漂亮，饱满欲滴，像刚摘下的樱桃，让人垂涎。

他注视着，喉结不受控地上下滚动。

察觉到贺景修的反应，博盈眼神不自在地乱瞟，忙不迭地转开，垂着脑袋说：“我去洗手间看看。”

她说着，加快脚步往另一侧走。

走了两步，她又停下，有点委屈地看着贺景修：“洗手间在哪儿？”

贺景修勾唇，指了指：“往里走，在书房旁边。”

“哦！”博盈应下，飞快消失在他视野里。

在洗手间待了一分钟，博盈才走出。回到餐桌边，桌上放了个东西。

“冰块。”贺景修看她，“觉得难受待会儿敷一敷。”

博盈点头，顺势拿起在嘴唇上压了压。虽然凉，但真挺舒服的。

折腾了这么一会儿，牛肉面也没那么烫了。

博盈重新进食，到这会儿她才品尝出来牛肉面最真实的味道，比她想象的好吃，甚至还有点像高中学校附近那家牛肉馆做的味道。

“味道如何？”

博盈眼睛晶亮，点头道：“好好吃。”

贺景修轻挑了下眉：“那就多吃点。”

“嗯！”

这个时候，她也不担心吃多会不会显小肚子了，口腹之欲必须满足。

吃过夜宵，时间真不早了。

博盈跟贺景修说要回去，贺景修应了一声：“等我换身衣服。”

“啊？”博盈愣了一下，反应过来，“不用，我——”

她还没说完，就被贺景修驳了回来。

他站在博盈对面，垂眼看她：“博盈，你觉得我会放心让你大半夜一个人回家？”

回家路上，两人分外安静。

和前一次一样，深夜路上车辆稀少，晚风吹拂，枝叶沙沙作响，听着很舒服。

因为两人都喝了酒的缘故，贺景修直接打了个车送她。

司机不知是不是受不了这个静谧氛围，主动打破了这个僵局，和两人闲聊着。

聊的内容没什么重点，大概是感慨这大半夜工作的，都是为了生活，要不是为了生活，谁愿意这么辛苦。

博盈听着，时不时会附和两句，但大多时候是贺景修在和司机交谈。

博盈发现，贺景修这人吧，虽是集团总裁，但只要他想，他就不会让别人生出距离感。

他永远能用最合适的态度，跟不同行业、不同层面的人交流。最重要的是，他跟人聊的内容，永远不会让人不舒服。

从贺景修家到博盈那边不远，十几分钟便到了。

下车时，博盈没让贺景修送她进去，半夜打车不是那么方便，她怕下了这趟车，贺景修得在路边等半小时。

贺景修看她：“你确定？”

“嗯。”博盈和他对视，小声道，“都到小区门口了，你该放心了吧？”

她把他说的话反问回来。

贺景修看了她一眼，嗓音低沉：“进屋给我发个消息。”

博盈忍着笑，唇角微扬：“听贺总的。”

看博盈进了小区，贺景修才让司机离开。

没了博盈，司机话变得更多了。

“小伙子是送女朋友回家啊？”他乐呵呵地说，“你女朋友很漂亮。”

贺景修挑了下眉，笑了笑说：“是很漂亮。”

博盈的漂亮，从一开始他便知道。

司机看他愿意聊，继续追问：“你们这是刚开始交往吧？”

贺景修微顿：“不是。”

司机一愣，诧异道：“不是？我看你们都挺拘谨的，我以为刚恋爱呢。”

贺景修“嗯”了一声，轻声道：“还不是女朋友。”

闻言，司机恍然大悟。

他回头看了眼贺景修，有点儿惊讶。毕竟这两人怎么看怎么般配。

“我看那女孩挺喜欢你的呀，怎么还没在一起？”他开玩笑说，“是不是没努力呀小伙子？”

贺景修怔了怔，在心里细细回味了“喜欢”这两个字许久，才笑着应：“嗯，是我的错。”

司机颔首，鼓励说：“那你再努力努力，用你的真心打动她。”

贺景修道：“好，谢谢。”

博盈并不知道在她离开后，贺景修和司机还有这么一段对话。

次日要上班，到家洗完澡看到贺景修发来到家的消息后，博盈便睡了过去。

周一上班，她一脸精神不振。同样精神萎靡的，还有周围一圈同事。

为了提神，裴云梦和博盈凑在一起叽叽喳喳地说小话。

对她那天晚上没去臻越的事，裴云梦一直想问，但又觉得微信上说不清楚，等着上班再“追查”。

她一脸坏笑看着博盈，小声道："帅哥在车里睡了多久？"

怕被人听见两人对话，她们用"帅哥"二字代替贺景修的名字。

博盈："半小时吧。"

"睡这么久？"裴云梦惊讶极了，瞪圆了眼看她，"我之前可听我哥说过啊，帅哥睡觉特别挑地方，不是自己领域的位置都睡不着。"

博盈："那你哥对他了解不深。"她转着手里的笔嘀咕，"他以前在公交车上都能睡着。"

"怎么不深了？"裴云梦没听清她后一句，道，"他们可是从小玩到大的兄弟。"

博盈默了默，没把想到的事说出来。

她记得高中的时候，她喜欢贺景修喜欢得紧，便和他说等她高中毕业后要第一个和贺景修交往。

最开始，贺景修对她提出的请求置之不理，但后面被她缠着缠着，也就默认了她一系列行径。

那会儿博盈高二，贺景修高三。

高三学业重，贺景修虽不用像其他同学那般悬梁刺股，但也会比平时多花一点时间在学习上。他们高三晚自习九点放学，他通常十点才走。周末也大多数时候泡在图书馆。

博盈为了追他，每天自然要多花点时间和他在一起，也跟着往图书馆跑。

她记得很清楚的一次，两人在图书馆学习，她是那种学习不怎么专心的人，学一会儿就想玩，心很难静下来。

那是个下雨天，两人早早地占了窗户边的位子。

雨声滴滴答答的，从透明玻璃窗滑落，像珍珠断了线。博盈靠在最里边，看了会儿书就开始观察雨。

她在贺景修面前向来话多，看到什么有趣的好玩的都喜欢和他分享。奈何贺景修是个无趣的人，老是不理她。

博盈看着被雨水罩上一层雾气的玻璃，手指在上面乱写。

写了两个字，她幼稚地喊贺景修去看。刚开始，贺景修还会搭理她，到后面次数多了，他便两耳不闻窗外事，一心只读圣贤书。

博盈自觉无趣，渐渐安静下来。

过了会儿，贺景修突然喊她："博盈。"

"怎么？"博盈扭头看他，神色恹恹的，"你看完了？要走吗？"

贺景修摇了下头，看着她问："你刚刚说什么？"

博盈撇了下嘴，闷闷不乐地道："没什么。"

对她这个答案，贺景修明显不太满意。他目光灼灼地看着博盈，想要她重新说一遍。

后面，博盈受不了他看自己的眼神，小声道："我想坐公交车去买吃的。"

贺景修一顿，似有点意外："打车不行吗？"

"不行。"博盈当时心里藏着小九九，自然拒绝这个提议，"我就想坐公交车，下雨天坐在公交车后排看雨，特别舒服。"

其实是前一天她窝在被子里看了一部偶像剧，男女主在下雨天坐公交车，两个人顶着衣服，在公交车后边偷偷接吻。

博盈不奢求多的，但她想和贺景修牵手。

前几天刚牵过，她好喜欢贺景修牵她手的感觉，会让她有安全感。

贺景修拿她没办法，虽然面上看着不情不愿，但还是同意了。

两人出门前不知道会下雨，都没带伞。

买伞的时候，博盈坚持只买一把。买好伞，两人往公交站台走去。

上了公交车，两人直奔后排。

下午，公交车上人很少。博盈坐在靠窗的位置，贺景修坐在她旁边。那会儿是冬天，两人身上都穿着厚厚的羽绒服，连肢体接触都感受不到对方的体温。

博盈眼看这方法行不通，嚷嚷着热，把羽绒服脱了下来。

贺景修眼皮抽搐着，问她："你真热？"

"真的啊。"博盈冻得牙齿都在打战，强撑着问，"你难道不热吗？"

贺景修像个油盐不进的苦行僧一样，点了点头："不热。"

他挺冷的。

博盈被他的话噎住，直接把羽绒服塞给他："那你多穿点。"

贺景修看着塞过来的白色羽绒服，一时无语。

博盈哼哼两声，转头看着窗外吐槽：“不解风情。”

这人她是撩不动了。

贺景修还是没察觉到不对，转头对她进行劝说：“博盈，你把衣服穿上，省得待会儿感冒。”

博盈差点被他气到吐血。

她咬咬牙，紧盯着旁边的人：“贺景修，有没有人说过你很直男？”

贺景修一脸茫然地看她。

博盈更气了，伸手把自己衣服抢了回去，嘟囔道：“算了，你孤独终老吧。”

车内静悄悄的。

博盈把衣服拎回去后，直接盖在了自己身上，也不费穿的工夫了。

公交车上来了一对情侣，坐在两人前边。一上车，女生便说冷，男生立马把自己衣服脱下，给她盖上。女生接过，顺势把衣服盖在两人身上，亲亲密密的。

博盈用余光扫到，他们盖好衣服后，黏黏糊糊地接了个吻，而后女生抱着男生手臂取暖，两人手挽在一起戴着同一副耳机听歌，特别浪漫。

到了这会儿，博盈才意识到，她好像不该对贺景修说热，她应该说冷才对。她好像用错了手段，难怪贺景修意识不到。

博盈正后悔着，她的手忽然被人握住。她身子一僵，不敢相信地扭头看向旁边人：“你——”

话还没说完，贺景修握了握她的手，清清冷冷的模样，说道：“博盈，你的手冰凉，赶紧把衣服穿上。”

一片死寂。

博盈沉默了三秒，气鼓鼓地穿上。

刚穿上，贺景修那件宽大羽绒服又落下，盖在了她身上。

博盈怔怔地看着他。

贺景修瞥了她一眼，往她这边靠近了一点点，温热气息落在她耳边，酥酥麻麻的。

他声音像是含着笑，带着点揶揄趣味，贴在她耳边：“博盈，你以后少看点那些偶像剧，学也学不会精髓。”

学的和电视剧截然相反，让人根本就没办法理解。

博盈一哽，正要奓毛，贺景修忽而靠在了她肩膀上。

他自然地扯了扯她身上盖着的衣服，合着眼道：“我睡一会儿，到站了叫我。”

他头发很短，靠过来时利落的短发正好戳中她脖颈那一块细腻的肌肤，微微有点儿痒。

博盈紧张地深呼吸，舔了好几次唇，眼睛也忽闪忽闪的，心跳如擂鼓。

过了好一会儿，感受到贺景修均匀的呼吸，她才轻轻应着：“好。”

应下时，博盈顺势往他那边靠，让两人靠得更近。

她刚靠过去，贺景修的手动了。

在厚厚的衣服下，两人的手别扭地紧挨在一起。

“博盈。”裴云梦喊她好几声，“想什么呢？一脸春心荡漾。”

博盈回过神来，下意识地摸了下唇角：“没。”

她咳了一声，转头看向窗外：“你说什么时候会下雨呀？”

裴云梦一噎，“哎哟”了一声：“刚停几天雨呢，可别再下了，下雨天堵车好严重的。”

一遇到下雨，裴云梦就得早起半小时出门上班。

博盈微哽，不太好意思地摸了下鼻尖：“哦！”

但她喜欢下雨。思及此，博盈拿出手机往朋友圈分享了一首歌曲——《不能说的秘密》。

分享完，她才扭头看裴云梦：“你们那天玩得开心吗？”

“还行。”裴云梦说，“但你和贺景修没来，大家都挺遗憾的。”

闻言，博盈笑了：“遗憾什么？”她唇角弯了弯，“我和那群人又不认识。”

“遗憾没见到你啊。”裴云梦压着声道，“你都不知道大家对你多好奇。”

博盈挑眉：“好奇什么？”

裴云梦看她一眼：“你装傻呢？当然是好奇能轻易让贺总改变主意的人是何方神圣啊。”

博盈噎住。

她缄默了会儿，正想问裴云梦谭芮和贺景修是个什么情况，手机振了下。

博盈低头一看，是某人发来的消息。

贺景修：晚上去提车，坐公交车吗？

看到内容那一刹那，博盈很意外。

她分享那首歌，确确实实别有用意，但她没想过贺景修会这么快看到，且懂她的意思。

这首歌，是她学生时代特别喜欢的一首。

那天在公交车上，贺景修睡着时，博盈偷偷摸摸拿出手机，跟前排那一对情侣一样，往自己耳朵里塞了一只耳机，而另一只被她小心翼翼地放在了贺景修的耳朵边。

在当下那个时刻，她并不确定贺景修有没有听见耳机里传出的歌声。

她一直循环播放的这首歌，一会儿看看靠在自己肩上睡觉的人，一会儿看看被雨水打湿的玻璃，和路边撑着伞行走的人。

那天下午，每一幕，都像一幅画一样，刻在她脑海里。

在国外，博盈每次遇到难题，每次不那么开心时，就去坐公交车。只要坐上公交车，她的那些不开心便会不治而愈。

她时常想起贺景修，想起那天那个温馨平静的下午。

蓦地，手机又振动了。博盈回过神来，还是他的消息。

贺景修：但今天没下雨，介意吗？

博盈没忍住，轻弯了下唇角。

博盈：介意啊，贺总这么有钱，不能像电视剧一样做人工降雨吗？

贺景修：？

贺景修：有点难。

博盈被他逗笑，勉为其难地回复——

博盈：看天吧，如果下雨的话就去，不下雨……我就再考虑考虑。

贺景修给她回了个“好”字，便也忙去了。

周一例行早会，大家都不太提得起神。

开完会，博盈忙着刚分到自己这边的工作。她出差太久，好多东西感觉又生疏了点。

博盈前期的工作其实不怎么累，基本上也就审审合同，批一批下面送上来的合同，有问题打回去，没问题顺利通过，送到领导那边。

目前来说，她还接触不到贺氏集团重要的合同。不过新人嘛，学习最重要。博盈不是好高骛远的那种人，她在学校成绩再厉害，进了公司，也要耐心从头开始。

“忙什么呢？”不那么忙的裴云梦看她专注的模样，小脑袋凑了过来。

博盈指了指：“一个土地合同，有个钉子户不愿意搬家，还起诉了我们公司。”

这种情况比较常见，博盈已经看到过好几份类似的合同了。对她来说，已经见怪不怪了。

裴云梦看了一眼，扬了扬眉问：“杜楠把这份合同给你跟了啊？”

博盈点了点头：“嗯，怎么了？”

裴云梦朝四周看了看，压着声说：“这合同，是我们整个部门都觉得难啃的。”

博盈眨了下眼，扭头看她：“此话怎讲？”

“这个钉子户，不同于别的钉子户。”裴云梦分析，“别的钉子户至多是想多要点钱，多要点好处。但这个不是，这个钉子户，就……”

她迟疑了一会儿，忐忑地说：“他要的不是钱，也不是好处，他就是不愿意搬。具体情况我也不清楚，反正因为这个钉子户，那边动工都延迟了很久，现在另一边动工了，但对贺总他们来说，这儿还是个难题。”

博盈了然，她之前看过类似的案例。

她垂眼看了看合同上的资料：“这个钉子户，户主年龄不小了，是位老爷爷。”

裴云梦：“是啊，这起诉官司是他儿子搞的。一直没有进展，好多同事都觉得棘手，也就一直放在那里没管，这会儿应该快到时间了，杜楠把它给你了。”

博盈沉默了会儿，揉了揉太阳穴问：“我什么时候得罪楠姐了吗？”

裴云梦耸耸肩，笑着说：“你说呢？”

博盈撇嘴，深呼吸了下道：“我努力啃啃吧，希望可以。”

裴云梦点头，朝她眨眨眼道：“实在不行，你可以去问贺总。”

“问他？”博盈挑了挑眉，疑惑地道，“他又不是学法律的。”

“但贺总有经验。”裴云梦看她，“你不知道贺总的事迹吗？”

博盈一脸茫然：“什么事迹？”

这回轮到裴云梦无语了。

她那天看着两人的情况，真心觉得他们的关系已经到了她哥和盛纯那种知根知底的地步，没想到博盈什么都不知道。

她“哎哟”了一声，小声问：“你之前不认识贺总吗？”

博盈失笑，不置可否。

她明白裴云梦的意思，她想说她要是之前认识贺景修，怎么会连这个都不了解。

博盈缄默片刻，温声道：“我之前没去关注。”

她有刻意避开和贺景修有关的消息。

很久以前，博盈一直都觉得一个人只要有心，就能办成所有事。

她爱看偶像剧，爱看电影。每每看到男主找女主，找一年又一年还找不到的时候，她就会很生气。因为她觉得，只要有心，哪需要一年啊，半年就能找着吧。

后来她才明白，一个人只要存心想躲着另一个人，或避开另一个人的所有消息，是真的可以做到的。

裴云梦看她神情不太对，就没再多问。她点了点头："我给你找找以前的报道，看了你就知道了。"

博盈笑笑，道："谢谢。"

"客气。"

下午，博盈刚把合同整理好，准备忙里偷闲看看裴云梦给她发来的过去几年关于贺景修的部分报道。

她刚要点开，不远处传来了声响。博盈还没来得及问，先听到了朱晓夏的声音。

"你们猜我在电梯里碰到谁了？"

"谁呀谁呀？"

"谭芮。"朱晓夏激动地说，"她真的好漂亮啊，跟女明星一样。"

"天哪，她是来找贺总的吗？"

"那还用说，除了找贺总还能干吗？"朱晓夏道，"而且我看她手里提了咖啡和甜品，应该是准备和贺总一起共进下午茶。"

听到这儿，博盈手指顿了顿，把刚要打开的资料合了起来。原本她还想多了解下现在的贺景修，目前来看，并不是很需要。

而且，她扫了眼电脑下方显示的时间，真的很想知道——五点吃什么下午茶啊？是不打算吃饭了吗？

她想着，在心里骂了贺景修两句。

"感冒了？"谭芮隔着一张宽大办公桌，看着办公椅上的男人询问。

她很喜欢看这样的贺景修，西裤衬衫，领带解开，立领扣子松两颗，露出喉结，袖口挽到小臂处，露出完美的肌肉线条。

谭芮知道他很喜欢运动，基本每天都会抽时间跑步，除此之外，他还喜欢打篮球、高尔夫等。因此，他身材一直都很好，各种肌肉线条练得恰到好处，不会像健身房教练那样让人觉得有压力。他是看着高高瘦瘦的，但又有肉有力的那种。

"没有。"贺景修坐在位子上没动，抬起眼看她，"找我有事？"

谭芮一顿，淡淡地道："不然呢？我没事过来找你干吗？"

她拉开他对面的椅子坐下，把两份文件拿了出来，道："我爸让我过来给你的，说是让你先看看。"

贺景修扫了一眼，直接说："没那么着急，你让其他人送过来一样的。"

谭芮一顿，不知道他是真不明白自己跑过来是为什么，还是装傻。

她"嗯"了一声，抬了抬下巴："我正好无聊跑一趟，没多大关系。"

贺氏集团和谭家那边一直都有合作，两家长辈认识了几十年，各种利益关系也有牵扯。

谭芮今天来送的两份合同，是关于政府刚批下的一块地皮，不少集团都在争取，竞争激烈。谭芮的舅舅在这里有些人脉，能拿到第一手资料。

贺景修颔首，翻开看了两眼，淡淡地说："我看完再跟你爸谈。"

谭芮应着，并不介意这点。

她抿了下唇，身子往前倾了倾，温声道："今天要加班吗？"

贺景修看她："还有事？"

谭芮一顿，笑着说："约你一起吃饭啊，我们很久没一起吃饭了。"

她怕被拒绝，说着："还有骆霄他们。"

贺景修想也没想，直接拒绝："不了。"他把文件合上搁在一边，"我晚上有事。"

谭芮神色微僵，放在膝盖上的手渐渐收紧，她抿了抿唇，压着自己的脾气，笑盈盈说："那下回？"

贺景修点了下头，看向进来的祁学真："送谭小姐下去吧。"

谭芮咬着唇，不得不从椅子上站了起来，不让自己情绪外露，轻声道："那我先走了，下回约你可不能再拒绝。"

贺景修颔首，把注意力落在了新收到的邮件上。

下班前，公司里一些忙完工作的人都在讨论，谭芮到贺景修办公室待那么长时间，都做了些什么。

博盈虽知道贺景修对谭芮没半点意思，但听着也有点烦。一到下班时间，博盈动作迅速地关电脑，拎着包准备走。

“盈盈。”朱晓夏喊了她一声，“你这就下班了啊？”

博盈：“嗯，到时间了。”

朱晓夏看着博盈背影，吐槽道：“她还真当自己是大小姐呢，每天卡着点下班。”

裴云梦恰好路过，听着微微笑说：“这说明盈盈工作效率高啊。”她道，“除非是超出负荷的工作，否则工作效率不高的才要加班吧。”

“你——”朱晓夏瞪着她，却不敢多言，她虽不清楚裴云梦背景，但也听人说起过，她跟公司某高层认识，还是亲戚什么的。

裴云梦没理会她，跟着下班。

博盈刚到一楼，贺景修的信息便来了。

贺景修：考虑好了吗？

博盈没回。

过了会儿，他又发了一条消息。

贺景修：没下雨，坐公交吗？

博盈：坐。

贺景修：好，那我到门口等你？

博盈：不用。

贺景修：？

博盈：我要一个人坐公交，贺总有司机，还是别跟我这种平民百姓挤公交了吧。

阴阳怪气的消息刚回过去，贺景修电话来了。博盈轻哼，直接把他电话挂断，耳根清静了。

从公司走到公交车站大概五六分钟，博盈正在路上走，手机再次响起。

她皱眉，刚想挂断，瞟到了来电显示。

“喂。”博盈一秒正经，“吕经理。”

吕修贤："博盈，你下班了吗？"

"是的。"博盈抿着唇，低声道，"不过我刚到公司门口，经理您有事交代吗？"

吕修贤叹了口气："有份文件找不到了，我问了你组长说是你接手的，你能不能回来找找？"

"可以的。"博盈毫不犹豫道，"我现在回来。"

"行。"

挂了电话，吕修贤看向贺景修，摸了下额头的汗，无奈道："景修，我以后在下属面前可就没面子了。"

贺景修瞥了他一眼，很淡定："吕叔，博盈本来也算不上您的下属。"

吕修贤："……"

第十章

新　家

周一没什么大事，同事们陆陆续续下班。

博盈折腾了会儿，再折返回去时，办公室里已经没人了。

她朝吕修贤的办公室看了眼，虽心存疑惑，但也并未往深处想。

博盈在办公桌翻了翻，找到了他说的那份文件。

站在门口，博盈抬手敲门。几秒钟时间，里头没有反应。博盈皱了下眉，正想出声喊，门被人从里拉开。

她抬眼，对上熟悉的一张脸。

博盈第一时间明白过来，难怪吕修贤会把她叫回来找一份并不是那么重要的文件，原来是有人强求的。

想到这儿，博盈脸一沉，转身要走。

“博盈。”贺景修扣住她的手腕，还有些不解，“去哪儿？”

“下班。”博盈冷着脸把文件丢他身上，提醒道，“贺总，现在是下班时间，假公济私不太好吧。”

闻言，贺景修被她气笑了。他目光微垂，直直地望着她：“你也知道我在跟你谈私事，喊我‘贺总’做什么？”

博盈被他的话堵住，一时竟想不出反驳的话。

她没好气地瞪了他一眼，冷着脸道："我觉得我和贺总没什么私事可谈。"

贺景修不是个爱争辩的人，他盯着博盈气鼓鼓的脸看了半晌，一把将人拽进办公室，还顺便关了门。

猝不及防地，博盈被按在了门口，根本无法动弹。她想挣脱，无奈男女力量悬殊，她根本不是贺景修的对手。

"贺景修。"博盈忍无可忍，抬头瞪着他，"你干吗？"

贺景修垂下眼注视着她。他眼睛里像是有浮动的尘光，在随着灌入的空气流转着。

贺景修的眼睛生得很漂亮，瞳孔颜色很深，眼尾狭长，天生一双深情眼。对上这么一双眼，博盈很难发脾气。

她和贺景修对视半晌，率先挪开目光，索性眼不见为净。

两人僵持不下。

贺景修看她这样，倍感无力。

他其实到现在还不太懂，为什么博盈会突然改变主意，为什么会生气。

贺景修问过吕修贤，吕修贤下午在开会，也并不知道法务部有没有发生纠纷。

他沉吟许久，用另一只手撩开她的头发，低声问："工作受气了？还是跟同事闹了矛盾？"

目前来说，他只能想到这两种可能性。

博盈不敢相信地看他："你说什么？"

贺景修怔了怔，放轻了语气："不是这两个原因。"他眉头轻蹙，陷入了迷茫状态，"那是身体不舒服？"

博盈脑瓜子转了转，总算明白他为什么这么问了，敢情这人根本不知道自己出尔反尔的原因。一时间，博盈心情非常微妙。

其实她自己也搞不懂自己，为什么在听到谭芮的名字后会无法控制情绪，会无缘由地跟贺景修闹小脾气。

明明他们俩现在也没任何关系，他和别的女性相处，完全合情合理，可她就觉得胸口闷闷的，很不舒服。

但博盈又清楚，自己这是占有欲在作祟。

她喜欢一个人，喜欢一件物品，有时就想占为己有，不爱和任何人分享。

“博盈。”贺景修喊了她一声，打破了办公室的静谧。

博盈回过神来，重新对上他那双幽深如海的眸子。

她抿了下唇，说：“没有不舒服，我就是不想和你一起去坐公交车。”

贺景修观察着她的表情，微挑了下眉头：“为什么不想和我一起坐公交？”

博盈觉得几年没见，贺景修变得啰啰唆唆的，跟老大爷一样，一点都不酷了。

她觑他一眼，理直气壮地问：“没下雨，我为什么要和你一起坐公交？”

贺景修哽了下，看她：“就这个原因？”

“嗯。”博盈点头，没让自己情绪过于外露，“就这个原因。”

听她这么说，贺景修松了口气的同时，又带着些不安的情绪。

不知为何，他宁愿博盈说是他惹她生气了，抑或他做错了什么，也不希望单单是因为没下雨的缘故。

看贺景修陷入沉思，博盈抿着嘴：“你现在可以把我松开了吗？”

贺景修下意识地松了手，看到她被自己攥红的手腕，微叹了口气：“抱歉。”

博盈揉了揉手腕，转开脸问：“所以经理其实不找文件，是你让他喊我回来的？”

贺景修坦坦荡荡：“嗯。”

他这么坦诚，博盈反而不好说他什么了。

她张了张嘴，半天憋不出一个字。

“那……”突然间，博盈想起自己忽略的重点，“经理知道我们认识？”

贺景修看她惊恐的小表情，轻捏了下她的小脸：“介意？”

博盈蒙了：“你说我介不介意！”她慌乱道，“那经理会不会以为我进公司是走的后门？”

虽然她自认为以自己的能力，完全可以到贺氏集团上班。但一旦有了某些关系的牵扯，解释是解释不清的。

贺景修看她着急的模样，微弯了下唇：“不会。”

他拉着博盈到一侧沙发坐下，淡定道：“吕叔是自己人，他不会对外多说。”

博盈隐约觉得这话有点暧昧。

忍了忍，博盈没忍住，毫不留情地打击他：“我又不是怕这个，我和你清清白白的，经理就算是对外说点什么，我也不担心。”

闻言，贺景修眉峰跳了跳，重复她的话：“清清白白的？”

“难道不是？”博盈扬起下巴，像一只高傲的白天鹅，让人忍不住想要摸一摸她漂亮的脖颈。

这样想，贺景修也就这样做了。

他指腹擦过她脖颈那块细肉，引起博盈极度不适。

她身子紧绷，僵硬地看着他。

贺景修碰到她那一块肌肤时，博盈有种酥麻感传遍全身，让她无所适从。

她眼睫轻颤，逃也似的往旁边挪了一点儿。

看她闪躲的动作，贺景修挑了下眉，垂眸看了眼指腹，没再逼近。

“行。”他妥协，“清清白白的。”

安静了会儿，贺景修看她：“还坐公交车吗？”

博盈对他转移话题的能力表示佩服，她思忖了会儿，摇了摇头：“不了。”

贺景修“嗯”了一声，低声说：“那先吃饭，然后去提车？”

博盈默了默，小声道：“我今天不想和你一起吃饭。”

贺景修哭笑不得地问：“真这么不想看见我？”

看他有点儿受伤的样子，博盈突然于心不忍，她紧张地舔了下唇，正要说话，手机响起。

看到来电显示后，博盈眼睛亮了：“哥。”她当着贺景修的面接通，“你和迟绿回来了吗？”

博延应了一声："回家没？"

"还没。"博盈心虚地揉了下鼻子，"我刚准备下班。"

博延"嗯"了一声："我和迟绿要到你公司楼下了，你下来吧。"

博盈："好。"

手机不那么隔音，兄妹俩的对话一字不落地进了贺景修的耳朵。

博盈把电话挂断，正思忖着怎么跟贺景修说，他先站了起来，顺势将她从沙发上拉起，温声道："走吧，送你下去。"

博盈眨了下眼，瞅着他，点了点头："嗯。"

楼下大厅还有同事，博盈自觉和贺景修拉开了距离。

察觉到她这点小心思，贺景修虽无力，但也没说什么。

"贺总我先下班啦。"博盈装模作样地和他道别，"谢谢贺总刚刚给我解答问题。"

贺景修神色平静地瞥了她一眼："下班吧。"

"好的。"博盈应着，也不管有没有人看她这边，一溜烟跑了。

看她逃跑似的背影，贺景修无奈扯了扯唇。

没良心。

爬上车，博盈先跟迟绿说了一会儿话，才和博延打招呼。

博延借着后视镜看她，阴阳怪气地说："我还以为你没看见车里还有个人。"

闻言，博盈头一抬，不服气地说："哥，你这是看不起自己还是看不起我啊。"

她俏皮道："这么一个大帅哥我都看不见，我是眼瞎了吗？"

博延："……"

迟绿被她逗笑，说："想我们了？"

"想啊。"博盈抱着她撒娇，"好久没见了呢，你快看看我，我是不是瘦了？"

迟绿忍着笑，上下打量着她："是瘦了点。"

博盈眼睛晶亮："那我得吃点好的补补吧。"

博延头疼地看她："想吃什么？"

博盈嘻嘻一笑：“想吃哥你煮的，什么都行。”

博延“嗯”了一声：“待会儿去趟超市。”

“行。”

三个人到超市买好食材，这才回家。

到家后，博盈本想进厨房帮忙打打下手的，但迟绿和博延恩恩爱爱的，她反而不好当电灯泡了。

她叹了口气，默默撸着同样孤单的迟小迟感慨：“要不我们一起做伴儿吧？”

迟小迟在她怀里待了一会儿，听到这话伸出爪子在她手臂拍了下，而后一脸高冷地从她身上踩着离开。

博盈看着它朝着自己的小尾巴，更扎心了。连猫都嫌弃她。

博盈拿出手机，拍了个迟小迟决绝离开的背影，准备晒到朋友圈。

她刚录完，手机响起。

博盈看了眼陌生号码来电，顺势接通：“喂？”

“您好，是博小姐吗？”

博盈应着：“是。”

对面男声道：“这边有一份您的外送需要签收，请问您现在在家吗？”

“哦。在的。”

“好的，那我给您送上来。”

挂了电话，博盈还有点惊讶。

她点开自己的手机软件看了看，最近没买什么东西呀。她不是个爱网购的人，差什么都是实体店直接买。

等了一会儿，外送员到了。博盈看了眼他抱上来的箱子，更震惊了。

签完字，她到客厅找到剪刀准备探探究竟。

箱子里的东西包装的很好，一层一层五颜六色的包装纸，拆得让人心累。

正当博盈要没耐心时，她看到了物品的模样。博盈怔了怔，一鼓作气把全部包装拆开。

迟绿和博延从厨房出来时，茶几上摆着艺术品样的杯子、别致的音乐盒、小布偶、冰箱贴、手作娃娃，还有一个古董似的手提箱，里面放了不少精致的小东西。

看完，迟绿蒙了下："这是在江城买了寄回来的？"

前几天博盈出差回来时，她也带了类似的小东西，给她展示过。迟绿知道，她喜欢这些可可爱爱奇奇怪怪的小玩意儿。

博盈没吭声。

这些东西不是她买的，但确确实实是江城那家小店看到过的。她当时其实也想买，但担心寄回来会摔坏，所以只买了几样能塞进行李箱的。

而此刻，这些她喜欢但没买的小东西出现在这儿，不难猜是谁给她买了带回来的。

迟绿看她不说话，和博延对视一眼，挑了挑眉猜测："别人送的？"

"嗯。"博盈没瞒着两人，"可能是。"

迟绿笑："什么叫'可能是'？"

她揶揄道："都给你送家里来了，不是送的是什么？"她逗着博盈，"不然还能是对方给你买回来要你付钱的？"

博盈脸热了下，小声嘀咕："谁知道呢。"她清了清嗓子，转头看向两人，"要吃饭了吗？"

"还没。"迟绿笑，"你还有十分钟时间，可以去感谢送你礼物的人。"

把东西小心翼翼地抱回房间，博盈把东西排列整齐拍了个照，给贺景修发过去。

博盈：你买的？

贺景修：？

博盈：不是你？

贺景修：是我。

博盈看他发来的文字，弯了下唇。

博盈：哦，那是送我的？

贺景修没再给她回文字，发了条语音给她："不送你还能送谁？"

博盈撇撇嘴，矫情回复。

博盈：那我怎么知道，万一你有很多人可以送呢？

贺景修：？

贺景修的语音再次传来："博盈，我什么时候给你造成了这种错觉？"

后面这句话，听起来愤愤地。

博盈明明没做错什么，可就是有那么一丁点心虚。

她好像确实不该捕风捉影，怀疑贺景修什么。

博盈揉了揉耳朵，垂下眼要敲字回复，但打了一行又删除。反反复复两次，还真不知道要说什么。

解释吧，肯定解释不清，说"谢谢"好像又太过客套，就当下这个时刻，她不想和贺景修说感谢。

正纠结着，迟绿喊她吃饭。

博盈当机立断，给贺景修回了个省略号，落下一句：我去吃饭了。

贺景修没为难她，应了一声，她便放下了手机。

晚饭是博延亲自下厨，迟绿打的下手。

一般情况下，博盈是享受不到亲哥这样的待遇的。她看着满桌子的香味四溢的食物，饥肠辘辘的。她扬了扬眉，也没等博延出来，先尝了尝味道。

"呜……"博盈眯着眼感受，"好好吃啊！"

她竖起大拇指赞扬："哥，以后你公司要是破产了，你可以考虑去开个餐馆，我保证花钱去吃。"

话音刚落，她被博延敲了下脑袋。

博延看她一眼，毒舌道："你被公司开除，我公司也不会破产。"

博盈给他做了个鬼脸，哼哼唧唧道："你别咒我啊，我要是被开除了你还得养我，你肯定不愿意吧。"

博盈觉得，即便她和贺景修没有"旧识"这层关系，她都不可能被开除。

博延看她："要被人养你还挺自豪。"

"那当然了。"博盈笑嘻嘻道，"这是很幸福的事，我为什么不能自豪呀？"

迟绿被兄妹俩逗笑，道："放心，就算你哥不养你，我也养你。"

博盈抱着她手臂撒娇："呜呜呜，还是迟绿对我好。"

博延目光冷淡地看她："放开你的手。"

博盈讪讪地，很无语地松开手："你女朋友我碰都不能碰了是吧？"

博延："你知道就行。"

兄妹俩不停斗嘴，通常情况下博盈都会输。

她小嘴习惯性说个不停，而博延心情好会搭理她，心情不好能一针见血把她怼哭。每到这个时刻，博盈就找迟绿求助，她太清楚博延的命门，谁都不怕，谁都能怼，唯一不敢对女朋友如此。

他们三人这一顿饭吃得很欢乐，博盈虽被打压得厉害，但还是很开心。

她喜欢和家人在一起。

吃过饭，她自告奋勇想去洗碗，被博延拒绝了。有洗碗机，用不上她。

博盈站在原地半晌，想了想，灰溜溜地回了房间。

她不适合在外头做电灯泡。

敲门声响起，博盈刚洗完澡出来，她擦着湿漉漉的头发应了一声："没锁门。"

看到进来的迟绿，博盈挑了下眉："我哥下去了？"

她哥之前为了追女朋友，搬来了楼下住。

迟绿点头："我给你吹头发？"

"好啊。"博盈乐得轻松自在，一把将毛巾给了她。

她坐在椅子上享受，边玩手机边打哈欠，嘀咕着："你说现在科技那么发达，怎么就没发明洗吹一体化的机器呢？"

迟绿哭笑不得，揉了揉她半干的头发："你是懒到连头发都不想吹了吗？”

“好麻烦。”博盈委委屈屈地说，“每天最愁的不是洗头发，是吹头发。”

她是真讨厌干这事儿。

迟绿弯了下唇，倒也理解。

头发吹干，博盈看她：“找我干吗呢迟绿？你这大晚上把时间浪费在我身上，我哥会不会又给我记一笔账啊？”

迟绿扑哧一笑：“说什么呢？”

博盈轻哼：“我哥太小气了。”她说，“我都不想吃你们狗粮了。”

迟绿摊手耸肩：“正想找你说这事。”

博盈一愣，抬眸看她。

迟绿道：“你之前不是嚷嚷着住这儿去上班要早起半小时，想要个离公司近的房子吗？”

这话，博盈确实说过，她也挺想搬出去的。

从回国到现在，她一直都住在迟绿这儿。

虽然就她们俩的关系而言，她就算在迟绿这儿住一辈子，她都不会嫌弃她，更不会赶她走。但是呢，博盈总觉得自己该独立了，不能永远做电灯泡。

她怔了怔，眼睛晶亮：“我哥给我找好房子了？”

迟绿点头：“在君庭湾。”

“啊？”听到这个名字，博盈愣了下，“君庭湾？”

迟绿看她小表情，趴在她旁边：“不喜欢这里？”

“不是。”博盈拿了个抱枕，把自己脑袋捂住一大半，小声说，“贺景修住那里，我哥知道吗？”

迟绿呆了几秒，哭笑不得：“我估计他不知道。”

博延要是知道，肯定不会说把那里的房子给博盈。他这个人，看似对博盈不关心，实际上护短的很。

她垂眸看博盈，戳着她圆嘟嘟的小脸，笑问：“你想住那儿吗？”

博盈眨眼：“那是我哥之前买的房子吗？”

“嗯。”迟绿点头，“不过没住过，你哥说如果你喜欢那儿的话，让人按照你的喜好重新装修一下。”

房子本就装修过，只需要简单改改。

闻言，博盈毫不犹豫："好呀，那我明天下班了去看看？"

"你什么时候去都行。"迟绿看她，"但前提得是你自己想搬出去，不能是因为觉得在我这儿住不好意思才走。"

博盈忍着笑，知道她的意思。

"放心吧，我以后肯定常回来骚扰你们。"

迟绿挑眉："那不一定，你要是恋爱了，我们想约你都难。"

博盈："不可能，我又不是见色忘友的人。"

说这话时，她又感到有点儿心虚。

迟绿觑她一眼，戏谑道："我等着看。"

次日看完房，博盈便决定要君庭湾这边的房子了。

没别的原因，就冲着上班只需要十分钟这个优点，房子再不喜欢她也要。更何况，这房子她挑不出任何毛病。

大落地窗，坐在阳台上能看日出日落。

和贺景修房子格局一样，大复式的房子，一楼是客厅厨房和客房书房，二楼是主卧衣帽间，影音室和一间空置出来的小房间，做什么都行。

定好房子，博盈开始兴致勃勃地挑小物件。

这是完完全全属于自己的房子，她想在房子的每个角落都摆满自己喜欢的东西。

房子本就装修得很好，也是博盈喜欢的风格，所以不需要再折腾，只要买些她喜欢的家具，安置好便能住进去了。

博盈每天忙里偷闲看家居用品，时不时还会问问贺景修的意见。

没别的原因，纯粹是博延太忙没空理她，她只得求助眼光也很好的贺景修。

博盈发现，贺景修的品位真不错，他帮忙选出来的物品，和她的房子搭配起来，不仅舒服，还能让人有眼前一亮的感觉。

更重要的是他脾气好，博盈是个有选择困难症的人，她买一件东西能纠结半小时，要是博延早就不耐烦了，但贺景修不会。他会给博盈分析，给她时间做最后选择。

这日，博盈又陷入了选哪种颜色更好的困境中。

她张望四周，同事们都在忙自己的，索性给贺景修发了消息。

博盈：这两种颜色你觉得哪个更好？

贺景修消息回得很快。

贺景修：你更喜欢哪种颜色？

博盈：都喜欢，但一定要说的话，我好像更喜欢小鸡黄这个，但我又担心网上看的和实物有色差。

贺景修：去店里看看。

博盈：这个有实体店？

她买的很多东西，都是国外设计师设计的，基本上只能空运。

贺景修：嗯。想下班后去还是周六？

他通常不会问博盈要不要他陪着去，他只会问想哪天一起去。

博盈有时候觉得贺景修还挺心机的，问问题常常二选一，而每个选项都是他想要的。

她垂眸盯着他消息半晌，敲下：周六。

到了六月，天气渐渐热了起来。

周六这天，博盈早早地爬了起来，在房间里折腾一通，才手忙脚乱地出门。

她到小区门口时，贺景修正靠在车旁看手机。

他穿着黑色长裤白T恤，外头还套了件浅蓝色的衬衫，莫名生出一种阳光大男孩的味道。

贺景修身材好，宽肩窄腰，手长脚长，怎么穿都好看。

看着看着，博盈恍惚觉得他像是画报里走出来的男明星，有点儿潮。

大概是她目光过于炙热，贺景修的视线从手机上挪开，朝她直直地望了过来。在看到博盈的打扮后，他微微愣了下。

博盈早上纠结了一小时，选了件泡泡袖的娃娃裙。裙子是牛仔浅蓝的颜色和布料，很柔软但又很有型。她穿上显瘦又显年轻，露出了白细的长腿，在阳光下白得耀眼。

贺景修目光从上而下，落在她腿上片刻，又回到她脸颊。

博盈被他看着，脚步都变慢了。她不自在地摸了下扎好的小辫子，镇定自若地和他打招呼："我是不是迟到了？"

贺景修看她圆溜溜的杏眸，转身把车门打开，轻声道："没有。"

"哦。"博盈弯腰上车，"谢谢。"

贺景修应着，绕到驾驶座。

系好安全带，博盈莫名有点紧张。虽然她自己也不知道在紧张什么，但就是紧张。

她偷偷摸摸瞟了眼旁边的人："我们这儿过去要多久呀？"

贺景修看了眼："不堵车一小时。"

博盈"啊"了一声，嘟囔着："好久。"

"吃早餐了吗？"

"没。"

贺景修了解她，往后指了指："袋子里有三明治和牛奶。"

博盈一愣，歪头盯着他。

"看我做什么？"贺景修看她，"先吃点东西垫垫，晚点再带你去吃饭。"

博盈无声地翘了翘唇角，侧身把袋子拿到前边。

她低垂着眉眼，压下自己瞳仁里的喜悦："知道啦。"

袋子里不单单有他说的那两样，还有矿泉水和博盈爱吃的小零食。

她看着，满心欢喜地拿了一个三明治。

"你吃了吗？"博盈咬了两口，才想起来问贺景修。

贺景修看了她一眼："没吃。"

"啊？"博盈愣住，低头往袋子里看了看，举着手里咬了一半的三明治问，"那你怎么办？"

她皱了下眉："你不早说，早说我就吃零食好了。"

贺景修看她紧张兮兮的神色，眸子里闪过一丝笑。

他手搭在方向盘上，手指敲了敲，故作沉思道："一人一半？"

博盈眨了眨眼："可我咬过了。"

贺景修跟着前车踩下刹车，淡定道："我不嫌弃，还是说你介意？"

暧昧来得无声无息，不打招呼就在车厢升起。

博盈听着贺景修这话，一时还真没办法接下去。话到嘴边，她沉吟半晌，才嘟囔道："贺总什么时候这么穷了，只买得起一个三明治。"

贺景修知道她在挖苦自己，解释说："不是买的。"

博盈一愣，低头看了眼自己手里捧着的东西，错愕不已："你……自己做的？"

"不是。"贺景修笑了下，"这是陈姨做的。"

博盈知道，陈姨是专门给贺景修做饭的阿姨。据说手艺特别好，但她一直都还没品尝过。

博盈"哦"了一声："难怪比买的好吃。"

贺景修挑眉："喜欢？"

"嗯。"博盈点头，想着三明治的口感，"没有人不喜欢吃好吃的东西吧。"

贺景修一笑，对她发出邀请："以后可以多过去蹭饭，陈姨会很欢迎。"

话题扯得稍微有点儿远，博盈大概能明白他意思，但又好像不是特别明白。

她缄默了一会儿，咕哝："再看吧。"

没答应，但也没拒绝。

贺景修听着她的答复，眉梢扬了扬，笑而不语。

又吃了几口，博盈正准备停下，把剩下的留给贺景修，道："逗你玩的。"

贺景修道："我吃过了，这是专门给你带的。"

博盈："……"

她就说，阿姨怎么可能只做一个三明治。就算是贺景修一个人吃，一个也吃不饱吧！

思及此，博盈没好气地说："你是不是故意的？"

贺景修坦坦荡荡的，目光柔和看她："现在才发现？"

博盈微哽，张嘴狠狠咬了口三明治，含糊不清地道："逗我很好玩吗？我又不是你家小狗。"

说到这，博盈主动道："对了，你们家狗狗是跟你爸妈住一起吗？"

她看过好几次大狗狗视频，馋它已经很久了。

闻言，贺景修道："不是。"

"啊？"博盈诧异，"跟你住一起？"

贺景修面不改色道："大多数时候跟我住一起，前段时间一直在出差，把它送了回去。"

他没多思考，直接道："这周打算去把它接回来，想提前和它认识认识吗？"

博盈眨了眨眼，总觉得他给出的答案和自己了解到的不太一样。

她扭头，目光定在贺景修侧脸。

男人侧脸轮廓立体，早晨的阳光柔和温暖，穿过车窗落在他高高的鼻梁上，眼睫上，他眼睫根根分明，在眼睑下方留下一小片阴影。

此刻，他整个人沐浴在阳光下，像一束光，让人想一直看着，想被他照亮。

倏地，贺景修偏头看她，在等待她回答。

博盈回过神来，张了张嘴："今天吗？"

贺景修："看你方便，明天也可以。"

"哦……"博盈沉默几秒，"那晚点看看买完东西几点吧。"

她内心里，还是想和贺景修的狗狗认识、亲近的。

贺景修："好。"

一个小时的车程，说远不远，说近不近。

至少，比她想象中要快。

贺景修很少会让她不自在，即便有，那也是暧昧中滋生出来的，而非其他。

他知道博盈喜欢什么，也会恰到好处地把话题往她喜欢的方向引导，偶尔又会停下来，让博盈有喘息的空间。跟博盈相处的尺度，贺景修把握的刚刚好。

他带博盈来的家居超市很大很大。

贺景修介绍，这一片区域都是各类进口家具。无论多么小众的品牌，这儿都可能会有。

博盈环顾一周，很是茫然。

她是个路痴，脑子什么都记，就是不记路。稍微转一转，她就不会了。别人带路都是往东往西，博盈听不懂，她只能听得懂到哪个路口左转、右转。

“这儿有好多条通道啊。”博盈目瞪口呆，“待会儿怎么分得出哪儿逛过哪儿没有逛过呀？”

贺景修哑然，掩唇笑了下：“我记得。”

博盈：“……”

贺景修看她窘迫的样子，垂下眼问：“怕走丢？”

这点，博盈并不是很想承认。

她沉吟片刻，找了个不那么丢脸的说辞：“我主要是怕走回头路。”

贺景修看着她：“不喜欢走回头路？”

他不疾不徐的声音钻入她耳中，明明是很正常的对话，可博盈却总忍不住去揣摩，去猜想他说的这句话是不是还带了另一层意思。

在喜欢的人面前，人总是这样。

明知道他可能就单纯地在提问，你只要直接回答便好。但你就是控制不住自己，因为你不想错过他发出的任何一个讯号，无论好坏。

“博盈。”贺景修看她，喊了一声。

博盈眨了眨眼，抬眸看他：“要看什么回头路。”她抿着唇，给出一个自己满意的答案，“如果是一条鲜花盛开的路，那回头走一次也无妨。”

贺景修微怔，没想到她会这样回答。

他垂眼看打扮得像小女孩的博盈，一时竟不确定他想让她走的回头路，是鲜花盛开的，还是布满荆棘的。

注意到贺景修的沉默，博盈抬起头看他：“不走吗？”

“走。”贺景修调整了下情绪，朝博盈伸出手。

博盈不解地看他：“这是——”

“不怕走丢？”贺景修的声音里带了点笑，眉眼也变得明朗，“那抓着我？”

对贺景修提出的“邀请”，博盈思考了十秒，拒绝了。

“我先跟着你。”她余光扫过贺景修那双骨节分明的手，有点心动，但面上却淡定自若地拒绝，“人多再拉。”

闻言，贺景修了然地点了下头，没勉强她。

两人慢悠悠地逛着。

博盈选择困难症发作，总要在两个物品间纠结，她刚开始纠结时是听不进旁边人意见的，而贺景修也颇有耐心，等她纠结到必须做出选择的时候，他会替博盈做好她会喜欢的选择。

有时候，博盈都怀疑他是自己肚子里的蛔虫，不然怎么什么都知道呢？

家居市场真的很大，博盈买到了之前在网上看的全身镜，还有两盏小台灯，以及一张很喜欢的懒人椅。她想放在阳台上，每天下班后或周末，就窝在懒人椅上看书，看日落。

除此之外，她还挑了很多摆在家里的小物品，每一样东西，都是她精心挑选出来，当作搭配的。

逛累了，两人就近用餐。

博盈在这儿买的部分东西可以送货上门，有些得自己先带回去。贺景修愿意当这个搬运司机，她也就没拦着。

回去的路上，博盈兴致勃勃地跟贺景修分享自己搬进去后要怎么度过自己的一天。

她想在每天忙碌的工作后，有自己的休闲时间。晚饭后，抑或所有工作忙完后，卸下疲惫泡个澡，而后坐在阳台边点一份香薰，开一瓶果酒，看电影或看城市夜景。

博盈是个会享受生活的人。

可能是和她从小的生活环境有关，她不是个会特别为难自己的人，比较信奉享受当下。

她虽学的是法律专业，但骨子里就是一个娇憨的小女生。阳光通透有活力，迷人得不引人注目，却又不引人注目的迷人。

贺景修听着，唇角微弯："喜欢在阳台看电影？"

博盈正说得起劲，猝不及防听到这么一句，蒙了几秒："啊……好像是不太方便。"

贺景修"嗯"了一声，沉思片刻："也不是不方便。"

他扭头看她，意味深长道："以后装修可以按照这个方向去做。"

博盈接住他的眼神，不去多想都难。

她双颊发烫，眼睫忽闪着，下意识地拿过一侧的水喝了两口："哦。"她默了默，"那等我赚了钱买了新房再说吧。"

贺景修挑眉，想了想说："也行。"

博盈自觉这话有陷阱，但还是忍不住追问："'也行'我怎么听着好勉强。"她直勾勾地盯着贺景修，想要个更满意的答案，"贺总，你是看不起我还是看不起自己发出的工资啊？"

贺景修哑然失笑，根本没往这个层面想。

他无言，修长的手指敲了敲方向盘，目光深邃地看着她："我不是这个意思。"

"那你什么意思？"博盈轻哼，"我觉得你就是认为我买不起房。"

虽然按照目前的工资情况和房价来看，她确实买不起。

贺景修轻笑，借着等绿灯的时间看她半晌，忽然说："博盈，你知道我的'也行'是什么意思。"

认真来说，博盈确实知道他这两个字更深一层的意思。

此刻，她却不想做太多的回应。

昨晚她跟郑今瑶聊天时，还说到了自己今天要和贺景修一起去家居市场这件事。

郑今瑶对两人的发展一直都很看好。不过作为博盈的朋友和狗头军师，她一直在不断地提醒博盈，不要让自己处于弱势，不要让贺景修觉得自己好拿捏。

蓦地，博盈还想到她说的一句话——如果贺景修撩你，说些暧昧不清的话，那你就撩回去。几年前主动权在他手里，现在主动权可以握在自己手里。

思及此，博盈轻咳了一声，拿捏好自己的态度："我怎么会知道贺总的意思。"博盈人畜无害地微微一笑，低语，"我又不是贺总肚子里的蛔虫。"

贺景修有点讶异她的回答。他默了默，更为直接道："我意思是，以后房子装修可以按照你的喜好来。"

这直球打得，让博盈双手捧着都接不住。

她猝不及防，嘴唇张开又闭上，总觉得自己不是贺景修对手。

两人无声对视，都在僵持。

安静半晌，博盈眨了下眼说："以后的事以后再说，话别说得太早。"

她现在不再是之前的那个人，不可能他说句"以后"，就开始做美妙畅想。虽然还是有点控制不住，但博盈想自己好歹要坚持一段时间。

听她这么说，贺景修也不生气。

他"嗯"了一声，笑了笑："行，以后说。"

车内再次静下来。

趁着贺景修没注意，博盈摸了下自己怦怦跳动的心脏。

她压了压上翘的唇角，摸出手机转移注意力，顺便找自己的狗头军师。

博盈：瑶瑶！瑶瑶！！

博盈：出来救我。

郑今瑶：？

博盈直接把贺景修和自己的对话给郑今瑶简单明了地复述一遍发过去。

发过去大概有一分钟，她收到了回复。

郑今瑶：你就这点回应？

博盈：不然呢？

郑今瑶：他都说以后要给你买房子了，你怎么就这点反应？你就应该说贺总说这种话也不怕让我误会什么的，你要逼他说别的。

博盈：例如？

郑今瑶：我突然对你之前说你就要追到贺景修这事产生了怀疑，你不会撩，怎么能追到他呢？

博盈一呆，愤愤不平地敲字。

博盈：不要怀疑，我可爱又漂亮，还善解人意！我怎么就不能追到贺景修了！

虽然当时也有比她漂亮、比她善解人意、比她学习成绩还好的女生在追贺景修，但贺景修根本就没给她们机会，所以博盈认为，贺景修就喜欢她这种追人方式。

郑今瑶：你就仗着他给的偏爱有恃无恐吧。

博盈：……哪有偏爱。

郑今瑶：你自己好好回忆回忆。

博盈眨眨眼，认真地把记忆往几年前拉了拉。

好吧，她承认好像是有一点点的。

记忆中还算清楚明显地表露出偏爱的那一段，是关于贺景修的喝水选择。

他高中喜欢打篮球，虽是高三学生，但贺景修这种学霸，依旧和往常一样，该学学，该玩玩。课后时间，他一周打三四次篮球是必然的。只要他去打篮球，博盈基本都会给他当观众。

当然，每次都到场的观众也不止她一个。她印象最深的，是贺景修的同班同学，也是他们班副班长。一个长得很漂亮的女生，学习成绩好，会弹钢琴会跳舞的女生。

当时贺景修是一中的校草，那个女生是校花，两人被不少同学认定为金童玉女，特别般配，他们是学校晚会、大型活动的主持搭档和门面。

每一次博盈去看贺景修打球时，她都会在。

她记得很清楚的一件事是，她每次去看贺景修打球都会提前买好同一个牌子的矿泉水，因为贺景修只喝那个。但有一天过于匆忙，博盈连水都没买，空着手就去了篮球场。

她和那个女生站在一块，贺景修打完球，汗渍渍地朝两人走近。

他看了一眼博盈，声音里还带着运动后的喘息，哑哑的，听起来还有点性感："来了？"

博盈点点头，正想说自己忘了买水，旁边女生主动把矿泉水递到贺景修面前，温温柔柔地道："班长，喝水吧。"

贺景修是他们班的班长。

贺景修看了她一眼，又去看博盈："没买水？"

他很平常的一句话，不是质问，只是简单的询问。因为博盈说过，以后她承包贺景修的矿泉水。

博盈"啊"了一声："太着急，忘了。"

贺景修点了下头，转而看向那位女生，不太舒服地咳了一声，清了清嗓子道："不用，谢谢。"

趁着女生愣怔的间隙，他看了眼还呆愣在原地的人："还不走？"

博盈蒙了下："去哪儿？"

贺景修转身往前，在她跟上去时说了句："买水。"

他要渴死了。

两人走到学校超市，博盈看了一眼，没有贺景修要的那个牌子。

她迟疑一瞬，扭头看他："这个喝吗？"

贺景修看了眼那红白包装的矿泉水，很勉强地应了一声："喝。"

他好像是真的很渴，直接把不爱喝的那一瓶矿泉水全喝了。

博盈问他还要不要再买一瓶时，像植物被浇灌过水的贺景修把瓶子丢进垃圾桶，直接将博盈拽出了学校超市。

十分钟后，两人在校外有他喜欢喝的矿泉水品牌的超市又买了一瓶水。

博盈无意识地翘了翘唇角，脸上的神情变得舒展愉悦。

手机还在振动。她拉回思绪，垂眸看郑今瑶发来的消息。

郑今瑶：陷入回忆里了？回我消息。

郑今瑶：姐妹？！

郑今瑶：你就说有没有，你这样搞得我很好奇。

博盈哭笑不得，很勉强地敲字告诉她。

博盈：你这样说的话，好像是有点。

如果没有贺景修那一丁点的偏爱，她也做不到如此一往直前，奋不顾身。

郑今瑶：啧。

博盈：你“啧”什么？

郑今瑶：啧！我觉得你故意在给我吃狗粮。

博盈忍笑：我哪有，这不是你自己问的吗？

郑今瑶：啧，不和你说了，反正你要自己掌握主动权，不要被贺景修牵着鼻子走。你们现在选好东西了，准备干吗呢？

博盈：先放到房子那边，他问我要不要看看他养的狗。

郑今瑶：这男人心机真深，知道你喜欢动物，想用动物套住你。

博盈：……

郑今瑶：你把握好分寸，别为了一只狗动摇。

博盈：好的……

两人胡扯结束时，贺司机的专属车到站了。博盈买的东西不少，两个人拎都有点儿困难。

“在这儿等我。”贺景修看她一眼，“我先拿一趟上楼。”

博盈张了张嘴：“我也可以拿一部分。”

“不用。”贺景修淡淡道，“站这儿就行。”

第一趟，博盈没坚持跟上去。

第二趟，她被贺景修安排拎了点小东西，和他一起上楼。

房子里各种家具都全了，只需要把买回来的东西好好摆设安置一番，博盈便能拎包入住了。

把东西放下，博盈看了眼半蹲在地上给她整理的男人，他颈背微弯，头微微垂下，神情专注。

午后阳光透过薄纱窗帘落下，照在他英俊的眉眼上，赏心悦目。博盈盯着看了好一会儿，才不舍地移开目光。

她进厨房，从冰箱里拿了两瓶矿泉水出来。

“喝水吗？”

对上贺景修抬起的眼，博盈有点心虚道：“只有这个。”

贺景修：“喝。”

不知为何，博盈觉得他这回的语气并不勉强了。但眼前的一幕，又让她想到了高中那年，想到了那段又酸又涩又甜的时光里。

“你现在……”把水递给他，博盈想了想问，“不挑牌子了？”

闻言，贺景修反问：“我有选择权吗？”

博盈想也不想，到沙发一侧坐下，轻哼道：“没有。”

贺景修弯了下唇。

博盈看他愉悦舒展的神色，真心觉得贺景修变了很多。以前，他才不会这么快妥协。

把新房子这边安置好后，博盈被贺景修送回家。

车上，贺景修告诉她，国外分公司出了点事，需要赶过去处理，狗狗暂时是看不到了。

下车前，博盈还有点心痛。

“你出差多久啊？”

贺景修瞧着她，正想逗她，便听到了博盈下一句：“你出差的话，那我是不是又要晚一两周才能和狗狗见面？”

瞬间，贺景修把到嘴边的话收了回去。

他面无表情觑了博盈一眼：“只想早点见到狗？”

博盈一脸“不然呢”的表情看他，理直气壮地道：“对啊。”

贺景修叹了口气，低声道：“要出趟国，应该要一个礼拜左右。”

博盈：“哦。”

她算了算，那差不多他回来的时候自己就搬家了。

博盈尽量不让自己情绪外露，只简单说了句：“那你注意安全。”

贺景修看她：“好，有事给我电话。”

“嗯。”

看博盈进了小区，贺景修才驱车离开。

回到自己公寓那边时，祁学真已经在门口等他了。

“贺总。”

贺景修颔首，弯腰上车，声线沉沉地道：“具体什么情况？”

祁学真深呼吸了下，把手里掌握的资料给他，并把自己了解到的情况一一告知。

汽车往机场飞驰，如风掠过。

吃过晚饭，博盈接到了盛纯的电话。

“盈盈，你在家吗？”

博盈“嗯”了一声，唇角往上牵了牵：“在呀，你忙完了吗？”

前段时间，盛纯进组拍戏去了。她拍戏取景的地方偏，信号断断续续的，和他们联系自然也就不多。

盛纯：“回来了，我明天在市里有个商业活动，刚落地不久。”

博盈扬眉：“那你的时间是准备留给我呢还是留给裴总呀？”

盛纯笑道：“当然是你，男人算什么。”

博盈扑哧一笑：“裴总不会找我算账吗？”

盛纯哼哼：“他敢。”

两人瞎扯了一会儿，盛纯道：“说正事，我待会儿过来找你啊，大概半小时后会到。”

博盈估摸着她找自己有事，连忙应下：“好。”

盛纯到的时候，博盈正撸着小猫。

迟绿和博延在楼下，圆圆有事回家了，楼上这房子被她和迟小迟一人一猫霸占，很是自在。

博盈到小区门口，先看到的裴彦，而后才是他旁边的盛纯。

博盈愣了一下，正往那边走时，两人旁边站着的一只狗朝她飞奔过来。

博盈正要躲开，狗狗有意识地在距离她三两步的位置停下，而后摇着尾巴望着她。

博盈怔住。

盛纯和裴彦笑着走近，她耸耸肩，指了指面前的狗狗说：“受人之托，这狗得先交给你照顾一段时间了。”

博盈眨了眨眼，看着眼熟的小狗狗，问：“这是贺景修的狗？”

盛纯：“对。”

除了狗，盛纯和裴彦还把它吃的用的都给搬了过来。

博盈带着他们进小区上楼，把东西放好后，两人离开了。

看着屋子里一猫一狗，博盈这才回过神来，明白贺景修做了什么。

她看躲着狗的迟小迟，和一直在自己腿边蹭着的大狗狗，有些哭笑不得。

好一会儿，博盈蹲在狗狗旁边，抬手揉了揉它的脑袋，给它顺了顺毛：“你就这样被人当礼物送走了，你知道吗？”

狗狗什么都不懂，蹭着她的掌心撒娇。

博盈看它这样，心被融化了。

谁能抵挡住大狗狗撒娇呢？别人能不能她不知道，反正她不能。

第十一章
博　美

博盈很喜欢狗狗，从小就喜欢。

她小时候养过一只小小的博美犬，毛发白白的，长得特别可爱，笑起来憨憨的。

她给狗狗取名叫博美。当时她哥还嫌弃了一番，觉得她真没取名天赋。

博盈并不这样认为，她反倒觉得自己挺有取名天赋的，她姓博，她养的狗狗当然跟自己姓了，博美这个名字不仅好听还幽默。

可惜的是，养了不到一年，一周年生日都还没来得及给它过，狗狗便离开了博盈。

那之后，博盈就再也没养过狗狗。

她想养，可又怕离开她的那只狗狗认为她把对自己的爱分给了其他狗狗，它会伤心难过，所以博盈一直克制忍耐，到长大点了，也没时间养，养狗狗这件事便搁置了。

博盈摸着靠在自己腿边的大狗狗，嘴角上翘着，眉眼柔和。

“你怎么不伤心呀？”

她看着大狗狗，笑着说：“你想不想去楼下玩？”

大狗狗围着她的腿撒娇，扒拉着她的裤脚，意思很明显——它当然想下去玩。

博盈笑了笑，看了眼不远处的迟小迟。

她思忖了几秒，起身给迟小迟开了个罐头，给迟绿发了条消息，给狗狗套上绳子，带它出门遛弯。

博盈现在住的这个小区很大，绿化也很好。

另一侧是联排别墅群，他们这边是大平层，活动的空间和范围都很大。

在小区侧边位置，还有一个很大的活动场，那边有篮球场、乒乓球场，还有塑胶跑道，和一些小区的基本游玩锻炼设施。

博盈拉着贺景修的狗狗往那边走。

刚开始，是她拉着狗跑，跑了一会儿变成狗拉她了。博盈平日里不是爱锻炼的人，没一会儿便气喘吁吁，双腿发软。

“停停停……”博盈有气无力地拉着绳子，额上有了汗珠，“你怎么那么能跑啊？”

她忍不住拉了拉绳子，戳了戳它脑袋：“跟你主人一样是吧。”

狗狗一脸无辜地望着她，伸出舌头喘气。

博盈根本对它发不出脾气，唇角往上牵了牵：“你叫什么名字呀？”

她这才想起，盛纯交给她的时候根本没提狗狗名字。而贺景修，之前也一直只说狗狗，没说它名字。

狗狗当然没办法回答她。

博盈牵着它在小区遛了半小时，才到旁边休息。

休息间隙，她看了眼时间，给贺景修发了几条消息。她估摸着，这人落地了应该会回复她。

博盈一晚上都在照顾狗狗，连迟小迟也被迟绿抱回楼下，不来打扰他们。

博盈发现贺景修这狗狗一点都不怕生，也不会乱叫乱咬，特别听话。一人一狗，相处特别融洽。

贺景修下飞机时，国内已是半夜。

他点开手机一看，收到了不少消息。贺景修敛眸，直接点开博盈的。

看完博盈发来的消息，他唇角轻弯了下，眉目舒展地回复。

祁学真在旁边偷偷瞟了眼，对博盈表示佩服。

从听到分公司消息后，贺景修脸色就一直不太好，飞行十来个小时，脸色就没好转过，阴沉沉的，让周围人不敢靠近。可这会儿，却已经如沐春风了。

要不是害怕自己丢了饭碗，他真想看看博盈跟贺景修说了什么。

其实博盈没跟贺景修说什么，她无非是问他狗狗的名字，问他别的注意事项，以及问他怎么突然把狗狗交给她养了，难道不怕她虐待他的狗狗吗之类的。

贺景修当然不怕。

他知道博盈喜欢狗，也知道她会对狗好。

他神情专注地给博盈回消息。结尾时，贺景修还给她发了句晚安。不出意外的话，她正在梦中。

发完正想退出时，贺景修手指一顿，敲下两字：早安。

日出日落，他想在她这儿做第一个说早安，最后一个说晚安的人。

翌日，博盈醒得很早。

她不知道是还不太习惯家里有狗狗，还是心空落落的，一晚上都没睡好。

她边起床边捞起手机往洗手间走，刷牙间隙，恰好看到贺景修的消息。

在看到贺景修发来的狗狗名字后，博盈给他回了一连串问号。

博盈：你的狗狗叫博美？

博盈：你的金毛知道它叫这个名字吗？它不抗议？

贺景修还没睡，她消息一发过去，他便给她发了个视频通话。

博盈看着，抬头往镜子里看了看，默默改成了语音通话才接。

“怎么醒这么早？”

一夜过去，贺景修的声音听上去不再那么清冷悦耳，沙沙哑哑的，听着还有点性感。

博盈把手机隔在一侧，揉了揉耳朵："不早了。"她瞟了眼时间，"待会儿要遛狗。"

贺景修一怔，轻笑了一声："晚点遛也没事。"

"哦！"博盈轻哼，"你还没说呢，你给你狗狗取的什么名字呀？哪有喊一只金毛叫博美的？"

贺景修沉默片刻，纠正她："它叫贺博美。"

博盈噎住，真的很想问问他，加了个姓就不算侮辱金毛了吗？

贺景修感受着她的沉默，问："你觉得这名字不好听？"

博盈总觉得他是故意取这名字的，她胸口那颗小心脏不受控地跳了跳，非常不争气。

博盈轻咳了一声道："一般吧，取得很不艺术也不是很好听。"

贺景修兀自一笑："我觉得挺好听的。"

博盈对着镜子做了个鬼脸，撇撇嘴："那你审美和品位有问题。"

"没有。"贺景修并不承认。

"怎么没有？"博盈试图和他争辩，"给一只金毛取这样的名字，你敢说自己审美没问题吗？"

贺景修缄默了一会儿，忽然问："你觉得你漂亮吗？"

这话题转的，让博盈一愣。

她愣了两秒，很自恋地说："我肯定漂亮。"

回答完，博盈又觉得这样好像过于直白，她想了想，把球丢回去："难道你觉得我不漂亮吗？"

如果贺景修说她不漂亮，那她现在就把他养的狗占为己有，不会还回去了。

贺景修"嗯"了一声："漂亮。"

博盈眼睛一亮，眉梢一扬："那不就是。"

贺景修弯了下唇，低沉的嗓音再次传来，回归到之前的话题："那我审美没有问题。"

博盈呆了半分钟，才从他这拐弯抹角的话语中明白他话里的意思。

他辩解自己审美没有问题，因为他喜欢她。博盈如果质疑他这点，那就相当于她怀疑自己。

明白过来后，博盈的心情很是复杂。

她哽了哽，没好气嘀咕：“你就不能直说吗？”

“直说什么？”贺景修逗她，“博盈，你知道我的意思。”

他不是个爱说直白话的人，有时候说比不上做。贺景修一直觉得，从重逢到现在，他对博盈的态度，对博盈的偏爱，都表现得很明显。

博盈刷牙的动作慢了下来，她垂下眼盯着镜子里的自己。

两人沉默着。

她不说话，贺景修也不催促，就耐心等待。

博盈不确定时间过去了多久，反正她回过神来时，牙膏已经蹭到衣服上了。她猛地哀号一声，扯过纸巾擦了擦衣领。

“怎么了？”

“没。”博盈快速刷完牙，含糊不清地道，“牙膏掉衣服上了。”

贺景修无奈地捏了捏眉骨，低声道：“不催你给答案，你不用那么紧张。”

博盈：“哦……”

她静默了会儿，看着从外头进来蹲在洗手间门口等自己的贺博美。

一人一狗对视着，博盈眨了眨眼说：“我回国前跟朋友打了个赌。”

贺景修：“什么？”

他在等着她的答案。

博盈伸手揉了揉贺博美脑袋，道：“赌谁先脱单谁是狗。”

她沉吟了会儿，认真说：“我还不太想当贺博美。”

贺景修被她的话噎住了，一时竟无法反驳。

他跟着沉默了会儿，说了句：“知道了。”

博盈挑眉，正欲说点什么，贺景修问：“跟你打赌的是谁？”

“怎么？”博盈反应慢了点，直接说，“郑今瑶啊，你见过的。”

博盈和贺景修提过郑今瑶这个名字几次，前几天她跟郑今瑶约着吃饭，在公司门口两人还碰巧见了一面。

贺景修“嗯”了一声，语气略显沉重：“她择偶标准是什么，喜欢哪个行业，什么类型的？”

博盈蒙了下，忽然明白过来。

她忍住笑，眼睛弯成小月牙：“你是准备给她介绍对象吗？”

贺景修：“有这个想法。”

以前，博盈还真不知道贺景修还有这么一面。

听着他提出的解决方案，博盈被逗笑。她用手指戳了戳自己露出的小梨涡，跟着认真起来：“那我得好好问问她。”

贺景修很是配合：“行。”

博盈好奇：“你真的认识很多优质单身男青年吗？”

贺景修一噎：“怎么？”

博盈眨了眨眼：“没怎么，我就随便问问。”

贺景修像是洞悉她的想法，慢条斯理道：“别人有机会，你没有了。”

博盈不服气地问：“我怎么就没有了？”

贺景修直接回：“我不会让你有这个机会。”

他声音听上去很平静，但很奇怪，博盈又能感受到他的咬牙切齿。

她忍着笑，继续道：“那万一呢？”她咕哝着，“你人都还没追到，怎么就确定我没这个机会了？”

贺景修无言以对。

他头疼地揉了揉疲惫的眼睛，叹了口气说：“博盈。”

“干吗？”博盈有点小得意。

贺景修顿了顿，道：“你不能三心二意。”

博盈简直不敢相信自己听到了什么，她瞪圆眼，嘴唇动了动，哭笑不得：“谁三心二意了！”

她愤愤道：“主要看你的诚意。”

贺景修大笑，知道她是在跟自己开玩笑。

他“嗯”了一声，正色道：“好。”

博盈听着他稍稍有点无奈又纵容的语调，轻揉了揉耳朵：“好了，你那边很晚了吧，你忙完早点休息，公司那边的问题很严重吗？”

贺景修应了句：“还好，能应付。”

“那就行。”

博盈没再和他多说，便挂了电话。

她这是早上，可贺景修那是半夜，她不想耽误他太多时间。

醒得早，意味着一天的时间都变得漫长。

遛完狗，博盈甚至还自己做了个早餐。吃完，她看了眼时间，还不到八点。

她看了眼趴在地上感受地板凉意的贺博美，思忖了会儿给郑今瑶发“骚扰”信息。

她太无聊了，也不想周末最后一天就这么浪费。

郑今瑶完全是被一条一条微信消息给振醒的。她半眯着眼点开，在看到博盈的消息后，把手机调成静音，重新躺了下去。

博盈等了半小时，也没等到郑今瑶一句回复。

她瘫倒在沙发上，整个人就很生无可恋，非常非常的没趣。

博盈无所事事地刷着手机，从微博到朋友圈，基本所有社交软件都翻了一遍。翻完，还是没什么意思。

她正想找本书看打发时间时，手机突然振动了下，是大学班级群发来的消息，说是暑假了，想组织一个班级聚会。这消息一出，不少潜水的同学纷纷冒出头，表示同意。

博盈看着，一直没发表意见。

她个人对同学聚会不是那么感兴趣，如果大家都去，她也不会缺席。

突然，有人单独喊她。

@博盈，我听说你回国了，同学聚会来不来呀？

这消息一出，不少同学的注意力都转到了她这边。

博盈回国了？什么时候啊？

博盈我记得研究生转专业了吧，现在毕业了吗？

那必须要来吧，好久没见到博盈了，我前段时间还跟郑今瑶碰了个面，你们俩会一起来吧。

……

博盈看着发给自己的那些消息，不再逃避地回了句“如果有时间的话，肯定会去”。

那你必须要来啊！

对啊对啊，大家都多久没见了，回国了不来说不过去啊。

……

博盈无言，却也没再拒绝。反正只要时间不冲突，她和郑今瑶肯定会去。

在群里聊了两句，博盈找了个借口，退出讨论。

她刚想关手机，突然被人私戳了下。博盈一看，是大学时班级的班长宋乐康。

宋乐康：博盈，你现在在哪儿上班？

博盈：在北城这儿，班长你呢？

宋乐康：这么巧，我也在北城。

博盈看着这消息，一时不知道该如何回复。

她思忖了会儿，正要敲字，宋乐康消息又过来了。

宋乐康：今天周日要加班吗？没事的话要不要出来聚聚？我再多喊两个同学，都是你认识的。

博盈有些为难，她大学时和班长算不上很熟，但也并不生疏，毕竟那会宋乐康对她和郑今瑶都照顾有加，一口拒绝好像不太合适。

纠结了会儿，博盈找了个借口回绝。好在宋乐康也没生气，只说那下次再约。

看他这样，博盈暗暗松了口气。只是博盈没想到，刚拒绝一位，另一位又来了。

这回，是梁顺。

对梁顺，她很多回绝借口都被他直接拆穿，到了一种避无可避的地步。更何况上回在酒吧她提前离场，影响了他们的游戏氛围。

思及此，博盈对他提出一起吃午饭，迟疑地回了句——

博盈：但我跟瑶瑶约好了一起吃饭逛街，如果你不介意的话，我把瑶瑶带上？

三人是大学校友，虽然梁顺和她们不是一个专业的，但因为博盈和梁顺曾是高中同学，很熟，因此梁顺和郑今瑶也很熟。大学时，博盈和梁顺约饭，一般都会把郑今瑶带上。

梁顺对她带上郑今瑶没什么意见，很爽快地同意了。至于吃什么，博盈让他决定就行。

郑今瑶再次醒来，是被门铃声吵醒的。

她睡眼惺忪走到门口，在看到博盈牵着一条狗出现在自己家门口时，蒙了下。

“你这是干吗？让我给你照顾狗？”

“不是。”博盈无语，“你看看几点了，怎么还不起床？”

郑今瑶挑眉，哀号着回到沙发：“妹妹，今天周日，我又不上班。”

博盈“哦”了一声，自知理亏：“但我现在有事要姐姐帮忙，你得起来了。”

郑今瑶睁开一只眼看她：“说。”

博盈摸了下鼻尖，很是心虚道：“梁顺约我吃饭，我找了好几个理由拒绝，到最后拒绝不了了，我说跟你约了，然后如果他不介意，我就把你带上一起吃。”

安静几秒，郑今瑶清醒了。

她揉了揉睡乱的头发，打了个哈欠问：“所以，我是又被当成工具人了是吗？”

博盈盯着她看了几秒，说：“你该庆幸自己不是电灯泡。”

郑今瑶噎住。她哽了哽，没好气地抬脚踹了她一下：“你说你和梁顺多久没联系了，他怎么还不死心呢？”

博盈想了想：“死心了吧，其实我出国后我们联系很少，我估计他只是想叙叙旧吃个饭。”

郑今瑶“呵呵”两声：“要真是这样，你干吗要带上我？”

博盈默了默，很认真地说：“因为一男一女单独吃饭，很容易让人误会。”

郑今瑶无言以对。

考虑到贺博美的问题，博盈暂时把它交给迟绿他们照顾。

两人安排好了，正好看到梁顺发来的餐厅地址是臻越。

博盈有点儿意外，她发现自己和臻越的缘分还挺深的，来了一次又一次。

两人到门口时，梁顺已经在等着了。

臻越这家餐厅有大厅位子，也有包厢。问过博盈意见后，三个人选择坐大厅。

点菜时，博盈倒也没扭捏，直接点了自己和郑今瑶喜欢的。

梁顺听她报的那些菜名，很温柔地笑了笑：“还是这么喜欢吃海鲜。”

博盈“嗯”了一声，道：“喜欢了就戒不掉。”

梁顺一顿，抬起眼看她：“吃久了也不会烦？”

“不会啊。”博盈低着头还在选喝的，直接道，“别人我不知道，反正我不会。”

梁顺的眼睛变得黯淡无光。

他沉默了会儿，抿了口水才“嗯”了一声，表示认可。

餐桌上氛围奇奇怪怪的，郑今瑶受不了这气氛，主动丢出话题。

“梁顺你现在在哪儿上班？”

梁顺笑笑：“我在淳昇。”

郑今瑶挑眉，笑着恭维：“真厉害，我记得淳昇选人各方面条件都特别高。”

梁顺莞尔一笑，看向博盈：“那还是没有盈盈厉害，一回国就进了贺氏集团。”

博盈干笑了一声："我运气比较好。"

她没记错的话，贺氏集团和淳昇集团一直都是行业内的竞争对手，竞争还很激烈的那种。

博盈之前听裴云梦提过一嘴，好像说淳昇的沈总和贺景修关系不太好。

博盈正想着，手机忽然振动了下，是"曹操"发来的消息。

贺景修：吃午饭了？

博盈：你起来了？

她看了眼时间，国外这会儿应该是早上六点。而且，在五小时前，贺景修还和她通了语音电话。这人都不用睡觉的吗？博盈震惊。

贺景修：嗯。

博盈：我跟朋友在外面吃饭。

贺景修：？

不知为何，他总觉得博盈这句话说得有点心虚。

博盈也确实心虚，她瞟了眼坐在对面的梁顺，垂着脑袋回复。

博盈：嗯，就是朋友。

贺景修：我还没问什么。

博盈：说清楚一点比较好。

贺景修：你有自己的交友权利，更何况我现在还是追求者身份，你不用向我解释。

博盈：真的？

贺景修看着她消息，眉心跳了跳，总有些不太好的预感。

他皱了皱眉，敲字——

贺景修：哪两个朋友，我认识的吗？

博盈：你认识……吧。

贺景修：你别跟我说其中一个是梁顺。

博盈给贺景修回了个小兔子点头的表情包。

回过去后，她看“对方正在输入中”看了半分钟，消息还是没过来。

博盈忍着笑，正想逗他，忽然发现前头有一条消息被撤回了。

她定睛一看，是贺景修说她有自己交友权利的那条消失在了他们的对话框里。

看到这儿，博盈实在是忍不住了，轻笑出声。

她发现，现在的贺景修比高中时候的他，有趣多了。

注意到她在笑，梁顺欲言又止：“盈盈，笑什么呢？”

对上梁顺的眼神，博盈稍稍收敛了下自己的笑，道：“没什么，就看了个笑话。”

梁顺“嗯”了一声，示意道：“别总是玩手机，先吃饭吧。”

恰好，服务员上菜了。

博盈应着，想了想说：“我拍个照吧。”

其他两人随她去。

拍完照，博盈给贺景修发过去。

博盈：正经吃饭。

贺景修：臻越？

博盈继续回了一个小女孩点头的表情包。

贺景修：多吃点。

博盈扬了下眉，虽意外贺景修这么好说话，但也没再多想。

美食当前，她分不出心思在别的方面。

三个人吃饭，氛围不算尴尬。博盈和郑今瑶都是会调动气氛的，而梁顺也会配合。

刚吃完，博盈又收到了远在国外的某人消息。

是一张照片，上面有咖啡和三明治。

博盈：？

贺景修：早餐。

贺景修：一个人。

看到他重点圈出来的内容，博盈无声地笑了。

她垂眸看着吃完的午饭餐桌，又重新拍了个照片发了过去。

博盈：吃完啦。

博盈：三个人吃的。

贺景修大概是对她无可奈何了，给她回了一串省略号。

博盈乐了会儿，给他发了两个表情包，便和另外两人一同起身准备离开。

到前台结账时，梁顺正要买单，却被告知他们那桌已经结账了。

梁顺一愣，没明白过来："有人买单了？"

他看向服务员："方便告知是谁吗？"

服务员微微笑道："是贺总。"

她看着博盈，笑盈盈地说："博小姐，贺总交代过，以后您和朋友过来用餐，都记在他账上。"

博盈也有些意外。

她眨了下眼，一脸蒙地点头："好的，谢谢。"

出了餐厅，梁顺扭头看她，语气平静地道："说好的我请你们吃饭。"

博盈顿了下，和他对视一眼："这没事，谁请客都一样的。"

"那不行。"梁顺抓住机会，"我们都多久没见了，你总要给我个请你和今瑶吃饭的机会。"

博盈愣住。

郑今瑶这个工具人咳了一声："那下回看我和盈盈什么时候有空。"

梁顺："行。"

他看向博盈，意有所指道："下次，可别跟我抢着买单了。"

博盈无奈点头："行，绝对不跟你抢。"

她把眼神投向郑今瑶，郑今瑶知趣道："梁顺，要没什么事我和盈盈就先去做指甲了，我们约了两点，再不去来不及了。"

梁顺颔首："我送你们？"

"不用。"博盈拿出车钥匙晃了晃，"我们开车来的。"

梁顺："行，注意安全。"

"知道。"

回到车内，博盈把空调打开。

郑今瑶凑在前边吹了会儿风，才出声吐槽："唉，这顿饭本来吃得挺好的，后面贺总一出来，氛围瞬间尴尬了。"

博盈看了她一眼，扬扬眉说："我会把这话转达给贺景修的。"

郑今瑶失笑，她偏头盯着她看了会儿，说："红颜祸水。"

博盈噎住，很无语地道："我算什么红颜？"

"你就是。"郑今瑶耸耸肩，"不过我怎么感觉梁顺对你还有那方面的意思啊？"

"你想多了。"博盈发动引擎，驱车上路，她专注地看着前方，慢吞吞地说，"我出国前，我们已经说得很清楚了。"

她并不觉得，在她拒绝梁顺之后，他会苦等自己两年。

"怎么就想多了？"郑今瑶觑她一眼，"你觉得梁顺没那么深情？"

"也不是这样说。"博盈认真想了想，"我就是觉得，我对梁顺来说没有那么重要，我对现在的他来说，只是一个老朋友。"

郑今瑶"嘁"了一声，并不认同她的想法。

她笃定地道："我觉得梁顺对你还有意思，不然下一次吃饭是怎么回事？"

"那只是……"博盈沉吟道，"我觉得他只是想证明自己的能力。"

高中时候，梁顺就跟贺景修不对付，偶尔碰了面，都会控制不住对对方冷嘲热讽，很是幼稚。他们在博盈面前各种较劲的次数太多，她都习以为常了。

郑今瑶也不再多说。

毕竟今天这顿午饭下来，梁顺也确实没表现出别的什么，他对博盈和对郑今瑶的态度都差不多，博盈察觉不到也很正常。

想着，郑今瑶点了点头："不说他了，不要让男人霸占我们姐妹时间。"

博盈笑："走吧，请你做指甲。"

"那我还要逛街买衣服，夏天了要穿小裙子。"

博盈无奈道："买，今天郑大小姐消费，我买单。"

郑今瑶一点不客气："好！"

和好朋友逛街，再久都不会累。

博盈平日里体力很差，也不爱锻炼，但让她逛一天的街，她是不会觉得身心疲惫的。

两人战斗力很强，做完指甲，又去做了个按摩，这才开始逛街。

晚上，博盈惦记着家里的贺博美，没和郑今瑶在外面吃饭，被她吐槽有狗忘友。

博盈很无辜，非常想告诉她，自己明明是有什么都能忘了她。

贺景修出差的日子，博盈过得不是很快乐，但很充实。

她所有工作都步入正轨，上班时间忙各种合同审核、修改，偶尔处理下各类侵权信息。虽然有点儿枯燥，但能学到不少东西。

而贺景修，基本有空便会给她打视频电话，美其名曰看贺博美。

博盈假装什么都不知道，认认真真地给他看贺博美。来来回回几次，贺景修先认输。

他再给博盈打视频电话，不再说找狗狗。

这天，博盈又一次准时下班回家。

她一进屋，贺博美便摇着尾巴朝她走近，蹭着她小腿撒娇，想要出去玩。

博盈忍俊不禁，摸了摸它的大脑袋安抚："等会儿再去玩，让我先吃饭好不好？"

圆圆正好在家，听到声音后从房间里走了出来："盈盈姐你回来了呀。"

她看了眼贺博美，指着说："它好听话呀，六点一到，它就蹲在门口等你。"

博盈笑道："所以说呀，狗狗有时候比人更贴心更靠谱。"

贺博美好像听懂了，围着她转了一圈。

圆圆看着，忍不住笑："盈盈姐你去洗手吧，我在炖汤，再炒两个菜就可以吃饭了。"

"好。"

迟绿和博延都不在，她们俩相依为命。

吃完饭，两人牵着贺博美下楼。

博盈心不在焉的，拿出手机看了好几回。

圆圆知道她在等消息。

前两天她们也总是一起遛狗，贺景修的电话也总是卡着点来。

"盈盈姐。"圆圆看她心神不宁的样子，拉着狗绳问，"在等贺总电话？"

博盈坦率承认："嗯，今天比昨天晚半小时了。"

一般情况下，贺景修都会在贺博美在小区遛弯时候来电话，就算不来，他也会提前给她发消息说一声，但今天什么信息都没有，确实让她有点担心。

圆圆了然："那你发个消息问问？"

博盈默了默，瞅着她道："这会不会显得我太主动了？"

圆圆眨了下眼："迟绿姐以前跟我说，主动才有故事。"

博盈一愣，想了想也是。

以前她主动，才有了和贺景修那一段虽不完美，回忆起来却甜滋滋的故事。

思及此，博盈给他发了两条消息。但消息依旧石沉大海，无人回复。

博盈皱了下眉，估摸着贺景修可能遇到麻烦事了，不然不至于如此。

她叹了口气，拉着绳子多遛了一圈贺博美，这才回家。

贺景修电话来的时候，博盈刚洗完澡。她看也没看，直接接通。

接通后，博盈不说话。

贺景修的声音很低："在做什么？"

博盈理了理刚吹好的头发："在照镜子。"她凑近看了看，哀号了一声，“天哪，我额头上竟然长了颗痘痘！”

贺景修原本以为，迟了这么久给博盈打电话，会听到她的质问。他甚至都做好了哄人的准备，结果倒好，她只是很日常地和自己闲聊。

“熬夜了？”

“没。”博盈有点儿委屈，“但我昨晚跟圆圆出门吃了一顿烧烤。”

贺景修扬眉：“昨晚？跟我说睡了之后？”

说到这儿，博盈还有点心虚：“嗯。”

她咕哝着解释：“我晚上遛贺博美消耗了太多体力，一躺下就饿了。”

贺景修笑了下：“好。”

他好像站在了风口位置，有呼啸的风传到博盈这边。她听着，耳朵微动：“你今天很忙吗？”

贺景修：“还行。”

博盈：“还行？”

贺景修应着，突然问：“博盈。”

“什么？”

“今晚还想吃烧烤吗？”

博盈想也没想说：“我都长一颗痘了，你还问我吃不吃烧烤，你是想我毁容吗？”

听到她这一串控诉，贺景修哭笑不得，他抬手捏了捏眉骨：“那喝粥？”

博盈直接拒绝：“不要。我晚上吃饭了，不能再吃夜宵。”

夏天到了，她要减肥。

虽然博盈不胖，但是呢，夏天提减肥是对热烈夏天的尊重。

她这话出来，贺景修一时不知该怎么接。

博盈自顾自嘟囔了一会儿，余光扫到从外头摇着尾巴进来的金毛大狗：“你要看看贺博美吗？我今天遛了它好长时间。”

“不看它。”贺景修喉结滚了下，嗓音低沉，“我只想看你。”

博盈蒙了下，不太机灵的脑袋瓜子好像抓住了点什么东西。

她猛地反应过来，提高音量问：“你回来了？”

贺景修：“嗯。”

博盈换好衣服要出门时，贺博美屁颠屁颠地跟了过来。

她摆摆手，着急道：“不能带你，你回去好好休息吧。”

贺博美不肯走。

博盈想了想，狠心道：“你主人说不想看你，你待在家里吧。”

博盈没再管伤心的贺博美，飞快地跑下楼。

他们小区的电梯上下明明很快，可这会儿看着楼层数字显示，她忽然有种度日如年的感觉，很慢很慢。

博盈一路小跑，快要出小区时，她才停下了奔跑的步伐。

她缓了缓，对着小区大门边的镜子理了理被风吹乱的头发，这才走了出去。

刚踏出大门，她便看到了夜色下的挺拔身影。他身上穿着深色衬衫西裤，身形修长，和周围喧嚣的环境格格不入，引人注目。

似乎是察觉到了她的目光，贺景修目光灼灼地朝她看了过来。

两人目光相撞。

博盈抿了下唇，正想朝他走近，他先迈出长腿走了过来。

距离拉近。

定格几秒，博盈有些受不住他这种灼热的眼神，轻轻挪开视线问：“想吃烧烤还是喝粥？”

贺景修垂下眼问：“可以有第三个选项吗？”

博盈眨了下眼：“例如？”

贺景修眼神专注地看她，轻弯了下唇：“例如，先抱你。”

第十二章

拥　抱

晚风习习，把暑气稍稍吹散了些。两旁的路灯明亮，不远处还有来来往往的车声和人流声。灯光落在两人身上，把他们的身影交叠到一起。

博盈耳朵微动，听到这话时明显怔了下。

她看着贺景修这张英俊的脸，总觉得有几天没见，这人好像又变得更帅气了点，身上的气质，也越发沉稳了些。

也不知过了多久，博盈轻眨了下眼，故意道：“暂时还没有第三个选项。”

贺景修并不意外，他抬手点了下她额头，声音低沉：“真的没有？”

博盈看他好像很想要的样子，有片刻迟疑。

但脑海里又时不时响起郑今瑶说的话，男人都知道得寸进尺，你今天给他吃糖了，他明天就想吃肉。

思及此，博盈很认真地点头：“真的没有，你再不做选择，前两个选项都没有了。”

贺景修挑眉：“连粥都不给我喝？”

博盈忍着笑，直接给他做决定：“那喝粥吧。”

贺景修“嗯”了一声，抬手揉了揉她被风吹乱的头发：“听你的。”

听到这话，博盈眉梢抬了抬，唇角往上牵了牵。

很常见的一句话，但她就很喜欢。

喝粥的店就在小区附近，走路三分钟便到了。

圆圆他们不在家时，博盈下班后或周末都会到这里买东西回家吃。她觉得味道还可以，选择也很多。

两人到店时，店里还有很多人。

很寻常的小店，烟火气极重。店面窄窄的，只能放下五六张桌子，门外放置着几张折叠桌，看上去稍稍有点拥挤，但又很有生活味道。

博盈带着贺景修走到门口时，才想起来问："你……介意吗？"

贺景修环视了一圈："你常在这里吃？"

"也不经常。"博盈解释，"迟绿的助理在家我们就在家吃，他们出门工作我就在外边吃。"

她不太会做饭，在国外两年也没怎么学会。博盈生来就没有做饭的天赋，尝试过但做得很难吃，她索性就不做了。

贺景修颔首，眼神里含了笑："你能吃，我就能吃。"

博盈挑眉，直接道："但你有洁癖。"

贺景修叹了口气说："洁癖也看情况。"

"怎么说？"博盈这就不太懂了，她没洁癖，不懂洁癖人的心理。

贺景修看她一脸茫然的模样，忽然有种对不懂音乐的博盈弹琴，问她能不能听出弹的这首曲子是什么名的感觉。

他盯着她探询的眼神看了半晌，抬了抬下巴："以后告诉你。"

博盈觑他一眼："这还是小秘密吗？"

贺景修："嗯。"

博盈无语。

贺景修失笑，说："找个位子坐吧。"

博盈点点头坐下，拿过桌上菜单看了看，正想问他要喝点什么吃点什么，余光扫到面前的男人正拿着桌上纸巾认真地擦凳子、擦桌子。

他的手好看，骨节分明，手指修长，指甲修剪得很整齐，干干净净的。

贺景修做事，不像博盈这么毛毛躁躁，他干什么都是慢条斯理，不急不躁，所以有些简单的事、常见的事落在他那里，便会有不同的感觉。

例如现在，明明就是擦个桌子，博盈硬是有种他在拍偶像剧的错觉。

对面眼神过于灼热，贺景修擦完桌子，才抬起眼看博盈。

他出其不意地问了句：“想我了？”

博盈愣了下，反应过来他的意思。

她睇他一眼，说：“谁想你了呀？我就是觉得……你刚刚那一幕还挺适合拍电影的，我想到了我前段时间看的电影男主角。”

贺景修有点头疼，哭笑不得问：“一点都不想我？”

博盈垂眼，端着桌上的一次性杯子抿了口水，有点别扭道：“每天都能看见，有什么好想的？”

她说的是视频。

“那不一样。”贺景修垂下眼，静静地注视着她。

博盈有点受不了他的眼神，抿着湿润的唇，强词夺理地说：“我觉得一样。”

贺景修笑了下，并不多做解释。

怎么会一样？

视频虽然可以看见她这张让自己魂牵梦萦的脸，听见她悦耳的声音，但不可以真真实实感受到她的存在，没有办法和她呼吸同一片小天地的空气，没有办法听见她真切的呼吸声，没办法闻到她身上散发出的味道。

博盈洗过澡洗过头了，晚上的风吹过时，贺景修能清晰地闻到她身上沐浴露和洗发水的味道。

味道很淡，不出意外是她喜欢的白茶味道，淡得像白开水，却又让人回味无穷。

贺景修喉结滚了滚，盯着她白皙精致的面庞看了会儿，才移开了眸子。

他没注意到，博盈的脸红了。

粥是博盈推荐的，本来她要给贺景修推荐皮蛋瘦肉粥，但这人不吃皮蛋，最后只点了份青菜瘦肉粥。

博盈本来不饿，但想着让贺景修一个人吃不太好，过于孤单，她便跟着点了一份皮蛋粥。只不过吃到最后，她反而比贺景修吃的还多。

看了眼贺景修剩下的，博盈说：“不知道的还以为我才是没吃晚饭的那个人。”

贺景修瞥向她：“那就让他们这样以为。”

博盈剜他一眼，这才想起来问：“国外的事忙完了吗？”

贺景修点头。

博盈“哦”了一声，看他：“你回来怎么也不提前说一声？”害她等了一晚上电话。

贺景修看着她：“担心了？”

“怎么可能？”博盈也欲盖弥彰地提高音量，“你就不怕给我打电话的时候我睡着了。”

“睡着也没事。”

博盈撇撇嘴：“那你不就白跑一趟了？”

贺景修轻声道：“白跑也划算。”

“怎么划算？”博盈想也不想地反驳，人都没见到，怎么就划算了？

贺景修目光深邃看着她，没搭腔。

博盈不解，抬起手臂戳了戳他：“问你呢，贺总。”

贺景修一把抓住她的手，呼吸重了点，沉沉地说：“想感受下你以前白跑时的心情。”

这话一出，两人皆是一怔。

博盈愣愣地望着面前的男人，总觉得他此刻的模样，和几年前的重叠到了一块。

小店暖橘色的灯光斜着照过来，勾勒出他的面庞。

他的五官变得更立体了一些，眉眼越发深邃，身上的气质也沉稳了很多。和几年前带着点稚嫩少年感不同，但又是相同的。

人还是那个人，脸还是那张脸。

博盈的目光在他脸上定了许久，到路人嚷着买单的声音落下时，她才回过神来。她垂眼看着被贺景修握住的手指，轻轻地将手从他掌心抽离出来。

氛围过于安静，让两人都无所适从。

贺景修看她抽走的手指，神色微动，但并未阻止。

博盈受不了这种气氛，眨了下眼说："又不是什么好的体验，有什么好感受的。"

她扭头看向贺景修，认真道："难道你还想重蹈覆辙？"

贺景修一怔，垂眸看她："你知道我不是这个意思。"

"那不就是？"博盈不在意道，"快乐可以分享，痛苦不用。"

她想了想，又觉得"痛苦"这两个字太深太重："其实我以前白跑也不痛苦，你不在我跟你们班同学反而更放得开。"

博盈是受欢迎的个性，她不会过分拘谨客套，更不小气。

无论对谁，她都大大方方的，有事说事。即便是不喜欢的人，她也不会在背后使什么绊子，她只会跟对方公平竞争。

高中时博盈追求贺景修时，她搞得轰轰烈烈，两校皆知。

原本，贺景修班里的同学并不怎么看好博盈，也认为肥水不流外人田，一中的贺景修应该由一中内部自己消化，不能便宜了七中的小学妹。

但博盈往贺景修班里跑过那么几次后，同学们纷纷倒戈，不仅支持博盈，还时常给她传递情报，让她在一中各个角落找到他，和他偶遇。

当然，偶尔也有同学不知道贺景修在哪里的时候，博盈就可能白跑。

白跑了，博盈也不太会亏待自己。她会跟贺景修的同学一起去一中食堂吃饭，如果他们有什么活动，她也能跟着一起去。

毕业时，博盈还被邀请参加了他们的毕业聚餐。

画面好像被定格住了。

过了好一会儿，贺景修看她，低声问："你跟他们还有联系吗？"

博盈一愣，摇了摇头："没有，你毕业不久后我手机就被我爸妈收了，说是要收心不让我玩了。"

再后来，那个手机不见了，电话号码和各种联系方式也找不回了。

博盈沉吟了会儿："怎么突然这么问？"

贺景修看着她笑了下："没怎么。"

博盈觉得他这话说一半的行为要不得，她撇撇嘴，不太开心："你突然这样问，肯定就是有什么。"

贺景修缄默，卖了个关子："以后告诉你。"

博盈轻哼："万一以后我不想知道了呢？"

贺景修看着她，自信满满地说："你会想知道的。"

话题突然就聊死了。

博盈看他一眼："不和你说了，我要回家睡觉。"

贺景修爽快答应："好。"

两人一前一后回到小区门口，博盈注意观察了下，贺景修的影子一直在自己影子上方，和自己交错，从未离开。

她盯着看了会儿，回头看他："那我进去了。"

"等会儿。"

贺景修看她："在这儿等我一下。"

博盈挑眉："啊？"

贺景修指了指停在不远的黑色轿车："我拿个东西给你。"

博盈眨了眨眼，看他转身回到车内。

没一会儿，贺景修便提了一个大袋子出来。路灯不太亮，博盈眯着眼看了看，没看出那是什么。

袋子被塞进手里，还有些重量。

博盈蒙了下，看了一眼："这是什么？"

"礼物。"贺景修垂下眼望着她，"回去拆。"

"哦。"博盈抿了下唇，"谢谢。"

贺景修笑了下。

博盈脸稍稍有点热，转开目光道："那我真回去了。"

贺景修颔首："回去就睡，不用等我消息。"

博盈感觉自己的小心思被戳穿了，她轻哼："谁会等你消息呀？别自作多情。"

贺景修哭笑不得，抬手捏了捏她鼻子，妥协道："我会。"

"哦……"博盈有点得意地扬起唇角，眼里闪着光，"那……晚安。"

"晚安。"

博盈提着袋子往里走，走了两步还能感受到身后的目光。

她停下脚步，回头看向还站在原地的男人。

贺景修不解地看她："怎么了？"

博盈一鼓作气地往回走，站在贺景修面前，小声咕哝："先说好，只能抱一分钟。"

贺景修错愕，忽地明白过来。他低低一笑，认真发问："真的只能一分钟？"

博盈："对。"她装模作样看了看手机时间，"已经过去五秒——"

话还没说完，她被拉入了一个带着风尘的温暖怀抱。

但她没让自己表现得过于明显，和他再次说了句"晚安"，便转身进了小区。

贺景修的怀抱，比她记忆里还要温暖。

博盈是个没有怎么感受过父爱的人，但她拥有哥哥的宠爱和照顾，小时候也没觉得自己有多渴望父爱。后来长大了一些，她才后知后觉地发现，其实她是渴望的，甚至比一般人更渴望。

越是没有的东西，她越想要。

印象里，她父亲抱过她有那么几次，但他的拥抱没有太多温暖，反而有种冰冷感。而博延，博盈从上初中开始，就知道男女有别了，不再黏黏糊糊黏着博延。所以在她记忆里，贺景修的拥抱是最清晰的，给她的感受最直观的。

他胸膛发烫，不受控制跳动的心脏，隔着单薄的衣物，怦怦怦传到她这边，让她感受他的那份炙热。

可能是睡前拥抱的原因，也可能是在小店里提到了过去，博盈这一晚，做了个很长很长的梦。

她梦到了高二那年，和贺景修的第一次拥抱。

那天，博盈和家人吵架了。

她父母工作忙，鲜少回家，博延因为学业和工作各方面原因，留在家里的时间也渐渐少了。一般情况下，家里都只有博盈和阿姨在。

那是一次期中考，博盈考试的那几天肚子痛，考试也没太过专心。

她成绩一直都是中上位置，那次成绩出来，一落千丈。恰好，她出差了一个月的父母回家了。

在知道她考试考砸后，父母不分青红皂白地摔了她手里正在玩的游戏机，甚至还把她房间里堆满的漫画和各类杂志也都丢了出去。他们觉得，博盈成绩下降是玩游戏、看漫画、买杂志导致的。

博盈对他们摔了游戏机这回事没有太大感觉，但漫画不行。

那些漫画是她让朋友从海外寄回来的，她有个很喜欢的漫画作者，出的很多漫画也都绝版了，那些是她刚收集的几套。其中两套，还是博延知道她喜欢，找人高价购买，送给她的生日礼物。

当时正在下雨，漫画书被他们从阳台直接丢了出去，落在院子里。雨噼里啪啦往下掉，雷鸣闪电不断，狂风吹得院内树枝乱晃，花被风吹落，干枯的枝被折断。

外面黑漆漆的，特别吓人。

博盈一直都很喜欢雨天，那天她却由衷地盼望着雨停。

漫画被丢出的那一刹那，她也从房间跑了出去。一个人跑进深夜的暴雨中，在院子里边哭边捡被雨水打湿的漫画。

她刚捡了几本，就被家里的保镖给强行拖回屋。

但博盈不依，哭着闹着要出去。最后，趁着那两人回房睡下，她重新回到了大雨中，把被雨水浸湿的漫画杂志全部捡了回去。

漫画全部被淋湿了，能抢救的可能性小之又小。阿姨劝她放弃，博盈不听，她觉得淋湿的书可以烘干，烘干后一定还可以再看。可不知道是什么原因，那天博盈跑遍了楼上楼下，就是没找到可以烘干书的工具。

正绝望的时候，贺景修给她发了个消息。

原本，那天晚上两人约好了一起去小吃街吃东西的。博盈知道那边开了家小店，馋很久了，一直央求着贺景修陪自己去。

看到贺景修消息的那一刹那，博盈像是看见救世主一样，她想也没想，直接给他打了个电话。

“喂。”贺景修的声音很清亮，听上去很舒服，“博盈，下雨了，明天再陪你——”

他话还没说完，先听到了博盈隐忍的抽噎声。

“博盈？”贺景修的声音听上去有些着急，“发生什么事了？你在哪儿？”

博盈根本没理会他的问题，边哭边说：“贺景修，我的书被雨淋湿了。”

那个时刻，她根本听不清贺景修在说什么，她只顾得上说自己想解决的问题。

听到这个，贺景修像松了口气："淋湿了多少？你先别哭，找块布把上面的水擦干。"

"我找不到。"博盈越哭越厉害，"他们不让我擦干，我的书全没了。你帮帮我好不好？"

"好。"她听到了贺景修没有犹豫的声音，"你现在在哪儿，我过来找你。"

"在家。"

贺景修应下："我二十分钟后到，你先别哭，先冷静下来找块软布擦擦水，你自己被淋湿了没有？"

博盈抽噎着"嗯"了一声。

"那你先换身衣服，我马上到。"

博盈跪坐在地板上，含含糊糊地应着："嗯。"

贺景修到的时候，博盈抱着她那一堆书走了出去，伞也没拿。

雨好像稍微小了点，可她全身湿漉漉的，水一直从她衣服上往下滴。

看到贺景修的第一眼，她便让他救自己的书。

两人站在雨中，贺景修接过她手里那堆被淋湿的书，也没问她到底是怎么回事，径直将她带回了学校附近的公寓里。

贺景修在学校附近有套公寓用于中午休息，博盈是知道的，但她没来过。

公寓不大，是两室一厅的设计，一间卧房一间书房。

回来时，两人都被雨淋湿了。

贺景修一进屋，便给博盈拿了块大毛巾："博盈，你先去换套衣服。"

博盈倔强地看他："我的书——"

"我会帮你擦干。"贺景修耐心十足，对她也变得温柔了很多，他的认真全写在眼睛里，轻声告诉她，"你去浴室洗一洗，我给你拿件干净衣服。"

为了不让博盈害怕，他说了句："你可以锁门，我不会进去，我就在客厅，有什么需要再叫我，好吗？"

那一瞬间，是博盈唯一理智尚存的时刻。

她点点头，拿着贺景修给的没穿过的干净衣服进了他的浴室。

她洗完澡出来时，昏昏沉沉的脑子好像清醒了很多。

客厅里，贺景修背对着她，颇有耐心地在用软布擦拭她那些被雨浸湿不太能拯救回来的漫画书。

他动作很轻，仿若手里捧着的是珍宝，而非漫画书。

即便有些已经救不回来了，他也一如既往对待，把它们一页一页翻开擦拭，晾在旁边，用他不知道从哪儿找出的风扇，把它们吹干。

博盈在冷静下来后，给博延打了个电话，告诉他自己在同学家里后，便被收拾好那些书的贺景修赶去睡觉了。

她第一回占用了属于他的私人空间。

博盈很快睡着了，直到半夜倍感不适。她发烧了。

在她冻得唇色发青、身子颤抖时，有阳光笼罩在她身上，让她觉得温暖。

迷迷糊糊的时候，博盈还有一丁点儿意识。她不断地朝热源靠近，汲取着能让自己温暖、让自己舒服的温度。

她太贪恋那个怀抱了，一直都没舍得松开。

翌日醒来时，博盈的烧退了。

她下意识摸了摸床侧的位置，那上面还有余温。昨晚的怀抱，不是她烧糊涂的错觉。

博盈走出房间时，迟绿正在客厅等她。她哥还在外地没办法赶回来，只能让迟绿先过来接她。

临走时，博盈的漫画书忘了带走。

后来，她问过贺景修几次，那天晚上他是不是抱了她，给她取暖，贺景修都没正面承认。偶尔被博盈问烦了，他会点着博盈的额头训她，告诉她这种事别对外说，对她影响不好。

他是无所谓，但博盈是个女孩子，他不希望别人戴着有色眼镜看她。

猛地一下，博盈从梦中惊醒。房间里黑漆漆的，看不见任何光。

博盈怔了怔，拿起手机看了一眼，凌晨两点。她摸了摸额头，总觉得烫烫的，和发烧那天差不多。

博盈轻咳了一声，刚一动，趴在地板上的贺博美便醒了过来。

一人一狗对视一眼，博盈失笑，掀开被子下床，去厨房倒了杯水。

在喝水的间隙，她心不在焉地点着手机。

大概是深夜情绪容易放大发酵，博盈没忍住，再次问出了几年前没得到答案的问题。

博盈：最后问你一次，那天晚上，你是不是给我当了一晚暖宝宝？

发完，博盈便把手机搁在了一旁。大半夜的，她也没指望贺景修回复。

岂料没过五分钟，手机屏幕忽然亮了。

博盈一愣，下意识地接通了他的电话。

她张了张嘴，分外意外：“你还没睡？”

贺景修“嗯”一声：“我刚洗完澡。”

博盈眨了下眼，很茫然地问：“老板都不用睡觉的？”

这种工作强度，身体真的吃得消吗？她非常好奇。

贺景修失笑，解释说：“在飞机上睡了，不是很困。”

博盈“哦”了一声，道：“懂了，时差还没来得及调。”

贺景修也不解释，道：“你刚刚问的，是指哪一晚？”

博盈一顿，揉了揉发烫的耳朵，咕哝说：“我们难道有很多晚吗？”

听到她的话，贺景修脸上的笑僵住，一瞬间不知道该做出什么反应。

他对博盈的不设防表示无奈，她还真是对自己放心，什么都直接说出口。

“博盈。”

“什么？”

“你知道自己在说什么吗？”贺景修问。

博盈舔了下唇说：“那不是你自己问的吗？”

贺景修被她倒打一耙也不生气，他回忆了一会儿，才说：“没有一晚。”

他们在家里收拾好那些书时，就已经一两点了。

博盈怔住，她抿唇，眼睫轻颤："所以我感觉没出错对吗？"

贺景修缄默片刻，说："博盈，你睡相真的不太好。"

听到他这话，博盈想也不想就反驳道："我睡相哪里不好了？"

不过就是踢被子，这不是一般人都会干的事吗？

贺景修站在房间阳台，瞳孔颜色像漆黑夜色一般，是化不开的墨色。

不自觉地，他的记忆也被拉回到了那一晚……

那一晚，把东西收拾好，贺景修催促她去睡觉。

他那间公寓，除了偶尔有同性朋友去过一两次外，从没进过异性朋友，博盈是第一个，也是第一个深夜被他接回去的人。

把那堆被雨淋湿的书弄好后，她眼皮都睁不开了。

贺景修把房间让给她，让她锁门，自己抱了被子睡在了沙发上。

他留心着博盈在房间里的动静，刚开始里头没一丁点动静，博盈也睡得很沉。到后面，贺景修被她的呓语吵醒。他这才发现，房门没锁，只轻轻地掩上了。

贺景修对她的安全意识很怀疑，但在那种情况下，又不得不推门进去。

他开了床头的小灯，一眼便注意到了她发红的双颊，全身也滚烫。

贺景修喊她，想带她去医院，博盈根本不依，只一个劲儿抓着他的手，念叨着她的那些书，边说边哭。

贺景修没辙，只能打电话给家庭医生。

晚上的那场大雨把路冲坏了，大半夜的，家庭医生也过不来。贺景修只能按照医生的交代，把退烧药塞进博盈嘴里，然后给她物理降温。

折腾到了三点，博盈才稍微老实了点，再次睡了过去。但她的手，依旧攥着贺景修的衣服，让他根本无法动弹。

贺景修太困了，眼皮耷拉着，挣扎了几次没挣开，也随她去了。

他靠在床头柜，一只手借给了博盈。

昏昏欲睡间，他被惊醒。

贺景修睁开眼看才发现，发着烧还能像八爪鱼一样缠在他身上，他把她的手拉开，她的脚又缠了上来，脑袋也一直往他怀里钻。

想到这儿，贺景修瞳仁的颜色更深了。

他喉结不受控地上下滚动，眸色暗了暗："博盈。"

"啊。"博盈正沉浸在辩解中，"怎么了？"

贺景修默了默，道："这种事以后别拿出来跟人讨论。"

博盈眨眨眼，茫然问："哪种事？"

贺景修沉默。

安静了三秒，博盈似乎反应了过来，她无言半晌，嘴唇动了动，憋出一句："你想多了。"

除了女性朋友外，男性朋友也就贺景修见过她睡觉的样子，除了他，她还能跟谁讨论？

贺景修沉沉应了一声："那现在睡觉？"

"嗯。"博盈看了眼时间，确实不早了，"晚安。"

这是她说的第三次。

贺景修笑了下："晚安。明天见。"

博盈一愣，唇角往上牵了牵："明天见。"

可能是这一通电话的缘故，后半夜，博盈睡得很好。到闹钟响起，她才从睡梦中醒来。

到公司时，裴云梦看她精神抖擞的模样，捧着咖啡杯好奇："你今天怎么这么有精神？"

博盈挑眉，不太服气地问："我哪天没有精神？"

"嗯。"裴云梦一点不给她留面子，"前几天你上班死气沉沉的，除了工作，你都不多说半个字。"

博盈蒙了下，迟疑道："有吗？"

方博裕恰好路过，听到这话点了点头："你有。"

被两人这样说，博盈瞬间对自己起了怀疑，她真的是这样的吗？

还没想明白，杜楠突然从另一侧走近，用文件敲了敲博盈的电脑，冷着脸看她："来会议室一趟。"

博盈愣了下，看她留给自己的背影，在裴云梦和方博裕给出"你保重”的眼神下，跟了过去。

法务部有个会议室，用于平常谈一些不便在办公室聊的工作。会议室不大，但位置很好。会议桌上摆了几株茂盛的绿萝，朝气十足。窗外的阳光透过百叶窗倾斜而下，笼罩在绿植上方，形成一个细小光圈。

博盈站在一侧，部分阳光恰好落在她脸颊，微微刺目。

她刚进去，杜楠便把文件摔在她面前。

“博盈。”她跷着二郎腿坐在办公椅上，仰着鼻孔对着她，“这份合同你是怎么处理的？”

博盈瞟了眼，看清她说的是哪份合同。

她沉默两秒，看向杜楠：“楠姐，这份合同有什么问题吗？”

杜楠：“你说呢？”她冷笑两声，“没问题你觉得我会找你吗？”

博盈无言：“楠姐，我不是这个意思。”

她想了想，把自己的态度摆了出来：“我的意思是，您直说哪里做得不对，我重新修改。”

闻言，杜楠呵呵一笑：“博盈，你以为公司和对方会有那么多时间给你重新修改吗？你交上来的时候就该知道，这份合同你这样审核处理到底行不行，你在准备资料的时候更要检查自己准备的是否齐全。”

博盈不想和杜楠争辩，她的合同在交上去之前，该准备的资料不可能有遗漏。

她点点头：“抱歉，这回是我的问题。”她看向杜楠，“楠姐，这回是差了什么资料我没准备吗？”

杜楠指了指：“你自己看。”

博盈低下头，从头到尾简单地看了一遍，眉头皱了起来。

这些文件里，少了一份资料。

“看清楚少了什么吗？”杜楠冷着脸问，“博盈，你来公司也有几个月了，怎么还犯这种错误？你知不知道一个律师最应该做到的便是严谨细心，你连重要资料都能忘记准备，是想在公司混日子吗？”

她冷哧了一声：“公司不是你的秀场，不需要你打扮得多花枝招展，你但凡把时间精力多花在工作上，也不至于会这样。”

博盈没去反驳她的话，看着面前的文件，说：“杜楠姐，我很确定我的资料当时已经全部准备好了的。”

闻言，杜楠哼笑：“怎么，你现在是在说我污蔑你吗？”

“我不是这个意思。”博盈尽量耐着性子，温声解释，“我交给你的时候，资料是全部整理好的，也用文件夹夹好了，现在没有了，有没有可能是不小心落在办公桌上了？”

杜楠双手抱臂，冷冷看她：“那你回去找找？看看是不是我冤枉你？”

她讥讽道：“博盈，我没那么闲做这种事，你忘了就忘了，不要在我这里狡辩。你该庆幸合同在我这里被发现了，如果到了经理那边，你觉得经理会给你辩解机会吗？”

说完，她也不管博盈的辩解，起身道：“这次就算了，再有下次，你也别在公司浪费时间。”

会议室门被关上，博盈站在原地呆了几秒，看着眼前生命力极强的绿萝眨了眨眼。

她深呼吸了下，拿着缺了资料的文件回到办公桌。

贺景修今天一天都在外应酬，回到公司时，正好碰上下班时间。

“贺总。”

“贺总回来了。”

从门口往里走，一路都是公司员工。

贺景修穿着衬衫西裤，身形挺拔，他一一颔首致意。

裴云梦和方博裕正在叽叽喳喳说什么，贺景修从一侧路过，脚步骤停。

“裴云梦。”

裴云梦一愣，侧头：“贺总。”

贺景修看她，示意道：“都下班了？”

裴云梦蒙了两秒，立马回过神来：“没有，还有几位同事在楼上加班，贺总有什么事要交代吗？”

“没事。”贺景修淡淡地说，“吕经理在吗？”

裴云梦顿了下：“我们走的时候吕经理和博盈他们几位都还在，贺总找吕经理？”

贺景修神色淡淡的："嗯。"

贺景修进电梯的时候，方博裕狐疑地看了眼两人："你刚刚为什么重点提博盈？"

裴云梦眨眼："我有吗？"

方博裕瞅着她看了几眼，小声问："贺总要找的不是经理，是博盈吧？"

裴云梦一噎，觑他一眼："怎么可能，贺总找博盈做什么？盈盈就是一个小职员，有什么工作上的事贺总也不可能找她。"

方博裕正想再问，裴云梦叹了口气："唉，盈盈到现在还倔强地不愿意下班，我要不给她点个甜品吧，吃了心情好。"

上午博盈从会议室出去后，精气神又变了。一整天，她都没怎么说话，安安静静地处理工作，让人很不适应。问她发生了什么事，她也不说。

方博裕想了想："再买两杯咖啡吧。"

"为什么是两杯？"

方博裕："你给博盈买不给贺总买？"

裴云梦："啊……"

晚上了，博盈把自己工位上方的灯打开。光线骤然变得明亮，博盈收回思绪，再次沉浸在面前的诉讼合同上。

她一旦专注地做某事，便会把周围的一切都屏蔽掉。

不知过了多久，她的肚子开始叫。博盈皱了下眉，下意识地去拿桌上摆着的水时，余光扫到了落在自己桌上的影子。她微怔，呆滞地抬起了头。

对上男人熟悉的那张脸，博盈愣了愣："你怎么在这儿？"

贺景修站在她身边，手里拿着她处理好的部分合同。

听到她的声音，贺景修轻笑了一声："终于看见我了。"

博盈一怔："什么时候来的？"

贺景修看了眼腕表，瞥向她："半小时前。"

博盈瞪圆了眼，不敢相信地问："那你怎么不喊我？"

“喊了。”贺景修略显无奈，“你没理我。”

他知道博盈的习惯，喊了两句不搭理自己，他也就任她去。反正自己有时间在这陪她。

博盈“哦”了一声，轻声道：“我没听见。”

贺景修了然，伸手揉了揉她头发，温声问：“忙完了吗，今天能不能赏脸陪我吃个饭？”

博盈瞅着他。

贺景修笑了笑：“给你机会宰让你加班的老板，接受吗？”

第十三章

厨　艺

晚上八点，公司里静悄悄的。

博盈看了眼外面，夜色很深，空中连往常可见的三两颗星星都消失不见了。

她看了眼面前的男人，指了指：“还没忙完。”

贺景修垂下眼：“工作量很大？”

“不是。”博盈解释，“回去也没什么事，我再把这些明天要用到的资料检查一遍。”

贺景修示意：“那你忙。”

博盈愣了下，抬头看他：“那你呢？”

贺景修思忖了会，拉开椅子坐下：“我等你忙完。”

博盈呆愣愣地看着他。

注意到她目光，贺景修伸手敲了下她桌面上的文件，提醒道：“先检查。”

法务部门加班的只有博盈一个人。她安静地检查合同文字，贺景修也没说话，办公室里只有纸张翻动和她落笔时的沙沙声响。

很静很静。

贺景修又处理了几份紧急邮件，便闲了下来。他转过头，看向旁边的人。

他知道博盈的习惯，一旦专注地做事，会把周遭的一切都屏蔽，即便是他，也会在她眼睛里暂时消失。

他看了一眼她面前摊开的文件，不是什么着急需要的东西，也算不上重要。

贺景修思忖了会儿，给祁学真发了条消息。

难得准时下班一天，祁学真刚回父母这边吃完饭，看到贺景修消息时，心里一咯噔。他手指颤抖着点开，看清内容后，暗自松了口气。

祁学真：贺总，我问问其他同事。

贺景修：嗯，待会儿给我回信息，别打电话。

祁学真猜测，贺景修应该是和博盈在一起，不然的话，不可能选择他最讨厌的方式跟自己联系。他应下，连忙给自己安插在法务部的眼线打探消息。

眼线是裴云梦。

祁学真和她很熟，在她进公司时就知道她是裴彦的堂妹，也会对她多一点关照。

没过十分钟，贺景修便收到了祁学真发来的信息，包括法务部这一天发生的事。

看完，贺景修摁灭了手机屏幕。

他偏头，再次把目光落在博盈身上。她面色沉静，看不出一丁点生气恼怒的情绪，整个人很静，像夜空中的月光一样。

博盈忙完抬头时，恰好对上贺景修幽深的眼睛。他正在看自己，眼眸里有自己的脸庞。

博盈微顿，偏了偏视线：“我好了。”

贺景修起身，歪了下头望着她：“想好要吃什么了吗？”

“暂时还没有。”博盈看他，一本正经道，“车里想。”

贺景修：“行。”

两人从公司离开时已经不早了。

上车后，博盈想半天也没想出到底要吃什么。这个点，有些她喜欢的餐厅都关门了。

最后，博盈带着贺景修去了小区附近的一家馆子。

“牛蛙吃吗？”站在店门口，博盈才想起来问这事。

贺景修双手插兜看她：“如果我说不吃，你换地方吗？”

“不换。”博盈直接拒绝，“我今晚就想吃这个。”

贺景修：“进去吧。”

两人往店里走，贺景修才发现这是一家两层的小店，店面虽然很窄，店内的餐桌却不少。更重要的是，里面人很多，烟火气极重。两人被服务员领上楼时，各种烟雾飘来，味道特别重。

贺景修不太喜欢，但博盈光是闻着味，肚子就开始咕噜咕噜叫。

这家店是博盈不经意间发现的，有一天她和迟绿在外面散步，看很多人堵在这边，便起了好奇心。两人吃过一次后感慨——酒香不怕巷子深，这店里的牛蛙真好吃。

恰好有靠窗的位子，坐下后博盈也不问对面人的意见，自顾自地点菜。

“你要再添点吗？”

贺景修：“不用，你点就行。”

“哦！”

点好，两人无所事事。

博盈摸出手机，看看有什么重要消息。一整天下来，她都没再碰这个手机，现在电量还有百分之八十五。

一点开，她先看到了贺景修的消息。中午有两条，下班时候也有几条，她全都没回。

博盈抬眸看他，晃了晃手机引起他注意：“我刚看到你消息。”

不是看到了不回。

贺景修莞尔：“我知道。”

他知道博盈不是那种看到消息不回的人，如果看了没回，那一定是忘了，而非故意。

他盯着她看了会儿，嗓音低沉：“这段时间感觉怎么样？”

博盈“啊”了一声：“工作？”

贺景修颔首。

“还好。”博盈接过他给的温水抿了口，润了润嗓子，“学了不少东西，还挺充实的。”

贺景修瞅着她，没吱声。

注意到他那不对劲的眼神，博盈忍不住笑：“这样看我干什么？”她自恋地说，“是不是我今天的妆比较漂亮？”

说到这儿，贺景修这才注意到她今天的妆容。

其实博盈上班不会化什么浓妆，都是淡淡的比较得体的妆容，口红也是豆沙色，浅浅的，没有任何攻击性，看上去很舒服。

贺景修的视线从她眼睫往下，在她高高的鼻梁停留片刻，最后落在了她的唇瓣上。

博盈的唇形很漂亮，唇色饱满，红润柔软，红樱桃一般，惹人注目。

贺景修目光沉沉，喉结明显滚了一下。

察觉到他的细微反应，博盈耳根子有点热，嗓子好像又干了。她吞了下口水，正想先打破这个氛围，服务员端着锅底上来了。

看着面前的红油锅底，博盈抬眸：“你真能吃？”

贺景修抬了抬下巴，示意道：“中间的可以。”

博盈点的鸳鸯锅底，中间有一小圈是番茄底，贺景修勉强能入口。

博盈绷了一天的脸变柔了。

她笑意盈盈地看他：“其实我点的是微辣，你可以试试。”

贺景修睇了她一眼，忽而松了口气。

看他如释重负的表情，博盈扑哧一笑：“你干吗？跟我吃饭这么为难吗？”

“不为难。”贺景修跟着笑了下，“但对于你不太开心这事，我很苦恼。”

博盈怔愣片刻，粲然一笑：“我又不会迁怒于你。”

她接过贺景修给自己用开水重新泡过的碗，咕哝说：“我应该还算讲理的吧。”

贺景修没搭腔，转移话题问："方不方便跟我说说情况？"

"不太方便。"博盈拒绝，"在我可以搞定的范围内，我不需要贺总替我开后门。"

博盈外表看上去不是特别精明，个性各方面也像是不谙世事的女孩，但实际上她是个要强也有强大知识储备的人。她爱玩，可玩的前提是她把自己的一切都搞定。

在会议室，她之所以没有强烈反驳杜楠的那些话，是因为她目前没有自己放过那份资料的证据。说得再多，杜楠都会认为她是在狡辩。

吃一堑长一智。她没办法证明不是自己这边出的纰漏，那下一次她绝不会再犯同样的错误。

博盈观察着贺景修的神色，补充了一句："如果我搞不定，我再找贺总帮忙。"

贺景修觑她一眼，无奈道："好。"

博盈不想再和他谈这个事，连忙道："你快尝尝这里的牛蛙，真的巨好吃。"

贺景修其实不怎么吃牛蛙，可对上博盈亮晶晶的那双眼，贺景修又不太能说出拒绝的话。

一顿饭吃完，博盈点的十几只牛蛙基本上进了自己肚子，她吃到撑。

"你真的吃了吗？"从店里走出，博盈看向贺景修。

贺景修面不改色地应着："吃了。"

博盈狐疑地看他，也记不清自己有没有注意到他吃了还是没吃。

她勉为其难地点头："好吧，那可能是我点太多了。"

秉承着不浪费的念头，她把点的全吃了。

贺景修没应声，看了眼时间："想不想吹吹晚风？"

博盈眨了下眼，瞅着他："你是不是忘了件很重要的事？"

贺景修不解地看她。

博盈哽了下，说："贺博美。"

圆圆和迟绿中午出门去外地了，留了贺博美自己在家。

贺景修揉了揉太阳穴："它乖吗？"

"还挺乖的。"博盈看他，"我回去牵它下来，你今天要带回去吗？"

贺景修沉吟片刻："再看，先带它遛遛。"

考虑到圆圆她们都不在家，博盈内心挣扎了一下，问过贺景修意见后，把它带了回去。

她一开门，贺博美便从客厅里头跑了出来。蹭着博盈的腿转了一圈，然后抬起脑袋看了看后面的贺景修。大概看了贺景修有五秒，然后它垂下头，继续围着博盈打转。

贺景修难以置信地挑了下眉头："贺博美。"

贺博美没理他，依旧缠着博盈。

博盈弯腰摸了摸它脑袋："博美，带你出去吹风啦。"

贺博美兴奋地吐舌头。

博盈笑了，指着贺景修："你是不是不认识他了？"

贺博美又给了贺景修一个眼神，自己却还围着博盈，蹭着她的小腿在撒娇。

贺景修看着这一人一狗，抬手按了按太阳穴，叹息道："才半个月，你就把我给忘了？"他强行靠近，揉着贺博美的脑袋，"不认识我了？"

贺博美看他一会儿，从他手臂处溜了出去，回到博盈身边。

博盈忍俊不禁，有点小得意地看着贺景修："看吧，你的狗已经不认识你了，它只认我。"

贺景修："……"

博盈笑："后悔吗？"

"不后悔。"贺景修起身，接过她手里的拴狗绳，意味深长地道，"我们俩，它认一个就行。"

夏日晚风凉凉的，吹得人很舒服。

拴狗绳在贺景修手上，博盈根本不需要花费多少力气，慢悠悠跟着旁边的一人一狗往前走就行。

小区绿化环境很好，风吹得树枝沙沙作响。两人走到操场另一侧时，恰好听见了下课铃声和混杂在一起的喧闹声。

没等贺景修问，博盈便自顾自说了起来："这小区后面有一所高中。"她看了眼时间，"现在是高三的学生下课。"

高三放学晚，晚自习都要比高一高二的同学多上一节，和他们以前差不多。

贺景修侧过脸看她，他轮廓硬朗，下颌线流畅，眼睫微垂，清澈明亮的眼睛看上去很是深情。仿佛，他所有的感情都写进了眼睛里。

人的眼睛是会说话的。

博盈接住他的目光，不自在地看往前走的贺博美。

看她躲闪的模样，贺景修一笑，声音低沉，混着风吹进她耳畔。

“博盈，回国后有回学校看看吗？”

博盈一怔，摇了摇头：“没有。”

贺景修：“想不想找个时间回去看看？”

博盈“啊”了一声，抬头看他：“你想回学校了？”

贺景修没给出肯定答案，只说：“如果你想的话。”

他是愿意陪她去的。

博盈愣了一下，舒展着眉头，弯了弯唇：“再看吧，我这个周末要搬家。”她停顿了下，看他，“你要过来吗？”

贺景修沉吟片刻，偏着头看她：“你哥他们会在？”

博盈眨了眨眼，反应过来：“那你……隔天再来。”

贺景修垂眼看她一副狡黠的样子，抬手捏了捏她的脸颊：“这就不让我去了？”

博盈一脸无辜：“我是为了你好。”

她哥对贺景修的印象本就一般，最近这段时间虽不再给她设置十点的门禁，但只要她晚回家了，博延的脸色就不太好看。博盈估摸着，他对自己不发脾气，但看到贺景修，必然不会给好脸色。

为了双方安全考虑，更为了搬家那天能更快乐一点，她觉得不要让两人碰面比较合适。

贺景修看她没心没肺的模样，用力地揉了揉她的头发。

“你干吗？”博盈拯救自己的发型，“贺景修！”

她娇嗔地瞪他。

贺景修眉眼间带着笑，唇角往上牵：“嗯？”他一脸坦然，“没做什么。”

博盈剜他一眼，轻哼道："你真别来了。"

本来她还打算找博延网开一面的，现在看来不用了。

贺景修瞥向她："真不需要我？"

"真的。"博盈掰着手指道，"东西都搬得差不多了，更何况还有我哥他们在，我也不能把你当苦力用，来不来都一样。"

听到她这话，贺景修差点心梗。敢情她需要自己，只是需要他帮忙搬东西，而非其他。

贺景修眼神幽幽地望着她，很是受伤。

博盈忍俊不禁："下次吧。"她想了想，"以后反正会认识的，不差这一次。"

贺景修没为难她，也知道目前带他过去，名不正言不顺。

他侧头看她："好。"

搬家这天，晴空万里，云层像棉花堡一样，缓缓移动，露出刺目的阳光。

博盈没什么东西，就算是有，也用不着她搬。她完全是可拎包入住的那类，但仪式感需要有。

一行人意思意思地搬了点东西过去，一进去，圆圆便再次感慨："盈盈姐，你这儿的视野太好了。"她回头看她，"我以后可以来蹭住吗？"

博盈挑眉："当然可以，前提是你让我蹭吃。"

圆圆毫不犹豫地点头："没问题。"

迟绿瞅着这两人，抬了抬眉梢问："怎么，这就把我忽视了？"

博盈努努嘴，指着刚进屋的博延道："迟绿，你都有我哥了，就把圆圆分给我吧。"

迟绿："……"

博延给了她们一个眼神，并未搭腔。

把东西整理好，到了该吃午饭的时间。

搬家有很多讲究，例如第一天一定要在自己家里开火，要在三天内邀请亲朋好友过来，以及搬家这天不能在家里睡午觉等。

除了博延迟绿他们外，郑今瑶和姜臣几个不那么忙碌的人也来了。

他们是博延的朋友，跟博盈也认识了很多年。他们中，博盈是年龄最小的一个，受到的照顾自然也最多。

一进屋，博盈先收到了无数礼物。

“恭喜我们小盈盈自立门户啊。”

“自立门户？”沈慕晴挑刺道，“姜臣，这成语不是这么用的。”

颜秋枳几人笑道：“我们盈盈终于也长大了。”

“颜姐。”博盈眉眼弯弯地喊人，“我没想到你们今天也有空。”

她指了指她哥：“我哥昨天还说你们不能来。”

闻言，颜秋枳扬眉，看了眼博延：“博老师，这就是你的不对了吧，我跟陈陆南明明说好了要过来蹭饭的。”

博延没理会几个人的调侃，抬了抬下巴说：“来得正好，到厨房洗菜洗水果，陈老师过来做饭。”

一群人热热闹闹的，很是欢乐。

迟小迟也被抱来了，它被一群人撸得毛都要掉了。到最后，直接躲进了沙发底下。

男士们做饭的做饭，洗菜的洗菜，收拾的收拾，女士们瞬间闲了下来。

三个女人一台戏，六个女人凑一起，仿若在排练话剧一样，叽叽喳喳地说着。

博盈突然“哎”了一声：“颜姐，傅医生他们不来吗？”

颜秋枳笑：“清影和傅医生昨晚回江城了，他们说如果赶得及的话，过来吃晚饭。”

闻言，博盈眼睛亮亮的：“好呀，那希望他们能赶上。”

迟绿看她：“找清影做旗袍？”

博盈眨眨眼，卖着关子：“不告诉你。”

“对了，程湛说他们晚上也来。”颜秋枳环视一圈，“晚上也在家吃？”

博盈愣了下：“看你们。”

她捧着杯子喝着姜臣刚刚榨的西瓜汁，甜而不腻，夏日清爽感十足。

“在家吧。”迟绿道，“晚上弄个火锅，再弄点烧烤应该差不多了。”

颜秋枳点点头：“那太好了，我馋火锅已经好久了。”

几个人闹着聊着，沈慕晴、郑今瑶几个人在客厅玩游戏，欢声笑语一片。

午饭很丰盛，有博盈爱的海鲜和她们都喜欢的家常菜。几位男士的厨艺相当好，审美也在线，甚至还花了时间摆盘，看上去就像一桌大菜。

博盈喜滋滋地拍了几张照片，她没发朋友圈，先发给了贺景修。

照片刚发过去，男人便回了消息。

贺景修：你哥做的？

博盈：我哥还有陆南哥他们做的，厨艺好吧。

此时此刻，贺景修正在高尔夫球场，准备出发去餐厅吃饭。

他之前安排了这天上午的工作，跟几位合作方一起打球，谈谈接下来的合作安排，顺便联络联络感情。所以那天博盈就算不说不让他去，贺景修上午也没办法过去陪她。

好在两人在这种事上都不是会介意的性子，他忙，博盈知道。博盈的顾虑，贺景修也清楚。他们之间足够坦诚，便不会遇到过多坎坷。

只不过这会儿，贺景修盯着博盈发来的消息看了许久，又点开放大了那张拍下来的食物照片。他放大缩小，反反复复看了几遍，才斟酌着敲下文字。

贺景修：你问问你哥，有没有料理书介绍。

博盈：？

她捧着手机笑。

博盈：你要干吗，学做饭吗？

贺景修：我确实有这个想法。

再不学，他估计自己在博延那边，第一关都过不了。

博盈忍着笑。

博盈：那我问问。

贺景修：好。

博盈：你结束了吗？

贺景修：去餐厅路上，吃完差不多结束了。

博盈：哦！那你下午没事做？

贺景修：差不多。

博盈：那你要不要过来？我跟我哥他们说说。

贺景修：不为难？

博盈：我先问问。

正聊着，博延的声音响起："博盈，吃饭。"

博盈立马正色起来，转头看向旁边："好的。"

在博延面前，她一点都不敢皮。

看她紧张兮兮模样，颜秋枳扑哧笑出声："博老师，你别这么凶，我们盈盈玩玩手机怎么了？"

沈慕晴跟着附和："就是就是，博老师你对盈盈这么凶，你小心她以后找对象都不问你意见。"

真是哪壶不开提哪壶。

听到这话，博延眉峰稍扬，瞥了眼博盈，意味深长道："她现在找对象也不问我意见。"

博盈呆呆地望着他们，根本不敢多说一个字。

吃完饭，男士们再次扛起收拾的重担。

博盈被拉到旁边打麻将，正打着，颜秋枳"咦"了一声："盈盈，你跟盛纯认识？"

博盈点头："对呀。"

颜秋枳举着手机给她看："你搬家没叫她吗？"

"我说了。"博盈解释，"但我怕她跟你们都不熟，所以打算明天请她还有同事过来。"

颜秋枳想了想，问其他人意见："别明天了，今天一块儿来吧，热闹热闹。"她道，"小月儿前段时间刚跟她合作拍了电视剧，我下面那部戏也是跟她合作，我先跟她熟悉熟悉。”

之前，两人只是通过旁人推荐加了微信，私底下交流很少。

博盈怔了下，眨了眨眼说：“那可以多两个人吗？”

麻将桌上的人齐刷刷转头看她，眼睛里闪烁着八卦的光芒：“男的女的？”

博盈默了默，小心翼翼道：“男女都有。”

沈慕晴：“帅吗？”

颜秋枳：“身材好吗？”

迟绿忍着笑，跟着问：“是贺景修吗？”

听到迟绿的话，博盈没忍住瞪了她一眼。

迟绿长睫毛眨了眨，很是无辜：“我就随口一问。”

博盈不说话。

看她耳根子泛红，迟绿几个人对视一眼，忍着笑不再打趣她。

“去吧去吧。”颜秋枳清了清嗓子，“不过呢，男士来了得准备晚饭。”

她看博盈：“你提前说好，不会做饭的就别来。”

博盈：“……好的。”

她思忖了会儿，估摸着贺景修的牛肉面勉强是能拿出手的，不至于被人赶出去。分别给几人发了邀请消息，博盈再次把注意力放回麻将桌，她的位置已经被迟绿霸占了。

博盈托着腮，靠在她旁边观看，时不时出点主意。但她和迟绿对打麻将这事属于“人菜瘾大”的那一类。别人是三个臭皮匠顶个诸葛亮，但她们是姐妹同心齐力送金。

几局下来，迟绿偏头看她：“又输了。”

博盈：“那我来试试。”

郑今瑶忍俊不禁：“换你也一样。”

沈慕晴点头：“我以为我的牌技够烂了，没想到你们比我烂多了。”

颜秋枳跟着附和：“有你们俩在，我重新找回了打麻将的自信。”

博盈无语。

又玩了两局，博盈还是输。她索性彻底给迟绿让位，到角落和迟小迟玩去了。

盛纯他们到的时候，时间还算早。

午后的阳光还有些许刺眼，但比正午时间的光线温柔了很多。

博盈下楼时，贺景修已先到了一楼电梯口。

他穿了件竖条纹的衬衫，扣子松开两粒，看上去随性慵懒，下面搭了条深色牛仔裤，衬得他跟大学生似的。

博盈望着他轮廓分明的清俊脸庞，恍惚间回到他十八岁那年。

听到动静，贺景修撩起眼皮朝她看来。对着博盈呆愣愣的目光，贺景修轻勾了下唇，举手在她面前晃了晃。

他眼眸幽深，眉目柔和："发什么呆？"

博盈回过神来，盯着他看了几秒问："你今天——"

"嗯？"贺景修接过她手里的太阳伞打开，替她撑上，"怎么了？"

博盈缄默半晌，憋出一句："是准备去我那边和他们比嫩吗？"

贺景修愣了一下，低头看了眼自己打扮，哭笑不得："这算是比嫩？"

"有点像。"博盈提醒他，"他们今天也都穿得很年轻。"

往常西装革履、沉稳打扮的人，今天穿得都很潮。T恤、花衬衫、牛仔裤、休闲装，每一个单拎出来，都没人说他们有三十岁。

博盈早上看到他们时还愣了愣，最后颜秋枳告诉她，因为是要来帮她搬家，考虑到她年龄最小这件事，大家都不约而同往年轻化打扮，不想和她这个小年轻有代沟。

她听着还很奇怪，她明明和迟绿一样大，怎么没见她哥以前打扮得那么年轻。

迟绿告诉她，因为其他人穿得年轻，博延作为她亲哥，在这方面绝对不能输。

要不是知道贺景修和她哥他们不熟，也没见过几面，博盈差点要以为他掌握了今日最佳情报，才会这样穿。

闻言，贺景修哑然失笑："不喜欢？"

博盈微顿，眼神在他身上晃了晃，别开眼说："一般吧。"

底气不太足。

贺景修眉峰微挑，直勾勾地看她红了的耳朵，压了压瞳仁里的笑："更喜欢哪种？"

博盈嘴唇翕动，对着他漆黑的眼眸半晌，慢吞吞道：“不告诉你。”

她喜欢的人，穿什么样她都喜欢。但这个她不能告诉贺景修，她不想让他太得意。

贺景修笑了下，不逼问她。

两人边说边走，没过多久，便到了小区门口。盛纯几个人的车还停在门口没进来。

看到她，盛纯热情地道：“盈盈。”

博盈笑：“我做个登记。”

他们小区管理严格，陌生车辆进出都得登记。原本打个电话也能搞定，但博盈想着他们第一回过来，出来接比较有诚意。

登记好，她和贺景修上车，和他们一同到她住的楼栋那边。

盛纯和她有段时间没见了，见面后话不少。三位女士在聊天，根本没有男士插嘴的份。

进屋时，博盈正想跟几个人介绍，她们先聊天了。而男士们，倒是客套地握了握手。

博盈这边看看，那边看看，发现根本没有自己的用武之地。

盛纯和颜秋枳她们都是同行业的，随便扯个话题就能聊一起，而裴云梦之前和郑今瑶见过，她们一起吃过饭，也很熟。

博盈发现大家都有话题在聊，反倒是自己成了孤零零的一员。她站在原地沉吟三秒，决定继续和迟小迟玩。

正玩着，沙发一侧有人坐下。

博盈扭头，对上贺景修的眼睛。

“你怎么过来了？”她往博延他们那边看了看，裴彦正在和他们打牌，“你不打牌？”

贺景修“嗯”了一声：“不打。”

博盈“哦”了一声，也不知道要和他说点什么，随便瞎聊着：“我吃完午饭时和她们打了一会儿麻将。”

贺景修扬眉。

博盈挫败地道：“但我输了好多。”

贺景修盯着她看了会儿，轻笑道：“一次没赢？”

“嗯。”博盈不解道，“我明明也会，但我就是一次没赢过。”

不仅是今天。

贺景修垂下眼看着她，眉目舒展：“那下回我教你。”

“你教我就能赢？”博盈发出灵魂追问。

贺景修微哽，默了默说：“下回我带你去找骆霄他们玩麻将，应该能赢。”

博盈噎住。他这意思就是……骆霄打麻将的技术比自己还烂呗。

博盈仔细想了想，更受伤了。

两人坐在沙发的一角聊天，不知不觉到了傍晚。

夕阳西下，橙红色的云彩染红天空，像醉醺醺少女酡红的脸颊，娇羞而漂亮。光覆在他们身上，让人不忍打破这个美好的画面。

当然，有人是舍得的。

博延被裴彦拉着玩了几局牌，一抬头便看到和博盈坐得越来越近的贺景修。他眯了眯眼，盯着贺景修看了一会儿。

好在，他没有过分举动。

正当博延觉得他还算识趣时，他的手落在了博盈的脸颊，勾住了她头发。

“博盈。”博延忍无可忍地出声。

博盈身子一僵，慢吞吞转头看向他：“哥。”

博延警告似的看了眼贺景修，走到她面前：“晚饭想吃什么锅底的火锅？”

博盈顿了下，看了下贺景修，又扭头和其他人互相看了看，迟疑道：“点一个清汤一个麻辣锅吧，我们人多。”

博延应下：“傅医生他们要到了，你跟迟绿下去接他们？”

“好的。”博盈不敢违背他的命令，“那我们现在去。”

博延应下，瞥了眼贺景修：“准备晚饭吧。”

裴彦笑着出声：“行啊，让我见识一下博总的厨艺。”

博延冷哼：“裴总，要学会自给自足。”

裴彦：“……”

贺景修听出了他话里的意思，主动道：“博总，有什么需要我处理的？”

博延呵呵两声，斜睨着他："很多，贺总慢慢学吧。"

闻言，贺景修也不生气，爽快地答应："行。"

博盈和迟绿把傅医生他们几个人接上来时，厨房和客厅一片融洽。

收拾的收拾，做饭的做饭，很和谐。

向月明没见过贺景修，凑在她旁边嘀咕："盈盈，哪个是你们老板？"

博盈还没回答，程湛轻哼了一声："最丑的那个。"

向月明觑他一眼："你会不会说话？"

程湛拉着她到旁边坐下："先别好奇，拍了一天戏，休息会儿。"

向月明扬扬眉，倒是没拒绝。她到旁边坐下，指挥道："我想喝西瓜汁。"

程湛："我让姜臣弄。"

正好从厨房走出的姜臣脚步一顿，冷哧了一声："程湛你自己不会弄？"

程湛还没说话，傅言致问季清影："要西瓜汁吗？"

季清影和他对视一眼，心照不宣地应着："要。"

傅言致点了点头，看向姜臣："要两杯。"

沈慕晴恰好从洗手间出来，听到这话举着手："我也还要。"

姜臣："……"

和好友们聚在一起，即便是简单的吃饭聊天也很开心。这一天下来，博盈不知道自己被逗笑了多少回。

她发现，只要和这群人在一起，再多的烦恼都会被抛在脑后，更何况她本来就不是个有很多烦恼的人。

吃过火锅、烧烤，一行人又继续打牌。庆幸的是，次日大家都休息，玩到再晚也没问题。

到十一点多，大家才陆陆续续离场。

博延和迟绿是最后走的，临走前，博延难得地多叮嘱了几句。

"睡前锁好门窗。"他看博盈，意有所指道，"别什么人敲门都让进。"

博盈眨眨眼，假装没听懂。

博延说了点其他事，又回到最初的重点。他看了眼贺景修，心有不甘道："我们住得稍微远了点，如果有什么紧急事，贺总能及时赶到帮忙的，麻烦多照看照看。”

贺景修郑重道：“放心。”

无关其他，这事就算博延不交代，他也会这样做。

迟绿看他憋屈的样子，没忍住笑：“行了，贺总麻烦你多照顾下盈盈，她这算是第一回一个人住外面，有什么你帮帮忙。”

贺景修颔首：“会的。”

交代了几句，博延和迟绿要进电梯前，他又突然停下脚步：“贺总，聊两句？”

贺景修：“好。”

没一会儿，博延他们走了。

博盈直勾勾盯着贺景修，好奇不已：“我哥找你说什么了？”

怎么看着，脸色好看了不少。

贺景修垂眸：“想知道？”

“想。”博盈很坦诚，“你说吗？”

贺景修勾了下唇，逗着她：“不说。”

博盈装生气地看了他一眼。“那行吧。”她抬了抬手，示意道，“贺总，时间不早了，您也该回家休息了。”

贺景修被她逗笑了。

他眉目舒展，心情愉悦：“要不要我让贺博美过来陪你？”

博盈一个人住这样的大房子，他担心她不适应，会感到不安。

博盈想了想：“方便吗？”

贺景修看她：“方便。”

对博盈，他从来没提过“不方便”这三个字。

闻言，博盈有点儿开心：“那好呀，现在去把它带过来？”

贺景修点头：“嗯。我去就行，你在家等着。”

博盈也不强行跟去，乖乖应下。

他们俩住的不是同一栋，但也就在隔壁，很近。

贺景修走后，博盈开始整理自己东西。乱七八糟的东西收拾好了，不过今天收到了很多礼物和部分私人物品，她还没拿出来摆上，所以显得屋子里空荡荡的。

博盈随手找了一部电影，坐在地毯上边看边整理。

颜秋枳他们送的礼物，基本都是她喜欢的、想要的。女人永远比男人更懂女人。

把礼物拆完，博盈兴致勃勃地给它们拍了合照。拍完，她这才整理从迟绿那边搬过来的东西，正收拾着，贺景修带着贺博美来了。

“要收拾？”贺景修看了看，拿起一个东西，自顾自地问，“放哪里？”

博盈仰头，也没拒绝他帮忙，抬手示意道：“这些放在那个墙柜吧，好看。”

贺景修照做。

两人在旁边收拾着，贺博美第一回过来，对这一片领域还不太熟悉，这儿嗅嗅那边嗅嗅，在熟悉地方。他们一个没注意，贺博美把博盈放在一侧的东西撞倒了。

贺博美像是知道自己犯错了，老老实实地走到墙边趴下。

博盈扑哧一笑，和它聊天：“没怪你。”

东西散了一地，有些还是明信片。

博盈和贺景修弯腰捡，她正捡着，忽然听到了贺景修的声音：“博盈。”

“什么？”

贺景修手里拿着一封信：“这是什么？”

那信上写了贺景修的名字。

博盈怔了下，走近接过去。在看到信上的名字后，她那尘封的记忆忽而被唤起。

博盈手指轻抚过信封封口，眉头轻蹙：“我这封信不是寄出去了吗？”

第十四章

信　件

贺景修比博盈大两岁，年级却只高出一级。

陈女士不知从哪儿听到的歪理，说是孩子晚一年上学会收获更多快乐，便让他迟了一年才去学校。也因为这个，博盈在贺景修上高二那年才会遇见他。

贺景修高考毕业后，博盈迎来了高中最后一年的冲刺。

那个暑假，她被禁锢在家，没有半点自由。家教老师占用了她所有时间。博盈的手机也被收走，连偶尔空闲摸一摸的机会都没有。

她虽然自己有钱，也买得起手机，可她没有出门的机会。更何况她就算买了，也会被父母发现。

博盈被没收手机的前一晚，给贺景修发了一条消息，告诉他自己要闭关学习了，未来一段时间可能都没办法用手机，她会想办法给他写信。她还跟贺景修说——你答应过我，要等我到十八岁的，你不能去了大学就谈恋爱。

她知道贺景修在毕业旅行，知道他安排了很多国家很多城市的游历。在末尾，她还让贺景修给自己寄漂亮明信片，明信片里最好还要有他。

这条消息发出后，博盈等了一天也没等到他的回复。

次日，她的手机被收走了。

整个暑假，博盈都在等贺景修寄给自己的明信片。一直到盛夏过去了，暑气消散时，她也没等到。

高三开学，博盈身边跟了个眼线，是她父母安排的。

她一天二十四小时，基本都是两点一线的生活。

偶然一次机会，博盈让同学给自己买了信封、信纸，准备给贺景修写信，问他为什么不回自己信息，她没手机收不到，但他可以给自己写信呀。虽说写信很俗，但能穿透纸张的文字，必然是有力量的。

她开始给贺景修写信。一封又一封寄出去，依旧石沉大海。

博盈不是会那么快放弃的人，她觉得奇怪，借了迟绿偷偷摸摸带到学校的手机，给他发消息。

消息能顺利发出，博盈的眼睛亮了。

午后休息时间，她蜷缩在课桌下，捧着能发出消息的手机，如获珍宝一般。只是，她唇角的笑还来不及收住，贺景修那边便有消息回来。

很无情，但又符合他个性的一句话。

以后别给我写信了。

博盈脸上的笑僵住，蹲在桌下追问为什么。

贺景修回复她，字里行间带着冷漠，却又不失风度。

他说她给他造成了困扰，让她以后别再找他。

贺景修给她发的信息，每一个字她都认识，可连在一起，她好像就不认识了。

她反反复复，把他发来的文字逐字逐句轻声念了出来。念完，博盈依旧不相信。

她想也没想，直接拨通了贺景修的电话。但电话不是他接的，是很悦耳的女声，问她是谁。

那一刻，博盈根本不知该如何回答。

她既不是贺景修的同校校友，更不是同学，甚至可能连朋友也算不上。

以前，她常听人说念大学会改变一个人。

挂断电话后，博盈一直在思考，贺景修是不是上大学后发现外面的世界很精彩，而忘了和她小打小闹的约定。毕竟，一直以来是她在死缠烂打，缠着贺景修，他好像从未给出回应。

结束了电话，博盈从桌下慢吞吞地起身，趴在桌上熬过了一整个下午。之后，她再没给贺景修写过信，更没发过消息。

寒假。

博延回了家，博盈有了短暂的喘息时间。他带她出去吃饭时，远远地看见了贺景修和他朋友，有男有女。

当时，有个女生站在他旁边，和他交谈甚欢。

博盈望着他脸上的笑，如梦初醒。

饭后回到家，博盈把曾经和他有过回忆的东西全部打包尘封，再也没碰过。

她不知道她这样算不算失恋，她没有像别人一样半夜躲在被子里哭，她每天都照常去学校上课，每天都很累，过得很充实。

最后一学期的冲刺，博盈的成绩突飞猛进。高考结束的那天，她跟同学们一起喝到烂醉，被博延背回家。

那是她念初中以来，她哥第一次背她。

他们回家的路好像很漫长很漫长，博盈哭了一路，把他T恤都给浸湿了。

好在，博延根本没问她为什么哭。

次日，博盈收到了她哥送给她的毕业礼物，一张环游世界的机票。他给她安排好了每一站的向导，她想先去哪儿都行。

没有任何犹豫，博盈当天便出发了。

高考成绩出来时，她考了高中三年都没有考到过的高分。填报志愿时，博盈没再选之前跟贺景修约定的大学，而是去了一所南方大学。

她听说南方很暖和，她想真真切切地去感受。

之后，她再没有贺景修任何消息。那部高三就被裴婉玉收走的手机，也再没回到过她的手里。

手机坏了，屏幕再也没办法亮起。

少女时期她满心满眼喜欢的人、追逐的光，也隐于云层后，再也没出现。

把信拆开，博盈匆匆看了一眼便塞给了贺景修，她重新翻纸箱里剩余的东西。

这个纸箱是博延替她回家拿过来的，是她高考后就一直没动过的东西。里面有她那会儿的同学录，有那个时候的笔记本，还有很多乱七八糟的东西。

刚刚被贺博美撞翻，只有部分东西倒了出来。

但箱子里东西多，她一时根本没办法找到信一样的东西。博盈着急，索性把所有东西都给倒了出来。

“博盈。”

贺景修看完她塞给自己的信，眼睫微颤。他根本不知道有这回事。

他拉住博盈的手，试图让她冷静。

博盈直接甩开他的手，她在箱子里翻找，在看到最底下的东西后，她瞬间愣住。博盈嘴唇发颤，根本不敢相信自己看到了什么。

她眼睛里写满了倔强，含着泪水，她喃喃道：“怎么会没寄出去呢？我明明放在信箱……”

忽地，她愣住了。

信箱。博盈瞳仁微缩，第一时间抓住了重点。

“我手机呢？”她慌乱地寻找，“我的手机放哪里了？”

“博盈。”贺景修按住她肩膀，声音里带着些安抚，“先冷静。”

他眼眸漆黑地望着她，是黑夜中的光。

贺景修的声音很有魔力，能让她瞬间冷静。

他说：“我给你找手机，你先坐下。”

他抬起手，轻轻地拭去她脸颊的泪水。

贺景修不忍看她这样，他认识的博盈是个小太阳，不会哭的。

他喉咙发干，心口微微发酸，说不出的难受。

博盈手里攥着那些从未寄出从未打开的信，抽噎着问：“他们为什么要把我写的信藏起来？！”

一想到信箱，博盈就明白是怎么回事了。

她的信，都是塞在家门口的信箱里寄出的。那时候她的活动空间不大，也就在家门口散散步，信只能塞在那里。

每一天，别墅区那边都会有人收信，她是确信能寄出去的。而现在信出现在这里，一定是有人偷偷把她的信拿了出来，这才让她的信石沉大海。

手机就在桌上，贺景修给她拿来，博盈想也没想点开备忘录，可在看到上面那串熟悉的数字后，她迟疑了。

博盈死死盯着那几个数字，紧咬着唇。

须臾后，她挫败地放下手机。

她知道，这个电话就算打出去了，也不会有人理会她的质疑，更不会搭理她。在他们看来，他们做的这一切都是为了自己好。他们只会认为，博盈在无理取闹。

博盈无声地哭着。

贺景修看着，心像是被什么东西揪着一样，痛到无法呼吸。

他坐在博盈身边，伸手将人揽入怀中。

“对不起。”他说。

如果那个时候，他没有那么年轻气盛，没有那么高傲的话，他们是不是不会错过这么多年？

贺景修没收到博盈的信，更没有收到过她的短信和电话。如果不是博盈现在说，他根本一点都不知情。

高考毕业后，贺景修忙了一段时间。

回到北城去找博盈时，碰上了她父母。她父母认识他，没对他说什么重话，却重点提了博盈在补课，最后一年了，很重要，他们不希望贺景修去打扰她，耽误她最重要的一年时光。

贺景修了然，他知道博盈爱玩。认真思考过后，他让他们转交了一份礼物给她，那份礼物里，有很久以前她问的问题的答案。

“我没有收到。”博盈泪眼婆娑地望着他，“我根本不知道。”

她完全不知道，贺景修抽空去找过她，见过她父母，还给她送过礼物。

不知过了多久，屋内归于宁静。

博盈的抽泣声渐渐小了，她安静下来。

贺博美不知道发生了什么，只依稀能感受到屋子里的氛围不太对，也停下了自己活蹦乱跳的身影，趴在两人脚边，尾巴还时不时甩到博盈脚背。

博盈垂下眼，感受着它对自己的安抚。

这一夜，所有的谜题仿佛都解开了。

为什么博盈从未收到贺景修的回信，为什么博盈忽然爽约，放了贺景修鸽子。

两人在阴差阳错下，被蒙在了鼓里。

如果当时，博盈再倔强一点，再坚持一下，事情或许会不一样。

如果贺景修不那么高傲，厚着脸皮多去找博盈几次，问她为什么说话不算数，把约定忘记，或许他们根本就不会分开。

但很多事，并没有如果。错过就是错过了。

当年的他们，虽有着年少时期的热烈，可骨子里，谁都有不愿意妥协的倔强。

贺景修在她高考后的次日回了家，买了一束花去找她。

她的电话打不通，贺景修再次去她家。到门口时，他被她家里阿姨告知，她去环球旅行了，要开学才能回来。

高考成绩出来后，贺景修知道了博盈的分数，知道了她报考的学校。

那一刻，贺景修仿佛知道了她电话为什么打不通，知道了她为什么毕业后不跟自己说一声便出国旅行。同样的，也通过这种方式，知道了她的答案。

以前上课时，班主任老师曾分享过一个故事，故事结尾时，他说高中生的喜欢都是小打小闹，做不得数。因为高考毕业后，你会发现世界很大，遇到优秀的人更多。到那时候，你可能又会改变自己的喜欢。

在这之前，贺景修一直都把她的话当了真。

有些时刻，博盈自己都会忘记自己说的话，但他记得，也一直在遵守。

直到那天得知她选的学校和专业，贺景修才恍然明白——小麻烦精向往更广阔世界了，她把在一中的那些约定忘了。又或者不是忘了，是她根本没放在心里。

贺景修是个骨子里很骄傲的人。从小到大，他从没被人忽视过，更没被人放过鸽子。而博盈，却对他爽约两次。所以他没有去找博盈质问，性格使然，不允许他去做这种追根究底的事。

“所以——”博盈喉咙干涩，嗓子沙哑地说，“你回去找过我？”

贺景修：“嗯。”

博盈望着他，在他眼里看见了自己的影子。

她想问，既然没见到为什么不再等等。可换位想想，她也是如此。

他们都太年轻，爱面子，骨子里都是骄傲倔强的。

她打了电话，被旁人接听，因此再没拨通过。而贺景修亦是如此。

思及此，博盈一时不知该说点什么。

她盯着脚边的贺博美看着，总觉得整件事有点好笑。如果不是因为这些，她也不至于跟贺景修错过这么多年。

“那……”

“什么？”贺景修注视着她。

博盈嘴唇翕动，话到嘴边又收了回去。

现在问当初那个拿他手机接电话回自己消息的人是谁好像也没了意义。命运就是要跟他们开玩笑，让他们互相错过。再去追究，也不能改变什么。

对着他的眸子，博盈摇了摇头：“没什么。”

贺景修盯着她看了一会儿，起身给她倒水：“喝点水。”

博盈接过，道了一声谢。

屋子里再次静了下来。但这一次的安静，和刚刚又有所不同。

博盈捧着杯子，小口小口喝着水。她想说点什么，但又不知道该说什么。

贺景修也一样。

两人脑子都很乱，谁也没想过他们错过的原因会是这样的。

不知过了多久，博盈终于把杯子里的水喝完。

贺景修顺势接过空杯子，声音低沉：“还要吗？”

“……不要了。”博盈扯过纸巾擦了擦脸，想着自己刚刚在他面前哭泣的模样，匆忙起身，“我去洗个脸。”

贺景修还没来得及反应，博盈已经钻进浴室了。

他看着她的背影，若有所失。

博盈在浴室整装肃容了一会儿，她眼睛红红的，看上去颇有种我见犹怜的味道。

一想到自己刚刚把眼泪擦在贺景修衣服上的画面，博盈就不太想出去了。她对着镜子深呼吸了许久，才迈出步伐。

回到客厅，在看到贺景修正在做的事后，博盈再也顾不上不好意思了。

她快步走到他面前，一把将他拆开的信抽了出来。

贺景修抬眸看她。

博盈瞟了眼他刚刚拆开的那封信，支支吾吾地道：“你怎么不经过我同意就看我东西？”

贺景修看她这么有精神，估摸着她恢复了不少。

他挑眉，示意道：“这些信的收件人是我吧？”

博盈一噎：“以前是你。”

贺景修难以置信地看她：“现在不是我？”

“现在——”博盈张了张嘴，“反正你不能再看。”

太丢脸了。以前写的时候没这个感觉，现在翻出来看，博盈只想找个地洞钻进去。

贺景修观察着她的表情变化，提醒：“博盈，你知不知道你这叫什么？”

“什么？”

“出尔反尔。”

博盈微哽，圆溜溜的杏眼瞪着他：“谁出尔反尔了？”她强词夺理，“我这是给大一的贺景修看的，又不是给二十七岁的贺景修看的。”

贺景修默了默，提醒她：“我没记错的话，我还没满二十七。”

“过了二十六生日就是二十七。”博盈告诉他。

贺景修扬了扬眉，说："你前几天跟人说你今年多大？"

博盈："二十四啊。"

博盈的生日在初春，是典型的双鱼座。她回国时，已经过了二十四岁生日。

贺景修沉默了会儿，不敢问为什么她过了生日还是二十四，而自己过了就大了一岁。

博盈看他憋屈的样子，扑哧一笑："贺总，你感觉很委屈吗？"

贺景修瞥她："不敢。"

"你这话说得。"博盈轻哼道，"好像是我强迫你承认自己二十七岁一样。"

贺景修哭笑不得，没忍住揉了揉她头发："没这个意思。"

博盈抬眸觑他。一抬眼，她便撞进了他幽深如潭的眼睛里。

呼吸萦绕，两人皆是一愣。

贺景修低垂着眉眼望着她，而她恰好抬头。

一种无形的暧昧在无限蔓延、滋生，像今天刚抱回来的绿植一般，迎着风，在蓬勃生长。

博盈的心跳忽然很快。

静谧的深夜，她隐约听见了贺景修的回应。他的心，也仿若要跳出来一般。

两人的心脏，隔着单薄的衣物，在互相回应。

是阔别多年，给对方那段感情的答案。

他的眸色很深，窗外是还没来得及转逝的黑夜。他把所有的感情，都写进了眼睛里。

博盈接收着，感受着。她眼睫轻颤，心脏跳动着，犹如擂鼓一般。

两人的眼神无声地纠缠着，绵长呼吸缠绕在一起，谁也无法分开。

又不知过了多久，在博盈要受不住时，贺景修忽然弯腰靠近。

他目光紧锁在她身上，性感的喉结上下滚动，声音低哑："博盈。"

"嗯？"博盈下意识地应着。

贺景修停顿了下，嗓音沉沉的："我提前要点福利，应该不会被逐出局吧。"

博盈眨了下眼，不太清醒的脑子还没转过弯来，先被拉入了他的怀抱。

隔着单薄的衣服，她的脸贴在他胸膛，更清晰地听着他的呼吸声、心跳声，感受着他发烫的体温。

博盈手悬在半空中，缓缓落下。她主动环住他的后背。

这个拥抱，和往常的不太一样，又是一样的。他们双方都没变，唯一不同的，是敞开的心扉。

贺景修的呼吸落在她耳后那块敏感肌肤上，微微有点发痒。博盈最开始还能忍受，但她总觉得下一秒，贺景修的唇会落在上面。

她胡思乱想着，推了推他肩膀。

感受到她的抗拒，贺景修松开她，但眼眸里写满了不解。

博盈抿了下唇，不太好说自己为什么会把他推开。她清了清嗓子，提醒道："时间不早了。"

贺景修顺势抬头。

两人这一折腾，时钟已经转到了两点。

他"嗯"了一声："那我先回去？"

博盈点点头："好。"

安静了一会儿，贺景修主动往门口走，博盈跟上。

大门打开。

贺景修站在那里，垂眸看她："有事给我打电话，不会关机。"

博盈："嗯。"她舔了下唇，避开他灼热的目光，"那……晚安。"

贺景修："晚安。"

话说定，谁也没有动作。

莫名其妙地，两人目光再次撞上。

倏地，贺景修压着声说了句："我想，你应该不会讨厌这个。"

博盈一愣，正想问不会讨厌什么，他先倾身而下，影子遮住她的视线，清俊的脸在她瞳仁里放大。

唇上忽地一软。盛着晚风的吻落在她柔软的唇瓣，有点凉，但又很软。

男人身上的沉香味钻入鼻息，侵占她的大脑，思绪断了线。

那个时刻，博盈的心脏停止了跳动。

贺景修没有逼近。他的唇只轻轻地覆在上面，没有深入。

两人的鼻尖亲密贴合，呼吸落在对方脸颊，暧昧又亲昵。

短暂一瞬，贺景修便退开了。

他垂下眼，指腹轻压了压她发烫的唇，声音沙哑："回去睡吧，醒来跟我说一声。"

博盈抿了下唇，总觉得他的味道还留在上面。

"你……"她顿了下，"扣分。"

贺景修轻笑："扣几分？"

博盈娇嗔着看了他一眼："我想想再告诉你。"

闻言，贺景修也不生气。

"好。"他捏了捏她脸颊，声音有种魔力，"睡吧，睡不着再给我电话。"

"嗯。"博盈看时间不早，也不再跟他黏糊，"那你到了给我发个消息。"

"好。"

贺景修往电梯那边走，走了两步又回头看向博盈。

博盈正要关门，手上动作一滞："忘东西了吗？"

贺景修看着她，问："信真的不能给我？"

博盈噎了噎，毫不犹豫地拒绝："不能。"

高中那会儿写的"小儿科"信，她可不想再让贺景修看见，她会没脸见人的。

贺景修颔首，勉强道："行吧。"

博盈无语。

"你别想了。"她决定断了贺景修这个念头，"你怎么求我都不会给你的。"

说着，她催促："电梯来了，拜拜。"

贺景修："中午见。"

关上门，博盈在门后靠了许久。

她抬手压了压心脏位置，试图让躁动的心平静下来。刚刚慌乱的心跳，她也不确定贺景修有没有听见。

博盈胡思乱想了一会儿，才拖着脚回到沙发边。她看搁在一侧的那些信，手指轻碰了碰，咬着唇把它们重新整理，收了起来。

洗完澡，博盈看到贺景修二十几分钟前给她发的消息。他到家了。

博盈给他回了个表情包，这才放松下来休息。

忙碌了一天，博盈很困。可一合上眼，她脑海里全是过往的那些画面，是贺景修说的那些话，是她熬过的高三岁月。

博盈挣扎了许久，睡着后做了个梦。她梦见了很多人，梦见了很多发生在自己身上的事。

梦的最后，她看见贺景修和别人在一起了，两人手挽着手从自己面前走过。她看着贺景修对着那人笑，神色温柔得不像话，是她从未见过的模样。

醒来时，博盈脸上再次满是泪痕。她拿起手机看时间，还不到六点。

博盈躺在床上，盯着天花板下的吊灯看着。

不知看了多久，她掀开被子起床，迎着晨光出门。

夏日清晨，风很凉爽。

太阳还没出来，路上车辆很少。博盈等着红灯，放眼望去，还能看见穿着橙红色衣服的环卫工人。她盯着看了一会儿，到绿灯才踩下油门，循着一条熟悉又陌生的道路往前。

忘了多久没回来了。这是博盈第一次开车回来。

看到博盈时，家里阿姨愣了愣，诧异道："小姐。"

博盈"嗯"了一声，看她："阿姨，他们在家吗？"

阿姨怔了下，道："在的，先生正在客厅看新闻。"

她说着，笑盈盈问："少爷前几天来家里搬东西，说你要搬家自己住了，是搬完了吗？"

"嗯。"博盈抿了下唇，问，"阿姨，你以前是不是见过贺景修？"

阿姨怔住。她脸上的笑一僵，支支吾吾道："小姐，我不知道你在说什么。"

看她的神情，博盈心里有了答案。

她没再为难阿姨，她知道阿姨那样做是为什么，她不过是求一份工作，拿钱办事罢了。

博盈点了下头，径直往屋内走。

看到她，博华也是惊讶了下。但他长居高位，习惯对人发号施令，即便是自己的女儿，也是领导对下属的语气。

他皱了皱眉，语气冰冷："终于舍得回来了？"

在他看来，博盈是在外面受苦了才回来，她是来认输的。

博盈扯了下唇，眼神冷漠："我问你一件事。"

她这个语气，让博华眉头皱得更深了。

"博盈，谁教你这么跟我说话的？"他对她的语气不满，"你有没有把我当父亲？"

博盈轻哂："您在问我这句话之前，有没有想过，你们有没有把我和我哥当儿女？"

她直奔主题："我问你，我高中时候放在信箱里要寄出的信，是不是你们背着我偷偷拿回来的？"

话音落下，博华神色有细微变化，但很快，他又恢复到泰然自若的模样。

他正欲说话，听到动静的裴婉玉站在楼梯口，应着："是又如何？"她居高临下看着博盈，"博盈，你现在是来质问我们？"

博盈压着胸腔的怒气，抬眸看她："你们拿我东西的时候，问过我吗？经过我同意吗？"

"问你？"裴婉玉冷笑，"博盈，你吃的用的全都是我们给的，没有我们，你觉得你可以那么潇洒自在？"

她讥讽道："你一个女孩子，厚着脸皮追人，你不觉得丢脸，我都觉得丢脸！"

"所以……"博盈看她，"你现在还不觉得偷拿我的信这件事是错的对吗？"

"我们有什么错？"裴婉玉问她，"我是你妈，你是我养大的，我有权利拿你的任何东西。"

博盈听着，都不知该做何反应了。

她发现，她和这两个人根本无法沟通，他们永远不懂儿女，也永远不会反省自己的所作所为。

她不争气地红了眼，轻点了点头，重重呼出一口气："你说得对，我是你女儿，我以前吃你们的，用你们的，确实没资格反抗，更没资格对你们的管教提出异议。"

她停顿了下，看向他们："但以后，不用了。"

"你什么意思？"听到她这话，博华质问。

博盈微微一笑："听不懂吗？我意思是，以后你们就当没有我这个女儿。"

说完，博盈转身就走。

"站住。"博华和裴婉玉同时出声。

裴婉玉瞪着她："博盈，你还真和你哥一样，长大了翅膀就硬了。"

她停下脚步，回头看他们："我翅膀就算没硬，这样的家我也不想待。"

她喉咙干涩，反问："难道你们现在才知道吗？"

没等回答，博盈加快脚步离开了这个困了她这么多年、让她感到窒息的地方。

她想，以后再也不回来了，这样就不会难受、不会伤心。

匆匆忙忙走出院子，博盈往自己停车的位置走。

还没走到，她先看到了站在车旁等自己的人。

博盈眨了眨眼，总觉得自己出现了幻觉，不然这个时间点，他为什么会在这儿。

看她不动，贺景修抬脚走过来，在她面前站定。他垂眸看她红了的眼眶，无奈道："每天都哭，你是小哭包吗？"

博盈抬眸看他，刚收回去的眼泪又要出来了。"你怎么在这儿？"

贺景修应了一声："找你。"

"不是。"博盈垂着脑袋，"我意思是，你怎么也这么早起来了？"

贺景修看她："睡不着。"

他知道博盈的性格，有什么事习惯一次解决。就昨晚那个情况，结合她当时的情绪，贺景修估摸着她会回这里来找爸妈，所以早上睡醒，他给她发了消息，而后去了她那边。

按了门铃，没人开。瞬间，贺景修心里便有了答案。

博盈“哦”了一声，没问他为什么会猜到自己在这儿。

她忍了忍，还是没忍住，眼泪像断了线的珍珠一样往下掉。

贺景修叹息一声，捧着她的脸给她擦眼泪。他边擦边说：“你现在这样，我都不知道该怎么哄了。”

博盈的抽泣声停了。

贺景修看她这可怜兮兮的模样，终归没忍住，低头把唇落在她布满泪痕的脸颊。

和昨夜一样，贺景修只是浅尝辄止，柔软的唇瓣覆在脸颊上，吻过她有泪痕的地方。

博盈眼睫轻颤，手下意识地紧攥着自己衣服，不敢动弹。

很快，贺景修便移开了。他眼眸黑亮，目光直直地看着她：“这回扣分吗？”

博盈猛地从暧昧中回过神来，鼻尖哭得红红的，眼眶湿漉漉的，看着楚楚可怜。

她抿着唇，看了他一眼，底气不足地说：“扣。”

贺景修挑眉，唇角挂着笑：“这也扣？”

“对。”博盈看他，“你有异议吗？”

贺景修看她强撑的模样，偏头笑了下：“没有。”他看她，语气很是无奈，“岂敢。”

博盈：“哼。”

贺景修看她这样，抬手轻刮了刮她鼻尖，心里那块大石头落地。

他最怕的便是博盈一直记挂着这些事，对贺景修而言，错过当然有很大遗憾，但他不希望博盈因为这些把自己弄得不快乐，甚至耿耿于怀。

他们要做的，是往前走，而非往回看。

他看着面前哭红眼的小麻烦精，提议：“先带你去吃早餐，再回家？”

博盈点头。

原本，博盈是不怎么困的。

她昨晚虽然没睡几小时，但自我感觉是精神饱满的。可贺景修的车好像有魔力，她坐上没几分钟便开始犯困。

最初，博盈还强撑了一会儿，到后面索性放弃了。她跟贺景修说了句，便合眼睡了过去。再醒来时，两人停在热闹的路边。

车子停在了树荫下，阳光穿过枝叶，在地上形成光晕。

博盈睡眼惺忪地睁开眼，车内只剩她一人。

她揉了揉眼，探着头往窗外看。

恰好看见贺景修提着纸袋朝她这边走，男人站在斑马线的另一边，身形挺拔，细小光圈落在他头顶，衬得他越发明朗。

博盈撑着脑袋仔细观察，发现就过一个斑马线的时间，落在贺景修身上的目光就有不少，有好几个还都是年轻漂亮的小女生。

和以前念书时一样。想到这儿，博盈还有点小嫉妒。也不知道他念大学时，有多少漂亮女生跟他表白过。

贺景修循着阳光原路返回到她这儿，看见她圆溜溜的杏眸，他抬了下眼："醒了。"

"嗯。"博盈看他手里打包的食物，"我们不下去吃吗？"

"外面热。"贺景修把纸袋递给她，"回家吃。"

对此，博盈没有异议。

到家后，博盈进了厕所。不经意扫了眼洗漱台的镜子，她才反应过来……她今天没化妆，脸色还很差。

一晚没睡好，又哭了好几回，她黑眼圈极重，脸上也没什么血色，皮肤虽没有太多瑕疵，但和她之前每天精致的样子相比，差别很大。

一时间，博盈懊悔不已。

她如果知道贺景修去接自己，她就不会素着一张脸回去。

博盈拧开水龙头，重新洗了把脸，涂上护肤品。

她边涂边想，也不知道贺景修是怎么对着自己这张脸亲下去的。

思及此，博盈手上动作慢了很多。

她明显发现，自己的耳朵在变红。盯着看了会儿，博盈欲盖弥彰地揉了揉，等耳朵温度降下去后，才走出洗手间。

吃过早餐，博盈又困了。

她本想陪贺景修下楼去遛遛贺博美的，但眼皮子在打架，索性把密码告诉他，自己回房间睡觉了。

听到她报出的数字，贺景修瞥她，脸上带着笑："不多防着我点儿？"

博盈觑他一眼，咕哝："我防得住吗？"

她对自己的能力，以及贺景修的本事，很有自知之明。

贺景修低笑出声，他摸了摸她脑袋，声音温柔："去睡吧，不用调闹钟，中午我喊你吃饭。"

"嗯。"博盈想了想，"要是十二点我没醒，你也别喊我，你自己先吃吧。"

她不想自己睡觉时被打扰，博盈有一点儿起床气。

贺景修看她认真的模样，蓦地一笑，答应着："放心。我和贺博美都不吵你。"

博盈："那……早安？"

贺景修笑："早安。"

整个周末，博盈过得极其颓废，吃完睡，睡完吃，唯一的运动便是傍晚时和贺景修一起下楼遛狗。

这两天，贺景修在她这边待的时间，除去晚上睡觉外，真的比在自己家还多。

博盈在家睡觉，他找借口说要陪贺博美，把电脑和文件也搬来了。

他坐在客厅处理文件，也不会过分打扰博盈，让博盈根本找不出拒绝的理由。当然，还有个重点是贺景修在的话，她吃的都要健康一些。

两人谁也没说破那件他们都心知肚明的事。

贺景修没提，博盈就更不知道怎么提了。加上两人现在这样相处挺好的，也就顺其自然了。

周一到公司，博盈正思考着自己和贺景修那奇奇怪怪的关系，突然被同事发了喜糖。

她一愣，有点意外："恭喜。"

同事笑："谢谢。"

博盈正惊讶着，听到邱丽问："是背着我们偷偷结婚了？"

这同事一直有男朋友。

同事笑着说："不是。"她笑得很甜蜜，语调轻快地说，"我男朋友周末向我求婚了，我们准备结婚了。"

"哇。"办公室同事忙不迭说着恭喜，给她送上祝福。

博盈笑："那我要赶紧吃一颗糖，沾沾喜气。"

话音刚落，朱晓夏看她："博盈你这话说的，你没男朋友吗？"

博盈拆着糖纸包装："目前没有。怎么？"

"不会吧。"朱晓夏和杜楠对视一眼，拐弯抹角地说，"但我之前经常看有人过来接你，那不是你男朋友？"

博盈微微一笑，没多解释那是谁，只否认："不是。"

闻言，朱晓夏满脸不相信："恋爱了别藏着掖着嘛，跟大家分享分享，让大家沾沾喜气。"

"行啊。"博盈坦荡地说，"我真的恋爱了，肯定告诉大家。"

杜楠看她一眼，笑笑说："现在的年轻人都喜欢暧昧，不喜欢恋爱。"

博盈正要说话，裴云梦接道："也不是这样说，暧昧的前提肯定是互相喜欢嘛，只是还没戳破那层薄薄的窗户纸，戳破窗户纸需要时间的，楠姐，总不能相处两天，还没了解透彻就开始恋爱吧？"

杜楠一噎，不太敢得罪她："嗯，云梦说的话也有道理。"她看向博盈，"盈盈也别太挑剔了，我看之前有好几辆不同牌子的车来接你，你挑来挑去，万一错过了怎么办？"

博盈听着她阴阳怪气的话，脸色微沉："不劳烦楠姐操心。"她笑盈盈地说，"我就算是再拖一年，我挑的那个人肯定也还在那儿等我。"

这点自信，博盈是有的。是对自己，也是对贺景修。

杜楠被她的话噎住，脸色不太好看。她扯了扯唇，一脸过来人的口气说教："楠姐也是为了你好。"

博盈很自然地道："谢谢。"

但她的意思很明显，你不要多管闲事。

其他同事听着她们话语里的针锋相对，忙出声转移话题。

但不知道是不是博盈敏感，她总觉得那天后杜楠和朱晓夏在办公室偶尔说到感情这回事，总会阴阳怪气意有所指一番。

有时候是看到关于拜金女的新闻，有时候说有的人仗着自己漂亮，骗了不知道多少傻男人等。最过分的是，有天爆出了一个新闻，说是有人开设了名媛培训班，然后训练一些女人，把她们包装成名媛，钓金龟婿等。每次说到这儿时，两人的目光时不时地往博盈身上打转。

博盈觉得无语，又挺好笑的。

上帝造人时的偏差，怎么如此之大，让有些人心理阴暗到如此地步？

炎热的夏季过去，道路两旁郁郁葱葱的树的枝叶，开始泛黄。秋天来了。

博盈在工作上越发得心应手，再没出现过纰漏。偶尔有疑问的地方，她也能及时地找出证据证明不是自己的原因。

她和贺景修这两个月都极其忙碌，除了偶尔能一起遛遛狗之外，其他时间基本上各忙各的。博盈享受这种忙碌，但有时也会有点失落感，特别是在郑今瑶问她和贺景修进展时。

按理说，他们俩应该早就开始恋爱了，之前的事都说清楚了，没道理不开始。

每次被问到这个，博盈就很无辜："这你不能催我，你要去催贺景修。"

郑今瑶无语："到底是他在吊着你还是你在吊着他啊？"她道，"我跟你说，谈恋爱真的好香，你别和他暧昧了，今晚就找他说清楚，告诉他你要和他谈恋爱。"

博盈哭笑不得，提醒她："我没记错的话，上回让我别太主动的人是你吧？"

郑今瑶耸肩："那我哪知道贺景修这么不行，能跟你拖到现在。"

博盈听她吐槽，忍俊不禁。她喝着奶茶，眉眼弯弯："你怎么知道贺景修不行？"

郑今瑶瞪了她一眼，配合她："行不行的就需要你以后证实后给我分享了。"

博盈红着脸强撑："那你放心，我肯定第一个跟你分享。"

郑今瑶给她一个果然是好姐妹的眼神，逗得博盈直笑。

两人乐了一会儿，博盈才解释："他最近太忙。"

博盈忙忙碌碌的，贺景修更是。公司有好几个大项目在做，贺景修一周起码当三四次空中飞人，比飞行员飞得还勤快一些。

他在北城、江城和国外这些地方来回转。前几天他回来，陪博盈在家吃了个饭又飞走了。博盈点外卖的间隙，这人就躺在沙发上睡着了。

贺景修的忙碌，和博盈这种小职员不太一样。她知道，同样也理解。

他们这种大老板，看似运筹帷幄，可实际上他们做出的每一个决策都是经过深思熟虑的。

没有人可以不费吹灰之力稳住高位。

郑今瑶听她这么一说，也表示理解。

她叹息一声，托着腮道："那贺总这回出差什么时候回来？"

"如果顺利的话，下个周末吧。"博盈问，"怎么了？"

郑今瑶觑她一眼："你是不是忘了，我们暑假的同学聚会推迟到下周了？"她轻哼道，"我还想着你能带贺景修一起过去呢。"

博盈怔了下，点开手机看了看日历。

还真是。大学同学的聚会就在下周六晚上。

她眨了眨眼，看她："但我带贺景修过去也名不正言不顺。"

闻言，郑今瑶不敢相信地问："你就在同学聚会之前，把你们的关系搞得名正言顺不就行了？"

博盈默了默，看她："用词文明一点。"

郑今瑶："搞不搞？"

博盈眨眨眼，迟疑道："那也得他能回来再决定吧？"

第十五章

恋　爱

晚上遛狗时间，贺景修准时地给博盈发来视频通话。

话题不再是贺博美，反正两人就这么有一搭没一搭闲聊着。

借着路灯昏暗的光，博盈朝他那边看了看，在看到他的领带后，微挑了下眉头：“你这是在参加什么正式活动吗？”

贺景修告诉她：“晚点有个金融活动要出席。”

他那边正是中午。

博盈扬眉：“网上能看见直播的那种？”

贺景修眼眸含笑看她：“想看？”

“一般吧。”博盈口不对心地说，“我就随口问问。”

正常情况来说，这种金融会都是有财经记者参加的，有时也会以直播形式展现。

贺景修笑了下，倒是没注意这点：“我晚点替你问问。”

“哦……”博盈抿了下唇，盯着他那双深情眼看了好一会儿，才把视线转到他那张清俊的脸上。

注意到她的目光，贺景修抬了下眉眼：“怎么了？”

“我想看看。”博盈停顿了下，说，“你今天穿西装了吗？”

贺景修一愣，目光灼灼望着她，深情缱绻："喜欢我穿西装？"

他脑子动动便能知道博盈在想什么。

"不是。"博盈才不会承认，她一本正经地胡说八道，"我就是感觉你这件西装好像挺好看的，我哥不是快生日了吗，我决定给他送套衣服。"

贺景修不再说话，就这么看着她。

博盈也不怵他，瞪圆眼和他对视。

少顷，贺景修先败下阵来。他没再逼问她是喜欢还是什么，直接把镜头往下拉。

博盈大饱眼福。

怎么说呢？虽然没看到贺景修的腹肌，但他这种包裹在西装下的长腿和窄腰更让人有感觉。

她还没欣赏完，贺景修的手机镜头重新挪回上方。

"看完了？"

博盈哽了下，没敢说自己没看够。

"差不多吧。"她含糊不清地说，"还行。"

贺景修无奈，决定不再和她继续这个话题。他垂眸看她："今天出门玩了？"

"和瑶瑶。"博盈主动说，"出去吃了点东西。"

她看贺景修，轻声道："白天天气让人舒服了很多，温度也慢慢降下来了。"

贺景修了然，他注视着她，突然说了句："忙完这一段，我出差应该不会这么频繁。"

"啊？"博盈怔了怔，瞥他一眼，"跟我说这个做什么？"

她开玩笑说："贺总是在提前报备行程吗？"

贺景修："是。"

他承认得这么直接，博盈反倒不知道要说什么了。

她安静几秒，忽然说："我们下周有个同学聚会。"

这事贺景修之前不知道。

他有点讶异："高中？"

"大学。"博盈道，"就是一些在北城的同学和朋友一起聚聚。"

说是同学聚会，稍微有点夸张。

贺景修缄默片刻，问："梁顺也会去？"

博盈看他严肃起来的神情，忍俊不禁。她正想说不会，说出口时却变成了不确定。

"我不知道。"博盈道，"暂时没听说。"

她笑盈盈望着贺景修，歪着头故意调侃他："你想他去啊？"

贺景修警告意味十足地给她一个眼神。

博盈才不怕他，她唇角上扬："我晚点去问问。"

贺景修深呼吸了一下，看着她："故意气我？"

"我哪有？"博盈才不背这个锅，"这不是你自己问的吗？"

贺景修直勾勾看着她，一声不吭。

博盈被他逗笑。

说实话，她以前真的没发现贺景修在感情上是个这么小气的人，她一直都以为他对自己身边的异性不太在乎，也从来不会放在心上。

两人聊了会儿，博盈听见祁学真喊他的声音，主动结束了对话。

"你去忙吧，我再牵着贺博美转转。"

贺景修抬手松了松领带，骨节分明的手指映入她眼帘，没等博盈看清，他的手便放了下去。

"好，准备睡了跟我说一声。"

"知道。"

周日，博盈在家看了一天书，贺博美也不闹她，只偶尔蹭着她小腿撒娇，想出去玩。傍晚，博盈带它出门。

忙碌的工作日，比休闲时间过得要快一点。一眨眼工夫，一周又过去了。

周五这天，贺景修还没回来。他前一天便跟博盈提过，那边的工作还没结束，这周应该赶不回来了。博盈在理解的同时，也有点儿小失落。

她掰着手指算了算，两人又近半个月没见了。虽然每天都在视频，但还是会觉得想念。

想和对方呼吸同一片小天地的空气，想闻到对方身上的味道，想听见对方的呼吸声，想遇到所有事都第一时间和他分享。

博盈不知道别人是不是这样的，她没办法去探究，反正她是如此。

她发现，她可能真做不到郑今瑶说的那样，一直等对方主动。一直以来，她就是个愿意主动愿意付出的人。

晚上，博盈和贺景修通话，准备结束时，她又问了句："那你什么时候回来？"

贺景修看她，照常问："想我了？"

博盈没有正面回答，杏眸盯着他："回来有事跟你说。"

贺景修愣怔了一会儿，笑着说："好。"他顿了下，"我尽量早点回来。"

"嗯。"

贺景修问她："同学聚会是几点？"

"就吃个晚饭唱唱歌。"博盈道："应该是六点左右开始吧。"

贺景修了然："开车去吗？"

博盈摇头："打车吧，不想开车。"

聚会一般都避免不了喝酒，与其找代驾，还不如打车。

贺景修叮嘱了几句，让她别喝太多酒，去洗手间记得把郑今瑶叫上，有伴比较好。

博盈听着，真心觉得他一点都不像个老板，还操心这种闲事。

贺景修看她："不操心别人。有事给我、给你哥打电话。"

"知道了。"博盈拖着长音调，声音娇憨。

同学聚会这天，博盈睡到自然醒，才被郑今瑶拉出去做SPA、做美容、逛街选衣服。

博盈觉得她小题大做，但郑今瑶不这样认为，这虽只是个小小的同学聚会，可来的人不少，而且她们这个专业女生本就多，斗艳的事常有。

博盈无言："那和我们有什么关系？"

"怎么没有？"郑今瑶瞪圆眼看她，"你可是她们重点关注的对象。"

"关注我干吗？"博盈低头玩着手机，"我又不和她们抢男朋友。"

郑今瑶恨铁不成钢地看着她："你忘了梁倩然？"

博盈"啊"了一声，和她对视一眼："她怎么了？"

郑今瑶看她一眼："她今天也会来，你给我好好打扮。"

博盈哭笑不得："她来就来，和我又没多大关系。"

"那不行。"郑今瑶说，"你又不是不知道她喜欢梁顺，大学时硌硬了你多少次，我猜想她今晚肯定会盛装打扮一番，我不允许你输。"

博盈看她，坦然道："我又不喜欢梁顺，她硌硬我也没用。"

"你是不喜欢梁顺，但梁顺大学时喜欢你，她把你当成了假想敌。"郑今瑶说了一通，末了说，"反正我不管，你现在就去试这条裙子，我觉得适合你。"

博盈拗不过郑今瑶，不得不开启自己的购物之旅。

她看了眼她手里拿的青绿色裙子，眉梢微扬："这裙子太暴露了。"

前边是蛋糕的层叠设计，后背空了一大片，很性感的一条小裙子。

郑今瑶看了看，思忖道："先试，我觉得可以买了以后穿。"

博盈想了想，这话合理。

两人逛了好一会儿，买了好几条裙子。

考虑到同学聚会，博盈最后选了一条不会出错，但也不会很吸睛的黑色泡泡袖裙子，裙摆蓬蓬，但又不会太夸张，胸口是一个大蝴蝶结的小弧度领口设计，不会过分暴露，但又很有设计感。她很喜欢。

两人卡着时间点去吃饭地点。

博盈和郑今瑶到的时候，大多数人都已经在包厢里了。

"我们的系花来了。"看到她们，有人出声调侃。

郑今瑶笑盈盈道："我们来晚了吗？"

"当然没有。"班长看着博盈，笑着说，"请坐，给两位留的位子。"

博盈环视了一圈，还有几个空位："还有谁没来呀？"

话音刚落，门口进来几个人。

"这不就来了吗？"男同学看向门口的几人，问，"我们的另一位系花来了。"

梁倩然微微一笑："路上有点堵车，让大家久等了。"

"等大美女是应该的。"有人笑，"快坐吧。"

博盈回头，好巧不巧还和梁倩然对视了一眼。她很快收回目光，低头喝水。

郑今瑶打量了一番，凑在她耳边嘀咕："你看吧，我就说她今晚是来比美的。"

博盈微顿："夸张了吧？"

"哪儿夸张？"郑今瑶给她一个眼神，"你没注意她刚刚看你的眼神？"

"什么眼神？"

"就是你输了的眼神。"

博盈扑哧一笑："我也没输吧？"

说别的行，但说她今天这条裙子输了，她不服气的。

梁倩然穿了一条奶油色的缎面连衣裙，小细带设计，裙子是修身款，特别显身材。

两人是不同的风格打扮，各有各的漂亮。

两人嘀嘀咕咕边吃边聊，偶尔被叫到应付几句。

吃过饭，一行人转战KTV。到KTV后，气氛才算真的热了起来。

包厢很大，一边是唱歌的，另一边有很多人玩小游戏。这里不像普通的KTV包厢，反而有点像聚会场地，什么都有。

博盈最开始是在角落里玩手机的，莫名被拉入了骰子局。四个人猜大小，输了的喝酒。

旁边是郑今瑶，她玩得倒挺欢。

正玩着，她听见了班长的吆喝声："来来来，大家停停。"

班长环视了一圈说："迟到的几位朋友来了啊，大家欢迎。"

博盈抬头一看，其中一位是梁顺。她正惊讶着，听到旁边同学说："梁顺他们怎么来了？"

"我听说班长前段时间就问过他，两人工作好像也有合作，更何况之前梁顺和班里同学都玩得不错，在一个城市喊过来也正常吧。"

博盈听着，估摸着也是这样。她没太在意，继续和郑今瑶他们玩摇骰子。

忽地，一侧落下人影。

"介不介意多个人？"

这一桌立马有人说话："当然不介意，顺哥坐吧。"

梁顺笑笑，坐在了博盈旁边，顺便问：“今天运气怎么样？”

博盈：“还行。”

梁顺笑了笑，目光温和地看她：“别喝太多，你酒量不好。”

博盈正要说话，梁倩然不知怎么也过来了，浅笑盈盈地说：“再加一个我怎么样？”她顿了下说，“不过光喝酒感觉没意思，要不换个玩法？”

“什么玩法？”有人问。

梁倩然解释：“就是惩罚换一换，开的人输了的话，喝一整杯酒或者玩旁边摆着的真心话大冒险，怎么样？”

对这个惩罚，大家有点愕然，但也没表示太多异议。

他们玩的猜骰子数字比较低级，就是大家一起摇骰子，然后开始报点数，顺时针往下转，后面喊的人要比前一位点数更高，或者后者觉得前者的点数差不多了，直接喊开。

博盈会玩这个，也不需要多说规则，反正输了要么喝酒要么真心话大冒险。

刚开始，大家都输得比较平均。渐渐地，博盈成了输得最多的那个。

连续喝了好几杯后，梁顺问她：“要不要换个位子？”

博盈拒绝：“不用。”

又输了一轮，梁顺咳了一声道：“能帮喝吗？”

博盈正要拒绝，梁倩然道：“你们俩什么关系呀？帮博盈喝的得是男朋友才行。”

她想了想，提议说：“博盈也可以不喝酒，老是喝酒也没意思对吧，要不玩真心话大冒险？”

博盈点了下头：“行啊，我选真心话。”

梁倩然眼睛一亮，抬了抬下巴：“抽真心话问题吧。”

好巧不巧，博盈手气差，抽中了比较私密的问题——第一次接吻在什么时候？

这问题一出来，梁倩然脸上有明显的笑。

博盈倒是坦然，她回忆了一下问：“这个接吻指的是对方也知道的吧？”

话音一落，众人齐刷刷地看她。

博盈默了默说："前不久。"

听到这个答案，梁倩然都没心思问她之前说的话什么意思了，她着急道："你现在有男朋友了？"

博盈瞥了她一眼，摇摇头："暂时没有。"在梁顺松了口气时，她接着说，"但快了。我有喜欢的人。"

梁倩然愣怔了下，视线在她和梁顺身上打转。

梁顺脸沉了沉，沉声道："继续吧。"

谁能想到，下一轮还是博盈输。博盈无语，选择了大冒险。

她一晚上运气真不太好，抽中的大冒险都坑她，让她和喜欢的人表白。

在好几双灼灼的视线下，博盈硬着头皮点开通讯录。她思忖了会儿，道："不一定能打通，我喜欢的人在国外。"

梁倩然："你先打。"

博盈深呼吸了下，拨通贺景修的电话。

电话响了好一会儿，那边才接通。

"喂。"男人熟悉的声音传来，"聚会结束了？"

博盈眨了下眼，隐约听见了他那边传来的风声："还没有，你在干吗？"

贺景修："等人。"

"啊？"博盈诧异，"这个点等谁呀？祁助理吗？"

她刚问完，梁倩然便直勾勾地看着她，无声提示：表白！

"不是。"贺景修问，"怎么这个点给我打电话？"

博盈被好几个人提醒，她没辙，只能先给他点小提示："我在KTV玩游戏。"

"嗯？"

"然后输了好几次。"

贺景修："喝酒了？有没有喝醉？"

博盈："这个不是重点。"她含糊不清道，"我现在抽中了一个大冒险任务。"

贺景修那边静了静，像是明白了过来："需要我帮忙完成的？"

博盈沉吟片刻：“你就是个工具人，重点在我。”

贺景修失笑，想了想说：“那你问问你的老同学们，在你做大冒险之前，能不能先给我几分钟时间？”

博盈还没问，耳畔响起了其他几位同学的声音：“可以！”

“你要什么时间？”

“让你们打个私密电话吗？”

博盈骑虎难下，正想挂断，男人的声音再次响起。

“不是。”贺景修嗓音带着笑，温声道，“我很久没看见她了，想见见她，说两句话。”

他解释：“电话里说不太好。”

博盈一愣，忽地反应过来：“你回来了？”

“嗯。”贺景修说，“在门口等你，慢点跑。”

博盈径直站起来往外走。

她根本没顾上在场同学同不同意这回事，她只知道她现在就想看见贺景修。

KTV门口很闹腾，各种喧嚣的声音从里面传出。

博盈刚到门口便看到了站在不远处的男人。入夜了，他身上套了件浅色风衣，风吹乱了他的头发，让他整个人有种随性慵懒的感觉。

似心有灵犀一般，贺景修抬起眼朝她看来。

博盈正欲朝他走去，他先朝她走来。和再重逢时一样，他们两人之间的每一步，都是他先迈出。

在当下这个时刻，博盈忽然就不想做任务了。她不想拖到待会儿大冒险了，她想现在就告诉他，她还是很喜欢他，想和他在一起。

正想着，贺景修在她面前站定。他弯腰，鼻尖蹭过她脸颊，声音低沉：“你喝了不少。”

博盈微哽：“但我没醉。”

贺景修刮了下她鼻尖：“没醉就好。”他看她，“刚刚要跟我说什么？”

“就……”博盈眼睛晶亮，映着皎洁的月光，“我现在说？”

贺景修看她红了的耳朵，忙出声阻止：“先等我说完再说。”

博盈“啊”了一声：“你要跟我说什么？”

贺景修垂眸看着她，微微弯着腰靠近，呼出的气息落在她脸上，瞳仁里一如既往盛着她的身影。

他说："虽然不知道你要和我说什么，但直觉告诉我，我今晚要抢在你前面说这些话。"

博盈眨眼。

贺景修道："知道我为什么今晚赶回来吗？"

博盈摇头。

"我不想拖了。"贺景修说，忽而拉着她的手放在自己心口，让她感受自己的心脏跳动，感受她带给他的心动感觉。

"感受到了吗？"他的话落在她心尖，"你住在这里。"

他的心脏，在为她跳。

他靠近，垂眼看她："做我女朋友好吗？"

KTV 里震耳欲聋的歌声不断传出，大门口的灯光格外刺目。

秋日晚风刮过，不仅吹动了枝叶，更拨乱了她心弦。

有那么一瞬间，博盈仿佛看见自己养了多年的仙人掌开花了。

一夜之间，没有任何预兆，花开了满园。迎着风摇曳，淡淡的花香闯入鼻尖，只有她一人能看见，能闻到。

她的手还被贺景修握住。忽然间，博盈不会说话了。

贺景修也不着急，不催她，他安静地等待，等她的回答。

好一会儿，博盈才找回自己的声音。她垂眸看向自己的手，用食指戳了戳他心口位置，小声嘟囔："……你都没说喜欢我。"

贺景修一愣，错愕不已。他顿了顿，把自己从不说出口，认为稍稍有点矫情的话说给她听。

"喜欢你。"贺景修眸子里浮着光，压着笑，"很早很早就喜欢了。"

多年前没送到你手里的那个答案，现在我亲口告诉你。

忘了什么时候起，博盈便无声无息地入驻在他这儿，赶不走，也不想把她赶走。

两人没有任何联系的这些年，贺景修不是没有想过要往前走，没必要把心一直留在没心没肺的小麻烦精身上。可还没来得及行动，只要一想到她，他那些往前走的想法便会骤然消失。

再等等吧。他总这样想，说不定哪天便又碰上了。

如果她也还是一个人，那就算她忘了自己，也不能再让她跑了。

他的眼神过于灼热，有种说不出口的穿透力，把博盈烧热。

她的耳根发烫，指尖也开始发热。她不自在地抿了下唇，迎着他的眼神，轻轻“嗯”了一声：“那就……勉强答应你。”

贺景修挑眉，低声问：“勉强？”

“对。”博盈斜睨他一眼，“你表白都没鲜花没礼物的，我勉强答应已经很给你面子了。”

贺景修笑笑，俯身碰了碰她柔软的唇，嗓音里带着笑：“谢谢小麻烦给我这个机会。”

他的吻落在她唇上。

博盈的手一直放在他心口，感受着他和自己亲吻时跳动得越来越快的心脏，感受他因为自己而越发滚烫的体温。

博盈一直都知道，自己其实挺没心没肺的，很多不快乐的事，她会刻意选择遗忘。

就像当初给他拨通电话，知道对面是女生，猜测他有新生活后，她也没大哭大闹，她只选择了忘记，让事情随着时间流逝而淡忘。

得不到的，那就忘记吧，不要让自己痛苦。

可和他重逢后，博盈发现事情好像没有那么简单。

她刻意不去想起的那些事，以为忘记的那些过往总时不时钻入她脑海里，像电影一样，一幕一幕在她脑海里播放，让她不得不去面对。

贺景修含着她的唇亲吻，温柔又深情。

他没有过分深入，只轻轻地吻着，告诉她，从她让他等的那一天开始，从十八岁到二十六岁，他就一直信守承诺在等。

等她在他怀里，和自己在一起，携手相拥走过四季的这一天。

不远处的喧嚣声打破了两人的缠绵，博盈的手机也不合时宜地响了起来。

感受到她身体的僵硬，贺景修的唇往后撤了撤，松开了她。

“谁的电话？”他嗓子有点哑。

博盈心跳飞快，脸和身体的温度都在飙升。

她抿了下柔软发烫的唇，摇了摇头：“我看看。”

掏出来一看，是郑今瑶的。博盈这才想起还有同学聚会这回事，她抬眸看向贺景修。

贺景修瞥了一眼，大概明白她的意思：“想继续同学聚会，还是回家？”

“……回家。”博盈看他，“但得回去打个招呼再走。”

贺景修了然，低声问：“需要我陪你一起过去吗？”

“好……”话刚出口，博盈盯着他清俊的脸眨了眨眼，改口道，“不用。”

贺景修抬了下眉。

博盈承认：“不想让她们看见你。”

虽然说就算看见了，她的那些女同学们也不一定会喜欢上贺景修。但博盈就是很小气，看都不想让她们看到。

贺景修盯着她，轻笑：“为什么？”

博盈默了默，理直气壮地说：“我刚交的男朋友，自己都还没看够，怎么可能给别人看。”

贺景修错愕一瞬，完全没想到这个答案。

他瞅着博盈红了的耳根，唇角往上牵了牵，配合道：“好，那我在门口等你。”

“嗯。”博盈指了指，“我很快就好。”

回到包厢，里头的人齐刷刷转头望着她，眼里满是八卦。

博盈不太好意思地“咳”了一声，走到郑今瑶旁边，主动拿起桌上摆着的酒致歉：“抱歉，我有点事需要先走，就不陪大家到后面了。”

她笑笑：“我自罚三杯给大家赔罪。”

“不用了博盈。”有同学出声，“是你喜欢的人来了？要不带过来介绍介绍？”

“不了。”博盈直接拒绝，“他比较害羞。”

众人：“……”

郑今瑶陪她站了起来：“那我也陪大家喝一杯，我们盈盈酒量不太好。”

博盈看她：“我自己来就行。”

郑今瑶觑她一眼：“你只能再喝一杯。”她凑在博盈耳边，小声道，“在一起了？”

博盈：“嗯。”

郑今瑶点了点头：“那我更不能让你喝醉了。不然你会后悔。”她轻轻撞了撞博盈肩膀，压低声音，“记得让贺总请我吃饭。”

说完，她帮博盈喝了两杯。

博盈根本阻止不了，自己把剩下的一杯喝完，嘀咕一句：“那结束了跟我说一声，我安排人过来接你。”

“我自己能回去。”

跟大家说了一声，博盈便拎着包往外走。

到包厢门口时，梁顺跟了过来：“我送你到大门吧。”

“不用。”博盈拒绝，“就几步路，我自己出去就行。”

“你确定？”

“确定。”博盈笑着摆摆手，“回去继续玩吧，下回尽量不破坏你们的玩乐体验。”

听她这么说，梁顺不再勉强。

出去时，贺景修还站在门口等她。

他侧对着她这边，正在接电话。博盈走近，他有感应地朝她看来。

两人对视一眼，博盈听见他说的话。在谈工作。

贺景修抓着她的手，牵着往外走时，边跟对方叮嘱：“你晚点把合同发我邮箱，之前说的那些问题，让他们回去重做，周一下班前交给我。”

祁学真应着：“好的。”

贺景修又多提了两句，交代完，才把电话挂断。

博盈看他，扬了扬眉问：“工作还没忙完？”

“暂时告一段落了。”贺景修抓着她的手捏了捏，感受了一下她的存在，“刚刚又喝酒了？”

博盈眨了下眼：“提前走，总要多喝一点。”

贺景修捏了下她鼻尖："醉了吗？"

"没有。"博盈哭笑不得，仰着头凑到他面前，"不信你闻。"

两人刚走到车旁，贺景修看她对自己不设防的模样，眸色沉了几分，他喉结微滚，嗓音沙哑："上车我再闻。"

博盈怔了下："哦。"她没深想。

两人一前一后上车。

博盈正低头想去扣安全带时，男人倾身过来，扣住她的下巴，强迫她仰头。

贺景修的脸在她眼前放大，他滚烫的呼吸落下，含住她的唇。

猝不及防地，博盈的身体绷直，僵住。

博盈的手不知道该往哪儿放，只能下意识攥着他的衣服，寻求一个支撑点。她心跳加剧，呼吸变得急促。

刚学会亲吻，博盈的承受力还有点差，也不太会换气。没一会儿，她便有种溺水的窒息感，喘不过气来。

她下意识推了推贺景修，男人心领神会地撤开。两人的呼吸缠绵在一起，鼻尖抵着，在车窗上映了出来。

博盈眼睫轻颤，感受着他的身体起伏，近距离看着他喉结上下滚动。

她下意识伸手想去摸，被贺景修拦住。博盈不解地看他。

贺景修哑声问："不想早点回家了？"

博盈讪讪地收回手："想。"

贺景修看她闪躲的眼神，低笑出声："下回给你摸。"

博盈默了默，憋出一句："我也不是很想摸。"

她就是有点儿好奇，别人都说男人的喉结很敏感，轻易不让碰。博盈对这个好奇了很久，很早就想求证了，奈何一直没找到人帮忙。

贺景修看她酡红的脸，轻捏了捏，忽然说："是没醉。"

"啊？"这话题转的，博盈愣了愣，"什么没醉？"

"没喝醉。"贺景修又低头吻了下她的唇，嗓音低沉地说，"今晚喝的酒，味道不错。"

博盈一阵无语。她喝的明明就是普通的啤酒，怎么就味道不错了？

她红着脸看他一眼，不好意思地催促："走了，回家。"

回家路上，博盈本想给博延打个电话，借用下他的司机过来接郑今瑶，但贺景修一听到这个，主动道："我安排人过来接她。"

博盈正想答应，忽然想到了点什么。她扭头，眼神充满探究地看着他："你还没死心吗？"

贺景修："嗯？"他没懂。

博盈提醒："你叫司机过来接瑶瑶，还是喊优质男青年过来接她？"

贺景修微怔，侧眸问她："你想让我叫司机还是优质男青年？"

他把问题给丢了回来。

博盈歪着头想了想："看你，信得过的就行。"她皱了下眉，"再叫个女性朋友吧，我怕她喝醉。"

"我让裴云梦去。"

博盈听着，默默为裴云梦默哀了三秒钟。这真的不怪她，这是贺景修做的决定，和她无关。

拜托完裴云梦后，两人也到家了。

进屋后，博盈偷偷瞟了眼旁边的人。不知道为什么，她总觉得自己此刻轻飘飘的，有种没落地的飘浮感。可能是这一晚给她的惊喜太大，也可能是暂时还没适应。

她正瞄着旁边的人，忽而被他抓住。

博盈眼神一滞，心虚地打算转开目光，被男人轻拉了下，整个人撞到他怀里。

"你干吗？"博盈抬眸看他，略显惊诧。

贺景修垂眼："看什么？"

博盈微哽，对着他那双深情的桃花眼，理直气壮地说："看我男朋友。"

贺景修笑了下，弯腰靠近："那你看久一点。"

博盈无言以对。

她望着近在咫尺的这张俊脸，正想吐槽他自恋，倏地停住。

她在他黑白分明的眸子深处看见了自己翘起的嘴角，和脸上藏不住的笑。

男人深邃如海的眸子有如吸铁石一般，吸引她进去探究。她眨了眨眼，忽然不知道该做什么了。

两人无声僵持着。不知过了多久，反倒是贺景修先认输。

他低头，和她拉近距离。

当下，博盈也不知道是脑子抽了还是被甜蜜冲昏头脑了，她下意识地抬了抬下巴，方便他动作。

贺景修一点也没让博盈失望，重新吻了下来。

这个人对她有种奇特的魔力，让她不太舍得和他分开，他对自己做的所有亲密举动，也让她沉迷、喜欢。

博盈不知道别人刚谈恋爱是不是也这样，时时刻刻想和对方黏在一起，一秒钟也不想分开。反正她是这样。

这一晚上，两人不知餍足不知疲惫似的，接了一个又一个绵长的吻。

夜好像很长，又似很短。

阳光穿透薄纱窗帘照进房间，博盈才睡眼惺忪醒了过来。她拿起手机瞄了眼时间，十一点了。

走进浴室，博盈不经意抬眼，看到了自己微微有点发肿的唇。她动作一滞，脑海里轰的回放昨晚和贺景修腻歪的那些场景。

明明刚开始，两人都控制得很好。后面，也不知道是她不知足还是贺景修迷恋她，亲个没完没了。

博盈想着，脸再次烧了起来。她动作缓慢地刷牙洗脸，试图让温度降下去些许。

洗漱完，她打开房门往外走。

走了两步，博盈眼皮跳了下。

贺景修不知什么时候来的，此刻正弓着身子坐在客厅沙发上看电脑，旁边还有好几份文件。

博盈垂眼一看，贺博美正趴在旁边陪他。

听到声音，贺景修抬眸看她："醒了。"

博盈"嗯"了一声，声音很轻："你什么时候来的？"

贺景修扫了眼墙上的时钟："十点左右。"

博盈挠了挠自己乱糟糟的头发："怎么也不喊我？"

贺景修起身走近，拍了拍她的脑袋："看你睡得很香。"

博盈看着他。蓦地，她瞪圆了眼："你等会儿。"

贺景修还没反应过来，她已经匆忙转身回了房间，还顺手把门关上了。

贺景修不解地看着，低头跟贺博美对话："你知道她回去做什么吗？"

贺博美摇了摇尾巴，重新趴了回去。

几分钟后，博盈再次出现。

贺景修看了眼，忍俊不禁。

"笑什么？"博盈脸颊泛红，看了他一眼。

贺景修收住笑，轻声道："我不介意。"

"我介意。"博盈把睡裙脱下，换了套很日常的家居服，她轻哼，"我都没看到你穿睡衣的样子，你也不能看我。"

贺景修听她这歪理，很是想笑："想看？"

对着他那双暗示意味十足的眼睛，博盈缄默了片刻，才结结巴巴说："暂时不想，哪天想看了我告诉你。"

贺景修："行。"

正好是周日，两人有一天的时间可以在一起消磨。

作为刚在一起的小情侣，午间第一顿自然是在家里解决的。

贺景修让臻越的人送来了海鲜大餐。到这会儿，博盈才知道臻越背后有好几个老板，其中一个便是贺景修。

"贺氏集团不做餐饮行业啊。"博盈惊讶。

贺景修颔首："所以，这是私人投资。"

也因此，少有人知道。

博盈"哦"了一声，张嘴吃下他投喂的螃蟹。吃着吃着，她愣怔了，扭头看他："可我记得……"

她顿了下，委婉问："怎么会突然想投资这种吃喝玩乐的场所？"

贺景修想了想："不知道。"

当年开臻越这么一家店，其实是骆霄突起的念头。他随口一提，贺景修便答应投资了。

至于是什么理由，他也说不上来。只听见"海鲜"两个字，便不由得联想到了某个人，但说特意为了博盈投资的，却也并不完全是。

博盈大概明白了他的意思。她点点头，主动给他剥了一只虾，往贺景修嘴边递。

贺景修挑了下眉。

“辛苦我们贺总。”博盈笑盈盈地说，“这个投资做得真好。”

贺景修顿了下，张嘴吃下。

他的唇刚碰上那只虾，博盈手抖了。她不可置信地看着贺景修，张了张嘴憋出一句：“你干吗？”

“嗯？”贺景修把虾吃下，一脸茫然，“什么？”

博盈脸涨红了，完全不知道该怎么说他。

她触觉没有出现问题的话，刚刚把虾给贺景修时，他舌尖明显扫过了她指腹。

博盈本觉得他肯定是故意的，勾引自己，可现在一看，她又有点怀疑是不是自己把贺景修想得太坏了。

“没什么。”博盈皱了下眉，看着自己发烫的手指，低垂着脑袋，“吃饭吃饭。”

看她脸上多变的情绪，贺景修压了压要上翘的唇角，他脸上闪过一丝笑意，“好。”

吃过午饭，考虑到贺景修还有工作没忙完，博盈提议就在家休息。

贺景修在旁边处理公事，博盈进书房拿了两本书出来，她在国外学的法律，很多国内的条款各方面规定都还有些不熟悉，需要多学习。

两人各自忙碌，时间过得很快。到傍晚时分，贺景修工作忙完，才拉着博盈出门吃饭。

今晚的餐厅是前段时间忽然爆红的一家，网上好评很多，博盈馋很久了，但因为要排队的缘故，一直没来。

贺景修提前让人过来拿了号，两人到店时直接进去就行。

店内果然满座。

坐下后，博盈环视了一圈，跟贺景修聊天：“我跟你说网上好多人说这儿的酸菜鱼好吃。”

贺景修给她倒了杯温水：“你来点菜。”

点好菜，博盈低着头玩手机。她在给郑今瑶分享位置。

郑今瑶：你是人吗？说好的跟我一起去吃的呢？

博盈很是无辜。

博盈：跟你一起来要排队，而且你也老是没时间。

郑今瑶：呵，重色轻友的女人。

博盈笑了笑。

博盈：你晚上吃什么？要不我给你打包送到家？

郑今瑶：那不用，你好好跟你的贺景修约会，我可不想当一个闪闪发光的电灯泡。

博盈：哦！那就先委屈我的瑶瑶啦，好吃的话，我下周陪你来。

郑今瑶：行，你们待会儿去哪儿呢？

博盈：没定……

她跟贺景修都没说吃过饭要去做什么，两个人在恋爱约会这件事情上都很生疏，也没什么特别的规划。反正，走哪儿算哪儿。

郑今瑶对两人这随意性子表示佩服，但也能理解。结束和博盈的对话后，她给博盈推送了好几个适合情侣约会的场地。

博盈给她回了个亲亲的表情包。

“我们待会儿去哪儿？”博盈边点链接边问。

贺景修看她：“有想去的地方吗？”

博盈指了指手机：“瑶瑶给我推荐了几个，我看看好不好玩。”

贺景修颔首。

五分钟后，他看着博盈那涨红的脸表示好奇。

贺景修：“脸怎么红了？”

博盈忙不迭喝水，喝了几口冷水，她才装傻地摸了摸脸颊：“啊？我脸红了吗？”她欲盖弥彰，“没有吧，应该是餐厅灯光问题。”

贺景修瞥向她手机：“郑今瑶给你发了什么？”

博盈摇摇头道：“没什么，就几个玩的地方，刚刚跟你说了的。”

贺景修笑了：“哪几个玩的地方？”他故意逗她，“跟我说说？我看看离这儿近不近。”

“不看。”博盈直接拒绝他，“我觉得那几个地方都不怎么样，我不喜欢。”

前面场地介绍还算正常，往后一拉，全是适合跟男朋友一块来、体验感非常好等之类的言论。博盈光看用户体验描写，脸就不受控地发烫。

贺景修看她闪躲的眼神，没在餐厅继续追问下去。他担心自己再问，博盈连饭也不跟自己吃了。

晚上的用餐体验还不错，不愧是爆红的餐厅，食物的味道一绝，是博盈喜欢的。

唯一让她不满的是太挤了，桌子也太小，让她只能跟贺景修面对面坐。

从餐厅出来，贺景修领着她往外走。

“现在去哪儿？”

博盈看了一眼时间，还算早。

贺景修笑了下：“你没有想去的地方，那我们去看电影？”

博盈仰头看他：“要不还是回去休息吧。”

她知道这段时间贺景修很累，几乎没怎么休息过。电影什么时候都能看，现在最重要的还是让他补足精神。

“不用。”贺景修道，“看电影不费脑，看完再回去。”

听他这么说，博盈有点心动。

她很喜欢看电影，说不上为什么，但她就是无缘由地喜欢。电影能治愈她的坏心情，能让她好心情变得更好。

两人直奔电影院。

贺景修知道她什么类型的都爱看，直接选了她比较偏爱的演员的片子。没等多长时间，他们便进了影院。

刚开始，贺景修还能撑着陪她看，到了后面，博盈不经意转头时，旁边的人睡着了。

她怔了怔，倒也不生气，只有点无奈。这人，即便是累到这种地步，也会先顾着自己。

电影结束，窸窣声响起，贺景修才睁开眼。

一偏头，他便对上了博盈亮晶晶的那双杏眸。

“抱歉。”贺景修看她，嗓子发干，声音有些沙哑，“我睡着了。”

博盈点了点头，晃了晃手机：“我拍了你好多照片。”

贺景修：“……”

博盈笑盈盈道：“原来贺总睡觉是这个样子的。”

“什么样？”贺景修拉着她站起来，配合着问。

博盈歪着头想了想，故意说：“就不那么帅气的样子。”她笑，“你说我这照片要是发给别人看了，你形象是不是就没了？”

贺景修挑眉，手掌从她手腕往下移，和她十指相扣：“你不会发。”

“怎么不会？”

贺景修看她，声音低沉地引诱：“你舍得让其他人看我睡觉的照片？”

这一局，终归是博盈败了。

别说是贺景修睡觉的照片了，就是平日里大家常见的模样，她都想珍藏，不想跟别人分享。在这种事上，博盈就是这么小气。

思及此，博盈觑他一眼，抱怨说：“你怎么什么都知道？”

贺景修哑然失笑道：“也不是什么都知道。”

博盈疑惑地看他。

贺景修：“待会儿告诉你。”

“嗯？”

十分钟后，两人回到车旁。

在博盈看向副驾驶时，贺景修这才把刚刚的话说完。

他目光灼灼地看着博盈，低低一笑说：“我不知道晚到一天的花，你会不会喜欢。”

副驾驶座上放了一束很大的花，是博盈最喜欢的黄玫瑰。

喜欢的人送的花，应该没有人不喜欢。更何况，贺景修送的还是她一直很喜欢的黄玫瑰。

两人站得很近，依稀能闻到车内花香的味道。

博盈盯着看了须臾，转头看他："你什么时候准备的？"

贺景修弯腰，捧着塞在她手里，轻笑道："让人准备的。"

博盈眨眨眼，想了想："祁助理？"

"嗯。"

闻言，博盈想笑。她捧着大束鲜花，揶揄道："你这样压榨员工，真的不担心员工愤怒离职吗？"

贺景修挑眉，手搭在车顶示意她进去。

待博盈坐上车，他给她关上车门绕到驾驶座时，他才回答："别人会不会我不清楚，但祁助理不会。"

"为什么？"博盈好奇，"难不成他有什么把柄在你这里？"

贺景修听着，抬手弹了下她额头："想什么呢？"

博盈耸耸肩："主要是你说的这话容易让人误会。"

贺景修笑笑，没做解释。

他驱车带她回家。一路上，博盈都在欣赏手里捧着的鲜花。

花很新鲜，比她日常在花店看到的要大，要更新鲜，花香味淡淡的，很好闻。

贺景修偶尔看过来时，看到的是她的侧脸，她鼻子小却高挺，让五官显得更为立体，很漂亮。

他正看着，博盈忽地转头看他："贺总。"

"嗯？"贺景修应着。

博盈抿了下唇，耳根子微微发烫，提醒他："你该看路了。"

贺景修把目光和注意力放回宽敞大道："放心。"

他不会让她出事，也舍不得。

车内安静了一会儿。

博盈也不再闻花了，她看了眼窗外掠过的风景，不受控地打了个哈欠。

"困了？"

“有一点点。”

昨晚睡得太晚，早上虽然起来的晚，但她还是困了。

贺景修手指轻敲了敲方向盘，说：“那帮我到后面拿下那个袋子，清醒清醒？”

博盈一愣，往后座一看，确实放了个袋子，袋子还很大。

她挑眉，边探着身子去拿边问：“是什么？吃的吗？”

贺景修瞥她：“饿了？”

“不是……”博盈也不知道自己为什么第一时间会想到吃的，她想应该是和贺景修在一起时大多数时候都在吃的原因。

袋子拿在手里，博盈看向旁边的人：“我可以看？”

贺景修颔首：“看。”

博盈眉梢微扬，低头去看袋子里的东西。纸袋里还有一个盒子，借着车内和车窗外照进来的路灯光，她把有些重量的盒子打开。

在看到里面的东西后，博盈怔住。她嘴唇动了动，不敢相信地看向贺景修：“这个……”

“怎么？”

“你怎么买到的？”摆在她面前的，是那条在江城小店里看到的洛丽塔裙子。

贺景修笑了下，说：“花钱买到的。”

博盈噎了噎：“你知道我问什么。”

她也试着去买过，甚至愿意花高价，但老板就是不松口。

贺景修没告诉她到底怎么买到的，他垂眼看她：“这个礼物还算喜欢吗？”

博盈愣怔须臾，想到了自己昨晚在 KTV 门口说的话，她说他没鲜花也没礼物就表白。当时其实只是随口的一句嘟囔，她没想贺景修会记住，甚至那么快给自己补上。

其实对她来说，只要这个人是贺景修，有没有那些外在的东西，根本不重要。

看她不说话，贺景修问：“不喜欢？”

“没有。”博盈垂眸看着，闷闷地说，“你明知道我喜欢的。”

贺景修翘了下嘴角，借着红灯时间捏了捏她的手："喜欢就高兴点。"

博盈转头盯着他。她看了几秒，忽然问："我现在有点想亲你。"

贺景修眉心一跳，正欲说话，用余光扫到了十字路口的红绿灯变化的博盈自顾自道："绿灯了，来不及了。"

还是算了吧。

绿灯过了几秒，车还没动。

博盈用茫然的目光在贺景修身上打转："不走吗？"

话音刚落，后面响起鸣笛声。

贺景修转头，目光幽深地看了她一眼，这才踩下油门。

几分钟后，车子速度明显慢了下来。

博盈还在看那条裙子，反应过来时，车已经靠边停下了。

她不解地看向贺景修，正想问他怎么忽然停车，她腿上放着的盒子被他拿走。紧跟着，博盈身上的安全带被解开，随之而来的是贺景修在她耳边的呼吸声。

他呼出的气息滚烫，温暖着她那一处肌肤。

男人靠得很近，像在和她咬耳朵一样。博盈眼睫一颤，心也提到了嗓子眼。

"你……"她猜到了他想做什么，可又不能百分百确定。

"不是想亲我。"贺景修平静地说，"现在亲，来得及。"

博盈呼吸一滞，视线和他对上。

两人的唇没碰上，可就这样的一个距离，只要她稍微抬抬下巴，她的唇便会擦过他下巴。

不知为何，博盈觉得此刻的他，比昨晚更有吸引力。她的目光在贺景修脸上打转，慢慢垂下，落在他唇上。

贺景修是典型的薄唇，看上去有些冷淡。博盈不知道从哪儿听来的说法，说是唇薄的男人都比较无情。但她觉得这说法不太对，至少贺景修就不是这类人。

她目光过于灼热，贺景修喉结上下滚了滚，却并没主动。

他的头微微往下低了点，声音低沉，像在诱惑她："不想亲，还是不敢？"

博盈这个人有一些奇奇怪怪的胜负欲，表现在明知有坑，还会一脚踩下去。例如现在。

贺景修的话音刚落，她便抬起下巴，柔软的唇主动擦过他流畅的下颌线。

博盈亲得很慢，从下巴往上，像挠痒痒似的。贺景修的呼吸变得重了很多，喘气声也明显大了许多。他没有干扰博盈，更没有催她往前。

博盈似乎很喜欢他的下巴，在上面流连许久，一直未曾挪开。她直勾勾地盯着面前的男人，和他较量着。

博盈的身体不由得软了下去，她明明坐着，可这一会儿却感觉自己像是一个溺水者，找不到一块漂浮的浮木支撑，她只能下意识地攥紧面前人的衣服，抱紧他。

不知道过了多久，察觉到博盈喘不过气来时，贺景修才稍微往后退了退，喘着气问："想回家，还是再亲一会儿？"

博盈双颊酡红，鼻尖和他相抵，清晰地听到了他的呼吸声，和自己的呼吸声。

两人贴近的胸膛在起伏，在平复情绪。

她看着唇上沾了自己口红的男人，心跳加剧。她舔了下唇，主动地吻了过去。

"再亲一会儿。"她含糊不清地说。

周一上班，博盈昏昏欲睡。

因为那个吻，她做了一晚的梦，醒来时羞红了脸，精神不振。

"没睡好？"裴云梦看她这样，小声问，"我听瑶瑶说贺总周六找你去了？"

博盈点了下头，轻嘘一口气道："晚点告诉你。"

裴云梦眼睛一亮，立马猜到："你脱单了？"

博盈有点不好意思地点头："嗯。"

裴云梦"哇"了一声，揶揄道："那我以后看见你是不是得喊总裁夫人？"

博盈被她的话惊到了，满脸涨红："说什么呢？我们才刚开始。"还没到那一步。

裴云梦耸耸肩："迟早的事。"她笑着说，"我之前就认识贺总，也听我哥说过不少他们的事，他对女人一直是拒绝的。"

她好奇地看着博盈："你快告诉我，你怎么把他拿下的？"

对着裴云梦好奇的目光，博盈认真想了想，迟疑着说："死缠烂打？"

她高中对贺景修，应该算得上死缠烂打。

裴云梦扬眉，瞪圆了眼："真的假的，你追的他？"

博盈点头。毕竟以前是这样。

裴云梦震惊了一会儿，喃喃道："看不出来啊，贺总还挺闷骚。"

这个点评，博盈表示认可。她也觉得贺景修挺闷骚的，比她想象的闷骚腹黑，昨晚不知道耍了多少次心机勾引自己。

想到昨晚，博盈脸又热了。怪她，意志力不坚定，老是被男色冲昏头脑。

看她脸越来越红，裴云梦小声嘟囔："想什么限制级画面呢？"

博盈噎住："没有。"她捧着杯子喝了口水，又放下，"喝咖啡吗？"

"喝。"

博盈笑笑，拿手机准备点外卖。

点好自己和裴云梦的，她思忖了会儿，又多下了一单。

祁学真提着纸袋进来时，贺景修正在看文件。

男人穿着白色衬衫，鼻梁上架了副眼镜，衬得他尤为清俊斯文。

外头温煦阳光洒进，给冷色调的办公室添了一抹色彩。

"贺总。"

贺景修应了一声："怎么了？"

祁学真把袋子放下，道："外卖员送来的咖啡。"

贺景修一顿，抬起眼去看。在看到袋子上品牌后，他毫不费劲地就能想到是谁点的。

他笑了下："放这儿吧。"

祁学真颔首。

在他出去之前，贺景修说了句："中午让人把餐送来办公室。"

在祁学真点头前，他补充："两人份。博盈喜欢的菜品我晚点发给你。"

祁学真："好的。"

人出去后，贺景修拿手机给楼下的人发了条消息，附带一张照片。

手机一振，博盈偷偷摸摸看了眼，是男人手拿咖啡拍的照片。明明是随意拍的，却很有意境。

贺景修手长，骨节分明，指甲盖修剪的很整齐，干干净净的，特别漂亮。

贺景修：收到了。

博盈：知道啦。

贺景修：没睡好？怎么又喝咖啡。

博盈：困，你不忙？

按理说，贺景修应该很忙才对。他刚从国外出差回来，今天是第一天上班，累积的事务应该很多。

贺景修：忙，晚点有个会，提前跟你预约中午饭时间？

博盈：？

贺景修：陪我一起吃午饭？

博盈忍着笑，故意回。

博盈：我考虑一下。

贺景修看她这样说，倒也不生气。

贺景修：行，你考虑好了告诉我。

博盈：嗯。

大概是怕博盈拒绝，贺景修忽而又给她发了一句——

贺景修：楼上有能躺着睡午觉的地方。

博盈给他回了一串省略号。

楼上睡觉的地方对博盈吸引力不大，但贺景修让人给她准备的午餐，使她动摇。

看着贺景修发来的图，博盈意志不再坚定。谁让她嘴馋呢？

答应贺景修之前，博盈在微信上和他约法三章。她可以去楼上和他一起吃饭，前提是只吃饭，她中午还是回自己办公室这边休息。

贺景修在开会间隙看了眼手机，笑着回复。

贺景修：除了吃饭，你还想做什么？

博盈：我改变主意了，不上去了。

隔着屏幕，贺景修基本都能想象到她此刻的神情。

他无声勾了下嘴角，没敢再逗下去。

把人惹毛了，还得自己哄回来。

不少人看贺景修开会时的神情，都在想这是谈了什么大项目呢，还是怎的。

会议结束，有和祁学真熟悉点的人打探，问贺总今天是不是心情不错。

祁学真想着贺景修交代的那些事，没敢说太明白，但也透露了一点。他算是发现了，贺景修现在的心情，全因一个人在波动。

午饭，博盈跟裴云梦说了一声，趁着同事们都纷纷去食堂后，才偷偷摸摸地去了贺景修那里。

她到的时候，办公室大门是敞开的。

博盈之前一直以为，贺景修不爱关门，是敞开方便助理进进出出不用敲门。前不久听同事闲聊，找祁学真求证后她才知道，只有她过来的时候，贺景修才会提前把门打开。

他想博盈到他这里时，不会遇到任何阻碍，连敲门也不需要。

再次踏进这里，博盈有种熟悉又陌生的感觉。

她抬眸看向电脑后方的人，喊道：“贺总，不吃饭吗？”

贺景修顺势起身：“等你。”

到餐桌边落座，博盈看了一眼桌上的食物，眼睛在放光。

贺景修看她这样，没忍住笑：“看到吃的这么高兴？”

“那当然。”博盈看他，“忙了一上午，此刻只有美食能慰藉我付出的辛苦。”

贺景修挑眉：“你的工作量很大？”

博盈剜他一眼，故意说：“你觉得呢？”

贺景修不敢觉得。他盯着她看了片刻，嗓音带着笑：“那以后都上来吃饭？”

博盈沉思了会儿，摇头：“不要，我每天上来像什么话呀。”

贺景修看她这样，也不勉强。

他示意：“先吃。”

两人安静用餐。

说实话，要不是怕被同事们发现，博盈还真想每天过来蹭吃蹭喝。

贺景修知道她喜欢什么，也会特意准备，更重要的是这儿环境太好了，坐在这儿吃饭，眺望着外面湛蓝的天空，吹着空调，你会觉得这个世界异常美好。

吃过饭，博盈忽然就不想动了。她瘫在桌上，仿佛是个废物。

贺景修让人进办公室收拾一片狼藉的餐桌，垂眼看她，唇角微弯：“要不要在这儿休息？”

博盈瞟他一眼，托腮道：“我想想。”

贺景修颔首，不紧不慢地说：“里边有休息室，感兴趣的话，可以去看看。”

听到这话，博盈狐疑地盯着他看，总觉得哪里有点怪。她把他这句话在嘴边反复琢磨了下：“里面有什么东西？”

贺景修卖着关子：“你去看看。”

博盈瞅着贺景修认真的样子，终归是耐不住好奇心。

贺景修的休息室不大，不过麻雀虽小五脏俱全。

她看了看，有一张一米宽的小床，床头摆着一张小圆桌子，上面放着一盏小台灯和一束鲜花。

博盈愣了愣，指着那束花问："你平时也会让人准备花？"

"想什么呢？"贺景修拉着她到床边坐下，"给你准备的。"

原本，他想给博盈送鲜花到办公室，被她拒绝了。

博盈在法务部本就属于高调人物，不少同事对她都很好奇，时不时要把她单拎出来议论几分钟，贺景修要是每天给她送花，那她可能又要成为公司的名人了。

所以，她拒绝了。

不过她没想到，贺景修会在自己休息室给她准备。

她弯腰，盯着娇艳欲滴、开得鲜艳的花观察："你怎么知道我一定会进来？"

贺景修抬眼，反问："你不会吗？"

博盈没好气地瞪他一眼，咕哝："你就是算准了。"

知道她嘴馋，知道她好奇心重。

贺景修笑了一声，一把将人拽到自己腿上坐着。

"没有百分之百确定你会进来。"他老实交代，"你不来，下班带给你。"

听到这个解释，博盈稍微开心了点。她伸手戳了戳漂亮的花，心情格外舒畅。

"这束花比昨天那束更新鲜。"

贺景修笑了："更喜欢这个？"

博盈看他："都喜欢。"只要是这个人送的，她都喜欢。

贺景修知道她意思，抬手摸了摸她脑袋："在这儿休息？"

博盈表情微妙地看着他："那你呢？"

上班时间和老板一起睡觉，不太好吧。虽然，他们应该只是单纯地睡觉。

贺景修一眼就能看穿她小脑袋瓜子在想些什么，他眉峰稍扬，捏着她圆嘟嘟的小脸问："不想和我一起睡？"

博盈含糊不清地嘟囔："贺总，我们才恋爱第二天。"

她看着贺景修，意思很明显——进展得太快了。

虽然他们俩本身也没按正常流程走，但博盈觉得该矜持时还是得矜持一下。

贺景修看她发红的脸，低笑出声："我还有事。"他没再为难她，"你在这儿睡。"

听到这话，博盈在松了口气的同时，又有些微的遗憾。

她也说不上是什么原因，可能是——

她看了一眼穿着衬衫西裤的男人，目光从上而下扫视，落在他露出的肌肉线条流畅的小臂处，心想，是他身材太好，太诱人了。

贺景修说让她在休息室休息，便真的没进来打扰。

博盈本来很困，可躺下后又精神了。她挣扎了会儿，索性拿出手机找狗头军师聊天。

她拍了拍郑今瑶的微信头像，对面很快回了个问号给她。

博盈：在干吗？

郑今瑶：陪客户晒太阳。

博盈：好惨，我在空调房里躺着。

郑今瑶：这个就不用跟我分享了好吗？姐妹。

博盈：就要跟你分享，谁让你是我好姐妹呢？

郑今瑶很无语地给她发了一连串省略号，忽地关注到了重点。

郑今瑶：躺着？你在贺景修休息室？

博盈：你怎么知道？

郑今瑶：猜的，你那办公室莫非还能躺着休息？

博盈：你这话让我怀疑你是不是也干过这种事，然后没告诉我。

郑今瑶：……

博盈：别逃避话题。

郑今瑶：你在贺景修休息室躺着，他为什么会让你有工夫跟我聊天？莫非他真不行？

博盈：……

她无语，对一个满脑子黄色思想的成年人表示服气，从而不得不解释一番。

听完她解释，郑今瑶很淡定地回她一个“哦”。

博盈：你过分敷衍。

郑今瑶：啧，你到底想跟我说什么？是觉得让贺景修不和你一块躺着过意不去呢，还是觉得很遗憾？

博盈：你晒太阳吧，再见。

郑今瑶：别呀。

博盈：午安。

郑今瑶：……安。

把手机放下，博盈脸红了。

她拉着被子往自己头上盖，极度后悔去找郑今瑶瞎扯。一闭上眼，她脑海里便不由得浮现她说的那些话，从而跟外头忙碌的男人结合在一起。

郑今瑶的有些话，她不认可。

但有一些，博盈又不得不承认她说得很有道理。

莫名地，博盈想到了昨晚自己做的那个难以启齿的梦。

梦里，他们不知从哪儿匆匆回家，连灯都来不及开，便挤在门后亲吻。

男人的身体滚烫，密密麻麻的吻落下，迫使她回应着。他们吻得难舍难分。

两人连回房都等不及了，衣物散落一地。

忽然，闹钟响了。

博盈猛地睁开眼，看到坐在床边的人时，她还有些恍惚。

“贺景修？”

贺景修整个人隐于光影之下，如梦似幻一般浮现在她瞳仁里，莫名地和梦境结合在一起。

博盈下意识拉住了他衣服，正欲有下个动作时，男人的手覆在她额间，声音低沉："梦见我了？"

少顷，博盈回过神来，瞪圆了眼和他对视几秒，重新躲回了被子里。

啊！她是疯了吗？！

博盈羞愤欲死，她为什么会在午睡时又做昨晚的那个梦？！

博盈在被子里挣扎着，贺景修微挑了挑眉，颇有兴致地看着，并不阻止。

他想着自己刚刚摸到的体温触感，隔着被子逗她："梦见我什么了？"

博盈顿住，没敢动弹。

贺景修慢条斯理地拉开她盖在身上的被子，眸子里带着笑，俯身靠近，故意问："身体怎么这么烫，不舒服？"

博盈双颊发红，嘴唇紧抿，一个字也不想说。

贺景修看着她，眸色渐沉，喉结不受控地上下滚动。

倏地，没等他有下一步动作，博盈的手已经移了上来。

贺景修身子一僵，垂下眼看她。

只轻轻碰了下，博盈便心虚地准备收回手，她的手还没来得及撤回，被男人扣住，将她往前一拉。

下一秒，她扑进他怀里。

第十六章

综　艺

从贺景修办公室离开时，博盈双颊发红，低垂着脑袋走了两层楼梯，这才按下电梯回到法务部。

出了电梯，她摸了摸发烫的脸颊和没了口红的唇，到办公桌拿上口红，又去了趟洗手间。

她全身都在发烫，被贺景修亲过的地方还残留着他身上的好闻的沉香味，唇酥酥麻麻的，似有电流在不断传递，让她难以平缓跳动过快的心脏。

还没到上班时间，大家都还在休息，博盈也就没着急出去。

她正准备到外边去补妆，突然听见有人叫自己名字。

“博盈今天又没去食堂？”

“不仅没去食堂，她连中午也没在办公室休息呢。”熟悉的女声，是朱晓夏，她轻哧一声，“谁知道她去哪儿睡觉了啊。”

“睡觉”这两个字，从她嘴里说出来，有种瞧不起人的感觉。

杜楠轻哼了声，勾了勾唇角说：“现在年轻的小姑娘都这样，总想着走歪门邪道。”她看着镜中自己脸上的鱼尾纹，皱了皱眉头，“她这样的，我见多了。”

朱晓夏看她："楠姐，我听人说博盈在公司也有关系，你知道是谁吗？"她压着声道，"我上回在停车场看到她和总经理说话了，关系看着还挺亲密的。"

听到这儿，博盈重新坐回了马桶。她努力回忆着朱晓夏说的事，好一会儿才想起来是什么情况。

那次是贺景修出差，让赵旭之给她带了份博盈前一天在朋友圈哀号想吃的一款甜品，那家店的甜品极为好吃，卖得很火爆。每天不到十点就卖完了，她抢不到。

赵旭之知道两人是旧识，也好像知道他们有那么点暧昧不清的关系，把东西递给博盈时，还跟她说了点贺景修的趣事。

不对，应该算是糗事。博盈听得津津有味的，脸上的笑意不自觉加深，自然和他多聊了一会儿。不过，她没想到会被朱晓夏看见。

杜楠微怔，轻哂："就她那样的能攀上总经理？"她讥讽，"她也不看看自己几斤几两。"

朱晓夏嘴唇动了动："但她长得很漂亮。"

这是谁也否认不了的事实。

杜楠瞥了她一眼，语气不善："漂亮又怎样？空有一副皮囊，你以为我们总经理是这么肤浅的人？"她说，"就她这样的，也就能骗骗无脑暴发户。"

有人进来了，话题换了。

博盈盯着手机，思忖了会儿，给贺景修发消息。

博盈：你是无脑暴发户吗？

贺景修：？

博盈：正面回答。

贺景修：女朋友说我是什么就是什么，怎么了？

博盈：别想着哄你女朋友开心，你要有自己的底线。

贺景修回得很快。

贺景修：我的底线在你这儿。

看到这话，博盈那本就不怎么大的脾气瞬间消失殆尽。

她想，没有人能招架住会说情话的贺景修。

博盈揉了揉耳朵，嘟着嘴打字。

博盈：贺总今天嘴上抹了蜜吧。

贺景修：抹没抹你最有发言权。

博盈被他的话噎住，耳根子一热，决定不和这个人聊天了。

她给他发了好几个表情包，收了心思。

博盈：我工作了。

贺景修：下班等我。

博盈：不等。我跟瑶瑶约了吃晚饭。

结束跟贺景修的对话，博盈慢吞吞地从洗手间出去。那两人已经走了，外面空荡荡的，没有太多人气。博盈慢条斯理地补了补妆，涂上口红，这才往外走。

回位子上时，她注意到朱晓夏几人多看了她几眼。

刚坐下，裴云梦滑着椅子凑了过来。

她上下打量着博盈，小声说：“气色不错，看来中午休息得还行。”

博盈噎了噎：“上班时间到了，工作。”

裴云梦笑笑，只当她是害羞，也不再继续逗下去。

睡好了，博盈下午的工作效率还不错。忙忙碌碌地把手里头的工作做完，她才稍微放松了下，准备喘口气喝口水。

杯子还没拿起，裴云梦忽然拉了拉她衣服，惊呼道：“盈盈。”

博盈一脸蒙，扭头看她：“怎么了？”

裴云梦环视了一圈，小声说：“我刚在公司一个小群里看到消息爆料，说有个节目组要来我们公司拍摄。”

博盈“啊”了一声，很是淡定：“那和我们没太大关系吧。”

“那个节目组啊。”裴云梦着急地说，“肯定会在我们法务部选人的。”

博盈微怔：“什么节目组？”还在法务部选人。

裴云梦盯着她看了片刻，这才反应过来：“你是不是没看过？”她想了想，“也是，你去年这个时候在国外，没看过很正常。”

没等博盈问，她主动告知：“就是个律政综艺节目，去年超火的，因为这个节目，我听说去年报考法律专业的数量翻倍了。”

博盈惊讶：“这个节目影响力这么大？”

“对啊。”裴云梦看她，“而且更重要的是，这个综艺节目不单单是为了挖掘出法律界优秀的同行，里面的很多案例和知识都比较贴近生活，对不了解法律的人来说帮助很大。”

博盈听着，点了点头说：“那我有空去看看。”

裴云梦戳了戳她手臂：“我说这么多，你就没点想法吗？”

“要有什么想法？”博盈问她。这听起来好像和她没太大关系。

裴云梦对她的无动于衷叹气，咬牙切齿地说：“我有两个朋友说第二季采用的录制方式和第一季不太一样，第一季参加的全是大学实习生和研究生，但第二季是在律所和各大集团法务工作者中选人参加。”

博盈怔了下，略微意外：“你打算报名吗？”

裴云梦瞪了她一眼：“我不打算报名，但我觉得你该去报个名。”

博盈眨眨眼，不解地问：“为什么？”

“因为，”裴云梦微微一笑，“第二季参加录制的，是你前段时间跟我说感觉不错的律所，我觉得你应该去感受一下。”

裴云梦知道，博盈看着像是不怎么上进的傻白甜，但实际上她知识储备很丰富，工作能力也很强。她来贺氏集团，仅仅是一个过渡。她有满腔热血，一旦抓住机会，她就会在更好的地方发光发亮。

当然，这不是说贺氏集团不好。

只是裴云梦和她认识这么久，接触这么长时间，自然了解她的想法，知道她怀揣着什么样的梦想。更重要的是，因为这个综艺节目录制，她可以不辞职就去体验这个职业的不同生活。

博盈有看好的一个律所，但目前还在观望，没认真去了解。她确实没打算在贺氏集团做一辈子，只要有好的机会，她是会走的。

博盈对自己的职业，一直都有一个系统的规划。

她沉吟了一会儿，扭头看向裴云梦：“我有个问题。”

“什么？”

“既然是律所的综艺节目，为什么要来我们公司录制？”

裴云梦哭笑不得：“你的关注点很特别。”

博盈：“那必须的。”

裴云梦摇头：“这我也不清楚，目前都不知道这消息是不是准确的了，我就是知道要开始录制了。”

她想了想，猜测道：“我想可能是律所那边空不出一层楼来专门录节目？”

这个想法，合情合理。

博盈点点头：“有可能。”

裴云梦笑道：“然后呢，有想法吗？”

博盈看她，沉吟片刻说：“我先回去看看那个综艺节目，然后再决定。不过，你别对我抱太大希望，我就算去报名了，也不一定能选上。”

闻言，裴云梦没好气地看了她一眼：“你都不能被选上的话，那我们公司没别的同事可以被选上了。”说完，她补充，“我指的是刚工作没多久的。”

博盈扑哧一笑，指了指：“方博裕正看着你。”

裴云梦一转头，对上了方博裕幽怨的目光，看着还有点受伤。

“我不是说你能力不行。”她着急解释，“我就是……看好我们盈盈嘛。”

博盈笑，听着两人斗嘴，唇角微扬。

在工作中有裴云梦和方博裕这样的同事，是很快乐的体验。

博盈没太把这事放在心上，转头便忘了。

之后几天，她除了偶尔跟贺景修约约会，腻腻歪歪，基本都在忙工作，忙看书。不久后她还有个考试，得专注一点。

到这日晚上，两人手牵着手在小区遛狗，贺景修电话响起。

博盈听了一耳朵，听见贺景修跟对方说明天安排人处理总裁办公室下面那一层不怎么使用的空楼时，她才想起综艺录制这件事。

挂断电话，贺景修举着手在她面前晃了晃："想什么？"

博盈仰头看他："你楼下那一层空出来，是为了前段时间传的那个综艺录制吗？"

贺景修颔首："嗯。"

博盈好奇不已："我听说这是律所综艺，为什么不直接在律所那边录制啊？"

贺景修笑了下，告诉她："今年这家律所挪不出空的一层楼。"

博盈挑眉："节目组不想办法的吗？"

这种事，节目组都会搞定啊。

贺景修笑着看她，答案很明显。

博盈蒙了下，反应过来："节目组想的办法就是到我们公司录制？"

她瞅着贺景修，总觉得哪里怪怪的。贺氏集团的场地是那么容易借出去的吗？当然不是。

对上她的目光，贺景修抬了下眉："想说什么？"

"你跟节目组的人认识？"

贺景修点头。

博盈"哦"了一声，想也没想问："男的女的？"

作为女友，博盈觉得自己把身份拿捏得非常好，在这种关键事情上，一语问出重点。

她眼睛晶亮，瞪大眼睛望着贺景修，期待他的回答。

贺景修瞥她一眼："只好奇这个？"

博盈点头："不然还能好奇什么？"

场地都借出去了，她也只能问问贺景修愿意帮忙的对象是男是女。

贺景修捏着她的小圆脸，看在两人脚边打转的贺博美，慢条斯理地告诉她："你还能好奇这场地租借出去一天的费用。"

博盈眨眼："这和我又没什么关系。"

"嗯？"贺景修挑眉，不认可她这个说辞，"怎么没关系？"

他弯腰，蹭了蹭她鼻尖，低头轻碰了下她的唇，含笑说："如果愿意，你可以有决策权。”

博盈蒙了下，这才反应过来。

她舔了下他碰过的唇角，娇嗔睨他。她沉吟片刻，一脸认真地说：“暂时还不想掌权，以后再说吧。”

贺景修看她，笑着答应：“好。”

他们刚开始，说这个确实有点早。

但有些人，你看见她第一眼，就想和她在一起。和她交往的第一天，就想和她结婚。想有个家，和她共度余生。

被贺景修这么一打岔，博盈差点忘了重点。

两人牵着手拉着贺博美又走了小半圈，博盈才后知后觉地反应过来：“你还没告诉我，找你借场地的工作人员是男是女。”

贺景修失笑：“还记着这个呢？”

博盈抬起下巴，轻哼道：“当然。”

贺景修告诉她，借场地的人是女性，但搭线的是骆霄。而他也是因为骆霄才愿意借出的，纯粹是卖骆霄一个面子。

博盈听着，琢磨了会问：“骆霄在追对方？”

贺景修给了她一个真聪明的眼神。

博盈扬眉，倒是有点儿惊讶了：“女导演吗？”

“嗯。”这综艺的导演是女性。

贺景修补充了一句：“追挺多年了。”

博盈眨眨眼：“那我倒想知道是哪位女导演了。”

毕竟她从身边人了解到的骆霄，可是一位风流倜傥、潇洒英俊的爱玩人士，没想到他还有这么深情的一面。

贺景修瞅着她：“过段时间能见到。”

博盈愣怔了下，看他：“你这意思是希望我参加吗？”

“你想不想？”贺景修问她，“遵循内心想法。”

博盈沉默着，摇了摇头：“我不知道。”

她就是一直没想好，不知道参加这种曝光的节目，对自己这个职业来说是好还是坏。

她做这一行，只希望做实事，希望用自己的能力帮到人，更希望对方选择自己帮忙时，是因为她的专业能力，而不是别的乱七八糟的原因。

贺景修看她苦恼模样，温声道："上一季看了吗？"

"没来得及。"博盈看他，"你要陪我一起看吗？"

贺景修："好。"

他捏了捏她的手，建议道："先抽空把上一季的看了，看完后有想法，可以去试试。"

闻言，博盈眉眼弯弯地看他。

贺景修不解："怎么？"

"我以为你不会希望我参加。"博盈道，"这个节目录完，表现好的律所会要走不是吗？"

贺景修微怔，瞥向她："确实是不舍得你走。"

博盈愣了愣。

贺景修接着道："但我女朋友需要更大的舞台，我不能因一己之私把她留在身边，困住她。"

博盈的人生很长，她有自己的思想，有自己的爱好和追求，贺景修就算再自私，也不会困住她。只要她想做的事，无论多艰难，是在自己身边还是不在，他都无条件支持。

博盈看着他认真的样子，没忍住笑了。

她抱着贺景修的手臂撒娇，嘴甜道："我男朋友怎么这么好。"她咕哝，"更喜欢你了怎么办。"

"嗯？"贺景修抬眼，幽幽地问，"意思是以前没有很喜欢？"

博盈噎住。

贺景修捏着她的下巴，低头含住她的唇，含糊不清地说："不过没关系，我比你多一些更好。"

我想喜欢你，比你喜欢我多一些。这样，我好像会拥有更多的你。

博盈没来得及细想这句话的深意，被他亲得忘了所有。

晚风微凉，远处的桂花香飘来，让他们不由得加深了这个吻。

周末两天，博盈开始认真刷综艺。

她发现，这个综艺节目和她想象的有些许不同，还挺有意思的。更重要的是，节目的录制不单单是玩，他们是真的在为委托人解决问题，为他们提供帮助。

下乡到偏远地区去实践，去科普法律知识，去替那些没有钱请律师的民众辩护，帮他们赢得自己该得的。所有的一切，都挺让博盈动容。

博盈是在国外学的法律，之前的考试也都在国外。这段时间她也一直在看书，为不久后的司法考试做准备。

想到这点，博盈还特意问过贺景修。她这么一个国内司法还没通过的人，报名后能被选上吗？

贺景修一脸无奈地告诉她，他不知道。

博盈对他这个回答不太满意，人家霸道总裁都是说——只要你想，我就能让你选上。

贺景修倒好，给了她这么一个不靠谱的答案。

贺景修时常会被她的歪理逗笑，然后一本正经告诉她，那样的霸总不好，不讲道理不说，还限制女朋友发展，不让女朋友去展露自己才华，发光发亮。

博盈听他诡辩，但又说不出反驳的话。

因为她也莫名觉得，贺景修这样的霸总男朋友她更喜欢。全交由自己做主，偶尔自己没办法决定时，他会给出正确的引导，而不是替自己决定。她拥有独立且完整的选择权。

刷完那一季的综艺，博盈立马报了名。

除了她之外，贺氏集团法务部的方博裕也跟着一起报名了。

因为这事，公司不少同事还调侃，说他们俩一起来的公司，现在又一起报名参加节目，又都是学法律的，其实还挺般配的。

贺景修听到这些传闻时，倒没表现出什么不太高兴的情绪。只在当晚和博盈一起遛完狗到家时，抓着人在沙发上亲了大半小时。又在次日上班时间，安排人送了一束花到博盈办公室。

当天，博盈有男朋友的消息在公司传开，同事们也不再拿她和方博裕打趣，更不撮合两人了。对此，博盈不得不承认，贺景修的手段是真高。

这不动声色宣示主权的行径，符合他的人设。

报完名后，博盈便耐心等待面试通知。

她照常工作生活，和往常无异。

这日，趁着午休时间，她和裴云梦、方博裕一起出现在咖啡厅。

秋风习习，道路两旁郁郁葱葱的树的枝叶开始发黄，哗啦啦地往下掉。三人托腮望着过道来来往往的人，难得地放松。

没一会儿，咖啡送上。

裴云梦笑嘻嘻地把两份甜品递给他们："你们知道这甜品叫什么吗？"

博盈看她："叫什么？"

裴云梦坐中间，笑着说："万事顺利。"

方博裕一愣："吃了明天会顺利是吗？"

裴云梦："对啊，特意给你们买的。"

明天他们要去律所面试，面试过了才能参加节目的录制，如果没通过，那就只在第一期露个脸。嗯，还得是节目组不把你镜头剪掉地露脸。剪掉了，那估计只有一个闪现的身影。

博盈失笑："谢谢。"她跟方博裕碰了下咖啡杯，"祝我们明天顺利。"

方博裕看她："紧张吗？"

"还好。"博盈深呼吸了一下，"但你说一点都不紧张，也是假的。"

方博裕点头，叹息道："我也是。"

裴云梦听着两人对话，"哎哟"了一声："有什么可紧张的？你们俩可是我们法务部的门面，专业知识过硬不说，长得又帅又美，我保证面试你们能顺利通过。"

两人笑："借你吉言。"

裴云梦弯了弯唇："面试过了的话，记得请我吃饭啊。"

"这必须的。"

三人坐着，正聊着天，有人推门进来了。

是祁学真。

看到他们三个，祁学真笑着问了一句："中午怎么不回去休息？"

博盈："出来放松一下。"

祁学真笑了笑说："贺总回来了。"

中午，贺景修跟合作方约了吃饭，早早离开了公司。

两人都知道她和贺景修关系，她也没瞒着自己在公司的这两个好友。

博盈愣了愣："你给他买咖啡？"

"不是。"祁学真指着她面前的咖啡，笑笑说，"现在不用买了。"

博盈微怔，忽而明白过来。

贺景修是让祁学真来咖啡厅给自己买咖啡，他知道博盈午睡后要喝咖啡，不然没精神工作。

想着，博盈问："他先回办公室了吗？"

"在车里打电话。"

本来是贺景修要过来买的，但正好有人给他打了电话谈公事，他便交代祁学真过来。

博盈"哦"了一声，纠结了两三秒，喊住祁学真："祁助理你等等。"

祁学真看她："好的。"

博盈从高脚凳上跳下，往点单处走。

没一会儿，她提了两个纸袋给祁学真："这边是给祁助理的，这是给贺总的。"

祁学真笑笑："博小姐破费了。"

"应该的。"

祁学真走后，裴云梦和方博裕动作一致地扭头看向她。

"看我做什么？"博盈有点蒙。

两人异口同声说："贺总和祁助理都有，我们为什么没有？"

博盈哭笑不得，说："等我明天面试结束再给你们买行吗？"她示意，"现在你们也吃不下呀。"

两人勉强同意。

没过两分钟，博盈收到贺景修消息。

贺景修：还在咖啡厅？

博盈给他回了个小女孩点头表情包。

贺景修：跟裴云梦一起？

博盈：还有方博裕。

贺景修：？

博盈：裴云梦说请我们喝咖啡、吃甜品，给我们俩加油打气。

贺景修：什么时候结束？

博盈：贺总，我和方博裕就是关系稍微好一点的同事，你这醋怎么吃个没完了？

贺景修并不承认自己是吃醋了，他给博盈发了条语音过来。

"没有吃醋。"他故意停顿了下，声音低沉，不疾不徐地说，"想你了，要不要来办公室？"

博盈拿着手机贴近耳朵，听完他说的这话，耳根子还有点烫。她总觉得贺景修这话，是贴着自己耳朵说的。

她抿了下唇，意志很坚定。

博盈：不来。

贺景修：真不来？

博盈：嗯！

贺景修：行。

博盈挑眉，正惊讶贺景修这么快妥协。他又发了条语音过来。

"那我来找你。"

博盈的很多交涉上，霸道贺总已经是能屈能伸的架势了。

"山不过来我就过去"，短暂性地成了他的座右铭。

博盈知道他近段时间黏人的性子，倒也不是很意外，只觉得有些好笑。

谁能想到，公司里人人评价的清心寡欲又沉稳的贺景修，在恋爱时候反差会这么大。

为防止贺景修真的过来引起众人注视，博盈决定勉为其难地妥协一下，去他办公室一趟。

听她说要提前走，裴云梦调侃道："贺总是不是过分霸道了？这点时间都不给我们。"

博盈瞥她一眼："我待会儿帮你问问。"

裴云梦噎住。

方博裕忍住笑："你去吧，办公室有我们。"

最近，博盈午间休息回办公室的时间少，每次她只要不回去，乱七八糟的谣言就会出现。

刚刚在食堂吃过饭，三人是一起走的。方博裕这样说也是怕晚点两人回去，又会有什么不太好的言论落在博盈身上。

博盈一笑："没事。"她挑了挑眉，淡淡道，"不用管她们。"

谣言怎么传出来的，是从谁嘴里传出来的，她一清二楚。现在之所以没去管，纯粹是因为这些谣言还没对她的生活造成影响。

当然，困扰好像也不多。也因此，博盈还没浪费过多的时间去搭理。

到了贺景修办公室，刚进去，博盈便被人拉到腿上坐着。

她挣扎了两秒，索性扳着他脖颈逗他："贺总，这么想我呢？"

贺景修垂眼，目光落在她嫣红的唇上。

博盈今天涂的是新出的一款名叫"小野猫"的口红，上回和郑今瑶逛街时买的，颜色很漂亮，也不怎么掉色，是她近期的新宠。

注意到他的视线，博盈微顿，故意地抿了下唇，贴近贺景修耳朵："贺总，想什么呢？"

他俯身凑近，没再给博盈张嘴说话的机会。

贺景修捏着她的后颈，让她抬头承受着他的亲吻。

男人中午时喝了酒，嘴巴里浓浓的酒香味飘到她这边。不难闻，甚至还让她有点儿喜欢。

不是第一次亲吻了，更不是第一次在办公室做这样的事，但博盈之前在办公室，会顾忌着自己还得回去上班，不让贺景修亲太久，她怕被同事看出来。

可今天，两人都有些收不住。

一个是被蛊惑的，而另一个，完全是因为某人的主动，心猿意马，难以忍受。

两人忘了时间。

倏地，手机响起，打乱了办公室的这份缠绵。

贺景修皱了皱眉。

博盈推了推他肩膀，小声提醒："先接电话。"

两人对视了一下，在手机铃声第二次响起时，贺景修才不情不愿去办公桌那边拿手机。

电话是骆霄打来的，很烦人。

他皱眉，语气非常不满："什么事？"

博盈刚刚已经把他抛下，进休息室里的洗手间了。

他抬眼，目光灼灼地盯着那边。

骆霄愣了下，没来得及问公事："你这语气，我打扰到你什么好事了？"

贺景修没搭理他。

骆霄扬了扬眉，估摸着自己是猜中了。他笑："不会吧贺总，你不是最公私分明的？怎么上班时间也不干正事。"

贺景修顿了下，提醒他："现在是公司午休时间，不是上班时间。"

骆霄"嘁"了一声，调侃道："有什么差别？"

贺景修懒得理会，直接问："找我什么事？"

骆霄那边静了静，清了清嗓子问："你们晚上是不是要一起吃饭？"

贺景修扬了下眉，第一时间反应过来他指的是什么。

博盈从洗手间整理好自己仪容出来，一眼看到贺景修的表情。那表情，明明白白地告诉别人，他有坏主意了。

她眨眨眼，放轻脚步走近，无声启唇：谁呀？

贺景修直接把手机屏幕拿给她看，上面两个大字：骆霄。

博盈哭笑不得：他找你什么事？

贺景修看她，翻开旁边不需要用到的 A4 纸给她写字。

问晚上吃饭的事。

博盈挑着眉，从他手里接过笔，跟着回。

和节目组吃饭？

嗯。

到哪儿吃，我可以去偶遇吗？提前留个好印象。

你可以跟我一起去。

那不了吧。

看到她的回答，贺景修意味深长地瞥了她一眼。

博盈忍着笑，转头望着他解释：“我不能明目张胆地走后门啊。”

今天跟过去了，那不是告诉节目组和那群明天给自己面试的律师，说自己是贺景修女朋友，你们看在他面子上，对我嘴下留情一点？

这种事博盈坚决不干。

贺景修知道她那点小心思，倒也不勉强。

他捏着她在自己身上乱动的手，给予一个警告眼神。

博盈笑，趁他不注意时摸了下他的喉结。

贺景修眼眸一沉，正欲有动作，博盈迅速从他身上起来，丢下一句：“我回去上班啦。”

她匆匆跑了。没等贺景修说话，另一端一直在念叨的骆霄忽然停了下来。

他安静片刻，忐忑道：“我打扰到你们什么了？”

他以为在贺景修接电话时，博盈就不在他办公室了。

贺景修头疼地捏了捏眉骨：“没有，你刚刚说什么？”

骆霄想，敢情他刚刚求他的话他都没听见？

他不得已，求人办事，又把刚刚的话重复一遍。

听完，贺景修淡定道：“不行。”

“怎么不行？”骆霄问，“多个人一起吃饭，怎么不可以了？”

贺景修轻哂：“我可以带个女朋友去，但总不能带个男朋友吧？”

骆霄噎了噎：“那算了。”

贺景修沉默了一会儿，说：“不过，骆少不介意的话，我今晚缺个司机。”

骆霄咬咬牙：“不介意。”

博盈刚回办公室，贺景修的消息来了。

贺景修：跑什么？

博盈：上班啦。

贺景修：还有十分钟。

博盈：？

贺景修：不想再跟我待一会儿？

博盈：该收心工作了贺总，不然我怕年底考核不过关。

贺景修：你可以找我开后门。

博盈：有什么条件吗？

贺景修：晚上等我。

博盈：再说。

偷偷摸摸回完贺景修消息，博盈拿起桌上的冷水抿了口。她缓了缓自己那跳动过快的小心脏，没敢再和他多说。

她说收心工作便是真的收心，一整个下午没看手机，没跟贺景修联系。

到下班，博盈开着自己的车回家。

贺景修晚上有饭局，她前几天就知道。

刚到家，博盈先收到了盛纯消息，问她在不在家。

博盈：在，你拍完戏了？

盛纯：刚回来，晚上打算吃什么？要不一起吃？

博盈：好啊，那你想吃什么？

消息发过去，盛纯回了句——

盛纯：到家里吃吧，点外卖。

博盈：行。

半小时后，全副武装的盛纯进了屋。

博盈这才注意到，她眼睛红红的。她怔了怔，思忖了几秒还是没问。

“坐。”

博盈笑着拿出手机：“想吃什么？我现在点。”

盛纯把外套脱下，先跑到贺博美旁边摸了摸它的大脑袋，而后疲惫地躺在沙发上，合着眼说：“什么都行，你能吃的我就能吃。”

博盈失笑：“辣还是不辣？”

“辣。”盛纯闭着眼说，“想吃超级辣。”

博盈想了想：“那我点火锅外卖吧。”

“行。”

点完，博盈坐在盛纯旁边，也不主动问什么。

屋子里安安静静的，只有贺博美的喘息声。

好一会儿，盛纯才出声：“你怎么都不问我？”

“嗯？”博盈看她，“问什么？你想说自然会说。”

她撑头靠在沙发椅背上，盯着她看了会儿道：“跟裴总吵架了？”

盛纯：“男人没一个好东西。”

博盈默了默，照顾好姐妹的情绪：“嗯，男人确实没一个好东西。”

饭局上，正准备问博盈需不需要给她打包海鲜的男人忽地打了个喷嚏。

第十七章
出　游

“感冒了？”

骆霄正好在贺景修旁边，关心了一句。

贺景修垂眸给博盈发消息，随口应付了一句：“没有。”

骆霄挑眉，拖长音调说：“那就是被女朋友骂了。”

贺景修睃他一眼：“为什么不能是我女朋友想我了？”

骆霄一噎：“你先掂量掂量下自己在博盈心里的分量吧。”

说到这，骆霄问：“你到底什么时候带女朋友出来给我们看看？你这藏得是不是太深了？都这么久了我们还没见过。”

他们一群人都知道贺景修脱单了，也知道他的对象是博盈。但是，一直没见到真人。

有一次本来约好了一起吃饭，碰到贺景修临时有事，饭局便取消了。

闻言，贺景修看着骆霄沉吟了会儿，说：“不是你们。”

骆霄不解地看他。

贺景修道：“只有你没见过她。”

骆霄被他的话刺激到，嚷嚷道：“还是不是兄弟，你怎么还偏心呢？”

贺景修连个眼神都没给他，点点头说：“我确实偏心。”

这对话是进行不下去了。

骆霄正想再说点什么，节目组导演顾宁和工作人员从拐角处走了出来。骆霄一秒变得正经。

贺景修扫了一眼，没揭穿好友。

另一边，博盈刚骂完那句话，便收到了贺景修问她要不要吃海鲜的消息。有一瞬间，她还有点心虚。

她抿了下唇，回了句。

博盈：不用，盛纯来家里了，我跟她一块吃火锅。

贺景修：？

博盈：怎么？

贺景修：她什么时候回去？

博盈哭笑不得。

博盈：你怎么回事？她刚来一会儿就问人家什么时候走，太没礼貌了贺总。

贺景修：嗯。

他一点都不介意被博盈说没礼貌。

博盈无奈，快刀斩乱麻结束和他对话。

博盈：你先参加你饭局吧，别喝太多酒。

贺景修：听你的。

盛纯本来在刷手机的，奈何旁边人脸上的笑真的太显眼了，让她不得不注意。

“盈盈。”她幽幽地喊。

博盈看她：“啊？”

盛纯抬了抬眼，示意道："你觉不觉得在一个失恋的人面前跟男朋友甜蜜互动，对我有点儿残忍？"

博盈失笑，看她："失恋？"

盛纯微顿，想了想说："哦，不能说是失恋，是被抛弃。"

"怎么就被抛弃了？"博盈好奇。

盛纯摊手，一本正经地说："裴彦不打算要我了，还不算被抛弃吗？"

博盈看了盛纯一眼，认真问："没有原因？"

虽然她知道盛纯和裴彦绝对不是那种关系，但她得配合下盛纯演戏。

盛纯叹了口气，揉了揉眼睛："可能是因为我不够漂亮吧。"

博盈看着她那张明艳动人的脸，实在是忍不下去了。

她拿起抱枕丢她身上："太让人生气了。"

盛纯撇撇嘴，装可怜道："你看，你也嫌弃我，我现在就走。"

博盈眼皮一跳："你要走也不是不行。"

盛纯瞪圆眼看她。

博盈笑着说："吃完火锅再走吧，我一个人吃也太寂寞了。"

两人无声对视半晌，盛纯气到话都说不出。

她没想到还有比裴彦更过分的人。

"那我吃垮你。"她放出狠话。

博盈眨眨眼，一脸不在意："你随便吃，吃垮我了，我让贺景修养我们。"

猝不及防地，盛纯又被塞了一嘴狗粮。这儿，她真的待不下去了。

两人逗趣了会儿，火锅外卖到了。

盛纯没跟博盈客气，大快朵颐起来。

为照顾她"失恋"的情绪，博盈问过她后，还搬了一箱啤酒来。原本，她想开红酒的，但盛纯觉得火锅就要配冰冰凉凉的啤酒才好吃。

饭局上，贺景修给博盈发了好几条消息，都没得到回复。他正想给博盈打电话，裴彦的电话先来了。

"什么事？"贺景修跟其他人示意，走出包厢接电话。

裴彦声音很低，听上去心情不是太好。

“盛纯是不是在你女朋友那边？”

贺景修扬了下眉：“怎么了？”

裴彦：“拜托你女朋友照顾下。”

贺景修轻哂：“你女朋友为什么要我女朋友照顾？”

裴彦噎了噎：“贺景修你是不是过分小气了？这点忙都不愿意帮。”

两位对外是高贵沉稳的代表人物，此刻却因为一点鸡毛蒜皮小事在斗嘴。

贺景修很坦然应下，反问：“你第一天认识我？”

他就是很小气，谁也不能霸占他女朋友。

“行。”他咬牙切齿地说，“下回你和你女朋友吵架了，我绝对不让盛纯去陪。”

闻言，贺景修抬了下眼，慢条斯理地说：“你还是先想想这回能不能把盛纯哄回去吧。”他顿了顿，又补充，“还有，我跟博盈不会吵架。”

话音刚落，裴彦气得把电话挂了。

贺景修眉微扬，脸上闪过一丝笑。

他没辙，只得给博盈发消息。兄弟的忙，还是得帮。

遗憾的是，博盈并没有接他电话。

此刻的博盈，正跟盛纯拼酒。

两人把火锅吃的差不多后，啤酒还剩很多。盛纯心情不好一直在喝，博盈不可能不陪着，就是酒量不太好，不敢多喝。

但她寻思着，以后万一有工作上的应酬不得不喝酒，总不能一直拒绝，趁着现在有机会，要好好练练酒量。

两人边喝边看电影，完全没听见手机响。

选的电影是一部十几年前的外国老电影，爱情片，颇有点你来我往的意思。博盈很喜欢男女主的感情推拉，盛纯倒是第一次看这部电影。

男女主因工作原因有了接触，也有各自的小秘密，一个赌对方多久会被自己拿下，另一个赌对方多久会爱上不真实的自己。两人的目的一样，各方面进行得都很顺利。男主意外包容了女主故意要的小性子，而女主也对男主的印象有了改观。

博盈重温了这部电影很多遍，每一遍都有不一样的感觉。

她捧着冰啤酒盯着，耳侧突然传来盛纯的声音：“我和裴彦也是从赌注开始的。”

博盈错愕地扭头：“什么？”

盛纯和她碰了下啤酒瓶，仰头喝了一大口说：“你没听错。”

她和裴彦的开始，其实也是因为一个赌约。只是她没想到，自己会越陷越深。

博盈眨了眨眼，忽然就对她和裴彦的故事感兴趣了：“方便分享吗？”

看她眼睛里的兴奋，盛纯微哽：“分享什么？就是跟电影差不多的故事，不过我是为了气死同行，跟那位女演员打的赌，赌谁能拿下裴彦。”

那演员是她大学同学，两人一直不怎么对付，她也总是抹黑盛纯。那次喝醉酒了，盛纯没忍住跟她起了争执，最后不知怎的还打了赌。

她性格要强，即便知道这样不好，但她还是这样做了。她去接近了裴彦，顺利成了他的“女朋友”。不过，盛纯大多时候都在想，她算不上是裴彦的女朋友，说是女伴更合适。

裴彦给她资源替她撑腰，解决圈子里各类麻烦事，她陪他睡觉，替他挡桃花。两人各取所需。

博盈听得津津有味，她是真没想过两人是这样的关系。

听完，博盈托腮看着旁边喝酒的人，狐疑地说：“那你们今天因为什么吵架呢？”

盛纯头有点晕，咕哝着说：“我有个想要的电影角色，也去试镜了，导演都对我满意，这狗男人竟然不让我接，直接把资源给了别人。”

这她能不气吗？

博盈“啊”了一声：“什么电影资源？”

“谈恋爱的。”

“吻戏多吗？”博盈追问。

盛纯瘫倒在沙发上，认真想了想说：“多吧，亲密戏挺多的。”

博盈眼皮一跳，大概知道了裴彦为什么不让她接这部戏的原因。她叹了口气：“那你打算怎么办，坚持接这部戏吗？”

“接不到了。”盛纯抱怨，“都给别人了，已经定下来了。”

博盈摸了摸她脑袋安慰：“那我们挑别的好剧本。”

盛纯冷哼：“不是剧本问题。”她说，“裴彦就是看不惯这电影定的男主角。”

博盈微怔，追问：“男主是谁？”

“林煜。”盛纯慢吞吞地说，“我前男友。”

博盈蒙了半分钟，开始同情裴彦。

她瞅着旁边喝醉的人揉眼睛：“这换作贺景修，应该也没办法忍。”

毕竟男人占有欲很强，还很小气。

盛纯嘀咕了几句，博盈没听清楚。

“来，继续喝酒。”

贺景修推开门时，一股浓郁的酒味袭来。

比他这个参加饭局的人身上的酒味更重更浓。他皱了下眉，看着摇着尾巴出来的贺博美：“她们呢？”

贺博美听懂了这话，转身往楼上的影音室走。

博盈这边同样是复式楼层，楼上是主卧衣帽间和影音室。这完全是因为她喜欢看电影特意装修的。

贺景修往楼上走，推开影音室的门，电影早已播完，沙发上东倒西歪地躺着两个人。

他走近，把靠门边的人抱了起来。

“嗯？”博盈迷迷糊糊地睁开眼，下意识地往他脖颈处凑，像狗狗一样嗅了嗅，咕哝着说，“你回来了呀。”

贺景修喉结滚了滚，沉沉应着：“嗯。”

博盈再次合上眼睛，靠在他怀里睡觉。贺景修看她对自己放心的模样，一时也不知该觉得高兴还是难受。

他把人抱回房间，抬手捏了捏她红彤彤的脸颊：“博盈。”

没有人理他。

贺景修轻刮了下她鼻尖，低声说：“明天再找你算账。”

摸喉结和喝醉酒的账。

房间里灯光昏暗，只留有一盏小台灯。

贺景修垂眼看床上的人，她卸过妆了，皮肤白皙，没有任何化妆品的遮挡，看上去更显嫩。脸小小的，杏眼紧闭，看上去乖巧安静了很多。

喝醉酒的缘故，她双颊绯红，仿佛涂了上好的腮红，但又比腮红更诱人。

贺景修盯着看了须臾，喉结滚了滚，俯身靠近。

“博盈。”

“嗯……”博盈喃喃应着，不太舒服地皱了皱眉，侧着身子。

贺景修没忍住，笑了下：“还能不能起来喝醒酒茶？”

没人理他。

贺景修挑眉，捏了捏她肉嘟嘟的脸，倒是再没强迫她起来。

他起身，进浴室拧了湿毛巾，给她擦了擦脸和手，收拾妥当后才给裴彦打了个电话，让他过来接人。

喝醉酒的博盈，一整晚都很安静。她喝醉酒了不会闹腾，除非心情不好，不然能一觉睡到天亮。

看着她的睡颜，贺景修想起了上回博延和他说的那些话。

两人出去偷偷聊的那一段，博盈问过他好几遍，说她哥哥跟他聊了什么，贺景修都闭口不言。

在他没有参与她的生活的那些岁月里，贺景修并不知道，她经历了那么多。

他一直以为，两人之间只有那个误会，那个被她父母插手而造成的误会，却未曾想过，还有更多。

博延口中的妹妹挺没心没肺的，可实际上，她的心思比其他人更细腻更敏感，也因此，给自己无形中加了很多压力。

她会因为觉得父母对不起迟绿而毅然决然转专业，只为了有一天能帮上自己的朋友。

出国两年，不敢和家里联系，不敢和好友联系，她害怕，害怕电话一打，听到好友和她说再也不要联系的话。在朋友这方面，博盈心热，胆子却很小。

她明明很耀眼，可总有说不出的自卑，她害怕别人不喜欢自己，害怕自己哪儿做得不好惹人不开心。因为从小在家，她就算做得再好，她的父母也不会满意，他们总认为她可以更好。

在公司，博盈也永远待人真诚，可总有人莫名其妙地挑刺。

想到这儿，贺景修伸手，撩开她脸上的发丝，声音低沉地问："怎么就不知道找人帮忙？你是笨蛋吗？"

床上的人无意识地皱了下眉，还抬起手拍了他一下。

贺景修无言，抓着她的手握紧。

月光偷偷闯入房间，洒在床上少女脸颊，明媚又美好。

贺景修盯着她，忽然有些后悔。

为什么当时要同意等她到十八岁？如果当时他就和她在一起，他们现在是不是已经结婚了？

但很多事，注定没有如果。

思及此，贺景修俯身，在她唇上落下一吻。

"好好睡。"他说，"我陪你。"

以后无论发生什么事，好的坏的，都有我陪你。

他再不会让她独自承受。

醒来时，头有点痛。

博盈眯着眼在床上躺了三分钟，听到楼下动静后，才挣扎着起床。

她一动，贺博美像是有感知一样，围着正在厨房的贺景修打转。

他笑了下，随口道："去吧。"

贺博美得到指令，一溜烟消失在厨房，跑上楼梯，用爪子扑着博盈的房门。

博盈拉开门，贺博美扑了过来。她扑哧一笑，说："你怎么知道我醒了？"

贺博美吐着舌头，围着她打转。

博盈笑，往浴室走，嘟囔道："我去刷牙，你陪我一起？"

她打开浴室门，站在洗漱台前刷牙，贺博美便安安静静地蹲在门口守着她。

博盈看着，有种说不出的安全感。他们家的狗狗，真的太乖太乖了。

洗漱完，博盈索性化了个妆。

今天是周六，但她要去参加面试，面试时间是十点，这会儿还早。

下楼时，贺景修已经给她准备了早餐。

博盈看了一眼，惊讶道："你自己做的？"

贺景修看她："头痛不痛？"

"有一点点。"博盈看他，不好意思地说，"我昨晚闹你了吗？"

"没有。"

贺景修转身，给她递了一杯蜂蜜水："先把这个喝了，再吃早餐。"

喝完，博盈乖乖到餐桌边坐下。

她看男人身上的休闲装，眉眼弯弯："贺总。"

贺景修瞥向她。

博盈眨了眨眼，故意道："你今天好年轻啊。"

不是博盈情人眼里出西施，是贺景修今天的整个搭配，真的很有活力。一件白色的连帽卫衣，搭配深色牛仔裤，怎么看怎么年轻。

贺景修提醒她："博盈，我也没有很老。"

他不过是二十七岁，怎么从博盈嘴里说出来，总感觉他已经四五十岁，不适合做这样的打扮了。

博盈微哽："我知道啊。"

她张嘴，接过他给的投喂，边吃边道："我就是夸你。今天真帅。"

贺景修看她眸子里闪过的狡黠，笑了笑："紧张了？"

博盈每次一紧张就话多。

两人对视一眼，博盈道："一点点。"

贺景修把准备好的早餐推到她面前，瞳仁里带着笑："一百分早餐，吃了今天顺利通过面试。"

博盈一愣，看着面前的鸡蛋火腿，和旁边的三明治搭配，她忍俊不禁："那三明治算什么？"

一百分，有鸡蛋跟火腿搭配就行了。

贺景修默了默，老实说："怕你吃不饱。"

吃完贺景修准备的一百分早餐，两人出发去面试地点。

面试的地方还是律所，在北城很高档的写字楼里。博盈去的时候，还跟方博裕聊了聊。

她下车时，方博裕已经在等着了。

“博盈。”

方博裕朝她扬了扬手，在看到驾驶座下来的人后，愣了两秒，喊道：“贺总。”

贺景修颔首，看了眼面前的写字楼，低声道：“我不方便陪你进去。”

博盈点头，仰头看他：“我知道，你如果忙的话先回去？我晚点自己打车回家。”

贺景修：“不忙。”他淡淡地说，“我在车里等你，去吧。”

博盈看他：“那我走了。”

贺景修沉默了一会儿，忽而看向方博裕，直接说：“你先进去吧，我跟博盈说两句。”

方博裕转身离开，把空间和时间留给这对秀恩爱的情侣。

人走后，博盈眉眼弯弯望着他：“要跟我说什么？”

“别紧张。”贺景修重复。

博盈撇撇嘴，不满意地看着他：“就这样？”

贺景修敛眉，直勾勾盯着她。

两人站在大街上，周末的缘故，早上这边人还很少。秋日暖阳落在他们身上，和煦如春风。男人的眼神炙热，比阳光还要让人无法忽视。

博盈下意识抿了下唇，正想说要是没话说那她就走了，她刚张嘴，贺景修突然托着她的脑袋吻了下来。

没有吻很久。贺景修顾忌着她还有面试，克制了很多。

两人分开时，他的唇瓣沾上了她的口红，性感得不得了。

男人嗓音低沉，手指轻捏她红了的耳垂，道：“我在这儿等你。”

他的呼吸拂过她耳尖，唇也贴在她的耳边，似有似无的呼吸落下，撩得博盈心跳如擂鼓。

和贺景修接过很多次吻，可每一次他带给自己的悸动都不一样。

博盈不知道该怎么形容，也不知道别的情侣是不是这样，反正她是。

无论有过多少次，每次和他亲吻时，她还是会小鹿乱撞如初恋的少女。

她真的，很喜欢贺景修。

注意到她眼神，贺景修没忍住，弯腰轻蹭她鼻尖，声音里带着些蛊惑：“博盈，如果我再亲你，你面试会更紧张，还是会更放松？”

博盈呆愣着抬头。

“嗯？”

贺景修诱惑她：“告诉我答案？”

三秒后，博盈说：“你可以转移我面试的紧张。”让我在其他事情上紧张。

贺景修一点也没让她失望，又拉着人入怀，再次吻了下去。

这个吻，比之前的漫长，比之前的温柔，以至于他放开博盈时，她都有些站不稳了。

贺景修说：“去吧，我在外面给你加油。”

博盈眨了眨眼，“嗯”了一声：“那我面试完想喝奶茶。”

贺景修无奈地一笑：“好，我买好等你。”

进写字楼后，博盈先去了趟洗手间。

坐电梯到面试这层楼时，门口有不少同龄人在等待，每一个都打扮得都很青春。

博盈看着，莫名有点高兴。她抿了下唇，总觉得唇上还沾着贺景修的味道，让她心跳加快，却又让她安心。

在她紧张的时刻，他都在陪伴自己。

“待会儿是你先吗？”博盈问方博裕。

方博裕点头：“对，你别太紧张了，正常发挥就好。”

博盈笑笑：“嗯，你也是。要给公司争光。”

周围都是镜头，两人也没刻意避开装不熟。反正如果有可能被选上的话，大家迟早知道他们是同事。

没一会儿，面试正式开始了。

博盈排在后边，倒是不怎么着急。她拎着包到旁边位子上坐着等待，顺手翻阅自己准备的面试资料。

正看着，耳畔有女生的声音冒出：“你好。”

博盈回头一看，在看到穿着小裙子的女生后，弯了弯唇：“你好，博盈。”

“虞梦嘉。你紧张吗？”

两人都是来面试的。

博盈笑笑：“还好，你呢？”

“有一点点。”虞梦嘉深呼吸了下，手指蜷缩在膝盖上，整个人有些局促不安。

博盈看着，笑了笑说：“你之前听说过这个综艺节目在哪儿录制吗？”

“我听说了。”虞梦嘉声音发颤，“在贺氏集团那边。”

博盈“嗯”了一声，笑盈盈道：“你追星吗？”

“啊？”虞梦嘉愣了一下，下意识点头，“追，有喜欢的男明星。”

博盈眼睛亮了：“要不要分享一下？”她说，“我喜欢帅哥，追的有点多。”

虞梦嘉失笑，说道：“我喜欢周砚，你知道他吗？”

博盈眨了眨眼，还真不知道。

“我现在去了解。”她问，“那你喜欢他什么呀？”

虞梦嘉想了想，认真说：“最开始是他脸长得好看，然后是因为他性格和演技很好。”

博盈点了点头，突然说：“贺氏集团的老板也很帅，说不定比你偶像还帅。”

“啊？”虞梦嘉有些发蒙。

博盈拍了拍她肩膀，鼓励说：“面试别紧张，我们一起加油啊，然后去贺氏集团看帅哥。”两人身上都戴着麦，博盈还不太适应，自然忘记了。

如果她记得的话，她不会提去看贺氏集团老板，她只会说去贺氏集团看大帅哥。

节目播出时，博盈后悔已经来不及了。

两位漂亮女生在外面交流着，虞梦嘉在她前面，进去时博盈主动抱了抱她，给她加油，甚至笑着说待会儿请她喝奶茶。

女孩子，鲜有不爱奶茶的。

果不其然，虞梦嘉开心道："好，那待会儿一起。我先去。"

"嗯嗯。"

人进去后，博盈给贺景修发了个消息，让他买两杯奶茶。

贺景修：？

博盈：刚认识了一个漂亮妹妹还是姐姐，我说了要请她喝奶茶。

贺景修无言，他真不知道博盈哪来的本事，就这么短的时间也能跟人交谈甚欢，还约好了一起喝奶茶。

对自己的女友，他这么个霸总也毫无办法，只能任劳任怨再跑一次奶茶店。

面试没有博盈想象的难，面试官问的问题，有些是她未曾涉及的，但她都能巧妙地应对。面试官在得知她是在国外学的法律，让她用英语全程介绍自己时，她也没有任何问题。

她大学学的不是法律专业，但也并未因此被减分，相反因为她能说流畅的法语，给她加了不少印象分。

结束时，虞梦嘉和方博裕都还在等她。

博盈笑盈盈过去，一身轻松。

"如何？"方博裕看她。

博盈耸肩："我觉得发挥得挺好的，但肯定有比我更好的。"

方博裕莞尔："那应该没问题。"

博盈笑笑，给两人介绍："对了，这是我同事方博裕，这是虞梦嘉。"她说，"我刚认识的美女。"

虞梦嘉愣了愣，诧异道："你们都上班了吗？"

博盈点头："对，我们俩今年毕业的。"

虞梦嘉笑笑，介绍说："我也毕业了，但我前不久从实习单位离职了，还没找新工作。"

两人笑："这就是你的新工作。"

虞梦嘉："希望可以。"

博盈鼓励道："没问题的，我们先下去？你住哪里？"

虞梦嘉说了个地方。

博盈点了点头，方向倒是和他们不一样。

几个人下楼时，她一眼便看到了贺景修停在路边的车。

博盈跟两人说了一声，跑去车里。

她刚走近，贺景修的车窗降了下来。

“贺总。”博盈朝他伸出手，“奶茶呢？”

贺景修侧眸看她，无奈地把奶茶递给她：“去吧，需要送方博裕回去吗？”

博盈愣了一下，思忖了会儿说：“不用吧，我觉得他会不自在。”

贺景修扬了扬眉，倒是没勉强：“好。”

至于刚认识的虞梦嘉，博盈思考了会儿，觉得不太适合让她跟贺景修现在见面认识。毕竟，他们俩这地下恋情还没公开。

把奶茶递给两人，虞梦嘉看了眼不远的黑色轿车，也很知趣地没多问。

至于方博裕，有眼力见的很。

他晃了晃奶茶，笑说：“面试过了的话，我请你们喝咖啡。”

“行啊。”

跟两人聊了一会儿，博盈才回到车内。

贺景修看她一脸高兴的模样，终于没忍住，抬手捏了捏她的脸颊：“看来面试感觉不错。”

博盈偏头看他，盯着他的脸看了会儿：“贺总。”

“嗯？”

“你该不会这也吃醋吧？”

贺景修觑她一眼：“我没那么小气。”

博盈笑，靠在他手臂上撒娇：“现在我的时间都是你的了，你想带我做什么呢？”

闻言，贺景修深邃的眼落在她身上，从上而下，又从下往上，停滞在她那双漂亮的杏眸处：“什么都听我的？”

博盈：“……啊，可以。”

贺景修点头："行，现在跟你算算账。"

"什么账？"

贺景修意味深长地看着她，意思很明显。

博盈蒙了半分钟，才在他的眼神暗示下反应过来。他这是要算昨天在办公室的账。

思及此，博盈莫名有点口干。

她咳了一声，拿着旁边的保温杯打开，喝了口水，心虚不已："你怎么还记仇呢？都过去那么久了。"

"久？"

"对啊。"博盈掰着手指数，"二十四小时还不久吗？我都睡了一觉又赶了一场面试。"

贺景修看着她，很轻地笑了下，没再继续这个话题。

看着男人的侧脸，博盈紧张地又抿了口水。

"我们现在去哪儿？"

"带你去吃饭。"贺景修说。

"吃完呢？"博盈趴在车窗上看着外边，到中午了，马路上的人渐渐多了起来，周末气氛浓郁。

贺景修看她一眼："再说。"

在去吃饭的路上，博盈看着沿途的风景，从最开始的淡定到茫然。她转头，去看一侧的男人。

贺景修正专注地开车，没察觉到她的目光。

好一会儿，借着等红灯时间，男人才侧身："怎么了？"

博盈眨眨眼说："再往前开就出市区了，我们去郊区吃饭？"

贺景修笑了下："现在才问，是不是晚了点？"

博盈摸了下鼻尖："我刚反应过来。"

贺景修解释："吃饭的地方确实在郊区。"

博盈眨眨眼，总觉得他还有下一句话："然后呢？"

贺景修看她，沉默了会儿，问："介不介意今晚住外面？"

两人对视一眼，灯变绿了。

贺景修踩下油门，继续往前。博盈在一侧蒙了几秒，忽地反应过来：“我们要出去玩？”

贺景修点头。

博盈呆了呆，眨巴着大眼睛看他：“去哪儿？”她怎么什么都不知道？

贺景修笑了下，卖着关子：“晚点告诉你。”

博盈不满地看着贺景修，试图想早点知道答案。但男人就是不说，她撒娇都没办法。

又过了一会儿，沿途的风景越来越好，路道也越发宽敞。博盈的眼睛扫到了不远处的路标指向牌。

她怔了怔，忽然想到了什么。

“我们去枫叶山？”

枫叶山是北城有名的山之一，每年游客都很多。

每到秋天，这儿就像是上帝打翻的五彩调色盘一样，漂亮得让人惊叹。而最让人向往的，是这儿的枫树叶子。比其他树木的叶子更漂亮，更惹人关注。

很多采风的画手，想要寻找美丽镜头的摄影师，都会来这里。

前几天，博盈刷微博时正好刷到了一位博主来这边拍的照片，很是好看，她顺手点了个赞。但她没想到，贺景修会注意到这点。

她以为，像贺景修这样忙碌的人，应该不会有微博更不会闲着无事看微博。

思及此，博盈眼睛直勾勾地看着他。

“贺总。”她盯着贺景修微翘的睫毛，小心翼翼地戳了戳他手臂，“是不是枫叶山？”

贺景修笑了下：“我女朋友真聪明。”

博盈噎了噎，唇角却不受控地上扬。她舔了下唇，轻哼道：“那当然。”

她本来就聪明。

贺景修弯了下唇：“要不要睡一会儿？”

“不用。”博盈盯着高速路边的风景，“我昨晚睡得还行。”

这一点，贺景修不置可否，她确实睡得很香。

博盈和他叽叽喳喳说了会儿话，主要是怕他无聊犯困。过了好一会儿，她才忽然想起："那博美怎么办？"

两人今晚不回去，贺博美都没办法遛。

贺景修说："我给你个提议。"

"什么？"

"找盛纯帮忙遛。"

博盈眨了眨眼，隐约明白了点什么。

她瞅着贺景修，追问："昨晚盛纯怎么回去的？"

"我给裴彦打了电话。"

"哦！"博盈点了点头，"你还很照顾你朋友。"

贺景修："……"

博盈继续："狼狈为奸。"

闻言，贺景修觉得自己非常冤枉："我有吗？"他看着博盈，"我怎么就跟裴彦一样了？"

"你们就是一样的。"博盈撇着嘴嫌弃，"你想让我叫盛纯去遛狗，贺博美那么大一只，盛纯又不是经常接触，肯定要人陪着一起吧？"

这个陪的人，毫无疑问是裴彦。

贺景修不得不承认自己的女朋友是真聪明，什么都想到了。

他应着，问："那你要让她去吗？"

博盈沉默半分钟，语气坚定："要。"

如果没有昨晚盛纯分享的故事，她可能不会答应。但博盈现在有点喜欢盛纯和裴彦的爱情故事，她觉得有必要助攻一把。

当然，更重要的是，她觉得这两人本就是小情侣的吵吵闹闹，需要点时间和契机和好。

给盛纯打完电话，博盈原本打算再陪贺景修聊会儿天。但不知道是心情太好，还是被秋日的阳光晒得太舒服，突然就困了。

她咕哝了几句，不知不觉睡了过去。

外面刺眼的阳光被挡住，博盈的座椅被调了下去，她舒舒服服地睡着了。醒来时，她还有些蒙。

博盈揉了揉眼睛，驾驶座没人了。

她往自己这边的窗户看，看到了背对着自己的人。

贺景修站在她这边窗外，替她挡住了外头射进来的光。

博盈怔了怔，有些说不出的感动。

这个人对她的照顾和温柔，永远都在日常的小事上。

心有灵犀一般，贺景修转身看过来。

博盈降下车窗，索性把脑袋搭在车窗边上，仰头望着他。

贺景修垂眼，真心觉得她此刻很像家里需要被抚摸的贺博美。他没忍住，伸手挠了挠她下巴。

博盈感受着他的手法，瞪圆眼问："你是把我当博美了吗？"

贺景修低头，亲了下她的唇："我不会亲博美。"

话虽如此，但博盈总觉得贺景修对她和对贺博美没多大区别。

她眯着眼，下巴还被他捏着，依旧在挠。

贺景修看她此刻模样，唇角上挑："舒服？"

博盈默了默说："还行。"

但这样吧，会显得她真的像被主人抚摸的小狗。

想到这儿，博盈的表情变得有些微妙起来。

贺景修看她眼睛，便知道她在想什么。

他轻弯了下唇，低声问："是准备再待一会儿，还是去吃饭？"

"……吃饭。"博盈望着刺目阳光，困倦增添了几分，"吃完饭就上山吗？"

两人这会儿还没到山顶，正在半山腰处。博盈之前听人说过，半山腰有两家特别好的餐厅，风景宜人，菜品各方面都非常不错。

整体概括下来没有缺点，一定要挑刺的话，那就是这儿太偏太远，适合短途旅行过来用餐。

贺景修"嗯"了一声，替她拉开车门，"对，顺便买点东西。"

博盈瞥向他："买什么，晚上要用的吗？"她说着，忽而一顿，"半山腰有超市吗？"

贺景修点头："有。"

半山腰的饭店需要提前预订位子，博盈跟贺景修顺畅地进去时，她才反应过来，贺景修带她出来玩不是突发奇想，是早有预谋。

思及此，她瞅着贺景修看了好几眼。

她正看着，猝不及防被他抓住。

“看什么？”博盈先发制人。

贺景修被她这样倒打一耙也不生气，神色坦然道：“看女朋友。”

论厚脸皮和直白，博盈现在败了，她比不过贺景修。

不知从什么时候开始，贺景修变得不再沉闷，成了一个有话直说的人。

博盈窃喜。因为这样的贺景修，只有自己能看见，能感受。

他和高中比较，变化很大。

“贺景修。”博盈看他。

贺景修垂眼：“嗯？”

博盈靠在他身侧，软的像没骨头，轻声说：“圣诞节的时候，我们回学校去看看吧？”

贺景修微怔，笑问：“为什么要等圣诞节？”

“因为接下来这两个月都会很忙，就算有时间回去，也没圣诞节有氛围。”博盈认真分析。

当然，最重要的原因她没说。

圣诞节，她跟贺景修有不一样的回忆，她想重温旧梦，想感受他在自己身侧的真实感。

贺景修没意见，他本打算过两周就带她回去看看的，但她要在圣诞节，那就暂时推后也无妨。

他盯着博盈看了须臾，低声说：“你想什么时候都行，我会陪你。”

博盈眼睛弯了弯，回应他的承诺。

为了不被人打扰，贺景修订了个包厢用餐。

博盈懒得点菜，全交给他。反正谁点，选的都是她喜欢的食物。

餐厅的食物是真不错，菜品精致，分量虽少，但做得好吃，博盈不由得吃撑了。

“我们到山顶后，应该没有这么好吃的了吧？”

贺景修拍了拍她脑袋："你想吃我们可以下来。"

"那不用，在山顶吃别的也一样。"

从餐厅离开，两人去了附近的小超市，买了些在山顶需要用到的生活用品，两人才继续往前。

贺景修的车没办法开到山顶，两人还要走一段路。

贺景修还好，提着东西也能很轻松，博盈就比较遭罪了。

她本就不是爱锻炼的人，每天懒懒的，能躺着绝不坐着，能坐着绝不站着，完全不怎么运动。这段时间遛狗，是她唯一做的运动。

"走不动了。"博盈被贺景修拉着，苦着一张脸，"好累。"

贺景修回头看了一眼，突然说："你这体力……"

话还没说完，被博盈瞪了一眼："我体力怎么了？"

"太弱。"贺景修也不怕她生气，直接点评，"回去多锻炼。"

博盈剜他一眼，哼哼唧唧地说："你要是逼我锻炼，你就会失去一个可爱又漂亮的女朋友，知道吗？"

贺景修哭笑不得，垂着眼看她："这么严重？"

"对啊。"博盈理直气壮道，"你自己好好考虑下，要不要再叫我锻炼。"

贺景修思忖了会儿，问："那换位思考一下，我让你锻炼了，我是不是会得到一个可爱又漂亮，体力又很好，身体也很健康的女朋友？"

博盈蒙了，她眨了眨眼，不敢相信自己听见了什么。

"贺景修！"她气急败坏地喊着，"哪有你这样换位思考的！"

贺景修牵着她的手，唇角上挑："我带你走。"

博盈心有不甘，但也没辙。她现在只能依靠面前这个男人。

两人慢悠悠走了大半小时，终于抵达了山顶。

一到山顶，博盈便惊叹，眼睛所到之处，全是漂亮的景色。

远处有还没红透的枫叶，地上堆了一地，全是飘落下来的树叶，另一侧有银杏，有其他她不认识的参天大树。树枝垂落，被压弯了腰，往下坠着。枝叶有绿有黄有红，还有混在其中，像半熟芝士似的，叶尖红了，根部还没来得及跟上。

博盈眼睛亮亮的，忍不住感慨："好漂亮。"

这比她在微博刷到的那些风景照更好看。很多景色，是没办法用相机记录，需要眼睛去感受。

贺景修看她高兴模样，剑眉微挑。他走到博盈身侧，把一件外套搭她肩上。

"山顶风大，晚上会冷。"贺景修看她，"把衣服搭着。"

博盈低头一看，是他刚刚在车里拿出的风衣。

她拢了拢，仰头看他："你不冷？"

"不冷。"贺景修示意，"你先到处看看，我让人送帐篷过来。"

来之前他便安排好了，上了枫叶山不住民宿酒店，他们俩在外露营。

每年秋天，来枫叶山旅游露营的人很多，两人的行为一点都不奇怪。人们甚至还说，到了这里不体验露营，相当于白来。

没一会儿，便有人把他们的帐篷送了过来。

博盈看了眼，看向贺景修："双人帐篷？"

贺景修点头。

博盈蹲在旁边，沉默了会儿，问："就一顶吗？"

贺景修这才转头看她，他瞳仁黑亮，直勾勾地望着她："不想和我住一起？"

博盈有些受不了他这眼神。她不自在地舔了下唇，转开视线咕哝："你也没提前跟我说呀。"

贺景修："我的错。"他一本正经地道，"我现在问，还来得及吗？"

博盈怀疑他就是故意的，她轻哼："来不及了，也没帐篷了呀。"

"有。"贺景修看她，"要吗？"

选择权落在自己手里，博盈反而为难了。

她睃了贺景修一眼，撒娇似的咕哝："你就是故意的。"

明知道，她拒绝不了他。

看她一脸苦恼，贺景修忽而落下一句："放心。"

博盈愣了下，猛地反应过来。

她刚刚根本没往深处想，只是单纯想抓他行为的漏洞。但这会儿被他这么一提示，她反而窘迫到不知今夕是何年了。

她脸涨红，上下唇动了动，半天憋出一句："……我不是那个意思。"

她不是担心跟贺景修住一个帐篷，他会对自己做什么。这一点，她不是很怕。

两人交往这么久了，有时候博盈想进一步，这人反是会收敛和克制。

没过多久，两人便把帐篷搭好了。

看着面前搭好的双人帐篷，博盈轻眨了眨眼，这才想起来问："你怎么那么熟练？"

贺景修："以前搭过。"

"啊……"博盈愣了愣，直勾勾望着他，轻声问，"是大学的时候吗？"

贺景修看她，揉了揉她头发，解释说："高考毕业时出去旅游，有露营过，大学也有。"

高考后的那年，也是他最放松的时候。贺景修走了很多地方，有一个人的时候，也有和裴彦、骆霄一起的时候。他们那会儿都不到二十岁，玩得很疯。

他依稀记得，他曾和裴彦、骆霄一起，深夜穿过冒险森林，一起自驾游，从白天到深夜，一路没停，只为了抵达某个地方。

博盈听着，没吱声。

贺景修侧眸，盯着她看了会儿问："你呢？"

"我什么？"

贺景修笑，声音温柔："今晚跟我说说，毕业后都做了什么？"

博盈："高中吗？"

贺景修想了想："从高二暑假开始说吧。"

他们从博盈高二那年暑假分开，之后几年她的生活他再没参与，他想听她说一说，他没陪她走过的那些岁月。无论是学习还是生活，大事或小事，贺景修都想听她亲口告诉自己。

博盈和他对视片刻，垂着脑袋道："我没什么好说的，全是一些无聊日常。"

"嗯？"贺景修挑眉。

博盈眼眸闪了闪，看他："你先说。"

贺景修失笑，点点头说：“好，想知道什么？”

博盈在旁边看着他，接过他给自己递过来的水抿了口，想了好一会儿，才问：“大学同学，有长得很漂亮的吗？”

贺景修沉默了会儿，不确定地说：“有吧。”

“有吧？”博盈瞪圆眼看他，“有没有你不知道吗？”

贺景修一脸真诚地看着她，诚恳道：“没太注意。”他说，“我当时刚被某个小麻烦精伤害，对女生敬而远之。”

“什么？”博盈被他的话逗笑，抬手捶了下他胸口，“到底是谁伤害谁呀！”

贺景修怔了一瞬，敛眉一笑：“我伤害你。”

有片刻，阳光好像被乌云遮挡。

博盈抬眸望着他，看着他沐浴在阳光下的侧脸，不知是她的错觉还是什么，她总觉得此刻的他好像和大学时期重叠在了一起。

明明，她根本不知道他大学时候是什么样。

注意到她呆呆愣愣的目光，贺景修轻轻地问：“想什么？”

博盈回过神来，不想让这么快乐的氛围没了，眼珠子转了转，胡搅蛮缠道：“你别想转移话题，快点说，长得最漂亮的是谁？”

说话间，她还挑衅似的捧住了贺景修的脸。

贺景修没忍住笑，咳了一声道：“说实话，还真不知道。”又道，“记不清了。”

不重要的人，他从来不放在心上。重要的人，即便是细微的情绪变化，他也能第一时间察觉。

听到这个答案，博盈算不上满意，但又有点儿高兴。

没有人不希望自己喜欢的人，从始至终，满心满眼都是自己。博盈是个俗人，也是个刚恋爱的小女生，自然也是如此。

她唇角上挑，眉梢扬了扬：“哦。”

贺景修捏了捏她鼻子：“还想问什么？”

“那追你的女生多不多？”

贺景修再次沉默了会儿，看着她：“没注意过。”

博盈点点头道：“那就是多。”

如果只是三两个，那肯定记得。只有多了，他才不会去注意。

贺景修没敢应声，怕说多错多。

其实博盈不是真的找他算旧账，不说别的，当年他们在高中那段，可以说开始了，但也可以说从未开始过。更遑论大学时彻底分开了，就算贺景修在大学或研究生时谈过恋爱，那也很正常。他们本来就分开了，他有再选择的权利，她也一样。

当然，在知道他没有时，喜悦还是增多了。

博盈瞅着他，又问了点别的无关痛痒的事。贺景修如实作答。

博盈最好奇的，其实不是有多少人喜欢贺景修，她最想知道的，是自己没有参与的那段时光，他过得开不开心，有没有好好享受大学生活，有没有趁着年轻，肆意放纵。

不用想，这必然是有的。

贺景修是个会往前走的人，他的心或许会留在原地，但他的生活会前进。

大学四年，他算不上享受，但年轻人会做的、喜欢做的，他都做过。

除了恋爱。

就像他之前告诉博盈的，去露营，去自驾游，这些都有过。

他们几个大男孩甚至还一起追过极光，在结了冰的湖上行走，鼻子和耳朵被风吹过，像冻住了一样，没有了任何知觉。

贺景修告诉博盈，他们还去沙漠看过日出。

很漂亮，橙黄色的，一浮现便能让人生出希望。在看到日出的那一刻，你会发现自己在之前做出的所有努力，都是值得的。

博盈听着，恍然有种身临其境的感觉。

听贺景修描述，好像她也去过他到的那些地方。

天忽然暗了下来。两人收拾了一通，晚上准备随便吃点东西。

山顶露营，有烧烤架子出租，也有火锅，一应俱全。

博盈纠结了一会儿，选择了火锅。烧烤要自己动手，就算贺景修会帮她烤，她也不太舍得看他一直折腾。一顿下来，她吃饱了，他可能吃不饱。

两人吃了一顿不怎么奢侈的火锅。吃完，周围亮起了灯。

这个季节露营的人很多，博盈和贺景修的旁边便有好几顶帐篷，整整齐齐排列，延伸到了另一边。

两边都是帐篷，中间有一条不宽不窄的过道。

博盈站在帐篷前看了看，听见了远处传来的喧闹声和歌声。

她扬了扬眉，好奇地问："那边有什么活动吗？"

贺景修垂眼："去看看？"

"好。"

两人往那边走。

走近才发现，是有一个公司周末在这边团建，正在做游戏，输了的人要到中间表演，唱歌跳舞都行。

博盈看了会儿，直发笑："我们公司为什么没团建过？"

贺景修看着她，提醒道："一般在年底。"

博盈"哦"了一声，兴致勃勃："一般都去哪儿呀？"

"泡温泉、度假村爬山等。"

"……挺没意思的。"听完后，博盈认真做出点评。

贺景修垂眸问："你想去哪儿？"

闻言，博盈扭头看他："我想去哪儿就去哪儿吗？"

贺景修扬眉："你觉得呢？"

不知为何，博盈看懂了他眼睛里的深意，她微窘，热着脸转头："那还是不了，你作为一个老板，还是多听听员工们的意见。"她小声说，"你别当昏君。"

贺景修笑了一声："当昏君也挺好。"

博盈噎住。她睃他一眼，挽着他的手道："不要，大家想去哪儿就去哪儿，我都可以。"

贺景修失笑，答应着。

在这边转了转，博盈跟贺景修才回去洗漱。

山顶有专门洗漱的地方，她抱着在超市里买的一次性换洗衣物，往洗漱那边走。

地方不大，但还算干净。她让贺景修先洗漱，然后自己再进去。

博盈洗完出来时，男人正在门口等她。

她欲往前走，隐约发现了丁点不对，贺景修面前站了人。

博盈侧了侧身，定睛一看，他面前有两个捧着手机的漂亮女生。她脚步一滞，索性站在原地不动。

倏地，贺景修像是有所察觉一样，回头望了过来。

两人视线撞上。少顷，他回过头跟两位女生说了点什么，女生离开，他转身朝博盈走来。

博盈低着头，看男人越来越近。

她抬头，佯装生气地斜睨他一眼，哼了一声抬脚往前走。

贺景修错愕，忙不迭跟上。

“东西给我。”他指的是她手里抱着的洗漱用品。

“不要。”博盈大小姐脾气显露，“我自己拿得动。”

话音刚落，她脚下踩到了石头，往旁边歪了下。贺景修眼疾手快抓住她手臂，将人往自己怀里带。

两人刚洗漱完，身上带着同款沐浴露的香味。

这是博盈刚刚在山下超市选的牛奶沐浴露的味道。

博盈不是很喜欢这个味道，她一直觉得这个牌子的沐浴露很不好闻，牛奶味不像牛奶味，淡且不说，闻起来还有点廉价。但山底下的小超市，也轮不到她挑剔，只能将就着用。

可这会儿闻着男人身上的沐浴露气味，博盈忽然有不同感觉了。

她走神地想，这牌子沐浴露是自己变高端了吗，为什么那么好闻？

正想着，男人的手落在她的肩上，温度隔着衣物传递到她这边。

博盈身子一颤，下意识地舔了下唇，收住自己那些乱七八糟的思想，傲娇地跺了跺脚，生气地说：“这石头怎么回事，摆这里不知道很容易让人崴脚吗？”

借着树上照下来的光，贺景修看到她红了的耳根子。

他剑眉微挑，笑了下。

“嗯。”他应着，“我们走的时候跟这边负责人提提意见。”

博盈微窘，抬头瞪他一眼。

贺景修笑出声，手捧着她脸庞，指腹挠着她下巴轻轻安抚：“生气了？”

“对。”博盈坦荡道，“准备怎么哄我？”

贺景修扬眉，眼睛含笑望着她：“晚点告诉你。”

不知为何，博盈看着他那双眼，总觉得他这句话说的，和她想的可能不太一样。

她沉默了会儿，提醒：“我要真的哄。”

贺景修：“放心，绝对哄到你满意。”

博盈哼了一声：“你还没哄呢，怎么知道我会满意？”

贺景修没正面回答，反而转了话题问：“还想不想看星星？”

知道来这里后，博盈念叨了好几遍，晚上要起来看星星，她还跟贺景修说，如果她睡着了，他要把她喊起来。

话题转得太快，博盈蒙了一下：“你不想看？”

“没有。”贺景修抬手，把她脸颊的头发别在耳后，声音低沉，“你想看就看。”

博盈觉得他这话奇奇怪怪的，可一时间又找不出这话的漏洞在哪里。

她狐疑地看了他好一会儿，也没想明白。

走回帐篷，博盈抬头看了眼夜空。夜空中只悬挂着皎洁的弯月，星星暂时还没有露脸。

她打了个哈欠，索性往里躺着，喊贺景修：“我先玩一会儿，晚点看。”

贺景修没意见。

两人躺在一起。刚开始，博盈还觉得一切正常，没察觉到任何异样。

直到她不老实地翻了个身，碰到男人手臂时，她怔愣了下，蠢蠢地问：“你很热吗？”

贺景修手臂滚烫滚烫的。

这话问出来，贺景修目光沉沉地看了她一眼。

帐篷的拉链早就拉上了，只有一个小口子，能让外头的风吹进来，让他们正常呼吸。

博盈有点怕黑，贺景修便准备了一盏小台灯挂在帐篷顶端，小台灯的光很弱，不会让他们觉得刺眼，却又恰到好处地能让他们看清对方。

贺景修一声未吭。

博盈下意识地伸手再摸一下，想看看是不是自己的错觉，她手还没来得及碰到他手臂，手腕被男人攥住，人也不受控地朝他怀里扑了过去。

博盈鼻尖撞到了他的胸膛，吃痛地“嘶”了一声。

她听着男人粗重的呼吸声，脸上发热，身体像被他传染了一样，开始发烫。

对着男人幽深的目光，博盈紧张地咽了下口水，正想开口说点什么，话还没说出口，贺景修抱着她翻了个身，寻着她的唇吻了下来。

帐篷外人来人往，深夜强撑着不睡，等着看星星的人很多。

帐篷内温度加剧，心跳加剧。

第十八章
家　世

出来时，周围静悄悄的。看星星的人都睡了。

贺景修拉着她，低声问：“还想看星星吗？”

博盈看了眼时间，时钟刚转到十二点。

她仰头看了看：“还得等多久呀？”

贺景修说：“两三个小时吧。这个季节，凌晨两三点是枫叶山的最佳观星时间。”

“啊？”博盈打了个哈欠，靠在他身上，困倦道，“那我先眯一会儿，等会儿你叫我？”

贺景修笑了下：“好。”

两人重新进了帐篷。

博盈的脸依旧有点热，小声道：“先开着门通通风？”

贺景修照做。

躺下后，博盈抱着他的手臂睡。她睡觉喜欢抱着东西，在家时候床上一直都有布偶。

安静了会儿，博盈用鼻尖压了压男人的手臂。

贺景修微怔，低头亲了她一口：“想说什么？”

博盈脸红红的，双眸湿漉漉地看着他："你怎么……还挺熟练的。"

贺景修无言，用鼻尖轻蹭着她脸颊，道："无师自通。"看见她就会了。

博盈"哦"了一声，突然失语。

贺景修看她："还想问什么？"

"不知道。"博盈看他，认真想了好一会儿，才小声问，"你以前有想法的时候，就没想过谈个恋爱吗？"

"嗯？"贺景修哭笑不得，"为了这个谈恋爱，是不是有点不太负责？"

贺景修道："为了生理需求谈恋爱，是对自己不负责，对别人不负责，更是对自己未来的伴侣不负责。"

这种事，他不会做。

博盈听他这么认真地说，无声弯了弯唇，回应说："我也不会这样。"

贺景修宠溺地拍了拍她脑袋。

博盈抱着贺景修手臂聊着天，说着说着，不知不觉睡了过去。

贺景修盯着她睡颜看了许久，在她唇上落下一吻，陪着她休憩。

只不过，博盈睡觉并不怎么老实。她喝醉酒不闹，可睡觉时总往他这边蹭，蹭的他满身燥热无处释放。

一整夜，贺景修几乎没怎么睡。

五点整，他把没能起来看星星的博盈喊了起来，一起看日出。

在这一刻，他们只属于对方。

看完日出，两人又回帐篷里睡了个回笼觉。但没睡多久，外头便有了喧闹声，是其他游客起来了。

两人都睡不着了，索性起床。洗漱过后，贺景修带她去餐厅吃了早餐。

"我们待会儿去转转？"

昨天两人只顾着爬山搭帐篷了，根本没去周围打转。

贺景修看她倦意满满的模样，笑问："还有精神？"

"坚持一下可以吧。"博盈不太确定地说，"来都来了，我总要拍几张好看的照片。"

贺景修翘了下嘴角："好。"

吃过早餐，两人去了枫叶山第一站景点。

逛完这里，博盈便开始耍赖，她走不动了，实在是不想走了。

贺景修逗她，来都来了确定不去？博盈狂摇头，直嚷嚷着不去了不去了。

两人打道回府。

回到停车的地方，博盈扣上安全带后，忐忑地看向旁边的人："你昨晚都没怎么睡，确定还能开两个多小时回去？"

贺景修扬眉："怕我出车祸？"

"对啊。"博盈道，"我可不想让别人误以为我们殉情。"

贺景修对她脑子里乱七八糟的想法表示佩服，他没忍住，抬手弹了下她额头，温声训斥："胡说八道。"

他道："放心，不会让你出事，我早上喝了咖啡，精神还行。"

就算是博盈愿意，他也不舍得让她年纪轻轻陪自己殉情。

博盈笑嘻嘻地应下："那我就放心啦。"她看向贺景修，"贺总，我陪你聊天吧。"

"不用。"贺景修看她，"你把座椅放下去睡一觉，睡醒就到家了。"

博盈嘴里说着陪他，想让他多点精气神。可最后还是抵挡不住周公的邀请，歪着头睡了过去。

醒来时，车已然停下。

贺景修真没骗她，睡醒就到家了。

周末两天一晃而过。

因为短途游玩的事，博盈心情颇好。

更重要的是，她昨晚接到电话，说是面试通过了，她成功入选，成为职场综艺里的一员。

刚到公司，博盈还没来得及说这个好消息，同事们先纷纷向她道喜。

她呆愣愣地接下，有点儿茫然。怎么这么快大家就知道了？

没一会儿，裴云梦替她解开了疑惑。

原来人事部那边提前收到消息，知道她和方博裕最近这段时间要去参加节目录制。

裴云梦说："紧张吗？"

博盈笑笑："还好。"

算不上紧张。

裴云梦托腮，笑盈盈地说："就要在电视上看到你了，真好呀。"

博盈挑眉，提醒她："这是网络综艺，只能在网上看。"

裴云梦耸耸肩，很是随意："都一样，反正能看见你了。"

博盈笑："这倒是。"

两人正聊着，有同事在旁边恭喜两人，笑着说："面试通过了，是不是要请大家吃饭呀？"

方博裕应声："可以啊，当然没问题。"

朱晓夏看向博盈："那博盈呢？"

博盈微微一笑："当然可以，大家想吃什么？想什么时候都行。"

"要不就今晚吧。"有人提议，"趁着你们还没正式录制综艺节目，我们先一起吃顿饭。"

"为什么要赶在综艺节目录制前吃？"邱丽问。

另一年轻点的同学笑道："我这不是怕他们俩录综艺节目火了吗？之后出去吃饭碰到粉丝，那多不方便了呀。"

方博裕笑呵呵："没那么夸张。"

"怎么没有？"吕修贤恰好路过，听到这话道，"你们俩可是我们法务部的门面，才华美貌兼具，怎么不会火？"

众人被经理的话逗笑。

吕修贤道："今晚我请客，给我们两位优秀职员庆祝，希望他们节目一切顺利。"

这话一出，大家更是高兴。

博盈笑，跟着说："那我就……等录完综艺节目再请大家怎么样？"

方博裕："我也是。今晚先吃经理的。"

大家自然没意见。

正商量着，裴云梦忽然说了句："经理，能把贺总也叫上吗？"

对着一众好奇目光，裴云梦找了个借口："这毕竟关系我们贺氏集团的声誉，贺总赏脸过来一起吃个饭，应该可以吧？"

吕修贤看了她一眼："我问问祁助理，看贺总有没有时间。"

话音刚落，所有人欢呼："希望贺总有时间。"

虽然贺景修去了会让大家紧张，但没办法，谁让他颜值高气质好，往桌上一坐，赏心悦目，让人无法忽视。更何况，不少人也想在他面前刷刷好感，让他留有些印象，方便升职加薪。

闹过后，大家收心工作。

博盈盯着电脑屏幕发了会儿呆，偷偷摸摸地给他发消息。

博盈：你晚上有饭局吗？

贺景修：有。

博盈：哦。

贺景修：要我陪你吃饭？

博盈：不要，我晚上也有饭局。

她也是大忙人了好吗？没有那么闲。

看着她发来的消息，贺景修眉峰微挑。

他想着吕修贤给他打的电话，唇微上扬，低头回复。

贺景修：什么饭局？

博盈：我们部门的。

贺景修：少喝点酒。

博盈：你才是要少喝酒的那个。

贺景修：听你的，我今晚一定少喝。

博盈：最好别喝。

贺景修：可以。

摸了会儿鱼，博盈收心工作。

综艺从周三开始正式录制，这两天她基本只做些之前工作的收尾，顺便把手里头这两天没办法完成的工作暂时交给同事，任务不重，都是烦琐小事。

一晃，要下班了。

裴云梦伸长脖子和博盈聊天："贺总去吗？"

"不会吧。"博盈不确定地说，"他说自己有饭局。"

"啊……"裴云梦有些遗憾，朝另一边看了看，小声念叨："那不是没人给你撑腰了？"

博盈一怔，哭笑不得："撑什么腰？"

裴云梦扬了扬下巴。

博盈顺着她视线去看，猛地反应过来。

难怪裴云梦会提议让吕修贤去请贺景修，原来是因为这个。

她笑笑，轻声说："放心吧，她们伤害不到我。"

裴云梦叹息一声："但她们说话好难听，你就应该亮出你大小姐的身份，吓死她们。"

博盈扬眉："那有点张扬了。"

"有什么张扬的？"裴云梦轻哼，"不张扬她们总觉得你是软柿子，再说了你之前也张扬过，你的手表事件大家都还记得。"

博盈无言，但也明白裴云梦说的是事实。

她很讨厌朱晓夏和杜楠的某些行为，朱晓夏其实还好，说话虽然难听，但能让博盈很好回击，她比较烦的是杜楠。

杜楠这种在职场混了这么多年的人，早就成了老油条。她说话难听，却又让你没办法直接反击过去，当事人知道她什么意思，可旁人听又会认为是你想太多。

总而言之，她比朱晓夏更会阴阳怪气，也最能硌硬人。

思及此，博盈没别的想法，只盼着她今晚别搞事。

不然，她可能真会忍不住在大家快乐的时候让她难堪。

吃饭的地点是大家选的烤肉店，这家店的牛肉巨贵，大家都是抱着宰经理的想法来的。

博盈和裴云梦找了角落的位子坐下，其他人也陆陆续续抵达。

"贺总来吗？"有人看向进来的吕修贤。

博盈听到这话，头也没抬，反正贺景修不可能来。

她淡定地喝水，刚抿了口，吕修贤往后示意："看看。"

“贺总！”

包厢里接二连三爆发出尖叫声。

“天哪，贺总私服好帅啊！”

“贺总今天上班穿的风衣吗？”

博盈一愣，把嘴里的水吞下，才抬眸朝门口的人望去。

贺景修换了件衣服，是一件浅色风衣，和她身上穿得很像。

她刚发现这点，身边的同事自然也有所察觉：“咦，博盈你跟贺总穿的是情侣装吗？”

听到这话，博盈差点把吞下的水咳了出来。

裴云梦看她这样，给她解围：“应该只是相似的款，风衣不都这个设计吗？”

众人点头。

杜楠跟着说：“是啊，贺总这件应该是定做的。”

贺景修没应声，他正在跟吕修贤说话。

杜楠观察着，看了眼博盈身上的，控制好音量，恰好让他们这边的人听见，跟朱晓夏闲聊似的：“我跟你说现在网上真的好多仿款，做得比大牌还真。”

朱晓夏轻笑：“是啊，所以看到差不多的也不要误会，因为你不知道他们穿的是不是一个天上一个地下。”

裴云梦蹙眉，正欲反驳，被博盈拉住了。她看向杜楠：“楠姐，要不你把我这衣服拍个照去鉴定一下是不是山寨版？”

杜楠脸色微僵：“盈盈，我就举个例子，我没有说你穿的是山寨版。”

“是吗？”博盈微微笑，“我也就随口一说，你别那么紧张。”

杜楠：“……”

有其他同事帮忙打圆场，这聚餐氛围暂时没弄僵。

不过，博盈是真不喜欢她阴阳怪气说的那些话，她低头，时不时跟迟绿发消息聊天。

迟绿和她哥录恋爱综艺去了，这会儿正无聊着，需要她提供点乐子。

她正高高兴兴聊着天，杜楠忽然凑了过来，往她手机屏幕上看着，眼睛里满是好奇：“博盈，跟谁发消息呀，笑这么开心？”

博盈立马关了屏幕，转头看她一眼，淡淡地说："朋友，怎么了？"

杜楠笑笑，扫着她的手机，意有所指道："我以为你跟男朋友发消息呢，笑得这么甜蜜。"

闻言，博盈瞥了眼不远处看过来的男人，笑着说："不是。"

"真不是呀？"杜楠穷追不舍，"有男朋友也正常啊，就是我们大家好奇，想知道你这样的女生会选什么样的男朋友。"

博盈本不想搭理她，听到这话时，她笑盈盈道："我选的男朋友啊，一定是帅的。"

杜楠愣住，抓住她话语里的漏洞："你真有男朋友了？"

"对啊。"博盈喝了口水，坦率道。

杜楠眯了眯眼，直勾勾地望着她："是……公司同事？"她看向方博裕。

"不是同事。"博盈没否认是公司的，但没有人注意。

她脸上带着笑，温声道："就是长得很帅也很有钱的，以后有机会让我男朋友请大家吃饭啊。"

裴云梦和方博裕两个知情人在旁边听着，没忍住笑。

"好啊。"裴云梦第一个附和，"那我一定要好好宰你男朋友一顿。"

博盈挑衅地看了一眼不远处的男人，暗示道："宰十顿都行。"

"我们也要，博盈，不能忘了我们啊。"

在法务部，除了杜楠和朱晓夏偶尔会找她麻烦之外，其他同事对博盈都很好，也都很喜欢她。

听到这话，博盈笑："没问题，一定请。"

大家好奇地多问了几个问题，看博盈不太想说的样子，也不再问下去了。话题转到了其他同事身上，又莫名转到了贺景修身上。

是因为喝酒引起的。

法务部有个同事很自来熟，也很喜欢找人拼酒，他刚把一圈都敬完，大家都陪着喝了一杯后，他找上贺景修。

"贺总，一起喝一杯吗？"

贺景修正要说话，注意到博盈的目光，他笑了笑，端起桌上的茶说："我以茶代酒。"

“啊？”那同事愣住。

贺景修起身，垂眸看着一圈职员：“我女朋友不让我喝酒，今晚以茶代酒，谢谢大家。”

话一说完，包厢内同事们面面相觑。

“贺总？”有女同事实在无法控制自己，惊讶道，“您有女朋友了？”

贺景修点头：“有。”

大家都惊呆。

杜楠没忍住，问了句：“是谭小姐吗？”

博盈眨了眨眼，等待贺景修给答案。

贺景修看她“求知若渴”的眼神，无奈一笑：“不是。”他道，“我跟谭小姐只是普通朋友。”

“那你女朋友长什么样呀？”有同事说，“贺总，我们不问是谁，就想知道什么样的女生可以成为您的女朋友！”

贺景修笑笑，轻声道：“我喜欢的就可以。”

他说这话时眉眼变得温柔，眼里好像有光，是提到女朋友时出现的。

博盈听着他这话，唇角偷偷往上翘了翘。

听到贺景修这话，包厢里的同事们纷纷惊叹出声。

“贺总，有点虐‘狗’了哈。”

“天哪，好想知道贺总女朋友是谁，肯定是大美女吧。”

贺景修难得地配合聊了几句：“是大美女。”他看了眼博盈，“长得很漂亮，也很有才华，很可爱。”

光是听他这样的人如此形容，大家就都不行了。

贺景修在公司是多么高不可攀的形象，在大家看来，还有些不食人间烟火。可他在形容自己女朋友时，却和大多数俗人一样。但越是这样，越是能吊起大家的胃口。

他像下凡的神仙，有了肉体凡胎，懂了情情爱爱。

俗气，却又不失浪漫。

说了这么多，贺景修便不愿再谈女朋友了，大家也不再问。

裴云梦凑在博盈耳边，小声咕哝：“贺总太会了。”

博盈压了压唇角：“也还好吧。”

裴云梦推了她一下，生气说：“你别炫耀啊，你这样会让我想打你。”

博盈忍住笑：“你打我我就不让我男朋友请你吃饭了。”

裴云梦翻了个白眼给她：“幼稚。”

吃饭中途，博盈去了趟洗手间。出来时和贺景修碰上。

她往外看了一眼，偷偷凑近旁边的男人：“贺总。”

贺景修扯过纸巾递给她擦手，一脸淡定：“什么？”

博盈快速擦手，踮着脚亲了下他唇，笑眯眯说：“表现不错，这是奖励。”

贺景修扣着她腰肢，声音低沉：“只有这个？”

博盈推了推他肩膀：“别得寸进尺啊，这儿不太方便。”

话音刚落，贺景修忽而把她拉到一根柱子后面。他眸色深深地看着她，提醒：“这里方便。”

博盈哭笑不得，仰头看他：“只能亲三分钟。”

三分钟延长至五分钟。

从厕所出来时，博盈头也没敢抬。她垂着脑袋洗手，在身后男人提醒没人时才偷偷摸摸补了个妆。

补完妆，她瞪了贺景修一眼，轻哼：“你再过五分钟回去。”

贺景修迈出的脚步一滞，无奈失笑：“行。”

他抬起手，当着博盈的面用指腹擦过嘴角，重点强调：“确实得缓缓再回去。”

刚刚他还想继续，博盈怕被人发现，紧张的情况下，直接张嘴咬了他。

现在被他这样提醒，她脸颊微红，恼羞成怒道：“贺景修，你注意点影响。”

哪有这样当老板的！

说完，飞速跑了。

回到包厢时，没太多人注意她。

博盈松了口气，她低垂着眼，捧着桌上的杯子喝水压惊。

一侧的裴云梦贼兮兮凑了过来：“十分钟哦。”

博盈微哽，小声道：“五分钟。”

裴云梦瞪圆了眼，不可思议地看着她："贺总这么快？"

下一秒，博盈被呛住了，猛地咳嗽。好一会儿，她才缓过来，哭笑不得看着她："说什么呢！"

她摸了摸发烫的耳朵，瓮声瓮气地说："我们就接了个吻。"

闻言，裴云梦也不知是遗憾还是什么，叹息一声道："贺总玩得不够野啊，这也能忍？"

博盈噎了噎，觑她一眼："你以后跟你男朋友玩野一点。"

两人正嘀嘀咕咕说着，杜楠又主动凑了过来："博盈聊什么呢，这么开心？"

她看着博盈，故意道："刚刚出去那么久，跟男朋友打电话去了？"

博盈真的很烦她。

以前念书时，虽然也遇到过讨厌的同学，也有不对付的同学，这点很正常，但真的没有一个是杜楠这种的。真的很让人心生烦躁，也让人无语。

博盈在内心表达完自己所有的心理活动，微微一笑说："是啊。"她一点也没不好意思，直接道，"不是打电话，是见男朋友。"

杜楠一愣："男朋友来了？怎么不让他过来一起吃饭啊？"

"不太方便。"博盈笑笑，"我男朋友有事，他就是想我了，过来看我一眼。"

她撩了下头发，笑得格外甜："他不放心我。"

杜楠看她这样子，正想再说点什么，贺景修从外头回来了。

他一回来，所有人的注意力自然而然转移到了这个男人身上。

贺景修环视了一圈，大家吃得也差不多了。

他端起面前的茶杯，再次以茶代酒，谢谢大家，也祝福两位参加综艺的员工一切顺利，有问题找祁助理帮忙。

聚餐到十点多，考虑到次日要上班，大家也纷纷准备离场了，没再安排其他活动。

博盈晚上喝了两杯酒，这会儿头有点晕，但还算好。她跟裴云梦挽着手一起走，杜楠还阴阳怪气说了句"你们俩感情还真的不错"。

要不是博盈这会儿累了，还真挺想怼她两句的。

走到门口，同事们正商量着找代驾。

除了贺景修，大家或多或少都喝了点酒。

博盈手机一振，是贺景修给她发的消息，让她等他。

博盈轻哼一声，正想回复，忽然听到同事的惊呼声，说是不远处有限量版豪车。她一怔，下意识转头朝大家指着的方向去看。

不远处确实停着几辆豪车，从她这个角度看，车牌号还有点眼熟。

她正茫然着，车里的人下来了。

博盈瞪圆了眼，还没来得及做出什么反应，那几个人先朝他们这边走了过来。

博盈愣了愣，没忍住翘起了唇角。

她唇角刚翘上，旁边的同事注意到了，直接问："博盈你笑什么？"

"没什么。"博盈抿了下唇，"就是有点儿意外能在这么一家烤肉店门口看见这几辆车。"

闻言，杜楠轻哼一声道："有什么意外的？这家烤肉店定位本来就高好吗？"她一脸你没见识的表情，讥讽道，"你以前没来过，肯定不知道。"

"确实。"博盈点头说，"我吃饭一般都去臻越。"

人均两千和人均五千还要是会员的餐厅对比，她常去的是后者。

杜楠噎住，正想嘲讽她，忽然又转了话题："那你认识那几辆车吗？"

博盈扬眉，看她一眼没吱声。

杜楠默认她不知道，自顾自地说："我看其中一辆好像上过新闻，说是从国外运回来的豪车，每个颜色仅此一辆。"

刚说完，朱晓夏惊呼："楠姐，你也太懂了吧？"

杜楠笑笑："就是之前坐过类似的，知道一点。"

"哦。"博盈应了一声，"类似的？同牌子的吧？"

她道："同牌子也不能说类似吧。"博盈把之前的话还给她，"这辆车是德国改装送回来的，国内应该没有类似的。"

杜楠一脸错愕地看她，上下唇动了动："你怎么知道？"

朱晓夏附和："对啊，你别是瞎说的吧。"

贺景修在另一边和吕修贤说话，但一直有注意她们这边，博盈提高了音量把刚刚的话重复了一遍，恰好让他能听见。

末了，她问："贺总，我说的对吗？"

贺景修看她眸子里的狡黠，配合她这幼稚行径，淡淡地道："嗯。"

众人愣住。

正诧异博盈怎么知道得这么清楚时，他们听见了博盈的名字。

"盈盈。"

走到他们面前的，是大家都认识的拿了三座影帝奖杯的实力派演员陈陆南。

他穿着黑色风衣，身形挺拔立在众人面前，像拍唯美海报一样。

众人还没来得及反应过来，博盈先出了一声。她扬了扬手，俏皮道："这儿呢。"

博盈看了眼贺景修，往前走了两步，又回头看向呆若木鸡的同事们，笑盈盈地说："家里人来接我了，我先走一步，大家明天见。"

众人没反应过来，眼看着她走到陈陆南几人面前。

倏地，他们看见曾在财经新闻杂志出现过的另一集团总裁抬手亲昵地拍了拍博盈额头，宠溺似的训斥："又喝酒了？"

博盈嘻嘻一笑："程湛哥，我就喝了一点点。"

姜臣瞥向她："真的是一点？"

"真的。"

程湛笑笑，直接说："晚点告诉你哥，让他找你算账。"

博盈："……"

几个人聊了两句，程湛往前走，客套似的跟贺景修打了个招呼："好久不见。"

贺景修虽有些许意外，但转念一想便明白了。

他弯了下唇："程总今天怎么有空过来？"他在配合他们演戏。

程湛扬眉，立马明白过来。他往后指了指，示意道："她哥忙，让我们过来接盈盈回去。"他解释，"毕竟是小女生，在外喝酒家里人不放心。"

"嗯。"贺景修了然，低声道，"抱歉，是我这边考虑不周，有时间我去博总那边登门道歉。"

程湛瞥他一眼，在心里琢磨着，还想登门呢，想得真好。

他脸上不显山不露水，带着笑，温声道："道歉不用，只是我们大家就这么一个妹妹，以后在贺氏还需要贺总多多关照。”

贺景修颔首，郑重地给出承诺：“程总放心。”他看着博盈，眸子里闪过笑，温声说，“她个人能力非常不错。”

程湛“嗯”了一声，扫了眼旁边一声未吭的一群人，没再多说：“先走了。”

看着几辆豪车一起离开，惊呆了的一群人突然炸了。

“刚刚那是陈陆南吧？”

“跟贺总说话的是近程的程总？”

“妈呀，博盈跟他们是什么关系呀？”

裴云梦听着，笑着提醒：“你们刚刚没听清？程总不是说了吗，他们是一起长大的兄妹。”

安静几秒，大家还是震惊。

“所以博盈真是大小姐？”

没人回答，但很明显。

另一边，博盈刚上车便兴奋了。

说实话，她虽然觉得陈陆南他们这样的行为有点儿幼稚，但想到刚刚杜楠几个人的脸色，她就觉得很爽。

幼稚就幼稚吧，反正她也这么幼稚。

她坐在后排，看着开车的程湛问：“程湛哥，是我哥让你们来的吗？”

程湛瞥她一眼，笑着说：“不是，是程湛哥会算。”

博盈哭笑不得：“陆南哥怎么也来了呀，他不怕明天跟我一起上热搜吗？”

程湛笑，往后示意：“所以刚刚没让你上他的车。”

博盈默了默，瞅着程湛：“那你不怕？”

程湛：“我怕什么？”

博盈提醒他：“月明姐是公众人物，你不怕外头曝光你，然后大家同情月明姐说她男朋友出轨了？”

程湛对她的脑洞表示佩服，哭笑不得睃她一眼：“不怕，我们情比金坚。”

博盈吃了一顿“狗粮”，瞬间不再说话。

正聊着，包里的手机疯狂振动。

博盈掏出来看了眼，一点不意外，全是同事发来的消息，问她这是什么情况，她和他们真的是从小就认识的兄妹吗？甚至还有问她，方不方便找陈陆南还有他老婆要个签名照。

博盈扫了一眼，没打算这个时候回复。

她把手机调成静音，继续和程湛聊天。

几个人把她送回家便走了。

临走前，程湛还意味深长地丢下一句："盈盈，交男朋友了记得给哥哥们看看。"

博盈颤巍巍地答应："好的。"

把人送走，门铃又响了。

博盈打开门一看，乐了。

她仰头看着过来的男人，探着头往后看，笑问："你就不怕他们还在这里？"

贺景修扬眉，伸手揉了揉她的头发："那正好，提前用男朋友的身份正式见见他们。"

博盈睇他一眼："那我担心你明天不能去公司上班了。"

贺景修被她的话逗笑，扣着她的腰肢把人往怀里带，说："那就请个假。"

博盈回抱着他，仰头亲了亲他的下巴，好奇地问："什么理由呢？"

贺景修垂着脑袋看她，认真思考了会儿："就说我见女朋友家长，被他们留下当上门女婿了。"

博盈噎了噎，瞪着他道："……谁要你这个上门女婿啊！"

贺景修捏着她后颈，笑着吻她，声音从胸腔传出："不要上门女婿也行，那只能委屈你嫁进贺家。"

博盈听着，有点儿想笑。这话，大概也只有贺景修说得出口。

她张嘴，正想说话，他的吻压过来，堵住她所有话语。

很多话，尽在不言中，不需要表达出来。

博盈"唔"了一声，手钩住他脖颈，主动回应着。

考虑到第二天两人都要上班，贺景修也没太过分。但洗漱完后，博盈想赶他回去却赶不走了。

“你明天不用回去换衣服？”

贺景修沉思几秒，看她：“博盈。”

“什么？”

贺景修思忖了会儿，低声道：“我让陈姨来这边收拾做饭，你看如何？”

博盈蒙了下，反应过来他什么意思后，忍不住笑：“为什么不是邀请我过去？”

“嗯？”贺景修看她，“那边能住习惯？”

博盈一怔，枕在他手臂上闭上眼，故作思考：“不确定。”

她睁开眼，看着贺景修：“这要看贺总的魅力了。”

她换地方住后会有一段时间失眠，也习惯性待在自己的地方，只有自己的家，博盈才觉得有安全感。

当然，她哥和迟绿那里她也有安全感。这也是为什么之前会住在他们那边的原因。

但她没想到贺景修这段时间频频往她这儿跑，不邀请她去他那边是这个原因。

这个人宁愿自己来她这儿住，也不愿意让她换自己还不太熟悉的环境。

当然，还有个原因博盈不知道。

贺景修曾看过网上的说法，说是女孩子只有在自己的房子里才有安全感，这样就算是和男朋友或者老公吵架，那也是她自己的家，该出去冷静的是老公或者男朋友，而不是女孩。

虽然他们俩不会吵架，但贺景修担心，想让她完全待在自己觉得安逸的空间，让她彻底放心。万一两人有了争执，这是博盈的家，该出去冷静的也是他贺景修。

“想好了？”贺景修摸了摸她头发，“去那边住。”

博盈蹭了蹭他温度颇高的手臂，“嗯”了一声说：“我是可以，但我有点担心你。”

贺景修挑眉：“担心我什么？”

博盈提醒："我哥要是来找我，发现我搬去你那边住了，你说他会不会打断你的腿？"

闻言，贺景修一噎。

他轻轻拍了拍博盈的额头，哭笑不得地说："现在是法治社会，打人是犯法的。"

博盈眨眨眼。

贺景修对着她揶揄的目光半晌，妥协似的叹了口气："要真发现了，打断就打断吧，不过你要让你哥下手轻一点，至少要让我的腿能恢复。"

博盈这会儿是真没忍住，扑哧笑出声来。

她眼睛弯了弯，配合地说："好呀，没问题的，我一定拦住我哥，不把你打残废。"

贺景修闷笑出声，把人揽入自己怀里答应："行。"

博盈闻着他身上熟悉的味道，合着眼在他怀里入眠。

两人说纯盖被子聊天，好像也不尽然。

但无论是哪种，只要身边的人是贺景修，她就喜欢。

次日还得正常上班一天。

博盈坐的是贺景修的车，在前一站便先下了。

时间还早，她磨磨蹭蹭往公司里走。

走到大门时，她就感觉到些许不对。这大早上落在她身上的目光，比她泼贺景修咖啡那天还多。

博盈哭笑不得，看那些好奇却又不敢上前来问的同事，只得加快脚步往里走。

电梯到一楼时，上来的同事不少，在看到她后，大家默契地往旁边让。

承受着巨大压力，博盈大声都不敢出。

到了法务部，她才稍微有点喘息空间，一口气还没喘匀，旁边传来同事声音："盈盈……"

博盈身子一僵，扭头一看，是日常还算交好的同事。

她松了口气，点点头说："怎么了？"

同事看着她，欲言又止。

博盈哭笑不得："你想说什么？直说。"

"昨晚是陈陆南老师他们吧？"她问出了大家最想知道的。

博盈"嗯"了一声："对。"

同事瞪圆眼："所以你们真的认识？"

"……是认识。"

博盈不懂，她为什么要把昨晚的话重复一遍。

话音刚落，同事兴奋地抓着她的手，激动地央求："那你能不能帮忙找他要个签名照啊？我好喜欢他的，喜欢五年了。"

这是博盈没想到的，她知道陈陆南粉丝多，可也没料到自己的同事就是其中之一。

博盈眨眨眼，想了想说："好啊，你要得急吗？我这几天可能没办法去找他，得周末吧。"

"不急不急。"同事激动不已，"什么时候都行。"

博盈点头。

蓦地，一侧有男同事凑了过来："博盈。"

博盈眼皮一跳："啊？"

男同事双手捧着两张照片递到她面前："我喜欢颜秋枳，可以一起要签名吗？"

"我也要我也要，我是向月明的粉丝。"

"我是颜秋枳的。"

一瞬间，法务部变成了追星现场。

博盈接了一沓照片回到工位，她蒙蒙地看着，旁边传来孙鸿波的声音："唉，可惜我喜欢的是盛纯。"

他幽幽道："博盈你认识盛纯吗？我想要她的签名，我看到新闻上说她跟颜秋枳要合作一部姐妹花的电影，你要不找颜秋枳疏通下关系，找她要个签名？"

博盈沉默了会儿，看向他："你有照片吗？"

孙鸿波："什么？"

博盈无奈重提："你有照片吗？有的话……我帮你要一个。"

孙鸿波不敢相信地瞪圆了眼："你真能要到？"

"大概……可能……可以吧。"博盈给出不确定答案。

话音刚落，孙鸿波拉开抽屉，从里掏出好几张照片，看向博盈："你觉得哪张比较好看？"

博盈震惊。她默了默，艰难地选出一张，和其他要签名的照片放在一起。

想到盛纯，她看向裴云梦。

裴云梦用唇语应：待会儿问问。

博盈颔首。

这一天下来，博盈在公司受欢迎的程度超过了以往任何时候。

下班时，她还跟贺景修提了几句。

贺景修戏谑："当名人的感觉怎么样？"

"不是很好。"博盈认真地说，"太累了，我去个厕所都有人问我要不要我先。"

她有一种被当成了国宝的错觉。

贺景修被她逗笑。他偏头看她，低声道："也就这几天，过段时间就好了。"

"不好也会好。"博盈道，"我明天要去录节目了。"贺景修正要说话，博盈转头看他，"所以，有个事要提前跟你说。"

"什么？"

博盈忍着笑："搬家的事得往后挪一挪了。"她想着节目组跟她沟通的，"节目组要在家里装摄像头，记录我们这些通过面试的职员的日常生活，上下班都要。"

贺景修忽然后悔让她去参加了。

他眉头轻蹙："之前说过有这一条？"

"合同上有。"博盈说，"但我之前以为不想拍可以不拍。"

但节目组觉得还是拍一点比较好，当然地点不会曝光，只拍室内的一些日常生活，例如吃饭啊什么的。

贺景修无言以对。他揉了揉眉骨，转头看她："我怎么觉得你挺高兴？"

闻言，博盈连忙证明自己："我哪有？我明明很遗憾好吧。"

贺景修挑了下眉："是吗？"

"当然了。"博盈力证。

贺景修点点头，沉吟半晌说："那今晚提前过去住一晚？"

博盈：什么叫搬起石头砸自己的脚，这就是。

话虽如此，贺景修还是没有让她在上节目前一天去自己那边住。

她在自己家这边，睡眠质量更好。

早晨，博盈早早爬了起来。

她顺便把刚在楼下遛完狗的贺景修拉进衣帽间，指着摆出的几套衣服，询问意见："第一天去，我穿哪套衣服？"

贺景修沉思了一会儿，看向博盈："到公司上班第一天，也有这样选衣服？"

他记得她那天穿得很简单。

博盈"啊"了一声："算有吧。"她说，"迟绿给我买的，你忘了？"

贺景修当然没忘，但他记得她穿的是一套比较普通低调的套装，看着很知性。

他看了一下，选了一套搭配好的套装："这套吧。"

博盈看了看，皱了皱眉："会不会太低调了？"

贺景修选的那一套，是一件布料柔软的杏色衬衫搭配的同色系裤子，外搭一件西装，看上去知性又干练。

总体来说，是上班穿不会出错的搭配，但也不会让人太关注的那种。

贺景修瞥她一眼，一本正经地道："你是去上班的，低调点挺好。"

博盈想想，他说得有道理。

节目组从早上开始跟拍，有专门的摄影师。

博盈换上衣服时，那边便给她打了电话，问方不方便现在过来。

博盈看了看时间，还早。她答应了，顺便让贺景修先去公司。

贺景修看她："这就不要我了？"

博盈无辜道："没办法，节目组要过来跟拍我上班了，我们不能被拍到。"

贺景修再次后悔。

贺景修走后不久，节目组的工作人员便过来了。博盈让他们在家里安装好摄影机，这才拎着包往地下车库去。她的车有段时间没开了，都积灰了。

旁边有跟拍摄影师和编导，博盈还有一点不适应。

她时不时地回头看，编导小姐姐笑着说："你就当我们不存在。"

博盈："暂时还有点难。"

编导和摄影师笑："你们还不习惯镜头，开始肯定会这样。"

博盈点点头。她努力让自己适应着，但也比往常慢了几步到公司。

博盈没回法务部，直接去了录制地点。

她到的时候，方博裕已经坐在透明会议室里了。

"怎么这么早？"博盈蹑手蹑脚地进去，一转头，四面八方都是摄像头。

方博裕看她一脸惊恐，失笑说："嗯，比你早五分钟到的。"他看她，"适应吗？"

博盈："你看我像适应的样子吗？"

方博裕扑哧一笑，撑着额头说："我也不适应。"

两人无奈一笑。

两人等了会儿，陆陆续续有其他同事过来。

虞梦嘉进来时，主动跟两人打了招呼。

第一天在这边上班，大家都还有些陌生。

只不过，律师没给他们太多去适应的时间，互相介绍完后，他们便自觉到了自己的工位，开始熟悉律所文化，熟悉自己工作主要负责的方向。

一整个上午，他们这边的氛围一直很紧张。博盈同样很紧张。

好不容易熬到中午，大家提议去吃饭。

思来想去，一行人决定去贺氏集团食堂，这样能节约时间，其他同事也听说这儿的食堂饭菜不错，一直都想尝尝。

知道博盈和方博裕是这里的员工后，大家惊讶不已。

"食堂的饭菜真的好吃吗？"

博盈："还行。"

这是事实。

虞梦嘉凑在她旁边，小声问："你上次说的贺氏集团总裁，今天会出现在食堂吗？"

博盈一愣，差点忘了这事。她瞅着虞梦嘉，思忖了会儿道："会的。"

虞梦嘉："真的呀？"

"真的。"博盈信誓旦旦道，"贺氏集团总裁特别平易近人，他一般都在食堂吃。"

方博裕走在一侧，听着她在这瞎扯，跟着心虚地摸了下鼻子，看来今天中午贺总怎么着也得出现在食堂了。

博盈找了个借口，在去吃饭前去了趟厕所，顺便给贺景修发了条消息。

博盈：贺总，中午约会吗？

贺景修：?

博盈：食堂怎么样？我们还没在食堂约过会。

贺景修给她回了省略号表示无语。

博盈：来不来？

贺景修向来对她没办法，只能妥协。

KUWEI
酷威文化
图书 影视

磨人

时星草 著

下

中国致公出版社

目录

目录

第十九章

情　敌

贺氏集团的食堂，用餐的员工向来很多，但贺景修出现的次数其实不算多。

一是他每次来都容易引起小小的轰动，二是他工作很忙，很少准时在十二点用餐。

在看到博盈一行人和拍摄工作人员进来时，不少人惊讶了下，但很快便收了回去。

毕竟贺氏集团食堂对这边的上班族来说，是不二之选。

博盈和方博裕比较熟，带着新同事们介绍。

她道：“这儿的鸡腿好吃，大家可以多吃点，还有排骨味道也不错。”

虞梦嘉笑：“你平时来食堂吃的多吗？”

“还好。”博盈有点不好意思地说，“以前挺多的。”

但现在跟贺景修在一起了，她时不时会被男人用美食引诱，经常性地往楼上跑，来食堂的次数便少了。

方博裕看她窘迫的样子，笑说：“博盈已经吃烦食堂了。”

“没有。”博盈反驳，“就是偶尔觉得外面的更好吃。”

众人笑作一团。

一行人正排着队时，身后传来了骚动。

大家下意识回头，听见旁边的人惊呼了一声："贺总来了。"

虞梦嘉立马挽着博盈的手臂，压低声问："是哪个啊？"

博盈默了默，说了句实话："最帅的那个。"

虞梦嘉抬头一看，有三个人朝这边走来，两男一女。

她一眼便看到了走在正中间的男人，黑色衬衫西裤，气质高雅，鼻梁上还架着一副眼镜，看上去清俊又斯文。

她惊讶地张了张嘴，好一会儿才回过神来："真的好帅啊！"

她抓着博盈的手臂，激动不已："气质跟我偶像还有点像。"

博盈扑哧一笑："周砚是吗？"

"对啊。"虞梦嘉又多看了贺景修一眼，沉默了会儿说，"但我偶像肯定还是最帅的。"

她咕哝："我偶像戴眼镜真的绝了，就是一个斯文败类。"

博盈忍着笑，往贺景修那边看了眼。她点了点头："那确实，贺总目前看起来，不像斯文败类。"

他身上有点说不出的味道，只有"斯文"，没有"败类"。

虞梦嘉噎住。

她一时也不知道怎么解释。

她没忍住，又往贺景修那边看了几眼，好奇地问："贺总真这么平易近人啊？每天都来食堂吗？"

博盈向方博裕求助。

方博裕咳了一声，笑说："不是每天，运气好就能看见。"

虞梦嘉点点头，再次感慨："一个老板这么帅，公司的员工能把持住吗？"

这回，博盈再也忍不住，猛地咳了几声。

在众位新同事的惊讶下，她努力把咳嗽声压了下去。

打好饭菜找位子坐下，博盈才掏出一直振动的手机看了一眼。

贺景修：需不需要我过来一起吃？

贺景修：怎么咳嗽了？又骗人了？
贺景修：中午吃什么？

博盈偷偷瞄了眼还在另一边老老实实排队的人，抿了抿上翘的唇角，在镜头下光明正大拍了张照片发给他。

博盈：吃这些。
贺景修：行。

刚发完，有另一新同事好奇地问："博盈给家里人发照片呢？"

博盈愣了一下，正想说是男朋友，那男同事道："那我也拍一张，我妈刚刚还在问我，第一天上班适不适应，吃得怎么样。"

话茬一打开，其他同事也纷纷表示父母是这样的。孩子出远门去工作，总会有各种担心。担心你不适应，担心你吃不习惯，担心你压力过大。

大家聊着，无形中地拉近了距离。上午上班时的那种疏离感和陌生感，骤然消失了。

他们一群新凑在一起的同事，开始建立深厚友谊。

吃过饭，大家一起回办公室休息。

律所也有正常的休息时间，他们目前就是个小新人，还没正式安排工作。

博盈吃饱就困，每天中午必须睡个午觉，下午才有精神工作。她在办公室走了两圈，回到工位准备休息。

蓦地，贺景修的电话来了。

博盈偷偷摸摸地接听："喂。"

贺景修听她小猫似的声音，捏了捏鼻梁："旁边有人？"

博盈含含糊糊应着："嗯呢，怎么了？"

贺景修："要不要上来休息？"

"不要。"博盈小声道，"不太好。"

贺景修思忖了会儿，好像确实不是很好。他想了想，低声道："那睡醒了跟我说一声。"

这要求不过分，博盈直接答应了。

不过，博盈这觉没睡成。方博裕找她问了个专业问题，两人讨论了半天，得出结论时，只剩半小时就得上班了。

博盈打了个哈欠，摸出手机给贺景修发消息，问他要不要咖啡。她想下去买杯咖啡。

贺景修：到楼梯口等我。

博盈：你要跟我一起去？

贺景修：我在楼下咖啡厅。

博盈怔了下，立马明白过来。

这人知道她的习惯，特意在她午睡醒来之前去咖啡厅给她买咖啡。

思及此，博盈弯了弯唇，在微信上逗他。

博盈：贺总对我这么好，我都不知道怎么感谢贺总了，要不待会儿给你献个吻吧。

贺景修：？

博盈：不要？

贺景修：我等着。

博盈：……

十分钟不到，博盈便在楼梯口和男人“偶遇”了。

她看了眼贺景修空着的手，扬了扬眉，揶揄道：“贺总，我的咖啡呢？”

贺景修：“晚点祁助理会送到你办公室。”

博盈：“啊？”她仰头看他，“那我还过来干吗？”

贺景修垂下眼，弯腰靠近，炙热的呼吸落在她耳畔，嗓音低沉：“你说呢？”

博盈看着他幽深如海的眸子，扑哧一笑，在贺景修生气之前，主动搂着他脖子撒娇：“贺总是来索吻的吗？”

贺景修没再跟她废话，直接要了自己的福利。

他压着她柔软的唇，一点点深入，加深这个吻。博盈踮着脚，回应着他的亲吻。

两人的气息缠绕在一起，让人徘徊在失控边缘。

好一会儿，贺景修才将人放开。

“贺总。”博盈仰头望着他，躲开他落在自己唇上的吻，笑盈盈地问，“你也不怕员工说你不务正业？”

贺景修扬了下眉，声音低沉：“现在是休息时间。”

他工作时，还是很严谨的。

博盈轻笑：“你就不怕有人突然过来？”

“不会。”这点，贺景修能保证。

他吮了下博盈耳垂，看她耳根子慢慢变红，眸子里的笑意加深：“没人会闲到走楼梯。”

闻言，博盈扑哧一笑，睃他一眼，戳着他肩膀逼问：“你的意思是，我很闲？”

贺景修：“……”

女人有时候就是这么不讲道理。

他无奈，蹭了蹭她的脸颊，轻声道：“我意思是，除了偷偷出来约会的人。”

博盈笑看他，觉得这个回答勉强过关。她抱着他的腰，撒娇道：“好困。”

“没睡午觉？”

“嗯。”博盈闭着眼打了个哈欠，“中午跟方博裕说了个案子，聊得忘了时间。”

贺景修了然，伸手摸了下她脑袋。

他知道，博盈在自己的专业领域，永远会打起十二分精神。她明明是个中午不睡觉就不行的人，但在遇到事的时候，又能很好地转变，而后坚持。

“那在我怀里睡一会儿？”

博盈笑：“站着吗？”

贺景修往楼梯上看了眼：“坐着也行。”

博盈想了想：“我今天穿的浅色系衣服，不要。”

话音刚落，贺景修忽然把西装脱了下来，博盈还来不及制止，他已经把西装铺在了楼梯上。

“你干吗？”博盈扭头看他，“贺总，你知道自己的西装值多少钱吗？”

“嗯？”贺景修看她，“值不值钱看它能使用到的地方。”

他逗她：“一衣多用，不是更能体现它的价值？”

博盈无法反驳。

贺景修牵着她的手过去，示意道：“坐吧，靠在我身上眯一会儿。”

西装都已经这样了，博盈不坐反而有点说不过去。

她跟着坐下，靠在他肩膀咕哝：“下次不可以这样。”

贺景修笑着答应：“好，你先睡。”

“嗯。”博盈又提醒，“上班前五分钟喊我。”

“知道。”

其实这个姿势睡觉，也不怎么舒服。

但博盈真的困到眼皮打架，靠在贺景修身上没两分钟便迷迷糊糊地睡了过去。

博盈迷迷瞪瞪回到办公室时，正好跟祁学真碰上。

“祁助理。”

祁学真看她一眼，笑说：“贺总给大家买的咖啡都放桌上了，大家辛苦。”

博盈一愣，往工位那边一看，大家的位子上都摆着咖啡和下午茶甜点。

她怔了怔，有点儿说不出的高兴。

“谢谢祁助理。”

祁学真：“要谢谢贺总。”

博盈有板有眼地说：“嗯，谢谢贺总。”

其他人也自发地跟着说话。

祁学真把东西放下便走了。

人一走，办公室里热闹了。

“天哪，贺总也太好了吧！”

“博盈、方博裕，你们老板一直都这么好吗？”

两人相对无言。

方博裕沉思了会儿，忐忑给出一个答案：“我们老板对我们一直都挺好。”

有男同事感慨：“我要是不能留在律所，去贺氏集团法务部上班，应该也行吧？”

话音一落，被从另外办公室出来的律师听见，开玩笑道：“什么？这就想跳槽去贺氏集团了？”

律师长得慈眉善目，平日里也是逗趣的性子，他看着实习生，笑说：“那可不行啊，你们这样的优秀人才，我们律所必须留下。”

众人笑呵呵的，氛围很融洽。

下午，博盈他们开始接触工作。

几位律师前辈给他们安排案子接触，试着从各个当事人角度去分析，去思考。一下子，松散的队伍变得忙碌。

整个下午，博盈为了早点交分析作业，连水都少喝了几口。到下班，大家还没忙完。

贺景修给博盈发了好几条消息，没有得到回复。他思忖了会儿，决定加班等人。

蓦地，手机响起，是裴彦的电话。

“出来喝酒。”

贺景修冷漠拒绝：“不了。”

裴彦皱眉：“要加班？”

贺景修：“我要等女朋友。”

裴彦噎了噎，恼怒道：“就你有女朋友？”

闻言，贺景修拉过一侧摆放的文件翻开，慢条斯理地阅览，不紧不慢地说：“这倒不是。”

他微微顿了下，说：“但裴总现在没女朋友，我知道。”

裴彦：“……”

贺景修不怎么八卦，对好友的感情也不那么感兴趣，但骆霄是个大喇叭。

他追顾宁追了那么多年一直没追上，反倒是裴彦和盛纯时不时在他面前秀恩爱刺激他，这两人吵架闹分手，骆霄自然要嚷嚷，昭告所有亲朋好友，他终于不是唯一的单身狗了。

也因此，裴彦被女人甩了的消息在好友圈传开。

裴彦被他的话噎住，好几次想挂电话，但他还是忍住了。

他咬牙切齿地问："来不来？"

贺景修想了想，博盈可能得加班到很晚，他纠结三秒："我先问问博盈加班到几点，再给你回复。"

裴彦直接挂了电话。

贺景修笑了笑，想给博盈打电话，但又怕打断她的思绪。他想了想，给她留了好几条消息，让她有空给自己回电话，他过来接她。

裴彦发来的地址是酒吧，还是姜臣的那个酒吧。

贺景修讶异之余，又有点头疼。没碰上还好，碰上了还真不知道该怎么打招呼。

他到的时候，裴彦正坐在一楼角落边的卡座，骆霄呼朋唤友过来看失恋的裴彦。

他这会儿正在旁边起哄吐槽，说着裴彦过往做的那些过分事。

贺景修坐下时恰好听到一句："知不知道秀恩爱死得快？"

骆霄数落着："你平时和盛纯太虐我们了，这不是这么快就看到尽头了？"

裴彦连个眼神都没给他。

贺景修喝了口桌上摆着的果汁，撩起眼皮看向骆霄："你刚刚说什么？"

骆霄一哽："我说什么了吗？"他转头问朋友，"我什么都没说吧？"

"你好㞞啊霄哥。"

"就是，敢作敢当啊。"

骆霄厚颜无耻："我没做什么啊。"他就是说了两句而已。

贺景修似笑非笑看着他，轻哂了一声。

他侧眸，看向沉默不语的裴彦，难得地关心了一句："怎么，还好吗？"

裴彦给他一个眼神，扫到他手里端着的果汁后，蹙眉道："博盈连酒都不让你喝？"

贺景修："这倒不是。"他慢悠悠地道，"但是呢，我晚点要去接我女朋友，不能酒驾。"

裴彦："……那你还来做什么？！"

贺景修耸耸肩，很是随性地道："过来看看我们意气风发的裴总的失恋惨状。"

裴彦现在就想跟这几个人绝交。

他冷哧了一声："你等着，迟早你也会这么惨。"

贺景修扬扬眉，自信满满道："我不会。"他说，"我又不是你。"

裴彦沉默了会儿，突然说了句："女人真麻烦。"

贺景修笑道："这话让盛纯听见，你就准备孤独终老吧。"

裴彦张了张嘴，默默把到嘴边的话收了回去。但他真的搞不懂盛纯脑子里到底在想什么。

两人之间的争执明明是她先挑起的，最后的责任却是自己担。她还骂自己是个渣男。裴彦真的很想问问她，自己到底哪儿渣了。

只可惜人家不给他这个问的机会，直接跑了。

思及此，裴彦又喝了一口酒。

贺景修看着，笑了一声，也意思意思地拿起酒杯跟他碰了下："裴总。"他语重心长道，"放下你的架子。"

裴彦瞅他一眼。

贺景修想了想，轻声道："盛纯其实心思不复杂，你要是愿意，人很好哄。"

裴彦："怎么哄？"

贺景修："……那是你女朋友，你问我我问谁？"他说，"博盈跟盛纯不是一样的性格，这我真没办法给你出主意。"

裴彦安静了几秒，忽然冷嗤道："盛纯没那么好哄。"

脾气大得要命，一有不如意就让自己睡沙发，这怎么哄？而且，她还不讲理，有时候明明是自己的错，总能绕到他身上，变成他的不对。

裴彦头疼，又喝了口酒。

贺景修瞅着他这海量，挑了下唇角："裴总今晚打算喝醉酒去闹事？"

裴彦拿着杯子的手一顿，眼带警告地睇他一眼。

贺景修笑笑，没再取笑他。

他勉为其难地拿了杯酒，和他碰了碰："祝裴总早日摆脱失恋的痛苦。"

裴彦："……"

这酒还不如不碰，嘲讽意思那么明显，真当他听不出来？

博盈来消息时，贺景修正跟裴彦聊工作。

他之所以过来，当然不单单是为了看好友惨状，还有点公事要谈。

裴彦这会儿没心情跟他谈工作，但耳朵旁一直有嗡嗡的声音，吵得他很烦。

最后，他横了眼贺景修，催促道："你赶紧给我走。"

贺景修"喊"了一声，似笑非笑地说："裴总失个恋连工作也谈不下了？"他道，"不应该呀。"

裴彦懒得理他。

倏地，他手机一振。贺景修收起玩笑语气，神色一秒变得正经。

裴彦瞅着，说了句："虚伪。"

贺景修但笑不语，给博盈发了定位。

博盈：啊？这不是姜臣哥那个酒吧吗？你们几个人呀？

贺景修：裴彦和骆霄，还有几个圈子里的朋友，想来？

博盈：有一点，但今天不太方便。

贺景修：怎么？

博盈：节目组工作人员要跟我回家，然后到家后还得开着摄像头，睡觉才能关。

贺景修一怔，正想回复，博盈的另一条消息又来了。

博盈：所以贺总，我们这几天不能光明正大约会啦，我再过半小时下班，自己开车回去。

贺景修：……行。

摁灭手机，裴彦凑过来：“你不去接博盈了？”

“录节目。”贺景修抿了口酒，淡淡地说，“不太方便。”

裴彦冷哼：“这就是女人的借口。”

听到这话，贺景修小幅度地挑了下眉头，看着他：“盛纯以前这样对付过你？”

裴彦闷了半杯酒。

贺景修笑：“博盈这是真不方便，和盛纯骗你不一样。”

裴彦继续喝酒。

话虽如此，贺景修在卡座又待了会儿，还是走了。

他找了个代驾，驱车回公司。

到公司楼下时，代驾回头看他，一脸狐疑：“先生，你是要等什么人吗？”

贺景修“嗯”了一声，往停车场出口看着：“再过几分钟应该就出来了。”

五分钟后，博盈的车出现在两人视野里。

贺景修笑了一声，示意代驾：“跟上这辆车，不用跟太紧。”

代驾蒙了几秒，迟疑地说：“先生，跟踪是犯法的。”

贺景修哑然失笑。他无奈，捏了捏眉骨说：“那是我女朋友，她不太方便让我接，但她不喜欢晚上开车，我看着放心点。”

不过话说出来，贺景修才想起博盈做过近视手术，眼睛已经没有散光了。

思及此，他无奈笑笑。

忘了什么时候养成的习惯，总会记住博盈说的每一句话。即便是无关紧要的，只要和她有关，他就莫名能记住。明明，他有时在生活的这些小事上记性并不太好。

代驾瞅着贺景修脸上的笑，一时也不知道该不该相信这个男人。但看他长得挺好看的，也有些眼熟，开的车也都是千万豪车，他估摸着不至于是坏人。

“那真是您女朋友？”

贺景修：“是。”他笑问，“我看起来很像坏人？”

代驾无奈一笑：“这倒不是，主要是这大晚上的，以防万一。”他说，

“毕竟人不可貌相。”

贺景修点点头，表示了然。

他莞尔一笑，轻声道：“谨慎些总没错。”

无论是司机还是路人，这个世界上多一个谨慎的人，受害者就会少一个。

贺景修看着他，难得有心情跟人聊天：“您是专职做代驾的吗？”

代驾笑笑：“不是。”

他的本职是普普通通的保安，但保安工资低，他需要养家养孩子，便在下班后做兼职。

贺景修了然，跟司机聊了一通，笑笑道：“您在哪儿做保安？”

代驾一愣，倒也没瞒着。

贺景修记下，是在一座普通商场。

他颔首，在车子停在小区里时，开玩笑似的说了句：“以后您要是不想在那边干了，可以来这儿找我。”

他摸了摸，从车里找到了祁学真的名片递了过去。

代驾蒙了下，低头看名片上的公司地址，一脸错愕地看向贺景修：“谢谢，谢谢。”

贺景修莞尔一笑：“应该的。回去注意安全。”

临走前，代驾一直还在说“谢谢”。

贺景修下车，在博盈这栋楼下静静站了会儿，才给她打电话。

博盈这会儿正瘫倒在沙发上，懒洋洋的模样：“喂。”

她看了看镜头，小声问：“你那边结束了吗？”

贺景修哼笑出声：“结束了，在做什么？”

“瘫着。”博盈闭着眼，很是疲惫，“好累啊。”

她小声嘟囔：“我想吃蛋糕。”

每次工作一忙，她就需要吃甜食来解压。也只有甜食，才能让她恢复活力。

贺景修无言，低声问：“我给你点外卖？”

“……好。”博盈想了想，“但是不知道我想吃的那家蛋糕店送不送。”

贺景修：“我找跑腿。”

闻言，博盈瞬间开心了："那我要一个奶油小草莓。"

"好。"

下完单，两人都没再出声。

通过电话，他们听着对方的呼吸，有种岁月静好的感觉。

好一会儿，博盈才说："那我先去洗个澡。"

洗完澡外卖差不多能送到。

贺景修："去吧，睡觉前给我打个电话。"

"好。"博盈扬着唇答应。

四十分钟后，门铃响起。

博盈边擦头发边往外走，她趴在门口问了一声："谁呀？"

"外卖。"

博盈开门，在看到站在门口的男人后，瞪圆了眼："你……"

贺景修往后看了眼，一把将人拽了出来。"我什么？"

博盈忍住笑，仰头看他："你骗我，外卖员在哪儿呀？"

"嗯？"贺景修举着她要的奶油小草莓，低声问，"你面前，博小姐签收吗？"

博盈没有不签收的道理。

屋子里的摄像头还没关，贺景修便没进屋。

这会儿已是深夜，两人站在走廊里相拥亲吻，头顶的感应灯亮起又熄灭。偶尔，地上会有两人交缠的身影。

在黑夜的笼罩下，两人变得稍加放肆。

在这一刻，这个世界好像只剩他们两人，他们在放肆尽情地亲吻、拥抱，表达自己对对方的爱。

博盈不知道该怎么形容这一次的亲吻，好像比过往每一次更甚，可贺景修其实又不算太过分，他除了亲一亲自己，手还很老实地扣在她腰侧，非常克制。

但她就是……很喜欢在寂静夜里、无人打扰的夜里，和他接吻，听他因为自己而变得急促的呼吸，听他因为自己而跳动加剧的心跳。

不知过了多久，感应灯因两人动静亮起又自动灭掉多少次后，博盈躲着男人落在自己耳后的吻，身体僵硬，小声问："你还好吗？"

男人的体温在升高，隔着衣物都能传到她这边。

“你觉得呢？”贺景修嗓音沙哑，气息擦过她耳尖，故意追问。

博盈没忍住，抬手拍了他一下：“那现在怎么办？”

贺景修没说话。

博盈沉默了一会儿，压低声提议：“我先进屋把摄像头关了？”

睡前是可以关掉的。

听到她这个建议，贺景修很轻地笑了下，声音沙哑，听上去极为性感。

不知为何，博盈觉得他这个笑是在嘲笑自己。她没忍住，抬头睨他。

一抬头，男人便低头凑了过来，温柔地亲了亲她唇角，和她额头相抵。

“不用。”

贺景修深呼吸了一下：“我不进去，抱一会儿就好。”

“真的？”博盈不确定地问。

贺景修没应声，让她感受自己额间的温度，和她鼻尖相处，把呼吸全数落在她脸颊。

博盈觉得有点痒，好几次想要伸手去挠，都被男人制止了。

两人就这样对视着，她总觉得自己再不说点什么，贺景修可能还会亲下来，这一晚上他肯定不好受。

思及此，博盈忽然问了句：“你怎么……接个吻都……”

“嗯？”贺景修有瞬间的茫然，好一会儿才反应过来她话里的意思。

他笑，笑声从胸腔传出，传到她这边。

贺景修伸手，捏了捏她耳朵，揶揄道：“博小姐，我如果亲自己女朋友身体都没反应的话，你可能就要思考自己是不是没魅力，或者是我——”

他话还没说完，博盈眼睛亮亮地看着他：“不行？”

贺景修不再言语，忽而恶劣地搂紧了她的身体，低问：“不行？”

那一刹那，博盈肌肤的温度逐渐升高，她面红耳赤，无地自容，她甚至忘了自己要说什么。

怎么会有人这么……坏！但偏偏，她还不是很讨厌，甚至有点惊喜能认识到他这一面。

贺景修看着她的眼睛，便知道她在想什么。

他微顿，轻声说："博盈，别把男人想得那么好。"

在这种事上，男人都差不多。

博盈默了默，蹭着他胸口，闷闷地说："我没……"

贺景修"嗯"了一声，拥着她说："再抱一会儿，别乱动了。"

博盈瞬间不敢再动。贺景修也没敢再亲她，他怕再亲下去，自己今晚真走不了了。

两人安安静静地抱了十几分钟，之后，贺景修克制地碰了碰她的唇，低声说："吃完早点睡，有事随时打我电话。"

博盈红着脸点头："知道了，你快回去吧。"

贺景修摸了摸她脑袋："走了。"

看贺景修进了电梯，博盈拍了拍自己脸颊，才提着奶油小草莓低着头进去。

她没敢抬头，唯恐镜头发现什么蛛丝马迹。如果可能的话，她甚至想跟节目组沟通，把自己出门进门这几幕删除，不要播出。

她想了想，决定明天找导演聊一聊。

奶油小草莓已经不冰了。

博盈盯着看了几秒，还是吃了两口。但她发现，这个时候自己的疲惫早已消散，取而代之的是喜悦和兴奋。

尝了两口，她把奶油小草莓放进冰箱，回浴室刷了个牙，象征性地吹了吹已经自然风干的头发。

躺下时，不出意外地看到了贺景修发来的消息，说他进屋了，去洗澡了。

博盈翘了翘唇角。

博盈：哦！贺总这个澡打算洗多久呢？

没人回复。

博盈倒也不着急。

她看了眼时间，决定等一等贺景修消息。

无聊之际，她只能刷朋友圈。

一刷，是盛纯转发的一条消息。

盛纯：路遇醉鬼找碴儿，怎么办？这里有你想要的对付方法。

博盈没点开那条链接，往下一刷发现好几个熟悉的人在下面回复了。有裴云梦，还有颜秋枳、郑今瑶几个人。

颜秋枳：哈哈哈哈哈哈哈！方法不错，下回试试。

盛纯回复颜秋枳：点赞点赞点赞。

裴云梦：……这个醉鬼跟我同姓吗？

盛纯回复裴云梦：这个醉鬼姓渣。

郑今瑶：需要走什么流程吗？还是直接笑？

博盈看她们几个人的对话，乐到嘴角都压不下去。

她想了想，把截图发给贺景修。

博盈：所以，晚上你是陪裴总喝酒去啦？

贺景修刚洗完澡出来，便看到了这么一条消息。

他挑了下眉，思考女朋友这个问题是陷阱呢还是陷阱呢。思忖了会儿，他回复——

贺景修：嗯，不过我只喝了一杯。

博盈：点赞。

贺景修：准备睡了？

博盈：嗯，我想听你声音。

刚发过去，贺景修给她打了电话过来。

博盈眼睛弯了弯，快速接通。

“你躺床上了吗？”

贺景修：“还没有。”他往厨房走，低声道，“拿瓶水。”

“哦。”博盈沉默了会儿，好奇不已，“裴总跟盛纯真分开了呀？”

贺景修挑眉：“不确定。”

博盈：“……不是都找你喝酒了？”

贺景修笑了下：“没问，大概是吧。”他反问，“你没问盛纯？”

“没呢。”博盈说，“我这个时候去问，不是刺激她吗？”

这不太好。

贺景修想了想，她这话说得有道理。他思忖了会儿：“那就让他们自己处理，先不问。”

博盈好奇：“他们之前也会常吵架吗？”

“不会常常。”但基本上每次都是裴彦被气到找大家喝酒，然后喝酒时一声不吭，次日他们就能和好。

贺景修对好友的感情不太感兴趣，但一般也会赏脸去一趟，意思一下，大多数情况就是陪裴彦喝两杯就走。

博盈失笑，突然问：“那你说我们吵架了，你是不是也这样？”

贺景修无奈，低问：“哪有诅咒自己的？”

“情侣吵架不是很正常吗？”博盈很无辜地说，“难道你觉得我们一直不会吵架？”

贺景修：“我不会跟你吵。”

“哇，那你这种更烦。”博盈也不知道哪里来的歪理，直接说，“你肯定是冷暴力的类型。”

贺景修张了张嘴，不太明白自己怎么突然就被她归类到冷暴力的那一类了。

他头疼地揉了揉眉骨，哭笑不得，说：“一般情况下，我们不会吵架，如果真因为一件事起了争执，那我会看到底是谁对谁错。”

“那万一是我的错呢？”博盈致命一问。

贺景修默了默：“先哄你，再跟你分析。”

博盈刁钻道：“可我不想听你分析。”

贺景修：“……”

感受到贺景修的无语，博盈忍俊不禁：“是不是觉得女人真麻烦，不讲道理？”

贺景修：“是有点。”

在博盈生气前，他说：“但我女朋友在我这里可以不讲道理。”

这个回答，博盈勉强满意。

她没再刁难贺景修，自觉转移了话题。

两人腻腻歪歪地打了会儿电话，博盈说着说着便睡了过去。

隔着电流听着对方呼吸声，贺景修扬了扬眉，轻轻跟她说了一声“晚安”，才收了线。

翌日去公司，博盈总觉得跟拍自己的摄影师和编导看自己的眼神怪怪的，但她忍住没问。她怕两人说的话会让自己尴尬。

依旧是忙碌的一天。

这一天，博盈忙得连午休跑出去跟贺景修约会的时间都没有。

他们几个实习生处理着新接手的案子，亲自接触当事人，跟在律所工作一模一样，甚至压力更大。

一天下来，博盈整个人像蔫掉了一样。方博裕倒是还有精神，从外面回来时甚至给她带了杯咖啡。

博盈诧异：“谢谢。”

她这会儿真需要咖啡续命。

方博裕坐在她旁边，拿着本子给她写了一句：贺总让我给你的，不是我买的。

博盈看着，微微一怔。

她这才想起自己这一天都没跟贺景修发消息。思及此，博盈给了自己三分钟休息时间，跟男朋友联系。

一点开手机微信，有近十条贺景修发来的未读消息，大多都是关心她吃饭休息，问她要不要咖啡要不要甜品之类的。

偶尔掺杂一两条自己的工作行程安排。

博盈看着，脸上笑意加深。

博盈：贺总。

贺景修：拿到咖啡了？

博盈：嗯嗯！你让方博裕这么光明正大拿给我，就不怕到时候节目播出有人磕我们的 CP（泛指两人之间的亲密关系）？

贺景修：？

贺景修：你们不是工作综艺吗？

博盈：对啊，但是你不能阻止网友磕 CP，你懂吧？

贺景修：我晚点找顾宁聊聊。

博盈：好。

两人其实没什么重要的事要说，就无聊闲扯了几句。

博盈还得继续忙，晚上也没那么快下班，跟贺景修报备了一声后，她再次钻进法律条文里。

几天的高强度工作，博盈整个人都消瘦了不少。但值得高兴的是，她学到了很多东西。律所和贺氏集团法务部的工作，虽大同小异，但也有很多偏差。

律所是律师能最快上手，也最容易学到东西的地方。

周五这天下午，大家都不约而同地感慨："天哪，终于到周末了。"

有同事问："周末你们准备做什么呀？"

另一同事笑说："准备继续啃资料，我发现我以前学的东西都还给老师了。"

"那我得先好好睡一觉再考虑这个事。"

大家说着说着，莫名提到了博盈。

"博盈呢，你不会也看书吧？"

博盈笑笑："会看，但应该不会两天都看书。"她说，"我得分点时间给我男朋友。"

话音一落，有同事惊呼："哇，你有男朋友了啊？"

博盈眨眨眼，笑说："我之前没说过吗？"

虞梦嘉："我知道啊。"

方博裕举手："我也知道。"

众人笑："你男朋友也是律师吗？"

“不是。”博盈笑，说，“找个律师是打算以后吵架各自用法律条文来反驳吗？”

众人更是笑作一团。

她说的也不是没道理。

大家放松地聊了会儿，博盈正欲给贺景修发消息，说自己工作完成得差不多了，晚上终于能抽出一丁点时间和他一起吃饭，顺便约个会。

刚点开微信，她先看到了公司一个八卦群发的消息，这个群是裴云梦拉她进去的，里面各种八卦都有，而且还有真实性保证。

你们听说了没？谭芮出车祸了。

听说了啊！我刚刚在楼下大厅碰到了贺总，他正准备去看谭芮。

贺总这么着急，女朋友是谭芮吧？

但我听说上回法务部聚餐，贺总否认了自己女朋友是谭芮啊。

可能是两个人还不想公开才这样说的吧。

对啊对啊，我也觉得贺总刚刚匆匆忙忙出去那样子，明显就是对女朋友表现出的急迫啊。

……

博盈看着一条条划得飞快的消息，一时没能回过神来。

她发了一会儿呆，正要退出时，裴云梦给她发了消息。

裴云梦：在忙吗？

博盈：看群消息。

裴云梦：别听那群什么都不知道的人瞎说，贺总过去是因为贺家跟谭家关系密切，除了谭芮之外，她父亲也在车上。

博盈：嗯。

说生气，她倒是没有。她就是想知道，为什么她的这群同事会如此笃定贺景修和谭芮的关系。

她还没想通，群里又弹出一条消息。是有人在医院拍的照片，镜头里有两个人——贺景修和谭芮。

看到这儿，博盈默默给贺景修记上一笔。

直到下班，公司群消息都没断过。

同事们纷纷在猜测贺景修和谭芮的关系，有人像是当事人一样，笃定他们在一起了，只是碍于某些原因不好公开。

当然也有人反驳，觉得他们郎才女貌，门当户对，要真在一起了没有理由不公开。

博盈看了一会儿，突然听见同事提议："晚上要不要一起吃个饭聚聚呀？"

他们这群人基本每天中午和晚上都在一起吃饭，但吃的不是食堂就是外卖，根本没时间出去吃大餐。

这提议一出来，便有人应着："好啊好啊。"

"你们呢？"

"可以。"

轮到博盈，她想了想贺景修那边，毫不犹豫地答应："我没问题。"

聚餐也就这么定了下来。

刚定下，贺景修的消息来了。

贺景修：今晚加班吗？

博盈之前跟他说不确定加不加班，自然也没答应他说的约会。

她托腮望着男人发来的消息，轻哼着敲字。

博盈：不加，出去约会。

贺景修：？

博盈：跟别的男人约会。

贺景修：？

博盈：你干吗，只会发问号吗？

下一秒，贺景修给她回了个她常给他发的蒙着双眼的小女孩表情包。

博盈没忍住，被他逗得心情好转了那么一丁点。

她翘了下唇角，男人又发来一句——

贺景修：下班了给你打电话，我现在在医院，谭芮和她父亲出了点事。

贺景修是被陈女士电话叫过去的，谭贺两家关系一直都很密切，无论是公事还是私事，都有交集。

原本，这事轮不到贺景修出面处理，但贺景修的父亲正好有事出国了，不在家。没办法，只能交代贺景修过去打个招呼，看看有没有什么需要帮忙的。

博盈给他回了个“OK”的表情包。

于公于私，贺景修肯定都要去医院一趟。博盈不会因为这个生气，但是，小脾气肯定还是要有点的。

想到这儿，她用力戳了戳男人的头像，在心里轻哼，周末再找他慢慢算账。

六点半，大家忙完准备离开。

一行人说说笑笑往外走，到二十几楼时还碰到了法务部的同事杜楠和朱晓夏。

上回那件事后，这两人安静了几天，没再在博盈面前蹦跶。当然，也因为她到楼上工作了。

这算是那次后第一次正式打的照面。

进来后，电梯内安静了一瞬。

突然，朱晓夏道：“楠姐，你快告诉我，贺总是不是真跟谭小姐在一起了呀？”

杜楠借着电梯反射的光，讥讽似的看了眼博盈：“你觉得呢？”

朱晓夏：“不知道呀。”她道，“我猜肯定是在一起了，不然她出车祸贺总这么着急。”

杜楠笑笑，意有所指地道：“我觉得也是，上回贺总在包厢里之所以否认他们在一起，应该是顾及某些人的面子吧，毕竟他怕自己直接承认，有人会在聚餐时闹事。”

“说的也是。”朱晓夏赞同道，“贺总一直都是绅士，说话做事都很考虑大家的情绪。”

不知道是不是女人的直觉，杜楠一直都觉得博盈喜欢贺景修，也因此，她故意在博盈面前说这么一段话，就是为了刺激对方。

上回自己丢脸的事，她没和博盈计较，也没办法跟对方计较。可就算是有那么厉害的哥哥又有什么用，还不是得不到贺景修。

博盈一直都以为自己瞒得很好，但只要仔细观察，每个女人都是人精。杜楠早就看出了猫腻，博盈每次在贺景修面前都会变得安静，偶尔还会脸红。

思及此，她冷嗤一声。

博盈并不知道杜楠这些心理，但从她的眼神里，能看出她对自己的厌恶。不过这个世界上谁都有讨厌和喜欢的人，她讨厌自己，自己也讨厌她，倒是挺公平的。

只不过她挺想知道，这两人以后知道她跟贺景修在一起的时候，会不会想起今天在电梯里的这段对话。

想着，博盈弯了弯唇，看向杜楠：“楠姐，你这话说得这么笃定，是有什么内部消息吗？”

杜楠微微一笑：“那当然。”

“哦。”博盈点点头，摆出一副似懂非懂的模样，“那年底有年会，到时候我找贺总求证一下如何？”

现在距离年底，也不远了。

杜楠自信满满：“行啊。”

博盈颔首，自言自语说：“行，那你记得自己今天说的话啊。”说话间，她看向方博裕，“方博裕你记性好，到时候肯定不会忘吧？”

方博裕：“……不会。”

其实女人的斗争，他一个大男人不好掺和进来，但没办法，谁让他跟裴云梦博盈有革命友谊呢，这两人要做什么，他只能帮忙。

经过电梯这一段，出去后不少新同事对贺景修的感情生活产生了好奇。

“博盈，谭芮是谁啊？”

博盈：“谭氏集团的大小姐。”

虞梦嘉“啊”了一声：“她真的跟你们老板在交往吗？”

博盈觑她一眼，摇头说：“没有。”她小声道，“你再说这话我可生气了啊。”

虞梦嘉一愣，忙不迭地挽着她手臂说：“好好好，不说了，对不起。”

她瞅着博盈，用只有她们俩能听见的声音问：“盈盈，你是不是喜欢你们老板啊？”

博盈眨眨眼，和她对视几秒：“你问现在呢还是之前？”

虞梦嘉茫然：“有区别吗？”

“有啊。”博盈理直气壮地道，“现在不喜欢他呢。”

“为什么？”

博盈想了想，傲娇道：“女人的喜欢和不喜欢都没有理由。”

她现在正暗戳戳给他记账呢，顾不上喜欢。

虞梦嘉似懂非懂地点点头：“好吧。”

博盈看她茫然的样子，笑着岔开话题：“不说这个扫兴的事了，先说吃的。”

“好的。”

商量过后，大家一致决定吃火锅。

人多的时候，火锅最能照顾大家不一样的口味，反正每个人可以点自己喜欢的菜，也不用太担心吃不完。

到火锅店，博盈才想起来给贺景修发消息，说自己下班了。

她消息刚发过去，男人的电话便来了。她跟同事说了一声，跑到店外接。

“喂。”博盈拉长着尾音，哼哼着道，“贺总，下班时间呢，给员工打电话是有什么事吗？”

贺景修听她这怪怪的语气，忍俊不禁：“下班时间找的是女朋友。”他道，“你把我女朋友还给我。”

博盈：“哼。”

贺景修哑然：“下班了？”

博盈"嗯"了一声，努努嘴看着对面那家酸菜鱼店门口等待的客人："在火锅店跟同事们聚餐。"

贺景修了然："别喝太多酒，你是开车过去的吗？"

博盈："嗯，晚点喝酒了我会叫代驾。"

贺景修："不然我让骆霄去接你？"

博盈思忖了会儿："不用啦，我先吃着看看，说不定不喝酒呢。"

贺景修："好。吃完要回去了跟我说一声。"

博盈应下，沉默了会儿，问："你呢？"她好奇，"你那边什么时候结束啊，谭芮他们情况严重吗？"

"谭芮情况还好。"贺景修顿了下，低声说，"她父亲情况稍微严重点，正在做手术。"

也因此，他没办法现在就走开。

闻言，博盈叹息一声："那你在医院好好照看着，我有事会给你打电话。"

贺景修："好。"

收线之前，博盈问了句："吃饭了吗？"

贺景修："还不饿，晚点看看情况再吃。"

"那你要记得吃。"

贺景修应下。

挂了电话，博盈回了火锅店。

贺景修猜得没错，同事聚餐很少有不喝酒的，特别是在男女都有的时候。他们虽然年龄都不大，但也二十多岁了，喝点酒好像更能聊天。

几个人凑在一起，天南地北畅谈着。谈理想，谈未来，谈自己的抱负，谈接触过的当事人，很多很多。

莫名其妙的，博盈听着还有种被感动的情绪。

明明她已经过了这种易感动的年龄，可还是会为之动容，就好像他们永远年轻，永远对未来怀抱着期待和向往。

在他们的脑海里，有为自己、为这个社会、为这个世界勾画的蓝图。他们在努力为实现梦想而奋斗。

吃完火锅，一行人又到楼上单独一层的玩乐场所待了会儿。打游戏的打游戏，抓娃娃的抓娃娃，玩跳舞机的玩跳舞机，很是快乐。

散场时，大家都还依依不舍，嚷嚷着下周再聚。只是不知道，下周还有没有空闲时间能让他们出来晃悠这么久。

博盈喝了酒，直接叫了个代驾。

方博裕不确定地看她："要不要送你回去？他们送虞梦嘉了。"

"不用。"博盈晃了晃手机，"我自己回去。"

方博裕思忖了会儿，低声问："贺总不来接你？"

"还在医院呢。"说到这儿，博盈才想起自己忘了问他现在吃饭没。

她思忖了会儿，给祁学真发了条消息。

代驾过来时，博盈换了地址。

另一边，给博盈偷偷发完消息后，祁学真有点儿心虚。他想了许久，还是喊了贺景修一声："贺总。"

谭芮正在跟贺景修说话，听到声音看了过来。

贺景修抬眼："怎么了？"

祁学真欲言又止。

贺景修挑眉，跟谭芮打了个招呼便走了过去。

祁学真看了眼不远处的谭芮，低声道："博小姐过来了。"

贺景修一怔，下意识地看手机："她跟你说的？"

"嗯。"祁学真道，"她问我你吃饭没。"

贺景修微愣，点了点头："知道了。晚点她还给你发消息跟我说一声。"

他想了想，问："谭总助理还没回来？"

这次车祸，车里只有谭芮和她父亲，她父亲的助理正好被安排出差了，没能及时赶回。但收到消息后，便往医院赶了。

祁学真知道他的意思，谭总的助理回来的话，贺景修便能走了。现在之所以没走，是因为这边没一个靠谱的男人。而谭芮目前手受了点伤，也没办法全心全意照顾父亲。

"快了。"祁学真报备说，"我十分钟前问过，已经下飞机了。"

贺景修颔首："行，你跟医生打声招呼，人过来了我们再走。"

看祁学真走远，谭芮抿了抿唇，走近道："是公司有什么事吗？"

她看着贺景修，眼睛里的爱意明显。

贺景修："不是。"他没瞒着，直接说，"我女朋友过来了。"

谭芮一愣："啊？"

贺景修接着说："你见过，博盈。"

医院走廊静悄悄的，贺景修的话不轻不重，在谭芮耳畔回响着。

她隐约能明白他为什么会这么直接告诉自己，可她又不愿意去相信。

她张了张嘴，好半晌才说了句："恭喜。"

贺景修笑了下，坦然应下。

谭芮看着他，抿了抿唇问："怎么这么突然？"

"突然？"贺景修淡声，"不突然。"

谭芮错愕："什么？"

忽地，走廊尽头有声音传来，贺景修顺势看了过去，不意外看到了提着东西出现的人。

他轻勾了下唇，告诉谭芮："她是七中的。"

所以这场恋爱，来得一点都不突然。

忽然间，谭芮像失去了语言功能。她好几次想说点什么，却又说不出口。

七中。她有记忆。

她跟贺景修同年龄，但念书比他早一年，和裴彦几个人成了同学。她大一时贺景修正在读高三。那会儿她在外地念书，听骆霄说过几次，说有女生在对贺景修进行猛烈攻击，在追求他。

当时谭芮并没把这当回事。直到那年回家过年时，她跟父母去贺家做客，贺景修坐在客厅捧着手机在玩。

她看他莫名其妙地笑了好几次，偷偷问过他母亲，他在笑什么。

陈女士告诉她："跟小女孩聊天呢，逗人家玩。"

当时，谭芮蒙了。

她试探性地问了贺景修，跟他聊天的人是谁。贺景修怎么回答的来着？

她想了想，他用很宠溺地语气说，七中的一个小学妹，麻烦精。

吃过午饭，他出了门。

谭芮听见他跟陈女士报备，说是一个朋友约他出去吃甜品。

外面漫天大雪飘着，他明明不是个喜欢在下雪天出门、更不喜欢吃甜品的人，却还是去了。

当时陈女士还戏谑地问：“你晚点是不是打算给我带个儿媳妇回来了？”

贺景修好像说了句：“她还没成年。”

可后来，她又听说追贺景修的那个女生出国了。

她不知道那个人就是博盈。

想到这儿，谭芮望着贺景修，上下唇动了动，不确定地说：“所以你这么些年……”

贺景修知道她想说什么，他看她一眼，语言温柔却又极具杀伤力：“我在等她。”

不知道什么时候喜欢的，也不确定要等到什么时候。但回想一下过往，确实是有念想地在等。

这儿是她的家，她一定会回来。

这一点，贺景修很笃定。

谭芮震惊：“你难道就没想过……万一她有男朋友或者结婚了呢？”

“想过。”贺景修坦然，“但事实证明，我赌对了。”

他当然想过这种可能性。

如果博盈真有了对象，那他不会再去打扰，他甚至会祝福她。

但上天是善良的，它让愿意等待的人拥有了最好的结局。

听到他这番话，谭芮一时不知道该说什么。

她不知道自己该说贺景修自信还是别的。至少，换作是她，她做不到这样。

她之所以能喜欢贺景修这么久，无非是一直知道他的情况，觉得他没有喜欢的人，没有对象。

可他在这几年的时间里，一点博盈的消息都没有，他这种，纯粹是漫无尽头的等待和期望。

她熬不起，也做不到。

好像从这一刻起，她就输了。不是输给博盈，而是输给贺景修。

谭芮沉默半晌，低声道：“抱歉。”

贺景修看她一眼，了然于心地说："我替博盈收下。"

谭芮往后退了一步，表明自己的态度。

她深呼吸了下，正要说话，猛地注意到贺景修的视线一直落在自己后方。她跟着回头，看到了站在走廊尽头的博盈。

谭芮微怔，把到嘴边的话说出来："那你先回去吧。"她示意，"晚点我爸助理就过来了，今天谢谢。"

贺景修颔首："应该的。"他看了眼博盈手里提着的东西，说了句，"你等等。"

说完，他朝博盈走过去。

"怎么不往前走？"走到博盈面前，贺景修垂眸看她。

博盈轻哼："怕打扰到你们谈话。"

贺景修笑笑，捏了捏她的脸颊，了然道："买了几人份？"

"三人。"

贺景修、祁学真和谭芮的。

博盈看他一眼："有粥有炒菜，你喝粥。"她交代，"拿过去吧，我先回去了。"

贺景修拉住她的手："不过去打声招呼？"

"不去。"博盈警告地看他一眼，压着声道，"回去再找你算账。"

贺景修挑眉，看着她气鼓鼓的模样，忍俊不禁。他答应着："好，回去随你怎么找我算账。"

博盈翻了个小白眼。

贺景修拍了拍她脑袋："先别走，等我一起。"

"啊？"博盈愣住。

贺景修："我不在这边守夜，事情处理得差不多了，一会儿有人过来。"

"哦……"博盈和往这边看的谭芮对视一眼，"确定提前走没事？"

"没事。"贺景修拍了拍她脑袋，"我把东西送过去，等我。"

博盈很勉强地说："行吧。"

贺景修看她傲娇小模样，几不可见地勾了下唇。

他拿着她买过来的食物转身，交给谭芮后，又跟祁学真交代了两句，这才跟博盈一起离开。

走出医院，门口代驾还在等着。

贺景修过去跟代驾说了一声，让人先回去。

两人上车，贺景修略显局促地坐在驾驶座。

博盈原本是在生气的，可一看他那两条大长腿无处可放，就有点儿想笑。

“贺总，这样方便开？”

贺景修瞥她一眼：“刚刚怎么不说。”

博盈挑眉：“故意的。”

她其实也忘了。

贺景修意味深长地看她，低声问：“你吃醋了？”

“没有呀。”博盈一脸你在开玩笑的小表情，扣上安全带说，“我怎么可能会吃醋？”

她小声念叨：“她又没有竞争力。”

贺景修弯了下唇：“确实。”

他肯定了她说的话。

博盈侧眸看他。

贺景修凑近，低头亲了下她唇角，嗓音低沉地说：“她一直对你没威胁。”

在他这里，谭芮从头到尾就不在女朋友考虑的行列。贺景修的女朋友这一栏，乃至于未来妻子这一栏，都只有那一个从高中时期就预订了的名字。

博盈听着他这话，唇角不受控制地往上翘，但她努力压着，故意跟贺景修唱反调：“嗯。反正她要是能威胁到我，我就换个弟弟。”

贺景修捏了下她下巴，警告意味十足。

博盈一点也不怕他，直勾勾地回视他。

安静须臾，贺景修无奈地收回手，低声问：“回家？”

“嗯……”博盈应下，打着哈欠说，“困死了，赶紧走。”

贺景修笑而不语。

已经很晚了，街道上的车辆和行人都少了很多。

要进入初冬了，晚风凉飕飕的。博盈开窗两秒，又瑟瑟发抖地关上。

她瞅着外面的天色，咕哝道："是不是要下雨了？"

贺景修跟着看了一眼："看看天气预报。"

博盈点开手机看了眼，"哦"了一声说："确实，明天有暴雨。"

她瞅着贺景修，懒洋洋道："那可以在家睡懒觉。"

闻言，贺景修笑："没安排任务？"

"……有。"博盈叹息道，"打工人真累。"

周末还得加班做事。

贺景修目光含笑看她："那不打工了。"

"不要。"博盈想也没想拒绝，开玩笑地说，"我可不想回家继承家业啊。"

贺景修意味不明地笑了一声，博盈明知道他这话的意思，却故意歪解。

不过，确实是她的个性。

如果真吃点苦就不干了，那她就不是博盈。

夜晚的路灯光影绰绰，投射进车厢，还有种说不出的感觉。

博盈仔细观察了会儿，在贺景修即将要开车进小区时喊了句："到这儿停一下吧。"

贺景修侧眸："要买东西？"

博盈睇他一眼："你那胃晚上不吃东西，我怕我的周末要浪费在医院。"

贺景修："……"

路边还有小店开着，但店里客人不多。

博盈选了选，扭头看向贺景修："海鲜粥？"

贺景修没异议。

博盈给他点了份海鲜粥，自己点了点小吃在旁边陪着。

男人身上还穿着衬衫西裤，外套早在进店前便留在了车内，但莫名其妙的，他和店内此刻的氛围却并不违和。

博盈发现，贺景修这个人，好像总能随遇而安。

无论在哪儿，是符合他身份的地方抑或不是，他总能让环境适应他，而不是与之格格不入。

注意到她的视线，贺景修撩起眼皮看她："看出什么了吗？"

博盈回过神来，捧着杯子喝了口水："贺总今天比昨天丑一点。"

贺景修被她的话呛住，无法反驳。

看他被自己噎住的表情，博盈轻哼："是不是觉得我说的是事实？"

"帅不帅都是你男朋友就行。"贺景修不在意地说，"你不嫌弃就可以。"

博盈被他反将一军。她撇撇嘴，正要说点什么，店老板上粥了。

贺景修给她舀了一小碗尝尝，顺势问："聚餐感觉如何？"

"挺好的。"博盈边吃边说，"感觉大家都不错，志存高远。"

贺景修睇她一眼。

博盈笑道："真的，你这个年纪可能感受不到我们这种小年轻的朝气了，但我现在就是这个感觉。"

贺景修沉默片刻，低语："我这个年纪？"他目光直直地看着博盈，"我什么年纪？"

博盈噎了噎："你自己觉得呢？"

贺景修似懂非懂地点点头："行，知道了。"

博盈："知道什么？"

贺景修叹了口气，很委屈地说："女朋友嫌弃我年纪大。"

博盈没忍住，笑骂了句："贺总，你是戏精吗？"

两人对视一笑。

博盈也不是真的说贺景修年龄大，他其实年龄刚好，是受女人欢迎的一个年龄，甚至再过十年，这人依旧抢手。

博盈嘀咕："我哥还比你大呢。"

说到这儿，贺景修垂下眼看她："博盈。"

"什么？"

"你哥什么时候有空？"他提议，"一起吃个饭？"

博盈一怔，眨巴着眼睛看着他，好一会儿才说："你是准备见家长了吗？"

贺景修兀自一笑："不愿意带我见家长？"

"……不是。"博盈抿了抿唇思考，"你让我先给他打打预防针，不然我怕他真把你腿打断。”

贺景修哑然失笑：“好。”

喝完粥，两人回家。

博盈跟贺景修住的不是同一栋楼，停车位自然也不在一起。

在贺景修往她住的那栋楼下的停车场开时，她欲言又止半天，还是没出声。

车停下，贺景修才扭头看她：“刚刚要跟我说什么？”

博盈转头看他，往上指了指说：“家里的摄像头没拆。”

贺景修哭笑不得：“知道了。”

他道：“我就送你……”

话还没说完，博盈打断他，含糊不清地说了句：“我想贺博美了。”

因为她要录节目的缘故，博盈怕没时间照顾贺博美，让贺景修把贺博美带了回去。

算一算，她几天没看到这只黏人的大狗了。

听清楚她说的话后，贺景修明显怔愣了几秒。

半晌，他侧过脸盯着她看了许久，在博盈要改口之前，低语：“真想它了？”

博盈：“想了想了。”

她不好意思地瞪了贺景修一眼，凶巴巴地道：“你怎么年纪轻轻这么啰唆？”

贺景修笑了一声，也不提醒她，在半小时前她还说自己年纪大。

他动作利落地打开车门，绕到博盈这边：“走吧。”

博盈看了眼他牵着自己的手，明显能感觉出他要直接带自己去他那边。

她抿了下唇，后知后觉地紧张：“我得回家一趟。”

“嗯？”听到这话，贺景修抬了下眉，“你反悔了？”

博盈：“……我要卸妆。”

“家里有。”

“……我睡前要涂好多护肤品。”

贺景修：“给你准备了。”

博盈张了张嘴，最后憋出一句：“衣服总要拿吧？”她看贺景修，“你那不会还提前给我准备了衣服吧？”

贺景修脚步一滞，垂下眼看她：“这倒没有。”他顿了顿，说，“但你可以穿我的。”

话虽如此，博盈还是坚持回了一趟家。

贺景修也随她。

摄像头早已关了，节目组提前征求过他们意见，有的愿意周末拍，有的不愿意。

而博盈，属于不愿意的那一类。

她一周五天被拍，已经足够了。周末，她想拥有一点自己的私人时间，不想被镜头打扰。

贺景修几天没来，屋子里已经乱糟糟了。他扬了扬眉，弯腰给她整理。

博盈也不管他，紧张又心虚地进了房间。

她拿了个大袋子，挑了睡觉穿的衣服，也拿了外出穿的。要出房间门时，她目光落在了床头柜的抽屉上。

纠结了半分钟，博盈拉开抽屉，把上回双十一活动时郑今瑶给她买的惊喜礼物拿了。

出去时，贺景修正背对着她这边。

博盈看着男人灯光下的肩背，流畅又有力量，脸更红了。

她抿了下唇，发出小小的动静。

贺景修回头，目光从上而下，扫过她脸颊，停在她掌中。

“好了？”

“……嗯。”博盈张望了下，“走了。”

贺景修看她躲闪的模样，几不可见地勾了下唇应下。

从博盈这边到贺景修住的那一栋，不远也不近，走路大约五分钟。但莫名的，今天的博盈觉得这段路好短好短，她都还没做好心理准备就到了。

小区里静悄悄的，路上没碰见一个人，只依稀能闻见淡淡花香，花香不浓不烈，飘到鼻间。博盈的手被男人牵着，掌心的温度滚烫。

进了电梯，她低着头看脚尖。

贺景修观察她几秒，忍不住笑了一声。

蓦地，博盈抬头："你笑什么？"

贺景修垂下眸，低声道："你这样子……"

"我样子怎么了？"博盈睨着他。

贺景修笑笑，没说穿。

他想说，她现在这个样子，要是有人看见，说不定会报警，说他强迫花季少女。

博盈一脸严肃，仿佛要被砍头似的。

博盈看他眼里的笑，总觉得他在取笑自己。

思及此，她缠着他要个答案："贺总，我这样子怎么了？"她戳着贺景修胸膛，"你说不说？"

贺景修被她逗笑，感受着她手掌在自己胸口的触感。他微顿，抓住她乱戳的手，嗓音低沉："别乱动。"

"我就乱动。"博盈仰头看着他，一脸骄傲的模样，"谁让你笑我。"

"我不是。"贺景修有口难辩，低头蹭了下她鼻尖，张嘴碰了碰她的唇，低声说，"不用那么紧张，你不想我们就——"

"不做"两个字还没出口，就被博盈打断了。

她眼神胡乱瞟着，小声哼哼："我没这个意思。"最后两个字，是用气音哼出来的。

用郑今瑶的话说，贺景修这样的优秀男人不好找。

虽然，她不是百分百赞同，但也有点儿承认，找他这样的男人是自己的福气。更何况，她本就喜欢他。

贺景修没听清，但大概知道她说的是什么。他微怔，正要说话，电梯门打开，他们到家了。

一进屋，贺景修正准备弯腰给她拿拖鞋，博盈便像要反驳他刚刚说的话一样，主动亲了过来。

贺景修一顿，被她压在门后。

他挑了下眉，看她手忙脚乱的模样，好笑之余，又有说不出的感动。

屋子空旷且大，客厅的灯光在闪闪发亮，微微有些刺目。

博盈下意识地闭了眼，主动抱着男人脖子，回应着他的亲吻。

窗外不知何时下起了雨。

雨打过干枯的枝叶，落在开着的花蕊中，停驻在上方，不舍得离开，连带着花瓣上也沾着晶莹剔透的水珠。一阵风刮过，水珠落地，在地上砸出水花。

博盈这一觉睡到了次日中午。

半夜雨停了，空气变得潮湿又干净。

房间里没人，但他的味道好像还残留着。

她躺在床上缓了缓，拉着被子把自己盖上又掀开。反反复复两次，她看了眼自己身上套着的衣服。

是贺景修的衬衫。

她来他这里，就算是带了衣服，穿的依旧是他的，她的那些根本就没时间拿出来。

博盈躺在床上缓了片刻，正欲拿手机给男人发消息时，听见了贺博美扒拉门的声音。

昨晚两人在楼下客厅闹时，贺博美不知从哪儿冒了出来，贺景修本想抽时间把它关起来，被博盈阻止。两人上楼时，它没再跟过来。

听到声响，博盈爬起来去开门。手还没碰到门把手，门被人从外头推开。

两人对视一眼。

贺景修的目光落在她身上，从脸颊往下，落在她敞开的衣领处。

注意到他的眼神，博盈下意识地攥紧领口，不好意思地说："你干吗？"

贺景修看她红了的脖子，没再逗她："先去洗漱，饿了吗？"

"饿了。"

两人进了浴室。

博盈不解地看向贺景修，茫然问："你也还没洗漱吗？"

"不是。"

博盈："你要上厕所？"

贺景修无奈，揉了揉她睡乱的头发，拿过一侧准备好的牙刷，挤好牙膏递给她。

博盈眨眨眼，后知后觉地反应过来。

她机械地接过，慢吞吞地刷着。偶尔，她会抬眼看向镜子里的两人，她在刷牙，贺景修的目光落在她身上，温柔又宠溺。

这一幕，她好喜欢。

刷完牙，贺景修拿过她习惯用的洗脸巾递给她。博盈随便擦了两下，却被他拉住，仔仔细细把她脸上的水珠擦干。

看着他清俊的脸庞，博盈没忍住，踮起脚亲了他一下。

"贺景修。"

贺景修扬眉看她："嗯？"

博盈粲然一笑："没事。"我就是想叫叫你。

贺景修像是能读懂她一般，也不再追问。他捏着她下巴，吮着她的唇亲了会儿，才将人放开。

博盈喘着气，提醒他："饿了呢。"

贺景修低低应着："走吧。"

等博盈做完她烦琐的护肤下楼时，贺景修已经把午餐端上桌了。

看到桌上摆着的精致食物，博盈有些许讶异。"你做的？"贺景修的厨艺没那么好吧。

贺景修瞥她一眼，诚恳道："不是，陈姨做的。"

"啊？"博盈一阵尴尬，"陈姨来过？"

"嗯。"

"那……"博盈脑海里瞬间闪过昨晚的那些画面，朝四周看了看，"衣服呢？"

他们昨晚放在楼下的衣服呢？

贺景修看她紧张兮兮的模样："陈姨早上收好了。"

博盈瞳孔微缩，嘴唇张了又合上。

倏地，她注意到贺景修眸子里的戏谑，跟着反应过来。

"贺景修！"博盈恼羞成怒地喊他。

贺景修一把将她拉到腿上坐着，哭笑不得地问："怎么这么容易害羞？”

博盈瞪他。

贺景修笑笑，哄着她：“我们是男女朋友，就算陈姨真看到点什么，她也不会惊讶。”

“不行。”博盈很坚持，“我要维持我在陈姨面前的形象。”

陈姨可以知道他们住一起，但不能在客厅看到两人乱堆的衣物，那会让博盈不好意思的。

贺景修大概知道她在不好意思些什么，他笑笑，轻声答应：“好。”他拍了拍她脑袋，“放心。”

博盈看他，眨眨眼问：“你几点起来的？”

“陈姨来之前。”

博盈踹了他一下：“好好说话。”

贺景修忍着笑，将人拉近，笑着说：“博盈。”

“干吗？”博盈凶巴巴看他。

贺景修沉吟片刻，说：“你得到我之后就不珍惜了。”

博盈：“啊？”

贺景修委屈控诉：“起床到现在，又是打我又是踹我，你果然是个渣女。”

听他这一番控诉，博盈一时哑口无言。她挣扎了半晌，放弃反驳。

“行吧。”她瞅着贺景修，一副自己就是个渣女的表情，“你说什么是什么。”

贺景修垂下眼，含着她的唇亲着：“怎么听着还有点不服气？”

“没有呀。”博盈违心地说，“我很服气。”

贺景修捏了下她耳垂，笑了笑：“先吃饭。”

“哦……”博盈眼睛弯弯看他，“贺总不先跟我算算渣女的账？”

闻言，贺景修抬了下眉梢。他直勾勾盯着博盈看了会儿，道：“吃饱了跟你算。”

不知道为什么，博盈总感觉，吃饱再算的，不是什么好内容。

陈姨的手艺真的不错，之前博盈便吃过贺景修专门让陈姨给她准备的食物，更何况她此刻是真饿了。

第二十章

吃　醋

吃饱喝足，博盈一动也不想动，起身往客厅走了两步，瘫在沙发上。

贺景修把桌子收拾好出来，看到的便是这一幕。

她懒洋洋地躺在那里，沙发旁边趴着贺博美，午后阳光照进来，衬得屋内明亮又温暖。

贺景修看着，忽然有种岁月静好的感觉。他站在原地，舍不得走近打破。

蓦地，博盈出声撩拨。

“贺总，不是要跟我算账？”

贺景修抬脚，在她旁边站定：“确定还有力气让我跟你算账？”

博盈觑他一眼，脸颊微红：“我不知道贺总的算账是什么意思。”

贺景修笑，明知故问。他在博盈旁边坐下，她顺势把头放在他腿上躺着，闭着眼说：“还有点困。”

贺景修瞬间不舍得跟人算账了。他摸了摸她脑袋，低语：“再去睡一会儿？”

“晚点睡个午觉吧，我现在刚吃饱。”

“好。”

两人一躺一坐，脚边贺博美在旁边大口喘着气。

屋子里算不上很安静，偶尔还有两人的交谈声传出，但就是很舒服。

博盈很享受这样的周末时光。

“贺景修。”

“嗯？”

博盈闭着眼，想了想说：“你给读会儿书吧。”

贺景修笑：“想听什么？”

博盈歪着头思考了一下：“随便，都行吧。”

贺景修起身，随手拿了一本童话过来。

博盈睁开眼看了一眼，忍俊不禁：“你怎么还买了这个？”

那是她高中时期很喜欢的一本童话——《夜莺与玫瑰》。

贺景修没解释，只问：“想听哪篇？”

博盈指了指：“就书名这篇。”

“好。”

贺景修的声音很好听，不疾不徐说话时，总让人感觉他在对你表露深情。光是听着他的那种腔调，你就会觉得舒服，会不由自主地沉沦。

博盈很喜欢他声音，一直都喜欢。

“‘她说我要是带给她红玫瑰，她就会同我跳舞，’年轻的大学生大声说道，‘可我在花园里找遍了都没有红玫瑰啊。’”

念这一段的时候，贺景修的声音时而轻时而高，让人恍若身临其境。

博盈第一次看这一篇的时候，总觉得好像也就这样，后来长大了，再读，才渐渐读出不一样的味道。

在贺景修的声音下，她闭上眼睛假寐，不知不觉便沉沉睡了过去。

博盈做了个梦。

梦似真似假，有真实发生的，也有她一直以来的幻想。

梦里，她回到了高二那年。

一次篮球比赛，贺景修代表学校参加，博盈自然而然来给他加油。在她声嘶力竭的呐喊中，贺景修赢了。

当时，有很多女生兴冲冲地跑过去给他送水，他都没接。

博盈深知他可能也不会接自己的，默默准备转身离开。没想到，他忽然叫住了她。

他望着她，意气风发，说出的话听着有些傲慢，却又不会让人讨厌。因为你会觉得，他那样的，就该如此。他就算是再傲慢一点，也都无所谓。她不会讨厌。

“你的水不是给我的？”他问。

博盈愣了一下，看着手里被自己焐热的水，轻轻点了下头：“是给你的。”

贺景修勾唇一笑，在众目睽睽之下朝她走近，主动地拿过她的那瓶水，单手拧开，饮下。

莫名的，全场静了一瞬，紧跟着爆发了尖叫声。

博盈有些发蒙，整个人还没反应过来，就被他拉去聚餐。

那一顿饭，她吃得心神不宁，完全摸不着头脑。

吃过饭，两人再次走在一起。贺景修问过她家的住址后，竟陪她上了公交，送她回去。

路上，路边有卖鲜花的。

博盈那天刚读了《夜莺与玫瑰》，脑海里一直都还萦绕着这个故事，眼睛不自觉地在花上停留了许久。

倏地，身侧的少年朝那边走去。没等博盈反应过来，他已经买好花折返。

“给我的？”她看着面前的红玫瑰，无比诧异。

少年颔首：“这儿还有其他人吗？”

博盈微怔：“为什么送花给我？”

“礼尚往来。”贺景修说得很寻常。

博盈张了张嘴，意识到他指的是那瓶水。

“可是……花不一样。”

“嗯？”少年瞳仁黑亮地看着她，“你给谁都送水？”

醒来时，博盈还有点恍惚。这个梦太真实了，让她一时没办法彻底清醒。

鼻间还有男人熟悉的味道，清洌好闻。

察觉到博盈的动静，贺景修垂下眸看她：“醒了？”

“嗯……”博盈睁开眼看，她不知何时回了房间，想也知道是贺景修抱进来的。

房间里的窗帘拉得严丝合缝，没让窗外光投进来，一侧开了一盏小台灯，贺景修靠着床头坐着，正在看书。

博盈看向他手里拿着的书，是她看不懂的。

她躺在床上缓了一会儿，突然说：“贺景修，我刚刚做了个梦。”

贺景修：“什么梦？”

“我梦见你高中时候好闷啊。”博盈瞅着他，“喜欢我也不正经表白，就在路边随便买一束鲜花送给我。”

贺景修：“……”

博盈跟他说起那个梦，不自觉地往他怀里蹭着，咕哝着说：“还有点想回到高中了。”

贺景修没吱声。

博盈自顾自地说了会儿，也没得到他的回应。她戳了戳贺景修的胸膛，轻哼道：“你怎么都不说话，你不想回到高中？”

贺景修沉吟了会儿，敛目看她：“一般。”

博盈：“为什么？”

他拥着她躺下，低声道：“不想你再追我一次。”

更不想，我们再分开一次。

博盈一怔，完全没想到是这个理由。

她笑，畅想着：“那万一还能穿越回去，就你追我呗。”

贺景修想都没想，直接说：“好。”

有他这个答案，博盈很开心。她弯了弯唇，瞅着他问：“还有多久圣诞节呀？”

他们约好圣诞节一起回学校。

“一个月。”

两人在家里待了近一天，到傍晚才出门觅食。

吃过饭，贺景修带博盈去看电影。

电影院选在小区附近，他们小区旁边便是商圈，吃喝玩乐一应俱全。

博盈跟贺景修去的时候，还忐忑了几秒：“你说我们会不会碰到我哥他们？”

贺景修：“不至于。”

博盈想了想，也确实。她哥说不定在家看电影，不会出门约会。

两人穿着同色系衣服，款式看上去也极为相似，跟情侣装无异。

到电影院门口时，他们买的场次还没到入场时间。博盈的手被贺景修牵着，一直未曾松开。

周末，电影院门口的人不少。

贺景修扫视了一圈，问她：“想不想吃爆米花？”

“吃。”博盈道，“不过，买个小杯就行，我吃不了多少。”她刚吃饱饭。

贺景修：“好，在这儿等我？”

博盈摇头，黏人得很：“我要跟你一起过去。”

贺景修答应。

两人排队买爆米花，博盈正在思考要不要再买杯可乐，被贺景修拒绝了。

博盈没辙，只能退而求其次选矿泉水。

下一个便是他们，博盈正欲往前时，肩膀忽然被人拍了拍。她扭头，在看到来人时瞪圆了眼。

“迟……”

迟绿挑眉：“迟什么？”

博盈一噎，一抬眼看到了迟绿后侧方站着的人。

迟绿看她震惊的小表情，忍着笑说：“给我买一瓶矿泉水。”

博盈：“……哦。”

买完，四人碰面。

博盈脚步虚浮，看着博延，不敢吱声。

博延面色冷峻，双手抱臂看着面前这对小情侣。

他看了博盈一眼，又看了贺景修一眼，目光往下，落在两人相似的衣服上。

安静了一会儿，贺景修率先出声：“博总。”

博延颔首，冷漠地客套：“贺总。”

气氛瞬间就尴尬了。

博盈在两人的声音下回过神来，拼命朝迟绿发出求救的信号。

迟绿憋着笑，扯了扯博延衣服，让他别那么严肃。博延难得地没听她的，依旧冷着脸。

“博盈。”他出声，“不给我介绍一下？”

博盈张了张嘴，偷偷看了眼贺景修，有点恨自己刚刚为什么要乌鸦嘴。她欲哭无泪，小声道：“这是我男朋友。”

“什么？”博延说，“我没听清。”

博盈被他气的，一鼓作气道：“我说这是我男朋友贺景修，这回你听见了吗？”

话未说完，迟绿第一个没忍住，扑哧笑出声来。

“听见了听见了。”她弯了弯唇，笑着道，“盈盈的男朋友好。”

贺景修笑笑：“迟小姐。”

“客气客气。”迟绿打破了僵局，“你们买的哪个场次的电影？”

博盈乖乖把票给她看。

看完，迟绿惊讶了一声：“我们也是这场，位子好像还挨着你们。”

“啊？”

瞬间，博盈产生了撕票不看的念头。

临阵脱逃不太现实。

博盈眼皮耷拉着，委委屈屈地看着贺景修，表示后悔，非常后悔。

贺景修倒还好，没有她那么抗拒。他甚至觉得，跟博延提前见面打招呼也不错。只不过他也确实没想过会在这样一个喧嚣的环境下。

迟绿打着圆场，笑盈盈道：“马上到我们了，进去吧。”

她挽着博延手臂，一把将人拽走。

博延跟她走了两步，又回头看向博盈，冷声道：“还不跟上？”

“……”

博盈和贺景修跟在后面。几个人排队检票，贺景修观察博盈一会儿，掏出手机给她发消息。

贺景修：不想看电影了？

博盈手机一振，拿起看了一眼，回头看向后面的人，迟疑着回复。

博盈：也不是，就是一时不知道怎么面对我哥他们。

贺景修：不想看就不看，我跟你哥说一声。

博盈：别吧，他本来就在生气，我怕他更生气。

贺景修正要回复，到两人检票了。

他手指动了动，收起手机。

四个人位子还真连在一起，最后一排最旁边的四张椅子，迟绿是公众人物，怕被人看见，一般到电影院都是选最旁边的位子，而博盈跟贺景修也习惯性地坐在旁边。

考虑到两个大男人不适合凑一起，迟绿和博盈坐在两人中间。

坐下后，博延倒是没再说什么。迟绿说了两句话缓解氛围，让大家勉强能专心看电影。

但博盈基本没看进去，她偷偷地往博延那边看了一眼，总担心他生气。

她看博延，贺景修看她。但她毫无察觉。

一场电影下来，看得专心的只有迟绿。结束时，博盈甚至都不知道这电影说的什么。

从电影院离开，迟绿提议去吃点东西。

大周末的，晚上人也很多，街道很热闹，两旁小店的灯都还亮着，温暖又舒服。

其他人没有异议。

“那吃什么？”迟绿问。

博盈看她：“随你。”

“去吃路边烧烤吧。”迟绿有点嘴馋，“怎么样？贺总可以吗？”

贺景修颔首，示意道：“看博盈。”

博盈点头：“我可以。”

四个人往烧烤摊那边走，一走近便闻到了烟火气。

博盈心绪不宁的，连点东西都不专心。

贺景修垂眸看了她片刻，侧眸看向博延：“博总。”

博延撩起眼皮看他。

贺景修笑了下，淡声说：“聊聊？”

博延本想拒绝，但被迟绿在桌下踢了一脚，在她的眼神警告下，不得不答应。

两个男人离开这狭窄的小木桌，走到了路旁。距离她们这儿不远，恰好能看见他们背影。

博盈观察了一会儿，小声问：“迟绿，我哥不会打贺景修吧？”

迟绿哭笑不得：“想什么呢？现在法治社会，你哥不是这么不讲理的人。”

博盈耷拉着嘴角：“可我看我哥好像很生气的样子。”

迟绿瞥向她，笑了笑说：“换作任何一个人应该都会生气吧，更何况是你哥。”

博盈不解地看她。

迟绿解释：“你哥就你一个妹妹，你一声不响地恋爱了，我们不知道不说，还在外面看到你跟恋爱对象手牵着手恩恩爱爱地约会，你换位思考一下，是不是会生气？”

更何况，博延虽然嘴上不说，但心里一直把博盈看得很重。他虽是哥哥，但实际上也兼顾了博盈爸爸的角色。

从择偶标准这点上，博延是满意贺景修的，可当他知道博盈曾经追了贺景修那么久，自然而然会对贺景修不满。因为他心疼自己的妹妹。

博盈沉默了会儿：“哦。”她小声说，“可我又不是不告诉他，我就是还没做好心理准备。”

“什么心理准备？”迟绿笑看她，“盈盈，这可不像你性子。”

博盈不吭声。

迟绿瞅着她，把选好的菜单递给服务员，垂眸笑笑说：“你这样，不单你哥生气，贺总也会生气。”

“啊？”第一次恋爱的博盈不解，“为什么？”

贺景修有什么好生气的？

迟绿抿了口水，笑：“你猜。”

她朝背对着她们的俩男人那边看了看，神神秘秘地说：“等贺总真生气了我再告诉你答案。”

博盈皱了皱眉，不是很相信迟绿说的。

她扭头往那边看了会儿，除了背影，一点表情都看不见。而且两人好像交谈甚欢，手里还点了一根烟，没任何大情绪让她们察觉。

没等博盈继续深想，两人回来了。

博延脸上的神色算不上很好看，但也不是那么难看了。坐下时，他睇了眼博盈。

博盈心虚地躲开他的目光。她侧眸看向贺景修，想问点什么，却又反应过来不太方便。

吃完烧烤，博延去买单，贺景修也没和他抢。

几个人准备回去，博盈正暗喜自己逃过一劫，博延扭头看向她，说了句：“博盈，今晚回家。”

博盈下意识地去看迟绿，要她帮忙。

“别看她。”博延说，“她今晚不会帮你。”

迟绿微哽，对博盈爱莫能助。

在其他事情上，她撒撒娇，博延会答应，但在这个事情上，她确实不好干涉太多。

博盈默了默，看向贺景修。

贺景修垂眸望着她，温声道：“到家跟我说一声。”

“哦……”这下，博盈是不得不回去了。

跟博延两人上车后，博盈安静地蜷缩在后座。她扭头看着窗外掠过的景色，脑海里莫名闪过了贺景修刚刚的神情。

她思索了会儿，想给他发消息，可又想到他在开车，暂时克制住了。

车厢内安静，迟绿瞅了博延好几眼，发出唇语：你别太凶。

博延：我没有。

迟绿：你有，你看你把人吓的。

博延无言。

两人眼神互动半晌，没一会儿便到了家。

一进屋，迟绿飞快道：“你们兄妹好好聊聊，我去洗澡。”

博盈：“……”

有段时间没回来了，博盈环视了一圈，这儿多了很多女性化的东西，是迟绿从楼上搬下来的。楼上现在只剩圆圆一个人在住。

博延看了她一眼，起身去了厨房。

倒了一杯热水给她，博延问："跟贺景修什么时候在一起的？"

博盈捧着杯子，神情犹如接受审讯："就……有段时间了。"

博延挑眉。

博盈偷偷瞟他一眼，小声说："我本来打算过段时间告诉你的。"

"嗯。"

博延这个态度，博盈一瞬间也不知道该说点什么了。

她抿了下唇，低声问："哥，你不喜欢贺景修吗？"

博延盯着她，忽而想到刚刚贺景修跟他说的那番话。

博盈怕他。其实他一直是知道的。

除了怕，博盈也很爱他。这句话，也是贺景修说的。

博延自然知道自己的妹妹怕自己，但说到爱，他们兄妹之情固然是存在的，只不过他确实忽视掉了博盈的很多情绪。

他们俩年龄相差大，博延以前学习忙，后来工作忙，对她照顾也没那么多，很容易忽视小女孩的一些东西。他在博盈这儿，既是哥哥，也是保护伞。博盈很依赖他也很怕他。

原本，博延没感觉出来。但贺景修提过后，他回想了一下，好像确实如此。只不过偶尔在她需要依赖自己的时候，他并不在。

博延有些后悔。明知道博盈一个人在家会被忽视，却还是在自己长大后毅然决然地搬出家，留她一个人在空旷冰冷的那个房子里熬了那么多年。

思及此，博延忽然就说不出重话了。

看博延沉默，博盈小心翼翼地喊了一声："哥？"

博延回过神来，睇她一眼："见过贺景修父母了吗？"

"啊？"博盈蒙了一下，不明白他话题怎么跳这么快。

她摇摇头："没有啊。"

博延"嗯"了一声，看她："等录完这个综艺节目，抽空来公司一趟。"

博盈茫然地看着博延："有事吗？"

"嗯。"依旧是冷漠严肃表情。

博盈眨眨眼，茫然道：“好的。”她抿了下唇，“那……你是同意我们在一起了吗？”

听到这话，博延被她气笑了：“我是棒打鸳鸯的家长吗？”

博盈摸了摸鼻子，讪讪道：“你在电影院门口那会儿，真的有点像。”

她都怕他下一句就是“你们俩给我分开”，然后安排人看住她，让她再也没办法见到贺景修。

博延无奈，垂眸看她：“就这么喜欢他？”

“喜欢。”博盈没有迟疑地回答，接着说，“哥，你不也是吗？”

他们兄妹俩都是一样的个性，固执，认死理。认定了，就再也没办法放下。

博延噎了噎，正要说话，听见迟绿的脚步声。他揉了揉眉骨，叹息道：“回楼上去睡觉。”

“好的。”博盈乖乖离场，“迟绿晚安。”

迟绿：“晚安。”

“还有，”博延看她，一脸为难地说，“保护好自己。”

博盈被这句话吓跑了。

看着她跑走的背影，迟绿忍俊不禁：“我还以为你会让盈盈搬回来住。”

博延将人拉入自己怀里坐着，低低地道：“我自己都做不到的事，也没办法强求她。”

迟绿笑，戳了戳他肩膀：“哟，博总这意思是非我不可了？”

博延瞥她一眼，用行动表明是不是非她不可。

楼上一直都给博盈留着房间，也每周都会打扫，她的东西依旧摆放整齐。

回房后，她看到贺景修给她发的到家消息，博盈回过去，男人没及时回，她猜测他是洗澡去了。

博盈想了想，拿着睡衣进了浴室。洗漱出来时，看到贺景修言简意赅给她回的消息。

博盈：你准备睡了吗？

贺景修：处理点公事。

博盈：哦。

贺景修没再回复。

过了会儿，博盈问——

博盈：你跟我哥说了什么呀？他对我变得和颜悦色了。

贺景修：简单聊了两句。

博盈：不能告诉我？

贺景修：嗯。

博盈：可我想知道。

贺景修还是不说。

博盈给他发了好几条消息，得到的回复都十分冷淡。她兴奋的心情也被他破坏，一时也冷了下来。

明明之前还很高兴，她不懂为什么贺景修忽然这样，是被她哥为难了吗？还是怎么了？

博盈草草结束了和他的对话，气鼓鼓地拉着被子准备睡觉。

合上眼几分钟，她越想越生气，总觉得不能这样傻乎乎下去，索性给他打了电话。

“喂。”耳边响起男人低沉沙哑的声音。

博盈抿了下唇：“贺景修，我生气了。”

贺景修无言。

博盈道：“你今晚对我好敷衍。”

贺景修怔了怔，低声道：“抱歉。”

“我不要你的道歉。”博盈问，“我哥为难你了吗？”

贺景修微愣，反应过来：“没有。”

“那你为什么对我这么冷淡？”博盈不开心道，“我给你发消息，你都用几个字打发我。”

贺景修张了张嘴，突然不知道该怎么说。

他总不能告诉博盈，自己在吃她哥的醋吧。

当然，也不单单是这个原因。

贺景修知道博盈怕她哥，但对她今晚这种一直往后退的行径，其实是不开心的。

他能理解她计划被打断的那种惊慌失措，但一场电影的时间，足够冷静下来了。可博盈没有。

贺景修沉吟了许久，低声说："你今晚看了我几次？"

"啊？"这猝不及防的问题把博盈问蒙了。

贺景修道："你哥问你问题，你第一个找的是迟绿。"

博盈一怔，张了张嘴道："你吃迟绿的醋？"

贺景修叹息一声："博盈，我不是这个意思。"他低声说，语气听上去很平静，但又莫名让人觉得有点儿难受，"你有没有发现，你有问题的时候，你在自己求助的对象里，从来没有把我排在第一位。"

无论是工作，还是之前大大小小的事，更别说今晚。

博盈被他问得哑口无言，忘了要怎么回答。

她不知道，贺景修观察得这么仔细，更不知道他把这些都记住了。

博盈上下唇动了动，好半天都才憋出一个字："我——"

贺景修安静。

博盈抿了下唇，轻声说："抱歉。"

贺景修无奈笑笑，低声道："跟你说这个，不是要你跟我道歉。你有自己的想法和习惯，我知道也理解。"

他沉默了会儿，说了句："我只是想跟你说，以后再有类似的事，遇到困难，可以试着相信我。"

无论有什么困难，他都能帮忙解决。他想博盈能第一个考虑自己。

莫名的，博盈被他这段话说得心里发酸。

好半晌，博盈才压着声音说："好。"

她没想再继续跟贺景修聊下去。

把手机放在旁边，博盈睁开眼望着天花板。

她脑海里一直回想着贺景修刚刚的话，博盈抱着被子翻来覆去地想着，越想越难受。

她刚刚忘了说，其实她不找他，今晚是紧张得忘了，也有部分习惯的原因，但以前是怕打扰他，她知道他忙。只是，两人思想不同，立场不同，很容易产生分歧。

蓦地，博盈脑海里蹦出了迟绿在烧烤摊说的话。

她眼睛一亮，直接给她发消息，问她为什么会知道贺景修会生气。不过消息暂时石沉大海，没有人回应。

博盈一个人在床上躺了好一会儿，正思考是不是再给贺景修打电话解释一下时，她手机先振了起来。她抓起点开，是贺景修的消息。

贺景修：睡了吗？

博盈：睡不着。

贺景修：我在门口。

博盈：？？？

少顷，博盈蹑手蹑脚地跑到大门处。

门一打开，几个小时未见的男人出现在面前。他好像是跑过来的，微微喘息，脸也红红的。

博盈怔怔地望着他："你怎么过来了？"

贺景修垂眸，第一时间去看她眼睛。他抬手，用指腹擦了擦她眼睛下方那块细嫩肌肤，低声问："哭了？"

博盈本来控制住了情绪，可他这样一问，眼泪又控制不住地涌出来。

她紧抿着唇，抬眸望着他："没哭。"

贺景修一笑，将人拉入怀里。"小骗子。"

博盈没忍住，抬手捶了下他肩膀："谁让你冤枉我。"

"嗯？"

博盈反驳他之前的话："我哪有总是第一个向别人求助啊？"她小声说，"那我还不是以为你忙，不敢打扰你吗？"

她很委屈。

贺景修感受着她趴在自己怀里的体温，心口软得一塌糊涂，忽然也舍不得跟她计较这些。

他抬手揉了揉她头发，低语："那这是我的问题，让你产生了误会。"

博盈撇嘴，放出狠话："你要希望我什么都找你，你以后就等着被我烦死吧。"

贺景修哭笑不得，捧着她的脸亲了亲，柔声答应：“好。”

尽管烦我，这样我才会觉得自己在你那儿，有沉甸甸的分量。

两人在走廊处了许久，直到博盈觉得冷，她才回过神来。

她埋头在贺景修怀里，闻着他身上熟悉的沉香味，有些不舍得将人放开了。

“几点了？”她问。

贺景修亲昵地蹭了蹭她耳朵，嗓音低哑：“一点。”

博盈“哦”了一声，安静了会儿又问：“那你打算几点回去？”

贺景修喉结滚了滚，回答：“看你希望我什么时候回去。”

博盈默了默，小声说：“不想你回去了。”

“不方便。”贺景修自然也想留在这儿，但楼下有她哥不说，这儿也还有其他女性。没打招呼前，他不适合留在这儿。

博盈听着，想说其实没什么不方便的，但想到睡着的圆圆，她也有点儿不好意思将人留下。

她没忍住，汲取着男人身上的温暖，撒娇道：“那我跟你回去。”

闻言，贺景修笑了下。他张嘴，咬了下她柔软的耳垂，低语：“想让我在你哥那儿扣分？”

博盈：“……”

她不是这个意思。

她抱紧面前的男人，想跟他密不透风、严丝合缝地粘在一起。

不知是晚上情绪容易爆发，还是人容易变得矫情，现在的博盈什么都不想做，只想和他抱在一块。

“贺景修。”

“嗯？”

“没什么。”博盈蹭着他胸口，跟小猫咪一样，“再抱五分钟你就回去吧。”

贺景修失笑：“好。”

过了五分钟，谁也没先放开对方。

时间飞快地流逝，博盈做了很久的思想准备，依依不舍地将人松开：“五分钟好像到了。”

贺景修垂眼盯着她，看她委屈的样子，轻轻笑了一声：“明天不上班。”

博盈诧异地抬眼。

贺景修的声音和吻一起落下：“我可以再陪你一会儿。”

他们鼻尖相抵，互相望着对方。

在这一刻，博盈忽然就好像确定了自己在贺景修心里的分量。她在他那双黑亮的眼睛里，看到了满心满眼的自己。

她直勾勾地盯着看，让贺景修有些受不住。

他俯身，亲了下她唇角，低语：“别这样看我。”

“那要怎么看？”博盈不耻下问。

贺景修哭笑不得，哑声说：“你这样看，我今晚别走了。”

闻言，博盈眼睛一亮，意思很明显——别走最好。

贺景修摸了摸她柔顺的头发：“再陪你一会儿，你回去睡觉。”

博盈瘪嘴。

贺景修看着她，温声道：“睡醒了给我电话，我过来接你。”

“那我早上找你。”

贺景修看她这样，没忍住，又亲了下去。

他含含糊糊地答应：“好。”

两个人在一起时，时间总过得很快。

博盈一个人回到房间时，已经是半夜两点半了。

她站在窗户边往下看，看不见贺景修的背影，却依旧在那边站了几分钟。

她偷偷扬着唇，窃喜地躺回床上。在床上滚了几圈，她才摸出手机给他发消息。

博盈：上车了吗？

贺景修：嗯。

博盈：那你开车别回我消息。

贺景修：好。

博盈：说了别回我消息！！专心开车。

贺景修看着她的消息，勾了勾唇，没再回复。

博盈捧着手机，一点也不觉得困。她看着时针变化，等着消息。

十几分钟后，手机叮咚一声响，是贺景修发来的消息。他到了。

博盈：进屋了？

贺景修：停车场。

博盈：哦！那就在你进屋前再聊三分钟？

贺景修：应该可以聊五分钟，我走慢一点。

博盈躲在被子里，像初尝恋爱滋味的小女生一样，眼睛带笑，唇角上扬着，一直没再落下。然后答应他，再聊五分钟。

明明没任何重点，两人却依旧能你来我往地聊半小时。

三分钟变成五分钟，五分钟变成三十分钟。最后，还是贺景修考虑到她熬夜后没精神，催促她去睡觉。博盈没辙，揉着打架的眼皮，只能答应。

博盈：那晚安。

贺景修：晚安。

看着那两个字，博盈正想说他敷衍，他忽然给她发了个亲亲的表情包。

是她以前给他发过的。

博盈微怔，躲在被子里笑出了声，也跟着回了他一个另外的亲亲的表情。

贺景修：睡觉。

博盈：哦。

贺景修：睡醒见。

博盈：嗯嗯。

真正放下手机时，好像又晚了几分钟。但他们好像完全没察觉到。

博盈不知道别人恋爱是怎样的，但她总觉得自己有无限的精力，跟贺景修一直发表情包都能发半小时。

说她幼稚也好，黏人也行，反正她谈恋爱就这样。

睡醒已经十一点，博盈第一时间给贺景修发消息，说自己醒了，问他在做什么。贺景修直接给她回了个照片。

博盈点开一看，照片里的厨房很眼熟。

她愣怔片刻，忐忑回复——

博盈：你在我哥那边？

贺景修：嗯。

博盈：你在那儿干吗？

她边问边起床。

贺景修：学做饭。

博盈：我待会儿下来。

贺景修：好。

博延一回头，扫到的便是看手机的贺景修。

他倒也没生气，随口问："博盈醒了？"

贺景修颔首。他收起手机搁在旁边，问："到哪一步了？"

其实过来跟博延学做饭，不完全算临时起意。贺景修之前就想学做饭，但工作太忙，陈姨做饭虽然好吃，但博盈好像更喜欢吃博延做的。

贺景修没有做饭的天赋，只能把唯一一点做饭的动力，放在少有的几道菜上。而这几道菜是博盈爱吃的，得跟博延学。

早上醒来，把工作处理完，他便驱车来了这边。本想到这边咖啡厅等博盈醒来，然后进来，让她能最快地看见自己。

岂料刚到门口，他便跟博延碰上了。

博延也没问他为什么会在这儿，自然地问："博盈醒了？"

"还没有。"贺景修也没解释自己为什么在她没醒前就起来了。

博延点了下头，看他一身休闲打扮，问：“你是不是不会做饭？”

贺景修：“……”

两人安静了几秒，博延道：“去过菜市场吗？”

贺景修再次沉默。

莫名其妙的，他跟博延去了菜市场。

莫名其妙的，他跟他来了这儿，进了厨房。

迟绿跟两人碰了个面，笑盈盈地说：“期待两位大厨的午饭。”

贺景修抱着既来之则安之的想法，虚心向博延求教。

博延也不为难他，先让他从打下手开始，再给他说步骤。

贺景修学得认真，时不时还用手机备忘录记下来，比参加贺氏集团股东大会还要严谨细心。

博盈匆匆洗漱完下楼时，这两人还在厨房。她想过去看一眼，被迟绿拉住。

“去干吗？”

“看看啊。”

迟绿觑她一眼：“我已经拍好几个小视频了，你看了赶紧回来，别打扰他们做饭。”

博盈一脸无语：“你不是也去了？”

迟绿耸耸肩：“我又不是你跟贺景修这种小情侣，腻腻歪歪的，你去了贺景修估计都没心思做饭，他这种新手，最忌讳被打扰。”

博盈想了想，竟然觉得有点道理。

她点点头，拿了个抱枕在沙发上坐下，眼角余光往厨房瞟着。

从她这个角度，恰好能看到男人侧对着这边的身影，他身上系了条围裙，身形挺拔，气质高雅，跟厨房显得格格不入，却又有种舒服的味道。好像，这个人卸下了架子，在努力地融入进来。

博盈直勾勾地盯着，似察觉到她目光，贺景修忽然转头看了过来。

两人遥遥对望。

博盈弯了下唇，用唇语说：贺总加油。

贺景修勾了下唇回应。

迟绿在旁边看这两人眉来眼去，“嘁”了一声道：“够了啊。”

博盈哼哼：“我还没说你够了呢。”她控诉，“你以前可没少让我吃你和我哥的狗粮。”

迟绿噎了噎，很小声地说：“都是一家人，计较那么多干吗？”

两人坐在沙发上，边看电视边等待。

“对了，贺景修怎么会来你们这儿？”

迟绿懒洋洋地靠着沙发，边看综艺边说：“你哥早上出去了一趟，回来时跟他在门口碰见了。”

“啊？”博盈一怔，“几点啊。”

“八点多还是九点多吧。”她侧首，“怎么？”

博盈张了张嘴，想说那他不是只睡了四五个小时。但这样容易暴露自己昨晚的所作所为，她憋住了。

“没事。”她托腮，“然后呢？”

“然后他们一起去了菜市场，贺总说要跟你哥学做饭，但我看他没什么天赋。”

听着迟绿的吐槽，博盈扑哧一笑。

她回忆了一下贺景修给自己做的东西，除了牛肉面很不错外，其他的确实都非常一般。这个一般，还是她作为女朋友能给出的最佳好评。

“好像是。”博盈说，“他自己也说他做饭没天赋。”

她想了想，又觉得要给贺景修留点面子，道：“但他牛肉面做得很好吃，下回让他做。”

迟绿挑眉：“行啊。”

第二十一章
绯 闻

午饭是两位霸道总裁做出来的，博延的厨艺不用怀疑，贺景修虽不太行，但他就是打个下手，所以午餐总体来说，还算不错。

博盈到这会儿才有时间跟贺景修聊天。

“感觉怎么样？”她小声问。

贺景修瞥向她：“还好？”

博盈笑：“那我尝尝你的手艺。”

贺景修弯了下唇，并不居功：“大部分是你哥做的。”

“看出来了。”

贺景修：这话不如不说。

博盈笑，扭头问：“哪道是你做的？”

贺景修正要说，博盈指了指：“是不是看起来黑黑的那道？”

贺景修看向她，目光幽深。

博盈忍着笑：“那是什么，糖醋排骨吗？”

贺景修还在看她。

博盈：“那我先尝尝这个。”

两人凑在一起小声说话，桌上的人都能听见。

迟绿跟博延对视一眼，忍着笑说："我也来尝尝贺总的手艺。"

贺景修无言："做得不好，迟小姐别介意。"

"没事。"她笑，"多练练就行。"

在迟绿吃之前，博盈先夹了一块。她酸得眉头都皱了起来，却还是违心道："好吃。"

其他三人："……"

"怎么个好吃法？"迟绿故意逗她。

博盈眨了眨眼，对着贺景修略微期待的目光，诚恳地道："比纯醋好吃。"

因为博盈的精准点评，贺姓总裁"出品"的糖醋排骨，大家很给面子地都尝了一口便搁置在了一旁。

贺景修也不生气。

他自己做得怎么样，心里很有数。厨艺这方面，他确实有所欠缺。

不过博盈怕他不开心，怕他自信心受挫，很坚持地多吃了一块。最后还是贺景修把糖醋排骨给端走了，她才没再去尝试。不然她是可以吃第三块的。

糖醋排骨没什么其他味道，酸到连肉感都没了。但博盈真的没说谎，虽然没肉感了，可比纯醋是好吃点的。

吃过饭，博延开始赶人。

他勉强接受了自己妹妹恋爱的事，也接受了妹妹恋爱的对象，但还没做好心理准备看着他们在自己面前腻腻歪歪地恩爱，索性把人赶走，眼不见为净。

博盈巴不得他把自己赶走，一面依依不舍地问："哥，你真的要把我赶走吗？我可以在家陪你一天的。"

博延冷冷地看了她一眼。

博盈眨巴着眼，很委屈地说："好吧，哥，你有迟绿就够了，你眼里就没有我这个妹妹。"

博延被她给气笑，觑她一眼问："演够了没？"

"够了。"博盈一秒变得正经起来，笑盈盈地道，"那我跟贺景修就先走了，哥你想我了随时给我电话呀。"

博延："你话怎么那么多。"他看向贺景修，"你不觉得烦？"

博盈噎住。

贺景修听着兄妹俩斗嘴，笑笑："不烦。"

她跟自己多说两句话，他都觉得自己又多拥有了她一点。

博延更看不下去了。

贺景修跟两人正式说了两句，这才带着博盈回去。

一出家门，博盈跟放飞了一样。

她直接扑到贺景修后背，轻蹭着他，道："终于自由了。"

贺景修垂眸，看环在自己腰间的两只手，翘了下嘴角："在家这么不自由？"

"嗯……"博盈想了想，"不是不自由。"

她踮脚亲了下贺景修侧脸，像是占了便宜似的，说："就是不方便亲你。"

听到她这么直白的话，贺景修眸色一暗。

他盯着博盈红润的唇看着，抬手轻压了压，低语："回家再亲。"

因为贺景修这话，博盈回家路上一直都没太能静下心来，一颗心怦怦直跳，像是预料会发生点什么似的。但她又不想表现得太明显。

思来想去，博盈摸出手机想找人聊天。

一点开，恰好看到盛纯发了一条阴阳怪气的朋友圈。她笑着戳开和盛纯的对话。

博盈：裴总又干吗啦？

盛纯：啧。

博盈：别啧，你发的那个歌词截图，过于明显。

盛纯：你说男人是不是都这样，失去了才会珍惜？

博盈：可能？

盛纯：好吧。

博盈：快说。

盛纯：其实也没什么，就是这人最近对我死缠烂打，都妨碍我交新朋友了。

博盈：怎么，准备交新男朋友了？

盛纯：那当然，我最近恢复单身，追求者可多了。要是贺总哪天惹你不开心了，你把他甩了，我这儿有大把帅哥可以介绍给你。

博盈：贺景修在我旁边。

盛纯：你别把聊天给他看。

博盈：好的！

两人闲扯了一会儿，车停下了。

博盈一愣，回过神来："到了？"

贺景修看她笑得开心，随口问："跟谁聊天？"

"盛纯啊。"博盈笑道，"她在吐槽裴总。"

贺景修挑眉。

博盈跟着他下车，手被他牵着。

她扭头，好奇地问："你知道裴总和盛纯怎么开始的吗？"

贺景修点了点头。

"你真知道啊？"博盈惊讶，"是什么版本的？"

贺景修看她的表情就知道她想打探什么，他笑了下，道："你想知道哪个版本的？"

博盈抿了下唇，想了想问："我告诉你，你会告诉裴总吗？"

贺景修笑了笑："你觉得呢？"

"我不知道。"博盈很诚实，"你要是告诉裴总的话，盛纯可能会跟我绝交。"

贺景修知道她的为难，直接告诉了她答案。

"盛纯跟她同学打赌的时候，我们就在不远处。"

所以当时盛纯的豪言壮语，他们都听得一清二楚。当时骆霄在两人走后还取笑了裴彦，问他听到这话有什么感想。

博盈愣住："裴总怎么说？"

贺景修回忆了一下："他好像说挺好。"

博盈眨眨眼，没太明白。

贺景修弯了下唇，按下电梯楼层告诉她："他们俩纯属一个愿打一个愿挨，这样说明白吗？"

"哦……"博盈恍然，"你的意思是，裴总一直都在陪盛纯演戏？"

"不算演戏。"贺景修道，"他知道盛纯接近他是抱着什么想法。"

至于为什么独独愿意陪她演戏，裴彦自己不承认，可旁观者都看得一清二楚。

他这样的身份，做出这种幼稚的事，甚至不拆穿盛纯，除了盛纯在他心里特别外，他们想不出别的原因。

不过，当事人好像并不这样认为。

听贺景修说完，博盈一时也不知道该同情盛纯一直努力扮演自己的角色，还是该同情裴彦被盛纯欺骗着。

她正想着，人已经跟着贺景修进了屋。

"那……"

博盈还想问，贺景修忽然扣着她的双手亲了下来。

他在认真履行刚刚说的话——回家亲。

博盈醒来时，男人竟然还在旁边睡着。她眨了眨眼，有点意外。

房间里开着一盏暖色的落地台灯，在窗边的位置，不会刺到他们这边，但又很好地营造了氛围。窗帘拉得严严实实的，没让外头的光透进来。

借着微弱灯光，博盈什么也没做，索性看着贺景修。

她抬手，在空中勾画着他的眼睛、鼻子、嘴巴……博盈发现，这个人，哪儿哪儿都长在了自己喜欢的点上。

明明她也看了很多帅哥，身边的几个哥哥也都很帅，跟贺景修不相上下，可她就是更喜欢贺景修这样的。

她想，或许是因为他是贺景修。

除了这个原因，她再也想不出别的了。

博盈盯着看了会儿，没忍住凑过去亲了下他的唇。

他没醒。

博盈扬扬眉，像偷腥的小猫一样，乐此不疲地又凑过去亲了好几次。

在她不知道第几次亲上去的时候，男人忽而拉住她手腕，将人扣在自己怀里。

博盈一愣，张嘴要说话，他伺机而动，和她缠绵在一起。

“呜……”博盈被他亲得透不过气。

好一会儿，贺景修才将她放开，嗓音低沉：“偷亲我？”

博盈脸一热，娇嗔地睨他一眼：“你装睡。”

就他刚刚那反应，明显是醒了很久的样子。

贺景修坦然：“想看看你要亲多久。”

博盈轻哼。

贺景修揉了揉她头发，低声说：“亲得开心吗？”

博盈觑他一眼：“怎么？”

“开心的话，再亲会儿？”

还没等博盈答应，他先行动了。

晚上，两人都懒得出门，直接用外卖解决了晚餐。

吃完，博盈这才开始办了点正事。

一整个周末她都有点懒散，没点开工作邮箱，更没看书。贺景修倒是比她稍微好点，但也没好太多。两人面对面坐在书房，各自忙自己的事情。

博盈偶尔抬眼看看对面的男人，眉眼不自觉地往下弯。

她很喜欢自己跟贺景修在一起的状态，无论是腻歪在一起的，还是各自忙碌的时候，她都很喜欢。

察觉到她的目光，贺景修弯了下唇，“看什么？”

“看工作的贺总呀。”博盈笑道，“贺总真帅。”

贺景修坦然应下她的夸赞，又问了句：“不帅就不喜欢了？”

博盈噎了噎，眨巴着眼看他：“你觉得呢？”

贺景修挑眉。

博盈歪着头思考了一下，认真道：“人看人，肯定是看第一眼的，你最先吸引我的肯定是长相嘛。”

其实不是，他最先吸引她的，是他跟那个女生说的话。

不过博盈得承认，要是他长得不够帅，她肯定不会追他那么久，甚至这么多年都念念不忘。

他说："感谢爸妈给了我这副好皮囊。"

博盈笑了。

说到这儿，贺景修垂眼看她："元旦要不要跟我回家吃个饭？"

"啊？"这问题来得太突然，博盈蒙了下，"元旦？"

"还有一个多月。"他眼神温柔地看着博盈，压低声音问，"要吗？"

说真的，博盈根本抵挡不住他的眼神邀请。即便是这种见家长的大事，只要被他那双迷人的桃花眼注视着，她就控制不住地会心软，会松口。

"会不会太快了？"博盈保持着自己最后一点理智。

贺景修转了转手里拿着的笔，笑问："快？"

博盈抿唇："我们才在一起没几个月吧？"

"嗯。"贺景修应了一声，"但我妈期待我带你这个女朋友回去，期待了八年多。"

博盈瞬间被他的话击倒。这谁能扛得住！

她嘴唇微张，对着贺景修温柔的眉眼，直接答应："好。"

事情定下来，博盈紧张了几天。

她原本想找盛纯和郑今瑶问问见家长需要准备什么，但想到这两人一个在失恋状态，一个还单身，就默默地把问题憋了回去。

反正还有一个月时间，不着急。她先忙着手头的工作，忙完再去想这些。

节目的录制时间不长，满打满算都不到一个月，就二十多天的样子。

前一周，大家都在磨合状态。但那顿火锅后，同事间关系近了不少。

每个人有每个人的个性，偶尔会觉得有点难沟通，也不太能交流下去。这个时候，博盈的求救导师永远是贺景修。

他会抽时间出来，仔细给她分析，这件事应该怎么做，也会让她变得更有耐心去聆听同事的内心想法。

大家都是独立的个体，你不可能完全洞悉每个人内心的想法和考量。

但大家出发点是好的，他们都在为同一个目标而努力。

博盈发现，贺景修不单单是个好男朋友，更是一位好的领导。

她找他问工作的事，即便是律所的事情，他也从没不耐烦过。偶尔在忙，也会安抚她的情绪，让祁学真往这边送杯咖啡，等他忙完第一时间替她解决问题。

但贺景修的解决问题，不是说直接帮她搞定一切，而是从各个方面替她分析，然后让她自己根据自己的想法去处理。

又到了周末，周五时博盈几个人的带教律师给他们安排了工作，让他们没办法轻松愉快地休息。

恰好，贺景修要来公司一趟，他得加班大半天，博盈索性跟他一块来公司。

坐在车里，她还在犯困，整个人腻腻歪歪地往贺景修身上靠。车的挡板早就拉了下来，她也不怕被司机看见。

贺景修无奈，摸了摸她脑袋。

博盈这一觉睡到车停下才醒。

抵达办公室。

祁学真一行人已经在等贺景修开会，他跟博盈交代了两句，便进了会议室。而博盈也还有工作，她来贺景修办公室很多次了，也不再生疏，熟门熟路地找位置坐下，开始处理自己的工作。

贺景修这个会开的时间很长，两个多小时都没回来。

博盈的工作暂告一段落后，掏出手机开始摸鱼，她也不敢去打扰贺景修，只能“骚扰”其他人。

给盛纯、郑今瑶各发了条消息，郑今瑶先回了她，问她做什么。

博盈：想你啦。

郑今瑶：你就是个渣女，贺总是不是在忙？

博盈：你怎么知道？

郑今瑶：呵呵，自从你跟贺景修谈恋爱后，除了他有事没空理你，你才会找我，其他时间你找过我吗？

博盈：你这样说很让我愧疚你知道吗？

郑今瑶：然后呢？

博盈：但我还是不会改。

郑今瑶：再见。

博盈忍着笑，想着自己确实忽视小姐妹很久了。她思索了一会儿，问她——

博盈：那你中午要不要出来吃饭嘛？我请客。

郑今瑶：不用陪贺总？

博盈：他在开会呢，我一个人在他办公室很无聊。

郑今瑶：那你来吧，反正我在外面。

博盈：在外面干吗？

郑今瑶：相亲，具体的你出来再说。

博盈：？？？

博盈看了眼时间，已经十一点多了。

她往会议室那边看了看，给贺景修留了条消息，便拎着包先跑了。

小姐妹人生大事比较重要，男朋友嘛，暂时冷落一下没关系。

郑今瑶这会儿正在咖啡厅坐着，脸上有些愠怒。

她眨眨眼，在前台点了份甜品，才端着过去。

"郑美女，发什么呆呢？"

郑今瑶抬眸睨她一眼，忽而道："我怎么觉得一段时间没见，你变漂亮了呢？"

博盈："……有吗？"

郑今瑶托腮望着她，点点头："被爱情滋润的吧，气色好了不少。"

博盈一噎，有点不好意思。

郑今瑶轻哼："干吗，你还不好意思了？"

"那当然。"博盈说，"我脸皮薄嘛。"

郑今瑶"呵呵"两声："你现在说自己脸皮薄？"

博盈无话可说，更没办法反驳。

安静了会儿，博盈岔开话题：“先说你，相亲不顺利？”

“你看我像顺利的样子吗？”

博盈：“确实不像，怎么了？”

“我妈这回找的这个相亲对象，有病。”郑今瑶跟好闺密疯狂吐槽，这人说是跟她一样国外留学回来的，在某公司做经理，普通人的长相。

郑今瑶是有点颜控的，她本就不太想来，但搁不住她妈一天十个电话，勉强答应牺牲周末睡懒觉时间出来见一面，算是搞定一件大事。

结果倒好，这人看见她先是夸了一通，而后开始说自己多厉害，问郑今瑶以后结婚了她是不是辞职，准备生几个孩子。

郑今瑶那火暴脾气瞬间来了，连敷衍都不想敷衍，直接冷嘲热讽了一番。

那人被她气走，走的时候买单结账，还说“郑小姐你要是这么厉害的话，这单你买吧”。

郑今瑶震惊了。她毫不犹豫地拒绝，跟服务员说AA。

账单是一百六十八元，在男人付款之前，郑今瑶先扫码付了七十二块。男人看了眼，提醒她：“郑小姐，是AA。”

郑今瑶指了指自己点的东西：“王先生，我点咖啡甜品加起来是七十二。”

“然后呢？”博盈听得眼泪都要出来了。

郑今瑶耸耸肩：“还能有什么然后？然后当然是那人付完钱气冲冲地走了呗。”

博盈有点同情郑今瑶，但又真的有点儿想笑。她揉了揉自己笑僵的脸，低声问：“现在还有这种极品吗？”

郑今瑶抬了下下巴：“怎么没有？”

博盈瞅着她，安慰道：“别伤心，也别生气，你妈要是真催得急了，我让贺景修给你介绍个对象吧。”

郑今瑶挑眉：“那倒不用了吧。”

“真不用？”博盈笑问。

“不用。”郑今瑶轻哼，“我不喜欢做生意的。”

博盈眨眨眼，想了想，发现她一直都没发现郑今瑶喜欢什么类型的人。

“那你喜欢做什么的？”

“啊……”郑今瑶弯了下唇，“那个啊。”

“哪个？”

郑今瑶剜她一眼：“你在国外留学时不是见过？”

博盈蒙了下，突然想起：“你说的是那个给你们上课的教授？”

郑今瑶读研究生时有个教授长得很帅，但他是外国人，所以她们只是远观，从不靠近。

博盈刚听说时还不太信，后来跑过去看了一眼，发现这教授确实很帅。

郑今瑶点了点头。

博盈张了张嘴，扑哧一笑，说：“你是喜欢那个教授，还是单纯地喜欢教授身份？”

“教授身份在我这儿加分。”至于别的，看人。

博盈了然。她皱了皱眉，苦恼地说：“贺景修好像确实没有这种身份的朋友。”

郑今瑶白了她一眼：“别提这个了，去吃饭？”

“走。”

话虽如此，吃过饭后，博盈还是想着自己好友的幸福。

跟郑今瑶吃过饭，又逛了会儿街回到公司，博盈看到坐在电脑后的男人一脸认真的模样，着实让她心动。

她放轻脚步走近，正想给他个惊喜，却被人一把攥到了腿上。

博盈惊呼了一声，搭上他肩膀。

“你什么时候发现我的？”

贺景修扬了扬眉：“你到楼下的时候，祁学真就进来说了一声。”

博盈：“……”

她主动搂住他脖子，亲了亲问：“中午吃什么了？”

贺景修笑，掐着她腰肢问：“想起我了？”

“……一直都想呀。”

博盈笑着，鼻子在他身上嗅了嗅，跟小狗似的："贺总，还没回答我问题呢。"

"外卖。"贺景修告诉她，"祁学真他们订的。"

闻言，博盈眨眨眼，笑说："有点可怜。"

"确实。"贺景修看她，"被女朋友放了鸽子。"

原本他打算开完会带她去吃海鲜的，但会议结束回到办公室，这边已经没人了。贺景修看手机才发现人出去吃饭逛街了。

听他这话，还有点怨气。

博盈笑："我都多久没跟瑶瑶一起吃饭了，她今天控诉我重色轻友。"

贺景修："那你怎么说？"

博盈想着自己说的话，忍俊不禁道："我说那没办法，谁让我男朋友这么帅身材这么好，我就是离不开嘛。"

贺景修明知道她说话一直如此，也没别的意思，但就是容易被她的话引诱。

他喉结滚了滚，贴在她耳边，哑声问："那现在，要不要感受下你男朋友的好身材？"

两人对视片刻，博盈感受着他的灼灼目光，下意识地舔了下唇："你能不能正经一点？"她小声说，"外面还有助理。"

闻言，贺景修问："你没锁门？"

博盈噎了噎，瞪他一眼，作势要从他身上起来。

贺景修一笑，将人重新拽入怀里，他低头，吻了吻她，嗓音带笑道："行，下回再体验。"

博盈耳根子微红，嘴唇张了张，看贺景修这么轻松放过她，她思索了会儿，把到嘴边的话收了回去。

蓦地，贺景修注意到她这欲言又止的神情，又改了口，低头蹭了蹭她的鼻尖问："你想说什么？"

"没什么。"博盈心虚，声音不自觉提高了很多。

贺景修微顿，似乎是明白了点什么。

他轻笑了一声，将人往怀里一带，汲取着她身上的活力，低语："你要是愿意，我们下回试试。"

博盈听着，抬手捶了下他肩膀："我哪有！"

贺景修知道她这是害羞的表情，几不可见地勾了下唇。

"行，那就是我想。"他跟她悄悄说着浑话。

以前他没表露，是因为没女朋友，也怕吓到博盈，但实际上，他脑子里也并非完全没想过。

博盈听得面红耳赤，她低垂着脑袋，靠在贺景修胸口，无威力地警告："贺总，说话注意点。"

贺景修笑笑，拥着她不再言语。

两人安静地抱了会儿，博盈困了。

"去休息室睡会儿。"

"那你呢？"

贺景修示意："还有点事没处理完，处理完我们就走。"

博盈"哦"了一声，起身往休息室走。没过一会儿，她拿了条厚毯子出来。

贺景修不解地看着她。

博盈理直气壮地说："我今天想在你这沙发上休息。"

贺景修兀自笑笑："好。"他也不拆穿她，"冷的话跟我说。"

"嗯。"

博盈无论是晚上还是白天午睡，睡前都会习惯性地玩会儿手机。

刚刚跟贺景修腻歪时不记得还有手机这个联络工具，所以这会儿点开看到几十条微信未读消息后，她愣住了。

她想了想，自己回来到现在也就一小时吧，发生什么大事了吗？

一点开，先看到的是法务部一个不算很熟悉，但也和她关系不错的女同事。

博盈！！你今天跟着贺总去公司了？

博盈！有人说看到你对贺总投怀送抱还被贺总推开了，你不是有男朋友吗？你在追贺总啊？

天哪，你看到消息回一下，我看到另外一个没你的群一直在说这个。

除了这同事，还有几个相熟的其他部门同事也都给她发了消息。

裴云梦自然也不例外。

但她知道两人这情况的，所以对大家所说的贺景修推开她的话很是迷惑，这是什么情况？难不成两人吵架了？该不会是因为博盈录节目冷落了贺总吧。

博盈看到她消息，忍俊不禁。

博盈：想什么呢？

裴云梦：怎么回事？

博盈无奈，只能把自己跟贺景修在地下停车场的“碰瓷”故事简单阐述一遍。

听完，裴云梦非常愤怒地给她发了好几个表情包。

博盈：？

裴云梦：我为什么要这么想不开，来这里吃你跟贺总的狗粮？

博盈忍不住笑了。

裴云梦发泄了一会儿，忍不住跟她说——

裴云梦：但是公司的人聊得很起劲，都在暗讽你痴心妄想什么的，你不准备跟贺总秀个恩爱打打他们的脸？

博盈想了想，回复——

博盈：再说吧，现在不着急，我反正在楼上录节目，也跟大家碰不上。

裴云梦：哦，搞个大的？

博盈：也不是不行。

跟裴云梦说完，博盈盯着其他同事发来的消息发呆，有点不知道该怎么回。

想了想，她扭头看向在办公的人：“贺总。”

贺景修抬眼看她：“怎么了？”

博盈捧着手机朝他走近，点开刚刚裴云梦给她发来的群消息截图，轻哼道：“你看，你公司的人说我痴心妄想、不自量力想当总裁夫人。”

贺景修皱眉，低头一看。

是几个人在里面的对话，前面是什么他没看见，但暴露在他面前的是不太好听的话。

有说博盈真觉得自己是大小姐就以为什么都能得到，甚至还想当贺景修女朋友，她是不是觉得自己能做总裁夫人之类的。

看完，贺景修眉头紧皱，看向博盈：“这几个人是谁？”

博盈一愣，哭笑不得：“你就只想问这个？”

贺景修“嗯”了一声，神色严肃：“说话这么没有分寸的员工，贺氏集团不需要。”

博盈微哽，盯着他看了会儿，知道这人是认真的。

她想了想，开除不至于，公司培养一个员工不容易，更何况她不想让人觉得贺景修只是个无脑维护女朋友的老板。

她眼珠子转了转，戳了戳贺景修的胸口，凶巴巴地问：“这是重点吗？”

贺景修疑惑地看她，似乎是在问——难道不是？

博盈轻哼，傲娇道：“重点在他们说我想当总裁夫人啊。”

贺景修安静了一会儿，大概明白了她的想法。

他笑笑，问：“难道你不想当总裁夫人？”

博盈噎了噎，对着他幽深的眸子，眼睫闪了闪，别扭道：“你求我，我再考虑。”

贺景修碰了碰她的唇，从善如流地配合：“好，求你。”

博盈不意外地被他逗笑，主动吻了他一下：“你求得一点诚意都没有。”哪有人这么随意的？

贺景修摸了摸她脑袋，脾气很好地答应：“那我下回有诚意点。”

博盈睨他一眼。

其实她不是真的很在意那几个同事说的话，因为只有想要却得不到的人才会那样酸，她想要的都在自己手上了，也就不会跟她们计较那么多了。不过，就算她不在意，也不代表自己愿意被人这样说。

正想着，贺景修问她：“还打算跟我继续这样下去？”

博盈不解地看他。

贺景修提示：“找个机会跟大家说一声？”

“可以。”博盈说，“年会吧。”她眨眨眼望着贺景修，“你觉得如何？”

贺景修无奈：“那还有段时间。”

他们公司的年会一般在新年要放假的前半个月或者是前一周，现在距离新年还有三个月的样子。

博盈笑，搂着他脖子问：“怎么，贺总等不及了？”

贺景修捏了捏她腰侧那块肉，说：“确实。”有点等不及想宣示主权了。

他不知道博盈清不清楚，公司里喜欢她的同事其实不少。偶尔他去其他部门，还能听见他们讨论博盈。

贺景修在感情这件事上，也就是个普通男人。他虽不会跟博盈说谁对你有意思之类的话，但会暗暗记在心底。他女朋友受欢迎，他一面高兴，一面吃味。

博盈听到他这么诚实的话，弯了弯唇哄着：“就两个多月，一下子就过去了。”

贺景修勉强答应。

等贺景修忙完，两人才离开公司。

走的时候，贺景修几个助理还在。

博盈瞅了一眼，小声问：“周末加班他们真的没意见吗？”

贺景修：“接近年底了，事情会比较多。”

博盈点点头。

贺景修看她，笑说：“他们加班也有加班费，不会让他们白做。”

听到这个，博盈有点好奇了：“我听他们说你助理的工资都特别高，有多高啊？”

贺景修瞥她一眼："想知道？"

"非常想。"贺景修想了想，"祁助理一年的工资跟奖金，应该能买一套公寓。"

博盈眼皮一跳："我们这儿的？"

他们这里的房价高到离谱，就算是郊区也得两百万吧，要是市中心的，就更不用提了。

贺景修"嗯"了一声。

不过也就只有祁学真是这样，其他几个助理的工资和他虽差别不大，但奖金和年终奖没有那么高。

祁学真是贺景修的助理，但也就是做几年助理而已，之后他会被安排去其他分公司当总经理或副总。

博盈自己工资虽不低，但也不算高。

她这么一个初入职场的人，月薪两万其实非常不错了。可听完祁学真的薪资后，她觉得自己工资好低。

想着，博盈眉眼弯弯地看向贺景修，蹭着他手臂问："贺总。"

贺景修瞅着她。

博盈眼巴巴望着他，直白地问："你还缺助理吗？"

贺景修："……"

博盈毛遂自荐："你看我的样子像不像你下一次要招的助理。"

贺景修的目光从上而下，像是在端详，也像在考量。

等了好一会儿，博盈也没等到他答案，着急催促："贺总，你怎么不说话？"

贺景修弯了下唇，直勾勾盯着她说："助理不像。"

博盈掀唇，正要闹小脾气，贺景修道："不过挺像贺氏集团未来的总裁夫人。"

瞬间，博盈那还没来得及发出的小脾气消失得一干二净。

这谁能扛住啊？反正她不能。

虽然她很羡慕贺景修总助理的年薪，但她更喜欢贺景修那空出来的独一无二的总裁夫人的位置。

贺景修看她展颜欢笑的脸，轻捏了下她鼻子："还想当助理吗？"

“其实还想。”

贺景修脚步一滞。

博盈弯弯唇，朝他眨眨眼，小声嘟囔：“我可以当一天或半天。”

看她莫名有些红的脸颊，贺景修微微一顿，说：“角色扮演？”

博盈：“……”

“行。”他点头，“下回陪你玩。”

“……”

第二十二章

公　开

从公司离开，两人到外面约会。

博盈和贺景修的日常，其实很平淡，吃饭约会，偶尔会收到他送的小惊喜。

博盈很喜欢逛各种小店，贺景修这样的大忙人，经常会抽时间出来陪她，只要是她想去的，他都会陪她一起。

周日，两人窝在家里看电影看书，偶尔处理一下落下的公事，遛遛狗。

博盈一到贺景修面前就成了废物，什么都要他帮忙，整天只想腻着他亲亲抱抱。她总感觉跟身边的人无论多亲昵都不会疲倦，甚至希望他们一直不要分开，黏黏糊糊在一起就好。

但快乐的时光总是短暂的。

周一上班苦不堪言。

博盈精神萎靡地到公司，她依旧是开着自己的车，身后跟着摄影师和编导。

原本，她以为和之前无异，直到进了电梯，碰到了公司的那些同事，博盈才渐渐感觉到些许不对。

电梯里，大家时不时地看向她，虽没出声说话，但眼神已经表达了一切。

他们还记得周六传开的那个八卦。考虑到博盈旁边有摄影师跟着，倒也没人出声询问她本人。

编导和摄影师都不明所以，有些好奇地看向博盈，用眼神询问怎么了。

博盈摸了下鼻尖，有点想笑，更多的是不好意思。

她摇摇头，没吱声。

到了律所上班那一层，她又碰到了虞梦嘉。

虞梦嘉捧着两杯咖啡，递给她一杯后，望着她欲言又止。

博盈抿了口，一扭头就对上她的眼神……

她没避讳着自己还戴着麦，低问："想问我什么？"

虞梦嘉指了指楼下："我刚刚上来时，听到了八卦，是你的。"

闻言，博盈弯了弯唇："这样。"

虞梦嘉看她一脸轻松的样子，有些担心："你不介意吗？"

"介意什么？"博盈看她，想了想说，"用微信跟你说。"

正想听着八卦的导演组一看，没戏了。

回到工位，还没到上班时间，博盈跟虞梦嘉聊了两句。

虞梦嘉直接把楼下听来的八卦反馈给她，一点不意外，说的就是周末那件事。

虞梦嘉：好多人说你对贺总投怀送抱！还被他推开！然后说你不自量力不照镜子什么的，好生气啊！

博盈：那你觉得他们说的是真的吗？

虞梦嘉：当然不是了！

博盈：。

看她这个句号，虞梦嘉眼皮一跳，小心翼翼地回了个问题——

虞梦嘉：你不会真的喜欢贺总吧？

博盈没瞒着自己新交的这位朋友。

博盈：是挺喜欢的。

虞梦嘉：？？那贺总眼神不好啊！！

博盈：怎么说？

虞梦嘉：你喜欢他，他还推开你，这不是眼神不好是什么？

作为朋友，虞梦嘉也是盲目的。

虽然贺景修很优秀也很厉害还很帅，可自己的朋友也不差啊！她觉得博盈喜欢他，虽算不上是他的荣幸，但他凭什么推开博盈？！就因为有钱吗，还是因为帅？

博盈万万没想到虞梦嘉是这样想的。

她哭笑不得，疯狂地敲字。

博盈：你说得对，他以前就眼神不好，拒绝了我好多次。

虞梦嘉很快抓住重点。

虞梦嘉：以前？那意思是现在眼神好了？

博盈：算是吧，现在找女朋友的眼光贼好。

虞梦嘉：……你别告诉我，你现在已经是贺总女朋友了。

如果不是，她不可能这样夸贺景修眼神好。

博盈：我们的虞律师真聪明。

虞梦嘉：……

虞梦嘉：什么时候开始的？！你竟然什么都不说！这你不请客吃饭吗！

虞梦嘉：妈呀，你真是闷声干大事啊！难怪之前还跟我说贺总很帅，原来是情人眼里出西施！

她给博盈发了好几条长消息，博盈都没来得及回复，虞梦嘉还在继续。

虞梦嘉：算了，那些不重要，你记得请我吃饭就行，我就好奇现在大家传的是怎么回事？

博盈忍俊不禁。

虞梦嘉：大家那也不算谣言，我周六确实被贺总推开了。
虞梦嘉：？
博盈：情侣的小情趣，你懂吧。

虞梦嘉不太懂，毕竟她是个只在网上磕 CP 的冲浪网友。她还没磕过身边人的爱情，她还不想这么近距离地吃真实狗粮。

两人借着上班前那点时间聊了会儿，博盈简单交代了下自己跟贺景修交往的事，又说等综艺录制结束后请她吃饭，虞梦嘉这才心满意足地放过她。

至于楼下的那些同事，她根本没放在心上，反正自己又看不见听不见。

但裴云梦能听见，她听着办公室同事说的那些话，非常恼火，在上班时间疯狂给博盈发消息吐槽。偏偏博盈忙，每次看到回她时，她的怒火早就降下去了。

当然，偶尔她也有忍不住帮博盈怼人的时候。

例如现在——

女厕所，永远是八卦来源地和传播地。

裴云梦刚进厕所，便听见外头的朱晓夏和杜楠及另外两个同事在聊天，说的是博盈。

“楠姐，你打听到消息了没？贺总跟博盈是怎么回事呀？”

杜楠冷哼一声：“你觉得能是怎么回事？你觉得我们贺总眼光那么差，能看上博盈那种大小姐？”

朱晓夏："也是。"她附和道，"她也不看看自己几斤几两，真以为自己的哥哥们是陈陆南他们就痴心妄想了，甚至想搞定我们贺总。"

杜楠轻哂："没办法，有的人就是贱。"她看向镜子里的自己，讥讽意思很明显，"再说，谁知道上回来接她的那些哥哥到底是不是从小一起长大，只有兄妹情的哥哥啊。"

朱晓夏一愣，瞪圆了眼，倒吸一口凉气说："楠姐，你这意思是——"她嘴唇张了张，"不至于吧，陈老师他们都有老婆了。"

杜楠扫了她一眼，仗着他们听不见，继续道："男人在外花心的少吗？"她哧了一声，"他们不过是打着哥哥妹妹的旗号，做恶心事罢了。"

反正，她不信博盈真是那样的出身。

话间刚落，一杯子水忽然泼到了杜楠脸上。

"啊！"她尖叫一声。

朱晓夏几个人警觉地看向水泼来的方向，在看到裴云梦后，朱晓夏出声呵斥："裴云梦，你在做什么？！"

"看不出吗？"裴云梦把手里的杯子放在洗手台上，脸上怒意明显，"我在给我们楠姐洗嘴巴呀，不过抱歉啊，我好像没瞄准，把水泼在楠姐脸上了。"

杜楠伸手，把脸上的水抹干，暴怒地看着她："裴云梦你有病吧！"

"我看有病的人是你。"裴云梦抱着双臂冷笑，"楠姐，你是不是得了不编派别人、不贬损别人嘴巴就会长东西的病？"

"你——"杜楠看她这样，忍无可忍，直接抬手推了过去。

裴云梦不甘示弱，直接踹向她。

顷刻间，女洗手间乱成一团。

"别打了别打了。"

"经理来了。"

"贺总来了！"

"……"

博盈接到贺景修消息时，还有点蒙。

"什么？"她愣了愣，"让我去楼上一趟？"

贺景修“嗯”了一声。

博盈抿了下唇，低声问：“是你出什么事了吗？我这边还在录节目。”

贺景修无奈，揉了揉眉骨道：“你来，裴云梦跟人打架了。”

“啊？”

博盈跟带教律师请了假，又和节目组导演沟通了两句，这才摘了麦往楼上走。

她到门口时，贺景修另一助理简以在等她：“博小姐。”

博盈点头：“怎么回事？”

简以摇摇头，叹了口气说：“你去看看就知道了，贺总很生气。”

“好。”

贺景修办公室门是敞开的，博盈进去时，两侧站了不少人。

一边是杜楠朱晓夏和另外两个同事，一边是裴云梦，中间坐着贺景修，吕经理站在他旁边，再往旁边一点，是法务部其他同事。

听到声音，大家齐刷刷往她这边看了过来。

博盈接受众人目光的注视，跟贺景修对视了一眼，她头一回在贺景修脸上看到微怒的神色。

她皱了下眉，看向裴云梦：“你这……”

裴云梦的衣服扯得乱乱的，头发也很乱，身上还有水。

博盈摸了摸她的手：“冷不冷？”

“……不冷。”裴云梦嗓子有点哑。

博盈摸到她的手，这会儿也顾不上别的，扭头看向贺景修：“我上回留在这儿的衣服还在里面吗？”

贺景修：“在，柜子里还有新给你准备的。”

博盈点了点头，在众人的注视下熟门熟路地往贺景修里边的休息室走。

瞬间，在场的人都瞪大了眼，倒吸一口凉气。

除了几位当事人外，其他过来做证的法务部同事全抱着看戏的心思。

博盈跟贺总的对话什么意思？博盈去贺总休息室？这没点什么谁信啊！！

杜楠和朱晓夏在听见两人对话时，脸就白了。她们俩像没站稳，踉跄了一下。

没一会儿，博盈从休息室探了脑袋出来，喊裴云梦："云梦，进来换个衣服。"

裴云梦："……好的。"进去后，她看向博盈，"你怎么不问我？"

"问什么？"博盈没好气地看她，"先把你湿衣服换了，你也不怕感冒。"

她给她顺了顺头发，嘀咕道："问肯定是要问的，待会儿问。"

但贺景修都把她叫上来了，她用脚趾头想也能猜到是怎么回事。她估计是裴云梦因为自己跟杜楠她们起了争执。

裴云梦："……哦。"

换好衣服，两人出去。

博盈看了看，正思考是直接站在裴云梦这边还是怎么办时，贺景修撩起眼皮看她："过来。"

博盈："……"

"不吧。"她想了想，"我跟云梦站一起。"

对面有四个人，她们也不能输。

贺景修："你们俩一起坐。"

博盈："哦。"

她想也没想，拉着裴云梦在贺景修旁边坐下。

看着排排坐的三个人，杜楠内心一阵恐慌。

她正欲开口，贺景修抬了抬眉，看向法务部其他同事："说说吧，究竟是怎么回事？"

所有人都闭口不言，没人敢吭声。

吕修贤咳了一声："谁先来？"

杜楠几个人看博盈这架势，默默地往后退了两步。

"没人的话我先来吧。"裴云梦站起来，笑笑说，"毕竟我敢做敢当。"

她道："我承认，是我先朝杜楠泼水的，不过是她先出手的，我只是正当防卫还踹了她几脚。"这几脚说的，还挺自豪的样子。

贺景修抬了下眉，没吭声。

吕修贤了然，问下去："裴云梦你为什么要泼同事水？"

“因为她给别人泼脏水啊。”裴云梦道，“她给别人泼的都是脏水，我还是用干净的水泼的她，一报还一报应该没错吧？”

“你——”杜楠忍无可忍，咬牙切齿道，“我什么时候给别人泼脏水了？”

“哦？”裴云梦微微一笑，“你在女厕所在公司在其他地方给博盈泼的脏水还不够吗？”

“还是你觉得那不是脏水？”说到这儿，裴云梦恼怒道，“杜楠，我就没见过你这么爱乱嚼舌根还心理阴暗的人。”

其实除了博盈之外，不少同事也曾经被她在背后骂过。

三个女人一台戏，大家爱八卦没错，偶尔肯定也会议论一下旁人，但不能无缘无故泼脏水，以及用各种污言秽语诋毁。语言是可以杀死人的。

杜楠脸一僵：“你别乱污蔑人。”她说，“你也是律师，你知道我可以告你。”

“呵呵。”裴云梦冷笑两声，“我还想告你呢！你看看这官司谁输谁赢。”

“别吵。”吕修贤看贺景修脸色不对，制止道，“具体是什么情况？杜楠她说了什么？”

裴云梦抿唇，没吭声。

看她这样，杜楠得意道：“说不出来吧？”

“你都没有证据，还在这里污蔑。”杜楠看向贺景修和吕修贤，“贺总，吕经理，裴云梦根本就是在凭空捏造，她就是看我不顺眼不喜欢……”

话还没说完，贺景修接了过去。

“所以就朝你泼水？”他问。

杜楠对着贺景修看过来的目光，心里开始打鼓，不知为何，她觉得贺景修的眼神很可怕很可怕。

杜楠说不出话。

贺景修轻哂：“我怎么不知道我从小看着长大的妹妹是这么阴暗的人？”

杜楠脸一白，连呼吸都不敢过重。

贺景修还坐在沙发上，根本没怎么动弹，可那种与生俱来的压迫感，就是让人感到头皮发麻，让人腿软。

“还有，你可以说说裴云梦为什么不喜欢你。”

杜楠咬着唇，不敢吱声。

贺景修轻嗤，扭头看向裴云梦：“她说了什么？”

裴云梦动了动手指，看了眼博盈。

博盈微顿：“说出来吧。”她说，“我们都听听，不听怎么给你做主。”

虽然可以直接维护，他们也从心底知道裴云梦不可能乱咬人、无理取闹，可凡事总得讲证据，让全公司的人都心服口服，让他们知道贺景修是在公平地处理这些问题。

“可是——”

博盈拍了下她手背：“没什么可是的，我没关系。”

她大概能猜到，杜楠说的话肯定不堪入耳，也和自己相关。

裴云梦录音了。

做律师，最讲究的是证据，她虽是条“咸鱼”，可基本的东西不会忘记，甚至时刻记在心里。

从杜楠她们开口提博盈时，她就开了手机录音，这也是为什么她敢那么肆无忌惮揍人的原因。但她想的是，不到万不得已不拿出来，至少不要让博盈听见。

五分钟后，录音播放完毕。

顷刻间，办公室的温度好像往下降了些许，冷得让人瑟瑟发抖。

贺景修神色比之前更冷，让人根本不敢靠近，不敢出声。

吕修贤更是没想过，自己管理的法务部还有能说出这种肮脏话的律师，她甚至还是个组长。想到这儿，他有股立马辞职回家养老的冲动，这样至少不用接受贺景修的怒火。

倏地，博盈笑了下。

她点开了裴云梦的手机录音，把那些话重播了一遍。

听完，她抬起眼看向杜楠：“楠姐，你知道的还挺多。”

杜楠看她。

博盈弯了弯唇，扭头看向贺景修：“贺总，你给我证明一下？”

贺景修看着她。

博盈道："她们说我想搞定你啊，你作为当事人不发表一下意见吗？"

贺景修静了几秒，问："发表什么意见？"

博盈翻了个白眼给他："你说呢？"

贺景修瞥她一眼："想怎么处理？"

"看你啊，你是老板。"

"嗯。"贺景修顿了下，在众人注视下说，"但你是老板未婚妻，这事由你来决定。"

这话一出，大家更是竖起了耳朵，眼睛眨都不敢眨，直愣愣地看着两人。

杜楠和朱晓夏心里咯噔一下，完了。

博盈听着贺景修这话，反驳道："我可还没答应你的求婚啊，我现在还只是贺总的女朋友。"说到这儿，她看向杜楠，"对了，你是不是还说过我不自量力、痴心妄想追贺总啊？"

她耸耸肩："既然如此，要不我给你说说贺总追我的事？你感兴趣吗？"

杜楠："……我没有。"

"没有？"博盈挑眉，"我现在就能给你找出证据，你信不信？"

自己可是把她之前说的那些话都截图存下来了，自己看到的还是其他同事发的，她都有保存，为的就是现在。

其他人听着，难以置信地看向贺景修。

贺景修追博盈？博盈还要把贺景修怎么追她的事说出来！吃瓜群众露出了好奇的目光。

僵持了一会儿，贺景修看向吕修贤："吕经理，你觉得这事应该怎么处理？"

吕修贤默了默，沉声道："对这种诋毁污蔑其他员工的员工，我们贺氏集团一定严惩。"他偷偷地瞄着贺景修，忐忑道，"开除吧。"

贺景修没直接答应，转头看向博盈："开除如何？"

"听你的。"

贺景修笑笑："我听你的。"

在员工面前，他把自己的位置摆得很低，明明白白、清清楚楚地告诉大家，不是博盈对他痴心妄想，是他对她痴心妄想。

博盈微哽，知道他是用这样的方法来证明自己的地位，来掐灭那些谣言。

她想了想，歪着头说："那开除一个就行。"她看向朱晓夏，"这位不用。"

"确定？"

"嗯。"

"你……"听到他们当着自己的面讨论把自己开除，杜楠忍不住出声，"贺总，我记得贺氏集团是无权随便开除职员的。"

这种大集团，都是有合同的。

闻言，贺景修掀起眼皮看向她，目光凌厉："贺氏集团是没有，但我有。"他撂下一句，"我贺景修想开除一位污蔑未来总裁夫人的员工，我看谁敢有意见。"

这话一出，吃瓜群众也愣了。

她们默默对视一眼，在心里有了盘算——以后得罪谁，都不能再得罪博盈。

处理结果很快出来。

杜楠被开除，朱晓夏被降薪，扣掉全部年终奖，另外两位同事被口头警告了一番。

从贺景修办公室离开，整个公司都传疯了。

大家把贺景修维护博盈的那些话、那个场景，绘声绘色地描述了出来。

一时间，全公司都知道，博盈是未来的总裁夫人，还是贺总求着，她不想答应的那种。

这还不算。杜楠回办公室收拾东西走人时，吕修贤忽然给她递了一份东西。

后来吕修贤的助理传出，那是一份起诉书，贺景修代表贺氏集团发出的，除此之外，还有博盈个人的——他们要起诉杜楠。

开除只是第一步，她要为她曾经说过的那些话负责。

博盈是律师，总不能让她这么轻松逃过法律的制裁。

这个闹剧结束，博盈在公司出了名。

之后几天上班，她偶尔进人多的电梯，大家会纷纷给她让位，让她先进，排队去食堂吃饭，大家也会问她要不要先来。

对此，博盈很无语。

听着她的控诉，贺景修摸了摸她的脑袋：“觉得不方便？”

“你觉得呢？”博盈靠在他肩膀上，“太不方便了，现在大家都视我如洪水猛兽。”

贺景修瞅了她一眼，低声问：“不开心？”

博盈正要说话，忽然对上他眼睛。她愣了愣，眨了眨眼笑着说：“什么不开心？我没有啊。”

她知道贺景修在问杜楠那件事，还有那些话。

她搂着他脖子，想了想说：“刚开始听到是有点难受，反省了一下是不是自己做人太失败了，同事才会这样说我。”

“然后呢？”

“然后？”博盈撇撇嘴，“然后我当然是觉得不是我太失败，是她们太废物，嫉妒我才会这样。”

贺景修被她的自信击倒，唇角上翘：“嗯，这样想就对了，你很好，是她们的问题。”

博盈：“就是。而且是我太优秀了。”她才不会觉得是自己的问题。

她跟贺景修在一起，是互相喜欢，是爱的吸引，而不是别的乱七八糟的。

贺景修亲了亲她的唇：“是，我女朋友全世界最优秀。”

博盈笑：“他们有说你吗？”

“说什么？”

“说你爱美人不爱江山。”

贺景修扬眉，逗她：“美人在哪里？”

听到这话，博盈作势要走，被贺景修按住留下。

她瞪他一眼：“拉我干吗？”

贺景修笑，捧着她的脸想亲，被博盈推开。

她傲娇道：“亲我干吗？我又不是美人。”

贺景修微微挑眉，再次吻上她的唇，低语："你是我女朋友。"

博盈本来还想作一下的，但男人的吻太美好了，让她不仅没舍得再将人推开，甚至还沉沦在他的吻下，无法自拔。

一个绵长的吻结束，贺景修的手指留在她脸颊，轻轻抚摸着。

博盈觉得脸有点儿痒，不受控地在他温热的掌心蹭了蹭，像小狗似的撒娇。

"看我干吗？"她注意到贺景修的目光一直落自己身上。

贺景修笑了下，嗓音低沉："我收回刚刚说的话。"

博盈扬眉："什么？"

"我女朋友是大美人。"他逗趣道，"真漂亮。"

博盈噎了噎，没好气地睨他一眼："别说违心话。"

贺景修看着她："我什么时候说过违心话？"

博盈想了想，好像也是。贺景修这人，是什么就是什么，从不欺骗自己。有时候，他甚至连善意的谎言都懒得说。

思及此，博盈说："那你之前还说没有美人呢！"

贺景修捏了捏她脸："我女朋友都不算美人，还有谁算？"

这话说得无比狂妄。

博盈被逗笑，跨坐在他身上，搂着他脖子说："你说得对。"

贺景修刮了刮她的鼻子，忽而把人抱紧。

突如其来的拥抱，让博盈有点猝不及防。她感受着男人落在自己耳后的呼吸，总觉得他情绪略微有点不对。

想了想，博盈问："你怎么了？公司有项目进行得不顺利？"

贺景修微哽，目光幽深地看着她。

博盈忍笑："你干吗突然这样？"

女朋友有时候过于不解风情，让贺景修很头疼。

他捏了捏她脸颊，低声问："下周是不是要出去？"

博盈愣了一下，诧异道："你怎么知道？我今天正准备跟你说这事呢。"

律所给他们安排了下乡实习，其实也不算是实习，就是去帮助那些需要帮助但又不懂法律、不知道怎么用法律捍卫自己权利的人。

贺景修：“骆霄说的。”

“啊……”

贺景修解释：“他追顾宁追得紧，行程什么的早就有所了解。”

主要是他们要去实习的地方，作为节目组导演的顾宁会亲自踩点，所以骆霄提前知道这事。前两天找贺景修喝酒被拒绝时，他特意跟他说了这事。

骆霄骂他重色轻友，说什么“下周等你女朋友出去实习了，你找我喝酒我都不来”。

贺景修一问，才知道他们还有这个安排。

听贺景修说完，博盈忍俊不禁：“你们好幼稚。”

“谁幼稚？”

“你们啊。”博盈一点都不怕，分析道，“难道不是吗？”

因为不喝酒，骆霄咒他。而他呢，也因为骆霄的话，跟自己闹着小别扭。

博盈之前其实没太大感觉，刚刚贺景修说后，她才隐隐约约反应过来，这人这两天一直黏着自己，原来是这个原因。

贺景修觑了她一眼，并不承认。

博盈弯唇，哄着他说：“我就去一周，很快就回来。”她瞅着贺景修，戳着他肩膀道，“提醒你啊，你以前出差都直接出去半个月的。”

在工作这件事上，谁也别说谁，他们俩都算是大忙人。

两人对视一眼，不约而同地笑了出来。

博盈跟贺景修抱了会儿，才说：“贺总，趁现在还有时间，待会陪你约个会？”

“陪我？”

博盈挑眉：“难道不是陪你吗？”

贺景修顿了顿，说：“确实。”

忙完手里的工作，两人出门玩。

博盈带贺景修去体验生活，贺景修也很乐意让她安排。

天气越来越冷了，路边行人步伐匆匆，都不愿在外面吹冷风。也就博盈跟贺景修，兴致很好地手牵着手压马路。

两人跟普通情侣无异，日常聊着天，偶尔会说哪家店东西好吃，也会吐槽哪道菜不好吃。博盈很喜欢这种生活味道，每每这个时候，她才会涌出生活的踏实感。

逛了一圈，贺景修提议去一趟超市。

博盈扬眉，狐疑地看他："去超市做什么？"

贺景修："买点东西。"

博盈本身对逛超市没多大期待，但两人走进超市后她才发现，超市已经不像记忆里的模样了，她不仅不讨厌，甚至还有点喜欢了。

因为是周末，超市里人不少。有一家几口的，有小情侣，也有三两好友相聚在此的，他们脸上都洋溢着笑，是那种恬淡的笑。博盈不知道该怎么形容，就觉得很温暖很舒服。

"我以前……"她跟贺景修说，"我以前记忆里的超市，特别拥挤。"跟现在宽敞明亮，摆放整齐的样子完全不同。

贺景修看她："你说的是学校小卖部吗？"

博盈一噎，扑哧一笑："你要这么说也不是不行。"她说，"我总觉得逛超市是要跟家人一起的，只有这样，才有生活的味道。"

但偏偏，她的家人从不去超市，偶有的一两次，还是她不懂事时的苦苦央求，他们才勉为其难地带她进超市买点东西。

久而久之，博盈也就不来这种地方了。

可能是记忆使然，让她对超市有些抗拒。因为她一直都坚定地认为，只有有爱的人才会一起逛超市。因为这儿，到处都弥漫着爱的气息。而她没有，所以她不来，也不期待。

贺景修微怔，牵着她的手："那以后我们一周来一次。"

闻言，博盈笑盈盈地望着他："好啊。"她答应，"不过你要是工作忙，出差了没办法陪我怎么办？"

贺景修瞥向她："任凭博小姐惩罚。"

博盈被他逗笑，唇角往上挑了挑。

走着走着，博盈才发现，这人是带自己来买菜的。

"你要做饭？"不怪博盈惊讶，实在是贺景修的厨艺，真的不太能拿得出手。

贺景修瞥她一眼："不相信我？"

博盈默了默，小声问："你相信自己吗？"

贺景修："……"

看他不说话的表情，博盈弯了弯唇，戳着他手臂揶揄道："贺总，你怎么不说话呀？"

贺景修不想理她。

博盈笑笑，看他在挑自己喜欢的肉，想了想说："贺总，我想买点零食。"

贺景修："想一个人去还是我陪？"

博盈毫不犹豫地选择了后者。周末的自由时光，她一刻都不想和他分开。

买好菜，两人才推着购物车往零食区那边走。

博盈平时对零食的欲望不大，但是偶尔也会吃一点，比如现在，她特别想吃辣条。

"你知道吗？"她扭头看向贺景修，"我在国外的时候，好多超市都没有辣条。"

外国人都不怎么吃辣，自然没有。

博盈跟他分享那时候的生活："但是呢，有个中国老板开的小超市有，有一回我跟一同学一起偶然发现的，从那以后我基本每周都去那家超市买东西。"

除了辣条，还有很多她以前喜欢吃的小零食。

贺景修抓住重点："同学是男生还是女生？"

"男生啊。"博盈正踮着脚在选辣条，没放在心上，"偶尔也有女同学。"

贺景修沉默了会儿，点点头道："嗯，但是跟男同学关系好点。"

莫名的，博盈感到了一股酸酸的味道。她吸了吸鼻子，转头看向旁边的人："贺景修，你有没有闻到一股味？"

贺景修睨她。

博盈扑哧笑："酸酸的，没闻到吗？"

贺景修面无表情地说："没有。"

"哦。"她点了点头，"行吧，那就是只有我闻到了。"

贺景修不说话。

博盈看他板着的脸，忍俊不禁。

"还笑。"贺景修没忍住，掐了下她的腰。

"不能怪我。"博盈控诉，"是你太搞笑了。"

"就是普通的男同学，贺总你怎么还吃醋呢。"她轻哼，"我都没吃你跟谭芮的醋。"

闻言，贺景修道："我们什么关系都没有。"

"哼。"

贺景修哭笑不得，抬手揉了揉她脑袋问："怎么还倒打一耙？"

博盈笑："你不生气我就不跟你闹脾气。"

贺景修其实本就没生气，但他确实又有点吃味。

博盈那段他没有参与过的时光，有人陪着她一起度过，他羡慕又嫉妒。无论那些人在她心里分量重不重，那都是和她共享过时光的人。

博盈大概能明白贺景修的心情，她想了想，小声说："那要不我以后多跟你说说留学生活？"

贺景修欣然道："好。"

两人选好东西去买单，人有点多，还得排队。

博盈手机振了下，她掏出一看，是盛纯给她发的消息。两人就这么聊了起来，聊着聊着，轮到买单时，她才隐约发现了点不对。

在看到收银员正在扫码的东西时，博盈窘得立马收回了视线，再次和盛纯闲扯。

只要她没看见，尴尬的就不是自己。那东西是贺景修买的，不是她。

想到这儿，博盈瞄了一眼旁边的男人。

贺景修很淡定，面上看不出一点尴尬。

博盈心想，大概也就贺景修能做到这样。果不其然，男人说买菜都是假的，这才是重点吧！

在回家的路上，博盈拽着安全带，好几次欲言又止。

贺景修偶尔扫到她红了的耳朵根，有点儿想笑。但她不出声，他也就索性装什么都不知道。

直到进了屋，贺景修去收拾东西，博盈才没憋住说：“你买那么多那个干吗？”

“哪个？”贺景修故意问。

博盈红着脸，蹲在购物袋旁边指了指。

“多吗？”贺景修一把将她拉起，低头吻了吻她唇角说，“不多，我们能用完。”

博盈没忍住，抬手捶了他一下。这种话他也说得出口。

贺景修还真没觉得这话有什么不对，毕竟他们都年轻。

逗了她一会儿，贺景修自告奋勇去做饭。

两人的周末偶尔会加班，也更希望有私密空间和时间，所以陈姨一般都不会过来，只在工作日来给他们做早餐和收拾房间。

“贺总，你能行吗？”在贺景修进厨房前，博盈不太放心地问了两句，“要是不行的话早点说，我来点外卖。”

贺景修：“……”

两人在宽敞的厨房里，博盈帮忙打着下手。忽然间，她发现贺景修做饭的动作好像迅速了点，没有那么不知所措了。

她眨眨眼，有点意外：“你是什么时候背着我偷偷学了做饭吗？”

贺景修瞥她：“我只是没有天赋，不代表我切菜也不行。”

“哦……”博盈似懂非懂地点头，“你说得对。”

她看他下手利落的样子，忍不住说：“怎么还有点帅。”

安静了几秒，博盈看他：“你怎么不继续了？”

“不想做了。”

“啊？”

下一秒，贺景修放下手里东西，直接把她圈住吻了下来。

两人在温馨的厨房接了个吻，在贺景修要有下一步动作时，博盈的肚子不争气地叫了起来。

她饿了。

为防止贺景修再分神，博盈红着脸，默默地退出了厨房。

她探着头朝厨房里的男人喊了一声："我先去洗个澡。"

说完，她飞快地进了浴室。

看到镜子里那张大红脸，博盈弯腰掬着水往自己脸上扑了扑，试图让双颊温度降下来，但效果甚微。

想到贺景修刚刚贴在她耳边的提议，博盈从头到脚都是热的，烫的。

盛纯有句话还真没说错，男人都很坏，偏偏，她还有点喜欢这个坏坏的贺景修。

洗完澡出来，贺景修那不合格的晚饭也做了出来。

博盈像试吃员一样，每道菜都尝了尝，而后点评："好吃。"

贺景修看她勉强的样子，无奈道："不用这样。"

但今天的菜，他真的尽力了。

博盈笑："贺总愿意下厨我已经很高兴了。"她眉眼弯弯，"而且今天这几道菜比上回的糖醋排骨真的进步很多了。"

她问："你真没瞒着我偷偷学做饭吗？"

贺景修敲了下她脑袋："先吃饭。"他道，"陈姨教了几次。"

"我加班的时候？"博盈有时候加班太晚，贺景修会先回家，等她下班再去接她。

反正现在全公司都知道两人恋爱的事了，节目组摄影师和编导也都知情，她也就堂而皇之享受贺景修这位司机的接送待遇，也不怕节目播出会曝光什么的。

贺景修点头。

博盈坐在他旁边，扭头望着他。

"看什么？"贺景修不明所以。

博盈："看你。"

贺景修兀自一笑，低语："吃饱了再好好看。"

"……好的。"

吃过饭，博盈主动揽下收拾碗筷的活，催贺景修去洗澡。男人洗澡很快，博盈刚收拾好没一会儿，人便出来了。

博盈提议看个电影。

她选了一部关于“先婚后爱”的老电影，男女主原本没有感情基础，见面不久后就闪婚了。电影画面很美，男演员特别有魅力，女演员长得特别美。

博盈以前看过这部电影，这会儿完全是重温。看着看着，她问贺景修：“女演员身材是不是超好？”

贺景修扫了眼，道：“还好。”

“这只能算还好吗？”博盈震惊，“你看她那个腿，还有那个……”剩下的话还没说出来，就被贺景修堵了嘴。

贺景修有时候真不知道自己女朋友在想什么，心大到跟男朋友讨论其他女人的身材，他不喜欢听，也不想看不想点评。

不知道电影什么时候结束的。被贺景修从影音室抱回房间时，博盈迷迷糊糊地感觉电影还没结束，但她已经没空看了。回到房间，她再没办法空出心思去想那些乱七八糟的东西。

她所有的注意力、所有的思绪，都被面前的男人牵引着，跌进他那双幽深的眼睛里。

周末两天，不知道是因为要去出差了，贺景修故意的还是怎么样，总而言之，博盈首次真真实实地感受到了男人的不舍。

周一这天，博盈和律所其他同事一起出门。

临走前，贺景修千叮咛万嘱咐，让她有事给自己打电话，千万不要一个人扛着，即便是跋山涉水，只要她有困难，贺景修就能过去。

博盈记着他说的那些话，默默点头答应。她肯定第一个找贺景修帮忙，要是不找，她还担心这人又吃醋生气。

他们这回要去的地方有点偏，虽不是山窝窝里，但也是很偏僻的农村，交通不是很便利，一天只有一早一晚两班大巴车。众人坐了高铁，又转大巴车，这才抵达。

下车时，不少同事都不敢相信自己看见的。

这里的房子陈旧破烂，还有土砖和瓦片，跟他们一直待着的大城市截然不同。不过风景很好，空气非常清新。

虞梦嘉拉着博盈到旁边聊天，点评道：“这儿的空气好新鲜啊。”

另一男同事说："新鲜是新鲜，但你没觉得这儿很冷吗？"

虞梦嘉："……有的。"

这边人口不密集，房子建得也不那么紧凑，很是疏松，风口很多，一阵风刮过，冻得大家都瑟瑟发抖。

点好名后，大家先去住的地方，之后才开始给每个人安排任务。

住的地方更是简陋。这回实习只有博盈和虞梦嘉两位女生，两人不意外地住在一起。住的地方有点类似学生时期的上下铺，虞梦嘉恐高，博盈自告奋勇选择了上铺。

因为还有时间，两人索性把这几天睡觉的地方打扫了一番。

"盈盈，这儿晚上不会有老鼠吧？"

博盈："……不会吧。"她看了看，"不可能有的。"

要是有，她这几天就别睡了。

虞梦嘉听她肯定的语气，点了点头："真的吗？"

"真的。"博盈拍了拍她肩膀，安慰说，"别自己吓自己。"

"好。"

话虽如此，两人在收拾时却明显谨慎了很多。

收拾好，也到了集合时间。

博盈和方博裕又分到了一组，两人的任务是帮一对老爷爷老奶奶争取他们应得到的赡养义务。

他们养的四个儿子，没一个愿意赡养他们。两位老人已经七十多岁了，除了国家每个月几十块的补贴，再无其他收入，平时靠自己捡点破烂去卖，维持最基本的生活。

听完自己的任务，博盈不知该说些什么。

以前这类事她也听过不少，但总觉得离自己很远，没有太深的感触。

直到看到两位老人，看到他们满是皱纹的脸、被生活压弯的腰、粗糙的双手时，她被深深触动了。

在老人家里做完询问后，博盈和方博裕出去，两人站在路口，不约而同地沉默了。

博盈看了看，抿了下唇声问："你觉得应该怎么处理？"

方博裕看她："先找他们的孩子聊聊？"

“嗯。”博盈点头，“好。”

但不意外，老人的几个儿子都不接电话，更不见人。一天下来，他们一点进展都没有。

晚上，博盈躺在床上发呆，想白天的那些事。莫名的，她眼眶红了。

博盈正欲将情绪压下去时，下铺的虞梦嘉忽然尖叫了一声：“啊，老鼠！！”

深夜十一点，远在千里之外的贺景修接到了女朋友的电话。

她抽抽噎噎地告诉他，她住的地方有老鼠。

她被老鼠吓哭了。

第二十三章
实　习

深夜，博盈咬着被子缩在床的角落。

她们房间的老鼠被人弄走了，房间也都检查了一遍，确定再没有老鼠蟑螂之类的东西，但两人真没多少困意了。

虞梦嘉在下铺躺着，揉着酸涩的双眼：“盈盈，你睡了吗？”

“……没有。”

虞梦嘉：“怎么办？我感觉自己要坚持不下去了。”

不是因为工作量大，也不是因为当事人的事难处理难沟通，而是因为环境。

说实话，博盈也有点。她天不怕地不怕，唯独怕蟑螂、老鼠、蜘蛛这些，偏偏这儿都有。

她望着屋子里泛黄的天花板，叹了口气说：“我也有点恐惧。”承认并不难。

虞梦嘉：“那怎么办呀？”

博盈想了想，安慰道：“现在这儿没有了，以后我们进门出门第一时间把门关上，房子里也没有洞，我感觉老鼠是钻不进来的。”

“真的吗？”虞梦嘉不确定地问，“以后都没有了？”

博盈笑，强撑着说："真的，相信我，说不定我们能练就不怕老鼠的本事呢。"

虞梦嘉声音里带了哭腔，委屈巴巴道："你别这样说，我并不是很想练就这个本事。"

博盈默了默，小声道："其实我也是。"她也不想，但现在不是没办法嘛。

"你刚刚给贺总打电话，他说什么了吗？"

虞梦嘉情绪稳定了点，开始八卦。

提到这儿，博盈就有点不好意思了。

她估摸着贺景修也没想过，女朋友第一时间打电话向自己求助，是因为一只老鼠。

她那句话说出来时，她明显感觉贺景修沉默了两秒，才开口安慰她。

"没说什么。"博盈羞赧地揉了揉鼻尖，"他就跟我说让我们找男同事或当地人解决，然后把窗户这些封严实，不要再让老鼠钻进来。"

虞梦嘉眼皮抽搐了下，"啊"了一声说："就这？"

博盈："嗯。"

虞梦嘉沉默了会儿，说："贺总难道不应该说，那你现在回来别做了？"

这才符合他老板的身份啊！

博盈扑哧一笑："想什么呢？"她托腮道，"你电视剧看太多了，贺景修不是这种人。"

闻言，虞梦嘉好奇："贺总是哪种人？"

"嗯……"博盈笑，心里恐惧少了很多，慢吞吞地躺下，这才说，"他是那种我遇到困难会安慰，也会第一时间给出方案让我选择怎么处理的人。至于你说的别工作了，偶尔开玩笑会说，但正经的时候不会。"

特别是她真的要退缩的时候，贺景修是不鼓励的。

他永远鼓励她向前，因为他知道，博盈内心是渴望向前的。退缩只是因为当下遇到了困难，她害怕了，她失去了勇气。

听博盈这么一说，虞梦嘉感慨："贺总不愧是当老板的。"

博盈忍俊不禁："你这么说也有道理。"

两人聊着贺景修，聊着工作，渐渐地产生了睡意。

睡前，博盈不忘跟贺景修说晚安。

原本，她那电话打通，贺景修说完处理办法时，让她搞定了跟自己打电话。但博盈想到自己打电话，虞梦嘉就得一个人胡思乱想，拒绝了。

她消息刚发出去，贺景修便回了过来。

贺景修：不怕了？

博盈：嗯，梦嘉睡了。

贺景修：好，睡不着跟我说。

博盈：嗯。晚安。

贺景修：晚安。

博盈放下手机便睡了，而贺景修此刻还奔赴在路上。

他之前就知道博盈工作的地方环境不太好，但没料到会这么差。接到她带着哭腔的电话的那一刻，他实在无法放心。不过此刻，他倒也不算是一个人过来。

骆霄知道博盈出门工作了，特意找他喝酒，但被贺景修拒绝了，两个大男人勉为其难地凑在一起吃了顿饭。

晚饭是陈姨做的，吃完这人也不走，说是博盈不在家，他要跟贺博美好好联络下感情。这一联络，就熬到了博盈的电话。

挂断电话，贺景修就准备出门。骆霄毛遂自荐说想当贺总司机，贺景修自然给了他这个机会。

“顾宁选的这个地方怎么那么远？”骆霄打了个哈欠说，“太远了吧。”

贺景修瞥他一眼：“我来开一段吧。”

“别。”骆霄道，“说好我今天当司机的，哪有让老板开车的道理？”

贺景修沉默了会儿，直白道：“你已经犯困了，我来开，我主要是担心自己的安全。”

骆霄：自己都交了群什么朋友啊！

司机乘客互换位置，骆霄这才想起来问：“你女朋友睡着了？”

贺景修：“嗯。”

骆霄瞅着他看了半晌，突然说："我以前怎么不知道你是这么恋爱脑的人？"

贺景修睇他一眼："什么意思？"

骆霄轻哂，吐槽道："你说呢？女朋友一哭，跋山涉水开车过来，这还不恋爱脑？"

还是大半夜。

贺景修并不觉得自己恋爱脑，他反而觉得博盈很少有需要他的时候，她说了，他当然要来看看。

他不放心。更重要的是，他把工作都安排妥当了，不是丢下工作就跑了。贺氏集团少了他一两天，也能照常运转。

贺景修扬扬眉："我当你是羡慕。"

骆霄噎了噎："我羡慕什么？"

贺景修耸耸肩："你说呢？"

骆霄不想和他交流了。

安静了会儿，骆霄又忍不住唠叨："你说我这么一性格好帅气又有钱的男人，为什么就没对象？你跟裴彦这孤寡人设，怎么还能找到对象？是现在的女生眼光变了吗？"

贺景修沉吟片刻，告诉他："是你对自己认识不够深。"

骆霄："……"

"睡了。"他把座椅放下，"两个小时后喊我，轮流开。"

"嗯。"

从北城到博盈他们实习的地方，开车需要近十个小时。大晚上的航班都停了，最早的一班也在早上六点，贺景修等不及，也不想等。

他抽空看了眼一侧的手机，博盈那边没消息过来，看来是真睡着了。

思及此，贺景修那颗悬着的心落了地。

博盈奔波了一天，又被老鼠恐吓了半小时，身心疲惫。她握着手机，歪着头闭上眼便睡了过去。

因为贺景修跟她说的话，最后还做了个不错的梦。

醒来时，窗外的白光射进来，格外刺眼。

她们住的房间里有窗帘，但窗帘是薄薄的一层布，只能挡人的窥视，挡不住这种强光。

博盈摸出手机看了眼，七点多钟。

这个时候外头能冷死人。她窝在被子里，戳了戳贺景修的头像。

刚拍了下，男人那边便有了回复。

贺景修：醒了？

博盈弯了下唇。

博盈：你怎么回复得这么快，是在等我消息吗？

贺景修：刚好看见。早上几点开始工作？

博盈：规定是九点，但这会儿外面有点吵了，估计待会儿起来吃完早餐就开始工作吧。昨天我和方博裕负责的那家人比较难沟通，我们要多花点时间。

贺景修：早餐准备吃什么？

博盈：不知道这儿有什么，我好想吃陈姨煮的小馄饨，哭哭。

陈姨习惯自己包馄饨，偶尔还给两人包饺子。

博盈特别喜欢吃，她总觉得在家折腾这些，很温暖，很有家的味道。每次吃，她都吃超多。

看到博盈的消息，贺景修无奈地一笑。

贺景修：只想吃这个？

博盈：嗯，还想吃你煮的牛肉面。

贺景修：好。

博盈：回家了给我做。

贺景修：好。

他脾气很好地一一答应。

跟贺景修聊了两句，博盈这才爬起来，跟虞梦嘉一同出门。

她冷得瑟瑟发抖，随手套了件羽绒服，妆也没化，就这么出门了。

一出门，外头有摄影师。

两人迎面撞上，博盈眨眨眼："这么早，冷吗？"

摄影师笑道："还好，我们穿得多。"

博盈笑盈盈地道："辛苦了。"

摄影师看她："你们起得还蛮早。"

博盈挑眉："其他人还没起来吗？"

"对。"

博盈笑，开玩笑说："我跟梦嘉饿了，想早点去吃早餐，你们吃了吗？"

她跟摄影师编导闲聊着，一点大小姐架子都没有。

博盈向来是个很随和的人，她什么都能聊，脾气也好，节目录到最后，所有工作人员都喜欢她。

"吃了。"

洗漱完，博盈跟虞梦嘉去买早餐。

路边有一个小小的早餐店，东西不多，但有包子、油条和豆浆，以及一杯一杯用吸管喝的各种豆子粥。

博盈有点饿，但对这些都不是很感冒。考虑到上午的工作量，她还是买了一杯粥。

"你就吃这点？"虞梦嘉看她，"要吃油条吗？"

"不要，我怕腻。"

虞梦嘉："那吃个包子吧，你吃这点不行。"

博盈哭笑不得："行吧。"她吃的确实有点少。

买好，两人往工作集合点走。

到办公点时，里头没人。博盈跟虞梦嘉倒没觉得有什么不适应，忙着手头的事。没过多久，其他同事也都来了。

"吃早餐没？"

大家寒暄着。

"博盈、梦嘉，昨晚睡得怎么样？"

虞梦嘉："还行，后来困了就睡着了。"

同事笑："今晚睡前先检查一遍，有的话我们再去给你们抓。"

博盈："……你别说这种话，再有我真的要被吓跑了。"

几个人笑作一团，氛围融洽。

吃过早餐，大家也开始忙碌了。博盈和方博裕继续昨天没能攻克的难题。

"我觉得要耐心点和他们沟通，告诉他们，赡养老人是法律规定的，如若不然，我们是可以把他们告上法庭的。"

博盈在这方面无比冷静："如果他们还是拒绝赡养老人，那就只能这样。"

方博裕表示赞同。

没接触过法律的人，大多都觉得这些是摆设，不会真的落在自己头上。

但不是的。任何人，只要起诉的理由正当，你都能维护自己应有的权益。

两人沟通完，准备分开行动，只有这样，速度才能快一些。

安排好，两人便准备出门。

博盈刚踏出门两步，顾宁身边的助理过来了。

"博小姐。"

博盈一愣，回头："怎么了？"

助理看了眼摄影师，走近，道："宁姐喊你去她那边一趟。"

"啊？"博盈想了想，"可我现在到上班时间了。"

助理："……就一会儿。"

"急吗？"博盈问，"不急的话，能不能中午休息的时候说呀？现在上班啦。"

助理茫然，她也不知道急不急啊。

她迟疑了会儿，博盈已经快刀斩乱麻丢下一句："不急的话，我中午找导演啊，我先去忙啦。"

另一边，骆霄正在看监控。听到博盈这话，他忍不住笑着说："待会儿贺总那碗面看来是要便宜我了。"

顾宁瞥了他一眼。

骆霄微顿，低声问："你想吃吗？"

"不想。"顾宁面无表情地说，"你去跟贺总说一声，面别做了吧。"

骆霄："晚了，他这会儿应该完工了。"

两人八点多到的这边，贺景修也不着急去找博盈，反而是让骆霄找顾宁借了个厨房。顾宁非常无语，但又不得不帮忙。

一下车，贺景修便一头钻进了当地住户的厨房，正在为牛肉面忙活。

话音刚落，贺景修从外进来。他扫了眼监控，问："人没来？"

顾宁点头："着急工作。"

贺景修点点头，神情淡定："让她先忙吧。"他拉开一把椅子坐下，看向顾宁，"把她那边的监控放大我看看？"

顾宁默了默，问："你的牛肉面呢？"

贺景修："那是博盈的。"

顾宁愤怒："我都给你借厨房了，请我吃碗牛肉面也不行？"

贺景修往后一指："让骆霄给你做。"

"……"

僵持片刻，贺景修想着不吃也浪费，让骆霄端了过来。

顾宁占了便宜，边吃边不忘挖苦他："我看你刚刚对博盈不来这事一点都不意外，你猜到了？"

贺景修："差不多。"

他们晚到了一点，正好卡在她上班的时间，就算去喊了她也不一定会来。

顾宁微哽，不解道："你知道还去做？"

"我以为能赶上。"下车时其实还有几分钟时间。

还有就是，他以为博盈听到导演喊，应该也能抽十分钟过来，他没料到她会这么坚定地拒绝。又或者是说料到了，但也想给她备着，以防万一。

顾宁听着，笑了笑说："你谈恋爱后还真变了个人。"

贺景修扬眉："这么明显？"

顾宁点头，她很早就认识贺景修了，以前可没见过他这个模样。

贺景修笑笑，不否认但也没真的承认。他觉得自己没变，只是在面对博盈的时候不一样罢了。

他看着监控，博盈正在外头跑，外面的风很大，她鼻子冻得通红。

贺景修皱了皱眉，好几次想起身去找她，给她送衣服，但想到她不喜欢被人打扰工作，又只得作罢。

忙到中午，博盈和方博裕这边总算是有了突破。

两人把所有办法都想了一遍，最后只能把条条框框的法律和案例摆在他们面前，让他们知道赡养老人是他们应尽的义务。

十二点半，两人休息。

中午大家都是一起吃饭的，节目组早就安排好了。

博盈坐下，低头给贺景修发消息。刚发过去，方博裕忽然端了一碗面条放在她面前。

博盈还没反应过来，虞梦嘉出声道："欸，哪来的牛肉面？看起来很好吃啊。"

她一愣，看着面前热腾腾的面条怔了怔，扭头去看方博裕："你做的？"

方博裕："……你觉得是吗？"

博盈眨眨眼，猛地回过神来张望："他人呢？"

方博裕笑："你都还没吃，怎么就问人？"

博盈这会儿总算反应过来，难怪早上那会顾宁的助理会来找自己去监控室。

她起身："还在监控室吗？"

方博裕摇头："买东西去了，贺总让你先吃饭，吃完他就过来了。"

"……哦。"

虞梦嘉在旁边听着，没忍住叫了一声："贺总来了？"

"嗯。"

虞梦嘉："这牛肉面是贺总做的？"

"……嗯。"

虞梦嘉沉默几秒，问："博盈你教教我吧，怎样可以找到贺总这样的男朋友？”

听到她这话，大家笑作一团。

博盈眼睛里带着笑，安心地把馋了大半天的牛肉面吃完。

刚吃完，耳边有了声音：“贺总来了。”

博盈回头，看到男人正徐徐朝她走近。

贺景修在博盈身边站定，跟其他律师和她同事打完招呼，笑说：“我先把博盈借走一会儿。”

博盈带教律师开玩笑道：“借走一中午都行，上班时间给我还回来就好。”

贺景修保证：“一定。”

他牵着博盈的手，离开摄影机监控范围。

博盈唇角上翘着，垂眸看着他的手掌，调皮地挠了挠：“贺总。”

贺景修看她。

博盈忍着笑：“你怎么来了呀？”

贺景修给了她一个明知故问的眼神。

博盈忍不住，唇角弧度加大，抱着他说：“要知道早上是你找我，我就去了。”

她现在很后悔。

贺景修揉了揉她头发：“我看看。”

“看什么？”

两人这会儿到了角落，这里也没人会过来。

贺景修盯着她眼睛看，逗她：“看看被老鼠吓哭的麻烦精今天情况怎么样。”

博盈没好气地看了他一眼：“你是成心来给我添堵的吗？”

贺景修笑，将人揽入怀里抱着，亲了亲她的耳朵，没吭声。

博盈被他抱得很紧，呼吸都有些不顺。她挣扎了两下，笑他：“贺总，你抱得我都喘不过气了。”

贺景修微微减小了点力度，垂眸看着她。

博盈仰头，实在是压不住自己内心的欢喜，主动踮起脚去吻他。她的唇刚碰到他嘴角，一侧忽然传来了小孩的声音。

“天哪，这里有人亲嘴！羞羞！”

听见小孩声音的那一刻，博盈差点当场死过去。

她低垂着脑袋和旁边的小孩对视一眼，默默把头埋进了贺景修怀里。

贺景修没忍住，压低声笑了。他的笑声从胸腔传出，清晰地传到博盈这边，更是让她面红耳赤。

谁能想到，她难得主动一回，还能遇到如此尴尬的事。

“……不准笑。”博盈窝在他怀里，闷声警告。

贺景修揽了揽她身子，看向旁边的小孩：“你们在这儿做什么？”

小孩大眼睛闪闪发光，天真地道：“看你们羞羞。”

贺景修：“……”

他正欲再说点什么，听不下去的博盈一把拽住他的手，将他拉走了。

跑了一段距离后，博盈才气喘吁吁地问：“他们追上来了吗？”

贺景修告诉她：“他们不是狗仔。”

他们也不是艺人，一般没人追。

博盈：“……哦。”她忘记了。

她张望了下，小声说：“这下没人了吧？”

贺景修笑：“没有。”

他目光灼灼地盯着博盈，瞳仁里压着笑：“这么害怕？”

博盈觑他一眼：“这村子很小你知道吗？”

贺景修挑眉。

博盈告诉他，昨天他们刚到就听了不少八卦，什么谁家吵架了，什么谁家夫妻感情不好，谁家夫妻感情好等。在这儿，一点小事就能传遍全村。

博盈还得在这边待好几天，她可不想今天过后，村子里的人开始说自己跟贺景修在巷子里接吻的事，那她不如死了算了。

想到有可能被村民用眼神探究打量，博盈就心塞。

听她说完，贺景修沉吟半晌道：“那确实应该注意形象。”他逗博盈，“我没想到我女朋友这么想我。”

话音刚落，被博盈踩了一脚。贺景修哑然失笑。

博盈剜他一眼：“我现在就能送你回去，你信吗？”

贺景修笑，将人再次拉入自己的怀里，不再逗她，嗓音低沉地说：“不动，抱一会儿。”

博盈原本想挣扎一下，转念一想，又觉得算了。这人千里迢迢过来，她再矫情不太能说得过去。

两人安静相拥了一会儿，博盈问：“你怎么来的呀？”

“开车。”

博盈一怔，难以置信地看着他：“开车？”

贺景修解释：“还有骆霄一起，轮流开的。”

博盈眨眨眼，努力算了算北城过来这边的距离，猜测道：“我给你打完电话，你们就出门了？”

贺景修颔首。

一时间，博盈不知道该说点什么。她直勾勾盯着男人这张英俊的脸庞，好像少看一眼就少了点什么似的。

注意到她的眼神，贺景修笑着刮了刮她鼻尖：“这么看我，我会忍不住吻你。”

博盈还是没动。

贺景修亲了下她的唇角，自顾自地说：“我以前觉得我这个年龄再这么自驾游身体熬不住，没想到还行。”他跟博盈说，“下回我们去走你想去的那条公路。”

只有他们。

博盈眨了下眼，喉咙有些干涩。她抿了抿唇，轻轻应着：“嗯。”

贺景修拍了拍她脑袋：“你这什么表情？不开心？”

“你知道不是。”博盈看他。

贺景修微怔，无奈一笑。他当然知道博盈不是不开心的表情，她是在心疼自己，是在自责和难受。但说真的，他甘之如饴。

往她在的地方走，别说是自驾十个小时，就算是二十个小时、一百个小时，他也愿意。

因为那是一条朝她走近的路，是她为自己敞开的道路。

贺景修怔了怔，哑声：“不累。”

博盈“嗯”了一声，主动环住他：“那要不要去睡一会儿？还是说你待会儿就要走？”

贺景修看她，点头道：“晚点要走，我陪你午休。”

博盈愣了愣，张望道：“那去睡一会儿吧？我午休到两点。”

她看了眼时间，还有一个小时二十分钟。

贺景修其实算不上困，但看博盈这个样子，他怕她担心，直接答应了。

博盈想了想：“不过，我宿舍好像不太方便。”

贺景修捏了捏她手：“去车里休息会儿就行。”

“好。”这里条件简陋，也只能这样了。

回到车里，两人分开躺在两侧。

博盈不困，但有贺景修在身侧，她又好像有点儿困。她盯着贺景修侧颜看着，催促道：“你快睡。”

贺景修拗不过她，闭眼小憩，不知不觉便睡了过去。

博盈看了他许久，才陪着一同合眼休息。两人的手牵在一起，谁也没舍得先松开。

在车里休息了一个小时，博盈得去上班了。

贺景修看她：“去吧，有事再给我电话。”他温声叮嘱，“注意安全，安全第一，其他的都不重要。”

博盈笑：“知道了，你也是。”

两人匆匆忙忙见了一面，博盈便先走了。

贺景修和骆霄也都忙，在这边待了大半天，启程回去。

晚上，博盈忙完回到宿舍时，才看到贺景修给自己留的东西。

虞梦嘉看了一眼：“这是什么？”

“防老鼠的。”博盈指了指，“那里写了。”

虞梦嘉：“……贺总想得真周到。”

博盈无声弯了下唇。

虞梦嘉看她，叹了口气说：“我一下子真的很想谈恋爱了。”

“嗯？”

虞梦嘉耸耸肩：“看你跟贺总这样，我又相信爱情了。”

博盈忍俊不禁。

“爱情一直都有。”她拍了拍虞梦嘉肩膀，“你要相信才会遇见。”

虞梦嘉：“贺总这样的好男人，我能找到吗？”

“可以的。”

虞梦嘉瞅着她，安静了会儿，问：“我突然好想采访你，今天知道贺总来了这儿的时候，你有什么感想？”

“感想？”

博盈蹲在地上拆贺景修准备的东西，除了防老鼠的，还有一个泡泡机，也不知他买来干吗，真当自己还是个小孩。

她沉吟了会儿，抬眸跟虞梦嘉对视，轻声道：“我的感想就是，这辈子除了我哥和他，不会再有第三个男人，因为我哭就为我跋山涉水过来了。”

而且，仅仅是为了和自己见一面，来回二十个小时，相当于一天一夜。

除了贺景修和博延，不会再有别人了。

虞梦嘉听着，感动不已。

“呜呜……”她看博盈，“那你当时有没有冲动？”

“什么冲动？”

“想嫁给这个男人。”

闻言，博盈挑了挑眉，一脸笑意说：“我十六岁就想嫁给他，这件事在我这儿早就不是冲动了。”

虞梦嘉：“……”

行吧，是她多嘴，就不该在这里来吃狗粮。

贺景修回去后，博盈无论休息还是工作，都变得格外顺利。

五天不一样的工作生活结束，博盈感慨颇多。回程路上，她眺望着窗外风景，觉得时间过得好快。

一眨眼工夫，他们实习结束了，录制也要结束了。

“我们这个节目是这周六播出吗？”

节目出于各方面考虑，是在录制完才播出的。

有同事点头："对啊，到时候大家各自在家看啊。"

"要想一起看也行啊，以后约个时间一起看一期。"

"行啊，行啊。"

大家附和着答应。

虽然只有短短一个月的相处，但他们建立起的革命友谊，已经很深很深了。

博盈唇角上扬着，很庆幸自己能遇到这样的好团队和好同事。

每个人都很随和，每个人也有各自擅长的，才华都很出众，更重要的是他们都有傲骨，但又恰到好处，让人崇拜羡慕，而不会让人觉得讨厌。

刚刚好。所有的一切，都是那么刚刚好。

说着说着，不知为何提到了博盈。

"博盈，我们分开了，你到时候跟贺总有好事请我们吗？"

博盈笑："请呀。"她爽快道，"那必须请，我请了都得来啊。"

"那必须，在国外我都自费去。"

"就是就是。"

博盈笑，眨眨眼说："在国外的话，我给大家包机，不用自费。"

"好！"有同事说，"不愧是要当总裁夫人的人，果然阔气。"

博盈："……"

一群人说说笑笑的，很是开心。但其实，大家内心都颇为不舍。

但烟火总有散开的一天，他们也总有分别的一日。

回到北城后，博盈一行人还有最后一天的录制。

贺景修原本想要来接她的，被她拒绝了。她想跟大家一起走。

当晚，两人也没见面。博盈太累了，回到自己那边洗漱完便睡了。

次日去律所时，她特意选了一套漂亮又知性的衣服，算是为这段旅程做个完美告别。

这一天过得比她想象中快多了。下班时，博盈都没反应过来。

"结束了？"她呆呆愣愣地看向虞梦嘉。

虞梦嘉点头，眼眶有点红："博盈，我舍不得你怎么办？"

博盈又何尝不是呢？

下班后，几位律师请客，他们所有人一起大聚餐。博盈走时跟贺景修说了一声，便和大家一同去了。

昨天时，博盈就有感触了。到这会儿真的要分开了，她的不舍又多了几分。

吃饭时，大家都不约而同地红了眼眶。

博盈也一样。

贺景修过来接她的时候，博盈正红着眼眶跟虞梦嘉抱在一起。他跟博盈的老师们、同事们打了招呼，安静等她跟虞梦嘉说完话。

大家都喝了不少酒，贺景修看了看，跟博盈一起把虞梦嘉送了回去。虞梦嘉下车后，车里只剩两个人。

博盈借着后视镜看向驾驶座的人，趴在他椅背上戳了戳他肩膀："你干吗不跟我说话？"

贺景修："酒醒了？"

博盈："……早醒了。"她轻哼，"我又没喝多少。"

"真的？"贺景修不信。

"真的，不信你自己闻。"

贺景修微顿，忽而打转方向盘，退出拥挤的车道。

博盈一怔，还没反应过来，贺景修的车便停在了路边的停车位上。他回头，嗓音低沉地说："来前面。"

刚刚为了照顾虞梦嘉，博盈和她一起坐的后排。

博盈"哦"了一声，往前爬。她正要坐到副驾驶座，被贺景修一拽，侧着跌坐在他身上。

"你……"

话未说定，男人捏着她的后颈寻着她的唇吻了下来。

博盈脸颊泛红，虽觉得有点不好意思在大马路边的车里和他亲吻，却不受控地回应他。

两人缠绵了许久。

贺景修的手捧着她脸，温热的指腹擦着她脸颊，才说："确实不算多。"

博盈："什么？"她还没从热吻中回过神来。

贺景修低低一笑，不轻不重地咬着她的唇角："酒。"

博盈这才明白过来，他刚刚是在探自己喝了多少酒。

思及此，她耳根子红了，小声控诉："哪有人这样查的？"

"嗯？"贺景修说，"我。"

博盈被他的厚颜无耻惊住，转头看向窗外的车水马龙，人潮涌动。

安静了一会儿，她戳了戳他肩膀，红着脸小声问："还不回家吗？"

贺景修目光幽深地盯着她看，喉结滚了滚："回。"

两人心照不宣。

回家的路好像很远，又很近。

停车，进电梯，进屋。门合上，两人都顾不上摇着尾巴过来的贺博美，直奔楼上。

他们可不想再被贺博美打扰。

窗外的月色很美。

第二十四章

家　长

房间内静悄悄的，只听见窗外的风声。

静下来听，博盈才发现外面的风好大。

“贺景修。”博盈突然喊了一声。

贺景修应着，喉结滚了滚：“怎么了？”

“我好讨厌分别。”博盈嘟囔，“不喜欢。”

贺景修怔了怔，温柔地摸了摸她脑袋，温声道：“知道了。”

听到他这样的回答，博盈忍俊不禁：“你知道什么了呀？”

贺景修碰了碰她唇角，回答：“我们不会分别。”

这辈子再也不会。

博盈微愣，笑着缩进他怀里，腾出手戳他喉结，笑着说：“那你一定要说话算数，不然——”

“不然怎么？”贺景修目光深邃地看她。

博盈直勾勾地盯着他，想了想说：“不然我让你这辈子都不好过。”她放出狠话。

贺景修笑：“好。”他说，“没有你，我确实也没办法好过。”

这辈子，除了你之外，再没有人可以让我好好地过完这一辈子。

博盈翘了下唇角，傲娇道：“说这话是不是有点早了？”

“哪儿早？”贺景修捏了捏她脸颊，说，“后天就带你见家长，还早吗？”

博盈：“啊？”

这猝不及防的安排，她为什么不知道？

贺景修看她表情就知道她忘了，他提醒：“之前不是答应过我？”

博盈：“……”

上回贺景修提的时候，她是答应了，她说等节目结束后就去。现在节目结束了，她确实该履行承诺。

“可是——”博盈欲哭无泪，“我什么准备都没做。”

“还有一天给你准备。”

博盈：“那你怎么不明晚再告诉我？”

贺景修顿了下，认真道：“之前确实有这样想过。”

但刚刚提到了，索性就说了。

博盈被他的话噎住，连忙闭上眼说：“那你别跟我说话了，我要睡觉，明天去逛街。”

贺景修勾了下唇：“要我陪吗？”

“要。”

贺景修答应，一点也不抗拒。

翌日，博盈早早地给盛纯打电话。

她没办法在这种事上问迟绿，也就只能求助盛纯了。虽然盛纯跟裴彦还没走到谈婚论嫁的地步，但博盈之前听贺景修说过，盛纯其实被裴彦带回家见过父母了。

接到她的电话，盛纯无语半晌：“你现在问我还真不记得了，当时是裴彦准备的东西。”

“啊？”博盈愣住，“见他父母是他准备的东西吗？”

盛纯：“因为我之前根本不知道是去见他父母，他骗我去的。”

博盈默了默，说：“我又脑补了一个故事。”

盛纯噎住：“别脑补了，可能就是你想的那样。”

闻言，博盈扬了扬眉，总觉得她这话说得暧昧，她眼珠子转了转，打探道：“你们和好了？”

“你猜。”

博盈不用猜了，这答案已然明显。

她笑：“那我们下周聚聚一起吃个饭，你有时间吗？”

“我提前空出时间来。”

“好。”博盈想了想，“那你问问裴总？当时准备了什么？”

“行吧。”盛纯趿着拖鞋往外走，朝正在厨房的男人喊了句，“裴彦，上次你骗我回家见你爸妈时你准备了好多礼物说是我买的，都准备了什么？”

裴彦：“……”

瞅着他的表情，盛纯不解：“你忘了？”

“没忘。”裴彦看了一眼她拿着的手机，道，“你让博盈问贺景修，他爸妈喜欢的和我爸妈喜欢的不同。”

“哦。”

裴彦看着她，不解道：“她为什么会来问你？”

听到这话，盛纯没忍住瞪了他一眼：“我怎么了？怎么就不能问我了？”

裴彦回想着，没忍住笑了下：“就你那天那个表现——”

“我表现怎么了？不好吗？”盛纯追问。

裴彦笑而不语，他只想说如果不是他喜欢，就她那天那个表现，他爸妈那关还真有点难过。

“问你呢！”

“没什么。”裴彦看她，“电话挂了吗？”

盛纯一愣，扭头去看手机才发现屏幕黑了。

博盈听着小情侣打情骂俏，实在是听不下去了，默默把电话挂了。挂完，她给盛纯发了两条消息，这才跑去书房找贺景修。

“贺景修，我没问到答案。”

贺景修笑，告诉她：“我爸喜欢钓鱼，我在那边放了买好的渔具，带过去就行。”

博盈眼睛一亮："那你妈妈呢？"

"我妈？"贺景修想了想，将人拉到自己身上坐着，"喜欢你。"

"正经点。"博盈笑。

贺景修："这是实话。"

"除了我还喜欢什么？"

贺景修想了想："喜欢逛街买衣服，喜欢包和首饰。"

博盈微哽："那我给阿姨买个包？"

"我买了。"贺景修笑看着她，"所以你只需要人跟我回去就行。"

博盈："……"

话虽如此，博盈还是约郑今瑶下午陪自己出门逛街。贺景修买的是贺景修买的，她买的是她买的。

知道她明天要去见贺景修父母，博延还给她转了一笔钱。

博盈站在商场数了数，郑今瑶也凑过来看了一眼："你哥给你多少钱逛街？"她看完，抓着博盈的手开始数数，瞪大了眼，"我数错了吗？这也太夸张了吧！"

博大小姐瞬间富裕了，她眼睛弯弯地看着郑今瑶，催促道："走走走，上回你喜欢的那个包今天买了，我给你买。"

郑今瑶本想客气一下，但看到那令人羡慕的一串数字，毫不犹豫："行，那今天吃饭我请。"

博盈噎了噎："你怎么也得给我回个礼物吧？"

郑今瑶耸耸肩："那没有。"她笑，"你别想，我可比你穷多了。"

博盈轻哼："郑教授最近没接济你？"

郑今瑶的父母都是大学教授，也因此，她对教授这个职业有滤镜。

"没呢。"郑今瑶叹气，"他们最近催我相亲，说是我不去就不给我生活费了。"

其实她自己赚的钱早就够生活了，还能存下一大笔，但她父母想法比较特别，她不要他们的钱就觉得她独立不需要他们了，为了让他们感觉自己还在被需要，郑今瑶时不时还要装穷，找他们家两位教授要钱。

博盈是知道这点的，听到忍俊不禁："那你就去，实在不行你跟他们说，让他们在学校给你找个教授。"

闻言，郑今瑶噎了噎："他们学校厉害点的教授都三十五岁以上了啊。"她喜欢三十岁以下的。

"那过完年就新学期了，说不定有新教授呢。"

"你说得有道理。"郑今瑶很认真地点点头，"我哪天去学校蹭个饭，观望观望。"

博盈逗她："实在不行，你找个大学生也行。"

郑今瑶配合她："有道理。"

两人乐了一会儿，开始逛街。

博盈思忖了许久，想着冬天了，给贺景修妈妈选了两条围巾，给他父亲选了一套茶具。

不是很贵，但也不便宜。更重要的是，这两个礼物都适合送长辈。

当然，到最后，她不仅没忘记给郑今瑶买包，还给贺景修选了一对袖扣。至于给她钱的金主博延，她自然也不会忘。

贺景修过来接她时，她旁边堆了好些袋子。他扬眉，好奇但也没问。

上车后，贺景修才问："郑今瑶走了？"

"对。"博盈道，"她今天要回爸妈那边吃饭，怕堵车走得早了点。"

贺景修点头。

说到这儿，博盈扭头看向贺景修："问你一个问题。"

"嗯？"

"你之前说的话还算数吗？"

贺景修没明白她指的哪句话："什么？"

博盈提醒他："就那个，要给瑶瑶介绍优质男青年。"

贺景修哭笑不得："真要我给郑今瑶介绍男朋友？"

"也不算吧。"博盈说，"我就是好奇你朋友里有没有当教授的。瑶瑶喜欢教授。"

贺景修："只选教授？"

"这是第一选择！"郑今瑶对教授有天然的崇拜感，要不是她不喜欢被束缚，她自己回国后其实也可以回学校教书的。

贺景修想了想："好像没有。"

博盈："那行吧。"她笑盈盈地道，"那就只能靠她自己了。"

"买了什么？"贺景修这才想起问她。

博盈："好多，回去你看。"

贺景修笑："行。"

到家后，博盈给贺景修一一展示自己买的礼物。礼物用了心，是适合两位长辈的。

说着说着，博盈突然想起一件大事："你那个妹妹在家里吗？"

贺景修有个表妹，还是个高中生。

贺景修："明天应该不会，放心，以后有机会见。"

博盈觑他："我不是担心这个，我主要是觉得她在的话我们得给她准备好礼物。"

小女生都喜欢礼物，她得提前备好。

贺景修道："我妈怕你紧张，给亲戚都下了命令，明天不准去家里。"

博盈："……"

这是不是有点儿隆重？

翌日上午，博盈早早爬了起来。这回不再是选礼物，而是选衣服了。

她搬了很多衣服到贺景修这边，把他的衣帽间占了一大半，但这会儿却选不出一套自己满意的衣服。

"贺景修，穿哪套？"

贺景修被她拉起来，已经看她换了三套衣服了。他揉了揉太阳穴，低语："现在这套就很好。"

博盈对着镜子看了看，是一条裙子，胸口有点暴露。

"不行，太暴露了。"

贺景修："……我妈喜欢暴露的。"

博盈瞪圆了眼看他："你说什么？"

贺景修无奈，失笑道："你穿什么他们都喜欢，暴露或是保守，只要你喜欢就行。"

"不行。"博盈很坚持，又在衣帽间选了选，最后挑了一套小香风的套装，抬眸看向贺景修，“怎么样？”

“就这个。”贺景修看着她，“换上吧。”

博盈也觉得还不错。

小香风套装是黑白小格子的，不会很夸张，也不会显得沉闷，看上去知性乖巧，特别适合她。博盈一直都适合这种格调，她穿上可可爱爱的。

换好衣服，两人才正式出门。

刚上车时，博盈倒也算不上紧张。车子开进贺家别墅时，她才后知后觉地涌起紧张感。

“我紧张了。”

贺景修瞥向她：“有我。”

博盈想了想，也是。

停好车，贺景修下车绕到她这边替她开车门。

车门一打开，博盈还没下去，不远处便传来了陈女士的声音：“回来了。”

博盈一愣，立马喊：“阿姨上午好。”

陈佩仪看向她，笑盈盈地道：“盈盈来了，快进屋。”

“……好。”

贺景修看她紧张兮兮的模样，弯腰在她耳边低语：“我妈真的很喜欢你，不用担心。”

“嗯。”

跟着陈女士进屋，贺景修的父亲也在客厅等他们。看到博盈，他还站起来跟她打了一声招呼。

贺景修长得有点像他父亲，五官很立体英俊，眉眼深邃，身形高大。即使到了他这个年龄，身形也很板正，身上有种长居高位的气势。但看到博盈，他五官柔和了很多，看上去格外温和。

“盈盈当自己家，随便坐。”

博盈乖巧地应着。

陈女士没这么多讲究，她盼博盈来盼很久了，可一直没来。博盈一来，她便拉着她开始聊天。

博盈让贺景修把礼物送上，陈女士第一时间拆开：“来，你给阿姨试试。”

博盈忍住笑：“好。”

陈女士在身上搭了搭，看向另外两人：“怎么样，盈盈给我选的围巾好看吧？”

贺父点了点头：“好看。”

他拆开自己的礼物，攀比道：“我的茶具也很有味道，今天就用它给大家泡杯茶。”

贺景修头疼：“你们收敛一点。”

陈女士瞪了他一眼，训话道：“我盼了近三十年才盼了个儿媳妇回来，你还让我收敛，贺景修，你过分了吧？”

贺景修：“……”

博盈在旁边站着，没忍住笑出了声。

“是吧盈盈。”陈女士幽幽地道，“都怪他不争气，不然阿姨早就可以见你了。”

博盈愣了愣：“怪我。”

“怪你什么呀？是贺景修和他爸一样，有想法不行动，喜欢装高冷。”陈女士一点不留情地吐槽。

贺景修和无辜被嫌弃的贺父：“……”

贺景修家里的氛围很好。他是独子，陈女士性格开朗，也热情，心态尤为年轻。她和博盈凑一起，甚至还能聊明星。

聊着聊着，陈女士突然想起了一件大事：“盈盈，你昨晚是不是有个节目播出了啊？”

博盈：“……是。”

她昨晚本来想看看的，但贺景修怕她看了更紧张，早早将她拉去了影音室，两人窝在里面看电影。当然，电影没看完，两人的心思便不约而同到了其他事情上。

早上起来，博盈为了选衣服也忘了看，更忘了去网上搜大家对这个节目的点评了。

陈女士眼睛一亮：“那我们一起看？”她好早就期待了。

博盈哭笑不得："好。"

综艺正式开始播放。

博盈看到镜头里的自己，还有些不习惯。

刚开头，自然是他们面试的镜头。播放到博盈他们这边时，镜头停得很长。

看着看着，陈女士突然指着方博裕问："盈盈，这人还蛮好的，长得也蛮帅。"

博盈正要说话，恰好有弹幕闪过——

啊啊！这两个人站在一起好般配啊！

博盈："……"

贺景修："……"

一时间，贺家客厅有那么一点安静。

陈女士没忍住，扑哧笑出声来，她似笑非笑地看着贺景修，揶揄道："你怎么不去参加节目？"

贺景修倒是想，奈何他不符合条件呀。

贺父也跟着凑热闹："这年轻小伙长得确实蛮帅，刚刚面试时感觉也不错。"

贺景修没好气地说："这是公司员工。"

贺父扬眉，夸赞道："哟，我们公司现在选人眼光挺好。"

博盈忍着笑，解释说："网友都喜欢这样胡乱配对，叔叔阿姨你们别在意。"

陈女士："我也喜欢。"她美滋滋地道，"看别人谈恋爱很开心。"

贺景修默了默，提醒她："这不是在谈恋爱。"

陈女士："那我也喜欢组 CP。"

她现在没别的爱好，每天除了逛逛街旅旅游，陪贺父钓鱼，和小姐妹打打麻将外，就是看小说看电视剧。她什么剧都刷，还追星。贺景修就被她喊过好几次，让他给自己喜欢的艺人投票。

当然，贺景修没理她。

听到这个，贺父点点头：“这确实，你妈前段时间还在给一位演员选对象。”

“谁呀？”博盈好奇。

“一个新人演员，前段时间不是有部电影上映吗？她看了很喜欢，一直说那男演员长得帅，气质好，需要配个漂亮的女演员一起组 CP……”贺父努力回忆了一下，“演员好像叫什么砚。”

博盈眼睛一亮道：“周砚？”

贺父还没说话，陈女士激动道：“盈盈，你也喜欢他吗？”

博盈指了指镜头里出现的虞梦嘉，笑着说：“阿姨，我们这位同事喜欢他。”

话音刚落，虞梦嘉的声音恰好传了出来。

她正在跟博盈说追星的事，而博盈听完，为了让她不紧张，缓解气氛，说出了“我们贺氏集团总裁也很帅”这种话。

这话一出来，陈女士忍俊不禁：“这确实，我儿子是蛮帅的。”

贺景修正想点头，陈女士道：“但盈盈，你不觉得他跟周砚还是有些差别的吗？周砚的神颜，他比不上的。”

贺景修一时不知道该哭还是该笑。他无奈地看向陈女士：“陈女士，你这话是不是稍微有点过分？”

陈女士：“我说的是实话啊，你不信问盈盈。”

瞬间，三人都齐刷刷地看向她。

博盈微窘，想了想自己看到过的周砚的照片，再看了看贺景修，含糊不清地嘀咕：“确实有点差别。”

在贺景修生气之前，她连忙说：“但在我眼里你最帅。”

陈女士扑哧一笑：“在我眼里你也最帅。”

贺父有样学样：“嗯，是这样的。”

贺景修：并没有很开心。

四个人凑一起看了一大半节目，到吃饭时还不愿离开电视机前。

陈女士还想一鼓作气看完，被贺父拉去了餐桌边。

吃过饭，陈女士和博盈第一时间回到了电视机前。

整个综艺其实还挺轻松的，虽然也有刻意制造出的紧张感，但大多都是毕业生面试者的现状。

博盈表现不错，她一出现就有不少人夸她。

有说她漂亮的，也有说她身材好的，她面试时也完全不紧张，从容得像个熟练的老手。

当然，还有人就她那一身穿着打扮进行分析，衣服是什么牌子的，手表是什么品牌，鞋子包包等。

她以前很少看综艺，看得多的是电影和电视剧，国内的综艺也就看了她哥的，所以这会儿看着还挺惊讶的。

“天哪。”博盈说，“早知道这种职场综艺都有人分析我的穿着打扮，我那天就应该穿漂亮点。”

陈女士：“已经很漂亮了。”她开心道，“我们盈盈真好看。”

博盈被她逗笑：“谢谢阿姨。”

“阿姨说的是实话。”陈女士睇她一眼，“谢什么呀。”

她“哎哟”了一声，感慨道：“不过说实话，你跟方博裕站在一起还真的挺般配的。”

“……”

博盈不说话了。她偷偷瞄了眼刚从餐厅过来的男人，对贺景修产生了那么一丢丢同情。

太惨了！

贺景修倒是没什么表情，把榨好的果汁给两人送上，偏头看向博盈：“要不要出去转转？”

陈女士：“去吧去吧，不过别在外面待太久，外面冷，盈盈记得把外套和围巾拿上。”

博盈一怔，垂眸笑笑：“好。”

除了贺景修和迟绿他们，她头一回在长辈口中听到这样的话。

小时候，博盈无论穿多少，她的父母都不会说。有时候，她会刻意少穿，想让他们关注自己，跟自己多说两句话，可都无果。最后把自己冻到感冒进医院，两人也很少去看她，大多数时候是家里阿姨在照顾。

他们给出的理由永远是忙，忙到不需要家人。

贺家是几年前才搬过来的。

贺景修告诉博盈，之前为了他上学，一家人都在离学校近一点的地方住，等他上大学了才搬来这边的。但这附近环境很好，适合养老。

博盈跟他在小区里走着，在冬天依然能见到长得郁郁葱葱的绿植。她的手被男人揣到口袋里握着，两人安安静静地享受着此刻的静谧时光。

走了一小段，贺景修给她介绍他会常来的地方。

别墅后面有个很大的湖，那边是允许钓鱼的，当初这房子定在这儿，纯粹是因为贺父喜欢钓鱼。

“那你呢？”博盈忍不住想象，“你觉得等你老了，你会喜欢钓鱼吗？”

贺景修扬了下眉，笑说：“现在就挺喜欢的。”

“啊？”博盈倒是不知道他有这个喜好，“我怎么没见你钓过鱼？”

贺景修看她：“感兴趣的话，下午带你去玩玩？”

“冬天了，鱼没有藏起来吗？”

贺景修被她的想法逗笑，歪着头思索：“应该没有吧。”

博盈翘了下嘴角，很勉强地道：“那行吧，下午陪你去钓鱼。”

两人相视一笑。又往前走了会儿，博盈挽着贺景修的手，嘟囔说：“贺景修。”

“嗯？”

“你家庭氛围真好。”

贺景修微怔，垂眸看她，笑着说：“博盈，你这有点不负责。”

博盈不解地看他。

贺景修问：“这不是你的家？”

博盈愣了愣，这才明白这男人的意思。

她想了想，努努嘴说：“还不算。”她轻哼，傲娇道，“贺总都没表示，怎么就算我的家了？”

贺景修顿了顿，笑说：“知道了。”他低头，和她碰了下鼻尖，温声说，“以后这里也会是你的家，不用羡慕我，他们未来也会是你爸妈。”

博盈笑笑，不给他肯定答案：“以后再说。”

贺景修知道她害羞，也不勉强。

在外面转了一圈，两人回了家。

一进屋，博盈手里就被塞了个暖手袋，是陈女士给她准备的。

“谢谢阿姨。”

“冷不冷啊？”陈女士看她，“脸都冻红了，穿太少了吧。”

她摸了下博盈的手，又问：“脚冷不冷？要不泡个脚吧。”

博盈眨眼，看向贺景修。

“泡吧。”贺景修道，“她的脚总是冷冷的。”

陈女士点头：“那以后多泡脚，坚持久了能有所改善。”

博盈弯了弯唇，笑着答应：“好。”

怕博盈在楼下不适应，陈女士催促贺景修带她去他的房间。

两人上楼，贺景修拿着陈女士给的泡脚桶，还给她放了点东西。

博盈好奇：“这是什么？”

贺景修看着她白皙的腿，眸色暗了暗，低声道：“不知道，陈女士常用的。”

博盈忍住笑：“所以你妈妈也常泡脚吗？”

贺景修“嗯”了一声：“她边熬夜边养生。”

博盈哭笑不得：“现在年轻人都这样。”

贺景修附和：“所以她常说自己是年轻人。”

博盈笑，想了想也觉得陈女士确实很像年轻人，看小说、追星、刷综艺、CP，这确实很年轻化，心态太好了。能有这种心态的人，家庭氛围也一定是好的。

博盈表示羡慕。她不知道怎么说，就是很羡慕很羡慕。

她正想着，忽而注意到贺景修在她面前蹲了下来，博盈愣了，立马道：“你干吗？”

贺景修的袖子挽到小臂，露出流畅肌肉线条。他神态自若，淡声道：“给你按按。”

“按脚？”博盈连忙拒绝，“不要不要，我自己来就行。”

贺景修抬头看她，顿了下问：“害羞？”

博盈：“……你明知道不是。”

“那你怕什么？”贺景修眼里满是笑，“我伺候女朋友不是应该的？”

博盈张了张嘴，一时不知道该怎么说。

她盯着贺景修，怎么也不敢相信，这样的一个在外永远有人仰望，有人恭恭敬敬称一声“贺总”的男人，愿意在自己面前屈膝，愿意用他那双掌控全局的手给自己洗脚，甚至按摩。

“可是——”

“没有可是。”贺景修直接打断她，手放进了装满了热水的桶里，低声问，“需要给你加点热水吗？”

刚开始博盈觉得烫，两人加了不少冷水，这会儿温度好像没那么高了。

“不用。”博盈抿着唇角，低垂着脑袋，“这样就挺好的。”

贺景修沉沉地应了一声。

两人一坐一蹲，画面看上去格外美好。

他们像画中人一样，却又是沾染了烟火气息的画中人。

贺景修第一次给别人按摩，还不太熟练。但博盈觉得很好。

泡完脚，她拉着贺景修进了浴室。

贺景修看她的动作，调侃道：“拉我进来，这是要跟我说什么秘密？”

博盈瞪了他一眼，打开水龙头，挤了点洗手液抹在他手上：“洗手。”

贺景修随她去，任由她给自己洗手。

洗着洗着，这手便洗得变了味道。莫名的，浴室里氛围变得很怪。

从浴室出来，博盈打着哈欠，撒娇说：“困了。”

“睡会儿午觉。”

“嗯。”博盈窝在他怀里，“就一会儿，我们早点起来，不能让你妈妈觉得我太懒了。”

贺景修：“懒一点好。”

博盈睁开眼看他：“哪儿好？”

贺景修沉吟半晌，看着她说：“能放松点。”他揉了揉博盈太阳穴，“睡觉。”

博盈：“……好的。”

两人在午后相拥而眠。

冬日暖阳从窗外斜斜落进，和煦又温馨。所有的一切，都刚刚好。

第二十五章
圣　诞

见完家长，博盈和贺景修的生活照常，没发生太大变化。

唯一的不同是，她回法务部上班时，被同事们起哄请客，博盈也爽快地应下，笑着说跟贺景修确定下哪天有空，再请大家。

“你们怎么瞒得这么好？”邱丽忍不住问，“多久了？”

有同事问：“该不会是我们那次聚餐就开始了吧？”

博盈微顿，不好意思地点头：“好像是。”

“所以贺总那时候说女朋友不让喝酒，那个不让他喝酒的是你啊？”

瞬间，办公室同事齐刷刷地看向她。

博盈微窘，解释说：“他胃不太好。”能少喝酒就少喝。

裴云梦在旁边笑：“那还是女朋友好，贺总以前可不注意胃好不好这事。”

“对对对。”同事附和，“那你跟方博裕上这节目，贺总吃醋了吗？”

博盈无言以对。

所有人好奇地望着她：“有吗？”

“我前天晚上在家没事，第一时间打开了你们的综艺，刚进去没多久就看见有网友发弹幕给你们组 CP 了。”

“贺总吃醋吗？”

博盈被大家追问着，想了想见家长那天贺景修的那个吻，以及回家后他的情绪波动，她想应该是吃醋的。

她摸了下鼻尖，清了清嗓子道：“我帮你们问问贺总？”

同事们：“……”

安静了会儿，裴云梦道：“不用怀疑，就是吃醋了。”

“我也这么觉得。”

“贺总好惨啊，要看着自己的女朋友跟公司职员在节目组被网友组 CP。”

“你别说，网友很擅长在什么都没有的地方找糖吃。”

“……”

周一上午，大家本来心思就不在工作上，这一讨论更是没完没了了。博盈和方博裕两位当事人听着，一时不知道该哭还是该笑。

中途，方博裕还特意给博盈发了消息，让她多在贺景修面前解释解释，他对总裁夫人绝对没有任何的想法。

博盈回了一串省略号。

摸鱼间隙，她跟贺景修提了下请客吃饭的事，贺景修随她，她想什么时候请，他就什么时候出来。

博盈：那你之前安排好的工作呢？

下一秒，贺景修给她发了份近期的行程安排。

博盈：好的呢，贺总。

贺景修：他们有为难你吗？

博盈：为难什么呀？就是调侃了几句，很正常。

贺景修：行。

博盈：怎么，要是他们为难我的话，贺总准备干点什么帮女朋友出气吗？

贺景修：年底了，扣年终奖。

博盈虽知道他是在开玩笑，但也还是立马正色告知。

博盈：别，求你别做昏君。

贺景修：听你的。

两人闲扯了一会儿，博盈才收心工作。

她在贺氏集团这边工作的时间不会很长，年后她就要去律所那边上班了。

节目录制结束，博盈顺利通过了实习考核，她可以选择留在贺氏集团或律所。博盈想了一天，给出了答案。

她想在贺氏集团这边工作到新年，年后再去那边上班，算是新年新气象，给自己新的开始。

律所那边没意见，贺景修自然也不会有。他一直都知道，博盈不会在贺氏集团待太久，她有自己的梦想，有自己的抱负。

他能做的，是一直在她身后支持她，在她茫然时引导她，给予她自己更偏爱更想要的选择。

周二这天中午，放了博延近一个月鸽子的博盈出现在博汇集团这边。

知道她来，博延助理徐铭泽亲自下楼接她，笑盈盈道："博小姐。"

"徐助理。"博盈弯了弯唇，高兴道，"我哥呢？"

徐铭泽指了指："博总还在打电话，他让我先带你去那边餐厅吃饭。"

博盈看了看，眼皮抽搐了下："我过来，我哥就请我吃食堂？"

徐铭泽说的餐厅，不过是博汇集团这边的食堂。

徐铭泽笑笑："博总说先让你在食堂认认人。"

博盈噎了噎，道："我又不来博汇上班，没什么好认的。"

徐铭泽笑而不语。

博盈确实不来博汇上班，但以后她会陪贺景修出席各种宴会或聚会，总要被人认识的。博汇的食堂，还有挺多经理、总经理在这里用餐的，他们早点认识博盈，方便她以后行事。

博盈瞅着徐铭泽，大概能明白博延的用意。

她能懂，但就是觉得没必要。要是大家因为她是博延妹妹而给优待，她反而不太喜欢。反正她就是这种矫情的性子。

两人去到食堂，收到了很多打量的目光。当然也有人问徐铭泽，这是谁。

徐铭泽用眼神询问过博盈后，笑着说："博总的妹妹，我们博汇的大小姐。"

瞬间，看博盈的人更多了。

博盈在食堂转悠了一会儿，先点了餐。刚点好，博延便来了。

兄妹俩对视一眼，博盈嘀咕道："哥你是不是太小气了？我好不容易过来一趟，你就只请我吃食堂。"

博延瞥她一眼："节约点不好？"

博盈觑他一眼说："那也要看是怎么节约好吧。"

博延笑了下，淡声："试试吧。"

"……哦。"

博盈倒也没太嫌弃。两人安静用餐，博延问了一下她见家长的事。

说到这儿，博盈道："贺景修家的氛围很好，他爸爸妈妈都特别喜欢我。"

博延："自恋。"

博盈轻哼："这是事实，不信你问贺景修。"

博延盯着她，突然一笑："不用问。"

"怎么又不问啦？"博盈努嘴，"你都不相信我。"

博延沉吟片刻，低声道："我妹妹多受欢迎我知道。"

猝不及防，博盈还有点意外。

她轻眨了眨眼，唇角往上翘了翘，说："那当然。"博盈自恋道，"以前是你没发现。"

博延笑笑，并不说话。

他怎么可能没发现？他以前可赶跑过不少妹妹的追求对象。当然，他是用正常手段把人恐吓走的，不是别的。不过这些事，不适合告诉博盈。

吃过饭，博盈跟他去办公室。

她觉得博延神神秘秘的，一直喊自己来公司，好像是私底下有什么说不出口的秘密。

进了电梯，博盈猜测："哥，你是不是要跟迟绿求婚了啊，让我过来给你出谋划策？”

博延：“……不是。”他顿了下，看她，“我跟迟绿求婚，不用你出谋划策。”他怕搞砸。

博盈噎住：“你这是看不起我。”

博延点头：“确实。”

博盈放弃和这个人交流。

两人到办公室后，进去没多久，又来了个律师。到了这会儿，博盈总算察觉到了点什么。

她看着博延递到自己面前的股权转让合同，蒙了几秒：“你干吗？公司要破产啦？”

博延拿着文件敲了下她脑袋：“签字。”

“我不签。”博盈想也不想拒绝，“你给我这么多干吗？”

她翻看了下，除了博汇集团的股份外，博延还把自己投资的几家公司，以及博汇旗下的几大商场转给了她。

博延哭笑不得，低声问：“贺景修家境如何？”

博盈默了默，看他：“贺景修又不在意这个。”

“我知道。”博延道，“但我不想让外人看不起我博延的妹妹。”

博盈微顿，嘴唇翕动。

其实道理她都明白，可这些东西都是博延辛辛苦苦奋斗来的，她不想坐收渔翁之利。

“这也太多了。”

“不多。”博延笑笑，“这是你结婚前的，我跟迟绿还没给你准备嫁妆。”

闻言，博盈眼眶一热，抿着唇说：“你都还没结婚，我还早着呢。”

博延“嗯”了一声，抬手揉了揉她头发，温声道：“早的话我跟迟绿慢慢给你准备。”他把笔递给博盈，哄着说，“把字签了。”

博盈抬眸看他：“一定要签？”

博延：“嗯，以后这些你有自由使用权，在股东大会上也会有投票权，其实之前就该让你签，但一时没抽出时间整理这些。”

博盈深呼吸了下：“可我又不想管。”

“我会安排人替你管理，你每年只需要在重要会议上露个脸就行。”

博延看她，神色温柔，“盈盈，把字签了，我会放心。”

博盈张了张嘴，想拒绝，可一对上博延那双眼，她就说不出话了。

她知道博延为什么把这些给她。最后，博盈还是把字签了，她不想让博延再去折腾别的。

签完，博延为了让她开心点，还说了句：“以后工作累了受委屈了，你可以把辞职信或收购文件丢到你们老板桌上，告诉他这老板他没得做了，让老板当你员工。”

博盈听着，哭笑不得：“我不喜欢做老板的。”

博延应着，看着她：“做不做不重要，我要你永远有自由选择的权利。”

无论是工作还是不工作，抑或在哪里工作，只要你喜欢就行，不喜欢可以直接走。

这是博延给妹妹的底气。

博盈听着，忍不住道：“哥你怎么走煽情路线了，你就不怕我哭吗？”

博延拍了下她脑袋：“那你别哭，不然迟绿跟贺景修都会找我算账。”

博盈没忍住，被他逗笑：“哦，那你别说这些了。”

她主动伸手抱了抱博延，小声说：“谢谢哥哥。”

博延微顿，“嗯”了一声：“不用谢。”

从博汇这边离开，徐铭泽亲自送她回贺氏集团那边。

坐上车，博盈先给贺景修发了个表情包。

贺景修：？

博盈：贺总，如果想请你为我做事，一晚的费用多少呢？

贺景修：想让我做什么？

博盈：先说费用。

贺景修：女朋友的话，一晚一百万吧。

博盈：你怎么不去抢？！

博盈：不用你了！

贺景修坐在办公桌前，抬眸看向正在做汇报工作的祁学真，挑了挑眉问："我一晚收费一百万高吗？"

这问题来得突然，祁学真愣了几秒，才回答："贺总，一点都不高。"

当然，也得看是什么事。

贺景修点了点头，不解道："博盈说我开价太高。"

祁学真眼皮抽搐了下，很是茫然。这是他这个助理能听的话题吗？什么叫开价？

"那您问问博小姐多少能接受？"

贺景修一脸认真："正在问。"

只不过，博盈没理他了。

贺景修：我刚刚问了祁助理，他说我这个价格不高。

博盈给他甩了一张报价单过来。

贺景修：？

贺景修：报价单哪来的？

博盈：这你别管。

贺景修看她消息，冷冷地笑了一声。

贺景修：行。

博盈扬扬眉，正猜测他是不是生气时，这人的消息再次弹出。

贺景修：我分文不收。

博盈没忍住，捧着手机在车里笑出了声。

博盈：真的？

贺景修：嗯，为女朋友服务是我的荣幸，不用收费。

博盈：那也不太好，五万吧，怎么样？

贺景修：可以。

两人的交易就这么达成了。

博盈回到公司时，第一时间给贺景修发了提醒消息。现在距离下班时间只剩四个半小时了。

贺景修回她——

贺景修：收到。

因为这事儿，博盈回到办公室时还乐不可支。

裴云梦狐疑地看她："你怎么出去一趟回来那么开心？"

博盈眨眨眼，玩笑说："因为我变成富婆了。"

裴云梦：行吧，小情侣的情趣她这个单身狗是没办法理解的。她知趣地不再问。

下班时间一到，博盈就准备溜。

她正要关电脑，孙鸿波忽然喊了她一声："博盈。"

博盈一愣，抬头去看："怎么了？"

孙鸿波有些苦恼，他有个合同还没搞好，但明天要用到。

"你晚上有事吗？能不能帮我个忙，帮我审核下这份合同，再找找里面漏掉的资料补齐？"

孙鸿波之前带过博盈，现在博盈能独立了，但这个忙她得帮。

"可以啊。"博盈想也没想接了过来，"我晚上没什么事，我帮你弄吧。"

裴云梦凑过来："需要我吗？"

孙鸿波："需要。"

裴云梦："行，我忙完手里这点来帮忙。"

"好。"

因为这事儿，博盈只能给贺景修发消息。

贺景修：？

博盈：有点事没做完，要加班。

贺景修：我等你，结束了跟我说。

博盈：好。

两人楼上楼下忙碌着，博盈忙工作时什么也顾不上。

到七点多，贺景修忽然出现在法务部。

看到他，加班的同事愣了愣，反应过来：“贺总找博盈？”

贺景修手里还拎着两个袋子：“嗯，顺便给你们送餐。”他点了点头，示意，“不知道大家喜欢吃什么，随便买了点。”

话刚说完，有人高呼：“贺总万岁！”

“贺总你就是最帅老板。”

有女同事道：“这应该要感谢博盈，要不是博盈，我们哪有这么幸运。”

贺景修笑笑：“你们看着分，我去博盈那边。”

人刚来没两分钟，博盈便听到了动静，但这会儿她正查资料，也就顾不上跟贺景修打招呼。

贺景修看了眼博盈这边，把一个袋子递给裴云梦：“给你们的。”

裴云梦点头：“谢谢贺总。”她瞅了眼旁边的博盈，想了想说，“盈盈你要不先回去吧，这些我来搞。”

“不用。”博盈想也没想拒绝，“我这边大概还有一小时就搞定了。”

说话间，她抽空看了眼贺景修：“你先吃点东西？”

贺景修：“不急。”

博盈：“不行，就你那脆弱的胃，别等我了。”

贺景修：“……”

博盈：“自己吃啊，我忙完再吃。”

听到两人对话，旁边的同事震惊又意外。

他们虽然知道两人在恋爱，但没这么近距离地观察过两人恋爱。原本，大家都觉得是贺景修把博盈吃得死死的，现在来看，未必。

贺景修没辙，只能拿了少许的晚餐吃着。他边吃，还不忘给博盈喂一点。

两人的互动自然且甜蜜，完全就是他们的日常。旁边的同事看着，一时不知该羡慕博盈还是羡慕贺景修。

这两人真的太般配了。

吃过东西，贺景修也不催博盈，安静地在旁边等着。

中途，裴彦给他打了个电话，问他喝不喝酒。

贺景修挑了下眉，问：“又跟女朋友吵架了？”

裴彦：“……有事找你商量。”

他没跟盛纯吵架。

贺景修慢吞吞应了一声：“我要陪女朋友，下回。”

裴彦差点没被他气死：“那明天。”

贺景修笑了下，扬扬眉说：“看来确实是重要的事，行吧，那就明天。”

“嗯。”裴彦迅速挂了电话。

博盈忙到九点才把手里的事搞定。交给孙鸿波后，她跟贺景修离开公司。

“刚刚裴总给你打电话了？”博盈偏头看他，打了个哈欠说，“好冷呀。”

马上圣诞节了。

贺景修摸了摸她的手，低声道：“是有点，明天多穿点。”

“不要。”博盈想也不想就拒绝了，“多穿了显胖。”

贺景修无奈：“穿羽绒服。”

博盈撇嘴：“明天再说吧，说不定明天就暖和了呢。”

贺景修拿她没办法，捏着她的手快步往车停的那边走。

上车后，博盈问他：“你还没告诉我，裴总找你什么事呢。”

“没说。”贺景修看她，“你还没告诉我，报价单哪儿来的？”

两人对视一眼，博盈眨眨眼，转开目光道：“瑶瑶给的。”

贺景修：“嗯？”

博盈一脸真诚地望着他：“真的是瑶瑶给的，她之前的客户发的。”

贺景修盯着她看了一会儿，也不知道信没信。

到家时，时间不早了。博盈忙了一天，在楼下逗了会儿贺博美后便上楼准备洗漱休息。

她刚拿上睡衣进浴室，门就被人推开了。

博盈一脸错愕地看着进来的男人，还有点蒙：“你干吗？”

贺景修垂眼看她，弯腰靠近她，低声问："你猜。"

博盈嘴唇微张："今天是不是有点儿晚了？"她跟贺景修打着商量。

贺景修没再理会她这话，低头吻下时说："不晚，刚刚好。"

博盈根本没有拒绝的权利。

博盈闭着眼，在要睡着时想起了一件大事。她伸手，戳了戳贺景修肩膀，咕哝说："我哥说找个时间一起吃饭，你看什么时候方便？"

贺景修一怔："元旦？"他问，"元旦大家一起过吧。"

博盈愣了愣，笑问："你怎么知道我想跟我哥他们一起过？"

贺景修摸了摸她的脑袋："猜的。"

回国的第一年，元旦博盈自然是想和家里人一起过，她虽没说，但贺景修能懂。

博盈点头应下："那就元旦吧，希望他们不会嫌弃我们破坏他们的二人世界。"

贺景修无条件答应："好。"

"过两天就圣诞节了。"说到这儿，博盈才想起。

贺景修"嗯"了一声，亲了亲她鼻尖："我们那天回学校。"

这是两人之前说好的。

博盈笑："好。"

两人相拥着，和其他情侣无异，靠在一起说着悄悄话。

夜晚，他们说着只有他们会交流的小秘密。或日常，或工作，或其他不重要的琐碎小事。无论是什么，那都是两人独有，旁人无法窥见的。

博盈很喜欢晚上跟贺景修聊天，很多时候她其实没有重点，但只要她愿意说，贺景修就会愿意听。

一辈子都是如此。

次日，因为贺景修被裴彦约走了，博盈难得地和小姐妹盛纯聚在一起，两人在包厢里吃火锅聊天。

盛纯说："裴彦最近奇奇怪怪的，你知道他今晚约贺总去哪儿了吗？"

这博盈还真的不知道。她狐疑地问："怎么怪了？"

盛纯一时也说不上来，反正她就觉得这男人怪怪的："不知道怎么说。"

博盈眨眨眼："那我给你问问他们在哪儿？"

盛纯和她对视一眼，点头道："行，你问吧。"她道，"我倒是要看看他们俩凑一起要说什么秘密。"

博盈没直接问，旁敲侧击地给贺景修发了几条消息，最后还发了个定位，说是再过一小时就回家。

盛纯看着，催促道："走。"

博盈："啊？"她愣住，"我们去这儿吗？"

盛纯："对。"她道，"我要看看裴彦瞒着我在干什么坏事。"

博盈本身想去的欲望不是很大，可盛纯这么一说，她也有点儿好奇。

"行。"

虽然她知道贺景修不会背着自己干坏事，但说实话也有点好奇这俩神神秘秘的男人在做什么。

两人抱着"捉奸"的想法去了两个男人聚会的地点。到现场时，两个男人都不在包厢。

博盈跟盛纯傻眼了。

盛纯："他们该不会知道我们要过来吧？"

博盈："不会吧。"

突然，身后传来贺景修的声音："找谁呢？"

博盈身子微僵，回头看他。

两人对上视线，她眨眨眼，坦坦荡荡地说："找你。"

贺景修微哽，被她的直白打败。

他顿了下，看向盛纯："裴彦在楼下等你。"

盛纯跟博盈对视一眼，总觉得她们被这俩男人耍了。博盈深有同感。

盛纯走后，博盈被贺景修带进包厢。他抬起手，捏了捏她圆嘟嘟的小脸："怎么过来了？"

"看看你跟裴总做什么坏事。"博盈背着手，在包厢里装模作样地看了看，好奇道，"你们俩在包厢里干吗呢？"

贺景修淡声道："我们不是两个人，骆霄也在。"

博盈恍然大悟，改口："你们三个人在包厢干吗呢？"

贺景修："暂时不能告诉你。"

博盈瞅着贺景修，立马冲上前："不行，你必须告诉我。"她威胁，"你不告诉我，我今晚就不回家了。"

贺景修被她逗笑："真的？"

"对啊。"博盈很认真地点头。

贺景修目光灼灼盯着她，想了想说："这附近有个不错的酒店。"

博盈："啊？"

贺景修爽快地道："不回家也行，我们今晚住酒店。"

博盈："？"

两人对视着。

博盈直勾勾望着贺景修，很真诚地问："你认真的吗？"

贺景修翘了下嘴角："嗯。"

博盈微哽，沉默了会儿说："我不要。"她说，"不喜欢住酒店。"

贺景修将人拉在自己腿上坐着，点点头："那还是回家。"

"可你都没告诉我你跟裴总出来干吗了。"博盈望着他，大有你不说我们就在这儿耗着的架势。

贺景修微顿，摸了下鼻尖道："现在不方便说。"

博盈怔了怔，眨了下眼问："秘密？"

"嗯。"贺景修对保守秘密这件事，还是很有底线的。

博盈瞅着他看了一会儿，想了想道："那好吧，不为难你。"

贺景修诧异："不好奇了？"

"好奇啊。"博盈瘪瘪嘴，很委屈地说，"但你不想告诉我，我好奇也没用不是吗？"

贺景修被她逗笑，无奈道："不久就知道了，和盛纯有关的，告诉你们就没惊喜了。"

博盈眼珠子转了转，大概猜到了。她没再问："那行吧，我们回家？"

贺景修笑笑，带她回家了。

又是一个周末，博盈上的那个节目照常播出，她再次没赶上看。

平安夜了，她跟贺景修在外面约会。

当然就算是不约会，贺景修也不想让她看节目。他可不想看自己女朋友被网友安排跟其他男人组 CP，即便那人对博盈没有任何想法也不行。

男人的占有欲就是这么不讲道理。

博盈也随他去，她不是那种一播出就得追着看的人，过后看也一样的。反正看不看，节目都录完了。

两人在外面逛了一圈，倒也没什么特别活动。回到家时，博盈强制性让贺景修吃了个苹果，她也跟着吃了一个，还吃撑了。

两人早早地躺下休息，对第二天的圣诞节都充满了期待。

圣诞节对博盈和贺景修来说都分外不同。

几年前的那个圣诞节，她不小心亲到他，心虚又害羞。那个时候，她最大的心愿就是能当他女朋友。现在，她的心愿终于实现了。

恰逢周日，学校放假，博盈跟贺景修两人在保安处做了登记后，很顺利地进了学校。

两人先去的是博盈的学校。

很久很久没回来了，博盈望着校内的景色，还有点恍惚。

她惊诧："那边竟然改了，以前不是光秃秃一片的吗？"现在竟然种花了。

贺景修顺着她视线去看："嗯。"

博盈好奇："这是什么花？"

说实话，贺景修也不认识。两位不识花的人士，开始点开手机搜索。

博盈查了查，惊讶道："冬天都能开得这么漂亮，我们学校真是越来越会搞浪漫了。"

贺景修轻笑，摸了摸她的脑袋："有没有后悔早出生了几年？"

博盈看他："你后悔吗？"

贺景修想了想："不后悔。"

"那我也不后悔。"博盈直白地说，"要是我再晚出生几年，那我不是碰不到你啦？"

贺景修总能被博盈脱口而出的话击中，他目光灼灼地看着她，喉结微动："嗯。"

博盈瞅着他："拍两张照，我们去我之前上课的教室吧。"

贺景修答应。

其实博盈在自己学校的回忆，没有在贺景修学校那边的记忆深刻。很多乌龙事件，都发生在贺景修那里。自己学校这儿，只有奋斗过的痕迹。

博盈跟贺景修说，高三那一年，她每天三点一线生活，除了教室、食堂和厕所，基本上哪儿都不会去。每天早上被司机送来学校，每天都数着道路两旁的路灯回家。那是她唯一可以放空的自由时间。

在家或学校，她都有种说不出的紧张感。说不上是什么原因，但确实就是这样。

她说这些的时候，贺景修把她的手握得很紧。

从博盈直白的描述中，他大概能想象出她那个时候的样子。莫名的，他有些心疼。

猝不及防地被贺景修抱住，博盈扑哧一笑："你干吗呢？"

贺景修拥着她，感受着她身上的温度、味道。

"想给十七岁的博盈一个拥抱。"

"哦。"博盈靠在他肩膀，主动环着他，故意问，"那十八岁的博盈没有吗？"

贺景修："有。"他将人抱得很紧，声音低低的，"十九岁的需要吗？"

"要。"博盈闭着眼，闻着他身上熟悉的味道，轻声说，"每一岁的都要，你抱久一点。"

贺景修喉结滚了滚，哑着声答应："好。"他低语，"抱一辈子行吗？"

博盈假装纠结了一会儿，才很勉强地说："可以。"

两人在教室里拥抱了许久。

午后的阳光透过陈旧玻璃洒在两人身上，洒在课桌，格外明媚温暖。

从教室离开，博盈兴致勃勃地拉着贺景修去他的学校。

进去依旧很顺利。让博盈意外的是，大冬天的还有男孩子在篮球场打球。

她抬头张望了会儿，诧异道："他们不冷吗？"

贺景修顺着她的视线往那边看："不会。"

博盈直直地望着那边，晃了晃他的手臂："那我们过去看一会儿吧。"

贺景修看着她："你喜欢看篮球？"

博盈："对啊。"她震惊地看着贺景修，"你不知道？"

贺景修以为，她只是喜欢看自己打篮球。

他默了默："确实不知道。"

博盈睇他一眼，小声说："当初要不是你篮球打得好，我还不一定能看上你呢。"

贺景修微哽，仔细回忆了一下问："你不是在天台楼梯那边看上我的？"

"那……只是一面之缘。"博盈很认真地纠正他，"最后是因为你篮球打得好，我才真正喜欢上你的。"

谁不喜欢意气风发又阳光的少年呢？

博盈那会儿最喜欢看校园漫画，也最喜欢看少年打篮球，自然而然对贺景修有了崇拜之情。

贺景修想了一会儿："知道了。"

博盈"哎"了一声，不解地问："知道什么了？"

贺景修瞥她一眼，道："陪你去看打篮球。"

果不其然，博盈的注意力被他转移，唇角翘了翘，说："好。"

篮球场那边人不多，除了篮球场上几个十几岁的帅小伙外，旁边也就三两个女生，看着年龄都不大。

博盈盯着看了会儿，跟贺景修说悄悄话："你说他们是不是互相喜欢？"

贺景修："不知道。"

博盈："猜一猜。"

"猜中有奖？"

"有啊。"博盈笑道，"猜中给你一个吻。"

贺景修心想，猜不猜得中都有吻，但为了配合博盈那点想赌的小心思，他点头："行，我猜是。"

博盈也想猜他们互相喜欢。

"不行。"她不讲理地说，"你猜不是。"

贺景修哭笑不得，挠了挠她掌心道："这么不讲理？"

“对呀。”博盈跟着笑，“你猜他们不是互相喜欢，我猜是。”

贺景修无可奈何，只能点头。

两人在旁边看了一会儿，等上半场篮球赛结束时，旁边等待的两个女生快速跑了过去，她们手里拿着毛巾和矿泉水。

她激动地扯着旁边人衣服欢呼：“贺景修，我赢啦！”

贺景修揉了揉眉骨，还真没感知出这赌注的乐趣在哪儿。

操场太冷，赌赢后，博盈跟贺景修去他上课的教室。她以前的午休时间和傍晚休息时间，大多数都在这儿度过的。

那会儿，博盈跟贺景修的同学格外熟悉。她性格好，跟谁都能聊得来。

最开始贺景修不怎么搭理她，博盈就跟他班里一个女同学搞好关系，每天心安理得地来教室蹭空调，她也不说来看贺景修的，反正大家都心知肚明。到了后面，贺景修开始搭理她后，她来教室的次数更频繁。

贺景修班里的同学见怪不怪，偶尔还调侃几句，博盈也能一一应下。当然，她也会有生闷气的时候。

譬如，贺景修班里的学习委员和他讨论题目时，低他们一年级的博盈只能在旁边听天书，什么也不懂，但又不想走，不想给两人单独在一起的机会。

想到以前那些事，博盈忍不住笑出声。

“笑什么？”贺景修看她。

“笑以前的自己啊。”博盈瞅着他，好奇地问，“你们班什么时候有同学聚会啊？”

贺景修：“怎么了？”

博盈打着坏主意，皱了下鼻子说：“想参加你们班同学聚会。”

贺景修敲了下她脑袋：“想见谁？”

博盈朝他眨眼：“见我以前的情敌。”

贺景修无奈：“她还算不上。”

“怎么算不上？”博盈不服气，“你们以前关系可好了。”

贺景修回想了下，根本没觉得自己跟以前的学习委员关系好，他们就是正常的普通同学关系。

“没觉得。”

博盈："你们男人都这样想。"

贺景修大笑，垂眸望着她道："那时候除了你，我觉得我跟所有人的关系都很普通。"

博盈微顿，奇怪地被他这话哄好了。

"你那会儿真没觉得你们学习委员喜欢你？"

贺景修没正面回答，亲了亲她的嘴角说："我那会儿只知道我对你有感觉。"

博盈："……行吧。"她睃了眼贺景修，压着上扬的嘴角，"暂时放过你。"

贺景修笑了笑，低声问："想不想去天台吹吹风？"

博盈眨眼："想。"

虽然大冬天的很冷，但她还是蛮想去看看她跟贺景修初次见面的地方。

天实在是太冷了。上去转了一圈，博盈就催贺景修离开。

两人圣诞节的校园之旅，落下帷幕。

从学校离开，两人才开始正经约会。

贺景修驱车，先带博盈去吃了午饭，才带她去下一个目的地。

"去哪儿啊？"博盈好奇，"神神秘秘的。"

贺景修失笑："待会儿你就知道了。"

博盈"嗯"了一声，看向窗外。

周末加圣诞的缘故，街上人很多，很是热闹。虽然冷，但每个人脸上都洋溢着笑容，很能感染人。

路上有些拥堵，过了好一会儿，在博盈昏昏欲睡时，他们抵达了目的地。

博盈抬头一看，笑了。

"下午才来滑雪乐园，是不是有点儿亏？"

贺景修带她来的地方，是她前段时间一直嚷嚷着要来的滑雪乐园。这儿除了有滑雪项目外，还有很多跟游乐园差不多的玩耍项目。

博盈之前看网友推荐就蠢蠢欲动，奈何一直空不出时间。

贺景修："不亏。"他看博盈，"走吧？"

博盈笑："走。"

一进里面，博盈换好租到的衣服后，就开始拉着贺景修去滑雪。她专门学过，玩得非常不错。

在贺景修面前炫技后，博盈有点小得意地望着他："贺总，比一比吗？"

贺景修微不可察地勾了下唇："行。"他顿了下，低声问，"怎么比？"

博盈看了看场地，思索道："比速度？"

贺景修点头："奖品是什么？"

博盈眼珠子转了转，仰头盯着他半晌，脸红红的，踮着脚凑在他耳朵边咕哝了一会儿。

听她说完，贺景修眉峰微挑，嘴角带着笑："你确定？"

博盈被他看得有点不好意思，但还是强撑着。她舔唇，点头道："确定。"

贺景修爽快答应。

为了公平起见，两人还特意找了人监督。

他们穿着同色系滑雪服站在坡上，十分耀眼。

比赛正式开始，两人姿态矫健，从容地滑落，没有一丝停顿，像一阵风一样，飞驰而去，稳稳落地。

博盈赢了。

她摘下保护套看向贺景修，皱了皱眉："你是不是让我了？"

贺景修顿了下："没有。"

博盈很怀疑他是故意输的。

贺景修喉结滚了下，提醒她："你赢了，今晚听你的。"

到了这会儿，博盈总算后知后觉反应过来——她掉贺景修挖的坑里了。但比赛和赌注都是自己提的，她好像没办法让他背锅。

一时间，她看贺景修的眼神充满了怨念。

贺景修眉梢往上扬了扬，瞳仁里压着笑："怎么了？"

"你诓我。"

贺景修这可不认，他问："我怎么诓你了？"

博盈睇他一眼，红着脸道："你自己知道。"

贺景修跟她算着账："比赛谁提出来的？"

博盈："……我。"

"赌注谁提的？"

"……我。"话落，博盈踩了贺景修一脚，威胁道，"我看你是不想要女朋友了。”

贺景修刚说完，将人拉入怀里，低声问：“不想主动了？”

博盈双颊酡红，也不知是羞的还是冻的。她抬眸，娇嗔着瞪他：“你怎么在外面就说这个。”

贺景修知道她害羞，没敢再逗下去。

他捏了捏她鼻子，哄着道：“还想玩什么？”

博盈眨眨眼：“还想再跟你比一次。”

贺景修大笑，毫不犹豫地答应：“行。不过速度别太快，安全第一。”

博盈扬起唇，自信满满：“放心。”

她喜欢滑雪，而且她觉得自己还挺有天赋的。摔跤这种事，不会出现在自己身上。

又玩了两回，博盈筋疲力尽地被贺景修拉去玩其他项目。

两人坐了会儿滑雪场的缆车，舒舒服服地看着下面玩耍的人，每个人在雪场里都有不一样的色彩。

他们靠自己让皑皑白雪有了颜色，有了自己留下的痕迹。

从滑雪场离开，天已然黑了。

博盈跟贺景修也不打算去外面吃饭，外面人多，两人不想回家时堵车。

“那晚上自己做？”

贺景修：“嗯，我做。”

博盈对他的厨艺不是很有信心，但这段时间他确实练习了不少，她得给予鼓励：“那吃什么？”

“牛排。”这是贺景修除了牛肉面外最拿手的。

到家时，屋子里还有一棵圣诞树。

博盈怔了怔，意外回头看着身后的男人：“你让陈姨弄的？”

“是祁助理。”贺景修摸了摸她的脑袋，“去换套礼服，来拆礼物。”

“好。”

换上家居服，贺景修进厨房，博盈蹲坐在地上。

圣诞树不算大，但也不小，足够装饰这个家了。树上挂了小礼物，树下摆了大盒子。博盈俗气地先拍了几张照片，这才开始拆。

贺景修给她准备的什么都有。有首饰，也有衣服，还有包包，以及她喜欢的手办和小玩偶。博盈数了数，总共有九份礼物，但她只能拆开八份，还有一份在最高处，她根本拿不到。

望着那高高挂起的礼物半晌，转头向贺景修求助。

“我拿不到。”

贺景修正好端着牛排出来，抬头看了一眼说：“那个晚点给你拿。”

“为什么不是现在？”博盈好奇。

贺景修想了想：“先吃饭，你不饿？”

博盈狐疑地看着他，总觉得那是一份特别的礼物。她很勉为其难地答应：“好吧。”

除了牛排，贺景修还很有仪式感地开了一瓶红酒。博盈抿了两口，味道竟然还不错。

吃饭时，她叽叽喳喳地跟贺景修说话，问他什么时候准备的礼物，问他让祁助理在圣诞节这天来家里折腾这些，他没提出要辞职之类的话吗？

贺景修知无不言，她问了，他就一一回答，一点也没有不耐烦。

博盈不差礼物，自己也买得起，她跟贺景修说也不是想要他给自己买，她纯粹是分享。偶尔订不到的货，她会抱怨。

在日常生活中，她的所有事情她都愿意告知身边的人。而贺景修留了心，只要她说过的，他都会记住。

吃过饭，博盈惦念着高处的礼物。

贺景修没辙，搬了张椅子给她拿了下来，递给她时，他停顿了下，目光灼灼看着她低语：“能不能洗完澡再看？”

博盈一愣：“是什么？”她看着那薄薄的礼物盒子，猜测道，“你这……不会是给我写的情书吧？”

贺景修笑而不语。

博盈瞪圆了眼，道：“真是情书？”

“不算。”贺景修催她，“去洗澡，我去收拾厨房，洗完出来看。”

博盈盯着贺景修看了半晌，也不着急这一会儿了：“好。”她点了点那个盒子，“那你先把这个给我，我保证洗完澡再看。”

贺景修递给她。

回到楼上，博盈遵守约定，还真没在洗澡前拆开。

她洗完澡出来时，贺景修刚把楼下收拾好，处理了两份紧急文件。

看到她出来，贺景修淡声："你看吧，我去洗澡。"

博盈扬扬眉，唇角上挑："好。"

博盈趴在床上，开始拆贺景修给她准备的最后一份礼物。

最后这份礼物，包装得很严实。博盈拆了好一会儿，才把全部包装纸给弄掉。

里面放着的，是一封信。

她摸着信封，突然有点不敢拆开了。

贺景修洗漱完出来时，博盈还跟他进去时一样，趴在床上，侧对着他这边。

他脚步一滞，朝她看过去："盈盈。"

博盈顿了下，侧头看向他。

房间里灯光明亮，是暖色调，落在身上显得格外缱绻温柔。

贺景修一眼便看到了她红了的眼眶，他走近说："我给你这份礼物，可不是想让你在今晚哭的。"

博盈瘪嘴，委屈地说："可我控制不住嘛。"

她伸出手要贺景修抱，埋头蹭了蹭他睡衣，把眼泪抹在上面，才嘟囔："我也不想哭的。怪你。"

贺景修被她倒打一耙也不生气，他温柔地摸了摸她脑袋："好，怪我。"他亲了亲她发丝，嗓音低沉，"这么感动？"

博盈窝在他怀里，安静了会儿，问："你写的时候不感动吗？"

贺景修沉吟了会儿："还好。"

博盈"哦"了一声，抿着嘴道："我比较感性。"

贺景修弯了下唇："我知道。"

他揉了揉她的头发，捧着她的脸亲她，温柔地安抚她的情绪。

两人抱了好一会儿，博盈情绪稍微稳定一点后，她仰头看着他，好奇不已："你怎么会突然想给我写这个？"

贺景修挑眉："礼尚往来。"

博盈一愣，对着他深邃的目光，想起了点什么。

他说的礼尚往来，是指那些她曾经写了但是没能成功寄出去的信。他没看到过，却依旧给她写了回信。

贺景修给她准备的最后一份礼物，是一封不算长但也不算短，跨越了好几年的信。

他给十七岁博盈写了，给十八岁的博盈写了，给十九岁、二十岁……到二十四岁的博盈，都写了。

有寥寥的几句话，也有很长的一段。每一个字，每一句话，都是他曾经想对博盈说的。

那是他送给那个没有自己陪伴，一个人走过时光岁月的博盈的。

他在用自己的方式证明，即便那几年他不在，他也依旧在想她，她依旧存活在他那颗跳动的心脏里。扎根了，没办法拔走。

两人对视许久，博盈突然从他怀里退出："你等我一下。"

贺景修微怔，笑了笑："不着急。"

"不行。"博盈道，"我也要礼尚往来，但我的信还在那边放着。"

贺景修"嗯"了一声："我知道，所以明天再看也不迟。"

闻言，博盈狐疑地看他："你真不着急看？"

贺景修盯着她看了半晌，捏着她下巴吻下，道："现在比较着急别的。"

博盈猝不及防。她脑子还没从感动的情绪里转过弯来，就再次陷入了另一种情感波动里，无法自拔。

考虑到第二天还得上班，贺景修想早点休息。倒是博盈，一直凑上来，黏黏糊糊的，不舍得跟他分开。

他看着像八爪鱼一样缠着自己的人，哭笑不得："不想去上班了？"

博盈打了他一下："我就想跟你黏着。"

贺景修低低笑了一声，亲昵地贴在她耳侧："这么感动？"

"……嗯。"博盈闭着眼感受着他的心跳，沉默了会儿，问，"那封信为什么只写给了十七岁到二十四岁的博盈啊？"

贺景修解释："十六岁的博盈，有我陪着。"

博盈睁开眼看着他。

贺景修将人揽入怀里，拥得紧紧的："二十四岁以后的博盈，每一年我都会在，所以不需要。"

博盈想了想："那我想要呢？"

"想要什么？"

"信。"博盈提要求，"我想你每年给我写一封信，可以吗？"

贺景修看着她："确定？"

"嗯。"博盈眉眼弯弯，"收集起来，以后说不定还能念给我们的孩子听。"

闻言，贺景修逗她："这就想给我生孩子了？"

博盈没好气地踹了他一脚，威胁道："写不写？"

贺景修捏着她圆嘟嘟的脸妥协："写。"

博盈再次得寸进尺："那我想每年圣诞节时收到可以吗？"

贺景修点头："可以。"

这话一出，博盈忽然有点儿期待下一个圣诞节了。

看她脸上的笑，贺景修低声问："这么开心？"

"开心啊。"博盈跟他钩手指，笑盈盈地说，"这是我们的约定。"

贺景修看她这样，眸色沉了沉，喉结微微滚动，哑声应下："好。"

这是他们的约定。

次日，博盈还真的信守承诺，下班后回了自己那边一趟，神神秘秘地把曾经写给贺景修的信拿了出来，塞在他手里，然后害羞地说等她睡着了再看。

贺景修尊重她的提议，还真在她睡后才看的。

看完的第二天，即将二十五岁的博盈收到了他的回信。

跨年这晚，博盈贺景修两人跟博延他们一起吃饭。

这不是四个人第一次凑一起吃饭了，但这一次博盈总觉得比往常更正式一点，也更隆重一些。

四个人凑一起吃过饭，然后分开约会，谁也不愿意被打扰。

博盈跟贺景修去了江边，人很多，每年跨年这儿都会放烟花，还有各种灯光秀。虽没有很好看，但大家也都喜欢凑热闹。

两人挤在人流里，博盈的手被贺景修紧紧抓着，一刻也没分开。有贺景修在，她可以不用看路。

看完灯光秀和烟花秀，两人回家。

回家路上，博盈望着窗外来来往往的人流，忽而想起前两天他给自己写的那封回信。

十七岁的博盈给贺景修写的信，大多是日常。其中有一封，她提到了跨年。

十六岁的博盈参加跨年时，贺景修在旁边。那天晚上，她头一回理直气壮地牵了他的手。

因为她说她怕自己走丢，而贺景修是无奈答应的。

其实她没有告诉他，她那天好想亲他，但她一直没找到机会。

而贺景修的回信告诉她，那天晚上，他和她有一样的想法。

送博盈回家的路上，两人坐在公交车后排。窗外的灯忽明忽暗，影影绰绰的。

在公交车厢的后排座位上，他偷偷吻了她。

想着想着，博盈突然笑出声来。

“贺景修。”她侧头，眸光里荡漾着男人的身影。

贺景修扬眉：“嗯？”

博盈主动往他那边靠近，轻声说：“我们待会儿去坐公交车吧。”

贺景修一顿，立马反应过来。

把车停在公交站台附近，两人等来了夜班公交车。

依旧没什么人。两人一如既往地往后走，并排坐下。他们的手紧紧相扣，掌心贴着掌心，感受着对方的温度。

过了一站，博盈忽而收回看向窗外的目光，转头看向身侧的男人。恰好，贺景修也低头看了过来。

两人的身影映在车窗玻璃上，目光缱绻温柔。不知对视了多久，博盈缓缓上前，在即将碰到男人的唇时，男人俯身亲下。

和她十六岁那年一样，他又在她之前有了行动。

他吻了让他魂牵梦萦的人。

十六岁的博盈，有孤注一掷的勇气。

二十五岁的博盈，一如既往。

贺景修亦是如此。

他们好像有哪里改变了，但又好像没有。她还是喜欢他。而他的心里，从始至终也只有她。

兜兜转转，他们回到原点，但故事还没有画上句号。

二十五岁的博盈和二十七岁的贺景修，还会互相陪伴对方很久很久——

第二十六章

求　婚

元旦过后，博盈和贺景修突然就忙了起来。

再过一个多月就要放新年假了，很多工作都在收尾。公司是这样，博盈手头上的事也是如此。忙忙碌碌是常态，博盈有一天在家里加班时，还被贺景修拉着看某平台颁奖典礼的直播。

她看到盛纯穿着礼服裙出现时，这才反应过来，盛纯今年有作品入围了。

“你竟然记得。”博盈非常意外，瞅着旁边的男人。

为了证明自己，贺景修告诉她：“裴彦提醒的。”

博盈一愣，没忍住笑：“裴总特意喊你看的？”

贺景修：“不算特意。”他顿了下说，“他不想我们看，但我们偏要看。”

闻言，博盈倒是好奇了。

她眉眼弯弯地盯着镜头里一出现便让人感到惊艳的盛纯，点评道：“她这条裙子好好看。”

贺景修挑眉：“喜欢？”

博盈哽了下：“喜欢，但我用不上。”

她根本没有能穿出去的场合，就算日常参加晚宴，博盈也不需要这种价值百万的礼服。

贺景修："……"

博盈直勾勾盯着，时不时还对其他艺人进行点评。

"那个谁来了吗？"

贺景修："谁？"

她找手机："梦嘉的偶像。"她看着贺景修，提醒道，"就那个长得很帅的男艺人，高高瘦瘦的那个。"

贺景修安静三秒，淡淡地说："没有。"

博盈："真的吗？"她诧异，"我上回还听梦嘉说他有个作品还不错，我们也一起看了，他没入围吗？"

贺景修"嗯"了一声，拉着博盈认真看盛纯那边。

博盈眼尖："那不是周砚吗？"

她看到周砚跟盛纯打了个招呼，眼睛亮亮地说："你说盛纯参加颁奖典礼会带手机吗？可以让她帮忙给我要个签名照吗？"

贺景修蹙眉："替虞梦嘉要？"

"不啊。"博盈告诉他，"给我们俩要。"

她最近也成了周砚的粉丝。

贺景修默了默，道："应该不能带。"

"这样吗？"博盈蹙眉，戳开盛纯微信，"我试试吧，万一带了呢？"

贺景修微顿，扭头看她。

注意到他的眼神，博盈愣了一下，失笑道："贺总，你不至于吧？"她逗他，"吃醋了吧？"

贺景修瞥她："没有。"

他怎么可能吃这么一个男人的醋？这男人在博盈这儿连队都排不上。

博盈看他嘴硬的样子，唇角弯了弯，眉梢往上扬："哦。"她点头，"没吃醋就行，本来还想说你要是吃醋了，我就不发微信给盛纯了。"

贺景修被她的话噎住，又不太好出尔反尔。他清了清嗓子，端起茶几上放着的水喝了一口，让自己冷静冷静。

博盈偷偷往旁边瞟了一眼，唇角上翘着给盛纯发消息。

她没想到的是，盛纯真的带了手机在身边，竟然给她回了消息。

盛纯：只要周砚的？要他写什么话吗？

博盈：方便吗？

盛纯：他看着高冷，但人还不错。

博盈：那我的就让他写——祝博盈和贺景修天长地久？

盛纯：你能不能别这样秀恩爱……

博盈：这不是你问的吗？

盛纯：你这签名内容提的，我都不好意思跟他说。

博盈：哦。

盛纯：我争取一下吧。

博盈：行，紧张吗？

盛纯：紧张啊，不紧张我就不跟你聊天了，我跟其他人聊天去了。

她抬头看了眼，不远处还有镜头在直播。

盛纯摸了下鼻尖，低垂着眉眼敲字——

盛纯：再陪我聊一会儿。

博盈：放松心态，拿奖了我们吃饭庆祝，没拿奖我们就出去旅个游，玩一玩怎么样？

盛纯：谁出钱？

博盈：贺景修和裴彦，如何？

盛纯：好主意，那我拿不拿奖都要去。

两人也没问男人的意见，立马将他们未来的假期生活安排得明明白白。

盛纯注意力立刻被转移，开始跟博盈讨论大冬天的去哪里旅游，是海边呢还是滑雪圣地，还是在度假山庄休息几天。

要是去海边的话，盛纯想买几条漂亮裙子，去滑雪圣地的话，她要让裴彦给她准备滑雪服。

两人欢乐地聊着，博盈时不时发出笑声。

贺景修瞥向她，随口问："跟盛纯说什么？"

"说我们决定放假了去旅游。"

贺景修抬眼："你们俩？"

"不啊。"博盈低头给她回消息，说，"还有你跟裴总。"

贺景修想了想问："我们已经被安排上了？"

博盈扭头看他，眨眨眼问："你不愿意呀？"她点头，"那也行，我跟盛纯两个人出去也可以的。"

贺景修没忍住，抬手敲了下她脑袋："好好说话。"

博盈扑哧一笑，往他身上靠，笑盈盈地说："你刚刚那话的意思，就是不想跟我和盛纯一起去玩啊！"

贺景修沉吟片刻，说："跟盛纯确实一般。"

博盈："为什么？"

提到这个，贺景修就有点儿来气，他捏了捏博盈肉嘟嘟的脸，低声问："你忘了上回我们吃饭的事了？"

博盈看着他眼睛半晌，后知后觉地反应过来。

上回盛纯跟裴彦和好后，四个人凑一起吃了顿饭。那顿饭，博盈跟盛纯两人只注意到了对方，把旁边的两个男人忽视得极为彻底。那天回家后，贺景修还吃了盛纯的醋。

提到这个，博盈就忍俊不禁。

她睇着贺景修，笑道："你怎么还计较这事？"

贺景修轻哼："我跟裴彦都觉得不能让你们俩凑在一起。"

"那不行。"博盈抗议，"我就要跟纯纯在一起，要是瑶瑶愿意的话，我还准备把她叫上。"

贺景修："……"

博盈直勾勾望着他，委屈巴巴地问："你不愿意呀？"

"没有。"贺景修思忖了会儿，"一起就一起吧。"

"你好勉强。"

贺景修忍无可忍，揉了揉她的头发说："等过完年，我们俩再单独出去一趟。"

博盈一怔，好奇不已："去哪儿？"

贺景修："再说。"

博盈噎住。

她总觉得贺景修对她突然安排大家一起在假期出去旅游这事意见很大，以前他虽然也吃盛纯的醋，但不至于这样。

她绞尽脑汁想了想，忽然想到了一个可能性。

“贺景修。”

“怎么了？”

博盈看他，迟疑道：“你是不是早就安排了我们假期的行程？”

贺景修微愣，没想到她这么敏感。

他思忖了会儿，如实告知：“也不能说安排好了，但我确实打算带你出去走走。”他重点强调，“就我们俩。”

博盈眨了眨眼：“你怎么不早跟我说？”

贺景修要是提了的话，她也就不主动跟盛纯说出去玩的事了。

贺景修也没想到她会突发奇想约朋友出去玩，但这个不重要。

他垂眸看她，认真道：“我们可以安排两趟。”他摸了摸她脑袋，温和地说，“先跟盛纯他们一块出去一趟，我们俩再找个时间去。”

博盈点头：“好。”她看他，“你真不介意？”

“介意什么？”贺景修笑，“不介意。”

他刚刚之所以那样说，是有点意外。其实无论博盈做什么事，只要她觉得开心的，贺景修都不会阻拦。更何况，博盈只是他女朋友，不是他的附属品，她应该有自己的朋友，有自己的小圈子。这个小圈子没有自己都可以，只要她开心。

两人正说着旅游的事时，贺景修提醒她：“到盛纯了。”

博盈一愣，扭头往大屏幕看，果不其然，这会儿正在宣布电视剧最佳女主角奖，盛纯去年演的一个角色入围。

忽然间，博盈就跟着紧张了起来。

她目不转睛地看着大屏幕，在心里祈祷——希望盛纯拿奖，希望盛纯拿奖。

努力永远会给予你最好的回报。

盛纯拿下了最佳女主角奖。

看她走上颁奖台的时候，博盈比她本人还激动，抓着贺景修的手惊呼尖叫。

“我要发弹幕！我要发弹幕！”她直呼。

贺景修哭笑不得：“要发什么，我给你发？”

“就跟其他粉丝一样。”博盈探头，“粉丝都发什么？恭喜她是不是，我也要这样发。”

她正说着，猛地注意到了哪里不一样。

博盈扯了扯贺景修衣服：“颁奖嘉宾为什么是裴总？”

贺景修笑而不语。

博盈蒙了片刻，反应过来：“……裴总，该不会是要跟她求婚吧？”

贺景修缄默：“不太确定，有可能。”但也可能只是单纯给她颁个奖。

博盈：“可如果不求婚的话，裴总为什么让你们别看呢？”

贺景修：这话说得很有道理。

两人正猜时，裴总在众目睽睽之下把奖杯递给了盛纯，随之递出来的，是一枚闪闪发亮的钻石戒指。

是求婚。

其实之前博盈就猜到了，那次裴彦跟贺景修约着吃饭，还不告诉她跟盛纯，估计就是讨论求婚的事。

她没想过是贺景修跟自己求婚，说不上为什么，博盈就觉得贺景修不会现在跟自己求婚，所以自然而然地，她想到了盛纯。只不过贺景修说不方便告知，她也就没逼问他。

现在看到果然如此，博盈和盛纯一样激动。

后面裴彦说了什么她都听不太清了，她只知道自己是感动的。

贺景修递给她纸巾，哭笑不得地说：“别人求婚怎么你还哭上了？”

博盈看他一眼，眼眶红红的：“你不懂。”

她这是为两个人高兴。

贺景修揉了揉她头发，戏谑道：“盛纯被求婚你哭成这样，那以后你被求婚了怎么办？”

博盈呆呆地看着他。

贺景修的唇擦过她耳朵，嗓音低沉：“到时候你能听清我说的话吗？”

博盈愣了愣，不太确定地说：“可能听不清，要不你现在演练一下？”

对上贺景修无言的表情，博盈自己先没忍住，扑哧笑出声：“我这要求是不是稍微有点过分？”

贺景修拎着笑倒在自己身上的人，很是淡定：“还好。”

他已经习惯语出惊人的博盈了。

博盈扬扬眉：“你不觉得过分？”

她侧眸，盯着贺景修流畅的下颌线看，抬了抬下巴，主动凑过去亲了他一下，笑说：“开玩笑的。”

她不需要他演练，更舍不得一次一次拒绝他。

贺景修目光灼灼盯着她，低声问：“想结婚了吗？”

“我哥都还没结婚呢。”博盈笑盈盈地望着他，“贺总，我们总不能赶在我哥前面吧？”

贺景修揉了揉她头发，落下一句：“知道了。”

博盈“嗯”了一声，拥抱着他：“不着急，我们恋爱谈久一点，把之前弄丢的时间补回来行吗？”

“……好。”贺景修答应她。

两人关于求婚结婚这件事，是真一点都不着急。早或晚都只有这个人，倒不如先好好享受。

贺景修是想结婚的，但博盈吧，她是喜欢这个人的，但她总觉得自己还没完全做好准备，她害怕自己能当好贺景修的女朋友，还没能力做贺景修的妻子。

她还需要一些时间准备。

她的那些小心思，贺景修一直都知道。正因为如此，他不催她，更不逼她。

裴彦跟盛纯求婚的事当天便上了热搜。

以前，很多网友就猜盛纯背后是不是有金主，资源各方面都不错，但因为她演技也好，猜的人渐渐少了。直到这会儿裴彦当众求婚，盛纯的部分粉丝差点放鞭炮过年。

她们偶像不是有金主！她们偶像是有比金主更厉害的男朋友，不对，是未婚夫！

这一晚，博盈跟大多数人一样，在网上疯狂吃瓜。她还搜到了一网友扒出的两人互动细节，还有各种同款等。越往深处想，就越开心。你会发现，天哪，他们俩已经这么明显了吗？为什么我一点都没发现？

当晚，网友还扒出其实裴彦和盛纯之前同框过，当时就有人觉得他们很般配，那会还有一张出圈的对视图。图片被翻出来，粉丝再次兴奋！

两人那沉寂的没几个粉丝的CP超话被翻了出来，他们的CP名叫——盛宴。

如果不是贺景修不让博盈熬夜，她感觉自己能在网上玩一整夜，和其他粉丝一起疯狂。

之后几天，盛纯跟裴彦都没能空出时间请他们吃饭，两人太忙了。

盛纯还在拍戏，年前才能杀青回来。博盈几个人让她先欠着，回来了一定好好宰她一顿。

不知不觉，到了贺氏集团年会这一天。

因为周五的缘故，大家白天还得上班。但很明显，大家的心都飞走了，迫不及待想去晚上的年会表演才艺，想去年会喝酒凑热闹。博盈也一样，她甚至还有点紧张。

这种紧张感持续了很长时间，让她一整个上午都没怎么静下心来工作。

到下午，裴云梦探头到她这边“摸鱼”：“你是不是很紧张？”

博盈：“……有一点。”

她今晚要以贺景修的女朋友的身份正式出席贺氏集团的年会，意义重大，博盈不敢出错。

裴云梦失笑：“别紧张，都是认识的。”

“也有不认识的。”博盈无言道，“你忘了吗？那些董事我都没见过。”

裴云梦笑，安慰她：“那也不用害怕，反正有贺总。”

博盈点点头，深呼吸了一下：“我尽量。”

“那待会结束后你去哪儿换衣服啊？”裴云梦好奇地看她，“贺总是不是会带你出去？”

博盈：“嗯。他说他已安排人给我定了礼服。”

闻言，裴云梦惊喜道：“看到样式了吗？”

“没。”博盈笑，“晚点给你拍照。”

“行。”裴云梦重点强调，“我要比其他人更快看见啊！”

博盈眼睛弯弯的：“好。”

到了下班时间，大家都飞速收拾东西走了。

贺氏集团的年会举办的地点，是附近一家五星级酒店，特别奢华。

每年，年会都办得很盛大，有时候甚至还会邀请明星艺人过来表演，为大家庆祝。

博盈是第一回参加，也是第一回以贺景修女朋友的身份陪他出席这种略显重要的场合。

两人上车，准备去换衣服做造型。

“我好紧张。”博盈转头看向旁边的人，“你不紧张吗？”

贺景修敛目：“紧张什么？”他握着她的手，安抚道，“大家都认识你。”

“就是因为这样我才紧张。”博盈抵在他肩上叹气，“总觉得大家一眼能看穿我。”

贺景修轻笑：“看穿你什么？”

“看穿我今晚装名门淑女。”她说着，自己笑了起来，“我用你女朋友的身份出席，总不好太胡来吧？”

但平日里她是活泼的性子，根本安静不下来。

贺景修微怔，目光灼灼地看她：“博盈。”

“嗯？”博盈仰头。

贺景修思忖了会儿，道：“我很高兴你能答应以女朋友的身份陪我出席，但我希望你永远记得，你在所有人那里，都是独立的博盈，博盈之后，才是贺景修的女朋友。”

他把她落在脸上的头发撩在耳后，低头亲了亲她的唇，温声说：“你在我这里，永远也都是博盈。”

贺景修希望，她不是自己名字后的附属品，她永远都是自己。

当然，他很荣幸，自己能成为博盈的男朋友。

博盈怔了下，明白他的意思。

她没忍住，伸手钩了钩他的脖颈，感动地说：“要不是待会儿是重要的年会，现在就想拉你回家。”

贺景修一顿，唇擦过她耳朵，嗓音低沉地道："我们可以提前回家。"

博盈拍了下他肩膀，耳郭微红："我开玩笑的。"

"我没有。"贺景修调情似的亲了下她手指，眼眸深邃，"我让爸妈主持全局。"

"……"

两人先去换衣服做造型。

这家店是一家私人定制品牌的店，会给很多艺人做造型搭配，博盈之前跟迟绿来过两次，不过她那会儿都是陪迟绿过来，自己基本没折腾过。

这次过来，感觉好像稍微有点不一样。她成了主角。

其实在给迟绿做配角的时候，博盈内心也没有任何不舒服，她不是公众人物，不需要参加那些重要活动，更不需要装扮得过分华丽。但她得承认，每个人都希望自己漂亮惊艳。

进店上楼，博盈一眼便看到了在一侧立着的粉色的风琴褶薄纱礼服裙。

她看着，有种直觉告诉她，那是贺景修给她准备的。

想着，博盈也没忍住，直接问："那是你给我准备的吗？"

贺景修微顿，低声问："那边那么多条裙子，怎么就觉得那条是我给你准备的？"

博盈："因为我以前夸过一条类似的裙子。"

而且，她喜欢粉色。

贺景修无奈告知："是给你准备的，想先试试还是做了造型再去换？"

博盈眼睛亮了亮："做了造型再去吧。"

她上班一天，妆都花了。

贺景修："好。"

考虑到裙子的颜色和晚上的年会，化妆师给博盈化了个漂亮却又不失俏皮的妆容，特别适合她。整个妆容都显得她年轻有活力，同时又不失优雅。

换上裙子出来的刹那，贺景修微微怔了怔。

博盈对着他目光，提着裙摆笑："不好看？"

贺景修喉结滚了滚，低声说："好看。"

选的时候，贺景修就知道她适合这一条裙子，这裙子像是为她定做的一样。但他没想到她穿出来会这么合适。

裙子看着像是抹胸款，但其实是抹胸吊带款，因为风琴褶的缘故，胸口被挡得很严实，但又有种欲语还休的味道。

博盈虽不是很高，但也不矮，她一米六六的身高，除了一张小圆脸外，人其实很显瘦。

这条长裙，把她的精致锁骨勾出，纤细的腰肢一览无遗，衬得她亭亭玉立，格外动人。

得到男人回答，博盈转头看向一侧镜子里的自己。她很喜欢。

“谢谢。”贺景修弯了下唇，把手给她，“博小姐。”

博盈看他。

他笑道：“你要跟我私奔吗？”

私奔是不可能私奔的。从店里离开，两人直奔年会现场。

他们俩到的时候，里面人已经很多了。

正式开始在八点，贺景修和博盈一出现，吸引了大部分人的目光。

同事们在这种时候也不怵贺景修了，纷纷戏谑：“贺总和盈盈今晚是来秀恩爱的吗？”

“贺总好帅啊！”

“盈盈更漂亮。”

“……”

博盈听着同事你一言我一语，脸上的笑根本压不住。

她扬了扬眉，看向那个夸自己更漂亮的同事：“你眼光真好！”

同事们捧腹大笑。

贺景修配合，颔首道：“我也觉得盈盈漂亮。”

同事们：“天哪！贺总你够了啊！我们不想吃狗粮。”

贺景修一脸无奈：“我说的是实话。”

大家闹哄哄地笑成一团。

闹了一会儿，贺景修看博盈：“我先去那边打声招呼，待会儿跟我坐一块儿，你先在这边陪同事们玩一会儿？”

“好。”博盈道，“你去吧。”

贺景修一走，裴云梦和另外几个同事便挤了过来。

博盈跟大家聊了一会儿，才跟裴云梦到角落边坐下休息。

“累不累？”

“累。”博盈指了指脚上的高跟鞋，“当个美女实在是太累了。”

裴云梦忽然不想和她说话了。

两人安静地坐在角落边沙发上，看同事们推杯换盏，浅笑盈盈，莫名还有点被氛围感染的意思。

“我有点饿了。”突然间，博盈说了句。

裴云梦：“我也是。”

她今天穿的是黑色小裙子，收腰的，不太敢吃东西。

两人对视一眼，在对方的眼里看到了同情。

“什么时候可以吃啊？”

裴云梦扑哧一笑：“正式开始就可以了，但大家都是边吃边看表演，然后聊天，吃得不多。”

博盈点头。

裴云梦瞅着她，小声说：“你知道今年有什么奖项吗？”

博盈一愣：“不知道。”

“你没问贺总啊？”裴云梦瞪圆眼看她。

博盈一脸无辜：“你没让我问啊。”她根本就不记得抽奖这种小事！

裴云梦噎了噎，好像也是。她托腮，直勾勾望着另一边：“希望我今年运气爆表！抽中一等奖。”

博盈失笑：“要是抽中了我也给你。”

“行！”

没过多久，年会正式开始。

博盈被贺景修拉去他那一桌，周围全是年轻一点的高层，而另一侧，是贺景修的父亲那一辈的高层，当然，他父亲也在。

博盈跟贺父他们打过招呼，才安静地坐在贺景修旁边。

面前摆放着精美的食物，但博盈不敢吃太多。她怕万一要拍合照，自己吃出小肚子就不太合适了。

突然，旁边有声音传出："不饿？"

博盈："……饿。"她诚实地说，"但我怕吃了没有小蛮腰了。"

贺景修哑然："不会。"他盯着她的小细腰，低声道，"先吃一点垫垫。"

说话间，他给博盈夹了鱼肉，温声说："这个不长胖。"

博盈吞咽了下口水，也是真的饿了。

"那我就吃一点点。"她用手指示意，"我要是吃多了，你记得拦住我。"

"好。"

但博盈没想到的是，自己越吃越饿。

开始还好，到后面她真的控制不住自己了，不知不觉就吃多了。等她反应过来时，自己已经吃饱了。

"贺景修！"博盈懊悔，"你怎么也不拦着我？"

贺景修看她苦恼的样子，弯了下唇："多吃点，我喜欢。"

博盈觑他。

贺景修捏了捏她的手，低声问："晚点有抽奖，有没有想要的奖项？"

闻言，博盈不敢相信地瞪圆了眼："抽奖还有内幕的啊？"

"……没有。"贺景修道，"但我可以给你抽一个新增奖。"

"哦。"博盈瞅着他，"我还以为有内幕呢。"她压低声在他耳边嘀咕，"要是有内幕，我就去公司群曝光你！"

贺景修被她的话逗笑："你舍得？"

"舍得啊。"博盈提醒，"你别忘了我学什么的，我可是最正义的律师，不能容忍有内幕这种事。"

两人交头接耳，也不管别人的目光。

赵旭之好几次想提醒他们注意一点，这年会现场有摄像头的，但想了想还是作罢。

算了，反正他也不是第一次吃两人狗粮了，其他人也该好好吃一吃，看看他们这总裁的"嘴脸"，看看他们总裁跟女朋友有多腻歪！

年会节目不算多，表演几个后便是抽奖环节，最后的大奖，抽奖者自然是贺景修。他一上台，全场欢呼。

博盈忍俊不禁，抬头看着台上的男人。

贺景修今天穿的白衬衫、黑西裤，西装外套跟裤子同色。他本身就长得清俊，这一身搭配，更显得他英俊挺拔，气质尤为高贵。

博盈望着，不得不承认自己十几岁时候的眼光就是好。这么多年过去，贺景修不仅没变丑，反而越来越有魅力了。

到这会儿，博盈才知道贺氏集团的一等奖是什么。

豪华国外半个月带薪旅游，出行吃住各方面都有安排，全是五星级服务，当然最重要的是：带薪。

看到这个，博盈很是意外。她没想到贺氏集团的年会奖项，会这么的……大手笔又接地气。

主持人在台上，笑着把写上员工的名字的抽奖盒拿了过去，让他抽取。

主持人问：“贺总觉得谁会是这个幸运儿？”

贺景修挑眉：“不知道。”

主持人顿了下，看向台下的博盈，轻声问：“贺总希望盈盈中奖吗？”

“嗯？”贺景修想了想，“她不需要中奖，但我希望她运气好。”

主持人一愣。台下员工欢呼。

贺景修真是太会说话了。

“怎么说？”主持人笑问。

贺景修看着博盈，淡淡地说：“我会带她出去旅游，所以这个奖可以交给另外想去的同事。同样的，我希望我女朋友永远有幸运之神眷顾。”

没有别的，就想博盈永远幸运，能心想事成，万事顺遂。

因为贺景修这个回答，现场氛围达到了高潮。

最后，中奖的是财务部一个刚进公司不久的小姑娘。抽完奖，还有两个节目，以及一个特等奖。但这些不需要贺景修了，他从台上下来，在博盈旁边坐了两分钟，在桌下钩了钩她手指。

博盈不解。贺景修顿了下，在她掌心写字。

一分钟后，两人消失在年会。

“欸。博盈呢？”有同事忽然问。

“跟贺总偷偷摸摸约会去了吧。”

“啊！他们又偷溜了啊。”

“不意外的话，是的。”

两人偷溜这事，不是第一次干了。

上回他们有个活动，贺景修和博盈一起出现，也是在中途便溜走了。同事们早已见怪不怪。

而此刻，从年会偷溜出去的两个人，已经踏上了回家的路。

两人都喝了酒没办法开车，司机送两人回去。

一上车，贺景修便把车内挡板降了下来。

回到家，谁也没去开灯。

屋子里黑漆漆的，只有淡淡的月光从窗外照进来，让两人勉强能辨别对方。

男人将人抱了起来，抱上楼，进了房间。

不知过了多久，月光被羞得躲进了漆黑的云层里，房间内渐渐安静下来。

博盈这一觉，直接睡到了第二天中午。

她醒来时，房间里没有人，但是有一只狗。床边的贺博美趴着，也在睡觉。

博盈看着，莫名生出一种安全感。

她无声地翘了翘唇，掀开被子下床。

她一动，贺博美便睁开眼看着她。一人一狗对视一眼，博盈忍着笑："你什么时候进来的？"

她伸手，摸了摸贺博美的脑袋。

贺博美起身，摇着尾巴跟着她到浴室。

贺景修从楼下上来，看到的便是这一幕。

博盈在洗漱，贺博美蹲在门口守着她，仰头望着她。

他盯着看了会儿，油然而生一种满足感，岁月静好的感觉。

贺景修看了须臾，这才抬脚走进。

"睡好了？"

博盈点头："你早上是不是喊了我？"

她迷迷糊糊有点印象。

贺景修"嗯"了一声，看她睡乱的头发，给她顺了顺说："有。"

但是一喊，就被博盈踹了。

她累得只想睡觉，谁也不能打扰她。

博盈眨眼："那我对你发脾气了吗？"

她是有一点点起床气的。

贺景修敛目，拿过一侧的洗脸巾递给她，博盈没接，反而把脸凑了过来。他弯了弯唇，抬手帮她把脸上的水珠擦净。

"没有。"

闻言，博盈讶异："真的没有？"

贺景修看她，点头说："真的没有。"

听到这话，博盈小声嘀咕了句："那我现在脾气还挺好了。"

贺景修："……"

洗漱完，博盈等来了午饭。是贺景修做的。

这段时间下来，贺景修厨艺虽然没有很大的进步，但比以前好了很多，博盈渐渐地也不觉得他做的饭难吃了。

"味道如何？"贺景修看她。

博盈尝了一口，眼睛亮亮的："有进步。"

贺景修轻笑："那就行。"

两人安静用餐。

吃过饭，博盈懒懒散散的，哪儿都不想去。

"还有一个礼拜就放假了。"博盈侧头看向贺景修，"你是不是得回家住？"

贺景修顿了下，垂眸看她："你要回家住？"

"要啊。"博盈好笑地看他，"我跟我哥还有迟绿住一起，我要去当闪闪发光的电灯泡。"

贺景修算了下时间，低声问："晚两天回去行不行？"

博盈忍住笑："你不是要加班？"

她知道，贺景修没那么快放假，他们普通员工会在过年前四天放假，比法定节假日多了三天的时间，但贺景修不是。

贺景修还得做收尾工作，估摸着只能在最后一天才结束，然后放假休息。

贺景修“嗯”了一声，摸着她脑袋：“你不陪我加班？”

博盈微窘，眨眨眼道：“说实话吗？”

贺景修看她的表情，就知道这实话不是自己想听的。

他哑然失笑：“早点回家也行。”他看着博盈，提醒，“记得随时发信息给我。”

“好。”博盈对他家过年好奇，“你们家大年三十是全部人凑一起吃饭吗？”

“嗯。”贺景修告知，“那天得回爷爷奶奶那边。”

他看博盈，轻声问：“什么时候愿意跟我回家见见爷爷奶奶？”

贺景修的爷爷奶奶住得比较远，加上前段时间两位长辈出门旅游了，见面这事他就一直没提。但他们都知道博盈，甚至还看了博盈上的综艺节目，只不过当事人不知道而已。

博盈沉默了会儿，道：“再看吧？”

见贺景修父母，她觉得还好，没有那么紧张，但爷爷奶奶这一辈的，博盈从小就没怎么接触过，内心还挺忐忑的。

贺景修知道她在担心什么，他缄默了会儿，安抚道：“他们都很喜欢你。”

博盈扑哧一笑，扬扬眉，还有点小得意：“那肯定的，你爸妈都那么喜欢我。”

贺景修顿了下，亲了下她的额头：“但最喜欢你的人是我。”其他人都比不过。

博盈被贺景修的话逗笑，睇他一眼道：“你怎么这个也要跟长辈比？”

贺景修：“嗯，不能输。”要时刻证明自己。

博盈乐了。她发现贺景修现在，是越来越接地气了。

两人懒洋洋地在家，博盈看书看电影，贺景修偶尔会陪她一起看看书，但大多数时候都在处理公事。

周日，贺景修带博盈出门，两人也没搞什么特别的活动，就在周围转了转，带博盈去了她喜欢的餐厅吃饭。吃过饭，博盈临时兴起，想去动物园。

贺景修对她的愿望，永远是满足的。两人直奔动物园，到门口时还买了不少喂动物的东西。

博盈在生活上兴趣很多。

她的小点子也很多，她是一个很愿意享受生活的人，永远都是劳逸结合的类型。

回家路上看到卖花的小姑娘、老奶奶，她会让贺景修靠边停车，然后买两束花回家。

深夜拉贺景修出门吃夜宵的时候，碰到卖红薯的爷爷奶奶，她会临时改变主意，让贺景修陪她吃烤红薯，让爷爷奶奶能早点回家。

博盈永远是一个小太阳。

她会不动声色地做一些力所能及的事。

贺景修喜欢她、偏爱她。除了她是博盈之外，她日常的这些小心思，更是让人油然地生出对她的喜爱。即便是公司同事，对她也是如此。

周一，贺氏集团发年终奖了。

博盈虽是新员工，但也有。不过没老员工多。

老员工裴云梦对她颇为照顾。银行卡收到短信的那一刻，裴云梦和她凑在一起小声嘀咕。

“你多少？”裴云梦问博盈。

博盈看了眼：“两万。”

对新员工来说，还挺多的。不过贺氏集团的工资本身就不低。年终奖自然而然也会比其他企业更高一点。

她瞅着裴云梦，好奇不已：“你呢？”

裴云梦嘿嘿笑：“比你多。”她把手机递过去给她看，“三万五！”

博盈：“你这个年终奖，让我不想辞职了。”

裴云梦扑哧一笑：“别，说不定律所年终奖更高呢。你不能为了三万多块钱，放弃自己的前途！”

博盈觉得她说得很有道理。

裴云梦笑，关掉短信，点开相册问：“你上次是不是说想买这双鞋？”

她点了点头：“怎么？”

裴云梦嘿嘿笑：“我给你买吧。”她弯了弯唇，“新年礼物怎么样？”

博盈一愣，道：“不用。”她哭笑不得，“我自己买。”

“为什么？”

博盈想了想，说：“你不知道送鞋的一个说法吗？”

“什么？”

“送人鞋是送人走的意思。”她板着脸，故意问，“怎么，你不想跟我做朋友了？”

裴云梦哽了下，想了想说：“那你怎么不说，我送你鞋，其实是想让你走更好的路呢？”

这话一出来，博盈竟找不到理由反驳。

她眨眨眼，和裴云梦对视片刻，点头：“那你给我买，我要走更好的路。”

裴云梦：“行。”

两人都不差钱，在送礼物这件事上，也都是送对方需要的。

博盈看她跟代购联系，盯着自己的年终奖看了半晌，决定问问贺景修，需不需要什么。

博盈：贺总。

博盈消息过来时，贺景修正在跟祁学真交代放假的一些事宜。

他瞥了眼手机，回复。

贺景修：在。

博盈：我发年终奖啦！

贺景修：嗯？

博盈：足足两万块！

贺景修盯着她那两万块看了一会儿，心想财务部的总监看来没什么眼力见。

博盈：？

贺景修：只给你发两万块，他难道不怕未来老板娘嫌少把他们的老板踹了？

博盈立马配合他，发了句——

博盈：分手吧。
贺景修：？
博盈：年终奖太少了！
贺景修：……

两人对话框安静了一会儿。

博盈手机里忽然有了新短信，她低头一看，是一笔七位数的钱入账。

谁转的，不言而喻。

博盈：？
贺景修：老板给法务部小职员单独发的年终奖，博律师辛苦了。
博盈：。
贺景修：还踹老板吗？
博盈：不了。

因为有老板私发的年终奖，博盈这一天心情都很好。

虽然她跟方博裕是法务部年终奖最少的两位同事，但这并不妨碍她大手笔买东西。

她先戳了戳裴云梦，问她想要什么新年礼物，又点开迟绿的对话框和她哥的，顺便问了问郑今瑶和盛纯。

问完一圈下来，博盈发现公司发的年终奖，给她这群狮子大开口的亲人朋友买新年礼物就花去不少。

思及此，博盈幽幽叹了口气。

司机在前面开车，贺景修转头看了她好几次，她都毫无反应。

贺景修抬起头，沉吟半晌问："比同事们年终奖少不开心了？"

他是知道法务部员工年终奖的。博盈和方博裕是今年新进来的，年终奖自然会比其他同事少一些。

博盈：“……不是。”她哭笑不得看向贺景修，“我是这样的人吗？”

贺景修挑眉：“跟我说说，怎么心情不好了？”

“迟绿好过分啊。”博盈吐槽，“我问她要什么新年礼物，她竟然要一款情侣手表你知道吗？”

博盈翻出手机给贺景修看：“你给我的年终奖都还不够买这对手表。”

贺景修瞥了眼她点开的照片，发现那对手表还真挺好看的。

他扬扬眉，轻笑说：“那我再给你补点？”

博盈微哽：“我跟你说这个不是要钱。”她愤愤道，“我就是觉得迟绿过分。”

但偏偏，她要纵容她的过分。

贺景修了然，弯了弯唇：“我给你补上。”

说话间，他去拿手机。

博盈连忙制止：“不要。”她睇贺景修一眼，无奈地说，“你再给我转钱，别人要说我贪图你的钱了。”

“嗯？”

听到这话，贺景修贴着她耳朵，压着声问：“难道不是我的身材吗？”

博盈被他的话逗笑，双颊泛红，拍了下他肩膀，娇嗔道：“说什么呢。”

她转头，和他对上视线半晌，忍俊不禁地说：“好吧，确实也有点。”

贺景修捏了捏她的脸。

博盈扑哧一笑，很开心。

最终，博盈还是倒贴了不少，给迟绿和博延买了一对情侣手表。至于其他人的礼物，她全掏的自己小金库里的钱。她还特意给贺景修买了一份新年礼物。

不是什么特别的东西，是一件衬衫。

收到时，贺景修似笑非笑地看着她，揶揄问：“现在才想起来赔我衬衫？”

博盈到这时才想起，她初到公司时把他衬衫弄脏，后来说拿去干洗店洗，但洗净后一直忘了还给他。后来搬家，那件衬衫不知道被她丢到了哪里，也没再找到。

想到这儿，博盈弯了弯唇，望着他："你要这样说，好像也合理。"

当下，贺景修还在博盈的要求下，换上给他看。

尺寸什么的正好合适，贺景修很适合穿衬衫，衬得五官立体，有种说不出的英俊。

看他这模样，博盈忽然有点儿怀念以前了。

怀念他念书时穿衬衫的模样，那时候他的穿着不是这么中规中矩的，带点设计感，适合少年的他。

博盈每次看他穿着衬衫骑着单车的样子，少女心总控制不住被戳中，然后为他萌动。

注意到她的眼神，贺景修垂下眼，轻轻碰了碰她鼻尖，低语："想什么？"

"想你高中时候骑单车上学的样子。"博盈抬眸看着他，"你什么时候带我坐你的单车后座啊？"

在高中时期坐过两回，她到现在还念念不忘。

贺景修微怔，唇角上翘着："现在？"

博盈顿了下，扭头看向外面："不。天热了再说吧。"

现在大冬天的，坐单车能冷死人。

贺景修含笑答应："好。"

博盈说完就忘，她不知道的是，她说出口的每一个字、每一句话，都有人帮她记着。

新年，贺景修回自己家，博盈也跟着迟绿和博延去了他们那边。

前不久两人搬家了，住的是带院子、种了很多花的别墅，在这儿，博盈有一整层楼的空间。

她霸占了三楼，博延在让人设计时，将三楼一侧做成了衣帽间，另一边是她的卧室，连着衣帽间。二楼和一楼是迟绿和他的活动空间，不用担心博盈这个电灯泡会去打扰。

在这方面，博盈非常知趣。

当然，这只是她单方面对自己的认识，博延并不觉得她知趣。譬如现在。

博延在一楼书房处理公事，门没完全掩上，门外一直传来两人带笑的声音。

“看这个看这个。”博盈给迟绿介绍，“迟绿，这个帅哥难道不帅吗？”

两人在看男团选秀节目。

迟绿盯着，皱了皱眉：“我不喜欢这个。”

“这个你都不喜欢啊？”博盈不解，“那你说你喜欢什么样的，你是不是就喜欢我哥那样的？”

迟绿耸耸肩：“你现在才知道？”

博盈噎住。她愤怒离席：“我不吃你们这狗粮了！”

迟绿扑哧一笑，挑衅道：“你有本事喊你男朋友过来。”

博盈哭倒在她旁边，呜呜呜道：“我男朋友回家了，不要我了，喊不过来。”

“迟绿。”博延在书房喊她名字。

“什么？”迟绿应着。

博延看了眼旁边空了的杯子，说：“我想要一杯咖啡。”

迟绿：“你等会儿。”

博盈：“哥，你自己泡行不行？不要打扰我跟迟绿看帅哥。”

“……”

“那你再看看这个。”博盈锲而不舍地跟迟绿说，“多看看帅哥，有益于身心健康。”

迟绿忍住笑：“行吧。”她瞥了眼博盈，“我其实喜欢这个。”

博盈看了眼，挑眉说：“这个戴着眼镜的有点像我哥啊。”

迟绿点头：“但没你哥帅。”

博盈：“……我哥也就那样好吧。”

话音刚落，她眼角余光扫到了落在自己这边的影子。

博盈心虚地抬头，对上博延淡漠的眼神。

她眨眨眼，改口说：“也就是全世界第一帅吧。”

迟绿：“……”

博延：“……”

他拿着杯子，冷漠地给了博盈一个眼神，道：“今年的压岁钱没了。”

“哥！”博盈连忙跑过去，接过他杯子道，“我觉得自己还能拯救一下，你觉得呢？”

博延睇她一眼。

博盈：“我给你泡，您跟迟绿再恩爱一会儿，当我不存在就行。”

看博盈进厨房，迟绿没忍住，笑问坐在自己旁边的男人：“你干吗逗她？”

博延捏了捏她手，不经意似的问：“你跟她在这儿看多久了？”

迟绿：“嗯？”她看了眼时间，“不到两小时啊。”

博延：“嗯，忘了我两小时。”

迟绿轻笑：“你干吗，你就在书房，难道你还想我进去陪你啊？”

博延：“我可以，看你。”

迟绿哭笑不得，看他一眼：“我不能进去打扰你工作。”她意志很坚定。

博延看她：“就一直在这儿陪博盈？”

迟绿：“你忙完了可以跟我们一起看选秀，你觉得呢？”

博延放弃和她交流。

没一会儿，博盈给博延泡了咖啡出来。为表达自己的诚意，她还给博延端到书房的办公桌。

“哥，给你放那里了，您慢用。”

博延睇她一眼：“你怎么不出去玩？”

“啊？”博盈愣了一下，去看迟绿，“玩啊。”

她指了指：“迟绿没告诉你吗？我们约了盛纯和瑶瑶一起逛街，待会儿就走。”

博延：“？”

对上他询问的目光，迟绿心虚地挪开了视线。

她不是不跟他说，她是忘记了。

把迟绿成功“拐”出去后，博盈还有点小得意：“让我哥一个人忙吧。我感觉他也不需要我们。”

迟绿笑：“你真不怕他不给你压岁钱？”

“怕什么？”博盈轻哼，“我可是有男朋友的人，他不给我男朋友会给。”

她瞅着迟绿：“再说了，那不是还有你吗？”她嘿嘿笑，“你帮我吹吹枕边风，我哥保证给的还多点。”

迟绿睇了眼博盈：“我可不帮你吹。”

“那不行。”博盈挽着她的手，“我都给你送情侣手表了，你要帮我。”

迟绿噎了噎：“所以你当初那么爽快答应给我买手表，就是打着这个主意？”

博盈坦坦荡荡点头：“对啊。”她问，“不然呢？”

那手表花了她不少钱呢，怎么也得双倍给她还回来吧。

迟绿被她的坦荡噎得竟说不出拒绝的话。她点点头，有点勉为其难地说：“行吧，那我今天本来想给你买包的，现在没了啊。”

闻言，博盈瞪大眼：“那不行，我要我要！呜呜呜我好可怜啊，哥不疼嫂不爱，连个包都不舍得给我买……”

迟绿被她吵得头疼，敲了下她脑袋：“现在安静，我多给你买一个。”

博盈立马闭嘴。

到了商场，博盈在等待间隙抽空跟贺景修聊天。

博盈：哪个好看？

她发的是几个包包的照片。

贺景修：喜欢哪个？

博盈：都喜欢。

贺景修：都买了。

博盈：你说得对，我这就让迟绿买单。

看到这话，贺景修忍俊不禁。

贺景修：不用我买单？

博盈：不要，你可千万别给我转钱了，搞得那么庸俗！虽然我喜欢庸俗，但是不用。

她不差钱。

贺景修没辙，只能答应。

两人聊了会儿，博盈偷偷告诉他。

博盈：我决定了，除了这几个外，我还要让迟绿给我买这两个贵一点的。

她又给贺景修发了几张照片，是之前没发的。这两个包包更贵一些，还需要提前预订，暂时没办法拿到。

贺景修：好。

博盈：我觉得我要为以后打算，万一你以后破产了，我还能卖包养你啊。

贺景修：？

他不得不承认，自己女朋友想得很周到。

但贺景修也很想告诉自己的女朋友，目前来说，他活到一百岁，公司都不会破产。

大年三十这天，博盈是和博延、迟绿一起过的。虽然人少，但热闹。

吃完饭，博盈这个电灯泡跟两人看了会儿春晚，三人才出门。

他们准备到河边放烟花。

河边人不少，都是过来放烟花的行人。这一处热闹，也是少有的允许燃放烟火的地方。

博盈玩得很是开心。玩了一把又一把仙女棒，博盈笑盈盈地去找博延："哥，你再帮我点一下。"

打火机在博延那边。

突然，耳侧传来熟悉的声音："我帮你点行吗？"

博盈一愣，惊喜抬眸。

两人对视一笑："你不是回爷爷奶奶那边吃饭了吗？"

贺景修给她把仙女棒点上，这才应："吃完了。"

"那你出来，他们没说吗？"

"说什么？"贺景修转头看她。

博盈："就是……大年三十不是都要跟家里人在一起看春晚吗？"

贺景修顿了下，看她："你也是我家人。"

博盈怔了怔，哑然失笑："还不算。"

"嗯。"贺景修摸了摸她脑袋，"迟早算。"他告知，"他们知道我来找你，一直催我出门。"

闻言，博盈扑哧一笑："为什么？"

贺景修想了想："大概是怕我大年三十都不找女朋友，然后被女朋友甩了吧。"

博盈："……怎么会？"她小声道，"我怎么舍得。"

贺景修敲了下她脑袋："玩吧，还想玩什么？"

博盈愣了一下，四下张望："我哥和迟绿呢？"

"走了。"

"啊？"

"他们说让你记得回家就行，他们去另一边了。"

博盈噎了噎，轻哼道："他们是不想我当电灯泡吧。"

贺景修目光灼灼地看她："我陪你过年。"

博盈弯唇："好。"

两人在外面玩了好一会儿仙女棒，全部玩完了，博盈还有些意犹未尽，但再去买，又觉得没必要。

外面冷，贺景修拉着她上车。

"你没喝酒吗？"看到他坐上驾驶座，博盈的第一想法是不能酒驾。

"没有。"贺景修笑说，"妈知道我会来找你，晚上找我喝酒的都被她挡了回去。"

陈女士深藏功与名。

博盈忍俊不禁："那下回见面，我要好好谢谢阿姨。"

贺景修看她：“过几天怎么样？”

博盈愣怔片刻，看向他：“你真的觉得我可以吗？”

贺景修带她离开这边，不经意似的挑了下眉：“什么可以？”

博盈张了张嘴，含混道：“就是见你爷爷奶奶。”

贺景修思忖了几秒，偏头盯着她看：“博盈。”

“啊？”博盈和他对视。

贺景修一字一句告知：“这个答案，我给你的回信已经告诉你了。”

十八岁那年，他就认定，她可以。除了她，谁也不行。

博盈呆了下，脑海里闪现他给自己的那封回信。好一会儿，她才回过神来，轻声道：“哦。”她抿了下唇，有些紧张，“可我担心你爷爷奶奶不喜欢我。”

其实她没有多好，跟贺景修相比，博盈真觉得自己挺差劲的。

贺景修好笑地看她：“放心。”他给她吃了一剂定心丸，“他们要真的不喜欢你，我们就私奔。”

博盈噎住。

贺景修提醒：“你不是刚买了包？把包卖了，我们买机票走。”

博盈被他逗笑，那点伤感氛围瞬间消失，她瞪了眼贺景修，不舍地说：“那不行，我都还没背呢，现在还舍不得卖。”

贺景修挑眉，逗她：“所以你说卖包养我是骗我的？”

“我没有！”博盈这可不承认，“那我们不能私奔嘛。”她小声说，“我会努力让你爷爷奶奶喜欢我的。”

贺景修失笑：“我喜欢的他们都会喜欢。”他想了想，继续说，“就算不喜欢，以后也是我们一起生活，不和他们一块。”

博盈想了想，觉得他说的有道理。但那是贺景修的家人，是她喜欢人的亲人，她还是希望他们能喜欢自己。

事实证明，博盈根本不用担心。

大年初五这天，两人都算空闲，贺景修带她回家见爷爷奶奶。

博盈受到两位老人的热烈欢迎，他们很喜欢博盈，一上午两位老人为了跟她说话，一直在指使贺景修做事。用贺景修的话说就是——有孙媳妇了，他们已经不需要孙子了。

吃完饭走的时候，两位老人还都给博盈塞了两个大红包。

拆开看的时候，博盈被里面的金额惊呆了。

“贺景修。”她问，“你爷爷奶奶这么大方吗？他们不怕我携款潜逃？”

两位长辈除了给了现金外，里面还塞了一张支票，这张支票金额很大。

贺景修：“逃去哪儿？”

博盈眨眨眼，看向他：“怎么？”

贺景修配合她：“带我一起逃？”

博盈再次被贺景修逗笑，她觑他一眼：“你现在能不能别这么接地气？”

“嗯？”贺景修今天自己开车，他看着前方路段，笑问，“这就是接地气？”

博盈想了想：“算吧。”她老实说，“毕竟我也想不到别的了。”

贺景修无言。

博盈拿着手里的红包晃了晃，笑说：“今天晚上我请你吃饭？”

贺景修瞥她一眼，答应道：“好啊，我要吃大餐。”

“你不能节约点？”博盈哽了下，小声说，“你知不知道节约是美德？”

贺景修点头：“知道。”他指了指博盈的红包，“但我女朋友有钱了，不是吗？”

博盈没办法反驳他这个话，很勉为其难地妥协：“好吧。”

当晚，贺景修一点也没有男人必须买单的自觉，真让博盈请他吃了顿大餐。

只不过这顿大餐，吃得比较多的是博盈，贺景修光照顾她了，到离开时也没吃多少东西。

见完家长，博盈跟贺景修还有盛纯、裴彦几个人去短途旅行了几天。时间匆忙的原因，几个人也没走远，就在附近转了转。不过这几天对俩男人来说，足够了。因为他们俩被忽视得彻底，所有话题都插不进去。

回去时，贺景修忽然庆幸——还好盛纯和博盈都很忙，没办法经常凑在一块儿玩，不然这两人迟早玩疯。

知道他这心理后，博盈无语凝噎：“盛纯哪有你说的那么差？”

贺景修辩驳："不是差。"他看着博盈，"你们俩一碰上，我跟裴彦在你们面前就隐形了。"

博盈好笑地看着他："贺总，你现在不对劲啊。"她扬起嘴唇道，"吃其他男人的醋就算了，你现在还吃盛纯的醋，下一次你是不是要吃瑶瑶的醋了？"

贺景修抬了下眼："也不是不行。"

他坦坦荡荡，吃醋了就是吃醋了。

他这么诚实，博盈反而不知道该说点什么好了。她摸了下鼻尖，说："盛纯要知道你这样说她，她会伤心的。"

"嗯？"贺景修抬眸，"不会。"他猜测道，"裴彦心里的想法和我一致。"

一下子，博盈不知道是该同情自己，还是该同情盛纯。

不过话虽如此，但贺景修从不阻止她和盛纯来往。

只要盛纯休息不拍戏，博盈这边也没那么忙碌，两人就时不时会出去逛街玩乐，贺景修和裴彦嘴里说着不喜欢两个人凑在一起，但只要她们说个地点，两人都甘愿给她们当司机。偶尔她们想出国玩两天，贺景修和裴彦也会帮忙联络私人飞机送她们过去。

博盈和盛纯都把这两人的行为取笑为口是心非。

一日，贺景修不小心听到她跟盛纯打电话，他睇了她一眼，捏了捏她肉嘟嘟的脸颊，低声问："背后笑我？"

"哪有？"博盈被他挠得咯咯笑，"我那是光明正大。"

她瞅着贺景修，倒打一耙说："你为什么要偷听我跟我闺密打电话？"

贺景修伸手揉了揉她头发："嗯，因为我想你了。"

博盈哽住。

看她无言小表情，贺景修弯唇："你不想我？"

"好吧。"博盈妥协，"是有一点点的。"

她搂住贺景修脖颈，眉眼弯弯地道："贺总，出去约会吗？"

春天来了，天气渐渐转暖，不再那么冷。

过完年，博盈便没再回贺氏集团上班，直接去了律所。刚到律所，她稍稍有点不适应，每天都在加班，就为了不耽误进度，早点上手。

因为她的工作，贺景修陪她早起，陪她加班，但又怕打扰她，平常贺景修只会让司机在早上八点把她送在律所门口，晚上自己亲自去接她。

有时候，博盈加班到十一点，他的车还停在他们律所的停车场等她，他从不催她，也不会抱怨她磨蹭。

他从来不会。

博盈做的所有决定，贺景修都支持。他的支持，不是口头说说，而是在背后用行动无声地支持。

一晃，博盈到律所工作一个多月了。

博盈掐指算了算，他们一个多月没出门约会了。

贺景修垂眸看她："工作忙完了？"

"忙完了。"博盈笑盈盈地说，"今天下午和明天我都属于你。"

贺景修亲了亲她脸颊，含笑答应："好。"

两人收拾出门。

上车后，博盈这才想起来问："你打算带我去哪儿呢？"

贺景修："看花。"

博盈一愣，扑哧一笑："看什么？"

"看花。"贺景修看她："春天了，植物园花开了，你之前不是说想看？"

"我什么时候说了——"话说一半，博盈卡壳。

她眨了眨眼，想到了几年前说的话。

也是春天。

植物园每到春天就有满园的鲜花盛开，每年都能上热搜，过来赏花的游客数不胜数，照片拍得很漂亮。

博盈想去植物园，找了个拙劣的借口去约贺景修。贺景修被她磨得没办法，只能答应。

只不过两人约好的那天下大雨，最后只能取消植物园看花之旅，两个人在麦当劳窗边坐了一天，边写作业边看雨。

回忆结束，博盈不可置信地看着旁边人，张了张嘴问："你怎么……连这种小事都还记得？"

贺景修轻笑了一声："你不是也记得？"

博盈想说，我是因为你提醒了才记起来的，不一样的。但这话到了嘴边她又收了回去。

贺景修看她沉静的侧脸，低声道："抱歉，迟了这么多年。"

"现在看更好。"博盈扬起眉梢，笑盈盈地望着他，"你现在的拍照技术应该比那时候进步了吧。"

她晃了晃出门时拿上的相机："晚点给我拍照。"

贺景修立刻抓住她话里的漏洞："你的意思是我以前拍照不好看？"

"你扪心自问一下。"博盈毫不留情，"你以前拍照好看吗？"

贺景修："……"

行吧，他以前拍照是不好看。

博盈吐槽："简直是钢铁直男你懂吧。"

贺景修觑她一眼。

博盈摸了摸耳朵，眼神飘忽，不自信地问："难道是我说错了吗？"

贺景修失笑："待会儿给你好好拍。"

"嗯。"

车内安静了一瞬，博盈说："上一回没看成不是我的原因，也不是你的问题，是天故意的。"她轻声说，"它可能想让我们有遗憾，然后再去弥补遗憾。"

这样，他们现在做的一切看似无聊的事，都有了不一样的意义。

贺景修知道她在安慰自己，低低笑了一声："知道了。"他应着。

博盈重重点头。

快到植物园时，博盈手机响了好几声。她拿起一看，是郑今瑶发来的消息，问她现在在哪儿，她打算换个星球生活。

博盈：何出此言，你的沈教授不追了？

前不久郑今瑶父母所在的学校开学，她这个闲人被两人指挥送东西过去，不小心看上了一位刚回国任教的年轻教授，最近她正对教授发起猛烈攻势。

郑今瑶：不追了。

郑今瑶：我打算换个星球生活，怎么说，你要跟我一起去吗？

博盈配合她。

博盈：那我能带上贺景修吗？

郑今瑶：？

郑今瑶：都换星球生活了！你为什么还要给我吃狗粮？！

博盈回答得理直气壮。

博盈：那不是因为你没追到沈教授吗？你把沈教授追到手，我们一起换个星球生活。

郑今瑶：追不到了。

博盈：怎么说？

郑今瑶：下回见面再跟你说，丢脸死了，我不想活了！

博盈被她逗笑，翘着唇角回复。

博盈：你先说，我先笑笑你再不活。

郑今瑶：拉黑了。

拉黑当然不会拉黑，但郑今瑶不说，博盈也没办法。

不过，“求知若渴”的博盈的好奇心被她吊了起来，连逛植物园也不怎么专心，被贺景修提醒了好几次，她才回过神来。

贺景修看她这样，憋半天憋了一句：“渣女。”

博盈错愕，瞪着贺景修：“我哪里渣了？”

贺景修戳了戳她脸上的小梨涡：“被郑今瑶几句话搞得心神不宁，你不是渣女谁是？”

博盈噎住。她失笑，挽着贺景修手臂说：“对不起贺总，我立马把全部心思放你身上，怎么样？”

贺景修睇她：“还拍照吗？”

“拍。”

两人认认真真地在植物园逛了一圈，聊着聊着，话题莫名又转到了郑今瑶身上。

博盈好奇：“你说她是做了什么丢脸的事，才会想换个星球生活？”

贺景修抬眼：“你要跟她一起走？”

博盈：“……有可能。”

“记得把我带上。”贺景修说这话的时候，没有一点不适。

博盈轻笑：“好。”

在植物园逛了一圈，两人去附近餐厅吃饭。

吃完饭，贺景修陪博盈逛街，玩着她喜欢的幼稚游戏，和大多数情侣一样。到晚上，两人还顺便看了场电影。

因为这场电影，博盈忘了要去追问郑今瑶她换星球生活这件事。

日子一天天过去，律所的工作，博盈越发上手，渐渐地，加班时间变短，但出差时间变多了。

有时候她跟贺景修都忙，今天你飞，明天我飞，变成了空中飞人。但很奇妙，她很享受目前的忙碌生活，觉得特别充实。

偶尔看到当事人露出的那种笑，她会很欣慰。真好，她学了一个能直接帮助到人的专业。她真的很高兴。

熬过炎热的夏日后，秋天到了。

博盈最喜欢秋天，无关其他，仅仅是因为秋天是遇见贺景修的季节。

那一天，傍晚的少年和粉红色的夕阳，刻在了她脑海里，让她永远都无法忘记。

国庆节过后，天气渐渐凉爽下来。

这天下班，博盈本想说跟贺景修回学校看看，她还记得，十月十日这天，她遇到了贺景修。

博盈能准时下班，但贺景修要加班，且是没办法走开的那种。

博盈在惋惜之余，又觉得留给明年也挺好，明年一定要提前跟贺景修约时间，然后去学校。

还有半小时就能走了，博盈正考虑是下班直接回家，还是去贺景修公司转转，她有段时间没去了。还没想出答案，郑今瑶给她打来了电话。

“盈盈，晚上有约会吗？要不要一块吃饭？”

博盈：“要。”她笑，“吃什么呢？”

郑今瑶想了想：“看你呢，你想吃什么？”

莫名的，博盈很想回学校看看。

“我想到我们学校附近那条小吃街去，你之前不一直喊我带你去吗？今天去怎么样？”

话一说出来，郑今瑶那边安静了片刻。好一会儿，才传来她讶异的声音：“啊？”

博盈：“怎么了？”她不解，“你不想去吗？”

郑今瑶蒙了几秒：“没有呀。”她抿了下唇，有种紧张感，“你想去的话，我们就去，要不要再问问盛纯啊，她好像在休息。”

“好啊。”

没一会儿，两人约上了盛纯。

一到下班点，博盈便走了。

从律所这边到她高中学校那边，不远但也不是很近。驱车前往时，博盈发现天空很美，晴朗又明亮，大片的橘红色渲染着云层，很是漂亮。

她惊讶地发现，不少车主在等红灯时都纷纷拿出手机拍照。博盈笑了下，也随手拍了一张照片发给贺景修。

博盈：看，很漂亮的夕阳。

贺景修没能及时回复，博盈也没在意。

抵达学校，博盈又抬头看了眼。她发现，几年前自己没用相机记录下来的粉色天空，现在变成了橘红色，有点像是酸酸的橘子成熟的感觉。

她站在校门口，忽然有点想法了。

“瑶瑶。”博盈给郑今瑶打了个电话，“我想去一中看看，我们晚点再吃饭？”

虽然贺景修不在，但她一个人回来走走，也觉得不错。

郑今瑶愣了一下，慌乱道：“啊，我跟盛纯马上到了，三分钟，你等我们一下？”

博盈：“你要跟我一起去一中吗？”

郑今瑶嘿嘿一笑：“要啊，去看看你跟贺总定情的地方，带我去吗？”

博盈被她逗笑：“什么定情，是一见钟情。”她道，“你想去的话就带你去。”

郑今瑶一锤定音：“要去。”

五分钟后，三个人在一中校门口集合。

这会儿学校也下课了，学生人来人往。博盈几个人做了登记后，门卫将她们放了进去。

博盈熟门熟路地带着她们往操场走，经过操场时，她道：“其实我那次是来看篮球赛的。”

“那你怎么去天台了呢？”

博盈指着天空：“夕阳吸引我去的。”

盛纯笑道：“那你今天带相机没？”

“没。”

博盈惋惜：“手机也可以吧。”

郑今瑶：“没想到吧，我带了。”

两人转头看着她。

郑今瑶眨眨眼，心虚地说：“顺手拿的。”

博盈没多想：“那你待会儿帮我好好拍几张照片。”

“没问题。”

三人往艺术楼那边的天台走。不一会儿，博盈就有点气喘吁吁了，而盛纯和郑今瑶体力更是不行。

在即将到天台时，博盈忽然听到了上头传来的声音。

“你怎么不走了？”郑今瑶看她。

博盈竖着手指，轻嘘道：“等等。”

她侧耳倾听，发现对话有点熟悉，声音也有点熟悉。

博盈正呆愣在原地，突然清晰地听见了一句："我有喜欢的人了。"

上方有影子罩下，博盈抬头，恰好对上男人英俊带笑的眉眼，他直勾勾地盯着她，落下一句："她叫博盈。"他盯着她，一字一句地说，"我今天想和她求婚，不知道她能不能答应我。"

博盈怔怔地望着他，嘴唇动了动，好半天说不出一句话。

"你——"

贺景修忽然伸出手，想要拉她。博盈轻眨了下眼，下意识地把手交给他。

两步台阶一跨，她和他站在了天台。

橘红色的夕阳罩下，落在两人身上，把他们的影子拉得很长。

博盈脑子卡了一下壳，还没能回过神来时，贺景修忽然在她面前单膝跪下，仰头望着她："盈盈，我一直都在想，要给你一个什么样的求婚才会让你感动，让你记忆深刻，思来想去，好像这儿最合适，这个时间点也最合适。"

他说："谢谢你在九年前的这一天跑到这里，闯进我的生活，扎根在我心底。"他紧盯着她，"你跟我说，那天为了看我，就连夕阳都忘了拍了。"

"以后只要你想，我愿意陪你看每一天的夕阳。"他停顿了下，轻声问，"嫁给我，你愿意吗？"

夕阳下，两人的身影重叠在一起。

和那天差不多，但又不一样。

那时候，贺景修的影子覆在她的影子上，一高一低，现在，同样的一高一低，身影却互换了位置。

两人的身影好像是交叠的，是自愿交叠在一起，谁也不舍得挪开一步。

博盈望着他，眼眶湿润。

她抬眸看着今日颜色不一样却一样好看的夕阳，情绪激涌，嗓子也有些哑。

"我愿意。"她说，"我愿意。"

她对他一见钟情，她很清楚。而她更清楚的是，在很早很早以前，她就知道，自己这辈子都逃不开了。

从和他在一起的那天起，她就希望，有一天能成为贺景修的太太。

她想嫁给他，想这辈子都和他绑在一起，谁也没办法将他们分开。

贺景修将戒指给她戴上，两人无声对望。

风吹过，博盈听见了相机的咔嚓声。她抬眸，看到了另一侧的亲朋好友。

“看这边。”郑今瑶说。

照片定格在这一刻。

和多年前很像，又不太一样。

博盈终于得偿所愿，追到了令她心动的那个少年，而那个令她心动的少年，向她求婚了。

所有人还在感动情绪里，盛纯忽然爆出一句：“盈盈，你怎么这就答应了啊！说好的以后要刁难贺总的呢？”

“就是就是！贺总这个求婚太容易了。”

大家七嘴八舌地说着，天台上一片笑声。配着晚霞夕阳，这一幕美不胜收。所有人脸上都洋溢着笑，是发自内心的喜悦和祝福。

博盈望着他们，忍俊不禁。

她被贺景修抱在怀里，“很勉强”地在大家面前亲了一下，一碰便分开了。

博盈虽然脸皮厚，但在亲朋好友面前接吻，还是有点害羞。好在，大家也没有过分为难两人。

闹了一通，她情绪稍稍冷静了些许，环顾四周才发现，天台地板上铺满了鲜花，和夕阳相互映衬着，漂亮又亮眼。

她看了一会儿，转头去看旁边的男人：“你们什么时候开始折腾的？”

贺景修目光温柔地看她，低声道：“早上。”

博盈愣怔：“老师允许吗？”

“允许。”贺景修道，“有这个计划后就跟以前的老师提了一句。”

博盈挑了挑眉，倒也不怎么意外老师会答应。贺景修念书时就是老师心尖上的学生，他要在学校求婚，怎么可能不答应？

看到她脸上的笑，贺景修顿了下说："现在下去吧。"

"去哪儿？"博盈一愣，反应过来，"吃饭吗？"

"不是。"

博盈被贺景修拉到操场才知道，这人还准备了第二招——她在天台如果没答应的话，他还有后手。

忽然间，博盈想起上回和他回学校的那些场景。

她当时说了句她喜欢看他打篮球，他沉吟半晌好像回了她一声——知道了。

博盈抬头望着一群三十岁左右的男人在秋日晚上换下他们平日的西装革履，然后穿上球服，直奔篮球场。

她手里抱着贺景修丢给她的西装外套，呆了好一会儿才叫了一声："迟绿。"

迟绿："怎么了？"

博盈转头，和她对视几秒问："我哥为什么也要配合他们这么幼稚的举动？"

"幼稚？"迟绿瞥她，"你不感动？"

"……感动。"博盈扑哧一笑，"他们在这儿打篮球，不怕待会儿上热搜？"

除了盛纯这个大明星，颜秋枳他们最近也闲着，也过来凑热闹了。这会儿，陈陆南他们也都在篮球场。

颜秋枳刚从另一边拿了陈陆南的外套过来，恰好听到这么一句。她失笑："上就上吧，我们也有段时间没上热搜了。"

盛纯点头，笑着道："因为这事儿，他们已经被网友猜测婚变了。"

几个人笑作一团。

"你们说谁会赢？"

上场的几个男人分成了两个阵营。

贺景修、骆霄、裴彦、沈肃、祁学真一队，博延、陈陆南、姜臣、程湛、傅言致一队，正好每边五个人，一个不多一个不少。

"我有个疑问。"向月明问，"为什么沈教授被拉到贺总那边了？"

盛纯："你不知道吗？"

博盈解释："他们本来就认识。"

"啊？"

这一下，几个人惊呆了。

"瑶瑶，是这样吗？"

郑今瑶："……对。"

几个人又去看博盈："我记得以前盈盈说，贺总说要给瑶瑶介绍优质男青年，但瑶瑶说想要教授，高知分子，贺总说他不认识教书的人？"

这个问题，倒也不是很难回答。

博盈也是后面才知道的，贺景修和沈肃很早以前就认识，但来往并不密切。留学时倒是见过几面，但也就那几面，之后沈肃一直在国外学校留教，今年年初才回国。

如果不是那次碰上了，他到现在都还想不起自己有个当教授的朋友。

听完，颜秋枳点评："这倒是。"她抬了抬下巴说，"你看贺总裴总都是一身铜臭味，沈总这种教书育人的教授，肯定不喜欢和他们打交道。"

几个人忍俊不禁。

"我得说一句啊。"盛纯道，"沈总也是铜臭味养出来的呢。"

郑今瑶在旁边笑："对，他有个哥哥。"

如果不是因为有哥哥，沈肃也不能这么轻松地去高等学府当教授，说不定也被逮着回家继承家业了。

闻言，迟绿沉默半晌道："人以群分。"

博盈："我待会儿就告诉他们。"

博盈跟季清影打招呼："清影姐，傅医生今天正好休息吗？"

季清影颔首："对，之前博老师和他提了一句，我们把今天空了出来。"她摸了摸博盈的脑袋，真诚道，"希望我们盈盈幸福。"

博盈和向月明年龄相仿，但按照月份算，她比向月明还大两个月。

博盈忍俊不禁，仰头看她："我一定会的。"

迟绿点了点她的脑袋："要是贺总敢欺负你，你就让陈陆南的老婆去微博曝光他。"

颜秋枳哽了下："为什么不是你？"

"我的微博粉丝没你多。"迟绿说得理直气壮，"难道不是你最合适？"

颜秋枳："那小月儿的粉丝也多。"

沈慕晴在旁边点了点头，一脸认真："你们一起曝光。"

两人："……你先把你的微博交出来，我们就去曝光。"

"……"

因为女人多的缘故，几个人凑一起聊着聊着，完全忘了在篮球场拼搏的男人们。好一会儿她们才想起这事，然后专心看球赛。只不过这会儿，她们已经有些看不懂了。

结束后，博盈往贺景修那边走，把水递给他，小声问："谁赢了？"

贺景修垂下眼看着博盈："你没看？"

博盈摸了下鼻尖，举着手里他刚刚求婚给戴上的戒指，小声说："我欣赏戒指去了。"她欲盖弥彰，"这钻石好大啊，你什么时候开始准备的？"

贺景修就这么静静地看着她表演。安静了一会儿，他抬起手揉了揉她头发，低声问："不是说想看球赛？"

"嗯。"博盈有些不好意思，"但是迟小绿她们一直在跟我说话，我就没认真看。"

她把锅推了迟绿身上，而迟绿那边，自然也把锅丢给她。

迟绿才不会承认自己没认真看博延打球，她在这方面比博盈聪明一点点，即便是没看，也不会轻易地表露出来。当然，她那拙劣的演技，也是骗不过博延的。

好在几个大男人都不是会当场计较的性子，知道她们没看也没表露出不满。只是在心里给她们好好记了一笔，回家再收拾她们。

打完球，时间不早了。贺景修早就订了餐厅，一行人前往。

闹哄哄的一晚，很热闹也让人很放松。

吃过饭后，大家陆续离开。

博延和迟绿是最后走的，博延垂眸看着博盈，抬手拍了下她的脑袋，声音低沉地道："长大了。"

莫名的，博盈有点想哭。她现在明明还没嫁人，贺景修也只是向她求婚了，可博延一说这种话，她的情绪就压不住。

“我没长大。”博盈抿着唇，委屈巴巴地说，“我还是你的妹妹。”

博延被她逗笑：“我没说你不是我妹妹。”

博盈：“那你说我长大了。”

博延笑笑，低声道：“你知道我的意思。”

博盈不想知道。

博延微顿，弹了下她额头，也没和她多说。他看向贺景修，顿了顿说：“照顾好她。”

贺景修郑重点头：“放心。”

博延“嗯”了一声：“如果你照顾不好，我和迟绿不介意养她到老。”

迟绿跟着笑：“对。”她抱了抱博盈，“我和你哥，永远对你敞开家门。”

最终，博盈那压着的眼泪还是掉了出来。

她最不喜欢的就是这种煽情的场景。可偏偏她是个感性的人，总会被亲人朋友的话所感动。

她从小缺失的父爱和母爱，博延和迟绿，甚至连贺景修，好像都在努力给她补上。他们让她坚信，自己是个有人爱、有人宠着的小孩。

博延也不爱说这些，叮嘱了几句便带迟绿回家了。

看他们走后，贺景修才牵着博盈的手上车。

因为喝了酒的缘故，贺景修安排司机过来接两人。

上车后，博盈靠在他胸口，安安静静的，也不说话。贺景修垂眸看了她好几次，捏着她的手把玩着。

窗外光影忽明忽暗，落在玻璃窗上，再洒进来。

博盈盯着外面看了好一会儿，埋头在贺景修脖颈处出声：“贺景修。”

贺景修喉结滚了滚，应下：“在。”

博盈轻声说：“我忘了跟你说。我很喜欢你今天的求婚，我很高兴。”

贺景修一怔，哑然失笑。他搂着博盈，轻轻摸了摸她的脑袋，低低道：“喜欢就行。”

“你紧张吗？”博盈好奇。

贺景修点头。

博盈扬扬眉，讶异道：“多紧张？”

“比你见爷爷奶奶还紧张。”贺景修告知。

那时候，如果博盈和他十指相扣，她就会发现，他的手心都是汗，是紧张的缘故。

虽然，贺景修自信博盈会答应自己，但还是没有缘由地紧张。可能是因为这是自己珍视的人，也可能是害怕和担心。贺景修说不上来具体原因，但就是紧张。

直到把戒指给她戴上，将人拥入怀里，他的紧张感才稍微减少了些许。

听到这个回答，博盈扑哧一笑：“那确实是蛮紧张的。”

贺景修看她，说：“我也很高兴。”

两人相视一笑，心照不宣。

第二十七章
筹　备

求婚后的那个周末，博盈用两个字来形容——放纵。

放纵的后果，就是上班第一天萎靡不振。

律所同事看她这样，忍俊不禁：“盈盈，周末干什么坏事了？”

博盈微窘，脸颊泛红：“没，就是熬夜看了电影。”

她是真真实实看了电影的，只不过这电影在家看的，还没看完，就被贺景修压在影音室亲吻。

同事笑了笑，道：“恭喜。”

周五被求婚后的那天晚上，博盈就发了个朋友圈。她没发戒指这些，只是发了跟贺景修一起站在天台，被郑今瑶用相机定格的那张照片。

照片拍得很有意境，她手里的戒指被遮挡了大半，不细看看不出来，但两人很般配，周围又有鲜花，稍微想一想大家便知道在做什么。

周末两天，博盈收到了不少祝贺的消息，她跟贺景修一一回了过去。

博盈笑：“谢谢。”她说，“大家晚上有空吗？要不要一起吃饭？”

同事：“那我去群里问问？”

“好啊。”

原本，博盈想带点糖过来的，给大家分喜糖。但周末两天她跟贺景修都没出门，阿姨也休息没上班，两人的糖也就没买成。思来想去，请大家吃饭也挺好的。

定下来后，博盈跟贺景修说了一声。

博盈：我晚上请律所的同事吃饭。

贺景修：那我呢？

博盈：你过来买单。

贺景修：……

看到他这一串省略号，博盈故意发消息给他。

博盈：怎么，贺总不愿意？

贺景修：恭敬不如从命。

博盈：好，那晚上等你。

贺景修：嗯，我安排祁助理去订餐厅？想吃什么？

有贺景修帮忙，餐厅什么的完全不用博盈操心。她乐得清闲，只需要忙自己工作的事。

忙忙碌碌一上午，博盈空闲下来时，已经到午饭时间了。

刚进公司的新同事敲门："盈盈姐。"

博盈抬起头："怎么了？"

"你中午想吃什么？"新同事笑着说，"我去给你订。"

博盈想了想，看了眼时间："不用给我订，我中午没什么事，我出去一会儿。"

"去贺总那边吗？"

博盈来律所半年多时间，所有人都认识贺景修，也都莫名其妙跟着喊他"贺总"，明明他们也不是贺景修员工。

博盈点头："是。"她拿起手机和车钥匙，"你们吃，晚上我们一起吃饭。"

"好。"

博盈这突然的探班，让贺景修猝不及防。

看到人站在自己办公室门口时，他愣了几秒，起身朝她走近：“怎么突然过来了？”

博盈今天穿的是一套有设计感的杏色西装，看上去干练但又不失温柔。到律所上班后，她购置了很多不一样的西装，每天换着穿。

两人对视一眼，博盈笑：“我不能来？”

贺景修睇她一眼，牵着她往沙发那边走：“今天不忙？”

他清楚她的工作安排，一般情况下，他们俩中午打电话的时间都没有，博盈每天中午会给自己安排半小时到一小时的休息时间，除了这点时间外，其他时间她很忙。贺景修在她那儿，一般排不上号。

博盈点头：“想给自己放个假。”

贺景修失笑：“想吃什么？我让祁助理去安排。”

“都行。”博盈靠在他身上，小声嘟囔，“腰痛。”

贺景修微顿，垂下眼看她：“腰痛？”

对上男人那颇有深意的眼神，博盈哽了下，连忙解释：“不是那个意思！”

“哪个意思？”贺景修重复她的话，唇角上扬。

博盈推了他一下：“坐久了腰痛。”

话一说出来，博盈后知后觉地意识到自己这话歧义太严重。她脸色微僵，旁边已经有了男人低沉的笑声。

博盈抬脚踹他。

贺景修也不避开，压着笑咳了一声：“我给你按按？”

博盈：“……好。”她往门口那边看了眼，“祁助理不会进来吧？”

“他会敲门。”

听到这话，博盈放心了。

她趴在沙发上，让贺景修给她按摩。她没夸张，她的腰真的有点痛。

贺景修的按摩手法不错，因为博盈之前经常加班的缘故，她老是久坐，也不会记得起身活动，久而久之腰很容易痛，连颈椎也是，酸酸痛痛的。

她偶尔会跟贺景修说这事，说多了，贺景修也就记住了。他特意跟人学了按摩，就为了给她缓解疼痛，让她放松。

按了一会儿，敲门声响起。

博盈迷迷糊糊地要睡着了，她正想起身，贺景修拍了下她脑袋，道："不用起来，我开门拿。"

博盈："……哦。"

看到贺景修开了一半的门，祁学真也不敢多问。他把东西递给贺景修："贺总，午饭，这是给博小姐买的咖啡。"

贺景修接过，道："中午没什么事了，去休息吧。"

祁学真点头。

门关上，祁学真一转头便对上了另外几个助理好奇的目光。

"贺总为什么不让你进去？"

"博盈来了，贺总会放心让祁助理进去？"

"就是就是，上回博盈夸了祁助理两句，贺总给祁助理安排了多少工作你们忘了吗？"

"那工作是他本来就要做的嘛。"

"你要这么说也是，但是博盈夸了祁助理，贺总就是吃醋了嘛，所以他今天就不想让博盈看到祁助理！男人的占有欲可强了。"

上回博盈过来时，祁学真准备的那些全是她当下想要的，安排得过于妥当。在贺景修办公室吃完饭离开时，她恰好碰到了祁学真，就顺口夸了几句。好巧不巧，当时贺景修刚打完电话想出来送她，便听到了这么一段。听到后，他还暗暗记了下来。

那天两人下班回家，睡觉时他还逼问她，是不是真觉得祁学真好。博盈到那会儿才反应过来，这人吃了一下午的醋。

她哭笑不得，但又忍不住在心里窃喜。

她喜欢这样被人需要、喜欢的感觉。

办公室里，博盈也恰好想到了这一点。

吃饭时，她抬眸看向贺景修，故意问："你刚刚不让祁助理进来，是不是因为我上回夸他？"

贺景修帮她把鱼刺挑开，把鱼肉塞她嘴里，声音平静："什么？"

博盈瞅着他："你明知故问。"

贺景修才不会承认是因为这个，他目光灼灼地看着对面的人，嗓音低沉："不是。"

博盈挑眉："真的？你最近这段时间没有为难祁助理吧？"

"我是这种人？"贺景修看她一眼，"没有为难。"

闻言，博盈放心了。

她笑着往贺景修碗里夹菜，哄着道："贺总，其他男人再好，我就算是再怎么夸他们，也只是因为他们的工作能力。"她嘴甜，"我最喜欢的还是你。"

贺景修敛目，眉目舒展，笑盈盈地望着她。

博盈看着他的表情变化，乐不可支："贺总，开心了？"

贺景修坦然承认："是。"

博盈太知道怎么哄人了，特别是哄贺景修。

吃过饭，博盈在他这边休息。

两人难得地睡了个不错的午觉，在贺景修这儿，博盈总能睡得很好。

回公司时，贺景修亲自送她。虽然博盈觉得没必要，但小情侣之间，好像就是这么送来送去、腻腻歪歪的。

到律所下车时，博盈看着他："你开我的车回去？"

贺景修点头："下班来接你。"

博盈眼睛弯弯的："那我等你。"

贺景修捏了捏她的脸，低头亲了她一口，承诺说："保证不迟到。"

两人在车里接了个缠绵的吻，博盈才依依不舍地下车。看她进去后，贺景修才驱车离开。

下班时，贺景修还真的没迟到，准时出现在律所门口。

看到他，律所的同事笑盈盈地和他打招呼："贺总来接盈盈了。"

贺景修颔首："是。"

大家齐刷刷道："那我们先过去餐厅那边，盈盈还有点工作没忙完，你进去等吧。"

贺景修："行，餐厅那边打过招呼了，你们去了先点餐。"

同事们戏谑："那我们肯定不客气。"

贺景修兀自笑笑："没问题。"

他进博盈办公室时，博盈还在忙。贺景修抬眸看了她一眼，径直走到等待区坐着，没出声打扰她。

博盈忙完才发现贺景修来了。

两人对视一眼，博盈蒙了下："下班了？"

"嗯。"贺景修起身，看了眼腕表时间，"六点半。"

博盈摸了下鼻尖："我又忘了。"

"不急。"贺景修看她，"现在忙完了？"

"嗯。"

"那走吧。"

博盈点了点头，轻声问："他们呢，已经过去了吗？"

贺景修点头。

征求过大家意见，晚上吃烤肉，贺景修和博盈到的时候，牛肉已经被摆上桌了。

一看见牛肉，博盈眼睛在发光。

"盈盈。"同事开玩笑说，"你稍微克制一点。"

博盈吞了下口水："很难克制。"

"要不要再加点东西？"同事问。

贺景修看博盈："还想吃什么？"

博盈接过菜单看了看，很诚恳地说："我想喝汽水。"

贺景修："……"

博盈在夏天最炎热的时候，爱上了喝汽水。原本，贺景修也不太会拦着她吃什么东西，但博盈因为喝汽水肚子痛过两次后，他就不太允许她喝了。

这会儿周围都是同事，博盈拿捏住了贺景修，料想他不会拒绝自己。

两人对视一眼，贺景修颇为无奈："喝可以，不能喝完一罐。"

博盈忙不迭点头，兴奋道："我保证。"

旁边的同事看到两人这样，忍俊不禁。

趁着贺景修去给她重新点单，同事凑过来追问："盈盈，贺总还管你喝这些？”

博盈不好意思地承认：“我喝多了会肚子痛。”

每次肚子痛，她都能把贺景修折腾得死去活来。不是让他疲惫的那种，是让他心疼的那种。

他看不得博盈难受的模样。

这一点，博盈很清楚，她也不是说刻意为难贺景修，她就是有点馋了，想喝两口解解馋。

同事听她这么一说，瞬间后悔自己为什么要多嘴，她就不该来吃这个狗粮。

有贺景修在，大家好像没那么能放得开。但一顿饭吃得还是很开心。

结束后，两人回家。

两人都喝了一点点酒，坐在车里，博盈靠在贺景修身上，看着窗外夜色。

车内很安静，只有司机在前排播放的轻音乐在他们耳边响起。好一会儿，博盈伸手戳了戳贺景修肩膀。

“贺总。”

贺景修敛目看她：“嗯？”

博盈凑在他耳边，小声道：“外面的景色还挺好看的，我想下去走走。”

贺景修一怔，低声问：“确定吗？”

“确定。”博盈看了眼时间，“现在还早，待会儿让司机在小区前面一条街把我们放下去吧，然后我们走回去？”

贺景修应声。

十分钟后，两人下车。

周围都还有喧嚣的声音，路边还有小摊贩。博盈和贺景修十指相扣，和普通情侣无异，慢悠悠地在秋日夜晚走在街边。晚风拂过，非常舒服。

晃悠着贺景修的手，博盈兴冲冲地跑到路边卖花的大姐那里买了两束花。

走回家，博盈也不着急去休息，跟贺景修一块把花插好，还颇有兴致地拍了两张照片。

她很享受现在的生活，每一天，每一个晚上，她都在用心度过。

睡前，贺景修将她揽入怀里。

“腰还痛不痛？”他还记得这事。

博盈一愣，靠在他肩膀上点头：“痛，再给我按摩一下？”

贺景修：“好。”

给博盈按摩完，博盈亲了亲他唇角，笑着说：“给贺总的奖励。”

贺景修觑她一眼，抱着人亲了好一会儿才放过她。

“睡吧。”

博盈“嗯”了一声，埋在他怀里：“晚安。”

“晚安。”

求婚后的生活，和以前没太大差别。

这一年，博延跟迟绿结婚了。

博盈跟贺景修两人本想当伴郎和伴娘的，但因为各种原因，两人都没当上。但迟绿的捧花，是博盈接住的。

迟绿和博延婚礼后便去环球旅行了。两人走到哪儿都会给博盈发照片，博盈看着，眼馋到了极点。

偶尔，贺景修会问她：“要不我们也结个婚，然后出去旅行？”

每当这时候，博盈都觉得他挺没诚意的。他们结婚又不是为了旅行。

贺景修笑而不语，也不多解释。

当然，博盈也知道他并不单单是为了陪自己出去旅行。他是真的想结婚了。

可博盈又觉得，再等等吧，她还想再厉害一点。

又是一个新年。

大年三十这天，贺景修先在博延这边陪博盈吃了饭，而后把她带回了爷爷奶奶家。

他求婚成功的事，大家都知道，两家来往也就更密切了。

吃过饭，贺景修带她出去玩。

看着漫天的烟火，博盈钩了钩贺景修的手指，小声：“贺总。”

贺景修看她："冷不冷？"

风很大。

博盈摇摇头："还好。"她靠在贺景修的怀里，低声问，"你怎么不在这个时候问我了？"

贺景修微顿，明白了她意思。

他安静了一会儿，偏头望着她的眼睛，认真道："过完年，我们筹备婚礼？"

博盈扑哧一笑，松口道："好。"

又一年了。

她想和他有个家。

博盈一松口，一切事情就好办了。

贺景修早就想和她结婚，想跟她有个家了。但他确实也清楚博盈的考量，也就一直随她去，她想就办，她不想就不办。左右恋爱是他们俩，结婚也是他们俩。

以前，贺景修觉得办不办其实没太大区别，可在博盈松口说我要结婚的时候，贺景修忽然发现——是有区别的，结婚和不结婚，其实有很大区别。

看贺景修舒展的眉目，博盈忍俊不禁："贺总，喜形于色了啊。"她揶揄道。

贺景修搂着她肩膀，和她一起抬头仰望星空。

他喉结滚了滚，侧眸深深看她一眼，没再隐藏自己的情绪，他说："是有点。"

博盈："那你不收敛一下？"

"不想收敛。"贺景修轻蹭了蹭她鼻尖，嗓音低沉地说，"真正值得高兴的事，为什么要收敛？"

他握着博盈的手，目光灼灼地望着她，低声问："真想好了？"

博盈眨眨眼："想好久了，你说呢？"

贺景修了然。他将人拥入怀里，呼吸的气息落在她耳后，让博盈耳朵不受控地泛红，酥酥痒痒的。

“博盈。”他开口，郑重其事喊她。

博盈一愣：“啊？”

“我会对你好。”贺景修突然说，“以后，你有两个家。”

无论是博延那边，还是自己这边，永远都是她的家。

其实贺景修知道，博盈是个没什么安全感的人，她平日里像个小太阳，活泼又会暖人，但内心深处的敏感和不安定，一早便在她那儿扎根了。

除了会全身心信赖哥哥外，也就只有贺景修能让她稍稍觉得有安全感，值得相信。

她之前答应求婚，却一直没想领证没想办婚礼这事，有部分家庭因素。她很怕结婚后有什么变故，也很害怕婚后贺景修会变，家会变。

在她的记忆里，从她出生开始，她和父母的感情就很淡，父母工作忙碌，从不多关心她和博延兄妹俩。偶尔有，也都是无谓的。所以她很害怕自己跟贺景修也变成这样，因为从某个角度来看，她跟贺景修也会是两个大忙人。

博盈一直都知道贺景修懂自己，可亲耳听到他说出这句话，她还是控制不住地被感动到。

她抬起手，环住他腰侧，小声说：“我喜欢秋天。”

贺景修莞尔：“为难我？”他故意问，“现在离秋天还有几个月，你数数。”

没等博盈出声，贺景修又说：“故意让我心急？”

博盈扑哧一笑，捶了下他肩膀：“我哪有？”

她才不承认。

贺景修轻笑。

博盈靠在他肩上，继续提想法：“我还不喜欢太多人。”

话说出来，她又觉得不太行。

她这边或许可以，但贺景修这边不行，贺家家大业大，往来的合作伙伴多，婚礼排场真没办法小办。

“算了，这个听你们安排。”

贺景修闷笑一声，轻声问：“不挣扎一下？”

“不了。”博盈抬头看他，“只要是和你结婚就行。婚礼排场大还是小，关系不是很大，只要来了我们的那些家人朋友就行。”

至于关系不深的合作伙伴，来或不来，对他们俩来说都没太大影响。

贺景修一一应下：“好。”他问，“还有什么？”

“暂时没想到。”博盈抱着他脖颈，主动亲了亲他唇角，笑盈盈地道，“等我想到告诉你？”

贺景修：“好。”

晚上，贺景修送她回家。

在博盈进家门前，他还不忘问了句：“不是冲动？”

博盈：“……不是。”她失笑，瞅着他问，“贺总，这么不相信我呢？”

贺景修笑而不语，也不多做解释。

不是不相信，是想给她时间再好好想想，再给她一个反悔推迟的机会，过了这个村，博盈就算是不愿意，想再推迟，他也不同意了。

当晚回去，贺景修便把这个好消息告知了陈女士。

知道两人想今年办婚礼的想法后，除了两位当事人高兴外，最开心的莫过于陈女士他们了。

初五这天，博盈去贺景修家里，陈女士拉着她兴致勃勃地道：“盈盈，我看了几个设计师的婚纱作品，你看看有没有喜欢的。”

博盈微愣，接过她给的平板开始看。

她选的，都是非常厉害的婚纱设计师的作品，要提前预约，有的作品甚至得好几个月才能完工。

“这里你要是没有喜欢的，我们再看。”陈女士道，“不用觉得不好意思，婚礼一辈子就一次，阿姨希望你选到自己喜欢的、满意的。”

博盈“嗯”了一声，感动不已：“谢谢阿姨。”

陈女士觑她一眼：“阿姨要谢谢你，让贺景修终于脱单了。”

博盈笑了。

“对了，贺景修跟我们说了，你不想大办是吗？”陈女士看她。

博盈愣了一下，没想到贺景修连这个都说，她沉吟半晌：“其实也还好，我就想温馨点，不用那么高调奢侈。”她更喜欢精致点的婚礼。

陈女士点点头："行，这个交给阿姨去搞定。"

博盈应着："阿姨，其实大办也没关系，我知道家里有很多朋友。"

陈女士看她："朋友是朋友，婚礼是婚礼。"她说，"重要的朋友阿姨肯定会帮忙安排，但不是特别重要的，你跟贺景修都不想大办的话，我们就不大办，我们办个特别的，你们喜欢的就行。"

她拍着博盈的手告知："婚礼是我们家里的事，和外人无关。"

贺氏集团生意做得很大，也有很多商业来往的各界人士。按照常理来说，贺氏集团总裁的婚礼确实应该请他们过来，这是礼貌。但如果两位当事人都向往温馨有爱的婚礼，而非在婚礼上推杯换盏，那不请也一样的。维系关系这点，不是说请对方来自己婚礼就可以了。

陈女士跟贺景修父亲在这一点上，想法一致。

年轻人怎么开心怎么好，他们做长辈的，只想满足他们。这是他们的婚礼，是他们一辈子的回忆。

当然，陈女士还是想给博盈好好选婚纱，选到她满意的、喜欢的。

博盈选出了两个不错的。

陈女士应下："那下回有空，我们一起去国外跟设计师聊聊？"

"好。"

陈女士看着她，摸了摸她的脑袋，笑着说："便宜贺景修了。"

贺景修刚在楼上处理完公事，一下楼便听到了这么一句。他抬了抬眼，不解地问："妈，你这偏心是不是太严重了点？"

陈女士瞪他一眼："放假也不陪盈盈，公司离了你就不行了？"

贺景修无法反驳。他和博盈对视，眼神里写满了委屈。

博盈弯唇扬眉，也不帮他。

贺景修走到她旁边坐下，低声问："选好了？"

"有两个设计师的感觉还不错。"博盈偏过头看他，在陈女士起身去厨房给两人弄水果时，她小声说，"你怎么把我想小办婚礼这事告诉阿姨了？"

贺景修抬头，往厨房那边看了眼，道："她问的。"

"啊？"

贺景修摸了摸她的手："前两天她问我婚礼想法，我说听你的。"

他说完这话后，陈女士很认真地盯着贺景修看了会儿，揣测说："听盈盈的？"

贺景修点头。

陈女士思忖了会儿："那我觉得盈盈应该不希望大办，她现在虽然是个律师，但我感觉她不喜欢应酬这些，大办的话，我们肯定得邀请那些合作方，关系好的、不好的都得请，但盈盈都不认识，以后大概率也不会和他们打交道。"

贺景修微顿，没料想陈女士会看得这么透。他缄默半晌，点头："她确实不太喜欢，她想办个温馨的，有亲人朋友在就行了。"

"那也有点困难。"陈女士叹气，"来往密切的合作方还是要请。"

贺景修笑笑，看她："妈，这事就得拜托您和爸处理了。"

陈女士觑他一眼，将人赶走："知道了，我和你爸想办法。"

"谢谢妈。"

听贺景修说完，博盈怔了怔。她往贺景修那边靠了靠，小声说："阿姨对我这么好，我都不知道怎么回报他们。"

"嗯？"贺景修挑眉，他垂下眼，和博盈对视了一会儿，"这样吧。"

"哪样？"博盈好奇。

贺景修慢吞吞地道："别把他们儿子甩了就行。"

博盈愣了愣，好一会儿才反应过来他什么意思。她忍俊不禁，戳了戳贺景修肩膀笑："贺总，对自己这么没信心呢？"

贺景修坦然承认："是有点。"

博盈眉眼弯弯，答应："行。只要他们儿子不惹我生气，我尽量不把他甩了。"

贺景修："……"

还没到春天，距离秋天还太遥远。

博盈松口后，陈女士他们便着手处理这些事，博盈倒落得轻松，忙自己的工作。

偶尔陈女士会问她的一些想法，她一一告知后，陈女士又会消失一段时间，再和她联系时，一定是带着好消息来的。

博延知道两人要结婚的事，倒没说什么。婚都求了，结婚是迟早的事。

只不过在跟贺景修领证前，博延和迟绿让她回家了几次，签了好几份文件。

是博延之前购置的房产，他转给她了，当作婚前财产。

领证这件事，其实没有任何计划。

前一天晚上，两人窝在家里看电影。已经是炎炎的夏日了，窗外蝉鸣声不断，花香从窗外飘进，沁人心脾。

博盈和贺景修一直没搬家，一直住在这边，但婚房一直都在装修布置，当然，这也是陈女士在监管负责，但意见和想法是贺景修和博盈提的。

电影是博盈和贺景修看过好几次的，改编自博延和迟绿爱情故事的电影，剧本是博延亲自写的，电影的男主角是周砚，女主角是许稚意。

在这部电影里，周砚的感情戏格外细腻，而许稚意这个清冷系女明星，更是把她的气质发挥到了极致。

这是许稚意的第一部电影，她长得和迟绿有一点点相似，气质很像，都高高瘦瘦的，有种清冷感，她的脸拍电影和电视剧都好看，非常精致漂亮。

博盈第一眼看见时，就觉得她很适合这个角色。而电影拍出来，证明她也确确实实是适合的。

在看到两人去民政局的画面，贺景修忽然说："盈盈。"

"嗯？"博盈还沉浸在周砚和许稚意的盛世美颜中，直勾勾看着，一点也没分神。

贺景修盯着她看了半晌，说："我们明天去领证吧。"

博盈一愣，扭头看他："明天是什么好日子吗？"

贺景修点头，将人拉入怀里，说："我们去领证，它就是好日子。"

博盈弯唇，毫不犹豫地答应："好。"

第二十八章
婚 礼

领证这天天气很好，阳光明媚。

因为是工作日，两人和其他要结婚的情侣一样，排队进去，办结婚手续，拍照。

画面再次定格，是他们结婚证上的漂亮照片。

拿到红本本出来时，博盈还有点恍惚。太快了，比她想象的要快很多。

跟贺景修从民政局出去，回到车里。

她看着面前的红本本，抬头看向对面的人："贺景修。"

贺景修挑眉："喊我什么？"他手指点了点她拿着的结婚证。

博盈扑哧一笑："就喊你贺景修。"

贺景修微顿，接过她拿着的结婚证打开，他垂下眼，看两人的合照，嗓音低沉地喊："老婆。"

明明是比较常听的一个称呼，可从贺景修的嘴里说出来，博盈总觉得意义不太一样。

她揉了下耳朵，唇角上翘着："在。"

两人相视一笑。

博盈仰头，主动靠近他亲了下，小声喊："老公？"

贺景修喉结滚动，应声："一直在。"

他低头，拥着她在车内接了个绵长的吻。

工作日，两人领完结婚证后也还得回去上班。

回公司的路上，博盈收到了裴云梦还有同事发来的消息，问她怎么突然请假了。贺景修也请假了，两人该不会是领证去了吧。

博盈看向贺景修："贺总，他们猜到我们去做什么了。"

贺景修挑眉："嗯？"

"我们去超市买点糖吧。"博盈提议，"反正还有时间。"

贺景修："好。"

去超市的路上，博盈把拍好的结婚证的照片发到朋友圈。

博盈：今天是个好日子。

朋友圈一发，手机开始疯狂振动，是朋友们、同事们发来的祝福消息。她笑了笑，捧着手机一一回复。

到超市停好车，贺景修看着她："等等。"

"什么？"

贺景修拿出手机："我也发一个。"

他朋友圈很少发东西，偶尔有，也是和集团有关的信息，个人生活的信息少之又少。不过他晒过博盈的几次照片，一次是生日，一次是求婚，还有一次是新年。

贺景修发到朋友圈的关于生活的信息，主角全是博盈。而这一次，是一生只有一次的结婚证。

为配合博盈，他的朋友圈写的是——以后每一天都是好日子。

因为有博盈。有她在的每一天，都会是最好的日子。

他这朋友圈一发，点赞和评论的人更多。真诚祝福的、揶揄的、调侃的，都不少。

骆霄：你是不是太酸了点？！

裴彦：屏蔽了。

盛纯：祝福贺总和盈盈！什么时候请我们吃饭？还有上面那位，你屏蔽干什么，你好好学学人家贺总。

博延：照顾好我妹妹。

博盈跟贺景修的共同好友很多，看到他们在自己那儿留的关切话，她再看大家对贺景修的态度，忍俊不禁。

她挽着贺景修的手，忍不住问："贺总，你有没有想过，为什么大家对你这么不友好？"

贺景修："想过。"

博盈挑眉，期待他说出什么"不要脸"的话。

贺景修看她，肉麻道："他们嫉妒我有个这么漂亮的老婆。"

博盈被他的话噎了下，完全没料到他会这样夸自己。

她忍着笑，一本正经地点头："嗯，我也这样觉得。"

贺景修敲了下她脑袋，低声问："这些糖够了吗？"

"够了够了。"博盈道，"我们律所同事不多，你们公司怎么办？"

贺景修想了想："让祁助理去办。"

"……好的。"

回到律所，博盈把喜糖分给大家。

这一天，博盈的心情很好。跟贺景修领证，她没有任何焦虑感和紧张感，她只有喜悦。

这种喜悦，是贺景修日常给予她的底气和勇气。

领完证后的生活，贺景修跟博盈都变得更忙了。除了工作外，因为要临近婚礼，他们开始频繁往婚房那边跑，偶尔会去监工，然后提出一些自己的想法和建议。

婚礼场地，考虑到各方面的因素，他们定在了学校。是一中的校园。

每年秋天，一中的银杏树就是一道靓丽的风景线，过来打卡的老同学和游客都有。而这里，还有博盈和贺景修很美好的记忆。

原本，两人都想出国。

可想了想觉得太麻烦了，博盈留学的地方，贺景修留学的地方，他们想蜜月的时候过去。

婚礼定在学校，是博盈提出的。

相较于酒店，她更喜欢露天的学校，两侧都是高大的银杏树，金灿灿的银杏叶，漂亮又好看。

她这提议一出，立马得到了所有人的同意。贺景修觉得不错，陈女士也觉得可以。迟绿几个人更是觉得好，他们都离开高中校园太久了，用这样的方式回去看看，纪念纪念，也未曾不好。

“那要穿校服吧。”迟绿扬了扬眉说，“晚上闹场的时候，我们都穿校服怎么样？”

她这个提议，大家更是同意。

“行啊。”颜秋枳道，“校服交给你搞定，反正你最会。”

迟绿噎住。

博盈把迟绿这想法告诉贺景修的时候，贺景修愣了一下，垂眸看着她问：“校服诱惑？”

博盈微哽，脸红了红，小声说：“那老师是不允许的。”

贺景修从善如流：“那我当你老师怎么样？”

“……贺老师还有什么要教给我的？”

闻言，贺景修眸子里的笑意加深，低头含着她的唇，含混道：“有。”他喉结滚动，低语，“你想学的，贺老师都能教。”

婚礼的日期定在十一月初，正是秋日好时节。

因为博盈的婚礼想法，贺景修自己出面跟学校校长及老师们沟通，最后几个良辰吉日里，他选了周六这天。

这天在学校办婚礼，不会影响学生们上课，过来参加的朋友、同事也都不用请假。

婚礼前几天，两人的亲朋好友及工作人员便开始在学校里看哪里是最好的婚礼场地。最后，定在了一块绿草茵茵的草坪上。

博盈和贺景修什么也没管，全权交给他们负责。

婚礼前一晚，两人才抽出时间去现场看，在看到被大家布置好的现场，博盈愣住了。

她一直知道学校很美，但从未想过，学校可以美成这样。

从校门口进来，便是一条花瓣路。往里走，两侧摆放着她跟贺景修曾经的照片，有少部分合照，更多的是他们单人的。

银杏树上挂满了亮闪闪的灯，是为了他们晚上在这边活动准备的。

除此之外，婚礼场地也漂亮到了极点，每一处都有小心思存在，都是博盈喜欢的，曾经幻想过的。

“好漂亮。”博盈望着，陡然有种错觉。好像这一幕，曾经出现在她的梦里，现在这个梦实现了。

贺景修垂眸看她：“满意吗？”

博盈点头：“满意。”她望着他，笑道，“谢谢。”

这些她都没怎么管，她只在贺景修问的时候给出过想法，真正沟通实施，全是贺景修在出面，然后陈女士他们帮忙跑腿搞定的。

贺景修看她神色，知道她是真的喜欢，这才放心了。他抓着博盈的手，轻声道：“不用紧张。”

博盈：“我不会。”

两人还打算腻歪一会儿，后头传来博延和迟绿的声音：“贺总，到点了啊。”

迟绿提醒：“你该把明天最漂亮的新娘子还给我们了。”

贺景修：“……”

两人回头。

迟绿道：“九点多了，盈盈要早点睡。”

贺景修颔首，看向博盈：“明天见。”

“……明天见。”博盈忍着笑，“你也早点休息。”

“嗯。”

两人被迫分开。

跟迟绿回去时，博盈忍不住咕哝：“不能十点再去找我吗？”

迟绿：“我本来是想十点再去的，但你哥一直在催我。”她问，“你懂你哥的意思吧？”

博盈并不是很想懂。

迟绿看她委屈的神色，摸了摸她脑袋感慨：“时间过得好快啊。”

"啊？"

"我们盈盈都要结婚了。"

博盈忍俊不禁，提醒她："你跟我一样大，你去年就结婚了。"

迟绿没好气地瞪她一眼："我是这个意思吗？"

博盈笑，挽着她的手："我结婚了也会时常去骚扰你们的。"

迟绿："欢迎。"

考虑到各方面因素，他们晚上就住在学校附近。

回到房间，郑今瑶跟盛纯几个人都在她房间。

博盈愣了一下："你们还没回去休息？"

"没。"盛纯瞅了她半晌，"盈盈。"

"怎么了？"

盛纯问："你想让贺总轻易娶到你呢，还是不轻易娶到你？"

博盈眨眨眼，对着她看了半晌，迟疑道："此话怎讲？"

郑今瑶："我们在藏东西呢，盛纯有个大胆的想法。"

"例如？"

"一般人办婚礼，新娘子这边只会藏鞋子，然后让新郎和伴郎找，对不对？"

博盈："对啊。"

她看面前这几位好友，到床上躺下道："你们有什么不一样的想法吗？"

郑今瑶："我倒是没有，但盛纯有。"

博盈："是什么？"

盛纯："藏婚纱怎么样？"她趴在博盈的旁边，一脸求夸的表情，"这主意是不是很特别？"

博盈眨眨眼，一脸茫然地看着盛纯："你把婚纱藏起来了，明天他们过来我怎么办？"

盛纯："你就让贺总找啊，找到穿上再让他把你接走。"

博盈愣了一下，抬眸看了眼不远处立着的婚纱。

婚纱是她跟贺景修以及陈女士飞法国专门跟设计师见面，谈了想法定下来的，大裙摆，纱裙上全是手工刺绣，设计师自己做的。除此外，博盈还很喜欢小珍珠，上头也绣了很多她喜欢的珍珠。

婚纱的款式是抹胸大裙摆的款式，很精致又很小公主。

看到婚纱的那一刻，博盈就知道这是她梦中的婚纱。设计师几个月的努力，不是白费的，她是真的喜欢。

此刻，博盈对着大婚纱发呆："你在开玩笑吗？"

盛纯眨眨眼，毫不客气地说："对啊。"

博盈噎住。

"不是。"郑今瑶扑哧一笑，"你刚刚不会真的在想，婚纱藏哪里吧？"

盛纯也扭头看她，摸了下她额头问："紧张傻了？"

博盈没好气瞪了两人一眼："我以为你们真的要藏。"

盛纯哭笑不得："我是想过，但婚纱目标太大，藏不起来。"她叹了口气，趴在床上晃着脚丫子说，"不过呢，我确实不是很想藏你的鞋子。"

博盈挑眉："那什么都别藏了。"

她跟盛纯趴在一块，也跟着晃着脚丫子，小声说："让贺景修顺利地把我抱走就行。"

盛纯还没说话，郑今瑶恨铁不成钢地问："你那么恨嫁？"

博盈一本正经地看着她："你就说要是你和沈教授的婚礼，你想不想让他早点把你娶走。"

郑今瑶哽住。说实话，她是真的想。

喜欢的人来娶自己了，她当然想立马跟他走。别说和他结婚，就算是和他私奔，她都愿意。

两人无声对视着。

盛纯在旁边静了静，幽幽地道："不好意思，那我是不愿意的。"她才不会立马跟裴彦跑呢！

博盈瞅着她，跟着幽幽地问："是吗？"

盛纯睇她："你不相信我？"

"确实有点。"博盈很是实诚，"你自己看看自己跟裴彦的日常，上回求婚你多激动你还记得吗？"

求婚后，盛纯和裴彦一直没办婚礼，他们不是不办，也不是因为盛纯不愿意，实在是她工作太多，根本抽不出时间。更重要的一点是，盛纯对婚礼有自己的想法，她不想办那种正儿八经的婚礼，她想要个特别的，每次想起来都会笑的。像博盈这样在学校办，就很好。

可惜的是她跟裴彦没有关于学校的记忆，他们也不是学长跟学妹。

因为她一直没想到最好的方案，婚礼才会一拖再拖。

被博盈戳穿，盛纯也不觉得尴尬。

她哼哼两声："那怎么了？"她瞅着博盈，"人家第一次被求婚，不能激动？"

博盈给她一个白眼。

盛纯忍俊不禁："不说这个了，我们明天什么都不藏，你先去洗澡吧。"

"怎么？"

"给你搞个护肤。"盛纯道，"保证明天睡醒你脸蛋跟剥了壳的鸡蛋白一样娇嫩。"

闻言，博盈立马来了兴致："那我立马去。"有人帮自己折腾，她怎么能不积极？

郑今瑶："我也要。"

盛纯："你为什么也要？"

郑今瑶："我是伴娘。"

盛纯眨眨眼，告知："我也是伴娘。"

"嗯，所以我们一起护肤，不好吗？"郑今瑶理直气壮地问。

盛纯噎住。

认真来说，这提议是挺好的！但是这个帮忙护肤的人是自己啊！

当然，虽不是百分百愿意，盛纯还是在这一天晚上很尽职尽责地当好了按摩老师，给博盈、郑今瑶她们敷面膜、按摩，各种折腾。

折腾完，几个人怕博盈紧张，索性陪她一块睡，给足她安全感。

婚礼这天，天气很好。秋风徐徐吹着，非常非常的舒服。

博盈四点就被拉了起来，坐在镜子面前被化妆师折腾。她眼皮在打架，整个人困倦到了极点。

"好困。"

盛纯化妆技术比化妆师还要好一些，在旁边给她打底化妆，听到这话，她忍俊不禁地说："那你现在闭着眼睛睡一会儿，待会要化眼睛了我喊你。"

博盈睁开眼看她："你不困吗？"

盛纯挑眉："还好。"她道："我们拍戏经常这样。你是不常熬夜，作息也规律，所以不适应。"

博盈想想，是这个道理。她打了个哈欠："那我睡会儿，你待会儿喊我。"

盛纯失笑："好。"

花了几个小时，博盈的妆和造型全都做好。

她换好婚纱出来时，盛纯、郑今瑶和化妆师都惊呼，真的很美。结婚这一天，新娘子是天下第一好看的。

外面天气好。博盈站在房间里，透着玻璃窗看向外面，在等贺景修过来。

她正想着，楼下忽然传来了欢呼声。

盛纯跟郑今瑶几个人互相看看，讶异道："怎么这么快来了？"

迟绿从外头进来，喘着气说："说是新郎等不及了，已经带着伴郎团过来了。"她看着伴娘，"你们快去换衣服。"

几个人换好衣服时，贺景修他们已经到门口了。

敲门声响起，盛纯看向博盈："你安心坐在那儿，我们替你'为难'一下贺总。"

博盈："你们请。"

她知道她们嘴里说着为难，实则并不会。也就是婚礼闹一闹，很正常。

盛纯悄悄开了一条门缝，先看到的是西装革履的裴彦，她眼神一顿："怎么是你？"

裴彦："嗯。"他垂眸看她，低声道，"我们年底办婚礼吧？"

盛纯："啊？"她蒙了下，"你为什么在这个时候说这个？贺总呢？"

裴彦诚实告知："他们说你想法比较多，先把你拿下再说。"

盛纯噎了噎，睇他一眼："你听他们的还是听我的？"

这问题，裴总很熟。

"听你的。"他一把将盛纯拽了出去，拉入怀里，低声说，"很漂亮。"

"谁让你夸我了！"盛纯无语，"我每天都很漂亮。"

裴彦目光灼灼地看着她："你总不希望我们结婚的时候，这群人也折腾我们吧？"

盛纯哽住。

对着裴彦深邃的目光，她转头看向一侧的新郎和伴郎几人："那贺总要娶盈盈，也得给出诚意啊。"

话音刚落，她被塞了一袋子红包。

盛纯无言。她摸了下鼻尖，跟裴彦对视一眼，小声说："那好吧。"

盛纯回房，把红包丢给大家。

郑今瑶："人呢？"

"门口。"盛纯想了想，把她推出去，"你去刁难他们吧。"

郑今瑶："啊？"

最后，由于几个伴娘都不太靠谱，对伴郎团的攻势根本毫无抵抗力，没问几个问题，也没怎么刁难他们，便让贺景修将博盈给抱走了。

"很漂亮。"抱博盈去婚礼现场的这段路，贺景修不止一次在她耳边说这句话。

博盈抱着他脖颈，弯了弯唇："谢谢。"她看贺景修清俊的侧脸，小声，"你也很帅。"

贺景修目光深沉地看她一眼。

博盈望着天，浅笑盈盈地说："今天天气很好。"

贺景修："嗯。"他看她，"以后的每一天，都会好。"

两人相视一笑。

博盈的父母也来了。

这几年的僵持拉锯，很多事情都有了变化。博盈虽没有原谅他们，但她的婚礼，问过博延后，她还是邀请了他们。

挽着博华的手朝贺景修走去的时候，博盈能感受到他的吃力。

一年多前，他生病了，之后跟博盈的母亲移居瑞士，一直在那里养病。这一回，也是强撑着回国，送博盈出嫁。

说没有一丁点感动是假的。可博盈的内心，对他们依旧怨念颇深。当然，这些怨念在看到不远处等着自己的人后统统消散，博盈控制不住地展颜笑。

今天，她什么恩恩怨怨都不愿去想，她就只想嫁给贺景修，投入他的怀抱。

两人的距离越来越近。

博华走得很慢，博盈好几次想加快脚步朝贺景修飞奔，却又顾及着博华的身体状况。真正走到贺景修面前时，她倏地松了口气。

贺景修从博华手里将她接过。

博华看着两人，嘴唇翕动，到最后只说了下一句：“照顾好她。”

贺景修郑重点头：“我会的。”

站在司仪面前，两人回答他问出的神圣问题。

博盈毫不犹豫地说出“我愿意”这三个字。她很早就愿意了，愿意嫁给这个人。

贺景修握着她的手，饱含承诺的“我愿意”也随之说出。

司仪看着面前这对璧人，被他们的情绪所感染，激动道：“现在，新郎可以亲吻你的新娘了。”

话音刚落，贺景修吻上博盈的唇。

两人在亲朋好友的见证下结婚了。

天空真的很蓝，云层像堆积的棉花堡一样，幸福的光覆在他们身上，他们的影子交叠在一起，缠绵着亲吻着。

至于捧花，博盈交给了郑今瑶。

郑今瑶抬手，抱了抱她，看向贺景修，眼眶含泪：“贺总，我把我最好的朋友交给你照顾了。”她哽咽道，“你要让我们盈盈，永远是个耀眼的小太阳。”

贺景修承诺：“放心。”

他永远不会让她失去光亮和色彩，她会永远是个小太阳。

敬酒的时候，在父母那边博盈的情绪还好，一到博延和迟绿这边，她就控制不住眼泪。

她泪眼婆娑地看着博延，撒娇道：“哥，我要抱。”

博延压了压自己情绪，嗓音低哑：“多大了，还撒娇。”

博盈：“那我不管，我多大了也是你妹妹。”

周围人被她逗笑。

迟绿道："抱抱抱，我允许了。"

众人更是笑作一团。

"怎么，迟绿？"颜秋枳揶揄，"博老师抱自己的妹妹还要经过你允许啊？"

迟绿一本正经道："没办法，博老师是个妻管严。"

博延也不觉得丢脸，他坦然点头："确实。"

他张开手，将博盈抱入怀里，轻轻拍了拍她后背，道："婚礼哭鼻子，是会被人笑话的。"

博盈："我忍不住嘛。"

博延轻笑："待会儿贺景修会找我算账的。"

"他不敢。"

贺景修跟着道："确实不敢。"

抱了一会儿，博延将博盈放开，转头看向贺景修，微微顿了下说："该说的都说过了，我这个人没有别的心愿，只希望博盈和迟绿永远开心快乐。"

迟绿有他照顾，而博盈，要交给别的男人照顾了。

他看贺景修："我只希望，你能让她永远快乐。"没有别的心愿，只要博盈健康开心就好。

贺景修接过旁边人给的酒杯，低语："哥放心。"说完，他把酒一饮而尽。

博延陪他喝了一杯，没再刁难。

迟绿笑了笑："我没有要跟贺总叮嘱的。"她看博盈，"我就希望我们盈盈永远得偿所愿。"

博盈又要被她弄哭了。

迟绿轻笑："不可以再哭了。我抱抱。"

"嗯。"博盈主动让她抱。

迟绿说："愿你永远随心，无论做什么，我和你哥哥都会支持你，永远站在你身后。"

博盈："好。"

一场欢乐的婚礼，到敬酒时大家都哭作一团。

盛纯是个不爱哭的人，却依旧被周围的氛围感动了。

裴彦看她红了的眼眶，抬手给她压了压眼睑："感动了？"

"嗯。"盛纯深呼吸了一下说，"我突然也想办婚礼了。"

裴彦失笑："不是说好了冬天？"

盛纯瞅他："来得及吗？"

裴彦："你人能到场就行，其他的交给我。"

盛纯哑然失笑，知道他有些迫不及待了，她点头："好。"

裴彦握着她的手，给她力量。

把参加婚礼的部分亲朋好友送走后，留下来参加晚宴的只剩他们这一群人了。

大家都是年轻人，也能闹腾。

晚上，一群人走在被银杏树遮挡住的林荫大道，树上挂着的星星灯闪闪发光，照亮着这一片。

向月明会跳舞，还跟程湛一起跳了个开场舞给他们祝福。大家在落叶飘飘的大树下舞蹈、欢呼。

这一晚，这儿属于他们。

闹腾过后，一群人嚷嚷着要闹洞房。

贺景修和博盈真心觉得他们体力好："还闹？"他问，"在学校还没闹够吗？"

盛纯："那是给你们祝福，大家一块玩，洞房肯定要闹的呀。"

郑今瑶："就是！不闹洞房有什么意思？"

听到这话，贺景修看向裴彦和沈肃，意思很明显——管好你们女朋友。

裴彦耸肩："管不了。"

沈肃："管不住。"

贺景修："……"

盛纯和郑今瑶忍俊不禁："来吧贺总，我们其实还挺温柔的。"

"嗯？"

盛纯："你就做十个俯卧撑吧，给你留点体力。"

大家意味不明地笑着。

贺景修没辙，正要做。

颜秋枳出声："哪有那么简单啊！"她看博盈，"盈盈躺下面，做一个亲一下。"

迟绿："你们这样我都不好为难两个人了。"

博盈脸爆红："别了吧。"

"那不行。"颜秋枳道，"来吧盈盈，考验一下贺总的自制力。"

众人疯笑。

俯卧撑是要做的。贺景修垂眸看着躺在自己身下的人，目光幽深。

刚开始一两个，贺景修还有点儿想笑，但做到后面，他忽然发现自己笑不出来了。

他有种冲动，把房间里闹腾的这群人赶出去，他想毫无顾忌地拥抱、亲吻他的新娘。

他目光过于灼热，博盈的脸控制不住地变红。

"贺总！速度怎么变慢了？"

裴彦道："你这不行啊。"

贺景修的呼吸声明显变重了很多。博盈咬着唇，感受着他落在自己耳边的呼吸。最后一个俯卧撑撑下，他的吻落在博盈耳畔，道："想办法把他们赶走。"

博盈小声说："你想。"

赶是赶不走的。

俯卧撑过后，裴彦拉了拉盛纯的手，示意别太过。盛纯是忍了，但郑今瑶开始了。

两人可是专门搜索过闹洞房的各种鬼主意的，专门来折腾他们的。

到后面，郑今瑶道："算了算了，不考验贺总体力了。"她笑道，"贺总的体力大家都知道了。"

她道："就问贺总几个问题吧。"

贺景修："来吧。"

郑今瑶："你跟盈盈第一次见面是什么时候？"

贺景修："十月十日。"

十全十美的那天。

“看到她那一眼什么印象还记得吗？”

贺景修偏头看向旁边的博盈，唇角上翘说：“皮肤很白，长得很漂亮，在想我们学校什么时候有这么好看的小学妹了。”

“哟！”大家起哄，“所以贺总早就注意到盈盈了？”

贺景修坦然承认：“是。”

如若不然，他根本不会给博盈接近自己的机会。

日常问题问出来，贺景修全回答了出来，甚至连博盈穿几码鞋，博盈最喜欢什么款式的衣服，他都一清二楚。

这游戏玩到最后，不仅没难倒贺景修，反而让博盈又增加了对他的喜欢，同样的，也让其他两位还没结婚的男士自惭形秽。

闹洞房终于结束了。

房间里静了下来，博盈抬眸看向贺景修，贺景修起身道：“洗澡吗？”

“……嗯。”

浴室里灯光很亮。博盈晚上换了条抹胸的明黄色小礼服，格外衬她的肤色。

在贺景修伸手的时候，博盈连忙制止：“……裙子很贵。”

贺景修喉结上下滚动，将人抱在洗漱台上，柔软唇瓣擦过她的耳朵，白皙的肌肤落入他的眸中，贺景修再也忍不住，毫无顾虑地、放肆地亲吻他最漂亮的新娘。

激情澎湃时，她听见贺景修在她耳边落下她最想听的那三个字——“我爱你。”

她喜欢听，他便一遍一遍说给她听。

第二十九章

蜜　月

为了这个婚礼，两人都提前安排了不少工作。

婚后第二天，博盈跟贺景修便出国度蜜月了。去他们曾经留学过的地方，去他们没有一起走过的地方。

因为前一晚婚礼的折腾，博盈还有些疲惫。之前贺景修便考虑到长途飞行这个问题，早就安排了私人飞机送他们过去。在飞机上又睡了一觉，抵达国外时，博盈精神饱满。

他们的第一站是法国巴黎，落地时正好是清晨，曙光从天边浮现，渲染着一大片天，漂亮又有朝气。

博盈望着，喜笑颜开地看贺景修："贺总，看日出。"

贺景修抬了下眉梢，弹了下她额头，低声问："叫我什么？"

博盈忍俊不禁，偏开头弯唇："贺总啊，要不贺景修？"

虽然结婚了，但她喊贺景修"老公"的次数很少，每次只有求贺景修帮忙，她才会喊。不知道为什么，博盈对这个称呼，还有点害羞的情绪存在。

贺景修也不是非要她喊老公，就是喜欢逗她。

他垂眸盯着她看了半晌，抬头去看她说的日出，眉眼柔和了很多，唇角上扬，应道："看到了。"

博盈挽着他的手："怎么样，漂亮吗？"

"漂亮。"贺景修微顿，说了句，"它在欢迎你。"

博盈轻笑，纠正他："是在欢迎我们。"

两人相视一笑。

两人没去住酒店，这边有房子提供给他们入住。

博延以前为迟绿来过巴黎很多次，早就在这边有了长期居住的别墅。博盈和贺景修没多纠结，直接住在这边。

知道两人会过来，迟绿也早就安排了人过来打扫。他们到的时候，屋子里干净又明亮，房子有个小院子，虽然不大，但看着很精致，就像小时候电视里看到的小城堡似的。

博盈一进屋，第一时间给迟绿录了视频。贺景修看她高兴，也不拦着。

等博盈在屋子里转累了，他才将人拉到客厅沙发上坐下，问："中午想吃什么？"

博盈纠结了一下，看他："在家吃吗？"

贺景修思忖了会儿："累不累？想现在出去走走吗？"

博盈："还有精神，我们要不出去吃，然后走走？"

"好。"

贺景修有国际驾照，两人也不担心出门打车困难这件事。

博盈选了个自己以前常去的餐厅，她想带贺景修去试试，她选完，贺景修问："你以前买零食的小超市还在吗？"

博盈一愣，忽然想起自己以前在超市说的话。她忍俊不禁，笑着看他："你想去？"

"想。"贺景修诚实告知。

她曾经待过的，喜欢过的地方，他都想去看看。

博盈扬眉："那晚点有时间我们去，那边开车要蛮久的。"

贺景修没意见。

博盈以前喜欢去的餐厅，是一家法式风格的餐厅。每一个窗户上都摆满了鲜艳的鲜花，亮眼又吸睛。

博盈停在餐厅门口，跟贺景修分享："漂亮吗？"

贺景修抬眸打量着，好一会儿没说话。

博盈扭头看他，揶揄道："贺总，你在看什么？"

"在看你喜欢的餐厅。"贺景修回答，轻声道，"很漂亮。"

他想仔细看看博盈喜欢的餐厅，这儿肯定有她很多的回忆。

看到他认真的那双眸子，博盈忽然懂了他此刻的情绪。

她抿唇，贴靠在他身侧说："你知道我为什么喜欢来这儿吗？"

贺景修看她，在等待她答案。

对着他深邃的瞳仁，博盈逗趣道："因为这家餐厅的侍应生好帅！"

贺景修："……"

看贺景修被自己噎住的神情，博盈忍俊不禁，歪着头问："贺总怎么这个表情，这个答案你不满意吗？"

贺景修没搭腔，抬手捏了下她脸，说："进去看看。"

"看什么？"

"看看你说长得很帅的侍应生。"贺景修四平八稳的，好像真没生气，也没吃醋。

博盈也不怕他，坦坦荡荡应着："好啊。"

恰好是午餐时间，餐厅里人不少。

进去里面，贺景修才发现别有洞天，他知道博盈对法式小拱门很偏爱，而这儿的过道全是小拱门，浅白色的墙，灯光渲染得恰到好处，舒缓的音乐声，是个适合放松的好地方。

"啊。"博盈感慨，"我最喜欢的那个窗边位子有人了。"

贺景修顺着她目光去看，挑眉问："那边可以看到侍应生？"

博盈扑哧一笑，掐了下他手臂："贺总你有没有闻到这餐厅有股味道？"

贺景修瞥她一眼，并不打算回答。他知道这是坑。

他不回答，博盈也有接话的本事。她自顾自道："醋味，酸得我牙疼。"话落，她还挑衅贺景修，"你牙疼吗？"

贺景修目光幽深地看着她，不吱声。

博盈微顿，突然就不敢再皮了，她摸了下鼻尖，热情地说："我们去那边坐。"

贺景修被她拖过去坐下。

刚坐下，侍应生便过来了。两人抬头一看，好巧不巧，还真的挺帅的。

博盈自然多看了几秒，反应过来时，对上贺景修那双平静的眸子。莫名的，她觉得自己会很惨。

她眼皮跳了下，忽然开口："老公。"

贺景修："……"

当着侍应生的面，博盈继续喊："老公，我想吃这个可以吗？"

以前博盈想吃什么，可从来不会询问贺景修意见，只要吃了对她身体没影响的，贺景修从不会拦着。当然，这不是最重要的，更重要的是，博盈喊贺景修这句话，是用法语说的。

侍应生当然听得懂。

"可以。"贺景修用法语回她，"你想吃什么都行。"

闻言，博盈挑眉："冰激凌呢？"

贺景修："吃吧。"

博盈开心了。

点好餐，侍应生拿着菜单走的时候，还特意多看了他们两眼。

英俊漂亮的夫妻格外般配，自然会吸引不少人的目光。

人走后，博盈瞬间原形毕露。她托着腮，扭头看向旁边的人："贺景修，我想喝水。"

贺景修：很好。这就是他善变的老婆。

虽有侍应生这个插曲，但贺景修也得承认，博盈说的这个餐厅的菜色味道确实不错，是博盈平日里爱的口味。

吃完，博盈还点了一份冰激凌。但她吃两口便觉得甜，她凑到贺景修耳边咕哝："比以前甜了，不好吃。"

贺景修抬手，指腹擦过她留在唇瓣上的冰激凌，眸色沉了沉，"是吗？我试试。"

博盈微顿，眼见着他当着自己的面舔了下指腹。这动作做的，格外撩人。

看到他这举动，博盈脑海里不自觉地冒出了有颜色的东西。她耳根子泛红，推了下贺景修手臂，催促道："你吃完，别浪费。"

老婆的命令，贺景修不敢不从。

但要贺景修待在餐厅里一下子吃完，他也吃不下，他本身就不是很喜欢甜的东西。

两人从餐厅离开，贺景修慢吞吞吃着，博盈看得着急，忍不住道：“算了，我看你拿着别扭，我来吃吧。”

贺景修笑看她：“不觉得难吃了？”

“可你也不喜欢吃啊。”博盈说，“我就是觉得有点甜了。”

贺景修抬了下眼，用勺子挖了点递到她嘴边。博盈伸出舌尖，刚卷起，男人忽而倾身而下，堵住了她的唇。他一手扣着她的下巴，让她被迫抬头。

男人舌尖钻入，轻而易举地撬开她的贝齿，和她拥吻在巴黎浪漫的街头。

撤开后，他目光灼灼地盯着她柔软的唇，嗓音沙哑地说：“确实，过分甜了。”

博盈耳根子泛红，娇嗔道：“你也不怕被人看见。”

“嗯？”贺景修问，“看见就看见。”

博盈扑哧一笑，望着他：“真的？”

“嗯。”

博盈眼珠子转了转：“那下回我们去罗马，你跟我去个地方。”

贺景修看着她。

博盈舔唇，感觉他的气息还留在上面，她小声说：“你看过《罗马假日》吗？他们接吻的那个地方，我想跟你一块去。”

贺景修看过，恰好知道那儿。他看博盈向往的模样，摩挲着她的手指，轻轻应着：“好。”

一个甜腻腻的冰激凌被两人这样吃完，突然就觉得味道也还不错。

在街上逛了逛，博盈跟贺景修去了香榭丽舍大街。

秋天，这儿真的很漂亮。落叶飘飞，街上都是漫步的行人，不急不躁，很是舒服。

博盈挽着贺景修的手臂，和他说过去的事：“我跟瑶瑶第一次来这儿的时候，我们俩迷路了。”

贺景修：“然后呢？”

博盈：“然后两个傻子蹲在路上看过往的车辆，等同学过来接。”

那会儿太晚了，两人担心打车不安全，就只能蹲在路边抱团取暖。

现在想想，真的很心酸，但在心酸之余，又觉得是个很特别的回忆。博盈乱七八糟的经历还挺多的，每一个说起来，都会让人觉得好笑，可好笑之外又是心酸。

贺景修捏了捏她的手指，低语："以后迷路了给我打电话。"

闻言，博盈问："嗯？贺总还会让我迷路？"

贺景修瞥她："不会。"

博盈笑，靠在他肩上慢悠悠走着："我们走到尽头再回来，就去那个小超市吧，应该还有时间。"

"好。"贺景修问，"不想去坐船了？"

博盈想了想："明天吧，我们还有时间。"

贺景修应声。

博盈说的小超市，离她留学的学校有点距离，但离她住的地方还好，不远不近。

都来了小超市了，自然也带贺景修去她之前租住过的公寓转了一圈。

公寓是博延给她选的，安全性很高。

那会儿博盈其实觉得没必要租那么贵的公寓，但博延一句话让她改变了主意。比起租金，她的安全是最重要的，远在国外，万一她有点什么事，远水救不了近火，所以他要在可允许的范围内，给她住最好最安全的房子。

因为博盈不再是这儿的住户，两人没办法进到里面，只能在外头看看。

博盈给贺景修指着，示意道："我那会儿住那间房子，视野超级好，我经常坐在窗边写作业。"边写边看外头来来往往的人，看外面的夜色。

偶尔，博盈还会把灯熄灭，让深夜的月光洒在自己身上，颇有种"吹灭读书灯，满身都是月"的韵味。

贺景修抬头看着那个小窗户，在脑海里想象她一个人坐在那儿的模样。

他忽然很后悔，当初为什么不再试一次，为什么要那么骄傲，只找她一次就不再找了。

可惜的是，太多事情都没有如果了。好在，他们再次相遇了。

看贺景修神色不对，博盈瞅他："你这什么表情？"

贺景修垂眸："去小超市吧？"

博盈愣了一下："好。"

小超市是真小，看到博盈，老板还有印象，用很熟练的中国话和她聊天："怎么回来了？"

博盈笑："嗯，我结婚了，回来看看。"她指着贺景修，"我老公。"

老板惊喜不已，盯着贺景修看了一会儿，点评道："长得真帅。"

博盈："嗯。"

老板："很般配。"

博盈弯唇："谢谢。"

贺景修把她之前备好的一份小礼物递给老板。

老板很是高兴："这回要点什么？还要小辣条吗？"

博盈点头："要，再试试。"

拿好结账时，老板说送她了。

博盈坚持了好几次，老板道："当作给你们的新婚礼物，希望你们越来越好。"她伸手抱了抱博盈，道，"有时间我们也想回国看看了。"

博盈："欢迎。"她笑盈盈道，"祖国随时都欢迎你们回来。"

"好。"

在小超市寒暄一番，时间也不早了。

博盈和贺景修没做什么特别的事，但他们又觉得自己做的每一件事都格外有意义。

回到住的地方，贺景修主动请缨做饭。

博盈点餐："想吃牛肉面。"

贺景修："有点难。"他看博盈，"炸酱面行吗？"

"好。"

博盈："那我去洗个澡？"

"去吧。"

博盈洗完澡下楼的时候，贺景修的炸酱面刚刚做好。

在楼上时，博盈便闻到了炸酱面的香味。她咽着口水，饥肠辘辘："天哪，好香，我好饿。"她凑在贺景修身后，眼巴巴地望着锅里的炸酱，"还要几分钟才能吃啊？"

贺景修被她逗笑，回头看她："去把头发吹干就能吃了。"

“我不要。”博盈撒娇，“我要你给我吹。”

贺景修微顿，目光深沉地看她：“确定？”

“确定。”

贺景修盯着她白皙的脸庞看着，低声说：“我吹可以，但是要报酬。”

博盈微哽，不敢相信地问：“你帮我吹头发还要报酬？”她瞅着贺景修，眨眨眼问，“我不是你的小娇妻了吗？”怎么还能要报酬呢？

听到这话，贺景修闷笑了一声，捏了捏她肉嘟嘟的小脸蛋：“正因为你是我的小……娇妻。”这两个字他一时还有点说不出口，卡壳了一下。

他道：“我才要报酬。”

对上他饱含深意的眼神，博盈被食物侵占的空白的脑子后知后觉地反应了过来。

哦。是那种报酬。

想明白后，她仰头，直勾勾望着贺景修，大胆开口：“我想的那种吗？”

贺景修眉眼上挑，配合她：“你想的是哪种？”

“献身的那种吗？”

博盈踮着脚凑在他耳边，亲了下他耳朵，小声说：“可以的。”

在博盈“可以的”这三个字落下时，就注定了今天的晚餐两人不能再好好享受了。

吃过炸酱面，博盈本想去楼顶看看夜色，被贺景修一句“我回房洗澡了”打消了念头。她脸颊泛红，嗔怨似的睨他一眼。

洗澡就洗澡，有必要特意在她耳边说吗？

窗外的月色正好，小院子里有一棵不知道名字的树，深秋时节，叶子没有变黄，依旧是浓重的绿色，郁郁葱葱的。随着风的吹动，叶子被晃动，沙沙作响。不知过了多久，晃动的枝叶飘落入地，耳侧除了风声，再无其他。

次日，博盈带贺景修去了自己曾待过的学校。

两人在没有人认识自己的地方拥抱接吻，博盈感觉自己像贺景修身上的挂件，走一会儿就觉得累，要他抱，要他背。幸运的是，贺景修从不觉得她烦，也从不会拒绝她。

腻腻歪歪地过了一天，晚上，两人吹着晚风，在亮着灯的埃菲尔铁塔下接吻。回到家，不意外的又是甜蜜的蜜月生活。

说真的，要不是博盈白天给自己安排了一定要出门的任务，她怀疑自己整个蜜月生活，都有可能在房间里度过。

在巴黎逗留了几天，两人去了英国。

他们走走停停，也不赶时间，也不会特意去什么重要的景点。他们去的地方，一定是自己想去的。

到英国转了一圈，博盈很喜欢这儿。因为这是贺景修留学曾待过的地方，她跟贺景修说："其实我当时想过来这边的。"

贺景修看环着自己的人，低声问："怎么没来？"

"因为我大学学的是法语啊。"她说，"我对法国有幻想。"

虽然研究生时转了专业，可那会儿她最厉害的是法语，而且郑今瑶也在法国留学，博盈是害怕自己独立生活的人，到的每个城市，她都希望有老朋友，有熟人。所以在选择的时候，第一选择了法国那边的学校。

贺景修垂眸看她，轻轻揉了揉她的头发："后悔吗？"

"你呢？"博盈看他，"你先说。"

贺景修低低一笑，道："我后悔为什么见到你父母就走了。"他就应该坚持，一定要见到她。

博盈瘪嘴，靠在他怀里轻"嗯"了一声："我也是。"后悔为什么打通他电话，听到是女生接的后就挂了。

想到这儿，博盈抬眸问："接电话的，是谭芮吗？"

贺景修点头："不意外的话，是她。"他想到了她的道歉，低声道，"那回她跟我说了句抱歉，应该是因为这个。"

当然，也可能是因为她说博盈的那些话。

无论是哪种，在他们这儿都不那么重要了。他们只想珍惜当下，过去的事，就让它过去，再追究好像也没有太大意义。

博盈点点头，突然问："她现在在做什么？"她好久没有谭芮的消息了。

贺景修被她问住，哽了下说："不知道。"

"你不知道？"博盈惊讶。

贺景修瞥她："我为什么要知道？"

两人无声对视着，博盈噎了噎说："因为你们两家是世交啊。"

贺景修轻笑："我不怎么负责对接谭家那边的事。"

知道谭芮的心思后，贺景修就把跟谭家对接的事交给了总经理赵旭之，一般情况下，他做决策就行，很少会主动去了解。

博盈"哦"了一声。

博盈望着他："我想去海边了。"

原本，海边也在两人蜜月行程里。但博盈的假期没有贺景修这么一个老板长，所以被她排除了。

贺景修怔了怔，低语："现在？"

博盈思考了一下："要不回去后吧，国内的海边也好玩，我们找个假期去，到海边烧烤。"说到烧烤，她想了想，"那要把盛纯和瑶瑶还有我哥他们叫上，我记得裴总和我哥都挺会弄烧烤的。"

贺景修忍住笑："把他们叫上，就因为这个？"

"对啊。"博盈笑盈盈道，"让他们烧烤，我们休息，不好吗？"

贺景修闷笑，应："好。"

这种活，确实该交给那两个人。

两人没在国外待太久，但他们想去的地方，都去了。回国前一天，博盈还在帮忙购物。

也不是帮，她就是纯粹给大家带礼物。

迟绿的，她哥的，盛纯、郑今瑶、裴云梦她们的，每一个她都没落下。好在有私人飞机，不然十几个行李箱，还真有点难搞定。

买到最后，贺景修发现了一个重点。

他听博盈检查完，问了一声："我没有？"

博盈抬头看他一眼："你也要礼物？"

贺景修一脸认真地看着她，意思很明显。连裴彦他们她都准备了礼物，为什么他会没有？

博盈和他对视半晌，眼珠子转了转说："你想要什么？"

"自己想。"贺景修傲娇回答。

博盈张了张嘴，瞅着他一会儿，突然问："我不是你的礼物？"

贺景修还没反应过来，博盈已经开始新一轮的表演了。

“哇，贺总，你有我这么一个礼物带回去还不够？”她下巴微扬，凑在贺景修胸口，“你说，你还想带哪个国家的礼物回家？”

经博盈这一闹，贺景修还真想不起自己要带哪个国家的礼物回去了。他一把拽住博盈手腕，将人拉入怀里，故作沉思道：“只要是你送的。”

博盈忍俊不禁，和他分享更多琐碎的小故事：“你知道吗？我留学第一年，我们班里有个同学回国，说是要给大家带礼物。”

贺景修颔首，示意她继续。

“然后我们就逛路边小店，看到有不少很特别的小物件。”博盈现在想起都觉得好笑，“那个同学特别喜欢，买了好几个，甚至她的表姐、堂姐和堂妹都有，结果买回去后你知道我们发现了什么吗？”

贺景修瞥她：“发现是国产的？”

博盈：“对。”她哭笑不得，“你不知道我那同学多崩溃，还好是回国前发现的，要是回国后把礼物送出去才知道，她说自己以后都没脸见亲朋好友了。”

贺景修闷笑了一声，低声问：“你呢？”

“我什么？”博盈仰头看他。

贺景修抬了抬下巴，搭在她头顶，问：“有没有闹过这样的乌龙？”

博盈认真回忆了一会儿：“其实也有，但我是买给自己的。”

她那两年没什么联系的老朋友，也一直都没回国，所以不会闹这种笑话。不过她跟郑今瑶逛街的时候，也确实买到过那种国内的电商平台上就能买到的小物件。每当这个时候，博盈就觉得商人真厉害。

听她说完，贺景修唇角往上挑了挑，他很喜欢博盈跟自己分享这些他没有参与过的日常生活。即便是微不足道的小事，他也觉得有趣。因为经历这件事的人是博盈，仅此而已。

博盈这一打岔，贺景修自然没了新礼物。不过回国当晚，两人正准备休息，博盈神秘兮兮地给贺景修塞了一个盒子。

贺景修挑了下眉梢：“这是什么？”

“你看了就知道。”

贺景修轻笑了一声，拆开一看，是一对领带夹。他扬眉，瞥向博盈。

博盈贴在他怀里，小声说："我觉得你什么都不差。"

"嗯？"

"领带夹就挺好的。"她戳了戳他喉结，"以后系领带的时候用这两个。"

离他心口最近，也能让人一眼便注意到。

贺景修弯了下唇："一直就用这两个？"

博盈愣了一下，想了想他作为一大老板，只有这两个确实不太合适。她纠结了两秒，很勉强地说："那我再给你多买几个？"

贺景修将人揽入怀里，把盒子搁在一侧，说："以后买领带夹这事，都交给你？"

博盈失笑："行吧。"她看他，"喜欢吗？"

贺景修点头。他问："什么时候买的？"

博盈眨眨眼："趁你打电话的时候。"

贺景修回忆了一下，想起来了。有一天陪她逛街，祁学真打了个电话过来，一般情况下，祁学真不会打扰自己老板的蜜月，但那天真有急事，也确实需要贺景修出面处理做决策。

贺景修笑了一声，摸了摸她脑袋，认真道："谢谢。"

博盈弯唇："但这个其实不贵。"

贺景修："嗯，你买的就行。"

博盈笑，趴在他怀里打哈欠："贺景修，有点困了。"

贺景修了然："睡吧。"

"晚安。"

贺景修亲了亲她脸颊："晚安。"

蜜月结束，两人重新投入到繁忙的工作中。

博盈忙自己的事业，贺景修也不停歇。唯一值得庆幸的事，两个人都很忙，不存在谁冷落谁的说法。

冬天，裴彦和盛纯在瑞士举行了婚礼。

原本，博盈跟贺景修就想冬天去一趟瑞士的，两人的婚礼在那边办，更是给了他们去的理由。

博盈请了几天假，提前过去了。

博华在瑞士养病，两人去看望了他们。之后两天，博盈跟贺景修滑雪去了。她喜欢，贺景修便乐此不疲地陪着。

躺在雪地上，博盈感觉天都是明亮的。她戳了戳旁边人的手臂，轻声问：“老公。”

听到她这个称呼，贺景修直觉她要求自己办事。毕竟一般情况下，博盈不会喊他老公。

贺景修挑了下眉：“嗯？”

博盈趴在他胸口，垂眸看他：“我走不动了。”

贺景修失笑：“然后呢？”

“想要你背。”博盈望着他，“可以吗？”

看她可怜兮兮的模样，贺景修根本拒绝不了。

沈肃眼下正好是寒假，假期也多，而郑今瑶的工作本来就属于弹性制，她想休息就能休息。

两人和他们一块来的，但刚刚郑今瑶饿了，两人便出去吃东西了。刚回来，郑今瑶便看到了贺景修背着博盈的这一幕。

她眼皮抽搐了下，瞅着博盈：“你摔伤了？”

博盈：“……没有。”

郑今瑶“哦”了一声，了然道：“贺总辛苦。”

贺景修笑笑：“不辛苦。”

郑今瑶失笑：“那你们现在要回去了吗？”

博盈睇她一眼：“看你们，我们可以在外面等你们。”

郑今瑶对滑雪兴趣一般，但沈肃挺喜欢的，而且博盈也很喜欢。她之所以答应过来，是因为这两个人。

“你还想玩吗？”郑今瑶看向沈肃。

沈肃捏了捏她的手，低声道：“我们晚点回去？”

郑今瑶没意见。

博盈跟贺景修先走了。

滑雪的地方距离他们住的地方不是很远，为了方便，裴彦大手笔地包了一家酒店，他们全都住在酒店。

说是酒店，其实也不太正确，这儿是那种私人的奢华住房，每个房间宽敞又明亮，还有温泉池，特别适合情侣、夫妻居住。

回到酒店，博盈本想拉着贺景修泡温泉的，但肚子饿了。两人当下决定去吃东西，吃完再回房间泡温泉。泡了温泉，两人这一晚也不打算出现了。

博盈想吃辣的，想吃火锅。庆幸的是，裴彦之前什么都交代安排了，这两人快乐享受了一顿火锅。吃完准备回去时，两人跟郑今瑶他们碰上了。

看到在沈肃背上的郑今瑶，博盈忍俊不禁，出声调侃："瑶瑶，摔到腿了吗？"

郑今瑶："……"

冤冤相报何时了！

"没有。"她让沈肃放自己下来，踩在地上说，"好着呢。"

博盈弯唇："我们刚吃了火锅。你们要吃吗？吃的话我们陪你们过去坐会儿？"

"不吃。"郑今瑶道，"在滑雪场吃的还没消化呢。"

博盈点点头："那我跟贺景修先回房间了。"

"去吧去吧。"

回了房间，博盈忽然就不想泡温泉了。

她向来想一出是一出，贺景修也不勉强。两人窝在房间里过二人世界，找了部电影。

结束时，博盈突发奇想地问了贺景修一个问题。

"你说什么？"贺景修不敢相信自己听见了什么。

博盈含糊不清地说："你听见了。"

贺景修垂眸看她，想了想问："你觉得呢？"

"我不知道。"博盈小声说。

她刚刚问贺景修没和自己在一起之前，有没有女朋友。

她趴在贺景修旁边："我不是追究你过去的事啊，我就是有点儿好奇。"

以前两人没在一起时，贺景修就算有在一起的对象，她也能理解。毕竟，两人再遇见的时候他都二十六岁了。

贺景修被她给气笑了。他没忍住，捏了捏她脸颊，用了些许力度，低声问："把我当什么人了？"他咬肌鼓起，像是生气的模样，"我是那么随便的人？”

“不是这个意思。”博盈说，“就……没有感觉还不错的异性？”

“没有。”贺景修回答得毫不犹豫，他低头，咬了下博盈的唇，道，“没注意过。”

听到他这个回答，博盈有点儿开心。

她觉得自己还挺矫情的。明明告诉过自己，就算有也不会生气，可听他说没有的时候，她会比知道他有更快乐。

对着贺景修深邃的目光，博盈主动吻了吻他，轻声说：“我也没有。”

参加完盛纯的婚礼，两人去了瑞士周边玩了两天才回国。

回国后，两人的生活和之前无异。新年也和之前一样，博盈虽嫁到贺家了，但大年三十这天中午，她跟贺景修先回了哥哥家吃团圆饭，晚上才在贺家吃。

两人的小日子过得很快乐，蜜里调油。偶尔，他们也会为小事争吵。

博盈是律师，每次反驳贺景修的时候，她就列出一条一条辩驳贺景修说辞的提纲，用以反驳他说的话。而贺景修，每次都会被她这些可爱举动给逗笑，最后争吵的输家自然是贺景修。

当然，博盈不这样觉得。

贺景修只是当时输了，但过后等她冷静下来，贺景修又会开始跟她说大道理，分析那件事情最根本的对错。久而久之，博盈发现……贺景修只是以退为进，让她愧疚，然后承认是自己的错误。

这人心机太深，她根本斗不过他。

结婚的第三年，博盈跟贺景修商量要小孩。没别的原因，主要是迟绿跟季清影他们的孩子都能走路了，她觉得自己生下宝宝也有人帮忙照顾，这样正好。

他们家的小贺，需要被人宠着。

听到她这歪理，贺景修问她：“这话迟绿知道吗？”

博盈：“知道啊。”她说，“她说可以的，博慕迟一个打两个，完全能罩着弟弟妹妹。”

贺景修捏了捏眉骨，很想问问他们——这事博慕迟知道吗？

博盈忍着笑，道："再不行的话，还有傅云珩呢，这个小绅士肯定可以照顾好我们家宝宝的。"

闻言，贺景修抬了下眼。他伸手，摸了下博盈平坦的小腹，低语："着急了？"

博盈娇嗔地睨他一眼："什么呀，我就是通知你……我们可以要小孩了。"

之前，陈女士就问过两人有没有考虑过要小孩。

考虑自然是考虑过的，但博盈总还想玩一玩，贺景修也想和她多过过二人世界，自然也就没把这事考虑上。

博盈观察着他表情，思忖了会儿，问："你还不想要吗？"

贺景修轻笑，没说话，他将人拉入怀里，用实际行动告诉她，他到底想不想要一个像他们的孩子。

第三十章

孕　事

努力不会辜负你。勤奋耕耘，也必然会有好结果。

博盈跟贺景修身心健康，决定要宝宝后，两人甚至还改掉了之前的那些不良生活习惯。

贺景修应酬时喝酒的次数少了，不到万不得已基本不喝，有人劝，他坦荡荡地告诉对方，准备要孩子了，不喝。久而久之，大家也不劝了。

毕竟人家是为了宝宝养好身体，再劝天打雷劈。

至于烟，贺景修本身烟瘾就不大，只偶尔烦闷时会抽两根。博盈不是很喜欢他抽烟，在两人结婚前他就戒掉了。

博盈是个手机控，晚上睡前必刷手机，但熬夜不太好。渐渐地，她把这个坏习惯也改了。

有次，盛纯晚上十二点找她，她已经不回信息了。次日早上七点，她给盛纯回复时，盛纯一脸蒙。

不是周末吗？为什么那么早睡又那么早起。她这个熬夜小达人不理解。

等博盈解释后，盛纯感慨——为了这个还没到来的宝贝，她付出真的有点多。

是有点多，但博盈觉得还挺快乐的。

这天，博盈跟盛纯约着聚餐。考虑到盛纯的身份，两人打扮得无比低调。

“晚上瑶瑶过来一块吃饭吗？”盛纯问。

博盈：“不知道她工作忙完没有，她说忙完了就过来。”

盛纯觑她一眼：“现在你们俩成大忙人了，我倒像是一个闲人。”

她最近不用拍戏，每天都很无聊。

博盈失笑，瞥她一眼，说：“那你赶紧拍戏。”

“过段时间就进组了。”盛纯瞅她，“我看你这架势，是巴不得我走。”

博盈扑哧一笑，连忙辩解：“我可没有啊。”她挽着她的手，小声道，“我舍不得，裴总更舍不得。”

盛纯瞅着她肚子看了一会儿，想了想说：“你跟贺景修准备要宝宝了，你说我跟裴彦是不是该考虑这件事了？”

博盈眨眨眼，看着她：“看你怎么想。”

“我倒是想要。”盛纯摸了下耳朵，“但裴彦不怎么想。”

博盈愣住，这倒是有点儿惊讶了：“为什么呀？”

盛纯不好意思把裴彦给出的答案告诉她，用裴彦的话说，他不想多一个人抢走盛纯对他的注意力，即便是他们的宝宝都不行。

看盛纯一脸为难的神色，博盈猜测：“裴总不会担心有宝宝了，他要跟宝宝争宠吧？”

盛纯一脸“你真聪明”的表情看着她。

博盈忍俊不禁，弯了弯唇说：“没想到裴总是这种人。”

盛纯喝了口果汁，点头道：“他的占有欲很强的。”

博盈理解。

两人坐在咖啡厅休息，一侧正好挡住了外面的视线，也不会有人发现大明星盛纯坐在这儿。正聊着，博盈忽然听到身后一桌两个小女生在聊天，神情激动。

“啊啊啊啊！真的假的？”

“他们明天会同框？”

“确定吗？”

“网上有爆料啊！不知道是真的假的，呜呜！求求他们同框吧。”

听到这儿，博盈挑了下眉梢看盛纯：“明晚有什么活动？”

两小女生嘴里说的，明显是哪位明星。

盛纯：“对。”她也会参加。

博盈侧耳倾听了一会儿，压低声问：“他们说的是谁？”

“没猜错的话，应该就是你支持的那对明星。”

闻言，博盈瞪大了眼：“他们俩都参加？”

盛纯点头。

“许稚意参加我是知道的，但周砚不是在国外吗？”盛纯也不是很确定，压着声道，“他好像是待定的。”

说到这儿，博盈八卦的兴致燃起，忍不住打听：“他们俩在一起没？”

盛纯扑哧一笑：“你怎么不问颜颜他们？”

“颜颜最近都不怎么拍戏了，也很少听这些八卦。”博盈一脸委屈，“至于迟绿，她跟我一样毫不知情，虽然她说两人在一起了，但她拿不出证据，我不相信她。”

盛纯被她的歪理打败。她轻笑，卖着关子说：“其实我也不知道。”

博盈瞪了她一眼，小声咕哝：“那要你这么一个圈内朋友有什么用！”

盛纯扬眉：“所以你跟我交朋友，只是因为我比较好打探消息？”

博盈抬了抬下巴，理直气壮地说：“是啊。”她唇角上挑着，逗着她，“是不是后悔了？现在断绝关系吗？”

盛纯被她的话噎住：“你是小学生吗？”还断绝关系。

博盈：“提前适应嘛，万一以后我的宝贝跟我说，妈妈我今天跟谁谁谁吵架了，我明天不和她玩了，我也好接话。”

盛纯服了，这想的是不是真有点远了？

“快说。”博盈看她神色，猜测道，“我觉得你没跟我说实话。”

盛纯笑了笑，喝了口咖啡：“网上不是有爆料吗？”

“网上都是两人组合的消息，但没有人真站出来说他们就是假戏成真了啊。”博盈有理有据地反驳，“而且那两部电影后，这两人还真没同框过几次。”

她说的是周砚和许稚意。

之前，这两人拍了博延编剧的电影，之后又合作了另一部电影。因为这两部电影，所有人都觉得两人极为般配。

当然，更重要的一点是，两人在首映礼各种场合上的眼神对视，真的恰到好处，好像连光影都在渲染、在诉说他们的般配。可惜的是，等电影上映后，这两人别说合作，连同框都少了。

也是因为这样，网友才想窥探他们的八卦，想知道他们有没有在一起。

盛纯沉默了一会儿，告诉她：“说真的，现在我真不确定。”

博盈眼睛一亮：“过去呢？”

“有。”她小声说，“我之前不是跟许稚意合作了一部戏？我演她姐姐。”

她们俩气质有一点点像，许稚意是清冷系美人，五官精致得无可挑剔，是高级脸，但比大众所说的高级脸更漂亮，更有气质。

盛纯最开始走的，也差不多是这个路线。

博盈点头：“然后呢？”

盛纯回忆了一下，有天晚上的夜戏，两人拍完后，许稚意飞快地换了衣服，跟她打了一声招呼便跑了。

盛纯换下戏服坐车回酒店时，在路边瞟到了一对拥吻的情侣。她当时没仔细看，只觉得背对着自己的那个人的衣服有点儿眼熟。

到了半夜，盛纯失眠，想起来去助理那边找点东西吃，在走廊上跟周砚迎面碰上了。

周砚穿着一身剪裁得体的黑色西装，衬衫纽扣好像被人扯坏了，露出了性感的喉结，他身形挺拔颀长，手里还拎着一袋和他本人气质完全不符的外卖。

两人对视一眼。

周砚很淡定，朝她颔首：“盛纯姐。”

盛纯比他大一岁多。

盛纯愣了一下，呆呆地点了下头：“探班？”

周砚颔首。

盛纯笑笑，示意道："我去找助理拿点东西。你们忙。"她顿了下，看到周砚欲言又止，笑道，"放心，姐保守秘密还行。"

周砚淡声："谢谢。"

听盛纯说完，博盈来气了，拍着她的手臂："你都知道我支持他们，你还不告诉我？"

盛纯一脸无辜："我不是答应为他保密了吗？"

"然后呢？"博盈好奇不已，"那是两年前了吧？"

盛纯："对啊，所以那会儿他们是在一起的，但现在我也不确定了。"因为她也真的好久没跟两人碰面了。

喜欢一个人的时候，你伪装得再好，身边的人也能发现。

博盈叹气，戳了戳她的肩膀："你明天观察一下。"

盛纯板着脸："我是工具人吗？"

博盈："是的。"

盛纯无奈，妥协道："行吧，但问是不合适问了。"

"嗯。"博盈也不勉强她，"就观察，我们默默留意。"

盛纯扑哧笑了："行。"

两人在咖啡厅坐了好一会儿，休息够了继续逛街。晚上，郑今瑶赶上了晚餐。三人吃了晚餐散场，回家时，贺景修亲自过来接的她。

"贺总。"博盈一看到他就开始撒娇，"想我了吗？"

贺景修捏了捏她脸，挑眉问："喝酒了？"

一般情况下，博盈只有喝酒后才会这样主动。

博盈："没有。"她望着贺景修，"你看我像是喝酒了的样子吗？"

贺景修俯身，亲了下她的唇，亲自检查："嗯，没喝。"

博盈觑他一眼，小声道："我怀疑你在占我便宜，但我没有证据。"

贺景修失笑："想你了。"

他捧着博盈的脸亲了好一会儿，放开："都买了什么？"

博盈抿了下唇，感觉他的气息还留在上面。她回头看了一眼："买了好多，基本上是我的。"

贺景修："我没有？"

“算有吧。”博盈小声说，“待会儿你就能看见。”

贺景修不明所以。

回到家，等博盈洗完澡出来，他才明白她说的“算有”是什么意思。

在博盈跟贺景修为宝宝奋斗的第五个月，博盈怀孕了。

她是在律所时发现的。

博盈最近沉迷于吃泡椒牛蛙，基本上隔一天就要吃。

午饭时间，助理把她的餐拿进来，她正欲起身去吃，手刚碰到外卖袋，便急急忙忙地往洗手间跑去。

出来时，助理一脸担忧地看着她：“盈盈姐，你还好吗？”她看博盈的脸色不太好。

博盈摇摇头，开口：“可能是昨晚着……”

不对，她不可能着凉。

贺景修在这方面格外注意，除非她在外面吹风了忘了带厚衣服，在家的时候，贺景修不可能让她生病。

“着什么？”助理瞪大了眼看着她。

博盈微顿，看向桌上摆着的牛蛙沉默了几秒，似想到了点什么。她很轻地笑了下：“没事，先吃饭吧。”

助理：“……哦。”

吃饭间隙，博盈给贺景修发了两条消息，问他忙不忙。

贺景修：有一点，怎么了？

博盈：没事，就问问你吃饭没有。

贺景修：待会儿吃，你吃了吗？

博盈：正要吃。

她给贺景修发了个照片。

贺景修：下回让阿姨学着做，外卖不健康。

博盈：但是太难处理了，而且我点的这家店超贵，肯定健康干净。

没等贺景修回复，博盈又继续打字。

博盈：不过我感觉自己不是很喜欢了，明天就不吃了。

如果她猜测正确的话，明天起她还真不能随便点外卖了。

虽然说怀孕也能吃很多东西，但为了宝宝和自己健康考虑，博盈想，还是吃家里阿姨做的更好更营养。

贺景修应声。

吃过饭，博盈戳了戳郑今瑶。

盛纯进组了，迟绿和她哥出国了，上班时间自由的，只剩下郑今瑶。

博盈：陪我去医院。

郑今瑶：怀孕了？

博盈：感觉。

郑今瑶：好啊，买验孕棒了吗？

博盈：没有。

郑今瑶：我给你到网上买两根你先试试，我这边还有点工作，估计得三点多才到你那边。

博盈：好。

其实她自己也可以买，但有朋友关心有朋友买，她会更快乐。不是金钱问题，就是有种自己在被所有人爱着、宠着的感觉。

一点不意外。验孕棒给出的答案很明显，就是有了。

三点，博盈跟助理交代了一声，提前下班了。

原本，她想自己开车去医院跟郑今瑶会合的，被她拒绝了。她都怀孕了，郑今瑶怎么可能还让她开车，于是自告奋勇要当司机。博盈也没拒绝。

“现在感觉怎么样？”一上车，郑今瑶便忍不住问。

博盈笑："没太大感觉，就是稍微有一点点不舒服。"

郑今瑶没忍住，摸了下她还很平坦的小腹，轻声说："小盈盈乖啊，不要折腾你妈妈。"

博盈被她逗笑："为什么不是小贺？"

郑今瑶："我就喊她小盈盈。"

她喜欢女儿，喜欢软萌的小仙女。

博盈也不纠正她，点点头说："看出来了，你想让我女儿跟你未来儿子来一场姐弟恋。"

郑今瑶扑哧一笑："别说，万一你真生了女儿，我生了儿子，还真可以。"

说到这儿，她"哎哟"了一声："那盛纯会不会跟我绝交啊？她之前就说贺总脾气好，你肚子里这宝宝她要提前预订当儿媳妇或者女婿的。"

连性别都不知道，盛纯已经想得很远了。

博盈眨眨眼："那你祈祷我们的孩子是一样性别。"她瞅着郑今瑶，"再说了，我们不能替他们做决定，让他们自己努力吧。"

郑今瑶："好主意。"

博盈中午时便预约了号。她跟季清影说了一声，季清影提前让傅医生去打了招呼，所以检查特别迅速又顺利。没等多久，博盈便拿到了报告。

护士长笑盈盈地望着她告知，她怀孕了，刚满四周。

博盈提前做了思想准备，也测了验孕棒，可从护士长口中得到肯定答案时，还是愣了一下。

她愣了一会儿，眉眼盈盈笑了起来："谢谢。"

护士长跟她说了些注意事项，让她回去好好休息。

郑今瑶比博盈还激动，挽着她往外走，叮嘱道："你现在可是重点保护对象了。"

博盈："没那么夸张。"

郑今瑶看着她："送你回家还是去贺总那边？"

"去贺景修那儿吧。"她想尽早和他分享这件喜事。

郑今瑶："行，今天郑司机为你服务。"

博盈笑了。

到贺景修公司后，郑今瑶先走了。

“你注意点啊。”她道，“明天我跟沈肃过来看你，今天你再跟贺总过过二人世界。”

博盈：“好。”

看到她出现，楼下前台愣了一下，诧异道：“盈盈来了。”

大家都知道她跟贺景修结婚了，但博盈不喜欢以前同事喊自己“贺太太”，她喜欢大家喊她“博盈”或“盈盈”。

贺景修向来随她，她是独立的个体，她喜欢怎么样就怎么样。也因此，现在贺氏集团的员工都喊她名字。

博盈“嗯”了一声，笑道：“我今天下午休息，过来看看。”

前台笑，连忙去给她按电梯：“贺总肯定很高兴。”

“谢谢。”

博盈出电梯时，贺景修已经在门口等着了。

两人对视一眼，博盈眨眨眼：“你这么快收到消息了？”

没猜错的话，是前台往这边打了电话。她每次来都是这样，会有人给贺景修通风报信。

贺景修颔首，拉着她的手往里走，不解地问：“出什么事了？”

没记错的话，博盈并不在休息期。

博盈瞥他一眼，故意道：“出大事了。”

贺景修脚步一滞：“什么大事？”

博盈：“你先猜猜。”

说实话，贺景修还真猜不出。他拉着博盈到办公室沙发坐下，问她要不要喝咖啡。

博盈想了想：“不要，温开水就行。”

贺景修挑眉，给她倒了杯温开水。

博盈懒洋洋地靠在他腿上：“贺总。”

“怎么了？”贺景修继续猜，“工作上遇到问题了？”

一般情况下，博盈只有受挫后才会在上班时间来找自己。

博盈：“……没有。”她无语，“你不能往好的地方猜吗？”

贺景修茫然。

博盈哭笑不得，从包里掏出一张纸塞给他。贺景修下意识地接过，低头一看，然后愣住。

博盈观察着他表情变化，忍俊不禁，还抬起手在他面前晃了晃，戏谑道："贺总？灵魂还在吗？"

贺景修一把拽住她的手，将人拉入怀里："掐我一下。"

博盈没舍得，仰头亲了下他的下巴，甜滋滋地问："这样可以吗？小贺他爸。"

博盈怀孕的事，两人没过分声张，只少数的亲人朋友知晓。

博延和迟绿知道这事后，两人都没有了在国外游玩的心思，打算次日便回国。

当天晚上，考虑到陈女士一行人的心愿，博盈跟贺景修一块回了贺家，亲口告诉他们这个好消息。不意外，陈女士激动地跟贺父一块下厨，给她做了营养晚餐。

吃过晚饭后，陈女士拉着贺景修到院子里聊了许久。临走前，她倒也没过度叮嘱博盈什么该吃什么不该吃，但要保证营养，适当运动。

不过有一点，一家人达成了共识。

以后博盈去上班，贺景修有空的话便坐他的车一块去。他没空，就给她安排其他司机。

博盈很珍惜肚子里的宝宝，欣然同意。

之前她之所以拒绝司机接送，是觉得自己这么大一正常人，又会开车，没必要安排司机每天接送，太浪费。但现在，她怕开车途中出现点什么，很爽快地同意了。正好，她也可以多休息休息。

回去的路上，博盈转头看向贺景修。

注意到她的目光，贺景修轻笑了下："想问什么？"

"妈喊你出去跟你说什么了？"

贺景修挑眉，卖着关子："想知道？"

博盈盯着他看。

贺景修失笑："没说什么，说了些你怀孕后的注意事项。"

博盈一愣，笑说：“她怎么不跟我说？”

贺景修想了想：“妈不想你有压力，她希望你跟往常一样生活就行。”

博盈：“哦。”她好奇，“那都有什么注意事项？”

贺景修扬了下眉，倒也没瞒着她，慢条斯理地说：“例如，孕妇脾气都不太好，得耐心哄着。”

博盈横他一眼，她觉得自己现在脾气挺好的。

贺景修忍着笑，继续说：“还例如，如果孕妇想吃什么，我跋山涉水也得去买来给她，不然就等着被逐出家门。”

贺景修没撒谎，陈女士和他交代的，大多是一些琐碎的小事。

之所以没跟博盈说，是怕她有压力，但有些事又不得不去注意。思来想去，需要注意的人便只能是贺景修了。

怀孕后，博盈的脾气可能会变差，陈女士希望贺景修要多包容，偶尔博盈嘴馋想吃点什么，也希望贺景修尽量满足她。

当然，孕妇口味多变，可能随时想吃什么，又一下子不想吃什么。

听贺景修说完，博盈窘迫到了极点。她哭笑不得：“妈考虑得太周到了。”

“应该的。”贺景修握着她的手，低低地笑着说，“你现在可是我们家的重点保护对象。”

博盈睨了他一眼。

回到家，贺景修让她先去洗漱。

去洗漱时，贺景修跟她进了浴室，盯着地板发呆。

博盈不明所以：“你看什么？”

贺景修瞥向她：“这款地板是不是稍微有点滑？”

博盈：“……”

两人结婚后，虽然有婚房，但这几年一直没搬，一方面是这里够大，离两个人上班的地方也很近，很方便。

另一方面，新房那边最开始是想着放一年通通风，免得有甲醛等各种问题。不过现在，贺景修想，或许该找个时间搬家了。

他们俩是没问题，但这边的地板是两人结婚前弄的，根本没有太考虑防滑这一点。而婚房那边，在装修时把这些都考虑进去了。

博盈被贺景修的话逗笑："也还好吧？"她看了眼，"我没那么娇贵。"

贺景修看她，沉思半晌，说："我们找个时间搬家怎么样？"

博盈挑了下眉："你确定？"她提醒他，"新房那儿离我上班的地方还好，但离贺氏集团稍微远了点。"

贺景修看她，低语："那正好。"这样她能缩短上下班的路程。

博盈看他真想搬家了，倒也没拒绝："那就搬吧。"

贺景修颔首："交给我，你不用管。"

博盈："我也管不来。"

跟贺景修结婚这么久，她感觉自己依旧是个"废物"。有什么事，都有贺景修和她哥帮忙解决，她只需要吃吃喝喝，上好自己的班便行了。

贺景修摸了摸她脑袋："洗漱吧。"

"嗯。"

原本，博盈是不饿的，也不嘴馋的。她在贺家吃得很饱，也吃得很好。可洗完澡出来，她突然就有点馋了。不是饿，就是单纯的嘴馋。

她眼巴巴望着贺景修，开口："老公。"

贺景修垂下眼："你说。"

博盈摸了下自己平坦的小腹，舔了下唇："你女儿饿了。"

贺景修眼皮一跳，压着笑问："然后呢？"

"她说她想吃炸鸡。"博盈小心翼翼地瞟着他，"可以吗？"

贺景修拿过一侧手机，哭笑不得："想吃哪家的？"

博盈喜笑颜开："你去洗澡，我来点。"

贺景修没拒绝。外卖送到后，贺景修下楼拿。拿到时，他深深怀疑自己家里有五六个人要吃，博盈点了很多很多。

"盈盈。"贺景修进屋，扭头看向在门口等自己的人，不确定地问，"你怎么点了那么多？"

博盈"啊"了一声，回答得理直气壮："因为我每个口味都想尝一尝。"

她瞅着贺景修，眨眨眼："你是在怪我点太多了浪费吗？"一下子，"戏精盈"开始表演，"可是我想，我今晚吃不完你可以吃啊，再不济我们可以放冰箱留到明天。"

她吸了吸鼻子："这样也不行吗？"

贺景修没忍住，抬手敲了下她脑袋："说什么呢？"他无奈地道，"去那边坐着。"

博盈眼睛弯了弯，立马答应。

其实她真的就是一时嘴馋，吃了两块炸鸡后，博盈就饱了，吃不下了。

贺景修认命地尝了两块，不是他喜欢的味道，他也不是很饿，强吃也吃不下，只能把剩下的放冰箱。

之后几天，他们家来了不少朋友。知道博盈怀孕，大家都过来看她，给她买了很多礼物。

博盈失笑，有点儿意外。

她跟盛纯说，她以为他们都会准备宝宝的礼物。

盛纯无语地看着她："宝宝才多大呀？当然是妈妈更重要，让妈妈开心了，我儿媳妇才能更快乐。"

郑今瑶："纠正一下，这是我预订的。"

盛纯："我今晚回去就怀孕。"谁也不能和她抢。

郑今瑶噎了下，狐疑地看着她："你说这话的时候，问过裴总意见了吗？"

"他还敢有意见？"盛纯不解地问，"裴彦，你对我有意见？"

裴彦刚跟贺景修商量了点公事，一出来便被问到了。他脚步微滞，深深觉得自己该继续待在书房，而不是出来参与女人们的斗争。

"没有。"裴彦面不改色地回答，"我去打个电话。"

看着他飞快离开的背影，郑今瑶轻笑："裴总被你吓跑了。"

"哼。"盛纯傲娇，"吓跑了我还能把他绑回来。"

博盈听着这两人讨论，嘴巴张了张："你好野。"

郑今瑶也看向盛纯，重复："我们纯纯，名字最纯，玩得最野。"

盛纯不想说话了。

知道她怀孕的亲朋好友都来了，陪她吃过饭后，贺景修开始计划搬家这件大事。

搬家这事，博盈全程没参与，甚至，她连一个包包都没拎。贺景修全程搞定，安排搬家师傅上门。

当日，博延几个人也难得有空，过来帮忙。当然，有搬家师傅帮忙，大家都不辛苦，东西几乎原封不动地搬到了新家，然后摆好。

盛纯几个人还亲自下厨，要在家里吃饭。博盈更是插不上手，只能到厨房转转，监督一下进度，再去主卧房间看看，去衣帽间瞅一眼自己的包包、衣物是不是都挂好了。最后，去宝宝房间看一看。

总而言之，她过得无比轻松。

搬家这天，一群人在他们这边闹腾到很晚。大家欢声笑语，气氛格外融洽。

大家个性有相似的，也有截然相反的，但很奇怪，他们就是能很好地融入，然后聊天。偶尔会有辩驳大赛，争得面红耳赤，但辩驳结束后，从不会放在心上。

博盈很喜欢这样的生活。

她一直觉得，父母健康，爱人健康，然后有一群朋友偶尔聚一聚、闹一闹，有为自己亮灯、等自己回家的人，便足够了。而现在，她即将拥有自己的宝宝了。

怀孕的生活比博盈想象中要快乐很多。身体偶尔会有点难受，会扛不住，但心情是愉快的。

贺景修把她照顾得很好，基本上有求必应。有时候，博盈都觉得自己太过折腾他了，但她在孕后期嘴馋的时候，真的控制不住自己，经常半夜突发奇想想吃各种乱七八糟的东西。

贺景修被她吵醒，也从不生气。他会安静那么一分钟，而后起床问她，想吃哪里的，他出去买，让她等他回来。

偶尔，博盈会等。但有时候，她会扛不住睡着了。无论是哪种情况，贺景修都不会和她闹脾气，不会抱怨。

博盈真心觉得，自己捡到宝了。

博盈怀孕七个月的时候，两人坐在沙发上讨论宝宝的性别。

贺景修对此充满疑惑。万一是儿子，那应该不是惊喜，而是惊吓吧？

博盈被他的话逗笑："你的员工知道你是这样'重女轻男'的人吗？"

贺景修解释："我只是想要个跟你一样的女儿。"

"万一是儿子呢？"博盈看着他。

贺景修沉默了许久，叹息一声道："是儿子也没办法，那就只能是儿子了。我们俩的孩子，也总得照顾他到十八岁。"

博盈听他这话，隐约觉得不太对："你的意思是，儿子就照顾到十八岁，然后让他自由生长？"

"嗯。男孩子要早点锻炼。"

博盈嘴角抽了抽："那女儿呢？"

贺景修毫不犹豫地回答："养一辈子。"

博盈：得，"重女轻男"的典型人物出现了。

小贺是在国庆节这一天来到这个世界的。

十月一日，贺景修收到了让他"惊吓"的礼物，一个丑丑的男孩子。刚生下来的小贺，红通通、皱巴巴的，看上去奇丑无比。

贺景修看到他的第一眼，产生了些许怀疑。他跟博盈长得都不错，为什么儿子这么丑？不是基因突变？

知道他这想法后，博盈气得踹了他一脚。

说什么呢？她觉得自己儿子长得很好看。

博盈过后才知道，她生小贺的那天，贺景修紧张得手都在发抖。

他进产房陪她，全程都在旁边。但博盈那会儿意识不那么清楚，也记不清后面的事了。

后来，迟绿偷偷告诉她。在她把小贺生下来，确定她安全后，贺景修是扶着墙出去的。他脸上身上都是汗，汗浸湿了衣服，他也没发现。

过后，博盈拿这些笑他。

"贺总。"她看他，"迟绿说我生小贺那天你很紧张？"

贺景修俯下身亲了她一下，道："嗯。"他坦然承认，轻声说，"以后不生了。有小贺就够了。"

他不想再看见她那么痛苦难受了。舍不得。

博盈一愣。她失笑："你确定？"

“嗯。”

“不想要一个女儿了？”说实话，博盈还挺想给贺景修生个女儿的，凑个“好”字也挺好的。

贺景修摇头：“一个就行了。”他摸了摸她脑袋，“我们不能把时间浪费在宝宝身上。”

闻言，博盈好奇：“那该浪费在哪里？”

“在自己身上。”贺景修回答得很有意思。

博盈笑：“好。”她伸手抱了抱他，“那以后我们多花点时间在自己身上，把小贺丢给爸妈吧。”

贺景修：“行。”

小贺不知道，他才一个月大，父母便把他未来几年的生活安排好了。他此刻正躺在小床上，手舞足蹈地晃悠着，很是欢乐。

小贺六个月的时候，博盈正式回律所上班了。

他没被送回爷爷奶奶家，但陈女士跟阿姨都过来照顾他了。

第一天上班，博盈发现小贺还挺念着自己的，陈女士给她打了好几个视频电话，让小贺看她。第二天电话少了两个，第三天没电话了。

博盈主动打了回去，被阿姨告知，小贺正跟奶奶看电视，不哭不闹的，很开心。

博盈很想知道，一个半岁大的孩子怎么就会看电视了。但事实就是，小贺已经不哭着要妈妈了。

一时间，博盈很受伤。

知道她这想法，贺景修哑然失笑：“不找你不觉得轻松？”

“轻松是轻松。”博盈撇嘴，“可小贺这样搞得好像我不是很重要似的。”

贺景修弯唇，将人拥入怀里，捧着她的脸亲了会儿，道：“重要，你在我这儿是重要的。”

博盈被他安抚了。

小贺一岁的时候，会喊“爸爸”“妈妈”了，博盈又高兴了点。看着他成长，她有种油然而生的自豪感。

一岁生日这天，大家给小贺办了生日宴。

小贺能晃晃悠悠走几步路了，他穿着迟绿买的小背带裤，活脱脱一英俊少年。

给他过完生日，小贺收了很多礼物和红包。

回了家，博盈坐在沙发上想休息会儿，小贺忽然拿着东西踉踉跄跄地往她这边走。

“妈妈……”他发音还不是很标准。

博盈抬眼：“怎么了？”

下一秒，小贺扑到她怀里，把一个东西递给她。

博盈低头一看，是一把玩具车钥匙。她没记错的话，这应该是博延送给小贺的礼物，一辆“豪车”。

“给妈妈？”

小贺仰头望着她，小肉手捧着她的脸亲了口：“妈妈拿。”他奶声奶气的声音在她耳侧响起。

博盈很难形容自己当时的感受，她就觉得……从怀孕到把小贺生下来所承受的痛苦和煎熬，好像都值了。

贺景修正在厨房给母子俩做夜宵，听到博盈的喊声，从里头出来。

屋子里的灯光明亮，暖橘色的光衬得一室温馨。他看着沙发上的母子俩，眉目舒展，格外柔和。

“怎么了？”

博盈晃着车钥匙：“贺景修，你儿子把这辆车送给我了。”

贺景修微顿，走近看了眼，伸手揉了揉小贺的脑袋说：“爸爸决定了。”

母子俩仰头看着他。

贺景修一本正经地道：“养你到二十岁。”

博盈：“啊？”

小贺听不懂，主动朝贺景修伸出手：“爸爸抱抱。”

贺景修挑眉，将人抱了起来问：“你也觉得不错是吧？”

小贺不理解，只抓着他的衣服咕哝了两句他们都听不懂的话。博盈觉得，小贺要是能流畅说话，这会儿肯定在骂贺景修。

她看着面前的父子俩，手里还拿着小贺给的车钥匙。在这一刻，博盈深深觉得，生活就这样吧，她满足了。这就是她一直向往、一直在梦里构建的生活。

“老公。”她忽然喊贺景修。

贺景修垂眸，和她对视。

“我爱你。”博盈开口。

贺景修低头亲了亲她唇角，回应她：“我也爱你。”

两人正亲着，小贺忽然扒开贺景修，贺景修不明所以。

“做什么呢小贺？”

小贺没理他，探出身子，伸出肉嘟嘟的手碰到博盈的脸，也亲了她一下。他眼睛亮亮的，像是在求夸赞。

博盈一愣，跟贺景修对望着。两人默契地相视一笑。

博盈仰头，亲了下小贺的右脸：“妈妈也爱你。”

贺景修很勉强地亲了下小贺的左边，道：“嗯，爸爸也是。”

小贺听不太懂，但他笑了。得到了爸爸妈妈的宠爱，他很开心。

博盈望着父子俩，唇角上扬，眉眼愉悦。

未来很长，但他们一家三口在一起，那每一天，都如同他们领证的那天一样，是好日子。

（正文完）

番外一

盛纯 & 裴彦

夏日的北城，烈日炎炎，热得让人喘不过气。

盛纯举着小风扇对准自己的脸，边看剧本边给自己降温。片场工作人员来来往往，正在布置场地。

正看着，一侧有了躁动。

盛纯没兴趣往那边走，懒懒地翻看着剧本。她在这部戏里演的是配角，戏份不是很重，台词也不是很多。

“纯姐。”助理小蕊忽然急匆匆朝她走了过来，压着声道，“曲怡佳过来探班了。”

盛纯举着小风扇的手一顿，抬眸看向小蕊：“她来探谁的班？”

小蕊摇头：“不知道。”

她回忆了一下，印象里这个剧组没有曲怡佳的熟人啊，唯一算得上的，是盛纯。但盛纯和她向来都是一山不容二虎，跟仇敌似的。

盛纯“哦”了一声，往另一侧看了眼，轻哼说：“不管她。”

小蕊：“行。”

话落没一会儿，曲怡佳朝她走来。

“纯纯。”她脸上堆着笑，道，“好久没见。”

盛纯微微一笑："不久。"她提醒她，"我们一个月前在一个活动上见过，你忘了？"

曲怡佳脸上的笑一滞，有点不知道该怎么把话接下去。

盛纯就是有这个本事，把人饯得半个字说不出来。但偏偏，她这性格就是有人喜欢。

盛纯看她这神色，挑了下眉梢："要我给你回忆一下吗？"

"……不用。"曲怡佳扯了扯唇，"抱歉，我最近记忆不太好，忘了上回我们碰过面这事了。"

盛纯："嗯。"

她收回落在她身上的视线，与其跟曲怡佳聊天浪费时间，还不如多看会儿剧本。要知道这角色，可是她费了一番工夫拿来的。虽只是个女二号，但盛纯欣赏这个角色敢爱敢恨的态度，而且个性鲜明，很有自己的风格。

这边安静了一会儿，曲怡佳不甘心被盛纯这么忽视，忽而低声道："你不是攀上了裴总吗？"

盛纯翻剧本的手指微动。

曲怡佳嘲讽似的提醒："怎么才拿个配角啊？"她压着声，也不怕被人听见，冷嗤道，"不会是你本事不行，裴总不满意吧？"

"啪"的一声，盛纯手里的剧本合上。

她眉梢稍扬，直勾勾地盯着曲怡佳，被她看着，曲怡佳心里在发怵。

说真的，她跟盛纯斗了这么多年，没讨到多少便宜，但她就是看不得盛纯这么嚣张。不过就是长得漂亮，气质特别了点罢了。有什么好装的，谁还不知道谁？

"你想……做什么？"曲怡佳对着她的眼神。

盛纯上下打量了她半晌，一字一句蹦出："那确实比不上你。毕竟，我也没其他男人陪练，不像你。"盛纯语出惊人，"起码跟十个男人练习过吧？"

曲怡佳完全没想到，盛纯会说出这种话。"盛纯！"她脸色紫涨，气急败坏地喊她。

盛纯："干吗？"她拿着小风扇对准她，"别气啊，这天气这么热，气中暑了可就不好了。"

曲怡佳咬着唇："你还要不要脸？"

闻言，盛纯觉得好笑："你都不要了，我要什么脸？"

"你——"曲怡佳半天憋不出一个字。

她想到盛纯去勾引裴彦的目的，忽而得意地说："你就不怕裴总发现你目的不纯？"她道，"我等着你被裴总甩掉的那一天。"

"真好笑。"盛纯看她，自信满满地说，"说实话，谁甩谁还不一定呢。"

她看另一边场地差不多好了，起身要去补妆，临走前，盛纯微低了低头凑在曲怡佳耳边问："你知道裴总为什么在你我之间选了我吗？"

曲怡佳看向她。

盛纯弯了弯唇："因为啊，裴总喜欢调教女人，他就喜欢本事不好的女人，这样他才有成就感。"

气完曲怡佳，盛纯神清气爽。这天拍的几场戏，几乎都一次过。

拍完，盛纯回家休息。拍摄地离她住的地方很近，她也就没让剧组浪费钱给她订酒店了。

一上车，盛纯就开始犯困。她打了好几个哈欠，趴在车窗看外面，嘴馋道："小蕊，我想吃小龙虾。"

小蕊哽了下，提醒她："纯姐，你跟我说过，裴总有洁癖的，不喜欢家里有很大味道的食物。"

盛纯轻哼："我不管，我就要吃。"她看着小蕊，"你帮我点个外卖送家里吧，太困了我想睡一会儿。"看小蕊还在迟疑，盛纯告知，"裴彦出差了，要明天才回来，我今晚吃完散散味，明天阿姨帮忙打扫干净，他肯定什么都不会知道。"

小蕊看她嘴馋的样子，点头答应："好，除了小龙虾还要什么？"

盛纯思考了三秒："再点一些烧烤，我明天是晚上的戏，来得及消化完。"她明早去一趟健身房待两小时，差不多了。

小蕊知道她不是一吃就胖的体质，忙不迭答应："行。"

盛纯就在车里休息。她拿了件衣服盖住自己的脑袋，不让光从外头渗进来。

回去的车程不到一小时，盛纯莫名其妙地做了好多乱七八糟的梦。

她梦到自己跟曲怡佳吵架，口不择言地放出话要勾引裴彦，要让他成为自己的裙下之臣。而曲怡佳等着看她的笑话。

盛纯说出那话的时候，心里也是没底的。可她没想到，她带着心机接近裴彦时，这人跟傻白甜似的，什么都不知道，甚至还真的进入了她的猎网，成为她的猎物。

当然，就这段时间相处下来，盛纯觉得自己错了。

她深深感知，自己才是裴彦的猎物。

她没用感情。裴彦自然也是。不过这样也好，两人各取所需，以后分开也没那么多乱七八糟的事。

盛纯睡醒时，车停在了院子里。

这是裴彦的住所，市中心闹中取静的别墅，出门便是一个湖，湖景很美，湖上还有不知道谁种的荷花，春天的时候，会格外有生机。周围的环境很好，空气清新。

她到家的时候，外卖恰好送到。

小蕊给她拿进屋，盛纯对她提出邀请："一块儿吃？"

"不了。"小蕊小声道，"纯姐，我不饿。"

闻言，盛纯也不勉强："行吧，那你回去时注意，到家跟我说一声。"

"好。"

小蕊走后，盛纯先回房间卸了妆洗了澡，才下楼准备享用自己的夜宵。

夏天的小龙虾肥硕，肉质鲜美，味道极好。无聊之际，盛纯甚至还给好友周洛灵发了个照片。看到她的照片，准备睡觉的周洛灵立马精神了。

周洛灵：大晚上吃这些，你明天不用拍戏？

盛纯：晚上的戏。

周洛灵：等等，裴总允许你吃这些？

她记得盛纯吐槽过，裴彦讨厌一切味道大的东西。

盛纯刚搬到这边和他住的时候，有一次点了一个火锅外卖在家里吃。裴彦当晚回家闻到那个味，待了不到五分钟又出去了。后来他跟盛纯约法三章，她要在家里吃东西可以，但不能吃味道大的。

盛纯觉得这大少爷毛病真多，但没办法，她不得不妥协答应。

只不过这段时间下来，盛纯大概摸清了他的习性。她在家吃，只要把味散了，这人一般不会生气，也不会把自己怎么样。

盛纯：你当我傻呀，裴彦出差了，明晚才回来。

周洛灵：不愧是你。

盛纯：那当然。

周洛灵：那万一裴彦今晚提前回来了呢？逮着你吃小龙虾了你怎么办？

说实话，这个可能性盛纯是没想过的。

因为裴彦的行程都是提前安排好的，没出什么大事不会提前回来。但周洛灵这么问了，她也就意思意思想了想。

盛纯：那我就邀请他一块吃。

周洛灵：他如果拒绝呢？

盛纯：那他只能接受小龙虾味的我了。

周洛灵被她的话逗笑到捶床。

周洛灵：我真想给裴总通风报信，让他现在就回家逮住有小龙虾味道的盛纯。

盛纯：……

跟周洛灵边扯边吃。

盛纯吃得很开心，她甚至还把家里的大屏幕电视打开了，随手选了个当下最火的选秀节目。

看着帅气的小鲜肉，吃着小龙虾喝着雪碧，这个世界上还有比这更幸福的事吗？没有。

屋子里的电视开得大声，喧闹的男声混合在一起，让人根本听不见外面的动静。

裴彦拎着西装走近院子，便听见了屋内传出的声音。他微皱了下眉，看着亮着灯的客厅。

打开大门，裴彦第一时间闻到了屋子里散出来的味道。他脚步微滞，还没来得及做出反应，先听到了里头熟悉的女声。

“好帅啊！”

裴彦挑了下眉，垂下眼换鞋往里走。走进客厅，他先看到了盘腿坐在地毯上吃小龙虾的人。

裴彦的视线在盛纯身上停留了片刻，而后往下。没记错的话，她坐着的那块地毯，是他前不久刚让人送过来的。

裴彦揉了揉眉，侧头去看开着的电视。好巧不巧，综艺正在播一群小年轻在游泳湿身的画面。

“哇。”盛纯直勾勾盯着，突然发现自己喜欢的那个男生竟然连腹肌都没有。

她撇撇嘴，自言自语地嘀咕：“这不行，腹肌都没有，太弱了。”

她继续观察下一位，倏地，一道人影挡住了她的目光。

盛纯一顿，目光从下往上，停在裴彦那张清俊但写着“生人勿近”的脸上。

不确定是不是自己眼花了，盛纯感觉他好像笑了下。

两人视线对上。须臾，盛纯吞咽了下口水，脑子里警钟响起。

她舔了下唇：“……吃小龙虾吗？”

裴彦站在不远处，微微摇了下头，言简意赅：“不吃。”

“……哦。”盛纯对着他看过来的目光，眨眨眼说，“那……小龙虾味的我呢？”

裴彦目光一滞，落在她裸露在外的肌肤上。

盛纯是怕热的人，夏日，她在家也习惯性穿得很少。她洗过澡了，屋子里还有点沐浴露的铃兰花香味。那是她喜欢的沐浴露的味道。

她穿了一条吊带款的真丝睡裙，裸粉色，胸口上方的吊带上还有两个小小的蝴蝶结。

裴彦盯着她白皙的脖颈看了片刻，又回到她脸上。裴彦眸色渐沉，倏地把手里拎着的西装往沙发上一扔。在盛纯还没反应过来之前，男人一把将她抱了起来。

盛纯惊呼一声，下意识地环住他的脖颈，被裴彦抱上楼时，盛纯还依依不舍地望着自己那没吃完的小龙虾。

要早知道裴彦会回来，她就吃快一点，不跟周洛灵瞎聊了。

她胡思乱想着，男人已经将她抱回房间，捏着她下巴吻了过来。

满嘴的小龙虾味……

她换了一条睡裙，这回是纯白色的，还是吊带款，比之前那条简单一些，但露出的肩胛骨和锁骨以及映入他视野里的白皙长腿，却并不让人觉得简单。

裴彦微顿，盯着看了须臾，朝她走近："喝不喝水？"

盛纯睇他一眼。

裴彦自知理亏，抬手撩了下她头发，低声问："谁在家先吃小龙虾的？"

提到这儿，盛纯又饿了。她眼睛亮了亮，望着裴彦："我不想喝水，我只想吃我的小龙虾。"

裴彦想也没想就拒绝了。他绝不允许盛纯吃完小龙虾，然后回床上睡觉。

盛纯冷呵了一声，艰难地从床上爬起来，挑衅地看着裴彦："我今晚就要吃。"她戳了戳裴彦的肩膀，"怎么，你要把我赶出家门吗？"

裴彦垂眸，和她僵持着。

"裴总。"

盛纯跪坐在床上，姿势撩人，她知道对裴彦这个人，硬的不行，要软一点。她抬手，玩着他睡衣纽扣，眼巴巴地望着他："我真的好想吃，我饿了。"

裴彦没吭声。他盯着她细葱似的手指，忽然发现，盛纯好像不常涂指甲油。她的指甲盖永远修剪得很整齐，如果不是参加活动需要，她的指甲盖一般是自然的颜色，淡淡的粉色，看上去特别舒服。

"裴彦。"盛纯求了他好一会儿，这人也不吭声。她用力，一把拽过他的衣服，放出狠话："我要吃小龙虾，你听到没？"

裴彦被她勒得差点没喘过气。他把盛纯的手拍开，咳了一声："我今晚要是不答应，你是不是就得离家出走？"

"不离家出走。"盛纯轻哼，"我把你干掉然后殉情怎么样？"

裴彦："……不怎么样。"他看着她，"一定要吃？"

"一定。"

裴彦没辙："过来。"

"干吗？"盛纯还是之前的姿势没动。

裴彦顿了下，语气很淡："自己走下去？"

盛纯无语，伸出手让他将自己抱下楼。

她趴在裴彦的肩上，感受着他手臂的力量。他的每一步都走得格外稳当。

在裴彦的怀里，盛纯从不担心他会抱不紧自己，然后把她摔了。他常锻炼，他有腹肌，有力量。

回到客厅，小龙虾早就冷了。

盛纯知道裴彦的性格，她恃宠而骄："帮我热一下。"

"怎么热？"

"……微波炉。"盛纯哽了下说，"你换个装小龙虾的盘子。"

裴彦目光深邃地看了她一眼。

盛纯眨眨眼，仰头看着他。她一本正经地胡说八道："你知道我要过生日了吧？"

裴彦："……然后呢？"

"今晚这顿小龙虾，就是我的生日礼物，我最想要的生日礼物，你懂吗？"

裴彦不是很想懂，但他还是认命地拎起那味道极重的小龙虾进了厨房，还给盛纯热了热端到她面前。

盛纯眼睛一亮，格外高兴。

"你要吃吗？"她对裴彦发出邀请，"还有好多。"她不介意他跟自己抢。

裴彦："不了。"他起身，"我先去睡。"

盛纯撇撇嘴："哦。"

看裴彦上了楼，盛纯也不在意。

她挑了挑眉，专注于自己的小龙虾和选秀节目。刚刚那一期在不知不觉中播完了，她都没看到最后。盛纯找出遥控器，回到她之前断掉的地方，边吃边看，和楼上的安静格外不同。

吃了大概十分钟，裴彦忽然下来了。

看到他，盛纯没多想：“你下来喝水？”

裴彦没吭声，径直坐在她旁边的沙发上。

盛纯狐疑地看着他：“你干吗？”

裴彦盯着她剥虾的手看了须臾，索性到她旁边坐下，扯过她旁边一盘还没碰的小龙虾，戴上手套开始剥虾。

“饿了？”盛纯唇角上挑，得意道，“我就知道没有人能拒绝——”

话还没说完，嘴巴里被塞了一只入了味的完整的虾肉。

“安静点。”裴彦提醒她。

盛纯噎住：“你干吗突然对我这么好？”看裴彦这架势，是要给自己剥虾吃。

裴彦：“你太吵。”他看着她，淡淡地说，“我想早点睡。”

盛纯无言：“那你睡啊。”她诧异道，“我记得你把房门关了，隔音很好的不是吗？”

这房子的隔音效果，只要把门窗关了，是非常好的。她在楼下制造出来的这点动静，他不可能听见。

盛纯瞅他，揶揄道：“裴总不会是没我睡不着吧？”

裴彦冷冷淡淡地说：“你回去后还得洗漱，我不想睡着又被吵醒。”

盛纯想也没想，回答：“那我去睡客房总可以了吧。”她一把抢过裴彦剥的虾肉，“你现在可以回去安心睡了。”

裴彦没理她，继续手里的剥虾事业。

盛纯垂眸看着，嘴角上扬，她快乐享受着，催促旁边的人：“你真不尝尝？”

“嗯。”裴彦没有半夜吃小龙虾的习惯。

盛纯“哦”了一声，眼珠子转了转，拿起一个小龙虾正要往自己嘴里塞的时候，趁裴彦不注意，直接塞进了他嘴里。

裴彦眼皮一跳，盛纯还在努力往他嘴里塞。

“你干吗？”

盛纯不开心了：“吃一个也不行？还是说你喜欢别人给你喂东西？然后不吃我喂的？”

裴彦这才张嘴，把她塞过来的那只小龙虾吃了进去。

盛纯正要把手撤回时，发现裴彦舔了下她的指尖，她的脸色瞬间爆红。

“你——”

裴彦意犹未尽，意有所指：“味道确实还可以。”

“爱吃不吃。”盛纯恼羞成怒，憋出一句，“你是变态吗？”

裴彦抬了下眼：“我还想吃。”

“自己没手？”盛纯没好气地瞪他，“我又没绑住你的手。”

闻言，裴彦故作沉思状：“你如果想试试，也不是不可以。”

盛纯：行吧，论不要脸，她比不上裴彦。

吃完小龙虾，两人进浴室刷牙。

盛纯对自己身上的味道是习惯的，但她看着裴彦皱起的眉头，觉得有点好笑。睡觉的时候，盛纯故意往他身上靠：“裴总，抱抱。”

裴彦叹了口气将人抱入怀里，沉声警告：“下回能不能别在家吃这么重口味的东西？”

“啊？”盛纯遗憾，“不在家吃在哪儿吃？”她眨眨眼看他，“我还想在家吃榴梿呢。”

裴彦闭了闭眼，忍了忍：“睡觉。”他就不该跟盛纯说这个话题。

盛纯忍着笑：“榴梿也不行？”她说，“最近正好是榴梿季，我看朋友圈还有微博好多人都晒自己买到的榴梿。我也蛮想试试的。”

裴彦沉默了几秒说：“你吃榴梿那天跟我说一声。”

盛纯：“怎么？”

裴彦：“我住公司。”

盛纯：“……”

关于在家吃榴梿的话题就这么结束了。

裴彦深谙盛纯的得寸进尺，坚决不再理会她的自言自语。盛纯自顾自咕哝了一会儿，也自知没趣，不再继续了。

但在家吃榴梿、吃螺蛳粉这些事，已经安排进了她的备忘录了。她决定了，哪天裴彦要是不要自己了，她临走前，一定要在他这里吃这两样东西，气他一顿。

次日，盛纯睡到中午。醒来在家吃了顿午饭，她让助理过来接自己去片场。

她是晚上的戏，但早点去看看其他演员的表演，学习学习也不错。倒是裴彦，对她这么早去片场这事，还有点小意见。

“不是晚上的戏？”

“对啊。”盛纯看他，“我今晚回来得会很晚。”

想到昨晚裴彦说的，盛纯道：“你早点睡，我会去客房睡。”

裴彦盯着她看了须臾，没应声。

盛纯没在意，等助理来后，朝他摆摆手，潇洒离开。

坐上车，盛纯瘫倒在车里打哈欠。她百无聊赖，戳开和周洛灵的对话。

盛纯：我昨晚……

周洛灵：昨晚裴总回来了，抓到了小龙虾味的你。

盛纯：你在裴彦家里装了监控？

周洛灵：你这一大早上都不找我，肯定就是这样了。我还不清楚你？

盛纯：我没有。我只是晚上的戏，睡了个懒觉而已。

周洛灵：哦！那就是裴总还不够努力，啧。

盛纯：他昨晚吃小龙虾了。

周洛灵：不是你？

盛纯：……都吃了不行吗？

周洛灵：哟！厉害啊小纯纯，竟然能让裴总在家陪你吃小龙虾，我算是明白了什么叫红颜祸水，就你这样的，你懂吧。

盛纯：那是我逼他吃的，他很勉强好吧。

周洛灵：那也只有你敢逼啊。

她话锋一转，问盛纯——

周洛灵：你有没有觉得，你最近在裴总面前，放肆了许多？

提到这个，盛纯努力回忆了一下。好像是这样？但说实话，她本来就是这样的性格，她是个会恃宠而骄的人。

不对。恃宠而骄不该用在裴彦和她身上。

裴彦也没怎么……宠她。他冷冷淡淡的，除了在亲密的事情上对自己热情一点，其他时候和她多说一句话都很费劲似的。不过盛纯承认，她最近是有点过分，每天都在试探裴彦的底线。

思及此，她不自在地摸了下鼻尖，忏悔了三秒钟。

忏悔是会忏悔的，但改是不可能改的。

到片场后，盛纯静下心来看剧本，看其他演员表演。

到了下午，她趴桌上眯了一会儿。晚上，周洛灵闲来无事探班。

“纯纯。”周洛灵热情不已，“想我没？”

盛纯瞥她一眼，很认真地说：“没有。”

周洛灵瞪了她一眼，捂着她的脸说：“不行，你必须要说想我了。”

盛纯哭笑不得。她拍开周洛灵的手：“你干吗呢？小霸王吗？”

“不，我是大霸王。”

盛纯哽住。

周洛灵看她：“待会儿拍完戏去吃夜宵？”

盛纯无语：“所以你找我就是为了吃夜宵？”

“对啊。”周洛灵回答得理直气壮，“不然呢？你的作用就是坐在我对面，我好下饭。”

听到这话，盛纯产生了一丁点怀疑。她难道长得很“下饭”？这是贬义还是褒义？

但她没拒绝周洛灵。“吃夜宵可以。”盛纯看着她，“我明天也是晚上的戏，尽量一点前让我回家？”

周洛灵：“行。”

拍完晚上的戏收工，差不多十点。盛纯跟裴彦说了一声，和周洛灵吃夜宵去了。

周洛灵是盛纯的高中同学，大学时候两人一个学表演，一个去了音乐学院。毕业后，一块儿进了娱乐圈。

周洛灵发展得比盛纯好，她在音乐方面有天赋，人长得也漂亮，性格也可爱，很受大家喜欢。盛纯稍微惨一点，她运气不太好，接触到的资源经常被截和，几年下来，也就混了个二三线艺人。

可事实上，用周洛灵的话说，她觉得盛纯的演技很好。盛纯是科班出身，演什么像什么。虽然演的都是配角，但真的要清纯小妹是清纯小妹，要坏女人是坏女人，性感什么的，更是信手拈来。

想着想着，周洛灵在桌下碰了碰盛纯的脚。

盛纯抬眸看她：“怎么了？”

周洛灵压着声，好奇地问：“你跟裴总这么久，他没给你资源？”

盛纯失笑：“干吗？我当初去勾引他，只是因为跟曲怡佳打赌，又不是冲着他能捧我去的。”

她和裴彦在一起，完全是因为和曲怡佳的一个赌约，她当时脑子不清醒，放出了狠话。

曲怡佳经常挑衅她，那天盛纯喝了点酒，碰到曲怡佳再次出言不逊，说她只有美貌什么的，盛纯说她就是只有美貌啊，可是男人眼里就是只有她。

听到这话，曲怡佳对她嘲讽了一番，说她还真当自己是绝世美女了。

盛纯知道曲怡佳那段时间一直想接近裴彦，裴彦这个人，盛纯之前远远见到过，长得很帅，旗下的影视公司更是厉害，出了不少优秀的剧本，捧红了不少人。

曲怡佳很喜欢他。这是盛纯听朋友说的。

她当时趾高气扬地对着曲怡佳放话，眉梢微扬说：“是啊，我就是绝世美女啊，你信不信，我甚至能把你喜欢的裴总拿下。”

曲怡佳当然不信，还跟她打了赌。

次日，盛纯就开始了和裴彦的偶遇。只不过她运气一般，半个月都没能碰到他一次。后来，在一次红毯上，两人首次碰面。

盛纯想着自己跟曲怡佳放出的狠话，一个月将他拿下，当下想也不想，就撑着一口气，一鼓作气地朝裴彦走了过去。再后来，事情顺理成章。

她不知道是自己美貌惊人，让裴彦看上了还是怎么了，反正裴彦就是和她开始了不清不楚的暧昧关系。到现在，已经有段时间了。

周洛灵瞥她一眼："那裴总也不行啊，女朋友都不捧。"

盛纯无言，抿了口水道："我算什么女朋友？"

周洛灵意味不明地笑着，也不多说。

盛纯道："不过我得为裴彦说一句话。"

"你说。"

"他其实问过我要什么资源。"盛纯老实告知，"我看了他给我的剧本，拒绝了。"

"为什么？"

"那些角色我都不是很喜欢。"盛纯道，"我只想演自己喜欢的角色。"

无论是配角还是主角，她喜欢的才是排在第一位的。

盛纯并不差钱，就算一直是个二三线演员，她也是能接受的。唯一觉得遗憾的是，不一定能挑到自己喜欢的剧本。有时候你看上了，别人也能看上。

周洛灵无语："你就不能把你喜欢的角色告诉裴总？让他给你筛选？"

"再说吧。"盛纯道，"遇到喜欢的，我肯定让他帮我争取试镜机会。"

周洛灵挑眉："只是试镜机会？"

"对啊。"盛纯认真道，"有个机会就可以了，能不能拿下，还是需要导演根据我的表演来定夺。"

周洛灵瞅着她："你是不是太单纯了点？很多人拿角色都是靠背景的。"

盛纯失笑："我也有啊，裴彦介绍我去试镜，这不就证明我有背景？"

周洛灵被她绕了下，觉得有点道理。

"那为什么还要试镜呢？"

"就——"盛纯朝她眨了下眼，"矫情呗。"

周洛灵："……"

矫情必然不可能是矫情，她只是想看看导演对她的表演的反应，也想看看自己到底是不是适合这个角色，除此之外，没别的了。

“行吧。”周洛灵道，“但现在曲怡佳可跟以前的同学嚷嚷，说你被人包养了，但是呢，包养你的人不舍得给你砸钱，只是想睡你。”

好巧不巧，盛纯除了跟周洛灵是高中同学外，跟曲怡佳也是。更不巧的是，她和曲怡佳这么些年是冤家路窄，不单单高中在一个班，连大学也是。

盛纯：“不管她，反正我追到了她想追到却追不到的男人。”这就已经够曲怡佳气个几年了。

周洛灵扑哧一笑：“确定不是裴总占了便宜？”

盛纯坚持说：“我其实也占了便宜的。”

裴彦人长得帅身材好，还会照顾她情绪。她觉得，一点都不亏。

周洛灵笑了笑，看她：“你说要是裴总知道你当初主动勾引他只是因为跟曲怡佳幼稚地打了个赌，他会不会觉得挫败？”

盛纯：“……他应该不会自恋地以为，我是爱上他了吧。”

最多觉得，盛纯想要他捧，想要他给的资源，或者看上了他的脸。

周洛灵轻笑：“我还是很期待裴总知道这事的反应。”

盛纯噎住：“你别咒我。”她想了想，“他还是永远别知道比较好。”

不然，她感觉自己会很惨。

跟周洛灵吃完夜宵，盛纯到家时已经近一点了，屋子里漆黑一片。

盛纯放轻脚步在一楼走着，到厨房喝了一杯水，进了客房。

裴彦这边的客房在一楼，就一间。进了浴室后，盛纯发现楼下没有卸妆水。

她无言，蹑手蹑脚地上楼。站在主卧门口，盛纯回忆了一下，不确定裴彦有没有睡觉锁门的习惯。她轻轻碰了下门把，一拧，门开了。

盛纯扬了扬眉，放轻呼吸推门进去。房间里也是一片漆黑，凉乎乎的，很舒服。

盛纯朝床上看了一眼，嗯，裴彦睡着了。她撇撇嘴，蹑手蹑脚往浴室那边走。她就拿卸妆水，绝对不发出声响。

在盛纯即将走进浴室时，“啪”的一声轻响，房间的灯打开了。灯光明亮刺目，让盛纯下意识闭了眼。再睁开眼看向床那边时，裴彦已经醒了，他目光幽深地望着自己这边。

盛纯微窘：“我吵醒你了？”

裴彦没应声。

盛纯指了指：“我就拿一瓶卸妆水，你继续睡吧，我去楼下洗澡。”

裴彦：“已经醒了。”

盛纯：“啊？”她无言，“我又不是故意把你吵醒的。”

裴彦抬了下下巴，淡淡地说：“在楼上洗。”

盛纯眨眼，狐疑道：“你不睡了？”

裴彦：“睡。”

盛纯虽满脑子疑惑，但裴彦都这么说了，盛纯也就懒得跑了。她折腾了这一天，也有点累。她打了个哈欠，拿着睡裙进浴室。

大夏天的，盛纯每天都得洗头，洗个澡很慢很慢，全部弄好，基本上需要一个多小时。

盛纯知道裴彦睡眠质量一般，很努力地轻手轻脚了，但没辙，她从浴室收拾好出来时，裴彦还是没睡着。

他在看书。

盛纯想了想，主动凑到他面前：“裴总，给句话。”

裴彦看着她。

“我睡这儿还是睡楼下？”

裴彦没出声，一把将她拽下。盛纯踉跄着扑到他怀里，鼻尖还撞上了他的胸膛。

“痛！”盛纯哀号。

裴彦看了眼，抬手替她揉了揉：“睡觉。”

盛纯看他沉静的脸，小声问：“你心情不好？”

裴彦没应，但他心情确实一般。

盛纯扬眉，揶揄道：“哟，谁惹我们裴总生气了呀？你告诉我，我替你去解决。”

“你。”

“嗯？”盛纯眨眼。

裴彦看她，不紧不慢地问：“说吧，想怎么解决自己？”

对着裴彦沉静的目光，盛纯眨了眨眼，故作惊讶：“啊，让裴总不高兴的人叫盛纯啊？”

裴彦勉为其难地点了下头。

“这人怎么跟我同名同姓啊！”

盛纯掀开裴彦这边的被子上床，还特意跨过他，再翻越到自己那边，可谓过分。躺下后，她泪眼婆娑地望着天花板。

“真过分，我都没有和我同名同姓的这个人过分。”她侧眸看着裴彦，“你想我怎么解决她？”

裴彦微顿了下，对着她白净精致的那张脸，一时竟词穷了。

“裴总？”盛纯瞅着他，挑眉提议，“这样吧，我明天就去喊那个人改名给你出气，行不？”

裴彦听她瞎扯了一会儿，淡淡地问：“为什么让她改名是给我出气？”

“因为盛纯让你不开心了啊，她改成盛气，就不会让你不开心了啊。”

“谐音梗扣钱。”裴彦难得地配合她。

盛纯撇嘴，委屈巴巴看着他：“我好困。我能不能明天再跟你讨论解决盛纯这件事？”

裴彦对她突如其来的撒娇和委屈，向来没有任何办法。他捏了捏盛纯的小脸蛋，丢下一句：“睡觉。”

盛纯笑了。她主动环着裴彦的腰，蹭着他胸膛：“我就知道裴总对我最好了。”

说完，她秒睡。

裴彦把灯关了，借着窗外透着薄纱照进来的月色，盯着面前这张脸看了片刻，才低声落下一句：“没良心。”

盛纯每天都在试探他的底线，也在挑战他对她的容忍度。他好像有受虐体质似的，竟还喜欢她这些行为。

之后几天，盛纯倒是安分了下来，不在大晚上出去吃夜宵，也不在家吃小龙虾了。

一个多月的时间，盛纯的戏拍完了。拍完后，盛纯出差去录了个节目，回来时裴彦本说过来接她，结果临时有事，安排他堂妹裴云梦过来接她。

盛纯和裴云梦见过两次，是偶然碰到的，两人年龄相差不大，裴云梦就是小女生，在很多话题上，她们格外投机，来往也就多了些。

盛纯有时候想，她就算和裴彦分开了，不再联系了，跟裴云梦可能还会一直保持友好的朋友关系。

刚和裴彦在一起的很长一段时间，两人基本上是分开的。她忙着进组拍戏，裴彦工作也忙。两人鲜少私底下出去约会，就算是约会，也会约在家里。

有时候盛纯想，这样的生活其实也挺有意思的。但偶尔，她也会羡慕别人的情侣生活。

知道她这想法后，周洛灵无语半晌："那你就邀请裴总出去约会。"

盛纯瞥她："他没时间。"

"你都没邀请，你怎么知道他没时间？"

她不回答，反正她就知道裴彦没时间。

有一次，盛纯其实问过他，要不要出去走走。话刚说出来，她就被裴彦拒绝了。

盛纯骨子里其实是个高傲的人，和曲怡佳的赌约，让她把自己送到了裴彦面前，和他开始了这段关系。但她知道裴彦没有女朋友，也就心安理得当起了他的女伴。

当然更重要的一点，是娱乐圈这个大染缸，她想走得更稳更安全一些，有裴彦这样的靠山最合适。

每次想到这儿，盛纯都很感谢她爸妈给她的长相，不然也不会让裴彦注意到。

周洛灵瞅着她，抬手在她面前晃了晃："盛纯。"

"干吗？"盛纯抿了口水，"这个不可能。"

周洛灵失笑："那你想怎么办？"

盛纯托腮望着她，突然喃喃道："灵灵。"

"嗯？"周洛灵感觉她眼神不对劲，心里打着鼓，"你想说什么？"

盛纯和她对视半晌，说："你说，我火了后把裴彦踹了，他会不会封杀我？"

周洛灵被她的话噎住："你还想踹了裴总啊？"

"想啊。"盛纯道，"但我总觉得我还没踹他，他会先把我踹掉。"

周洛灵看她可怜兮兮的模样，笑道："不至于吧，裴总这么过分？"

"非常过分。"盛纯憋屈，"而且……你是不是忘了我跟曲怡佳打赌那事了？我总担心他会知道，然后封杀我。"

周洛灵沉默了会儿。

说实话，要是男人知道一个女人表现得很喜欢自己，然后主动勾引自己是因为跟人打赌，男人的自信心会受挫，会生气是正常的。但裴彦那样的男人，周洛灵觉得他应该不至于做封杀盛纯这么掉价的事。

思及此，周洛灵看着她："你试探一下。"

"嗯？"盛纯挑眉，"怎么试探？"

"就你问他，要是哪天他发现你骗他了，你会怎么样，或者是你找他要个以后分开了也不会把你怎么样的承诺。"周洛灵说着，感觉自己真是个天才，这种绝佳办法都能想出来。

盛纯思忖了会儿，竟也觉得周洛灵这建议非常不错。不过她得注意尺度问题，裴彦太聪明了，她要小心一点，不能让他察觉出什么。

"行，等我拍完这部戏回去就试探他。"

盛纯前段时间拿下了一个主角的角色，进组后每天都是两点一线——片场、酒店。除此之外，哪儿也没去。

她拍戏的地点在江城这边，而裴彦在北城。两人这段时间不仅没见面，连天都聊得很少。

拍完戏，盛纯换下戏服。

她刚出来，恰好碰到同剧组演员："盛老师走了？"

盛纯应声："嗯。"

"要不要一块去吃饭？"男演员说，"进组快一个月了，我们也没出去聚聚。"

盛纯此刻只想回去休息，但一口拒绝又不太合适。她想了想，道：

“不太好吧，万一被拍了呢？”她玩笑说，“我不想再上热搜了。”

男演员失笑：“不单单是我，还有其他几位老师。”他耸肩，“这样盛老师能去吗？”

盛纯思忖了会儿，想着还有几个月的相处时间，颔首答应：“行啊，大家想吃什么？我请客？”

“哪能让盛老师请客，我请。”

盛纯没再坚持。

考虑到几个人的身份，他们去了一家私房菜馆。

原本，盛纯是不怎么饿的，但一进去闻到饭菜的香味，她立刻就饥肠辘辘了。

刚坐下，盛纯便收到了裴彦发来的消息，问她收工了没有。

盛纯垂下眼回复他。

盛纯：收工了，正准备吃饭。

裴彦：在酒店？

盛纯：不是，今天剧组几个演员聚餐，我们在一家私房菜馆。

这回答好像过分冷漠，盛纯连忙问候他。

盛纯：你呢，下班没？按时吃饭哦，裴总！

裴彦：……

盛纯：？

裴彦：没事，吃你的，几点回酒店？

盛纯挑眉，觉得他今天奇奇怪怪的。

盛纯：怎么了？你有事跟我说？

裴彦：算有吧。

盛纯：吃完就回去，我回了跟你说。

裴彦没再回消息过来。盛纯撇了撇嘴，低头把手机摁灭。

倏地，旁边的男演员叫到她："盛老师跟谁聊天？聊这么开心。"

盛纯一顿，好笑道："我表现得很高兴？"

男演员颔首。

盛纯笑笑："跟一朋友说话。"

男演员了然，不再多问。

盛纯是那种不太能吃胖的体质，加上日常也算克制，所以身材一直保持得很好。因为这个，经纪人也不太会限定她晚上不能吃这些碳水高热量的东西。盛纯很自律，她前一天吃了，第二天必然会运动，会把这些热量都消耗完。用她经纪人的话说，在长胖这件事上，她一点都不担心盛纯。

聚完餐，一行人还说想去 KTV 玩一玩。

盛纯直接拒绝，她看着面前这几人，求饶道："饶了我吧几位老师，我明天八点半的戏。"

喊她吃饭的男演员想了想："我也是八点半跟盛老师的戏，我也不去了吧。"

"那行。"其他演员倒也不坚持，"你们回去休息吧。"

盛纯应声："玩得开心。"

从餐厅出来后，盛纯正要往保姆车上走，男演员喊住她："盛老师。"

盛纯回头："徐老师，怎么了？"

面前的男演员叫徐泽。

徐泽看她此刻的模样，眉眼里满是笑："没怎么。"他顿了下说，"我刚刚让助理先回去了，我能不能搭个盛老师的顺风车？"

说实话，盛纯是想拒绝的。但两人明天还得一块拍戏，又是一个剧组的，一直拒绝不太好。

以前，盛纯很少给人留面子，想做什么做什么，但进圈这几年，她也变得圆滑起来。

"可以啊。"盛纯笑着说，"徐老师不介意就行。"

徐泽："自然是不介意的。"

上了车，徐泽扭头看向旁边坐着的女人。

圈内一直有传闻，盛纯背后有人在捧。但徐泽觉得不太可能，更何况，他只是想跟她炒炒绯闻罢了。当然，如果两人合得来的话，拍完戏后也可以继续。

想到这儿，徐泽开口：“盛老师一般拍完戏都在酒店玩什么？”

听到这话，盛纯隐约觉得不太对劲。

她把视线从手机上挪开，抬眸看向他：“玩？”她笑笑，一本正经地道，“我台词多，一般也没时间玩，基本上都在房间背台词。”

这是真的。除了偶尔跟博盈、周洛灵瞎扯外，大多时间她要么护肤睡觉，要么就是背台词。

盛纯是有裴彦捧着，但她不想辜负自己拿到手的每个角色。对待每一个角色，她都是认真的。

徐泽完全没想到她会这么回答。这段时间在剧组相处下来，他算是发现了，盛纯漂亮归漂亮，但对这些暗示，仿佛一个木头美人。

“除了这些呢？”徐泽继续追问，“不玩别的？”

“很少。”盛纯一板一眼回答，而后反问，“徐老师一般玩什么？”

徐泽微顿，笑道：“看电影。”

盛纯点点头：“我也会看电影。”

她一连报了好几部电影的名字，徐泽越听越不对劲：“这是什么电影？”

“啊？”盛纯诧异地看他，“你没听过啊？”

徐泽：“没有。”

盛纯点头：“有国内的，也有外国的，全是恐怖片，还有丧尸片。”她不好意思地笑了下，“我喜欢这种血腥电影，能学到不少东西。”

徐泽：“……”

因为盛纯这不识抬举的话，到酒店停车场下车时，徐泽快速和她说了句“谢谢”，便飞快地走了。

看他背影，盛纯轻哼了一声，他真以为自己听不出呢。

小蕊瞅着她：“姐，你不是最怕那些的吗？”

明明是她喜欢看，每次都拽着盛纯陪着。盛纯于心不忍，大多数时候都会陪她。

“是啊。”她说，“但徐泽也怕，我记得之前刷到过和他相关的新闻，他胆子小。”

小蕊无言：“那你还说那些电影？”

盛纯瞥她，拍了拍她脑袋：“我故意的。”

小蕊“啊”了一声，没想明白。她感觉徐泽挺好的呀，为什么要故意吓他？

盛纯没回答她，低着头往酒店里走，边走边给裴彦发消息。

盛纯：回到酒店了，你到家了吗？

裴彦：不在家。

盛纯：哟！裴总在外面啊？说吧，跟哪个小妖精在一块玩？拍照给我看看。

盯着两人的聊天对话，盛纯第一时间看到了裴彦发来的一张背影的照片。

她点开大图，关掉，正准备说这小妖精有点矮时，她隐约觉得哪儿不太对。

盛纯再次点开照片，低头看了眼自己身上的穿着打扮。她诧异地回头，对上了不远处男人的目光。

大厅里人来人往，这个点也恰好是热闹的时候。

盛纯和裴彦无声对视半晌，她猛地眨了眨眼，不太确定地掐了下自己手臂，低头敲字——

盛纯：你为什么把我拍得那么矮？！！

手机振动，裴彦看了一眼，很想转身就走。

这就是盛纯的重点吗？这和他想的不太一样。

裴彦：就只想说这个？

盛纯：你怎么在这儿，你来出差？

裴彦：差不多。

盛纯：你住哪儿？

裴彦：房间号。

盛纯：？

裴彦：请问，盛小妖精的房间号是多少？

盛纯：……1605。

盛纯：我先上去，你过十分钟再来。

裴彦抬了下眉。

裴彦：为什么？

盛纯：或许，你想帮我收拾房间？

裴彦：知道了。

盛纯被他的话直接哽住。她无语，拉着小蕊进了电梯快速回房。

酒店每天都有客房服务，但盛纯是个奇怪的人，来她房间打扫卫生可以，但是不能替她收拾东西。

她只需要阿姨帮她把垃圾收走，丢在沙发上、床上的衣服不能收，这也导致她房间乱成狗窝的现状。

小蕊和她不在一个楼层，盛纯也没想喊她帮忙。她加快脚步刷卡进了房间，弯腰收拾了一通，把全部衣服胡乱塞进柜子里后，门铃响了。

盛纯气喘吁吁地打开门。裴彦垂眸看了她一眼，侧身进来。

他身上穿着一件长款的风衣，格外英俊，当然，如果眉目舒展一点，会更好看。

盯着盛纯脸上的红晕看了片刻，裴彦问："收拾好了？"

盛纯："……说什么呢。"她才不承认。

她弯腰，笑盈盈道："欢迎裴总大驾光临。"

裴彦瞥了她一眼。

盛纯把门关上，回头看坐在沙发上的人，随口问："要喝什么？"

"不用。"

盛纯"哦"了一声，走到他旁边。

裴彦一把将她拽下，让她坐在自己身上。

他正要说话，盛纯跟小狗似的在他脖颈处嗅了嗅，戳着他肩膀问：“裴总，这是从哪个小妖精那儿赶场过来的？”身上的香水味难闻死了。

裴彦没回答她这话。他的手指穿过她乌黑的秀发，手搭在她腰侧，将人往自己怀里压，言简意赅地回答：“机场。”

盛纯：“……裴总玩这么大？”

“比不上在车里的盛老师。”他意有所指。

盛纯：“……”

房间里灯光明亮，盛纯就这么坐在裴彦腿上，和他对上视线。

男人神色坦然，并不觉得自己说了什么不该说的。他坦荡，好像偷偷摸摸的只有盛纯一个人。

两人对视半晌，盛纯抿了下唇，瞅他：“你什么时候看到我的？”

裴彦瞥她，没吱声。

盛纯失笑，戳了戳他肩膀，问：“不会吧，裴总这是吃醋了？”她扬眉，满脸不可置信，“不应该呀，我认识的裴总不是这么小气的人。”

她主动凑上前，说：“裴总，说句话。”

裴彦还是没说，他手微微用力，盛纯没注意，撞到了他的额头。她吃痛，正要退后，裴彦扣着她腰肢，寻着她的唇吻了下来。

盛纯闭着眼被他抱进浴室的时候心想，他这算是吃醋了吧，应该是吧。

房间内难得地安静，宁静又温馨。

好一会儿，盛纯开口：“你晚上看到那个是和我搭戏的演员。”她说，“我们几个人晚上一块吃饭的，回来的时候其他几个人要去唱歌，我们俩先回来了。”

裴彦“嗯”了一声，并没有太把那个人放在心上。

盛纯听他这冷淡的语气，快速道：“没什么关系，也就是让他搭了个便车。”说完，她戳了戳裴彦的肩膀，“我说完了，你现在可以说说自己身上的香水味怎么回事了吧？”

裴彦顿了顿，盯着她看了半晌，倏地起身。

盛纯眉梢微扬，揶揄道："不想回答我问题？"

裴彦没理她，起身走出房间。

盛纯住的房间条件不差，是标准的套间。厨房卧室客厅洗手间都有，面积还挺大的。

裴彦出去了一会儿，再回来时手里拎了个袋子。盛纯一愣，下意识接过。

"这是——"

她记得裴彦跟自己上来时推了个行李箱，但她没想会有自己的礼物。

"什么？"

裴彦抬了抬眼："拆开看。"

盛纯"哦"了一声，把大大的纸袋打开，发现里面有一款自己前几天看上的包。她没空逛商场，也不知道这边商场的品牌店里有没有货，所以让小蕊有空替自己跑一趟。但她没想到，这小蕊跑去告诉裴彦了。

拿着小包，盛纯满眼喜欢，她抬眸看向半躺着的裴彦，弯了弯唇："小蕊跟你说的？"

"跟助理。"

盛纯点了点头："谢谢。"

裴彦没应。

盛纯把包放在一侧，发现里面还有她很喜欢的口红。

盛纯有一支很喜欢的口红，用完了会再买。其实当艺人，这些东西都不差，但她就喜欢那个品牌的那个色号，偏偏那个色号时常断货，每次盛纯都会买不少。

品牌方其实送给过她，但她不好意思让人多送几支。前几天，那个口红放拍摄化妆间里，不小心从桌上摔下来断了。盛纯这边没有备用的，发了个朋友圈哭诉。

她转头，眼睛亮亮地看着裴彦。

"裴总。"盛纯突然软了语气。

裴彦垂眸看着她："好好说话。"

盛纯哽住，趴在他怀里道："谢谢裴总。"她笑盈盈地问，"裴总有什么需要我做的，当牛做马都行。"

裴彦无言，拍了下她的脑袋，一字一顿道："现在把东西挪开。"

盛纯挑眉。

裴彦拉了拉被子："睡觉。"

盛纯收回刚刚的话，这男人一点情趣都没有。她"哦"了一声，勉为其难答应："行吧。"

趴在裴彦怀里睡觉时，她突然想起，问："你还没说，香水哪来的？"

裴彦有时候觉得，盛纯的脑子时而够用时而不够用。他无奈地解释："买口红的时候，旁边的人在试香水，不小心喷我身上了。"

盛纯一愣，诧异道："你亲自去挑的口红？"

两人对视。裴彦神色淡然，瞳仁深邃，似在问——不然呢。

盛纯惊讶。说实话，她收到礼物很开心，但她的礼物一般都是裴彦安排助理购买，然后他送给自己的。他亲自去挑的，少之又少。

刚刚拿到时，她也没想到是裴彦自己去店里买的，下意识地认为是他交代助理买来给自己的，所以这会儿听到，满脸意外。

莫名的，盛纯想到了裴彦站在人来人往的免税店，还被人喷香水，就觉得有点儿好笑。

"笑什么？"

"笑裴总啊。"盛纯唇角上挑，道，"裴总竟然也有被人喷香水的一天。"她好奇，"你说那人会不会是故意想吸引你注意？是个美女吗？"

裴彦："没注意。"

盛纯："啊？"

裴彦瞥她一眼："还睡不睡？"刚刚本就有些意犹未尽，考虑到盛纯八点多要拍戏，裴彦才稍稍克制了下。

盛纯微窘，㞞㞞地道："睡睡睡。"她拉着被子将自己包裹住，含糊不清道，"晚安。"

"……晚安。"裴彦捏了捏她的脸，陪她一同入眠。

次日早上，盛纯还没睡醒，搁在床头柜的手机便疯狂地响了起来。她皱了下眉，正想摸手机，耳侧有了裴彦的声音。

瞬间，盛纯安心地再次入睡。

裴彦看了眼来电，是她助理的："什么事？"

听到裴彦的声音，小蕊一哆嗦，结结巴巴道："裴……裴总，我姐被拍了。”

裴彦蹙眉，看了眼把身体蜷缩进被子里的人，掀开被子下床，到客厅问：“跟谁？”

小蕊：“就昨晚一块吃饭的演员。”

裴彦挑了下眉：“蹭你们车那个？”

小蕊：“对。”

裴彦“嗯”了一声，淡淡地说：“不是什么大事。昨晚他们吃饭有照片吗？”

“有的。”

裴彦：“让经纪人把照片发出去，告诉网友，是剧组聚餐。”

小蕊：“……好的。”

裴彦看了眼时间：“晚点不用过来了，我送她去片场。”

小蕊愣了下，又忙不迭应下：“好的。”

挂了电话，裴彦重新回到床上。

盛纯嘀嘀咕咕问了句：“什么事？”

“不是大事。”裴彦道，“现在六点多，还能睡一小时。”

盛纯应了一声，眼皮很重，再次沉沉地睡了过去。

因为回应及时，盛纯醒来时，热搜已经差不多都搞定了。

坐裴彦的车去片场，她登上微博看了看，嗯，还有人说她想拉着徐泽炒绯闻。盛纯正想吐槽，她粉丝先列出了自己的作品及对方的作品对比，甚至还拿两人的长相身材做分析。

大概就是，盛纯无论是作品实绩还是长相，都吊打对方。

就盛纯的长相和身材，圈内还真少有人比得过。她算不上是最独特的，但比徐泽真的好太多了。

盛纯看着，忍俊不禁。她粉丝真的很给力。

她小声咕哝：“就是。”

她眼光那么好，只看得上裴彦，其他人都不行。而且就徐泽那身材，跟裴彦对比，傻子也选裴彦啊。

“说什么？”裴彦听她一直在嘀咕。

盛纯瞥他：“没，就觉得徐泽脑子有问题。”

裴彦无言。他垂眸看她：“今天是跟他一块拍？”

盛纯点头。

裴彦顿了下，思忖了会儿，道：“你介不介意，有人探班？”

盛纯蒙了，一时没反应过来。她扭头看向裴彦，眨眨眼问：“什么意思？”

裴彦的手搭在方向盘上，道：“我没记错的话，公司是投资方。”裴彦垂眸，“我早上去探班，应该也合适？”

盛纯眨眨眼，反应过来：“你要给我探班？”

裴彦：“不愿意？”

“不是。”盛纯有点蒙，他们俩的关系，到了可以光明正大探班这一步了吗？

盛纯的嘴巴永远比脑子快，她脱口而出道：“我们俩的关系，你给我探什么班？”

这话一出，裴彦脸沉了下来。莫名的，车内气氛诡异。

到了片场停车场，裴彦慢吞吞地踩下刹车。

把车停稳，他才侧目看向身侧安静的女人。想到她刚刚说的话，裴彦一字一句重复着反问：“我们的关系。”他顿了顿，垂眸，“盛纯，在你这里，我们是什么关系？”

盛纯本来是有点㞞的，自觉不该把这种事搬来台面上说。很多事，你知我知就行了。但说都说了，她也不是㞞蛋。

对着裴彦那双不太有温度的眼睛，盛纯把问题抛了回去：“裴总觉得我们是什么关系，我们就是什么关系呗。”

裴彦的手搭在方向盘上，迟迟没有出声。

盛纯看了一眼，时间不多了。她扭头看他，淡定不已：“我要去拍戏了。”

裴彦抬了抬下巴。盛纯推门下车，头也不回地往里走。

和裴彦在一起，两人很少吵架。盛纯是那种你送个小礼物就能哄好的人，而裴彦也不会和她吵。就算争吵，晚上也能和好。

但这回不一样。这一次是冷静。

不是因为盛纯在家吃了小龙虾、吃了火锅惹裴彦生气的那种，是裴彦单方面生闷气。

那天拍完戏回到酒店时，人已经不在房间了，东西也都拿走了。

盛纯让小蕊去打听了才知道，裴彦本身就要出国一趟，只不过在出国前来看了自己一趟。

晚上，盛纯躺在床上看手机。一般情况下，她晚上都会跟裴彦联系，就算没什么大事，裴彦也会过问一下她的日常。但这一晚，到睡觉前，盛纯也没收到他的电话和信息。

之后几天，盛纯索性把这事抛在了脑后。

哼。没男人她也可以活，让她认错是不可能认错的。再说了，她都说了，他说什么就是什么，是他自己不说的。

想到这儿，盛纯心里酸酸涩涩的。

不知不觉中，和裴彦的朝夕相处，让她不受控制地越来越被这个人的情绪所影响，这不是个好现象。

思及此，盛纯突然强迫自己把人从脑海里剔除出去，专注拍戏。

一晃一个多月过去了，盛纯的戏杀青了。

回到北城，盛纯纠结了一下回哪里住。

她拍戏这么多年，早就有了自己的房子，虽然不是很大，但一个人甚至两个人住，也都是很舒服的状态。

正当盛纯纠结时，博盈的电话来了。

“纯纯，回来了吗？”

盛纯弯唇一笑：“回来了。”她歪着头，笑道，“约吗？”

博盈：“好呀，你想约家里还是外面？”

盛纯本想说约在她家里的，但转念一想，她说：“约外面的话贺总会允许吗？”

博盈无言：“他不允许也拦不住我。”

“那到外面吧。”盛纯说，“我有点想去酒吧。”

博盈眼睛一亮：“好啊。”她也好久没去酒吧了。

有了博盈邀约，盛纯不再去思考住哪儿了。她直接回了裴彦那边，到家的时候，阿姨告知，他在公司上班。

盛纯不在家，衣帽间被收拾得干干净净、整整齐齐。

她盯着看了三秒，把自己的行李箱打开，开始从里面拎东西出来。

跟博盈约的是晚上，还有不少时间。盛纯随手拿了条睡裙进浴室洗澡。洗完澡，她又补了一觉。五点，盛纯才起来化妆、换衣服。

太久没去酒吧了，盛纯一时不知道该穿什么衣服。问过博盈穿什么颜色的衣服后，盛纯挑了一件和她搭的姐妹装，化了个格外显年轻的妆，整个人像是剥皮的水蜜桃，格外幼嫩。

化完妆，盛纯没忍住自拍了两张，发了微博。

盛纯V：杀青啦，开始快乐玩耍。

微博一发，不少关注她的人立马收到了她的消息。

粉丝纷纷留言说，纯纯今天是真的纯啊！！跟十六岁小姑娘似的。

盛纯发完便没再看。她把手机丢包里，踩着高跟鞋出门。与此同时，正在开会的裴彦收到了特别关注提醒。

他的微博是盛纯给他下载的，让他只准关注她一个人，还是特别关注的那种。

裴彦对这种事向来不怎么在意，如果这样她会快乐一点，也未尝不可以。

他撩起眼皮看了眼正在做汇报的经理，垂下眼点开那条跳出来的提醒，然后一眼便看到了盛纯发出的自拍。

裴彦微顿，看了眼时间，皱了皱眉。快乐玩耍？去哪儿玩？

他点开她评论区看，除了有夸她的，还有让他略微不太舒服的文字。裴彦手指一动，直接点了举报。

他脸色沉沉的，让旁边的助理简项臣大气不敢出。

举报完，裴彦退出微博，给盛纯发了一条消息。

裴彦：到家了？

发过去后，对面没有回复。

其实两人的那点争吵，在裴彦这里，次日便过了。他很少将这些事放在心上，至于不跟她联系，纯粹是因为忙。

裴彦和盛纯差不多，忙起来的时候，谁也不会记得联系谁，这是两人的习惯。

他不会问太多盛纯的行程安排，盛纯也不会问他。自然而然地，也就没再联系。

六点，裴彦要下班了。他看了眼手机，盛纯还是没回消息过来。

以前一部戏杀青回家，盛纯都会睡一觉。他想了想，猜测她可能在睡觉。

“裴总。”简项臣推开门进来，“副总让我问您，晚上的饭局您去吗？”

裴彦看他：“不去。”

简项臣应声：“好的。”

裴彦准时下班。路过一家小店的时候，他喊了一声：“停车。”

司机停下：“裴总，要买什么吗？”

裴彦“嗯”了一声：“在这等我一会儿。”

他起身，朝一侧的甜品屋走了进去。几分钟后，裴彦提了个袋子出来。

司机瞟了眼，没记错的话，这是盛小姐喜欢的一家甜品店。没猜错的话，是盛小姐回家了。

裴彦到家时，家里只有阿姨。

他皱了下眉，看了看门口鞋柜盛纯的居家拖鞋，脑海里有个不太好的猜想。

“少爷回来了。”阿姨是裴家安排过来的，照顾他很多年了。

裴彦应声，看向她：“盛纯呢？”

阿姨一愣，诧异道：“纯纯没跟你说吗？”

裴彦皱眉。

阿姨道：“纯纯说她今晚跟朋友约了一块吃饭，不在家吃了。”

裴彦提着东西的手一顿，眼神凌厉地看了过去：“她不在家？”

“是的。”

“几点出去的？”

“五点多。”

阿姨瞅着裴彦那不太好看的脸色，忐忑道：“纯纯真没跟你说啊？”

裴彦沉沉地应了一声，把手里的袋子随手放桌上，问：“她有说自己去哪儿吗？”

“……没有。”阿姨想了想，轻声说，“但打扮得很漂亮。”

“……”

盛纯跟博盈先在外面大吃了一顿，吃痛快了，两人才出现在酒吧。

考虑到安全和隐私，两人去了姜臣的酒吧。这儿博盈熟，盛纯倒是一般，但她跟姜臣的老婆沈慕晴合作过，也算是朋友。

两人来的时候，姜臣和沈慕晴也恰好在酒吧。

“到包厢玩？”沈慕晴问，“还是想在楼下？”

博盈看向盛纯。

盛纯想了想：“在包厢待一会儿吧，下面的场子还没热，我们晚点再下来？”

“好主意。”

两人跟沈慕晴他们去了包厢。包厢里安安静静的，沈慕晴还让人送了不少好吃的过来，她还有点事，没办法一直待在这边，跟博盈、盛纯打过招呼后，便和姜臣先离开了。

包厢里瞬间安静了。

博盈戳了戳她手臂，盛纯用眼神询问——怎么了？

“你是不是心情不太好？”博盈吃着薯条问，“怎么一回来就要喝酒？”

盛纯失笑，靠在她身上：“很明显？”

“有一点点。”

盛纯“嗯”了一声：“也不是说心情不好，就是不想回家。”

博盈挑眉：“裴彦惹你生气了？”

“不是。”盛纯倒也没有瞒着她，说，“我们在冷战。”

“啊？”博盈不懂，“为什么呀？”

盛纯对着她好奇且想要八卦的眼睛看了会儿，揉了揉太阳穴说：“说来话长。”

博盈眨眨眼：“那你就长话短说。”

盛纯：“……”

听盛纯说完，博盈哽了下。

她知道盛纯和裴彦的关系确实不像普通情侣，但她也并不觉得两人真的是纯粹的金主和小情人关系。怎么说呢？就裴彦日常对盛纯的那个态度，和对女朋友根本无差别。

“其实我也想问，你觉得自己和裴彦是哪种关系？”

盛纯瞥她一眼：“金钱关系呗。”

博盈噎住，问她：“你看哪个搞金钱关系的，敢一个月不理金主？还有，金主要给你探班，按理你应该求之不得，而你是拒绝的。重点是你拒绝了，裴总还真的就听了，你不觉得有哪里不对吗？”

盛纯不觉得。

博盈看她挑起的眉梢，继续道：“金钱关系真不是你们这种相处模式。”

“我们比较特立独行。”盛纯说。

他们确实不像是纯粹的金钱关系，他们是各取所需。

她偶尔会需要裴彦给自己资源，而裴彦需要她当女伴挡住桃花，甚至应付家里人安排的相亲等。

博盈看她油盐不进的样子，还真有点无奈了：“反正我就觉得……你们像情侣。”

“嗯。”盛纯附和，“没有太多感情的情侣。”

博盈放弃了。

看博盈表情，盛纯笑道：“主要是……你不知道我们怎么开始的，所以你会产生这样的误会。”

说到这儿，博盈眼睛亮了。她直勾勾地盯着盛纯：“那你告诉我，你们是怎么开始的？”

盛纯正要说，博盈的电话响了，是贺景修打来的。

“我接个电话。”

“去吧。”

博盈躲在安静的洗手间接电话，盛纯靠在沙发上，边喝酒边看楼下。他们这儿有个小窗户，恰好能看到热闹的楼下场子。

百无聊赖，盛纯摸出手机，点开微信。

和裴彦冷战的次日，盛纯就把和他的聊天设置成了静音。看不到，也就不会去想了。

之后有跟其他人交涉，和他的聊天对话自然到了最后，她翻都不会去翻。这会儿，也不知道是因为博盈那番话还是什么，盛纯突然起了把他放出来的心思。

她还没划到底找到人，裴彦的电话先来了。盛纯盯着来电显示看了几秒，接通。

接通后，两个人都似在僵持，看谁先开口说话。

听着盛纯这边闹腾的声音，裴彦眉头微蹙，声音低沉："几点回来？"

盛纯发现，女人在有些时候，真的很喜欢抠字眼。

裴彦问她，从来不是说什么时候"回家"，而是"回来"。因为那儿，不是她的家。如果是女朋友，她想对方应该会问她什么时候回家。

盛纯顿了下，抿了口酒："不确定。"她感受着酒在口腔的味道，佯装不在意地说，"怎么了？"

裴彦："没事。"

"哦。"盛纯冷冷淡淡的，"那挂了。"

裴彦："喝醉了给司机打电话。"

"嗯。"

挂了电话，博盈也恰好出来。

盛纯抬眸看着她："去楼下？"

博盈："好呀。"

两人到了楼下，场子依旧算不上很热，但已经有人上台表演了。

盛纯托着腮，边喝边看，心不在焉的。博盈也不打扰她，安静地陪着她，时不时摸着手机跟贺景修聊天。

到十一点多，两人准备回去。

贺景修过来接博盈，博盈扭头看向她："我们送你回去？"

盛纯没拒绝。她今晚就当这个电灯泡了。

到家门口停下时，博盈还想下车，盛纯连忙拦住："不用，我没喝醉。"

博盈："你确定？"

"嗯嗯。"盛纯笑笑，"谢谢贺总。"

贺景修道："应该的。"

看她开了院子的门，博盈和贺景修才离开。

听到车声远去，盛纯往里走了两步，不小心脚崴了。她晚上穿了一双很高的高跟鞋。盛纯吃痛，生气地把高跟鞋脱了下来。

她蹲在地上，戳了戳高跟鞋的鞋跟，嘴里嘟囔着："你好过分哦，我都这样了你还欺负我。"

高跟鞋没有反应。

盛纯撇嘴，又戳了戳："我不要你了。"漂亮但是害人。

盛纯蹲在地上咕哝时，房子的门打开了。

裴彦穿着家居服朝她走来，身影罩下，盛纯借着院子里的光抬头看向他，看不太清楚，她还半眯了眯眼。

"蹲这儿做什么？"裴彦居高临下地看着她。

盛纯正想说"关你什么事"，可话到了嘴边，她又收了回去。她张开手，率先迈出冷战和解的第一步。

"抱抱。"

裴彦看她双颊酡红，眼神迷离的模样，喉结滚了滚，没动。

盛纯咬唇："它让我受伤了，脚痛。"

裴彦这才注意到她的脚。他皱了下眉，弯腰将人抱起。

"鞋！"盛纯惊呼。

裴彦："不要了。"

"不行。"盛纯拍了下他胸膛，"要，我喜欢。"

她喝醉了酒，各种乱七八糟的要求很多，经常无理取闹。

裴彦根本拗不过她，应道："待会儿来捡。"

"现在。"盛纯的手钩在他脖子上，认真道，"就要现在。"

裴彦无奈，抱着她弯腰，把她那双高跟鞋钩住，将人一块带回家。

阿姨早就回去休息了。屋子里空荡荡的，只有他们。

进屋将人放下，裴彦发现她的脚红肿了。他皱眉，看着她："我去拿药箱。”

“哦。”盛纯眨巴着眼睛，“渴。”

裴彦像伺候祖宗一样，给她倒了杯蜂蜜水，才去找药箱，准备给她擦药。

“痛痛痛。”刚碰到她的脚，盛纯忽然惊呼，“呜呜呜呜！你欺负我！”

裴彦真是服气了。太阳穴突突跳了下，他让自己冷静。

“一会儿就好。”

“我不要。”盛纯把脚给缩了回去，可怜巴巴的样子，“你会弄疼我。”

“我不会。”裴彦耐心地保证，“我一定很小心也很轻。”他看看她挂着眼泪的样子，妥协说，“擦药，不然明天会更痛。”

“你说话不算数。”盛纯道，“我不会相信你。”

裴彦头疼：“我什么时候说话不算数了？”

“那次。”盛纯跟他算账，“在酒店，你弄疼我了。”盛纯理直气壮。

裴彦低低一笑：“我的错，我道歉好不好？”

“嗯！”盛纯点了点头。

裴彦伸出手：“但这回，我肯定不弄疼你。”他声音柔和了很多，“我一定轻轻的。”

“那你亲亲。”盛纯听岔了，伸出小腿到他面前，一本正经，“你亲亲，我就给你。”

她皮肤白，即便是脚也格外好看，小小的，圆润又可爱。也是因为这个，扭伤了之后看上去会格外的明显。

裴彦微顿，没动。

“你为什么不亲？”盛纯歪着头看他，“你说话不算数。”她生气道，“我不喜欢你了。”

裴彦闷笑两声，温热的手掌覆在她脚背，低声问：“真想我亲？”

“想。”盛纯嘟嘴，“你到底亲不亲？”

裴彦：“亲了让我涂药吗？”

盛纯眨眨眼，想了想说：“看你表现。”

话音刚落，裴彦低头在她小腿上落下吻，酥酥麻麻的，让她的心不受控地跳动。

翌日清晨，盛纯醒来时，头痛欲裂。

她扶着额头，缓缓地睁开眼。看到映入眼帘的吊灯后，她知道自己在裴彦这边。盛纯下意识往旁边的位置摸了下，冷的，没温度了，人早就起来了。

她垂下眼，撇撇嘴，艰难地爬起，然后下床。

脚踩到地的那一刻，盛纯痛得龇牙咧嘴，人不受控制地往床榻上倒，太痛了，昨晚她喝醉了，裴彦是不是虐待她了？

盛纯正胡思乱想着，房门被人推开。

裴彦从外进来，看到的便是她半边身子都趴床上的画面。他脚步一顿，敛下眸看她："在做什么？"

听到声音，盛纯抬眸看他。她愣了一下，眨眨眼问："今天星期几？"

没记错的话，是工作日不是吗？裴彦为什么在家？

裴彦没回答她，他抬脚绕到她这边，垂眸看着她那比昨晚更肿的脚，眉头紧锁。

顺着他的视线，盛纯问："我的脚为什么会这样？"

闻言，裴彦似笑非笑地看着她。

对上他的眸子，盛纯有种不太好的预感，她昨晚不会是干什么坏事了吧！

突然，记忆回笼，盛纯蒙在原地。

她想到了自己让他亲自己的小腿，亲完还不够，裴彦给自己上药的时候，她还说嘴巴也要亲。但在裴彦要亲过来时，她竟然还挑刺，说他刚刚亲了自己的小腿，嘴巴脏，要刷牙了才可以亲自己的嘴。

裴彦扣着她的后颈，根本不搭理她。

不搭理，盛纯就闹。最后，他被她弄得毫无办法，一把将她拽入怀里。盛纯还没反应过来，他堵住了她的一直叭叭个不停的嘴。

再后来，盛纯好像被他抱上楼，丢进了浴室。洗完澡后，她就没什么意识了。

"想起来了？"裴彦观察着她，肯定地道。

盛纯双颊爆红，耳根子也红得不像话，她埋头，索性趴床上："我不活了。"

她为什么会干那么丢脸的事啊？！

裴彦看她这样，唇角上扬："不饿？"

"……饿。"盛纯抬起头，"你上来喊我下去吃早餐的？"

裴彦没应，垂下眸看她的脚："能走吗？"

"不能。"盛纯破罐子破摔，"你抱我进浴室。"

裴彦瞥她一眼："是不是还得给你刷牙洗脸？"

盛纯眼睛一亮："你愿意的话，我可以的。"

裴彦："……"

将人抱进浴室，他还真顺手给她挤了牙膏，然后将牙刷递给她。

"坐那儿。"浴室里有一张椅子。

盛纯"哦"了一声："可是我水吐哪里？"

裴彦没辙，重新拿了一个杯子给她接水。盛纯满意了。

从浴室出来，她又是被裴彦抱下楼的。

阿姨看着她："怎么扭得这么严重？"

盛纯还没说话，裴彦道："赶紧吃，带你去医院看看。"

"不去不去。"盛纯摸了下鼻尖，抗议道，"这传出去多丢脸啊，我一个常年穿高跟鞋的女明星因为高跟鞋崴脚了，我不去。"

"你想一直肿着？"

盛纯噎住，真想堵住裴彦这张不会说话的嘴。

她低头看了眼"猪蹄"："我今天在家休息，擦药就行了吧。要是晚上还没消肿，我再去医院行不行？"

裴彦看她坚持，不再勉强："随你。"

吃过早餐，裴彦去了公司。

盛纯下意识地看了眼墙上的时钟，九点半了。一般情况下，裴彦最迟八点就会去公司，今天晚了一个半小时。

裴彦一走，盛纯下意识地问："阿姨，裴彦今天是有什么事吗？"

阿姨诧异："没有吧。"

盛纯点点头："那他怎么这么晚才去公司？"

阿姨失笑，看着她："等你起床。"

盛纯蒙了。

阿姨看她这样，笑说："少爷六点多就起来了，他说你脚扭伤了，等你起来带你去医院看看，让我等你醒了再做早餐。"不然，早餐不会这么晚吃。

盛纯呆住。她怔了怔，沉默了好一会儿才应了一声，道："这样啊。"

阿姨笑："纯纯，阿姨给你擦药。"

盛纯下意识想躲，阿姨道："少爷交代的。"

裴彦之所以没给她擦药就走，实在是盛纯太能折腾了，他一碰她就哭就喊痛，裴彦根本下不了手。但涂药这种事，就得用力把她伤的地方给推开，不然真没办法消肿。

盛纯眼皮猛地一跳，妥协道："好的，谢谢阿姨。"

涂完药，盛纯半躺在沙发上休息。

脚受伤了，哪儿都去不了。她托着腮，盯着手机看了半晌，戳开裴彦的微信。

点开，盛纯才发现他在这一个月给自己发过几条消息，但她把他屏蔽了，又没置顶。她每天微信消息多，不去翻，根本不会注意到。

看了一会儿，盛纯抿着唇将裴彦的消息放了出来。

盛纯：你到公司了吗？

裴彦：刚到。

盛纯：哦。阿姨给我涂药了。

裴彦：她跟我说了。

盛纯：……

裴彦：怎么？

盛纯：没事了。

裴彦：在家好好休息，想要什么跟阿姨说。

盛纯：可是在家好无聊。

她昨晚睡饱了，现在一点都不想在家待着。

那边安静了几秒。

盛纯撇撇嘴，转而去找周洛灵。她现在情绪稍稍有点乱，需要“周老师”为她解答。

才刚给周洛灵发了个表情，裴彦的消息来了。

裴彦：想不想来公司？

盛纯：你公司？

裴彦：你还想去谁公司。

盛纯再次愣住。

她跟裴彦在一起其实很久了，她仔细算了算，已经有一年多的时间了。这一年，她很忙，但也有在家休息的空闲时间。可裴彦从来没邀请过她去公司，盛纯也没提过。因为她太清楚自己的身份，她算不上裴彦名正言顺的女朋友，自然不会无理提要求，说“我想去你公司”。

这种去公司的“巡逻”的事，是正牌女友宣示主权才会干的事。而且裴彦说的公司，是裴家的总公司，而不是他自己个人投资的影视公司。

许久没等到她的回复，裴彦给她发了个问号。

盛纯盯着那个问号看了好一会儿，回复——

盛纯：不会不方便吗？

裴彦：谁不方便？

盛纯：……你啊。

裴彦：我的公司，我女朋友过来我有什么不方便？

在盛纯再次被他的文字冲击到时，他又发来一句——

裴彦：但提前说好，我今天比较忙，不准闹我。

后面这一句，直接让盛纯噎住。

她心里的那些悸动瞬间烟消云散。她这会儿也没空去注意他所说的

“女朋友”三个字，愤愤敲字——

盛纯：不要自作多情，我什么时候闹过你！

裴彦：嗯？

裴彦：昨晚。

盛纯立马㞞了。

她趴在沙发上看两人的聊天对话半晌，唇角上翘着回复——

盛纯：那是喝醉酒了，你不要跟酒鬼计较。

裴彦：我没有。

他如果真要跟这个酒鬼计较，她今天九点一定起不来床。

两人闲扯了一会儿。盛纯给裴彦回复说她考虑一下，如果在家真的太无聊了，她就去。裴彦随她。

没过多久，在录音室的周洛灵给她回了消息。

周洛灵：裴彦都说这种话了，你还矫情什么？给我上，这种绝世好男人你难道想放过？

盛纯：那他不称我为女朋友，我去公司他怎么说？

周洛灵没忍住，直接给她打了个电话。

“干吗？”盛纯哼哼道，“你还没笑够？”

周洛灵：“不是，裴总是这样的人？说不定在他那里，你就是女朋友。”

“呵。”盛纯怨气很深，“谁跟女朋友一个月不联系的？”

“那不是你不联系他吗？他给你发了几条消息好不好？”

说到这，盛纯更无语，这人发了消息自己没回，也不打电话，也不追问自己助理。

“我不回消息，他难道不会想我是不是出事了？”

周洛灵无语：“你知道自己现在这叫什么吗？”

“什么？”

“无理取闹。”周洛灵无语，“你就是被惯坏的女人。”

盛纯：“狗屁。”

周洛灵失笑：“回到正题，那你要去吗？”

盛纯想了想：“既然他都邀请了，那我就勉强去看看。”

周洛灵：“啧。口是心非的女人。”

盛纯不说话。安静了会儿，盛纯闷在枕头上，小声说：“我有点想把那个事告诉裴彦了。”

周洛灵愣住：“你不怕裴彦生气？”

“怕啊。”盛纯说，“可是不说的话，我一直惴惴不安。”

她总担心裴彦哪天自己知道了，她会被直接赶出家门。她可以跟裴彦分开，但不想分开得那么狼狈。

周洛灵沉默了会儿，喊道：“宝贝，你是不是爱上裴彦了？”

盛纯好半晌没吱声，就在周洛灵以为她又要逃避的时候，她轻声说：“还没到这一步。”

但，是喜欢的。

这是这一个月里，盛纯找到的答案。

挂了电话，盛纯窝在沙发上看电视。

“阿姨。”想到点什么，盛纯喊，“我晚点去裴彦公司，和他一块吃午饭吧。”

阿姨了然：“那阿姨做你们俩喜欢吃的，你带过去。”

“谢谢阿姨。”

十一点半，盛纯打扮漂亮，拎着食盒出门。到了裴彦公司的停车场，助理亲自下来接她。

进了裴彦的专属电梯，盛纯总觉得这电梯有点跟他一样严肃的气质。她摸了下鼻尖，走出电梯时，不小心跟裴彦的几个助理碰了面。

“盛小姐。”

盛纯一愣，转头去看简项臣。

简项臣是裴彦的助理里盛纯唯一见过面的，其他人她完全不认识，自然而然认为，他们也不知道她。

盛纯迟疑地点了下头。

简项臣道："裴总办公室在这边。"

盛纯拖着自己受伤的脚，走得极慢。

原本，裴彦在知道她过来时问她要不要给她备一张轮椅，被盛纯骂了。她只是一只脚扭伤了，不是两只脚，而且只是扭伤，慢点走还是可以的！坐轮椅搞得她像是残废了似的。

到了裴彦办公室，盛纯一眼便看到了坐在办公桌后的男人。

她挑了下眉，裴彦看向她，示意说："到沙发上坐一会儿，马上好。"

"……不着急。"她还不是很饿。

这是盛纯第一次来他办公室。

裴彦的办公室和他本人一样，冷清清，只有黑白灰三个色调。她估摸着，要是夏天的话，肯定很凉快。盛纯看了会，略微收敛。

蓦地，裴彦起身朝她走近："脚还痛吗？"

"比早上好一点了。"盛纯舔了下唇，"忙完了？"

"嗯。"裴彦看她，视线落在她精致的脸庞上，他挑了下眉，"你待会儿还有别的事？"

盛纯："啊？"

裴彦抬手，指腹擦过她柔软的唇瓣。他俯身，亲了下她的唇，声声低沉地问："化这么漂亮的妆做什么？"

盛纯哽住，真心觉得他就是个大直男。

"女明星出门，当然要化妆了。"她睇了眼裴彦，"我不化妆，万一被路人拍到丑照了，那不是很惨？"

裴彦无言，他有句话没说，盛纯就算是不化妆出门，也绝对没有丑照。她化不化妆，只有眉毛和嘴巴有一点点区别。

当然，这是他个人的看法。

阿姨做的东西好吃，盛纯没忍住，多吃了一点米饭。吃饱后，盛纯突然就困了。

裴彦看她："里面可以休息。"

盛纯"哦"了一声："那你怎么办？"

裴彦看她，抬手扯了扯领带，意味不明地笑着："我不能跟你一块休息？"

"我不是这意思。"盛纯感觉自己这一天都在被裴彦误会，她无语地摸了摸鼻尖道，"我先去墙角消消食吧。"

不能吃饱就睡，起码站二十分钟。她是不怎么容易长胖的体质，可也得控制。

裴彦随她。

原本，盛纯真的只是想在裴彦这儿睡个午觉。但她不知道为何，莫名其妙嘴巴就被旁边的人堵住了。她不过就是没立刻睡着，翻了几个身而已。

"裴……"盛纯呜咽了一声，想要说话，裴彦忽而低头贴在她耳畔，嗓音沙哑："在。"

他喉结滚动，压着她的双手，往下亲着。

盛纯"唔"了一声，睁开眼看他："你下午不上班？"

裴彦挑了下眉梢，说："我下午三点才有会。"

所以三点前，他是自由的，他有两个多小时可以陪她。

两点五十，裴彦从休息室的小浴室里走出。他当着盛纯的面，换了一身衣服，把西装套上，衣冠楚楚、神采奕奕的模样。

盛纯躲在被子里，小声骂了句："衣冠禽兽。"

裴彦被她的话逗笑。他弯腰，碰了下她的唇。

盛纯："……你赶紧走。"

马上三点了，她可不想让人知道他们干了什么。

裴彦轻笑了一声，看她不能再穿的衣服，低声道："这里有我的衣服，你要起来可以先穿，我晚点让人送衣服过来。"

盛纯："你自己拿进来。"她可不想面对他的助理。

裴彦应声："好。"

心满意足的男人，你提什么要求，他都会答应。

盛纯就这么跟裴彦和好了。那一个月的冷战，在他们这儿好像不复存在。之后几天，两人过起了蜜里调油的生活。要不是经纪人通知她又要进组拍戏了，盛纯还有点沉浸在现在的美梦里。

她忽然想当个懒人。不过懒人是不能当的，她还要多赚钱，防止未来被裴彦发现她骗他然后雪藏她。

嗯，一切为了防止饿死。

盛纯进组拍戏了，时不时会跟裴彦联系。裴彦偶尔也会到酒店看她，但仅限于酒店。他不再提要探班盛纯这事。

一晃几个月又过去了，盛纯再一次跟裴彦吵架，是因为一个剧本。

她很喜欢，但那是一个恋爱剧本，更重要的一点是，男主角定的是她高中和大学同学，她曾经的……暗恋对象。

以前两人一起进圈时，还传过绯闻。

盛纯想接，裴彦没让。

听盛纯吐槽完，博盈忍俊不禁："除了是绯闻对象，你们有谈过恋爱吗？"

盛纯回忆了一下，说："一天算吗？"

"啊？"博盈震惊，"一天？"

盛纯点头，她暗恋林煜很久，一起进圈的时候两人炒过绯闻。后来有一天林煜问她是不是喜欢他，盛纯当时还挺单纯的，坦然承认了。林煜笑了下，问她要不要和他在一起。盛纯自然也答应了。

只不过，在一起后，林煜想牵她的手，盛纯让他牵了，可她觉得哪里都很怪，反正就全身不舒服。到了晚上，林煜甚至还想亲她。

成年人交往，有些要求也是合情合理的。但盛纯不行，她躲开了林煜的吻，跑回了家。回家静坐了两个小时，她跟林煜提出分手。

她感觉自己现在对林煜其实没什么感觉了，可能就是少女时期的暗恋，所以，他开口的时候她就答应了。但实际上，她早就不喜欢林煜了。

博盈听完，乐了好一会儿："那在裴总那里，他其实还算你前男友？"

盛纯："算吧。"

博盈笑："那你打算怎么办？"

因为这事，盛纯气得离家出走，来博盈这边了。这会儿，两人正窝在影音室看电影。

盛纯喝了一大口啤酒，半躺在沙发上看着大屏幕，轻哼道："他不跟我道歉，我们就玩完了。"

博盈轻笑，偏头看她："真的？"

盛纯对着她目光，想了想说："哦，不是。"她纠结了几秒道，"他要让我接下这个角色。"

闻言，博盈挑眉："真那么喜欢这个角色？"

这问题问的，盛纯一时不知该如何回答。

真的很喜欢吗？其实最开始没有，可她逆反心理很严重，越是不让她干的事，她越要干。原本只有七分喜欢的角色，因为裴彦的干预，她现在有九分喜欢了。

博盈观察着她的神色，心理有了猜测："你是因为裴总不让你接，所以更喜欢了是吗？"

盛纯没辙，坦诚相告："确实。"

博盈扑哧一笑，撑着脑袋看她："说实话，我有点儿同情裴总。"

盛纯撇嘴，"嘁"了一声："他有什么可同情的，大男子主义那么严重，这种人就活该单身一辈子。"

博盈扬眉："你不是他女朋友？"

"我算什么呀。"这话说出口，盛纯忽而直勾勾地盯着博盈。

博盈被她直直地看着，心里直打鼓："怎……怎么了？"

盛纯沉默，低声问："你说我要不要告诉裴彦？"

博盈一愣："你跟同行打赌然后去勾引他那事？"

"嗯。"盛纯继续喝酒，"想好久了，不说总觉得心里不安。"

博盈思忖了会儿，给出自己的建议："如果你觉得不说心理压力大的话，那你说出来。"她顿了下，"我觉得裴总不是那么计较的人。"

听到这话，盛纯想也没想就吐槽："他计较起来不是人。"

喝着喝着，盛纯醉了。

盛纯最近跟裴彦吵架，一直没睡好，她也没在意什么，直接蜷缩在沙发上睡着了。

裴彦接到电话赶来时，看到的便是这一幕——她抱着双臂，双腿屈着，整个人有点憋屈地蜷缩在沙发上，跟小孩子睡觉一样。

闻着房间里的酒味，裴彦敛了敛眸，起身走近。他弯腰，一把将人抱了起来。

“谁……”盛纯咕哝了一声，费力地睁开眼，“你干吗？”

裴彦看她：“能认出我？”

“……废话。”盛纯醉醺醺的，“你来这儿干吗？”

裴彦觑她，捏了捏她的脸，咬牙切齿地说：“你觉得呢？”

两人争吵着离开，将人拎上车后，裴彦松了口气。喝醉酒的盛纯，实在太难缠了，大小姐脾气特别大，刚刚还踹了他好几脚。

上了车，盛纯又跟安全带较劲。

裴彦轻哂了一声，倾身给她扣上，语气低沉地警告：“老实点。”

盛纯并不听话。她转头看向他，也不言语。

裴彦偏过头来：“怎么了？”

“你凶我。”盛纯看他，眼泪猛地往下掉，控诉他，“你竟然凶我，我不要跟你在一块了，我要走。”说着，就要去解安全带。

裴彦太阳穴突突地跳，头疼不已：“我没有凶你。”

“你有！”盛纯无理取闹，“你不仅凶我，你还截断我的资源，你故意不让我红，不让我出去拍戏，你就是想雪藏我……”

一路上，盛纯话特别多。说出的，全是控诉裴彦的，是他做的、不是他做的，她全记在他身上。到了一个十字路口时，盛纯忽然清醒了一点。

“现在要去哪儿？我要回家，你不要把我卖了！我要回家，我要回家。”

“这是回家的路。”裴彦压着自己的脾气，耐心告知。

“不是不是。”盛纯嚷嚷着，“我家在——”

她报出了自己房子的位置。

裴彦头疼，没理盛纯。

“我要报警。”拐了弯，盛纯突然说，“你拐卖我。”

裴彦：“……”

“你别以为自己长得帅，做这种事就不是犯罪了。一样是犯罪的你知道吗！”盛纯一字一顿地蹦出，“我劝你最好现在靠边把我放下，我演过女警察，我很厉害的……”

裴彦刚开始是有点气的，可听着听着，却有点想笑。他钩了下唇，低问：“我长得很帅？”

盛纯：“……你不要套我的话，你这个坏蛋！”

裴彦：“……”

“我要回家！”盛纯再次重复，“我要回家，你送我回家。”

最后，裴彦没辙，怕她再闹，只能掉头，送她回家。

回到自己家，盛纯依旧闹，一会儿要喝水，一会儿要洗澡，裴彦又伺候了一回“祖宗”，等人睡下时，他盯着盛纯的睡颜看了许久，捏了捏她的脸颊。

盛纯吃痛，皱着眉头拍开他的手，嘴里嘟囔着：“别闹。再闹你就完了。”

裴彦：“……”

盛纯醒来时，屋子里没人了。她掀开被子看了一眼，裴彦给她套了件睡裙。

盛纯撇撇嘴，掀开被子下床。

进浴室洗漱完出来，盛纯盘腿坐在沙发上正准备点外卖，手机收到了一条陌生号码发来的短信。

醒了吗？

盛纯盯着那消息看了三秒，猜到了对方是谁。

在知道裴彦把她想接的电影安排给其他人后，盛纯就气得和他吵了一架，动作迅速地将他的微信、手机号全部拉黑。

看着那条消息半晌，盛纯没回。她继续自己之前的动作，点开外卖软件，下单了几份自己想吃的早餐，这才开始收拾家。

其实没什么好收拾的，这房子她虽然不常回来住，但每周都有家政阿姨上来打扫，防的就是哪天她要回来住了，不至于积一屋子的灰。

大半个小时后，门铃响起。

盛纯拉开门，戴着口罩伸出手。

“您好，您的外卖。”

“谢谢。”接过东西盛纯就想要关门，突然，另一个男声响起，“盛小姐。”

盛纯一愣，抬眸看向出现在眼前的人：“你是？”

来人手里提着一个袋子，低声道：“裴总让我给你送早餐。”

盛纯微顿，敛了敛眸看那袋子，那是她很喜欢的一家五星级酒店的早餐，味道特别好。

看了一会儿，盛纯道：“不用了。”她神色淡淡的，“我已经有早餐了，这个拿回给你裴总吧。”

说话间，她想关门。

来人没辙，只能抵住门：“盛老师。”他无奈地说，“裴总说，你不收的话我也别回去了。”

盛纯想了想，是裴彦的所作所为。她缄默半晌，往地下指了指：“放这儿。”

“啊？”

盛纯：“你告诉裴彦，我收下了。”

来人为难：“盛小姐。”

“你不愿意的话，就在这儿守着吧。”盛纯毫不留情地说，“反正我今天不出门，晚点你别被保安请走就行。”

“……”

关了门，盛纯坐在地毯上开始吃早餐。

周洛灵知道她跟裴彦吵架了，特意打来视频电话关心。

“还好吗？”她刚开口，就看到盛纯面前摆着的早餐。

周洛灵没忍住，爆了个粗口，并说：“这就是你的难过吗？”

盛纯故意夹起一个小笼包，在摄像头前对周洛灵晃了晃：“想吃吗，周歌手？”

周洛灵：“可恶。”她生气，“你就不能吃完再接我电话？”

盛纯扬眉：“那我不是担心你等不及了嘛。”

周洛灵无语：“我又不是裴总，有什么等不及的？”

盛纯被她的话呛住：“好好说话。”

周洛灵：“被你带坏的。”

盛纯才不背这个锅。她“哼”了一声：“不要让我背锅。”

周洛灵“喊”了一声：“跟裴总分手没？”

盛纯：“差不多了。”

周洛灵好笑地看着她：“你当真舍得？”

“舍得啊。”盛纯咬着小笼包，含糊不清地说，“这男人大男子主义过于严重，我要早点逃离。”

“认真的？”

盛纯瞥她一眼，没搭腔。

周洛灵笑了。“我就知道你舍不得。”她托腮，笑道，“如果换作是我，我也舍不得。”

盛纯没应声。吃完早餐，盛纯才回答她。

“灵灵。”

“啊？”

她这样一本正经地说话，让周洛灵有点蒙：“你说，是准备退圈要我养还是怎么着？”

盛纯无语：“不要你养。”

她想着博盈和贺景修的相处，想到身边其他朋友的恋爱，轻声说：“我有点想谈恋爱了。”

周洛灵眨眼：“你和裴总不就是——”

话说到一半，她想到两人这不清不楚的关系。她闭上嘴，安静几秒说：“好吧，我理解你的想法。”

“嗯。”

盛纯想谈那种能跟全世界说的恋爱。

她想告诉所有人，这个人是我的男朋友，也希望她的男朋友在介绍她的时候，能跟自己的朋友亲人说，这是他的女朋友。他们有正常的约会，正常的恋爱生活，而不是她跟裴彦现在这样的。

虽然她很享受和裴彦在一起的这段时光，也很喜欢他，但她想要更多。

“那你就打算跟裴总分开了？不争取一下？”周洛灵想，“我觉得裴总还挺喜欢你的。”

“谁不喜欢我？”盛纯傲娇地说，“我这么漂亮，大家都喜欢。”

周洛灵懒得回她。

“我需要点时间想想。”

周洛灵扬眉：“行吧。祝你好运。”

盛纯应道：“对了，我过几天要进组拍戏了。”

周洛灵：“啊？你那个电影不是被裴彦安排给其他人了吗？”

“是这样。”盛纯说，“我要去的是另一个剧组。”

周洛灵：“哪个？”

盛纯如实相告：“就前段时间网上闹得很大的那个。”

周洛灵努力想了想，惊了一下：“你拿下了女主的角色？”

“……嗯。”

“裴彦安排的？”

盛纯翻了个白眼：“我去试镜了好吗？！”虽然有裴彦搭线，但拿下试镜靠的是自己。

周洛灵想到那部电影的投资，给盛纯竖起大拇指：“红颜祸水。”

盛纯噎住：“我不会让他的钱打水漂的。”

“哦。”

盛纯说的那部电影，是一知名导演的新作。

那位导演拍的电影，票房和口碑从来没有差的，他捧红了一个又一个优秀演员。圈内有人曾点评过，能在这位导演镜头下“存活”下来的演员，星途无量。

比起盛纯之前想去拍的那部电影，真是一个天上一个地下。这是一点不夸张的。

吵架归吵架，该去争取的，盛纯还是会去争取。

她知道是裴彦给导演介绍的自己，但还是去试镜了。这么好的机会为了赌气不抓住的话，那她就是个傻子。

与此同时，裴彦那边收到了员工的回复——

裴总，盛小姐说早餐她收下了。

但是，盛小姐让我放家门口。她说我不放那儿就带回来给您吃。

看到这两条消息，裴彦很头疼。

他敛了敛眸，拿起一侧的手机，继续用新号码给盛纯发短信。

盛纯。

很简单的两个字。消息发过去，对面依旧一片死寂。

裴彦盯着手机屏幕看了半晌，正想给盛纯打电话，助理进来："裴总，副总找你。"

裴彦蹙眉，只能暂时把这事搁下："让他进来。"

当晚，盛纯飞到了另一座城市。进组前，经纪人给她接了两个综艺和一个采访节目，都在其他城市录制。忙碌的盛纯，到进组前一天，才抽空回了趟北城，准备收拾东西进剧组。

她大多数东西都在裴彦那边，只能回去一趟。

吵架归吵架，裴彦还没跟阿姨叮嘱，不让她进屋。

看到她，阿姨格外惊喜："纯纯回来了。"

盛纯应了一声，笑说："阿姨，裴彦在家吗？"

"不在。"阿姨道，"他今天好像有应酬。"

盛纯点头："我回来收拾点东西。"

"啊？"阿姨看着她，"怎么还没吵完架。"她叹息说，"纯纯，你不在家这段时间，裴先生都不怎么着家了，心情看着也不太好。"

作为过来人，她向来是劝和不劝分，更何况裴彦喜欢盛纯，她这个照顾他这么多年的人是看得出来的。

"裴先生很喜欢你。"

盛纯愣怔片刻，笑说："这是阿姨您猜的。"

裴彦可从来没说过喜欢她。

阿姨觑她一眼："是阿姨猜的，但也是事实。"

盛纯笑笑："不说这个了，我先去房间收拾，我晚点还要赶飞机。"

阿姨没辙，看着她上楼后，第一时间给裴彦打电话。

盛纯东西多，裴彦这里不喜欢外人进来，她也就没喊助理过来。她让助理晚点过来就行，她收拾得很慢，现在距离登机也还有好几个小时。

盛纯刚收拾了两个箱子出来，裴彦就回来了。

阿姨示意："还在房间。"

裴彦颔首。

裴彦上楼时，盛纯正推着箱子出来。他拦在门口，看着好几天没见的人。

两人无声对视半晌。

裴彦率先败下阵来，嗓音低沉地道："还在生气？"

"……"

她抿了下唇，看他："裴总找我什么事？"

裴彦没搭腔。

盛纯："你让让，我还要赶飞机。"

她刚往前走，裴彦忽而拽着她的手，一把将她推回房间，两个箱子被孤零零地挡在门外。

"你干吗？"盛纯来了点脾气，抬眸看向他。

裴彦微顿，想着骆霄他们说的话，低声说："我的问题。"

盛纯愣怔。

裴彦道："那部电影，我应该考虑你的想法。"

说实话，盛纯有点意外他会道歉。

"还有呢？"她板着脸，"裴总，你做的可不单单是这个事吧。"

裴彦说道："还有你跟林煜的热搜，是我不让上的。"

盛纯心想，这事自己为什么不知道？

她难以置信地看着裴彦："你多大了，还干这种事？"

裴彦蹙眉："你不知道这事？"

"我知道什么？"盛纯忍无可忍，踹了他一脚，"还有什么？"

裴彦："没了。"

"你确定？"

裴彦：“嗯。”他是真没做什么对不起盛纯的事。

盛纯瞅着他：“那上回你跟那个女演员怎么回事？”

“哪个？”裴彦没印象。

盛纯：“上热搜那个。”

裴彦皱了下眉，努力回想。想起后，他看向盛纯，低声问：“你觉得我和她有点什么？”

盛纯没吭声。她不觉得，但她就是不爽。

“你看了她三秒。”她记得那个视频，是一个走红毯的，裴彦作为老板参加。

裴彦无奈地解释：“她那天那条裙子，和我买给你的那条很像。”

但那条裙子是独一无二的，他专门请人给盛纯设计的，所以隔着远距离看到时，裴彦是错愕的。

他之所以盯着对方看了一会儿，是在确认那个人是不是盛纯的朋友，她身上的裙子是不是盛纯外借出去的。

盛纯和他对视着，莫名懂了他的意思。

她“哦”了一声，倒也不觉得自己无理取闹了。她舔了下唇，咕哝说：“那谁知道是这样的乌龙。”她生气地说，“以后那裙子不要了。”

“行。”裴彦答应，“你不喜欢就丢了。”

“那不行。”盛纯急忙道，“挂家里就行。”

裴彦低低一笑，应声。他抬手，揉了揉她的耳朵，低声问：“还有什么要问的？”

“……暂时没了。”

裴彦“嗯”了一声，垂眸道：“还走吗？”

盛纯：“裴彦。”

裴彦一怔：“你说。”

盛纯抬眸看他，忽而说：“我有点厌倦我们现在这样的关系。”

裴彦顿住。

盛纯道：“我今年生日的时候许了个愿。”

裴彦敛目。

“之前你问，我一直没说，但我现在想告诉你。”盛纯一字一顿地说，

“我有点想要个能和我光明正大谈恋爱的男朋友了。”

她观察着裴彦的表情，说道：“但是呢，我又不喜欢别人。”她望着裴彦，和他无声对视着，她鼓起勇气问，“所以你要不要，当我光明正大的男朋友。”

裴彦皱了下眉，总觉得自己跟不上盛纯的思路。

没等他开口说话，盛纯继续说：“还有，我有件事瞒了你。我说完，你听完，你考虑好再告诉我答案。我当初接近你，是因为跟曲怡佳打了赌，赌我们谁先追到你，我赢了。”她如实相告。

裴彦许久没说话。

盛纯心里在打鼓，不确定裴彦知道自己骗了他那么久会不会生气。全说出来后，盛纯有点尿。

“我说完了。”她故作潇洒道，“你慢慢想吧，我们的关系是到这儿，还是……你答应做我男朋友。”她反手指了指门，“我要赶飞机。”

裴彦不知是被她的话镇住了还是在生气，没拦她。

到了楼下，阿姨帮她把行李推出去。到院子门口时，盛纯和助理正想抬着行李上车，她手刚碰到行李箱的把手，一侧有手伸出，把她的行李轻而易举地放上车。

盛纯眼睫微颤，看向走出来的人。

“谢谢。”她说。

裴彦应声，敛目看她：“我送你。”

“不用。”盛纯拒绝，“你不是喝了酒？”

她闻到了，裴彦身上有酒味。

裴彦：“不想要答案了？”

盛纯抬眸看他：“想啊，但不是现在。”

她格外冷静：“谁知道你现在是清醒的还是醉的。”她一板一眼地说，“万一你现在说了，明天不认怎么办？”

“而且，我希望你考虑清楚。”盛纯靠近他，压着声说，“我可不谈三天两头就分手的恋爱。”

闻言，裴彦笑了。他抬起手，扣住她后颈，当着助理和阿姨的面吻上她的唇，亲了一下便撤开手。

他说："你真以为我是那么随便的人？"

上了车，盛纯靠在窗边，莫名想到裴彦最后和她说的那句话。

不是随便的人。

想到点什么，盛纯没忍住，将人从黑名单里放出来，给他发消息。

盛纯：你最后那句话是什么意思？

裴彦：自己想。

盛纯：……

她要是想得出，还用问他？

盛纯还想问点什么，经纪人给她来电话了。盛纯没辙，只能暂时把这个疑问压下。

这一压，就压到了候机。

盛纯隐约摸索到一点答案，但又不太敢问出口了。她思忖了会儿，给博盈发消息。

盛纯：盈盈！

博盈：纯纯！

盛纯：我有个事，需要你的建议。

博盈：你说。

盛纯：就是我上回在影音室跟你说的我跟裴彦的开始，你还记得吧。

博盈：嗯嗯。

盛纯：我今天告诉他事情真相了，他回了我一句说——你以为我是那么随便的人吗？这话什么意思啊。

博盈：你是最近累傻了吧，这意思还不明显啊？除了你之外，别人就算再怎么接近，裴总也不会上钩的意思啊。

盛纯：是吗？

博盈：对啊……而且我有个事也没告诉你。

盛纯：？

博盈：我有一天问了贺景修，他说其实他们早就知道你是跟人打赌才去接近裴总的。好像你们打赌那天，裴总就知道。你们说话的时候，他们就在不远处听着。

盛纯：？？？？？？？？？

给博盈发了一连串问号，博盈给了她肯定的答复。

盛纯震惊了。她思忖了下事情的来龙去脉，尽管心中已是惊涛骇浪，却还有不懂的地方。

如果裴彦当时就知道她是跟人打赌才去接近他的，那不是早就知道她的目的了？那他为什么……要配合自己？甚至还配合了近两年的时间？

这两年来，他也有很多问自己的机会，却一直没问。为什么？

心里好像有答案了，可盛纯又不敢去想那个答案。

很多时候，她对自己是自信的。可唯独在裴彦那里，她不那么有信心。今天对裴彦说的那话，是她有点把握，她能感觉到裴彦喜欢她。若非如此，她也不敢大放厥词。可要说裴彦在很久之前就喜欢她了，甘心上钩，她又觉得不太可能。

两年前的她，有什么魅力呀？

没有吧。长得是还可以，可她又没跟裴彦接触过，他不是那种肤浅的人。再说，圈内比她长得漂亮的人，说不上比比皆是，但也是有的。

上了飞机，盛纯还没想出答案。

小蕊看着她一直走神，喊了好几声：“纯纯姐。”

“嗯？”盛纯回过神来，盯着小蕊问，“小蕊，我长得漂亮吗？”

“漂亮啊。”小蕊回答。

盛纯点了点头：“那我是那种能让君王不早朝的漂亮吗？”

小蕊：……

她抬起手，摸了下盛纯的脑袋：“纯纯姐，现在是现代，没有君王了。”在盛纯问下一句前，她说，“但你是可以让裴总努力上班赚钱养你的那种漂亮，你懂吧。”

盛纯也不知道是听懂了还是没听懂。她沉默了半晌，说道："懂了，裴彦还是想去上班。"

小蕊：啥玩意儿？白说了是吗？

盛纯没再问她，掏出眼罩说："我困了，睡会儿。"

"哦。"

盛纯这一觉睡到飞机落地。刚把手机的飞行模式调回，她就看到了裴彦的消息，问她落地没。

五分钟前发来的。盛纯看了眼时间，她是晚上的飞机，这会儿已经十二点半了。

她抿唇，低头回复——

盛纯：刚下。

裴彦：剧组安排接机？

盛纯：嗯。

裴彦：让司机慢点。到酒店跟我说一声。

盛纯：你还不睡觉？

一般情况下，除了折腾她，这个时间点，如果不是有忙不完的工作，裴彦都会睡觉。他作息规律得让人觉得不是个年轻人。

裴彦：你到了酒店就睡。

看着他这消息，盛纯无声地翘了下唇角，冷冷淡淡地敲下一个"哦"字回复他。

一小时后，盛纯到酒店入住。进了房间，她给裴彦发消息说到了，这人叮嘱两句，催她早点休息。

互道晚安后，盛纯才放下手机去洗漱。洗完回来，她捞过手机本想刷刷微博和朋友圈再睡，结果刚刷了不到两分钟，裴彦消息又来了，问她躺下了没有。

盛纯：你为什么还没睡？

裴彦：现在。

盛纯怔了下，有个特别的猜想。

她盯着手机屏幕看了半晌，挣扎了许久，问他。

盛纯：我晚上跟盈盈聊了会儿天。她跟我说了个事，我想问你。

裴彦：你问。

盛纯：你是不是很早就知道，我跟曲怡佳打赌谁先追到你这件事？

消息发过去一会儿，裴彦回她——

裴彦：你赢了。

盛纯：重点不是这个。

她脸色爆红，有种羞耻感油然而生。

盛纯：你认真回答我的问题。

裴彦：嗯。

盛纯：那你怎么……不戳穿我？

其实她想问：那你怎么不当场揭穿我，还配合我玩了这么个游戏？

裴彦：下次告诉你。

盛纯：不带这么吊人胃口的。

裴彦：还不困？

盛纯：困。那你什么时候告诉我。

裴彦：探班的时候。

盛纯：你要来给我探班？

裴彦：看你愿不愿意。

盛纯无言，忽而想到了他们之前的争吵。她说他们的关系，裴彦给自己探什么班。

莫名的，她懂了裴彦的暗示。

她揉了揉鼻尖，小心翼翼地问——

盛纯：不再想想吗？

裴彦：想什么？

盛纯：你知道我什么意思。

裴彦：再想久一点，我担心孤独终老。

盛纯：晚安。

看着她躲避的消息，裴彦没再强人所难。

他几不可见地钩了下唇，回复——

裴彦：晚安。

开机仪式结束后，盛纯投入到累且忙的拍摄生活里。每天没什么乐趣，就是偶尔空闲会跟裴彦聊聊天。两人都忙，裴彦知道她刚进组，需要时间入戏，也很知趣地没过来多打扰她。

奇怪的，盛纯很喜欢他们现在的相处模式。

她会跟裴彦说点自己日常发生的有趣的事，偶尔还有她被导演骂的事。而裴彦大多数时候也会和她分享，例如今天会议遇到了什么事，哪个经理给的策划不靠谱，又或者是一些公司流传的八卦。

盛纯说自己被导演骂的时候，裴彦会说，那他以后不给这个导演投资了，或者说，他让负责这个事的经理给导演施加点压力，让他也知道难受煎熬。

每每这个时候，盛纯会觉得裴彦很幼稚，但她又很喜欢很喜欢，比之前还要喜欢。好像裴彦的每一面，她都是喜欢的。

盛纯这部电影的拍摄周期很长，而且条件艰苦。导演要求高，进组的演员如非必要，谁也不能请假。

一晃，盛纯在剧组过了一个多月。这一个多月的时间里，盛纯在山窝窝里，嘴巴淡到要没味道了。她每天跟经纪人哭，跟助理哭，时不时还跟周洛灵哭，跟裴彦哭，她好想吃好吃的。这山窝窝里的剧组餐食和酒店餐食都不怎么样，一点味道都没有。

这一日，盛纯刚拍完戏。

小蕊便凑了过来，小声说："纯纯姐。"

"什么？"

小蕊小声说："裴总来了。"

盛纯眼睛一亮，看着她："在哪儿？"

"酒店。"小蕊说，"裴总助理跟我说的，我们现在回去？"

盛纯想也不想地点头。

上了车，她给裴彦发消息，没人回。盛纯扬了扬眉，倒也不急于这一时。

回到酒店，裴彦才给她回了消息。是房间号。

盛纯：裴总，喊女演员去你房间什么意思呀？

裴彦直接给她发了条语音："你介意的话，去你房间也行。"

盛纯无语。

盛纯：算了，我房间太乱。

盛纯走出电梯，正要往前走时，看到了不远处的人。一个多月没见，两人无声对视。

盛纯没动，裴彦先过来牵住她的手，领着她往房间走。盛纯没矫情，随他牵。

进了房间，盛纯忍俊不禁。她看地上洒着的爱心玫瑰花瓣，抬头看向裴彦："这怎么回事？"

裴彦掩唇咳了一声，道："助理交代的。"

"好俗啊。"盛纯想都不想就吐槽，"太俗了吧。"

裴彦："……"

吐槽完，盛纯才开始打量裴彦这个房间。

在这种山窝窝里，裴彦订的房间也是酒店最好的。

盛纯看了看，发现这儿真的条件有限，裴彦虽订的是最好最贵的房间，但除了空间稍微大一点，窗户大一点外，没别的了。

她摸了下鼻尖，点评："你这房间也没比我那好多少。"

裴彦没应她。

"欸。"盛纯忽而讶异了一下，仰头看他，"什么味道？"

裴彦示意："吃饭。"

盛纯眼睛一亮："你点的外卖吗？"她往另一侧走，"可是这附近没外卖啊，你让助理去买——"

话还没说完，盛纯就看到了她吃过的家常菜。她呆了呆，在那些食物上停留了半晌，仰头看向裴彦。

裴彦替她拉开椅子，语气平静："还不饿？"

盛纯呆滞地坐下。她低头嗅了嗅，不确定地问："你做的？"

"嗯。"

盛纯震惊。她抬眸看向坐在自己对面的人，张了张嘴："你很早就来了？"

裴彦："做一顿饭的时间。"

盛纯："怎么会突然想做饭？"

闻言，裴彦似笑非笑地看着她："是谁说再不吃点好吃的，嘴巴就尝不出其他东西味道了？"

被他拆穿，盛纯也没什么不好意思的。她轻哼，傲娇地说："这是事实。"

"先吃。"裴彦的厨艺算不上很好，但之前和盛纯在一块的时候特意学过，来之前还临时抱了佛脚，跟阿姨学了几道她喜欢吃的菜的做法，所以卖相看着不错。

盛纯很认真地尝了尝："好吃。"她看向裴彦，"比之前好。"

裴彦：后面这句可以不说。

盛纯看懂了他的表情，忍俊不禁。

“多吃点。”裴彦说。

“嗯。”

盛纯是真馋了，除了刚开始跟裴彦说了两句话外，后面一直在埋头苦“吃”。吃饱了，她才有时间说话。

“你今天怎么来了？”

裴彦告知：“路过。”

“啊？”

裴彦要去其他城市开会，途经他们这儿，他便挤了一天时间出来。

盛纯“哦”了一声：“那你什么时候走？”

“明天。”盛纯扬眉，那还好，时间还挺多的。

裴彦敛目看她，低声问：“不想我走？”

“……我哪有。”盛纯眼珠子转了转，含糊不清地说，“你来看我，是带着答案来的吗？”

裴彦轻笑，反问：“你觉得呢？”

“我怎么知道？”盛纯故意不接招。

裴彦应道：“我这段时间表现得还不够明显？”

盛纯努努嘴：“我想听你说。”

表现当然明显，但女人都是视觉和听觉动物，就想听男人亲口说。

她想听，裴彦倒也没什么不好意思的。但就这么干巴巴地说，他确实也不知道该怎么开口。他起身，走到盛纯旁边，将人拉到沙发上坐下。

“你干——”话未说完，盛纯感到裴彦的手搭在自己腰侧，隔着单薄的衣服，掌心的温度传递过来。

他目光幽深地看着她。莫名的，盛纯有点心慌。这眼神她太熟悉了，她下意识地舔了下唇，舌尖刚碰到嘴唇，裴彦忽而不打招呼地扣着她后颈吻了下来。

她呼吸一滞，心跳动剧烈。

裴彦轻轻地吻了她好一会儿，才放开。他瞳仁幽深，喉结滚动，听着盛纯急促的呼吸声，哑声道：“这样还不明显？”

“你还是没说。”盛纯坚持。

裴彦没辙，说：“盛纯。”

“嗯？”

裴彦嗓音低沉：“我缺个女朋友，你想做我女朋友吗？”

盛纯听着，有点想笑：“明明是我缺个男朋友。”

裴彦应声，低低一笑：“我想做你男朋友，行吗？”

盛纯眼珠子转了转，含糊不清地道：“勉强行吧。”

“勉强？”裴彦的手扣着她腰肢，轻捏了下，“多勉强？”

“就很勉——”她话没说完，嘴巴又被堵住了。

躺在床上时，盛纯迷迷糊糊想起裴彦还有件事没告诉自己。

“裴彦……”她喊他。

男人回应着，含着她的唇亲吻着。

盛纯的手被他压住，根本没办法动弹。她只能听到自己的心跳声，和他贴近自己的心跳声。两人的心跳，似打鼓一样。

因他的动作，盛纯忘了自己要问的事。

等到盛纯清醒时，没忘了追问：“你还没告诉我那件事。”

裴彦愣了一下，才反应过来她说的什么。他敛目，看着她：“你知道我第一次见你是什么时候吗？”

盛纯眨眼。裴彦告诉她，是在一次走红毯的尽头。

盛纯穿着一条白纱抹胸长裙，像在逃新娘一般在奔跑，因为她赶不上自己的剧组了。

裴彦最开始没注意到，是旁边的人说了句，那边有个不染凡尘的仙女。

裴彦往她那边瞥了一眼。

他不能说对盛纯一见钟情，但确实被她吸引了。过后，他知道了盛纯的名字。之后两人在不同场合碰到过几次，但盛纯都跟没看见他似的，偶尔打个招呼，便没了然后。

那会儿，裴彦其实也没起那些心思，只觉得这个女演员还不错，交代下面的人有资源的话捧一捧，举手之劳罢了。

再后来，他跟贺景修他们一块参加一个活动，不小心听了盛纯和她同行女明星那段对话。

当时，骆霄还和贺景修揶揄着问他：“裴总，女明星都打赌谁先追到你了。你觉得谁比较有希望？”

他看向盛纯，笑了下说：“她吧。”

原本，大家都以为他不会搭理。谁承想，他不仅搭理了，还给了答案。

瞬间，众人心知肚明。

其实过后，裴彦回想的时候，也并不确定自己当时是什么心理。他只觉得，既然她想追求我，那让她得偿所愿一下，好像也没事。

毕竟，他不想她输。

或许这段感情从刚开始，就有了一些暗示。

听裴彦说完，盛纯沉默了。

她憋了憋：“所以你就看我表演了那么久？”

裴彦笑了下，垂眸看她：“我不得不说，你那会儿演技真不行。”

盛纯踹他一脚：“那你不拆穿我？”

“嗯。”裴彦低头，亲了亲她唇角，“舍不得。”

盛纯无语。在裴彦怀里安静了一会儿，盛纯睁开眼问：“所以……你是不是很早就喜欢我了？”

裴彦没应。

“问你呢裴总。”她伸出手，去扯裴彦的脸。

裴彦无奈：“不知道。”

盛纯撇嘴：“你对我一见钟情。”

裴彦瞥她，低声问：“这么自恋？”

“那不然怎么解释？”

“或许吧。”裴彦说，反正他确实第一眼就被她吸引了。

听到这话，盛纯有点小得意。

“裴总。”

“嗯？”

“我想听你亲口说。”

“说什么？”

“你说呢？”盛纯闹他，可怜兮兮地道，“你是不是从没对你女朋友说过，你喜欢她？”

裴彦被她闹得不行，将人拽入怀里，蹭了蹭她鼻尖，叹息一声说：“喜欢。”

“谁喜欢谁？”

裴彦：“……裴彦喜欢盛纯。”

“你要喊我纯纯。”

裴彦改口：“裴彦喜欢纯纯。”

盛纯展颜一笑，仰头亲了亲他下巴：“这是给男朋友说实话的奖励。”

虽然很幼稚，但她就是很喜欢听这种肉麻的情话。

裴彦低头一笑，没忍住又亲了她一会儿。松开时，盛纯睁开一双漂亮的眸子看他。

“裴彦。”

“怎么了？”

盛纯：“你说我不会是在做梦吧。”

裴彦：“不是。”

盛纯点点头：“那你给我录个音吧。”

“什么音？”

“就重复说，裴彦喜欢纯纯。你走后我再听，我就知道这不是梦了。”

听她这无理要求，裴彦忍无可忍，将她手机拿走，目光幽深地看着她：“还不累？”

“……”

后半夜，盛纯窝在裴彦怀里睡着。

裴彦倒还挺精神的，说实话，他以前没想过自己能轻而易举说出盛纯让自己说的那些肉麻话。他看向盛纯搁在一侧的手机，捞起，在寂静的深夜，妥协似的给她录了音。

是妥协，又好像不是。其实说到底，是他心甘情愿的。

从最开始碰到盛纯，到后来她拿自己做赌注，裴彦好像都在心甘情愿地跟着她的步伐往前走。

他心甘情愿，成为她网中的猎物。

明知她不喜欢自己，却也愿意配合她玩游戏，甚至沉沦在游戏里。因为他想，总有一天，她会喜欢上自己。

那时，她将是他的猎物，一辈子的那种。

当然，他们之间到底谁是谁的猎物，其实说不清。但不可否认的是，他们都甘愿成为对方的“猎物”。

番外二

郑今瑶 & 沈肃

新年一过，身边的朋友恋爱的恋爱，结婚的结婚。郑今瑶这个单身了二十五年的女孩，不出意外要被催婚了。

她过年时候的假期长，每天无所事事，只能窝在家里。

刚回家的时候，郑教授和杨教授对她表示热烈欢迎，吃饭有人盛好，房间有人收拾好，每天早中晚享受两位教授做的美味食物，日子过得非常快乐。

三天后，郑今瑶开始被嫌弃。

一周后，杨教授对她发出质疑：“瑶瑶，你是不是没什么朋友？”

郑今瑶正在大冬天咬着一根冰棍，非常茫然地看向她亲妈：“我有几个朋友，你不是知道吗？”

“哦。”杨教授非常淡定地说，“那你怎么一天到晚待在家里？”她对着郑今瑶房间的镜子照了照，“也不出去找朋友玩。”

郑今瑶听出了另一层意思。她咬了口雪糕，含糊不清地说：“妈，你是不是嫌我烦了？”

“烦倒是还没有。”杨教授道，“就是我跟你爸爸今天要跟老同学聚会。”

郑今瑶眨眼。

杨教授回头看她："自己搞定午饭和晚饭。"

郑今瑶把雪糕吞下，瞥了她一眼："这就是你催我出去玩的理由？"

杨教授："你自己觉得呢？"

郑今瑶不想觉得，她只觉得自己很受伤："你们不要我这个宝贝女儿了吗？"

"不要了。"杨教授回答得很果断，没有半点迟疑，"每天待在家里的女儿，要来干什么？你什么时候能出去多交交朋友啊？"

郑今瑶正要闭嘴。

杨教授继续："你知不知道你刘阿姨的女儿，比你还小一岁那个，都结婚生宝宝了，就前几天。妈妈过段时间还得去吃满月酒。"

郑今瑶无话可说。她就知道，话题扯来扯去会扯到这上面。

这几天，她耳朵已经被念叨得起茧了。说来说去，都是她找对象这事。

"怎么不说话了？"杨教授瞅她。

郑今瑶刚把雪糕吃完，含糊不清地说："妈，恋爱这种事讲究缘分，我没遇到喜欢的，你总不能逼我随便找个人嫁了吧。"她委屈，"还是说你跟老郑不愿意养我啦？"

杨教授瞪了她一眼："谁不愿意养你？"她认真道，"我也不是催你一定要找男朋友，就是你每天闷在家里，不怕闷坏？"

她也不是不通情理的家长，实在是郑今瑶从早到晚在家瘫着，她真看不下去了。

"不怕啊。"郑今瑶回答得理直气壮，"我觉得挺开心的。"主要是她的好朋友们太忙，她才没出去的。

杨教授无话可说。话说到这份上，她也不好再说什么。

"行，那你在家待着吧。"

"拜拜，别喝太多酒哦。要是喝醉了我去接你们。"

"知道。"

父母出门后，郑今瑶本想睡个觉。但博盈忽然给她打了个电话，说有空，要不要出去逛逛街。郑今瑶本想拒绝，可转念一想又觉得在家好像有点过分无聊了。她直接应下。

两人约在咖啡厅。郑今瑶到的时候，博盈因为堵车还没来。

她倒是无所谓，先要了一杯咖啡，昨晚刷微博熬夜到太晚了，她这会儿正困着。点完，郑今瑶百无聊赖地低下头玩手机。

她也没太注意身边的环境，更没注意周围的人。

倏地，一个人影闪现。

郑今瑶愣了下，下意识地抬起头。映入眼帘的，是一个穿着浅色风衣的背影，人很高，她眼神不受控地从上到下将人打量了一番。

穿着打扮不错，很有味道，而且，能看出气质特别。

郑今瑶打量间，对方已经走出去了。

她靠在窗边看了看，有点遗憾没能看到对方的脸。要是长得帅，她说不定会上前要个联系方式。

博盈来的时候，她正托着脑袋看着外面。

“嘿。”博盈在她面前晃了晃手，“郑美女是不是该回神了？看谁呢？”

郑今瑶：“刚刚出去了一个帅哥。”

“啊？”博盈回头，“没有呀。”

郑今瑶瞥她：“没看到脸的帅哥。”

博盈扑哧一笑：“那万一是背影杀手呢？”

不知为何，郑今瑶就觉得有那样的身材还懂穿衣的男人，就算长得不帅，也不会太丑。

“我不信，我觉得是个帅哥。”

“打赌？”博盈扬起眉。

郑今瑶哼哼一声，不和她赌：“这怎么赌？人都不见了。”

博盈想了想，这倒也是。

“那怎么办？”她摸了下郑今瑶下巴，开玩笑说，“我要是早来几分钟就好了，说不定帮助我们瑶瑶脱单了。”

郑今瑶白了她一眼：“那不一定，万一人家有对象了呢？”

博盈撇嘴，笑着说：“那我给你找个教授。”

“怎么，贺总那有优质男青年了？”之前博盈跟郑今瑶打赌，谁先脱单谁是狗，贺景修为了让博盈和他交往还不当狗，甚至放言要给郑今瑶介绍对象。话放出去这么长时间了，郑今瑶还没看到他们给自己介绍的对象。

博盈咳了一声，有点不好意思：“这个……正在给你物色呢。”

郑今瑶给了她一个小白眼。

博盈笑：“我保证。”她说，“新的一年我一定让我们瑶瑶脱单。”

郑今瑶笑：“行啊，我要那种长得帅的。”

“还有呢？”

“职业的话，不要求教授了吧。”她畅想着，“要一米八以上。”

“嗯嗯。”

“还得身材好，起码要有四块腹肌吧？”她不要求八块了呢。

博盈点头：“那当然，不健身的男人没有未来。”

郑今瑶被她逗笑了。

“还得学历不能太差吧？”郑今瑶歪着头想了想，“不过，他要是帅得人神共愤，学历不高也行，但人一定要有礼貌，不能过分粗鄙。”

“还有呢？”

“还有——”郑今瑶笑，“我得喜欢。”

所有的一切，都要建立她喜欢的基础上。

两人闹了会儿，这才起身去逛街。

郑今瑶一直以为，她许的愿望没那么快实现。毕竟她眼光很高，而且她找对象，不单单有她提出的那些长得帅、身材好、学识高等要求，更重要的是第一感觉。

第一眼看到觉得喜欢的，那一定是喜欢。

她是个相信一见钟情的人。

新年后不久，郑今瑶忙碌了几天。

这天是工作日，但也是她爸郑教授的生日。郑今瑶的工作时间弹性大，当即调休，回家给郑教授过生日。

她爸妈是B大教授，不上课的时候，一般住城西那边的房子。但在上课期间，两人因为懒得跑，大多数时候都住学校的教职工宿舍。不大，但两人住刚刚好。

当然，多一个郑今瑶也没太大问题。他们俩是老教授，教职工宿舍是很早便分给了他们的。

早上，郑今瑶起床后，便去了蛋糕店。她提前订了蛋糕，顺便提过去。

刚到她爸妈住所那边，郑教授给她打了个电话，说是有份资料忘了拿，让她送去他上课的教室。

郑今瑶来过B大很多次，从小就在这边长大，对哪栋教学楼在哪儿格外熟悉。但距离比较远，她索性骑了个自行车过去。

跑到教学楼楼下，郑今瑶急匆匆上楼时，手肘不小心磕到了扶手上。

她吃痛，一侧传来听起来让人舒服的声音："小心。"

低音炮。

郑今瑶微怔，顺势抬了头。在看到站在她一侧的男人后，她愣住了。在被惊艳到的同时，还隐约有种说不上来的熟悉感。

还没等郑今瑶想明白，正在楼梯口等她的郑教授喊了一声："瑶瑶。"

郑今瑶："……"

"欸。"她应道，"不是还没上课吗？"她小声嘟囔，"急什么呢老郑？"

父女俩的对话落入沈肃耳内。

他跟郑今瑶一块上楼，走到郑教授旁边时，沈肃打了一声招呼："郑老师。"

老郑看他，笑呵呵道："上午到哪个班上课？"

"您隔壁。"沈肃应道。

郑教授笑笑，道："我听说你来了后，教室里的位子都不够用。"他调侃，"哪天郑老师也去听听你的课。"

沈肃无言："郑老师谬赞。"

两人打过招呼，沈肃便抬脚往另一侧教室走去了。

老郑看着还呆站在不远的郑今瑶，眉心一跳："瑶瑶，东西呢？"

郑今瑶递给他，打听道："爸，刚刚那是学校新来的教授？"

郑教授觑她一眼："我记得我和你妈跟你提过啊，学校今年新来了两个教授。"他敲了下她脑袋，"看吧，我和你妈跟你说话，你又没听。"

"……哦。"郑今瑶在心里嘀咕，你也没说长这么帅啊。

"那教授是本地人吗？"

“怎么？”郑教授瞅她，“对人家有意思？”

郑今瑶被郑教授的话呛住，眨眨眼说：“你猜。”她好奇不已，“老郑。”

“说。”郑教授看了下时间，“还有一分钟我要上课了。”

郑今瑶挽着他的手，撒娇问：“你想今年抱外孙吗？”

郑教授被她的话哽住，好半天没说出话。对着郑今瑶一张一点都不害羞的脸，郑教授气急败坏地拿着手里资料打了下她脑袋：“女孩子家家，说的什么话。”

郑今瑶努嘴。

郑教授没把她这话放在心上：“回去休息吧，我去上课了。”

郑今瑶“哦”了一声：“我不想回去，我准备等你下课了再一块儿回去，您今天生日呢，我想一天都陪您。”

“不用。”老郑一点面子没给她，“你妈妈陪我就够了。”

郑今瑶：“……”

五分钟后，郑今瑶偷偷溜进了老郑上课的隔壁教室。

一点不夸张，教室满座了。

郑今瑶站在后门愣了下，扫视了一圈也没看到空位。她正想放弃离开时，讲台上的沈肃忽而朝她看了过来。

那一眼，怎么说呢？郑今瑶忽然觉得，她今天就算在这后门站着听一天课，也挺值得的。

男人的视线没在她身上停留多久，很快便转开了。

郑今瑶下意识地摸了下左胸口，很好，在乱跳。她抿了下唇，看坐在最后一排玩手机的男生，小声道：“同学，我能挤挤坐下吗？”

男生正在玩手机，听到声音抬头看了眼，眼睛一亮：“当然可以了。”

他热情地和旁边的同学挤了挤，给郑今瑶让了个位子出来。

“谢谢。”郑今瑶笑。

男生看她，小声地问：“同学你是哪个班的？”

郑今瑶眨了下眼：“郑教授那个班的。”

“啊。点完名偷偷过来看沈教授的对吧。”男生见怪不怪地说，“你们也不怕郑教授生气。”

郑今瑶微窘。她摸了下鼻尖，打探道：“我是第一次呢，之前有很多同学也偷偷溜过来吗？”

男生应道：“是啊，自从沈教授来了，我们理学院物理系的女生都变多了。”

郑今瑶扬眉，教物理学的啊，她更感兴趣了。

郑今瑶无声地弯了下唇，朝讲台上的人看去。

沈肃今天穿的是深色系的风衣，他肩宽，特别适合穿这种长款风衣，看上去格外有味道。

因为上课的缘故，他袖子挽了上去，露出了小半截小臂，从她这个角度看，依稀能看到他小臂流畅的肌肉线条。

到了这会儿，郑今瑶忽而庆幸自己有一双视力还不错的眼睛。

男人五官英俊，面部轮廓硬朗，上午的阳光从窗外照进来，脸上的绒毛被罩上了一层金色。他身子往前倾，一手撑在讲台处，微微弯起的弧度身影，显得格外好看。明明不是什么特别的举动，可你就是会觉得好看。

郑今瑶直勾勾地盯着沈肃看了好一会儿，才依依不舍地收回视线。

她跟旁边的男生打听，没一会儿，便套出了有用的信息。

沈肃是被 B 大高薪聘请回国的，他是国外知名学府的物理学博士，发表过好几篇很有影响力的论文，在物理学方面的学术能力很强。

他现在是 B 大的副教授。回国上课的第一天，带动了理工院这边女同学学习的兴趣，甚至让理工院女同学集体爱上了上课，不再旷课或者早退了。

当然，更重要的是，据说这教授单身。

大家怎么知道的呢？因为沈教授上课的第三天，就有女同学大着胆子问了他这个问题。

沈肃回答说单身。

单身就好办了。郑今瑶眼睛弯弯地看向沈肃。

台上，沈肃不是没察觉到讲台下的目光。但对这些目光，他已经习惯了，没有太多感觉。

只是，学生们的目光会稍微收敛一点。就算是有想法，也不会过分直白地表露出来，但今天不太一样。

他敛下眼睑，看了眼最后一排托腮望着自己的人。

沈肃微顿，记得她是郑教授的女儿，沈肃对郑今瑶印象是有的。前几天理工学院几位老师在食堂吃饭，还有人调侃郑教授，说："你们家瑶瑶还没对象是吧，我给她介绍一个吧，长那么漂亮怎么能没有对象。"

郑教授当时怎么说来着。郑教授长叹一口气说："你别自己气着自己，她挑剔得很。"

众人笑。熟悉的人也都知道郑今瑶的性子。

还有教授说："老郑，要不你给女儿在学校找个女婿吧。"

沈肃当场中招。但他没当真，其他几位教授说的，也都是玩笑话。

只不过沈肃没想到，他会这么快见到几位老教授口中这个个性特别的人。

一堂课结束，沈肃离开教室。

郑今瑶跟着出去，走到隔壁班门口时，恰好和老郑碰上。

"你还没回去？"老郑震惊。

郑今瑶"嗯"了一声："不是说了等你吗？"

老郑狐疑地看她："那你刚刚去哪儿了？"

"去隔壁听了一堂课。"郑今瑶道，"沈教授课上得不错。"

"我上得不好？"他酸溜溜道，"怎么不来听我的课？"

郑今瑶哭笑不得："我都听您多少课了。"她道，"不能让我听听别人的？"

"可以。"郑教授哼哼着道，"走了，回家吃饭。"

"好嘞。"

到楼下，老郑说："等等你妈妈，她从另一边教学楼过来要点时间。"

郑今瑶无语。她自觉地不当电灯泡："那我骑车回去了，我先去做饭。"

"去吧。"

郑今瑶慢悠悠地骑着自行车回去。

到楼下锁好车，她眼尖地看到了不远处走来的男人。他步伐很大，走路带风，格外有气场。

看到人，郑今瑶不动了。

沈肃走近才发现郑今瑶在这儿。

两人对视一眼，沈肃神色淡淡地抬脚往楼梯口那边走，教职工宿舍很老了，没有电梯。郑今瑶爸妈住三楼，而沈肃这姿势，看着也像是住在这儿的。

想到这一点，郑今瑶眼珠子转了转，喊道："沈教授。"

沈肃脚步微滞，回头看她。

"你住这儿啊？"郑今瑶问。

沈肃点了点头。

郑今瑶看他还认识自己，面不改色地撒谎说："那我能不能去你家待一会儿？我爸妈还没回来，我忘了拿钥匙。"她顿了下，道，"外面还有点冷。"

沈肃没立刻答应。他上下打量了郑今瑶半晌，说了句："你不介意的话。"

"不介意不介意。"郑今瑶忙不迭地说。

跟着沈肃上了楼。郑今瑶发现，他住五楼，爬楼梯累死人。学校的教职工宿舍，最高也是五楼，再往上便是天台了。

走到沈肃家门口。郑今瑶看着他，他没动。

"这儿风怎么样？"沈肃忽然问。

郑今瑶眨了眨眼："还好？"她说，"这儿没下面冷。"

沈肃半靠在墙上掏出手机，温声道："那在这儿等吧。"

听到这话，郑今瑶脑子里冒出了一个大大的问号。什么玩意儿？在家门口等？

她眨了下眼，狐疑道："你也没带钥匙？"

"带了。"沈肃言简意赅道，"不太方便。"两位刚认识的一男一女共处一室，非常不方便。

郑今瑶服气。她揉了揉鼻子，也没觉得有什么难堪的，她张望了下，示意说："介意我坐楼梯上吗？"

沈肃看了一眼，把手里拿着的文件袋递给她。

郑今瑶不解。

“垫着。”沈肃淡淡地道。

郑今瑶扬眉，眼睛一亮，唇角弯弯地道：“谢谢沈教授。”最后三个字，她说得格外响亮。

她的声音很好听，软软糯糯的，和她本人的个性不太相称。

坐在楼梯上，郑今瑶摸出手机给老郑发消息，问他们到哪儿了。

老郑：在路上遇到了一位教授聊了两句，还得十分钟的样子，怎么了？不会做饭了？

郑今瑶：……不是，我忘了带钥匙。

老郑：那你等着吧。

郑今瑶：好的。

跟老郑发完消息，她偷偷瞄了眼一侧同样低着头看手机的沈肃，疯狂呼叫博盈。

郑今瑶：盈盈！盈盈！！

博盈：在呢在呢。

郑今瑶：我今天遇到了一个顶级大帅哥。

博盈：有对象了？

郑今瑶：你就不能盼着我点儿好？没有对象，但人有点酷。

博盈：怎么说？

郑今瑶直接把沈肃应对自己的行径跟博盈说了下。发过去后，博盈回了四行“哈哈哈”过来。

郑今瑶：很好笑？

博盈：有点意思。

郑今瑶：哼。他现在让我坐在楼梯口吹冷风，我以后让他睡门口。

博盈：姐妹，已经想这么远了吗？

郑今瑶：那当然，我已经把我们孩子的名字都想好了。

博盈服气。但她知道，郑今瑶是在说玩笑话。

不过玩笑归玩笑，就这情况，博盈猜想，是真遇到一见钟情的人了。她这个过来人对这种事，见怪不怪。

两人聊了会儿。郑今瑶再去瞟沈肃时，他已经收起了手机，翻开手里的另一份资料在看。男人眉眼沉静，像一壶藏了几十年的酒酿，需要你去细细品。他不急不躁，冷静沉稳。

突然，郑今瑶视线被捕捉。

沈肃撩起眼皮，垂着眼睫看着她。很快，视线挪开，他低头看了眼腕表的时间，声线低沉："郑教授他们还没回来？"

"唔。"郑今瑶抿了下唇，"还得一会儿。"

沈肃颔首，没再出声。

过了十分钟，郑教授给她打了个电话，问她人在哪儿，郑今瑶才麻利地下楼去。

看到女生跑走的背影，沈肃眉梢微扬，抬脚走近楼梯，弯腰捡起她忘了还给自己的文件。

"去哪儿了？"进屋后，郑教授看着她。

郑今瑶面不改色地撒谎："就楼上天台吹了吹风，冷静了一下。"

"是吗？"郑教授蹙眉，看向杨教授，"楼上天台的门不是锁了吗？"

郑今瑶："……"

"快做饭。"她慌乱道，"爸爸，我都快饿死了。"

郑教授："谁今天生日？"

"您呀。"

"为什么还要爸爸做饭？"

郑今瑶："因为我是爸爸的小棉袄，爸爸不忍心让我下厨。"

郑教授被她的话堵住，好半天没找到反驳的话。

话虽如此，在老郑进厨房做饭时，郑今瑶还是在旁边打下手，帮了点忙的。最后因为她实在是太笨手笨脚了，被老郑赶出厨房。

临走前，她顺手拿走一小块黄瓜。

“妈妈。”郑今瑶腻在沙发上的杨教授旁边，一脸谄媚。

“没钱了？”

郑今瑶咳了一声：“哪有？”她磨磨蹭蹭的，“我看起来像缺钱的人吗？”

杨教授：“有话直说。”

“那个沈教授，为什么会住你们楼上啊？”郑今瑶倒也不扭捏，直接问。

一般情况而言，新教授分不到教职工宿舍的。

听到这话，杨教授眼睛一直，盯着她打量了一会儿。那眼神，让郑今瑶心里发怵。

“妈。”

杨教授睇她一眼：“刚刚跟沈教授聊天去了？”

要不怎么说姜还是老的辣呢。

“差不多吧。”

杨教授应声，没再多问：“他刚回国不久，学校附近还没找到合适的住所，而且他是你沈爷爷的孙子。”

“沈爷爷？”

郑今瑶愣了一下，这才想起以前她跟着爸妈住学校里时，有个年老的教授，时不时给她买小零食吃。

“啊。可是沈爷爷的孙子不是比我大很多吗？”她见过啊。

“这是小的那个。”

“哦。”难怪。

那郑今瑶“破案”了，那是沈爷爷以前住过的地方，给沈肃住，这也合情合理。

杨教授瞅着她：“怎么，对沈肃有兴趣？”

“有啊。”郑今瑶笑盈盈地说，“支持吗？”

“你喜欢就支持。”话是这么说，杨教授还是没把郑今瑶这话放在心上。

没别的原因，实在是郑今瑶嘴里嚷嚷着要恋爱，实际上给她介绍了她又拒绝，说一个人比较快乐。

杨教授已经看穿她了，也不强迫她找对象什么的了，她喜欢就找，不喜欢的话，一个人就一个人。

吃过午饭，郑今瑶瘫倒在沙发上休息。郑教授厨艺好，她吃撑了。

下午，杨教授还有两节课。郑今瑶没事做，只能跟没课的老郑在家大眼瞪小眼。

晚上，郑今瑶和杨教授下厨，准备给寿星过生日。

切蛋糕的时候，郑今瑶小声道："爸，我们是不是要给邻居分一份蛋糕啊？"

郑教授："你想分给谁？"

"沈教授啊。"郑今瑶抿唇，"你觉得怎么样？"

郑教授无话可说："你想分就去。"

"那我陪你吃了就去。"

郑今瑶说去就去。陪老郑吃完，她还真捧着一块蛋糕上楼了。

幸运的是，沈肃还真在家。

看到她，沈肃眸子里好似没有任何意外："有事？"

郑今瑶点头："沈教授，我爸生日，他让我给你送块蛋糕。"她笑盈盈地道，"沈教授，你不会拒绝吧？"

沈肃微顿，垂眸看着她捧着的一块小蛋糕。草莓味的，奶油上方还点缀着一个小草莓，红彤彤的，看上去非常可口。

他怔了下，没拒绝："谢谢。"

郑今瑶递给他，眼睛弯了弯："沈教授，你晚上都在这边？"

沈肃瞥她："差不多。"

郑今瑶扬眉："你跟同学说的话，是真的吗？"她直奔主题。

沈肃拿着蛋糕的手一顿，敛目："什么话？"

"你没对象这话啊。"郑今瑶眉梢上扬着，唇角弯弯："你要是没对象，我可追你了啊。"

说实话，沈肃这个年龄了，遇到过不少追自己的人，也遇到过比郑今瑶更直接更直白更大胆的。所以，在郑今瑶说这话时，他并不意外，只是他没见过她这样说要追人还笑得这么开心的。

他缄默半晌，问："那我要是有对象呢？"

"你没有啊。"郑今瑶眼睛亮亮的，"你刚刚已经给我答案了不是吗？"

沈肃无言。

郑今瑶看他："不说话就当你同意了。"怕被拒绝，她转身往楼梯口走，走了两步，郑今瑶又回头看他，"沈教授。"

沈肃抬起头。

郑今瑶抿了下嘴，小声说："下回你要是忘了带钥匙，我肯定让你进我家。"

沈肃："……"

下楼时，郑今瑶还带着点得意。虽然她没能顺利进到沈肃家，但她把人噎住了，也是一种成功。

杨教授瞅着她那脸上的笑，稍微一想就知道她在打什么鬼主意。

她认真想了想，沈肃好像是挺符合郑今瑶从小到大的审美。但感情这种事，父母不好插手，他们不会阻止她追人，但也不会暗地里撮合两人。能不能成，全看郑今瑶的本事。

给老郑过完生日，郑今瑶得回自己那边了。

临走前，她依依不舍地说："爸爸，我没事可以来看您吗？"

老郑皱着眉头："爸爸不是每天都下厨的。"

郑今瑶：说的什么呢！她像是每天回家蹭饭的人吗？

看到自己女儿眼睛里的怨念，老郑摆摆手，随意道："你想回就回吧。"

"哦。"郑今瑶很受伤，"我会回的。"

次日，郑今瑶制订了个追人计划。

怎么说呢？她最近工作不算多，可以每天下班后回学校那边吃晚饭，再住一晚，早晚和沈肃偶遇。

她打探清楚了，沈肃早上经常到学校操场跑步锻炼，晚上空闲时也会在吃完饭后下楼消消食。B大占地面积广，学校其实还挺适合锻炼的。

有了想法，她先跟杨女士商量了一下。

她最近想偶尔住家里。其实郑今瑶她爸妈的教职工宿舍不小，是两室一厅的那种。小时候郑今瑶也是住在这儿的，只不过她的床好小，是那种一米左右的小床，旁边有个书桌还有一个衣柜。小时候觉得还好，长大了房间里塞了很多东西，越来越拥挤，也因为这个，郑今瑶很少留宿在那边。

但现在情况不同了。

听她说完，杨女士沉默了会儿："你自己回来搞卫生。"

郑今瑶委屈："好吧。你不能帮忙吗？"

"喊你爸爸帮忙。"杨女士非常冷静地说。

郑今瑶："没问题！"

当天下班后，郑今瑶回家收拾了一些日常用的东西和衣物，驱车前往 B 大。她的车能直接停在教职工楼下，但不能停放太久就得开去停车场。

郑今瑶倒是没太在意。不过，她真心觉得自己跟沈肃还挺有缘分的，她开的车正往教职工宿舍那边去的时候，碰到了穿着休闲服的沈肃。

郑今瑶远远望着那个背影，想按喇叭，又考虑到在学校不太合适，于是她就没按，慢吞吞地驱车靠近。

沈肃这会儿刚忙完。他刚从办公室离开，脑子里还在思考学生今天问的一个问题，一侧忽然响起了俏皮软糯的熟悉声音。

"沈教授。"

沈肃微顿，偏过头来。在看到坐在驾驶座的郑今瑶后，他眸子里倒没太大意外。

沈肃面无表情地看着她。

郑今瑶眨眼："要上车吗？"

"不用，谢谢。"沈肃语气平静地道。

"哦。"郑今瑶委屈，"沈教授，第三次了啊。"

她指的是他拒绝她第三次了。

郑今瑶上下打量着沈肃，真心觉得这人是个衣架子，穿什么都好看。

注意到她的目光，沈肃神色微敛。

"真不上？"郑今瑶又问了一句。

沈肃："嗯。"话音刚落，他收回落在郑今瑶身上的目光，留给了她背影。

郑今瑶没忍住，轻轻地哼了一声，在心里暗暗将这个仇记下。

以后将人拿下了再算账。

她没再管沈肃，驱车超过他，将车停在教职工楼下。

“不靠谱”的郑教授和杨教授没接她的电话，没办法给她下楼拿东西。郑今瑶揉了揉眉骨，把后备厢的行李箱和装满了乱七八糟瓶瓶罐罐的包拿了出来，推着到楼梯口。郑今瑶在思考，是一鼓作气全拿上去呢，还是一趟一趟地跑。

她纠结了三秒，试图再次给郑教授打电话时，沈肃已经到了。两人再次碰上。

这一回，郑今瑶没再开口。

她可以让沈肃上车，但这种苦力活，说实话还不太舍得让长这么帅的帅哥帮忙。

蓦地，沈肃率先开口：“要搬上去？”

郑今瑶一愣，抬头看他：“啊，对，不过你不用管，老郑会下来拿。”

沈肃垂眸，伸出手：“介意吗？”

郑今瑶：“……不介意。”

沈肃拎了下她的行李箱，看向她另一只手拿着的袋子，问：“那个需要吗？”

顺着他的视线看去，郑今瑶慌乱地摇头：“不用不用。”

她低头看着自己丢得乱七八糟的袋子，在心里哀号。天哪！！她装东西的时候为什么要乱丢！这个袋子为什么没有拉链！为什么要把她这些坏习惯暴露得如此彻底！

郑今瑶耳根子突然红了，窘的。察觉到这一点，沈肃低垂着的眼闪过一丝笑，很快，便消失了。

两人一前一后，走到三楼时，郑今瑶已经累坏了。

教职工宿舍为什么没有电梯？这合理吗？她生气。

“谢谢……沈教授。”郑今瑶喘着气说。

沈肃朝紧闭的大门看了眼，语气很淡：“郑教授他们不在家？”

“……好像是？”

“又没带钥匙？”

不知为何，郑今瑶总觉得他这话问出来时，带了一丁点的笑。他好像看穿了她，又好似没有。

她摸了下鼻尖，将计就计问：“要是没带，你今天让我进你家了吗？”

沈肃哽住，他完全没想到她会这么直接。

其实昨天郑今瑶说的那个话，他只当她是一时冲动，并未放在心上。但这会儿，沈肃忽而觉得不是。

他垂下眸，看着仰头望着自己的人。

郑今瑶其实长得很漂亮，沈肃对她的印象，除了之前几位教授调侃说给她介绍对象外，还有一次是他跟郑今瑶爸爸在一个办公室时，郑教授带的一个研究生问他说：“师姐什么时候回来看您？”

当时沈肃还没反应过来那学生嘴里说的师姐是谁，郑教授倒气鼓鼓地回答说：“她忙得很，电话都没空给我们打。”

沈肃后来才知道，那人嘴里的师姐是郑今瑶。不过，郑今瑶不是B大学生，她是在其他大学念的书。那学生之所以这样喊，纯粹是为了拉近关系。

“沈教授？”看沈肃发呆，郑今瑶抬起手在他面前挥了挥。

沈肃回过神来：“不让。”

郑今瑶噎住。

沈肃看她鼓着的脸，压低声音道：“你行李箱装了什么？”

“啊？”这猝不及防的问题问得郑今瑶一愣。她装了很多东西，除了衣服外，还有电脑以及很多翻译时会用到的书籍。

沈肃：“你能提动？”

郑今瑶呆了三秒，朝楼梯看了看：“算了。”她反应过来，咕哝说，“下回吧。”

沈肃笑了笑，靠在墙上陪她一块等。

“你吃饭了吗？”郑今瑶抓住一切机会。

沈肃瞥了她一眼。

郑今瑶弯了弯唇，一点也没有失落的感觉，眉梢扬了扬，眉飞色舞道：“你有没有尝过老郑的手艺？今晚要不在我家吃饭吧。”

“不用。”

“那我请你出去吃？”郑今瑶说得一本正经，“你帮了我，我请你吃饭合情合理吧。”

沈肃被她逗笑。他沉默了会儿，低声问：“你一直这样追人？”

郑今瑶眨眨眼，张嘴说：“第一次，业务有点生疏，要是哪儿做得不太合理，你多见谅。”

沈肃真是无话可说了。他第一次见追人追得这么理直气壮，这么……自豪的。她好像很自豪。

“沈教授？”郑今瑶笑，“你怎么不说话了？”

沈肃没话说。

郑今瑶忽然好奇：“以前追求你的人多吗？”

沈肃沉默。

郑今瑶自言自语道：“看来是挺多的。”她摸了摸下巴，“美女多吗？”

沈肃瞥她。

“那看来也蛮多。”

郑今瑶咕哝了好一会儿，问：“你要不给我个方向吧？”

沈肃挑眉。

对着他深邃的瞳仁，郑今瑶一点不害臊地说：“你喜欢什么类型的女生啊，性感的、清纯的、可爱的，还是酷的？我跟你说，我的模仿能力特别强，你喜欢哪种我都可以。”

沈肃被她吵得耳朵疼。他缄默半晌，看郑今瑶饱含期待，说：“安静的。”

郑今瑶：“嗯？”

听郑今瑶吐槽完，博盈笑傻了。

“你说他是不是故意的？我什么风格都说了，他告诉我他喜欢安静的。”郑今瑶气得，这不就是嫌她话多吗？

博盈扬眉，看着镜头里气鼓鼓的人：“但你要这样想。”

“怎么？”

“我刚帮你问了清影，取了取经。”博盈笑道，“她说既然沈教授愿意搭理你，那肯定也是注意到你了的。要是没注意到你，他搭理都不会搭理你。”

郑今瑶：“真的？”

“当然。清影说傅医生以前也这样，闷骚。”博盈说得有理有据，“清影说傅医生对大多数追他的女性，都跟近视眼似的，看不见。但她那会儿提出点什么，傅医生虽很勉强，但都会答应。”

她看着郑今瑶：“听完是不是觉得自己希望大了点？”

郑今瑶：“是的。”她叹了口气，“可我没有清影漂亮啊。”

“谁说的？你们一样漂亮好吗？！”只不过类型不同罢了。

“真的？”

“那当然。我们瑶瑶要身材有身材，要脸蛋有脸蛋，要学识有学识，张嘴就能用法语念小情诗，这样的才女沈教授不好好珍惜？”

听着听着，郑今瑶觉得哪儿不太对。

“什么叫张嘴能用法语念小情诗？”她瞪着博盈，“这种事，不值得拿出来夸吧。”

“怎么不值得？”博盈说，“这多值得吹啊。”

郑今瑶：“我不和你计较。”

博盈笑道：“早点睡觉，贺景修喊我了。”她眨眨眼，“我要去过夜生活了。”

郑今瑶：这是人能说出口的话？

“祝你早日拿下沈教授。”博盈道，“你明天还要去操场跟沈教授偶遇，早点睡啊。别错过了。”

郑今瑶叹气：“晚安。”

翌日早上，起来锻炼的郑教授在看到客厅穿着运动服的郑今瑶时，怀疑自己眼花了。他揉了揉眼睛：“你长胖了？”

郑今瑶：“爸，你说什么呢！”

郑教授看她：“你要去锻炼？”

“对啊。”郑今瑶睡着硬板小床，全身酸痛，“我运动这么值得奇怪吗？”

郑教授：“你自己觉得呢？”

郑今瑶是个非常非常讨厌运动的人。如果放假，一天二十四小时，她能躺着绝不坐着，更别说出门运动。她的运动，除了工作外，就是和闺密约着逛街。日常喊她锻炼，比杀了她还难。

郑教授念叨过很多次，觉得她总是熬夜，作息也不规律，要多锻炼多运动，她就是不干。所以这会儿，真不怪郑教授震惊。

郑今瑶哼哼两声，假装没听见："爸我先去操场了啊，你赶紧跟上。"

郑教授看她快乐跑出家门的背影，回到房间喊醒杨教授："老杨，你女儿最近不太对劲。"

杨教授把被子一卷，抬脚踹向郑教授："闭嘴。"

郑教授："行吧，但我们女儿真的不对劲，她是不是受什么刺激了？"

杨教授被他念叨得烦了，睁开眼道："她去追沈肃的，你别管她。"

"啊？"

郑今瑶跑到操场时，沈肃已经在操场上了。

他今天穿了一身黑色的运动服，看上去格外的年轻，在清晨这个时间，就是一道亮丽的风景。

郑今瑶扬眉，挥着手和他打招呼。她倒也没傻乎乎地去追沈肃，而是慢吞吞地在操场走着，准备等沈肃路过自己时将人逮住。

不过，她没逮住沈肃，郑教授先把她逮住了。

"你怎么不跑？"

郑今瑶："……我先走走。"

郑教授看穿了她："赶紧跑一会儿，不然待会儿感冒了。"

郑今瑶撇嘴。

"爸爸陪你，慢慢跑。"

郑今瑶也觉得是有点冷，她穿得少了。她无奈叹气："好吧。"

父女俩慢悠悠地跑着。跑着跑着，沈肃才路过。

"沈教授。"郑今瑶眼睛一亮。

沈肃看她一眼，头也不回地从她旁边跑了过去，带起一阵风。

郑今瑶气愤。腿长了不起啊！以后还不是要任她宰割！

郑教授观察着她的小表情，才想起还是自己老婆聪明，啥都能看出来。

他抬起手拍了下郑今瑶脑袋，低声问：“要不要爸爸帮忙？”

“不要。”郑今瑶非常有骨气，“我要自己搞定他。”

郑教授：“行，我等着明年抱外孙。”

郑今瑶：不愧是一家人，脑回路都是一样的。

跑完，在沈肃拉伸时，郑今瑶气喘吁吁地过去。她也不说话，就站在沈肃旁边，边拉伸边欲言又止地望着他。

她的眼神表达出来的意思实在是太多了，沈肃根本没办法全部理解。

他安静了半晌，运动过后的嗓子还有些沙哑，喘息声也明显：“你想说什么？”

郑今瑶朝他比了个手势。

沈肃皱眉。

郑今瑶掏出手机，敲了下：“你意会一下，从今天开始，我要做个话少的美女。”

她在按照他的喜好改变自己。沈肃有些头疼。

郑今瑶眨巴着眼睛看着他，意思很明显——你干吗不说话？

沈肃盯着她看了半晌，转身离开。

郑今瑶挑眉，小样。果然跟清影姐说的一样一样的，闷骚，说不过就走。

之后一段时间，郑今瑶经常跟沈肃偶遇。但是她追的也没有那么频繁。一周，她有三天会跟沈肃偶遇，还有两天是不回B大的。渐渐地，沈肃看到她已经见怪不怪了。

这一天，郑今瑶在工作上遇到了点烦心的事。她整个人气到爆炸，一刻都不想在公司多待。

郑今瑶本想约博盈出门逛逛，吃点好吃的。岂料博盈太忙了，要到晚上才能陪她一块吃饭。

郑今瑶无奈：“好吧，那我自己先去逛逛。”

博盈应道：“乖啊，不气了。”

“知道。”

挂了电话，博盈直接给她转了一笔钱。

博盈：给我们瑶瑶买包，买了就不气了。

郑今瑶被她逗笑了。

郑今瑶：我这就去。

到商场时，郑今瑶意外看到了几天没见到的沈肃。她这几天太忙了，完全没空回 B 大那边。

郑今瑶正想过去和他打招呼，突然听见一个陌生女声喊他名字。她微怔，顺着声音的方向看过去，哦，是个美女。

她盯着沈肃，在看到他的笑容后，她头一回有了挫败感。

说实话，之前追沈肃，即便是沈肃拒绝她，对她不热情，她也没有这种感觉。因为郑今瑶很自信，她真心觉得沈肃迟早会被自己拿下。可这会儿，她不太确定了。

她盯着两人看了一会儿，正要收回目光，沈肃像察觉到了点什么，朝她这边看来。

两人视线相撞。郑今瑶勉强挤出一个笑，转身往另一边走。

“沈肃？”沈夏喊了一声，“你看谁呢？”

沈肃皱了下眉，收回视线：“还要什么？”

沈夏：“还要买包，再去看看吧。”

沈肃答应了。

两人往另一侧走。沈肃也没料到，会恰好看到郑今瑶。她正无精打采地在店里逛着，兴致不高的样子。

“沈肃。”沈夏喊他，“这款好看吗？”

沈肃：“你喜欢就行。”

今天是沈小公主的生日，沈肃得陪着。

沈夏瞅着他：“你怎么心神不宁的？”她顺着沈肃的视线去看，在看到郑今瑶后，她眼睛一亮，“你该不会是看上那位小姐姐了吧？”

沈肃敲了下她脑袋。

沈夏哼哼着："沈肃我跟你说，看上就上，你在这儿为难什么呢？"她说，"不然等你失去就后悔了。"

"不是你想的那样。"

沈夏撇嘴："最好是。"

郑今瑶在包包店逛了一圈，没看到特别喜欢的。她也不想看沈肃跟其他女生在里面瞎逛，自觉出去了。找了个咖啡店，郑今瑶坐着休息了会儿。

蓦地，有人在对面坐下。郑今瑶抬起头，对上沈肃的目光。

沈肃垂眸看着她，语气平静地问："介意拼桌吗？"

"介意。"郑今瑶有气无力地说。

沈肃笑了下："我请你吃蛋糕？"

"我自己买不起？"郑今瑶也不装文静了，毫不客气地回戗。

沈肃挑了下眉，说道："保持住。"

郑今瑶不解地看着他。

沈肃问："工作上遇到问题了？"

郑今瑶没吭声，垂着眼喝咖啡。

沈肃道："我妹妹在那边点单，你想吃什么口味的蛋糕？"

郑今瑶端着杯子的手一顿，垂着眼说："不要。"

"真不要？"

"嗯。"

她是真的不想吃。

沈肃不再勉强。郑今瑶没再赶人。

没一会儿，沈夏过来了。她端着两块小蛋糕，笑盈盈地看着郑今瑶："姐姐，你喜欢吃哪个？"

对着这么个小美女，郑今瑶不太能说出拒绝的话。

沈肃抬了抬下巴："她喜欢吃草莓的。"

沈夏立马把草莓小蛋糕推到她面前，眼睛弯弯的，说："姐姐快试试，看看味道好不好。"

郑今瑶微顿，看着她："谢谢。"

"不客气，我哥喊我买的，你要谢谢我哥。"

“……”

盛情难却，郑今瑶最后还是吃下了那块小蛋糕。

沈夏也是个话痨，边吃边跟郑今瑶讨论，什么咖啡厅的这个蛋糕奶油不够细腻，蛋糕坯味道也不够好。郑今瑶本来没什么心情的，可被她说着说着，那些烦心事还真忘掉不少。

吃完，沈夏对她发出邀请：“姐姐，你要不要跟我们一块儿看电影？”

“不了。”郑今瑶拒绝。

“为什么啊？你还有事吗？”

郑今瑶微顿，正思索找什么借口时，沈夏道：“你肯定没事，跟我们一块看吧，我跟我哥一块看多无聊啊。”

郑今瑶张嘴，正要拒绝，沈肃看她：“不想看电影想做什么？”

“没有。”郑今瑶无言，“你们看什么电影？”

沈夏说了个名字。郑今瑶没再拒绝。

看完电影，恰好到晚饭时间了。

博盈下班了，郑今瑶跟两人说了一声，找博盈去了。

吃过饭，她纠结了会儿，决定回一趟B大。伤心时，爸妈那里才是她的避风港。更重要的是，她还有本书周末要用。

不过，这避风港真的一点都不靠谱，经常存在漏风现象——父母又不在家。

郑今瑶给两人打电话，他们说明后天是周末，两人下午去周边古镇度假了。

郑今瑶无语了：“那我的书怎么办？”

“啊？”杨教授皱了下眉，“找开锁的吧。”

郑今瑶没辙：“好吧。”

打了开锁电话，还得一个小时才到。

郑今瑶无所事事，只能跟博盈唠嗑。

博盈为了让她开心，开始给她说最近看到的小视频，夹着嗓音说话，听得让人受不了。

郑今瑶是学语言的，虽没有播音主持人那种模仿功力，但也真的不差。她拿着手机，清了清嗓子道：“博律师，你这学得不像，你等着我给你学一段。”

“我想听那个。”博盈提要求，“就是漫画里那一段对话，如何？”

“法语？”

“不，中国话。”

郑今瑶：“行，今天满足你。”

郑今瑶说得入迷，一点也没听到脚步声。

沈肃到二楼时，便听到了断断续续传来的声音。很娇滴滴的声音，他原本没太仔细听，可一想到三楼有可能出现的人后，他下意识注意了一下内容。

“什么？再来一次？”

郑今瑶边说边喘气，表情也丰富了一点。

博盈正听得开心，对面的声音忽而断了：“怎么不说了？”

郑今瑶此刻，面如土色。

她看着突然出现在自己面前的男人，和他对上目光半晌，呆愣了三秒，郑今瑶面无表情地说：“啊，你说什么？”

博盈：“啊？”

郑今瑶：“今天教给你的那些还要我再做一次啊？我不干了。”

她咬着唇，垂着头从楼梯上站起来，非常淡定地说：“我不行，我就是不行不可以吗？”

在郑今瑶即将从沈肃旁边走过，往楼下溜的时候，沈肃忽然在她身后低低笑了一声。

郑今瑶身体绷直，僵住。

“这么晚了去哪儿？”

郑今瑶回过神来，扭头看他：“沈教授。”她好像现在才看到他似的，“你回来了啊。”

沈肃看她表演。他点了下头，抬了抬下巴：“郑教授他们不在家？”

“嗯。”郑今瑶说，“我准备回去了。”

说着，郑今瑶默默把电话挂了。

她不想再听反应过来的博盈的笑声了。太丢脸了！！她今晚就去投河自尽，以证清白。

沈肃扬眉："不等了？"

"嗯。"郑今瑶瞥他，"怎么，要邀请我去你家坐着等了？"

沈肃弯了下唇："我邀请了，你去吗？"

"不去。"郑今瑶毫不犹豫地拒绝。

沈肃颔首："行。"他说，"我陪你在这儿等。"

郑今瑶微怔，一脸错愕地看着他："我要回自己那边了。"

沈肃挑眉："五分钟前，杨教授给我打了电话。"

郑今瑶眼皮一跳。

"她拜托我看着你点，晚上你一个人住这边。"他问，"喊了开锁师傅吗？"

郑今瑶：杨教授这个不靠谱的，是在拖她后腿吗？

最后，郑今瑶不得不跟沈肃站在楼梯口等着。

等了大半个小时，开锁师傅才过来。

开锁后，郑今瑶看向沈肃："谢谢。"

沈肃："应该的。"

他垂下眼看她，注意到她闪躲的目光，轻钩了下唇说："你刚刚在念什么？"

"……"

回应他的，是郑今瑶的关门声。

沈肃没忍住，低笑出声来。

郑今瑶要疯了。她决定，从这一刻开始，放弃追求沈肃了。她绝对绝对不要再次"社死"。

知道她这个事后，博盈笑疯了。

郑今瑶：都怪你。

博盈：那不是你自己说要夹着嗓子说话的吗？这也能怪我，你换个思路想，说不定沈教授觉得你夹着嗓子说话不错，明天就答应和你在一起了呢。很多男人都受不了这样的嗓音。

郑今瑶：闭嘴。

博盈：你明天再试试，用这个声音跟沈肃说话。

郑今瑶：晚安。

博盈：真的，听过来人建议。

郑今瑶：手机没电了，睡觉了。

强行结束和博盈的对话，郑今瑶收到了沈肃发来的信息。

在她追沈肃的第二周，她就拿到了沈肃的电话号码和微信，也很顺利地加上了。但两人之间，大多数是郑今瑶主动发消息，沈肃的话少之又少。

沈肃：门反锁没有？

郑今瑶：嗯。

沈肃：早点睡。

郑今瑶：嗯。

沈肃：……

郑今瑶没再回他，她趴在沙发上，羞愤欲死。

但上天不让她死。次日早上，还让她见到了沈肃。

天气越来越热了，沈肃穿着简单的衬衫长裤站在她家门口，面容英俊，望着她。

“刚睡醒？”他看郑今瑶乱蓬蓬的头发。

郑今瑶：“……找我有事？”

沈肃忍着笑应：“早餐。”

“……谢谢。”郑今瑶猜测，应该是杨教授拜托他照顾一下自己。

她抿了下唇，突然对上了沈肃压着笑的那双眼睛，莫名其妙的，昨晚发生的事浮上心头。

郑今瑶红着脸，深呼吸了一下说：“沈肃，我们商量个事行吗？”她也不喊“沈教授”了。

沈肃：“什么？”

“我不追你了，你把昨晚那个事忘记行吗？”

沈肃脸色微沉：“这是条件？”

“嗯。”郑今瑶想，追了两个多月都没效果，她放弃得了。

沈肃：“我拒绝。”

“为什么？”郑今瑶瞪大眼，“我都答应不追——”

忽地，她视线一暗。郑今瑶还没反应过来，她的唇被人堵住了。

沈肃没有过分的动作，郑今瑶却彻彻底底地愣住了。

她的话被堵了回去，好一会儿都不能呼吸。

倏地，沈肃退开，他敛下眼，眉头微蹙说：“不喜欢听你说这句。”

郑今瑶脸突然爆红，抬头看向他：“你什么意思？”到这一步，她也暂时把那些羞耻感丢开，直直逼问。

沈肃敛目：“不够明显？”

郑今瑶生气：“什么明显不明显？”她气鼓鼓道，“你这是占我便宜。”

沈肃被她逗笑：“让你占回来？”

“我才不要。”

“真的？”沈肃低声道，“我有腹肌。”

郑今瑶瞪大眼，不可置信地看着他：“你偷听我跟朋友聊天？”

沈肃微顿：“不算偷听吧，不小心听见的。”

郑今瑶哽住：“你——”

“还有，”沈肃说，“没有不喜欢你。”

郑今瑶呆住。

沈肃皱了下眉，很多话也不知道怎么说。但他确实不讨厌郑今瑶，甚至可以说从她去蹭课的第一天起，他就有注意到她。

只是，他听不少老师提起过，郑教授的女儿喜新厌旧，她喜欢一个人、一件东西，不会超过三个月。

郑教授自己也说，郑今瑶之前追一小男星，追了三个月，结果有一天突然不喜欢了，她立马放弃。

沈肃就想看看，她追人这件事，可以坚持多久。

说他自尊心作怪也行，没安全感也对。他就是想看看。只是昨天看她受伤的眼神，沈肃不想再等了。

没有三个月就没有三个月吧。他想，自己应该有信心能让她喜欢自己三个月、三年，甚至更久。

听沈肃说完理由，郑今瑶哑口无言。她有口难辩，因为她这个人确实是有点喜新厌旧。

她委屈道："那你不能每天换新？"

沈肃没懂。

郑今瑶看他："你可以在我不喜欢你的时候改——"

话还没说完，她又被堵住了唇。

这一回，沈肃像是知道她内心的想法，和她用力纠缠着。

沈肃好像是第一次亲人，非常不熟悉，牙齿磕到郑今瑶好几次，嘴巴也被他咬了两次。

当然，郑今瑶也不例外。郑今瑶也是头一回，她刚开始有点蒙，回过神来时，她试图回吻。两个新手磕磕碰碰的，分开时，郑今瑶的嘴巴破了，而沈肃的比她更严重。

看着他破了的唇角，郑今瑶想找个地洞钻进去。

"我……"

沈肃目光深邃，垂眸盯着她看了会儿，问："饿了吗？"

猝不及防。

郑今瑶眨了下眼："还……还好。"

沈肃应声，扣住她的后脑勺，将人推进屋内，自己跟着挤了进来，声音低沉地道："那再练练。"

练什么？

郑今瑶脑子一蒙，然后在沈肃温柔亲下来的时候反应过来。

哦，练吻技。

郑今瑶成功追到了沈肃。

把人追到手后，郑今瑶时不时地跟沈肃翻旧账，关于他为难自己的事。好几次，郑今瑶都拿他不让自己进屋的事说。

沈肃无奈告知，他担心那天让她进屋了，他可能连一周都坚持不了。

郑今瑶无语。

"我真有这么大魅力？"她看着沈肃。

沈肃突然问："你还记得你那天在楼梯口打电话的情景吗？"

郑今瑶很想装作自己不记得，但偏偏她记得。

沈肃轻笑了一声，贴近她耳边说："你当时学得有模有样。"

"然后呢？"郑今瑶忍着羞耻感问。

"然后，"沈肃倾身，说，"我做了一晚上梦。"

郑今瑶正想问是什么梦，这人已经用行动表明了。

那天早上，沈肃五点就起来了。他洗了个冷水澡，去操场跑了几公里，然后去买了早餐，找她。

"是你自己的问题，还怪我。"郑今瑶控诉。

沈肃承认："是。"

他对她，确实存着绮念。

郑今瑶下意识地回应着，贴在沈肃耳边说："沈教授。"

沈肃嗓音沙哑地应着。

郑今瑶红着脸，感受着他滚烫的手掌。她低语："需要我再给你念一段吗？"

沈肃："好。"

郑今瑶还真模仿了起来。只可惜，沈教授自制力不行，模仿到一半，就把她给截住了。

但比起郑今瑶的模仿，沈肃更喜欢听她自然的声音。她不需要模仿其他人，更不需要说什么，就足以让他沉沦。

睡前，郑今瑶迷迷糊糊地想，找男朋友就该找八块腹肌的，体力好，真的。

沈肃盯着她的睡颜看了半晌，在她额上落下一个吻。

次日早上，郑今瑶睡醒时，沈肃忽然问了她一句："今天还喜欢我吗？"

郑今瑶眨眨眼："喜欢啊。"

得到答案，沈肃满意了。

因为今天，是他们在一起的第四个月的第一天。

郑今瑶还喜欢沈肃，这就够了。

番外三

认真相爱

博盈和贺景修家的小贺，大名叫贺礼。名字是贺景修取的，他说这是他和博盈结婚后得到的最大的贺礼。

小贺两岁大的时候，博盈在事务所的工作比之前稍微忙了点，比贺景修这个老板还要忙，连续出差了近一个月的时间，博盈才得空休息。

休息这日，她睡到自然醒。

洗漱完打开房门，博盈听到了楼下传来的小贺和贺景修说话的声音。她扬了扬眉，往楼下走。走到楼梯口时，小贺察觉到了她的存在，仰起头看她。

母子俩对视一眼，博盈眨了眨眼："宝宝。"她喊，"还认识妈妈吗？"

小贺一脸认真地看了她半晌，在博盈走近时，才张开手要她抱抱，委屈巴巴地说："妈妈，我好久没有看见你了。"

听到这话，博盈莫名有点儿难受。

她这段时间真的太忙了，不是在这个城市出差就是去那个城市，偶尔回一趟家也是深夜，那会儿小贺已经睡下了，走的时候小贺又还没醒。虽说她无论到家多晚都会去儿童房看小贺，但小贺一直没看到她，这是真的。

“对不起。”博盈认认真真地向他道歉，“妈妈这段时间太忙了。”她将小贺抱起，“我们家宝宝是想妈妈了吗？”

小贺的小胖手抱着她的脖子，点着头说：“想。”

博盈听着他奶里奶气的声音，心软得一塌糊涂：“妈妈也想你了。”她亲了小贺一口，“妈妈不在家这段时间，我们宝宝乖不乖？有没有调皮？”

“乖。”小贺回答，“你问爸爸。”

博盈看向贺景修。

贺景修坐在沙发上看着母子俩，眼眸里带着笑，他点头：“还不错，是乖的。”

听到爸爸夸自己，小贺开心了。

博盈在旁边笑，她其实知道小贺这段时间的表现。她是跟小贺没怎么见面，但跟自己的老公还是每天联系，时不时会见面的。

抱了小贺一会儿，博盈将他递给贺景修。

贺景修看她：“累了？”

博盈不得不承认，小贺长大了，已经有点重量了。她摸了摸鼻尖，点头道：“累了。”

贺景修笑笑：“饿不饿？”他道，“我跟小贺吃过早餐了，你想吃什么？”

博盈靠在他身上，面不改色地说：“你做的话，什么都行。”

贺景修低低一笑，也没顾忌着还有宝宝在，低头亲了下她的唇，应声道：“好。”

博盈正想推开他，小贺已经在旁边手舞足蹈地说：“羞羞羞羞……亲亲。”他边说边往两人这边爬，探着脑袋也要亲亲。

贺景修和博盈无言半晌，和以前一样，一左一右在小贺脸上亲了一下。

得到了爸爸妈妈的亲亲，小贺高兴了。

吃过早餐，博盈再次瘫倒在沙发上。

可能是前段时间太累，现在一放松下来，她就想躺着，什么也不干，什么也不去想。

贺景修知道她的习惯，自然不会在她养精蓄锐的第一天吵她，连带着小贺宝宝也安安静静地在旁边自己玩。

博盈放空了一会儿，回过神来时，父子俩一个在看书一个在看动画片，画面看上去莫名温馨。

察觉到她的动静，贺景修偏头看了过来。两人视线相撞，他低语：“清醒了？”

博盈点头：“今天要做什么吗？”

“在家休息。”贺景修到她旁边坐下，把她的脑袋放在自己腿上，低垂着眉眼盯着她，“明天再带小贺出去转转？”

博盈：“好呀，不过他会不会觉得无聊？我休息都不带他出去玩。”

“不至于。”贺景修道，“你儿子多体贴你是知道的。”

小贺的性格比一般的男孩子要安静温柔一些，说不上什么感觉，但他确确实实是个很有耐心的男孩子。比起其他几个哥哥姐姐，他是最文静也最乖巧的。有时候博盈都会想，是不是自己把他生错性别了。

当然，贺景修不赞同她这个想法。每个孩子都有自己专属的个性，他们家宝宝或许天生就属于文静的类型。

博盈扑哧一笑，瞅着贺景修道：“我听这话，怎么感觉你在吃醋？”

贺景修可不承认。“哪儿吃醋了？”他问。

博盈歪着头看他：“不知道，就是感觉。”

贺景修失笑，捏了捏她的脸颊：“我没吃醋，就想让你多休息一天。”

博盈自然知道，她抱着他的腰，撒娇道：“有点想喝西瓜汁了。”

贺景修无奈：“我去给你榨，除了西瓜汁还想要什么？”

博盈眨了下眼：“还想吃点甜食。”

贺景修应下：“还有呢？”

“没了。”博盈看他，“这么多就可以了。”

贺景修了然：“我现在去给你弄，你陪宝宝。”

“好。”博盈嘴甜道，“谢谢老公。”

听到两人对话的小贺奶声奶气道：“爸爸，我也要。”

“你要什么？”贺景修颇有耐心地询问。

小贺眼珠子转了转，指着博盈说：“我要和妈妈一样的。”

虽然他没听清楚妈妈需要什么，但跟着妈妈“下单”，总归不会出错的。

贺景修："你不能喝西瓜汁。"他揉了揉他圆圆的小脑袋，"你喝豆浆吧。"

小贺："……"

博盈看着儿子委屈的神情，笑着说："听爸爸的。"

小贺："好吧。"

贺景修看母子俩的相处，眉峰稍扬，觉得孩子真是一种神奇的生物。明明他和博盈很久没见了，也一直没腻歪在一起，但有博盈在，他总是更依赖她，也更听她的话。

察觉到贺景修的目光，博盈笑："贺总该不会是吃醋了吧？"

贺景修瞥她一眼，坦然道："是。"

博盈哭笑不得："他才多大。"她揶揄，"你总不会要问他更喜欢爸爸还是妈妈吧？"

"嗯？"贺景修抬了下眼，"我吃的可不是你的醋。"

博盈一愣，眨眼看他。

贺景修："我吃的是他的醋。"他一本正经地说，"他空闲的时候总霸占你。"让自己都没办法跟老婆相亲相爱。

闻言，博盈扑哧一笑："说什么呢！"她觑了眼贺景修，"贺总这话说出来也不怕被人笑话。"

"不怕。"贺景修捏了捏她脸颊，"只有你知道。"

博盈挑眉，正想说小贺也知道，她扭头一看，小贺宝宝已经在专注地看动画片，不再搭理旁边秀恩爱的父母了。

周六一整天，一家三口都窝在家里休息放松。晚上，博盈帮着贺景修打下手，做了一顿不错的晚餐。

吃过晚餐，一家三口出门散步，晚风吹得人很舒服，小贺精力无限，迈着小短腿在前面疯跑，博盈刚开始还能配合着跑一跑，到后面她累得气喘吁吁，直接将陪小贺运动这件事交给贺景修。

在外逛了一个多小时，三人回到家。休息了一会儿，贺景修带着小贺去洗澡，博盈去书房处理了新收到的邮件。刚处理完，贺景修便牵着洗完澡的小贺过来了。

“妈妈。”小贺在门口探着脑袋看她，“你忙完了吗？”

博盈起身：“忙完了，今晚妈妈给你讲故事好不好？”

她刚想伸手去抱小贺，忽然想起自己还没洗澡。

“妈妈先去洗澡。”她抬起手摸了摸他柔软的头发，“待会儿来陪你好不好？”

小贺看她缩回去的手，一把抱住她：“妈妈，宝宝不嫌弃你的。”

博盈看他抱着自己的大腿，忍俊不禁：“好。”她看面前的小萝卜头，“但是妈妈嫌弃自己。”

“妈妈也不可以嫌弃自己。”小贺鬼机灵地说，“妈妈要爱自己。”

闻言，博盈略显诧异，她看贺景修：“你教他的？”

贺景修在旁边注视着母子俩，温声道：“应该是妈教的。”

小贺的奶奶在教育孩子这方面，无比靠谱。她宠小贺，却又不是无脑纵容的那种。她懂的道理多，也知道怎么教育孩子，相比贺景修和博盈来说，平时小贺和爷爷奶奶相处的时间更多一点。

周一到周五，贺景修和博盈上班时间，小贺都是在奶奶家度过的，两人要是加班，小贺会直接睡在爷爷奶奶家，让他们照顾。很多博盈和贺景修忽略的教育，小贺的爷爷奶奶都将其补充完整了。也是因为这样，小贺才会人小鬼大，懂得比一般小朋友更多，也比其他小朋友更懂事，更体贴人。

思及此，博盈看向贺景修：“我们明天中午回爸妈那边吃个饭吧？”

贺景修一怔：“不想出去玩了？”

“吃完饭再带他出去玩。”博盈蹲在小贺面前，问他，“宝宝，想爷爷奶奶了吗？”

小贺眼睛一亮：“想！”他惊喜地看着博盈，“妈妈，我们要去奶奶家吗？”

“嗯。”博盈笑笑，“明天爸爸妈妈带你去爷爷奶奶家吃饭。”

“好啊。”小贺高兴地道，“那我要给爷爷奶奶准备礼物。”

博盈挑眉：“什么礼物？”

“好多好多礼物。”他边说边往外跑，去准备礼物去了。

博盈看着他的背影，朝贺景修摊手：“我怎么感觉我们儿子要见爷爷奶奶，比要见我还高兴呢？”

贺景修低笑：“吃醋？”

博盈觑他一眼：“倒也不是吃醋，就是有点心酸。”

贺景修笑笑，将人拥入怀里：“没事，我见到你比见到他们高兴，这样想是不是公平了一点？”

说实话，博盈没觉得这能一起比较。但看贺景修期待的模样，她只能点头承认。

贺景修看着她：“你有点勉强。”

博盈哭笑不得：“哪有！”她才不承认，聪明地转移话题，“我去洗澡，你去看看他要给爷爷奶奶准备什么礼物吧。”

贺景修：“好。”他拍了下她脑袋，“去吧，我们在小贺房间等你。”

“好。”

洗完澡，博盈和贺景修一左一右躺在小贺旁边，给他讲睡前的童话故事。

小贺是个问题宝宝，听到自己不能理解的不懂的，总会有一千万个为什么。博盈有时候会被他的问题逗笑，有时候又会被他气着，每每要生气时，小贺会用一双圆溜溜黑亮亮的眼睛看着她，似乎会问——妈妈，我有说错什么吗？

这个时候，博盈就算是再生气，也发不出脾气了。不说小贺这么可爱，光是他这张酷似贺景修的脸，就让博盈没了脾气。

不错，他们家的宝宝越长越像爸爸了。

博盈看着，有时候忍不住感慨，这孩子是她生下来的，怎么就像爸爸了呢？为什么不能像她？

对此，贺景修好笑又无奈。

其实小贺粗看像贺景修，但眉眼实际上是像博盈的，特别是那双黑亮的眼睛，和博盈的一模一样。也正是因为这双酷似博盈的眼睛，让他每次犯错后都能逃过贺景修的惩罚。看着这双眼，贺景修是真舍不得凶他、罚他。

把小贺哄睡，博盈才依依不舍地和贺景修回房。

她打了个哈欠，贺景修看着她，失笑问："累了？"

"有一点点。"博盈掀开被子上床，钻入贺景修的怀里，"你呢？"

贺景修看她："我还好。"

博盈眨了下眼，正想说点什么，贺景修凑到在她面前，一张俊脸放大，他目光灼灼地盯着博盈，低声问："小贺睡着了，时间也还早。"

博盈一顿，接话问："然后呢？"

贺景修伸手，扣住她的后脑勺，滚烫的呼吸落在她脸颊，嗓音低沉地道："我们做点有意义的事。"

话音刚落，他低头吻下。博盈主动环上他的脖颈，回应着他的亲吻。

窗外的夜色更浓更深了，宁静的深夜，只有风声和树叶摩擦的沙沙声响。

不知过了多久，月亮躲进云层里，贺景修和博盈才真正入睡，他们相拥在一起，一起进入梦中。

翌日上午，吃过早餐后博盈和贺景修便带小贺回了爷爷奶奶家。

一见到爷爷奶奶，小贺就不要爸爸妈妈了。对此，贺景修和博盈也不吃醋，他们心安理得地抛下小贺，过了小半天的二人世界。

休息了两天，博盈和贺景修又得上班了。

早上，两人一起出门。

由于博盈的事务所和贺氏集团不在一个方向，她都是自己开车上班，除非是贺景修顺便，她才会搭顺风车。

"注意安全。"贺景修叮嘱博盈，"今天会不会很忙？"

博盈想了想："应该还好，怎么了？"她忙碌的阶段暂时过去了。

贺景修告诉她："十点多要去你事务所那边见个人，结束后我们一起吃饭。"

博盈失笑："你不跟合作商一起吃？"

"想跟你一起吃。"贺景修直接说。

博盈抬眸看着他说："好，那我等你消息。"

贺景修应声。

看博盈的车开出车库，贺景修才让司机跟着驶出，到分岔路口时，夫妻俩才朝不同方向开。

刚把车停好，博盈碰到了事务所新来的男同事，是个刚研究生毕业的男生，清清瘦瘦，很阳光的类型。他刚来事务所时，便引起了事务所一群单身女性的欢呼，毕竟在事务所这种高强度工作的环境下待久了，小鲜肉早就变成了老腊肉，难得来个清爽又阳光的男孩子，怎么能不让人高兴？更何况，这新同事还是热心、能说会道、哄得大家很开心的类型。

不过这些，博盈也都是听其他同事说起的。她前段时间太忙，也就和新同事见过几面，了解不深。

“博盈姐。”看见她，新同事郭烨然热情地和她打招呼。

博盈一顿，在脑子里想了好一会儿才想起他名字：“小郭，早上好。”

虽说她没比郭烨然大几岁，但办公室的同事都这样喊他。

郭烨然愣了一下，笑着说：“博盈姐，你知道我的名字啊？”他看着博盈，有些许的意外。

博盈点了下头：“知道。”

郭烨然笑笑，和她一起进电梯，询问道：“博盈姐你吃早餐了吗？”他手里还拎着早餐，“没吃的话我多买了一些，要不要一起吃？”

博盈摇了摇头：“不用了，我在家里吃过了。”

郭烨然“啊”了一声，倒也没再多说什么。

电梯抵达事务所，博盈没再顾及着郭烨然，加快脚步往自己办公室走。她现在已经有自己单独的办公室，对很多新进来的同事而言，博盈已经是大家要学习的榜样了。

刚坐下，小助理便来了。

“盈盈姐。”她探着脑袋看向外面，好奇地问，“小郭怎么一直盯着我们这里？”

博盈没多想：“我们早上碰到了，可能很少看到我，觉得惊讶？”

助理扑哧一笑，看向博盈道：“我觉得呀，他是被盈盈姐的美貌惊到了。”

博盈觑她一眼：“又拿我打趣。”

“哪有。”助理才不承认是打趣，“我说的是实话，盈盈姐，你这长相和气质，秒杀我们北城百分之九十八的女律师好吧。”

博盈挑眉：“那也只是百分之九十八。”她拿着笔敲了下助理脑袋，“比我漂亮优秀的人多的是，我们没必要去比较。”

助理“哦”了一声，然后又说：“我开玩笑的，我们这一行，能力排第一。”

这是博盈常常教育她时说的话。

博盈好笑地看着她：“知道就行，给我泡杯咖啡吧，有点儿累。”

“遵命。”

一整个上午，博盈都在处理之前工作的收尾。处理得差不多时，贺景修的电话过来了。

“博律师。”他低沉性感的声音传来，“忙完了吗？”

博盈轻笑：“大概还需要十分钟，贺总再等等？”

贺景修：“好。”他道，“我到你事务所门口了，我上来等你。”

听到这话，博盈扬眉揶揄：“你一来，我们事务所的小姑娘又得心花怒放了。”

“是吗？”贺景修问。

博盈：“是啊。你不知道你在我们事务所有多受欢迎吗？”

“不知道。”他笑道，“我只关心我在博律师这里受不受欢迎。”

博盈听着他这随口说出的情话，轻哼道：“一般吧。”

贺景修笑笑，也不生气。

“先挂了，你到了直接来我办公室。”博盈叮嘱。

贺景修：“好。”

刚把电话挂断，办公室的门被人敲了敲。博盈喊了一声：“进。”

门被人从外推开，她抬眼看向郭烨然。

“盈盈姐。”一上午的工夫，郭烨然喊她时的称呼已经变了，他看博盈，“到中午休息时间了，您不吃饭吗？”

博盈一愣，看向他说：“晚点吃，怎么了？”

郭烨然眼睛一亮，自来熟道：“要给您订餐吗？”

“不用。”博盈直接拒绝，“你们先去吃吧，我待会儿出去吃。”

郭烨然想也没想，脱口而出：“一个人吗？”

听到这话，博盈皱了下眉："什么？"

郭烨然也知道自己这话问得不太对，他讪讪地："抱歉盈盈姐，我就是关心一下。"

博盈微微一笑："没事，出去吧。"她顿了下，告诉他，"我中午和我老公约了吃饭，所以不用给我订餐，你们自己吃得开心就行。"

"你结婚了？"郭烨然一脸震惊，他到事务所上班后就知道了博盈的存在，因为她是事务所上升最快，能力和长相也非常突出的律师。

而且，郭烨然还打听到她的背景很强，具体是什么背景同事们倒没说，他们偶尔会开玩笑说，要是能被博盈带一带，不需要多久，就能从实习律师转正了。也因此，郭烨然一直都想在博盈这儿留下好印象，希望过段时间律师们选实习律师时，她能选自己。

当然，也还因为有点别的心思，漂亮的人没有人不喜欢，更何况博盈是漂亮又有能力的人。

只不过事务所没人提过博盈结婚了。

博盈已婚这事，刚开始提的同事还比较多，但渐渐地，大家确实不怎么说了，那毕竟是博盈的私生活，他们在事务所谈工作就好，偶尔茶余饭后说八卦也鲜少提她和贺景修，所以郭烨然没听说过，也正常。

看到郭烨然这震惊的样子，博盈转了转手里的戒指："不是很明显吗？"她顿了下，补充道，"我都有个儿子了，看不出来吗？"

郭烨然一脸尴尬，结结巴巴道："看……没看出来，博盈姐长得太年轻了。"

闻言，博盈一笑："谢谢，这话我就当是你夸我了。"她看郭烨然，也没生气，"出去吧，顺便把门带上。"

郭烨然紧张得开始冒汗，连忙答应："好的。"

他刚把博盈办公室的门带上，转头便看到了不远处站着的男人。莫名的，郭烨然从他的眼神里看到了些许的不喜，他顿了顿问："您好，请问您找谁？"

贺景修淡淡地看了他一眼："博盈。"

"哦。"郭烨然下意识抿唇，"您是博盈姐的客——"

他后面的话还没说出口，就被贺景修打断："丈夫。"

郭烨然："……"

看着贺景修进了博盈的办公室，郭烨然才后知后觉地开始冒冷汗。他……他这么冒犯博盈姐和她老公，不会被辞退吧？

看贺景修进来时的神色，博盈扬了扬眉："贺总，在外面听了多久的墙角？"

贺景修走近，抬手拍了下她的脑袋："新同事？"

"嗯，不知道我结婚了。"她看贺景修，"大人不计小人过？"

贺景修傲娇轻哼："贺太太魅力还是很大。"

"那当然。"博盈骄傲地说，"不大的话，能让你喜欢这么多年吗？"

贺景修被她的话逗笑。他俯身碰了下她的唇，纠正她的话："不是喜欢了这么多年。"他重点强调，"是爱。"

博盈笑道："那未来要继续爱我。"

贺景修答应："当然。"

他会一直爱她，爱他们的宝宝。

听到他肯定的话，博盈和他相视而笑。

真好。

她想，他们会一直这样，认认真真相爱一辈子。她和小贺会一直被贺景修爱着，在他的爱中成长，携手共度余生。

（全文完）